全本
新注
聊斋志异

书名题字／沈尹默

插图本

中国古典小说藏本

全本新注聊斋志异（一）

蒲松龄 著

朱其铠 主编

朱其铠 李茂肃 李伯齐 牟通 校注

人民文学出版社

图书在版编目（CIP）数据

全本新注聊斋志异：全4册/（清）蒲松龄著；朱其铠主编．—北京：人民文学出版社，2020（2025.7重印）
（中国古典小说藏本：插图本）
ISBN 978-7-02-013871-5

Ⅰ.①全… Ⅱ.①蒲… ②朱… Ⅲ.①笔记小说—中国—清代 Ⅳ.①I242.1

中国版本图书馆CIP数据核字（2018）第037687号

责任编辑　徐文凯
装帧设计　刘　静
责任印制　苏文强

出版发行　人民文学出版社
社　　址　北京市朝内大街166号
邮政编码　100705

印　　刷　北京新华印刷有限公司
经　　销　全国新华书店等

字　　数　1177千字
开　　本　787毫米×1092毫米　1/32
印　　张　58.75　插页43
印　　数　27001—29000
版　　次　1989年9月北京第1版
印　　次　2025年7月第7次印刷

书　　号　978-7-02-013871-5
定　　价　138.00元（全四册）

如有印装质量问题，请与本社图书销售中心调换。电话:010-59905336

出版说明

中国古典小说源远流长、佳作如林,是蕴含与传承中华优秀传统文化的重要文学体裁,在中国文学史乃至世界文学史上占有重要地位。人民文学出版社在成立之初即致力于中国古典小说的整理与出版,半个多世纪以来陆续出版了几乎所有重要的中国古典小说作品。这些作品的整理者,均为古典文学研究名家,如聂绀弩、张友鸾、张友鹤、张慧剑、黄肃秋、顾学颉、陈迩冬、戴鸿森、启功、冯其庸、袁世硕、朱其铠、李伯齐等,他们精心的校勘、标点、注释使这些读本成为影响几代读者的经典。

此次我们推出"中国古典小说藏本(插图本)"丛书,将这些优秀的经典之作集结在一起,再次进行全面细致的修订和编校,以期更加完善;所选插图为名家绘图或精美绣像,如孙温绘《红楼梦》、孙继芳绘《镜花缘》、金协中绘《三国演义》、程十髪绘《儒林外史》等,以丰富读者的阅读体验。

人民文学出版社编辑部
2020年1月

目 录

前　言＿＿001
高　序＿＿001
唐　序＿＿001
聊斋自志＿＿001

卷一

考城隍＿＿003
耳中人＿＿006
尸　变＿＿008
喷　水＿＿011
瞳人语＿＿013
画　壁＿＿017
山　魈＿＿021
咬　鬼＿＿023
捉　狐＿＿025
荍中怪＿＿026
宅　妖＿＿028
王六郎＿＿030

- 偷　桃 __036
- 种　梨 __040
- 劳山道士 __043
- 长清僧 __048
- 蛇　人 __051
- 斫　蟒 __055
- 犬　奸 __056
- 雹　神 __059
- 狐嫁女 __061
- 娇　娜 __066
- 僧　孽 __075
- 妖　术 __077
- 野　狗 __080
- 三　生 __082
- 狐入瓶 __086
- 鬼　哭 __087
- 真定女 __090
- 焦　螟 __091
- 叶　生 __094
- 四十千 __103
- 成　仙 __105
- 新　郎 __112

灵　官＿＿114

王　兰＿＿116

鹰虎神＿＿120

王　成＿＿122

青　凤＿＿129

画　皮＿＿136

贾　儿＿＿141

蛇　癖＿＿146

卷二

金世成＿＿149

董　生＿＿151

龁　石＿＿156

庙　鬼＿＿157

陆　判＿＿159

婴　宁＿＿168

聂小倩＿＿179

义　鼠＿＿187

地　震＿＿189

海公子＿＿191

丁前溪＿＿193

海大鱼＿＿197

张老相公___198

水莽草___200

造　畜___205

凤阳士人___207

耿十八___212

珠　儿___215

小官人___221

胡四姐___223

祝　翁___228

猪婆龙___231

某　公___232

快　刀___234

侠　女___235

酒　友___241

莲　香___244

阿　宝___256

九山王___262

遵化署狐___267

张　诚___270

汾州狐___277

巧　娘___279

吴　令___287

口　技 __ 289

狐　联 __ 292

潍水狐 __ 294

红　玉 __ 297

龙 __ 304

林四娘 __ 306

卷三

江　中 __ 313

鲁公女 __ 314

道　士 __ 320

胡　氏 __ 323

戏　术 __ 327

丐　僧 __ 329

伏　狐 __ 331

蛰　龙 __ 333

苏　仙 __ 335

李伯言 __ 337

黄九郎 __ 341

金陵女子 __ 352

汤　公 __ 354

阎　罗 __ 357

连　琐 ___ 359

单道士 ___ 368

白于玉 ___ 370

夜叉国 ___ 379

小　髻 ___ 387

西　僧 ___ 388

老　饕 ___ 390

连　城 ___ 395

霍　生 ___ 402

汪士秀 ___ 404

商三官 ___ 408

于　江 ___ 412

小　二 ___ 414

庚　娘 ___ 422

宫梦弼 ___ 429

鸲　鹆 ___ 438

刘海石 ___ 440

谕　鬼 ___ 444

泥　鬼 ___ 446

梦　别 ___ 448

犬　灯 ___ 450

番　僧 ___ 452

狐　妾＿454

雷　曹＿460

赌　符＿466

阿　霞＿471

李司鉴＿476

五羖大夫＿478

毛　狐＿480

翩　翩＿484

黑　兽＿490

卷四

余　德＿495

杨千总＿499

瓜　异＿500

青　梅＿501

罗刹海市＿510

田七郎＿523

产　龙＿530

保　住＿531

公孙九娘＿533

促　织＿541

柳秀才＿548

- 水　灾 ___ 550
- 诸城某甲 ___ 552
- 库　官 ___ 553
- 鄞都御史 ___ 555
- 龙无目 ___ 557
- 狐　谐 ___ 558
- 雨　钱 ___ 563
- 妾击贼 ___ 565
- 驱　怪 ___ 567
- 姊妹易嫁 ___ 570
- 续黄粱 ___ 576
- 龙取水 ___ 588
- 小猎犬 ___ 589
- 棋　鬼 ___ 591
- 辛十四娘 ___ 594
- 白莲教 ___ 605
- 双　灯 ___ 607
- 捉鬼射狐 ___ 609
- 蹇偿债 ___ 611
- 头　滚 ___ 613
- 鬼作筵 ___ 614
- 胡四相公 ___ 617

念　秧 __621

蛙　曲 __632

鼠　戏 __633

泥书生 __634

土地夫人 __635

济南道人 __636

酒　狂 __640

卷五

阳武侯 __647

赵城虎 __650

螳螂捕蛇 __652

武　技 __653

小　人 __656

秦　生 __657

鸦　头 __659

酒　虫 __666

木雕美人 __668

封三娘 __669

狐　梦 __677

布　客 __682

农　人 __684

章阿端 __ 686

傅饦媪 __ 691

金永年 __ 692

花姑子 __ 693

武孝廉 __ 700

西湖主 __ 705

孝　子 __ 713

狮　子 __ 715

阎　王 __ 716

土　偶 __ 719

长治女子 __ 721

义　犬 __ 724

鄱阳神 __ 725

伍秋月 __ 726

莲花公主 __ 731

绿衣女 __ 737

黎　氏 __ 740

荷花三娘子 __ 743

骂　鸭 __ 748

柳氏子 __ 749

上　仙 __ 752

侯静山 __ 755

钱　流＿＿757

郭　生＿＿758

金生色＿＿761

彭海秋＿＿765

堪舆＿＿771

窦　氏＿＿774

梁　彦＿＿778

龙　肉＿＿779

卷六

潞　令＿＿783

马介甫＿＿786

魁　星＿＿807

厍将军＿＿808

绛　妃＿＿810

河间生＿＿825

云翠仙＿＿827

跳　神＿＿835

铁布衫法＿＿838

大力将军＿＿839

白莲教＿＿842

颜　氏＿＿844

- 杜　翁 __ 849
- 小　谢 __ 851
- 缢　鬼 __ 859
- 吴门画工 __ 861
- 林　氏 __ 863
- 胡大姑 __ 867
- 细　侯 __ 870
- 狼三则 __ 874
- 美人首 __ 877
- 刘亮采 __ 878
- 蕙　芳 __ 880
- 山　神 __ 883
- 萧　七 __ 884
- 乱离二则 __ 890
- 豢　蛇 __ 893
- 雷　公 __ 895
- 菱　角 __ 896
- 饿　鬼 __ 900
- 考弊司 __ 903
- 阎　罗 __ 907
- 大　人 __ 908
- 向　杲 __ 910

董公子__913

周　三__915

鸽　异__917

聂　政__922

冷　生__925

狐惩淫__927

山　市__929

江　城__931

孙　生__941

八大王__944

戏　缢__955

卷七

罗　祖__959

刘　姓__962

邵九娘__966

巩　仙__977

二　商__984

沂水秀才__988

梅　女__990

郭秀才__997

死　僧__999

阿　英　1001

橘　树　1008

赤　字　1010

牛成章　1011

青　娥　1014

镜　听　1022

牛　癀　1024

金姑夫　1027

梓潼令　1029

鬼　津　1030

仙人岛　1031

阎罗薨　1042

颠道人　1045

胡四娘　1048

僧　术　1055

禄　数　1057

柳　生　1058

冤　狱　1063

鬼　令　1069

甄　后　1071

宦　娘　1076

阿　绣　1082

杨疤眼__1089

小　翠__1090

金和尚__1100

龙戏蛛__1107

商　妇__1109

阎罗宴__1111

役　鬼__1113

细　柳__1114

卷八

画　马__1123

局　诈__1125

放　蝶__1132

男生子__1134

钟　生__1136

鬼　妻__1143

黄将军__1145

三朝元老__1147

医　术__1149

藏　虱__1152

梦　狼__1153

夜　明__1159

夏　雪 __ 1160

化　男 __ 1162

禽　侠 __ 1163

鸿 __ 1165

象 __ 1166

负　尸 __ 1167

紫花和尚 __ 1168

周克昌 __ 1170

嫦　娥 __ 1173

鞠乐如 __ 1183

褚　生 __ 1184

盗　户 __ 1190

某　乙 __ 1194

霍　女 __ 1196

司文郎 __ 1204

丑　狐 __ 1214

吕无病 __ 1217

钱卜巫 __ 1226

姚　安 __ 1230

采薇翁 __ 1232

崔　猛 __ 1234

诗　谳 __ 1242

鹿衔草___1246

小　棺___1247

邢子仪___1248

李　生___1251

陆押官___1253

蒋太史___1256

邵士梅___1258

顾　生___1260

陈锡九___1262

卷九

邵临淄___1271

于去恶___1273

狂　生___1282

澂　俗___1284

凤　仙___1285

佟　客___1293

辽阳军___1296

张贡士___1297

爱　奴___1299

单父宰___1305

孙必振___1307

邑　人 __ 1308

元　宝 __ 1309

研　石 __ 1310

武　夷 __ 1311

大　鼠 __ 1312

张不量 __ 1313

牧　竖 __ 1314

富　翁 __ 1315

王司马 __ 1316

岳　神 __ 1318

小　梅 __ 1319

药　僧 __ 1326

于中丞 __ 1327

皂　隶 __ 1330

绩　女 __ 1331

红毛毡 __ 1335

抽　肠 __ 1336

张鸿渐 __ 1337

太　医 __ 1344

牛　飞 __ 1346

王子安 __ 1347

刁　姓 __ 1351

农　妇___1353

金陵乙___1355

郭　安___1357

折　狱___1359

义　犬___1365

杨大洪___1367

查牙山洞___1369

安期岛___1372

沅　俗___1374

云萝公主___1376

鸟　语___1387

天　宫___1390

乔　女___1395

蛤___1399

刘夫人___1400

陵县狐___1408

卷十

王货郎___1411

罴　龙___1413

真　生___1415

布　商___1419

彭二挣　1421
何　仙　1422
牛同人　1426
神　女　1428
湘　裙　1436
三　生　1443
长　亭　1447
席方平　1455
素　秋　1464
贾奉雉　1473
胭　脂　1481
阿　纤　1496
瑞　云　1502
仇大娘　1506
曹操冢　1517
龙飞相公　1518
珊　瑚　1523
五　通　1530
又　1533
申　氏　1537
恒　娘　1542
葛　巾　1547

卷十一

冯木匠___1557

黄　英___1559

书　痴___1566

齐天大圣___1572

青蛙神___1577

　　又___1582

任　秀___1585

晚　霞___1588

白秋练___1594

王　者___1602

某　甲___1606

衢州三怪___1607

拆楼人___1608

大　蝎___1609

陈云栖___1610

司札吏___1618

蚰　蜒___1620

司　训___1621

黑　鬼___1624

织　成___1625

竹　青 ___1630

段　氏 ___1635

狐　女 ___1639

张氏妇 ___1641

于子游 ___1643

男　妾 ___1645

汪可受 ___1646

牛　犊 ___1648

王　大 ___1649

乐　仲 ___1654

香　玉 ___1660

三　仙 ___1667

鬼　隶 ___1669

王　十 ___1670

大　男 ___1674

外国人 ___1679

韦公子 ___1680

石清虚 ___1683

曾友于 ___1687

嘉平公子 ___1694

卷十二

二　班 ___1699

车　　夫＿1701

乩　　仙＿1702

苗　　生＿1703

蝎　　客＿1707

杜小雷＿1708

毛大福＿1709

雹　　神＿1711

李八缸＿1713

老龙船户＿1716

青城妇＿1719

鸮　　鸟＿1721

古　　瓶＿1724

元少先生＿1726

薛慰娘＿1728

田子成＿1734

王桂庵＿1738

寄生附＿1743

周　　生＿1749

褚遂良＿1751

刘　　全＿1753

土化兔＿1756

鸟　　使＿1757

姬　生＿1758

果　报＿1762

公孙夏＿1763

韩　方＿1768

纫　针＿1771

桓　侯＿1777

粉　蝶＿1781

李檀斯＿1786

锦　瑟＿1787

太原狱＿1794

新郑讼＿1796

李象先＿1798

房文淑＿1800

秦　桧＿1804

浙东生＿1806

博兴女＿1808

一员官＿1809

丐　仙＿1812

人　妖＿1818

【附录】

蜇　蛇＿1823

　龙＿1824

爱　才 __ 1825

后　记 __ 1826

前　言

《聊斋志异》是中国清朝初年的一部文言短篇小说集。它以写花妖狐魅、畸人异行著称于世。奇特诡谲的故事情节,异彩纷呈的人物形象,不同流俗的美学理想,构成《聊斋志异》的独特风格。它既是中国文学的瑰宝,更是世界文学的明珠。作者蒲松龄无愧为中国文学史上的巨人。

蒲松龄生于明崇祯十三年(1640),卒于清康熙五十四年(1715);字留仙,号剑臣,别号柳泉居士;山东淄川县(今淄博市淄川区)蒲家庄人。他的家族,明万历以来也曾"科甲相继";但至蒲松龄时代,"为寡食众,家以日落。"(《述刘氏行实》)分居后,蒲松龄"数椽风雨之庐,十亩荆榛之产;卖文为活,废学从儿;纳税倾囊,愁贫任妇。"(《呈石年张县公俚谣序》)十九岁,"初应童子试,即以县、府、道三第一,补博士弟子员。"(张元《柳泉蒲先生墓表》)此后则屡挫于乡试,以岁贡终老。他一生,除了去扬州府宝应县充当幕宾一年,均设帐于缙绅之家;而在同邑西铺毕际有家时间最长,设馆三十年,七十岁才归老家居。七十六岁辞世。

蒲松龄出生前一年,即崇祯十二年正月,第五次入关的清兵攻破济南,积尸盈城;血腥洗劫殃及齐鲁。崇祯十七年,清兵再次入关击溃李自成，建立清王朝，镇压各地抗清力量；压城黑云弥漫全国。然而在兵连祸结之中，明中叶以后萌发的民主启蒙思想依然向前发展。清初，王夫之、黄宗羲、顾炎武、唐甄等人继续批判宋明理学，思想上闪现出更多的民主性光芒。历史的灾难、时代的思潮以及个人的遭遇，这一切对蒲松龄的思想和创作，必然有所影响。蒲氏狂痴招尤，孤愤著书，正是时代使然。其思想积极用世，憧憬仁政；他希望赋役征收应当"念民膏"，刑名出入应当"得民情"，工役兴作应当"惜民力"。（代孙蕙作《放生池碑记》）黑暗的现实虽然"罔念夫民命"，然而蒲松龄则终生坚持"利民济物"的理想。他睥睨邪恶，摆脱世俗的羁绊，追求心灵的自由，将自己的人生理想写入《聊斋志异》。

　　清初人民饱经兵燹战乱，其心灵创伤尚未平复。《聊斋志异》有不少篇目，隐约曲折地展示了那个时代的劫难。举凡明末北兵入寇的"齐地大乱"、"济南大劫"，清初的"姜瓖之变"、"三藩之乱"、"谢迁之变"、"于七之难"，《聊斋志异》都曾触及，虽然含蓄迷离，但都倾向鲜明：诅咒兵连祸结，悼念受害人民。怀着对人民的深切同情，《聊斋志异》更把批判的锋芒指向整个社会，斥之为"强梁世界"（《成仙》）。在这个社会里，"天子一跬步，皆关民命"（《促织》）；封建官府像阴司一样暗昧（《席方平》）；高级官僚恶德满盈（《续黄粱》），下级官吏鄙琐贪婪（《梅女》），衙门公役则"无有不可杀者"（《伍秋月》）；至于地方豪绅，更是依财仗势，横行乡里。《聊斋志异》刺贪刺虐，全无畏忌。

　　明清两代用八股取士，以强化其政治统治。蒲松龄五十一岁才放弃应举,虽然他还不能自觉地否定这个制度,然而他却能从旧垒中反戈一击,揭露科举的弊端与丑恶。《聊斋志异》有相当数量的篇目,以嬉笑怒骂之笔讥刺科场衡文不公以及贿赂公行。司衡无目,盖因帘内诸官只熟悉八股滥调,不谙德业文章,无能识别真才(《司文郎》、《贾奉雉》)。学官贪冒,则不仅"学使之门如市"(《神女》),而且"考弊司"竟定例割髀肉为贽(《考弊司》)。读书人对此却帖耳忍受,心无愧耻;倖进者则高官厚禄,作威作福(《续黄粱》),失意者则嗒然若死,如饵毒之蝇(《王子安》)。蒲松龄晚年诗作《历下吟》写省城试士的丑态,不禁慨叹:"此中求伊周,亦复可恻怆。"《聊斋志异》抨击科举的作品,也都流露出此种恻怆的心情。

　　《聊斋志异》各类题材的作品都有自己的审美追求,其中描写婚姻爱情的作品表现得尤为鲜明。在蒲松龄那个时代,封建的因袭观念大都开始动摇,"甚至骨肉之间,亦用机械,家庭之内,亦蓄戈矛"(《为人要则》)。《聊斋志异》描写家庭纠葛的作品,往往把青年一代视作冲决封建礼教的主要力量。封建社会鄙视妇女,《聊斋志异》却以大量篇目,塑造了许许多多天生丽质,从不同角度展示她们的美好情操和过人才能。例如:颜氏之才,乔女之德;翩翩之仙,葛巾之神;婴宁的天真,蕙芳的纯朴;素秋的淡泊,黄英的通达;娇娜的洒脱,青凤的痴情;等等。她们人各一面,全非世俗男子所能比拟。封建社会严男女之大防,《聊斋志异》则借助浪漫主义的奇想,赋予青年男女以极大的互爱自由。作品认为:"礼缘情制;情之所在,异族何殊焉"(《素秋》);"天下惟真才人为能多情,不以妍媸易念也"(《瑞云》)。作品呼唤真情,反对"以礼节情",因而对知己相爱或钟情不移者备加赞扬,而对虚伪矫情或欺骗爱情者则予以谴责。作者意识到爱情是婚姻的基础,因而确认男女婚姻,"此自百年事,父母止主其半"(《青蛙神》)。作品所赞扬的大多是自媒自主的婚姻;这在当时不是已经存在的现实,而是应该实现的理想。蒲松龄的审美情操,的确高人一等;纵然杂有些微糟粕,毕竟瑕不掩瑜。

《聊斋志异》近五百篇,举凡天上人间、域内海外的诸般异闻,鸟兽虫鱼、草木竹石的荒怪变幻,民俗风习、自然灾害的趣闻琐谈,都在包罗之列。以上所述,仅其荦荦大者。

《聊斋志异》把中国文言短篇小说创作艺术推向顶峰,前人称它为"空前绝后之作"。其主题境界既高出晋之志怪、唐之传奇,而笔墨命意更非后世续书所能比拟。它的艺术成就,既是蒲松龄借幻异故事寄托自我情志的创新,又是中国文学优秀传统的发扬。

作为"孤愤之书",浓烈的感情色彩和超俗的审美追求,为《聊斋志异》创作艺术的主要特征。作者在创作时,往往驰想天外,神与物游:"遄飞逸兴,狂固难辞;永托旷怀,痴且不讳。"(《聊斋自志》)这种感兴飞动的激情,恰足以表现幻异小说的奇诡。在各类作品中,既有金刚怒目的愤激,也有童心展现的温情;既有口诛笔伐,也有幽默讽嘲。诸般幻异故事,都具有扣人心弦的艺术魅力。《聊斋志异》的问世,使得一度沉寂的中国文言小说重现光辉,在艺术上取得了突破性的进展,其实质是在发扬中国文学优秀传统基础上的艺术创新。蒲松龄有丰厚的文学修养,他不仅"用传奇法,而以志怪",而且自觉地发扬楚骚的创作精神。其《聊斋自志》谓:"披萝带荔,三闾氏感而为骚;牛鬼蛇神,长爪郎吟而成癖。自鸣天籁,不择好音,有由然矣。"《聊斋》为文,狂狷傲世,不遵矩度,盖亦步武楚骚,直抒胸臆,不择好音。《聊斋志异》每于篇后仿《史记》的"太史公曰",添加"异史氏曰"论赞一段,把艺术具象的意蕴径直地表达出来。全书有"异史氏曰"近二百则,为数之多,用意之深,均不同于唐传奇偶尔加入的议论体例。这一形式的采用,是对《史记》美学思想的自觉发扬。盖蒲松龄"长命不犹"、"仅成孤愤之书"与司马迁"意有所郁结"、"发愤之所为作",两者之间有其相通会意之处。鲁迅先生称《史记》为"无韵之《离骚》"。《聊斋》则把楚骚的艺术传统用之于小说,遂使中国文言小说艺术再生奇葩。蒲松龄的这种创作精神,在今天仍有可资借鉴之处。

朱其铠

一九九二年二月

高　序

志而曰异,明其不同于常也。然而圣人曰:"君子以同而异。"何耶?其义广矣、大矣。夫圣人之言,虽多主于人事,而吾谓三才之理,六经之文,诸圣之义,可一以贯之。则谓异之为义,即易之冒道,无不可也。夫人但知居仁由义,克己复礼,为善人君子矣;而陟降而在帝左右,祷祝而感召风雷,乃近于巫祝之说者,何耶?神禹创铸九鼎,而山海一经,复垂万世,岂上古圣人而喜语怪乎?抑争子虚乌有之赋心,而预为分道扬镳者地乎?后世拘墟之士,双瞳如豆,一叶迷山,目所不见,率以仲尼"不语"为辞,不知鹊飞石陨,是何人载笔尔尔也?倘概以左氏之诬蔽之,无异掩耳者高语无雷矣。引而伸之,即"阊阖九天,衣冠万国"之句,深山穷谷中人,亦以为欺我无疑也。余谓:欲读天下之奇书,须明天下之大道。盖以人伦大道淑世者,吾人之所以为木铎也。然而天下有解人,则虽孔子之所不语者,皆足辅功令教化之所不及。而《诺皋》、《夷坚》,亦可与六经同功。苟非其人,则虽日述孔子之所常言,而皆足以佐慝。如读南子之见,则以为淫辟皆可周旋;泥佛肸之往,则以为叛逆不妨共事;不止《诗》、《书》发冢,《周官》资篡已也。

彼拘墟之士多疑者,其言则未尝不近于正也。一则疑曰:政教自堪治世,因果无乃渺茫乎?曰:是也。然而阴骘上帝,幽有鬼神,亦圣人之言否乎？彼彭生觌面，申生语巫，武曌宫中，田蚡枕畔，九幽斧钺，严于王章多矣。而世人往往多疑者，以报应之或爽，诚有可疑。即如圣门之士，贤隽无多，德行四人，二者夭亡；一厄继母，几乎同于伯奇。天道愦愦，一至此乎！是非远洞三世，不足消释群憾。释迦马麦，袁盎人疽，亦安能知之？故非天道愦愦，人自愦愦故也。或曰：报应示戒可矣，妖邪不宜黜乎？曰：是也。然而天地大矣，无所不有；古今变矣，未可舟胶。人世不皆君子，阴曹反皆正人乎？岂夏姬谢世，便侪共姜；荣公撤瑟，可参孤竹乎？有以知其必不然矣。且江河日下，人鬼颇同，不则幽冥之中，反是圣贤道场，日日唐虞三代，有是理乎？或又疑而且规之曰：异事，世固间有之矣，或亦不妨抵掌；而竟驰想天外，幻迹人区，无乃为《齐谐》滥觞乎？曰：是也。然子长列传，不厌滑稽；卮言寓言，蒙庄嚆矢。且二十一史果皆实录乎？仙人之议李郭也，固有遗憾久矣。而况勃窣文心，笔补造化，不止生花，且同炼石。佳狐佳鬼之奇俊也，降福既以孔皆，敦伦更复无癉，人中大贤，犹有愧焉。是在解人不为法缚，不死句下可也。

夫中郎帐底，应饶子家之异味；邺侯架上，何须兔册之常诠？余愿为婆娑艺林者，职调人之役焉。古人著书，其正也，则以天常民彝为则，使天下之人，听一事，如闻雷霆，奉一言，如亲日月。外此而书或奇也，则新鬼故鬼，鲁庙依稀；内蛇外蛇，郑门踯躅，非尽矫诬也。倘尽以"不语"二字奉为金科，则萍实、商羊、羵羊、楛矢，但当摇首闭目而谢之足矣。然乎否耶？吾愿读书之士，揽此奇文，须深慧业，眼光如电，墙壁皆通，能知作者之意，并能知圣人或雅言、或罕言、或不语之故,则六经之义,三才之统,诸圣之衡,一一贯之。异而同者,忘其异焉可矣。不然,痴人每苦情深,入耳便多濡首。一字魂飞,心月之精灵冉冉;三生梦渺,牡丹之亭下依依。檀板动而忽来,桃茢遣而不去,君将为魍魉曹丘生,仆何辞齐谐鲁仲连乎?

康熙己未春日谷旦,紫霞道人高珩题
据《聊斋志异》铸雪斋抄本

唐 序

谚有之云:"见橐驼谓马肿背。"此言虽小,可以喻大矣。夫人以目所见者为有,所不见者为无。曰,此其常也,倏有而倏无则怪之。至于草木之荣落,昆虫之变化,倏有倏无,又不之怪,而独于神龙则怪之。彼万窍之刁刁,百川之活活,无所持之而动,无所激之而鸣,岂非怪乎? 又习而安焉。独至于鬼狐则怪之,至于人则又不怪。夫人,则亦谁持之而动,谁激之而鸣者乎? 莫不曰:"我实为之。"夫我之所以为我者,目能视而不能视其所以视,耳能闻而不能闻其所以闻,而况于闻见所不能及者乎? 夫闻见所及以为有,所不及以为无,其为闻见也几何矣。人之言曰:"有形形者,有物物者。"而不知有以无形为形,无物为物者。夫无形无物,则耳目穷矣,而不可谓之无也。有见蚊腹者,有不见泰山者;有闻蚁斗者,有不闻雷鸣者。见闻之不同者,盲瞽未可妄论也。自小儒为"人死如风火散"之说,而原始要终之道,不明于天下;于是所见者愈少,所怪者愈多,而"马肿背"之说昌行于天下。无可如何,辄以"孔子不语"之词了之,而齐谐志怪,虞初记异之编,疑之者参半矣。不知孔子之所不语者,乃中人以下不可得而闻者耳,而谓《春秋》尽删怪神哉!

留仙蒲子,幼而颖异,长而特达。下笔风起云涌,能为载记之言。于制艺举业之暇,凡所见闻,辄为笔记,大要多鬼狐怪异之事。向得其一卷,辄为同人取去;今再得其一卷阅之。凡为余所习知者,十之三四,最足以破小儒拘墟之见,而与夏虫语冰也。余谓事无论常怪,但以有害于人者为妖。故日食星陨,鹳飞鹆巢,石言龙斗,不可谓异;惟土木甲兵之不时,与乱臣贼子,乃为妖异耳。今观留仙所著,其论断大义,皆本于赏善罚淫与安义命之旨,足以开物而成务;正如扬云《法言》,桓谭谓其必传矣。

康熙壬戌仲秋既望,豹岩樵史唐梦赉拜题
据《聊斋志异》手稿本

聊斋自志

披萝带荔,三闾氏感而为骚[1];牛鬼蛇神,长爪郎吟而成癖[2]。自鸣天籁,不择好音,有由然矣[3]。松落落秋萤之火,魑魅争光[4];逐逐野马之尘,罔两见笑[5]。才非干宝,雅爱搜神[6];情类黄州,喜人谈鬼[7]。闻则命笔,遂以成编[8]。久之,四方同人[9],又以邮筒相寄[10],因而物以好聚[11],所积益夥。甚者:人非化外,事或奇于断发之乡[12];睫在眼前,怪有过于飞头之国[13]。遄飞逸兴,狂固难辞;永托旷怀,痴且不讳[14]。展如之人,得毋向我胡卢耶[15]?然五父衢头,或涉滥听[16];而三生石上,颇悟前因[17]。放纵之言,有未可概以人废者[18]。

松悬弧时[19],先大人梦一病瘠瞿昙[20],偏袒入室[21],药膏如钱,圆粘乳际。寤而松生,果符墨志[22]。且也:少羸多病,长命不犹[23]。门庭之凄寂,则冷淡如僧;笔墨之耕耘,则萧条似钵[24]。每搔头自念:勿亦面壁人果是吾前身耶[25]?盖有漏根因,未结人天之果[26];而随风荡堕,竟成藩溷之花[27]。茫茫六道[28],何可谓无其理哉!独是子夜荧荧,灯昏欲蕊;萧斋瑟瑟,案冷疑冰[29]。集腋为裘,妄续幽冥之录;浮白载笔,仅成孤愤之书[30];寄托如此,亦足悲矣!嗟乎!惊霜寒雀,抱树无温;吊月秋虫,偎阑自热。知我者,其在青林黑塞间乎[31]!

康熙己未春日[32]。

据《聊斋志异》手稿本

----

〔1〕"披萝"二句：意谓被服香草的山鬼，引起屈原的感慨而用骚体把它写入诗篇。披萝带荔，《楚辞·九歌·山鬼》："若有人兮山之阿，披薜荔兮带女萝。"写山鬼以薜荔为衣，以女萝为带。薜荔，也叫木莲；女萝，一名松罗，两者均指香草。三闾氏，指屈原。屈原（约前340—前278），名平，战国时楚国伟大诗人，出身贵族，曾做过三闾大夫，掌楚王族昭、屈、景三姓之事。骚，以屈原《离骚》为代表的一种文体，也称"楚辞体"；这里指屈原的《九歌》。

〔2〕"牛鬼"二句：意谓牛鬼蛇神俱属虚荒诞幻，李贺对此却嗜吟成癖。长爪郎，指李贺。李贺（790—816），字长吉，唐中期诗人。李商隐《李长吉小传》："长吉细瘦，通眉，长指爪。能苦吟疾书，……"杜牧《李长吉歌诗叙》论其诗云："鲸吸鳌掷，牛鬼蛇神，不足为其虚荒诞幻也。"

〔3〕"自鸣"三句：意为发自胸臆之作，皆不迎合世俗喜好；屈原、李贺抒愤之作都有各自的因由。天籁，自然界的音响，语出《庄子·齐物论》。这里以之借指发自胸臆的诗作。好音，好听的声音。《诗·鲁颂·泮水》："食我桑椹，怀我好音。"这里以之指世俗所崇尚的"正声"、"善言"。有由然，有一定的原由。以上七句举屈原、李贺为例，说明描写鬼神的虚荒诞幻之作，大都寄寓作者的哀愤孤激，并非以动听的言辞迎合世俗喜好。

〔4〕"松落落"二句：意谓我蒲松龄孤寂失意，犹如一点微弱的萤火，而冥冥之中，精怪鬼物却争此微光。松，松龄，作者自称。落落，疏阔孤独的样子。左思《咏史》："落落穷巷士，抱影守空庐。"秋萤，即萤火虫，秋夜飞舞，发出微弱的亮光。此指作者凄凉、卑微的处境，好似秋萤。魑魅，与下文"魍魉"，都指精怪鬼物，见《左传·宣公三年》注。晋裴启《语林》载，嵇康一天夜晚灯下弹琴，忽见一人"面甚小，斯须转大，遂长丈馀，单衣革带。嵇视之既熟，乃吹灯灭

之,曰:'耻于**魑魅**争光。'"这里化用其意,以**魑魅**与之争光,反衬作者与世俗落落寡合。

〔5〕 "逐逐"二句:紧承上句,言自己随俗浮沉追逐名利,却落得被鬼物奚落讪笑。逐逐,竞求,指逐利。《易·颐》:"虎视眈眈,其欲逐逐。"野马之尘,即浮游的尘埃。《庄子·逍遥游》:"野马也,尘埃也,生物之以息相吹也。"成玄英疏:"青春之时,阳气发动,遥望数泽之中,犹如奔马,故谓之野马也。"此以之喻污浊的现实社会。罔两见笑,为鬼物所讥笑。《南史·刘粹传》附《刘损传》:"损同郡宗人有刘伯龙者,少而贫薄。及长,历位尚书左丞、少府、武陵太守,贫窭尤甚。常在家慨然召左右,将营十一之方,忽见一鬼在傍抚掌大笑。伯龙叹曰:'贫穷固有命,乃复为鬼所笑也。'遂止。"

〔6〕 "才非"二句:我的才能虽然不及干宝,但却像他一样非常喜爱搜集神怪故事。干宝,字令升,东晋文学家,"撰集古今神祇灵异人物变化"(《晋书》本传),为《搜神记》。雅,甚,颇。

〔7〕 "情类"二句:言自己的心情如同当年贬谪黄州的苏轼,也喜欢听人妄谈鬼怪。类,类似,近似。黄州,指苏轼。苏轼(1036—1101),字子瞻,号东坡居士,宋代文学家。因反对王安石新法,以"谤讪朝廷"罪,贬谪黄州(今湖北黄冈县),任团练副使。在黄州时,他每日早起,不招客来,即出外访客,相与纵谈,客人有无可谈者,便强使其谈鬼;如有推脱,他便说"姑妄言之"。见宋叶梦得《避暑录话》上。

〔8〕 "闻则"二句:言听到鬼怪故事,就提笔记录下来,于是汇编成书。成编,即成书。编,串联竹简的皮筋或绳子。古无纸,将文字刻在竹简上,编串起来就是书。

〔9〕 同人:这里指有同好的友人。

〔10〕 邮筒:古人邮寄书信、诗文所用的圆形管筒。

〔11〕 物以好(hào 浩)聚:言谈鬼说怪的故事,由于自己的爱好而收集起来。以,因。好,爱好。

〔12〕 "人非"二句:言人物虽在中原地区,但发生在他们之间的故事,却往往比边远蛮荒地区所发生的更为奇异。化外,教化之外,指封建教化所不及的边远地区。断发之乡,指古吴越地区,即今江苏南

部、浙江、福建一带。《左传·哀公七年》:"大伯端委,以治周礼。仲雍嗣之,断发文身,裸以为饰。"断发,"断发文身"的省语,指剪断长发,身刺花纹,此为古吴越水乡的习俗;据说是为避免鱼龙伤害的防护措施,见《史记·吴太伯世家》《集解》引应劭说。

〔13〕"睫在"二句:言眼前所发生的怪事,竟比人头会飞的国度更为离奇。睫在眼前,极言其近。睫,眼睫毛。飞头之国,传说中人头会飞动的国度。《酉阳杂俎·境异》:"岭南溪洞中,往往有飞头者,故有飞头獠子之号。头将飞一日前,颈有痕,匝项如红缕,妻子遂看守之。其人及夜状如病,头忽生翼,脱身而去,乃于岸泥寻蟹蚓之类食之,将晓飞还,如梦觉,其腹实矣。"类似的传说,还见于《酉阳杂俎·境异》所引《王子年拾遗记》。

〔14〕"遄(chuán船)飞"四句:言意兴超逸飞动,狂放不羁,在所难免;心志寄托久远,如痴如迷,也无须讳言。遄,速。飞,飞动。逸兴,超逸豪放的意兴。唐王勃《滕王阁序》:"遥襟俯畅,逸兴遄飞。"狂,狂放。旷怀,开阔的胸怀。痴,痴迷。讳,讳言。

〔15〕"展如"二句:言那些崇实尚礼而鄙夷狂痴的人,能不因而见笑?《诗·鄘风·君子偕老》:"展如之人兮,邦之媛也。"朱熹注:"展,诚也。"胡卢,一作"卢胡",笑,笑声。《孔丛子·抗志》:"卫君乃胡卢大笑。"

〔16〕"然五父"二句:意谓然而在五父衢头所听到的,或者是些无稽的传闻。衢,两路交叉、可通四方的路口。五父衢(qú渠),衢名。《左传·襄公十一年》:"季武子将作三军……祖诸五父之衢。"《史记正义》引《括地志》:"五父之衢在兖州曲阜县西南二里,鲁城内衢道也。"《史记·孔子世家》说,叔梁纥与颜氏女野合而生孔子,因此孔子母讳言叔梁纥葬处,孔子母死后,无法合葬,"乃殡五父之衢,盖其慎也。"这里或暗指此事。

〔17〕"而三生"二句:言类似三生石上的故事,却颇可使人悟识因果之理。三生,即"三世"。佛教以过去、现在、未来,即前生、今生、来生为"三生"或"三世"。见《增一阿含经》和《品类足论》。传说唐代李源与圆观和尚十分友好,圆观悟识佛家因果,预知自己来生将做牧童,因而约请李源在他死后十二年到杭州天竺寺相见。李源依

约而往,在寺前听一牧童唱道:"三生石上旧精魂,赏月吟风不要论。惭愧情人远相访,此身虽异性常存。"李源便晓得牧童就是圆观的托身。见唐袁郊《甘泽谣·圆观》。后人遂附会此事,把杭州天竺寺后的山石指为"三生石";诗文中也以"三生石"代指因缘前定。前因,前生。因,梵语意译,这里指因缘。

〔18〕 "放纵"二句:意谓所言虽然恣意放任,但也有可取之处,不能一概因人废言。放纵,放任,不循常轨。概,一概,全部。

〔19〕 悬弧时:出生时。《礼记·内则》:"子生,男子设弧于门左,女子设帨于门右。"弧,木弓。在门左挂一张弓,表示男孩长大成人习武学射。

〔20〕 先大人:指亡父。先,称已死的人为"先",一般用于尊长。病瘠瞿昙(tán谈):病瘦的和尚。瘠,瘦弱。瞿昙,梵语也译为"乔答摩"、佛教始祖释迦牟尼的姓氏,原以代指释迦牟尼,后为佛的通称。这里指佛门僧人。

〔21〕 偏袒:和尚身穿袈裟,袒露右肩,称"偏袒"。《释氏要览·礼数》:"偏袒,天竺之仪也。……律云,偏露右肩,即肉袒也。律云,一切供养,皆偏袒,示有便于执作也。"

〔22〕 果符墨志:意为自己出生后乳旁有一黑痣,果然与其父之梦相符。言外是说,自己就是那个病瘦的和尚转世。

〔23〕 长(zhǎng掌)命不犹:长大之后,命不如人。《诗·召南·小星》:"实命不犹。"不犹,不如别人。犹,若。

〔24〕 "门庭"四句:意为门庭冷落,好像和尚清贫幽居;笔耕谋生,如同和尚持钵募化。凄,底本作"栖",据青柯亭刻本改。笔墨之耕耘,指为人作幕宾、塾师,以谋生计。《文选》载梁任昉《为萧扬州荐士表》:"既笔耕为养,亦佣书成学。"萧条,形容秋日万物凋零的景象,这里借喻自己的清苦和孤寂。钵,"钵多罗"的省语,梵语音译,也称"钵盂",和尚食器。和尚外出,只携一瓶一钵,沿途向人募化;瓶用来饮水,钵用来盛饭。

〔25〕 面壁人:这里泛指和尚。面壁,佛教指面对墙壁静修。相传佛教禅宗始祖达摩初来中国,住少林寺,面壁而坐九年,终日默默无语。详见《五灯会元》卷一。后因以"面壁人"指和尚。

〔26〕"盖有漏"二句：意为由于前身业因，而流转生死，不能归于空寂而成佛升天。漏、根、因，都是梵语意译。佛教称烦恼为"漏"。有漏，指不能断除三界（欲界、色界、无色界）烦恼，不能归于空寂。根和因，都是佛教名词，指能生成或引起果报的根本原因。人天，人间天上；这里指由僧人修炼成佛。果，果报，梵语意译，今译"异熟"，泛指依思想行为而得的结果。有什么因，便得什么果；善因得善果，恶因得恶果。《景德传灯录》二："（梁武）帝问（达摩）曰：'朕即位以来，造寺写经，度僧不可胜记，有何功德？'师曰：'并无功德。'帝曰：'何以无功德？'师曰：'此但人天小果，有漏之因，如影随形，虽有非实。'帝曰：'如何是真功德？'答曰：'净智妙圆，体自空寂，如是功德，不以世求。'"

〔27〕"而随风"二句：言我却像随风的落花触着藩篱落到粪坑旁边，转生人世，身为贫贱。藩，篱笆。溷（hùn混），粪坑。《梁书·范缜传》："初，缜在齐世尝侍竟陵王子良。子良精信释教而缜盛称无佛。子良问曰：'君不信因果，世间何得有富贵？何得有贫贱？'缜答曰：'人之生譬如一树花，同发一枝，俱开一蒂，随风而堕，自有拂帘幌坠于茵席之上，自有关篱墙落于粪溷之侧。坠茵席者，殿下是也；落粪溷者，下官是也。贵贱虽复殊途，因果竟在何处？'"

〔28〕六道：佛教指天道、人道、阿修罗道、饿鬼道、畜牲道、地狱道。《法华经·序品》："六道，众生死所趣。"佛教认为众生根据生前善恶，在这"六道"里轮回转生。

〔29〕"子夜"四句：言半夜灯光，昏暗欲灭；书斋清冷，桌案似冰。荧荧，微弱的灯光。蕊，灯花，灯油将尽灯芯则结灯花。萧斋，清冷的书斋。唐代李肇《唐国史补》中："梁武帝造寺，令萧子云飞白大书一'萧'字，至今一'萧'字存焉；李约竭产自江南买归东洛，匾于小亭以玩之，号为'萧斋'。"这里"萧"字，有萧条冷落的意思。瑟瑟，犹瑟缩，寒冷。

〔30〕"集腋"四句：意为积少成多，搜集狐鬼故事，狂妄地想把它当作《幽冥录》的续编；把酒秉笔，写下这部志怪之书，意在寄托心志，发抒胸中愤懑。《意林》引《慎子·知忠》："粹白之裘，盖非一狐之腋也。"后以"集腋成裘"喻积小成大，积少成多。腋，指狐腋皮毛，极

为珍贵。裘,皮袍。妄,狂妄,意为不自揣才力。幽冥之录,即《幽冥录》,南朝宋刘义庆著,是一部记载神鬼怪异故事的志怪小说。浮,罚人饮酒;白,罚酒用的大酒杯。浮白,此泛指饮酒。载笔,持笔写作。孤愤之书,《韩非子》有《孤愤》篇。《史记·老子韩非列传》说,韩非"悲廉直不容于邪枉之臣,观往者得失之变,故作《孤愤》、《五蠹》……十余万言。"司马迁《太史公自序》谓韩非《孤愤》篇是发愤之作,因"意有所郁结,不得通其道也,故述往事,思来者。"

〔31〕 "惊霜"六句:为作者愤慨语。意为自己像栖树无温的霜后寒雀,得不到世间温暖;又像依栏悲鸣的月下秋虫,凄凉孤寂,只有到梦魂中去寻求知己了。惊霜,因霜落而惊秋天的到来。抱树,犹言栖树。秋虫,如蟋蟀之类的秋日夜鸣之虫。吊,悲伤。阑,阑干。青林黑塞间,指梦魂所历的冥冥之中。杜甫《梦李白》:"魂来枫林青,魂返关塞黑。"

〔32〕 康熙己未:康熙是清圣祖爱新觉罗·玄烨的年号,己未是康熙十八年,即公元一六七九年。

卷 一

考 城 隍

予姊丈之祖,宋公讳焘[1],邑廪生[2]。一日,病卧,见吏人持牒,牵白颠马来[3],云:"请赴试。"公言:"文宗未临[4],何遽得考?"吏不言,但敦促之。公力疾乘马从去[5]。路甚生疏。至一城郭,如王者都。移时入府廨[6],宫室壮丽。上坐十馀官,都不知何人,惟关壮缪可识[7]。檐下设几、墩各二[8],先有一秀才坐其末,公便与连肩[9]。几上各有笔札[10]。俄题纸飞下。视之,八字云:"一人二人,有心无心。"二公文成,呈殿上。公文中有云:"有心为善,虽善不赏;无心为恶,虽恶不罚。"诸神传赞不已。召公上,谕曰:"河南缺一城隍[11],君称其职。"公方悟,顿首泣曰:"辱膺宠命[12],何敢多辞?但老母七旬,奉养无人,请得终其天年,惟听录用。"上一帝王像者,即命稽母寿籍[13]。有长须吏,捧册翻阅一过,白:"有阳算九年[14]。"共筹踌间[15],关帝曰:"不妨令张生摄篆九年[16],瓜代可也[17]。"乃谓公:"应即赴任;今推仁孝之心[18],给假九年,及期当复相召。"又勉励秀才数语。二公稽首并下[19]。秀才握手,送诸郊野,自言长山张某[20]。以诗赠别,都忘其词,中有"有花有酒春常在,无烛无灯夜自明"之句。公既骑,乃别而去。及抵里,豁若梦寤。时卒已三日。母闻棺中呻吟,扶出,半日始能语。问之长山,果有张生,于是日死矣。后九年,母果卒。营葬既毕,浣濯入室而没。其岳家居城中西门内，忽见公镂膺朱帻[21]，舆马甚众，登其堂，一拜而行。相共惊疑，不知其为神。奔讯乡中，则已殁矣。公有自记小传，惜乱后无存，此其略耳。

据《聊斋志异》手稿本

----

〔1〕 讳：旧时对帝王尊长不直称其名，叫避讳；因称其名为"讳"。
〔2〕 邑廪生：本县廪膳生员。明洪武二年（1369）始，凡考取入学的生员（习称"秀才"），每人月廪食米六斗，以补助其生活。后生员名额增多，成化年间（1465—1487）改为定额内者食廪，称廪膳生员，省称廪生；增额者为增广生员和附学生员，省称增生和附生。清沿明制，廪生月供廪饩银四两，增生岁、科两试一等前列者，可依次升廪生，称补廪。参见《明史·选举志》、《清史稿·选举志》。
〔3〕 白颠马：白额马。颠，额端。《诗·秦风·车邻》："有车邻邻，有马白颠。"朱熹注："白颠，额有白毛，今谓之的颡。"
〔4〕 文宗：文章宗匠。原指众人所宗仰的文章大家。《后汉书·崔骃传》："崔为文宗，世禅雕龙。"清代用以誉称省级学官提督学政（简称"提学"、"学政"）。临：指案临。清制，各省学政在三年任期内依次到本省各地考试生员，称案临。考试的名目有"岁考"、"科考"两种。
〔5〕 力疾：强支病体。此据青柯亭刻本，原作"力病"。
〔6〕 府廨（xiè 械）：官署。旧时对官府衙门的通称。
〔7〕 关壮缪（mù 穆）：指关羽（？—219），字云长，河东解县（今山西临猗县西南）人。三国时蜀汉大将。死后追谥壮缪侯。见《三国志·蜀书》本传。后逐渐被神化，宋以后历代封建王朝也屡加封号。明万历年间敕封为"三界伏魔大帝威运震天尊关圣帝君"，顺治年间敕封为"忠义神武关圣大帝"。自是相沿，有"关帝"之称。
〔8〕 几：长方形的小桌子。墩：一种低矮的坐具。
〔9〕 连肩：肩靠肩，此指并排而坐。

〔10〕 笔札:犹笔、纸。札,古时供书写用的薄木简。
〔11〕 城隍:古代神话中守护城池的神,后为道教所信奉。相传《礼记·郊特牲》中蜡祭八神之一的水(即隍)庸(即城)衍化而来。三国之后即有的地方祀城隍神,唐以后历代封建王朝普遍奉祀,一般称为某府某县城隍之神,视之如同人间的郡县长官。参见清赵翼《陔馀丛考·城隍神》。
〔12〕 辱膺宠命:为旧时接受任命或命令时表示感激之词。辱,犹言承蒙。膺,受。宠命,恩赐的任命。
〔13〕 稽母寿籍:查看记载其母寿限的簿籍。稽,查。寿籍,迷信传说中阴世记载人们寿限的簿册,即所谓"生死簿"。
〔14〕 阳算:寿算,活在阳世的年数。
〔15〕 筹蹰:犹豫不决。筹,通"踌"。
〔16〕 摄篆:代掌印信,指代理官职。摄,代理。篆,旧时印信刻以篆文,因代指官印。
〔17〕 瓜代:及瓜而代的省词。原意为至来年食瓜季节使人替代。《左传·庄公八年》:"齐侯使连称、管至父戍葵丘,瓜时而往,曰:'及瓜而代。'"后因称官员任职期满由他人接任为"瓜代"。这里是接任的意思。
〔18〕 推仁孝之心:推许其仁孝的心志。推,推许,推重、赞许。
〔19〕 稽(qǐ乞)首:伏地叩头;旧时所行的跪拜礼。
〔20〕 长山:旧县名。辖境为今山东省邹平县东部。
〔21〕 镂膺朱帻(fén 坟):形容马饰华美。镂膺,马胸部镂金饰带。《诗·秦风·小戎》:"虎韔镂膺,交帐二弓。"朱熹注:"镂膺,镂金以饰马当胸带也。"朱帻,红色辔饰。《诗·卫风·硕人》:"四牡有骄,朱帻镳镳。"朱熹注:"帻,镳饰也。镳者,马衔外铁,人君以朱缠之也。"

耳 中 人

谭晋玄,邑诸生也[1]。笃信导引之术[2],寒暑不辍,行之数月,若有所得。一日,方趺坐[3],闻耳中小语如蝇,曰:"可以见矣[4]。"开目即不复闻;合眸定息,又闻如故。谓是丹将成[5],窃喜。自是每坐辄闻。因俟其再言,当应以觇之。一日,又言。乃微应曰:"可以见矣。"俄觉耳中习习然,似有物出。微睨之,小人长三寸许,貌狞恶如夜叉状[6],旋转地上。心窃异之,姑凝神以观其变。忽有邻人假物,扣门而呼。小人闻之,意张皇,绕屋而转,如鼠失窟。谭觉神魂俱失,复不知小人何所之矣。遂得颠疾[7],号叫不休,医药半年,始渐愈。

据《聊斋志异》手稿本

----

[1] 诸生:本指在学儒生,见《汉书·何武传》。唐代国学及州、县学规定学生员额,因称生员。明清时代,凡经考试取入府、州、县学的生员,通称诸生。

[2] 导引之术:我国古代强身除病的一种养生方法。导引,"导气使和,引体使柔"的意思,指屈伸俯仰,呼吸吐纳,使血脉流通。《庄子·刻意》:"吹呴呼吸,吐故纳新,熊经鸟申,为寿而已矣。此道(导)引之士,养形之人,彭祖寿考者之所好也。"后为道教用以作修炼的迷信法术之一。道教有《太清导引养生经》。

[3] 趺(fū夫)坐:即"结跏趺坐",略称"跏趺"。佛教徒坐禅的一种姿

势,即将双足背交叉于左右股上;右手安左手掌中,二大拇指面相合,然后端身正坐,俗称盘腿打坐。见善导《观念阿弥陀佛相海三昧功德法门》。《大智度论》:"诸坐法中,结跏趺坐最安稳,不疲极,此是坐禅人坐法。"

〔4〕 可以见(xiàn现)矣:可以现形了。见,通"现"。

〔5〕 丹:炼丹是道教法术之一。源于古代方术。原指在鼎炉中烧炼矿石药物,以制"长生不死"的丹药,即"金丹"。后道士将这一方术加以扩展,称"金丹"为"外丹",称精神修炼的成果为"内丹"。人体比拟鼎炉,"精"、"气"比拟药物,以"神"去烧之,使精、气、神凝成"圣胎",即为"内丹"。这里指内丹,后《王兰》一文中的"金丹",指外丹。

〔6〕 夜叉:梵语音译。意译"能啖鬼"、"捷疾鬼"等。佛经中一种形象凶恶的鬼,列为天龙八部神众之一,我国诗文小说中,则常指丑恶之鬼,或喻凶暴丑恶之人。

〔7〕 颠疾:疯癫病。颠,通"癫"。

尸　变

阳信某翁者[1],邑之蔡店人。村去城五六里,父子设临路店,宿行商。有车夫数人,往来负贩,辄寓其家。一日昏暮,四人偕来,望门投止[2],则翁家客宿邸满[3]。四人计无复之,坚请容纳。翁沉吟思得一所,似恐不当客意。客言:"但求一席厦宇[4],更不敢有所择。"时翁有子妇新死,停尸室中,子出购材木未归[5]。翁以灵所室寂,遂穿衢导客往。入其庐,灯昏案上;案后有搭帐衣[6],纸衾覆逝者[7]。又观寝所,则复室中有连榻[8]。四客奔波颇困,甫就枕,鼻息渐粗。惟一客尚蒙眬。忽闻灵床上察察有声,急开目,则灵前灯火,照视甚了:女尸已揭衾起;俄而下,渐入卧室。面淡金色,生绢抹额[9]。俯近榻前,遍吹卧客者三。客大惧,恐将及己,潜引被覆首,闭息忍咽以听之。未几,女果来,吹之如诸客。觉出房去,即闻纸衾声。出首微窥,见僵卧犹初矣。客惧甚,不敢作声,阴以足踏诸客;而诸客绝无少动。顾念无计[10],不如着衣以窜。裁起振衣[11],而察察之声又作。客惧,复伏,缩首衾中。觉女复来,连续吹数数始去[12]。少间,闻灵床作响,知其复卧。乃从被底渐渐出手得裤,遽就着之,白足奔出[13]。尸亦起,似将逐客。比其离帏,而客已拔关出矣[14]。尸驰从之。客且奔且号,村中人无有警者。欲扣主人之门,又恐迟为所及。遂望邑城路,极力窜去。至东郊,瞥见兰若[15],闻木鱼声[16],

乃急挝山门[17]。道人讶其非常[18]，又不即纳。旋踵，尸已至，去身盈尺。客窘益甚。门外有白杨，围四五尺许，因以树自幛[19]；彼右则左之，彼左则右之[20]。尸益怒。然各寖倦矣[21]。尸顿立。客汗促气逆[22]，庇树间。尸暴起，伸两臂隔树探扑之。客惊仆。尸捉之不得，抱树而僵。

道人窃听良久，无声，始渐出，见客卧地上。烛之死，然心下丝丝有动气。负入，终夜始苏。饮以汤水而问之，客具以状对。时晨钟已尽[23]，晓色迷蒙，道人觇树上，果见僵女。大骇，报邑宰[24]。宰亲诣质验[25]。使人拔女手，牢不可开。审谛之，则左右四指，并卷如钩，入木没甲。又数人力拔，乃得下。视指穴如凿孔然。遣役探翁家，则以尸亡客毙，纷纷正哗。役告之故。翁乃从往，舁尸归。客泣告宰曰："身四人出[26]，今一人归，此情何以信乡里？"宰与之牒，赍送以归[27]。

据《聊斋志异》手稿本

---

〔1〕 阳信：县名。在今山东省北部。
〔2〕 望门投止：见有人家，便去投宿。《后汉书·张俭传》："俭得亡命，困迫遁走，望门投止。"止，宿。
〔3〕 客宿邸（dǐ底）满：住宿客人很多，旅舍已满。邸，旅舍。
〔4〕 一席厦宇：廊檐下一席之地。厦，两厢，走廊。宇，屋檐。
〔5〕 材木：棺木。材，棺。
〔6〕 搭帐衣：指灵堂中障隔灵床的帷幛。旧时丧礼，初丧停尸灵床，灵前置几，设位燃灯，祭以酒浆，几后设帷。见《莱阳县志》。《礼记·丧大记》"彻帷"《疏》："彻帷者，初死恐人恶之，故有帷也。至小敛衣尸毕，有饰，故除帷也。"

〔7〕 纸衾(qīn钦):指初丧时用以覆盖尸体的黄裱纸或白纸。衾,被。《泰安县志》(民国本):"既死,覆以纸被,报丧亲友,或谓'接亡',或谓'落柩'。"
〔8〕 复室:指套房中的里间。
〔9〕 抹额:也叫"抹头",一种束额的头巾。此指以巾束额。
〔10〕 计:此字底本模糊难辨,据铸雪斋抄本补正。
〔11〕 振衣:抖动衣服;指欲穿衣。
〔12〕 数数(shuò shuò朔朔):多次。
〔13〕 白足:光着脚。
〔14〕 拔关:拔开门闩。关,门插关,即门闩。
〔15〕 兰若:梵语"阿兰若"的音译。《大乘义章》一五:"阿兰若者,此翻名为空闲处也。"原为佛家比丘习静修的处所,后一般指佛寺。
〔16〕 木鱼:佛教法器名。刻木作鱼形,中凿空洞,扣之作声。一为圆形,刻有鱼鳞,僧人诵经时敲击以调音节;一为长形,吊库堂前,开饭时击之以招僧众。《百丈清规·法器章》:"相传云:鱼昼夜常醒,刻木象形,击之,所以惊昏惰也。"
〔17〕 挝(zhuā抓):敲。山门:寺院的外门。
〔18〕 道人:这里指和尚。晋宋间和尚、道士通称道人。叶梦得《石林燕语》:"晋宋间佛教初行,未有僧称,通曰道人。"
〔19〕 幛:本指屏风、帷幕,也作"障",遮蔽。
〔20〕 彼左则右之:此据铸雪斋抄本,原无此五字。
〔21〕 寖(qìn浸)倦:渐渐疲倦。寖,同"浸",渐。
〔22〕 汗促气逆:汗直冒,气直喘。促,急。逆,不顺。
〔23〕 晨钟:这里指寺庙里清晨的钟声。钟,佛教法器。《百丈清规·法器章》:"大钟,丛林号令资始也。晓击则破长夜警睡眠,暮击则觉昏衢疏冥昧。"
〔24〕 邑宰:指知县。
〔25〕 质验:质证查验;即问取证词,查验尸身。
〔26〕 身:《尔雅·释诂下》:"身,我也。"
〔27〕 "宰与"二句:知县发给他证明文书,并赠送盘费,使其回家。赍(jī鸡),以物送人。

喷 水

莱阳宋玉叔先生为部曹时[1],所僦第[2],甚荒落。一夜,二婢奉太夫人宿厅上[3],闻院内扑扑有声,如缝工之喷水者。太夫人促婢起,穴窗窥视[4],见一老妪,短身驼背,白发如帚,冠一髻,长二尺许,周院环走,疏急作鹤步[5],行且喷,水出不穷。婢愕返白。太夫人亦惊起,两婢扶窗下聚观之。妪忽逼窗,直喷棂内;窗纸破裂,三人俱仆,而家人不之知也。东曦既上[6],家人毕集,叩门不应,方骇。撬扉入,见一主二婢,骈死一室[7]。一婢鬲下犹温[8]。扶灌之,移时而醒,乃述所见。先生至,哀愤欲死。细穷没处,掘深三尺馀,渐露白发;又掘之,得一尸,如所见状,面肥肿如生。令击之,骨肉皆烂,皮内尽清水。

据《聊斋志异》手稿本

---

[1] 宋玉叔:即宋琬。宋琬(1614—1673),字玉叔,号荔裳,莱阳(今山东莱阳)人。清初著名诗人,与施闰章齐名,时称"南施北宋"。有《安雅堂集》。宋琬为顺治四年(1647)进士,授户部河南司主事,调吏部稽勋司郎中,后迁浙江、四川按察使。详见《清史稿·文苑传》。主事、郎中均为内阁各部的属官,即"部曹"。"为部曹时",指宋琬在京期间。

[2] 所僦(jiù 就)第:租赁的宅第。

〔3〕 太夫人:汉代称列侯之母为太夫人。后泛称官僚豪绅之母。此指宋母。
〔4〕 穴窗:在窗纸上戳个洞。
〔5〕 疏急作鹤步:大步急行如鹤。
〔6〕 东曦(xī希):犹朝日。曦,日光。
〔7〕 骈(pián胼)死:同死。骈,并,相挨。
〔8〕 鬲下:胸腹之间,指胸口。鬲,同"膈"。

瞳人语

长安士方栋[1],颇有才名,而佻脱不持仪节[2]。每陌上见游女[3],辄轻薄尾缀之[4]。清明前一日,偶步郊郭,见一小车,朱茀绣幰[5];青衣数辈[6],款段以从[7]。内一婢,乘小驷[8],容光绝美。稍稍近觇之,见车幔洞开,内坐二八女郎,红妆艳丽,尤生平所未睹。目炫神夺,瞻恋弗舍,或先或后,从驰数里。忽闻女郎呼婢近车侧,曰:"为我垂帘下。何处风狂儿郎,频来窥瞻!"婢乃下帘,怒顾生曰:"此芙蓉城七郎子新妇归宁[9],非同田舍娘子[10],放教秀才胡觑[11]!"言已,掬辙土飏生。

生眯目不可开。才一拭视,而车马已渺。惊疑而返。觉目终不快。倩人启睑拨视,则睛上生小翳[12];经宿益剧,泪簌簌不得止;翳渐大,数日厚如钱;右睛起旋螺,百药无效。懊闷欲绝,颇思自忏悔。闻《光明经》能解厄[13]。持一卷,浼人教诵[14]。初犹烦躁,久渐自安。旦晚无事,惟趺坐捻珠[15]。持之一年,万缘俱净[16]。忽闻左目中小语如蝇,曰:"黑漆似,叵耐杀人[17]!"右目中应云:"可同小遨游,出此闷气。"渐觉两鼻中蠕蠕作痒,似有物出,离孔而去。久之乃返,复自鼻入眶中。又言曰:"许时不窥园亭,珍珠兰遽枯瘠死[18]!"生素喜香兰,园中多种植,日常自灌溉;自失明,久置不问。忽闻此言,遽问妻:"兰花何使憔悴死?"妻诘其所自知,因告之故。

妻趋验之，花果槁矣。大异之。静匿房中以俟之，见有小人自生鼻内出，大不及豆，营营然竟出门去[19]。渐远，遂迷所在。俄，连臂归，飞上面，如蜂蚁之投穴者。如此二三日。又闻左言曰："隧道迂[20]，还往甚非所便，不如自启门。"右应云："我壁子厚，大不易。"左曰："我试辟，得与而俱[21]。"遂觉左眶内隐似抓裂。有顷，开视，豁见几物。喜告妻。妻审之，则脂膜破小窍，黑睛荧荧，如劈椒[22]。越一宿，幛尽消。细视，竟重瞳也，但右目旋螺如故，乃知两瞳人合居一眶矣。生虽一目眇，而较之双目者，殊更了了[23]。由是益自检束[24]，乡中称盛德焉[25]。

异史氏曰[26]："乡有士人，偕二友于途，遥见少妇控驴出其前，戏而吟曰：'有美人兮[27]！'顾二友曰：'驱之！'相与笑骋。俄追及，乃其子妇。心赧气丧，默不复语。友伪为不知也者，评骘殊亵[28]。士人忸怩[29]，吃吃而言曰[30]：'此长男妇也。'各隐笑而罢。轻薄者往往自侮，良可笑也。至于眯目失明，又鬼神之惨报矣。芙蓉城主，不知何神，岂菩萨现身耶[31]？然小郎君生辟门户，鬼神虽恶，亦何尝不许人自新哉。"

据《聊斋志异》手稿本

----

[1] 长安：即今陕西省西安市。长安为汉、唐都城，因在旧时文学作品中常以长安代指国都。
[2] 佻（tiǎo 挑）脱不持仪节：行为轻佻，不守礼节。佻脱，轻佻，轻率。持，守。仪节，礼仪。

〔3〕 陌(mò末)上:本指田间小路;南北叫"阡",东西称"陌"。这里指郊野路上。
〔4〕 尾缀:犹尾随;在后紧跟。
〔5〕 朱苇(fú俘)绣幰(xiǎn显):大红车帘,绣花车帷。旧时女子乘车,车篷前后挂帘遮蔽,叫"苇"。幰,车上的障幔。
〔6〕 青衣:古时地位低贱者的服装。婢女多穿青衣,因以代称婢女。
〔7〕 款段:款段马,行动迟缓之马。此指骑马慢行。《后汉书·马援传》:"士生一世,但取衣食裁足,乘下泽车,御款段马……"《注》:"款,犹缓也,言形段迟缓也。"
〔8〕 小驷:小马。驷,四马一车,也泛指马,《礼记·三年问》:"若驷之过隙。"《经典释文》:"驷,马也。"
〔9〕 芙蓉城:迷信传说中的仙境。欧阳修《六一诗话》:"(石)曼卿卒后,其故人有见之者,云恍忽如梦中,言我今为鬼仙也,所主芙蓉城。"归宁:妇女回母家探视,古称归宁。《诗·周南·葛覃》:"害澣害否,归宁父母。"宁,安,问安。
〔10〕 田舍娘子:乡下妇女,农妇。
〔11〕 放:任意。
〔12〕 小翳(yì益):小片障(云)膜。翳,目疾,遮蔽瞳孔的薄膜。下文"右睛起旋螺",是说薄膜厚结成螺旋形。
〔13〕 《光明经》:佛教经典《金光明经》的简称。
〔14〕 浼(měi每)人:求人,请人。
〔15〕 捻珠:用手捻数着佛珠。珠,佛珠,也称"数珠",梵语"钵塞莫"的意译,佛教徒念佛号或经咒时用以计数。通用将香木车成圆粒,贯穿成串,也有用玛瑙、玉石制作的,粒数多少不等,少者十四颗,多者达一千零八十颗。
〔16〕 万缘俱净:意思是各种世俗杂念全都消除。缘,佛家语,此指意念产生的因缘。
〔17〕 叵(pǒ颇)耐杀人:令人难以忍耐。叵,不可。杀,同"煞"。
〔18〕 珍珠兰:也称珠兰,常绿小灌木,初夏开小花,穗状花序,呈黄绿色,有香味。
〔19〕 营营:往来飞声。《诗·小雅·青蝇》:"营营青蝇,止于樊。"朱熹

注:"营营,往来飞声。"
〔20〕 隧道:地下暗道。这里指眼睛通向鼻孔的潜道。《素问·调经论》:"五藏之道,皆出于经隧。"注:"隧,潜道也。"
〔21〕 得与而俱:意思是,如果我启门成功,就与你共同使用。而,你。俱,一同。
〔22〕 劈椒:绽裂的花椒内仁。花椒内的黑子,俗名"椒目"。这里形容露出一小点黑色的瞳孔。
〔23〕 了了:清楚。
〔24〕 检束:指对言行检点约束。
〔25〕 盛德:美德。《史记·老子申韩列传》:"吾闻之,良贾深藏若虚,君子盛德,容貌若愚。"盛,大、美。
〔26〕 "异史氏曰":《聊斋志异》所用的一种论赞体例。异史氏,作者蒲松龄自称。本书撰写狐鬼神异故事多仿史书列传体例,因称"异史";而在正文后,则仿照《左传》的"君子曰"和《史记》的"太史公曰"的论赞体例,标以"异史氏曰",以便作者直接发表议论。
〔27〕 有美人兮:《诗·郑风·野有蔓草》中的诗句。原诗为:"有美一人,清扬婉兮。邂逅相遇,适我愿兮。"
〔28〕 评骘(zhì质)殊亵:评论得十分猥亵、下流。骘,定。
〔29〕 忸怩:羞愧蹇缩的样子。
〔30〕 吃吃(jī jī 机机):形容说话结结巴巴、吞吐含混。
〔31〕 菩萨:梵语"菩提萨埵"的略称。《翻译名义集》一引法藏释:"菩提,此谓之觉;萨埵,此曰众生。以上智求菩提,用悲下求众生。"佛教用以指自觉本性而又善度众生的修行者,地位仅次于佛,世传观世音菩萨多现女身。

画　壁

江西孟龙潭[1],与朱孝廉客都中[2]。偶涉一兰若,殿宇禅舍[3],俱不甚弘敞[4],惟一老僧挂搭其中[5]。见客入,肃衣出迓[6],导与随喜[7]。殿中塑志公像[8]。两壁画绘精妙,人物如生。东壁画散花天女[9],内一垂髫者[10],拈花微笑,樱唇欲动,眼波将流。朱注目久,不觉神摇意夺,恍然凝想。身忽飘飘,如驾云雾,已到壁上。见殿阁重重,非复人世。一老僧说法座上[11],偏袒绕视者甚众[12]。朱亦杂立其中。少间,似有人暗牵其裾。回顾,则垂髫儿,辗然竟去[13]。履即从之。过曲栏,入一小舍,朱次且不敢前[14]。女回首,举手中花,遥遥作招状,乃趋之。舍内寂无人;遽拥之,亦不甚拒,遂与狎好。既而闭户去,嘱勿咳,夜乃复至,如此二日。女伴共觉之,共搜得生,戏谓女曰:"腹内小郎已许大,尚发蓬蓬学处子耶?"共捧簪珥[15],促令上鬟[16]。女含羞不语。一女曰:"妹妹姊姊,吾等勿久住,恐人不欢。"群笑而去。生视女,髻云高簇,鬟凤低垂,比垂髫时尤艳绝也。四顾无人,渐入猥亵,兰麝熏心[17],乐方未艾。忽闻吉莫靴铿铿甚厉[18],缧锁锵然[19];旋有纷嚣腾辨之声。女惊起,与生窃窥,则见一金甲使者[20],黑面如漆,绾锁挈槌[21],众女环绕之。使者曰:"全未?"答言:"已全。"使者曰:"如有藏匿下界人,即共出首,勿贻伊戚[22]。"又同声言:"无。"使者反身鹗顾[23],似将搜匿。女大惧，面如死灰，张皇谓朱曰："可急匿榻下。"乃启壁上小扉，猝遁去。

朱伏，不敢少息。俄闻靴声至房内，复出。未几，烦喧渐远，心稍安；然户外辄有往来语论者[24]。朱局蹐既久[25]，觉耳际蝉鸣，目中火出，景状殆不可忍，惟静听以待女归，竟不复忆身之何自来也。时孟龙潭在殿中，转瞬不见朱，疑以问僧。僧笑曰："往听说法去矣。"问："何处？"曰："不远。"少时，以指弹壁而呼曰："朱檀越何久游不归[26]？"旋见壁间画有朱像，倾耳伫立，若有听察。僧又呼曰："游侣久待矣。"遂飘忽自壁而下，灰心木立[27]，目瞪足耎。孟大骇，从容问之，盖方伏榻下，闻扣声如雷，故出房窥听也。共视拈花人，螺髻翘然[28]，不复垂髫矣。朱惊拜老僧，而问其故。僧笑曰："幻由人生，贫道何能解。"朱气结而不扬，孟心骇叹而无主。即起，历阶而出。

异史氏曰："幻由人作，此言类有道者[29]。人有淫心，是生亵境；人有亵心，是生怖境。菩萨点化愚蒙，千幻并作。皆人心所自动耳。老婆心切[30]，惜不闻其言下大悟，披发入山也。"

据《聊斋志异》手稿本

----

[1] 江西：清代行省名，辖境约当今江西省。
[2] 孝廉：这里指举人。孝廉为汉代选举官吏的科目，孝指孝子，廉指廉洁之士，由郡国推举，报请朝廷任用。明清科举制度，举人由乡试产生，与汉代孝廉由郡国推举相似，因称举人为孝廉。
[3] 禅（chán 馋）舍：僧舍。禅，佛家语，梵语音译"禅那"的略称，专心静思的意思。旧时诗文常将与佛教有关的事物都冠以"禅"字，如

〔4〕 弘敞:宽阔明亮。敞,原作"厂(廠)",据青柯亭刻本改。
〔5〕 挂搭:行脚僧(也叫游方僧)投宿暂住的意思。也称"挂褡"、"挂单"、"挂锡"。褡,指僧衣;单,指僧堂东西两序的名单;锡,指锡杖。行脚僧投宿寺院,衣钵和锡杖不能放在地上,而要挂在僧堂东西两序名单下面的钩上,故称。
〔6〕 肃衣:整衣,表示恭敬。
〔7〕 随喜:佛家语,意思是随己所喜,做些善事;指随意向僧人布施财物。见《法华经·随喜功德品》。后因称游观寺院为随喜。
〔8〕 志公:指南朝僧人保志。保志(418—514),也作"宝志",相传自宋太始(465—471)初,他表现出种种神异的言行,齐、梁时王侯士庶视之为"神僧"。见《高僧传·神异·梁京师释保志》。
〔9〕 散花天女:佛经故事中的神女。《维摩诘经·观众生品》载,维摩诘室有一天女,每见诸菩萨聆听讲说佛法,就呈现原身,并将天花撒在他们身上,以验证其向道之心:道心坚定者花不着身,反之则着身不去。
〔10〕 垂髫(tiáo条):披发下垂。古时十五岁以下儿童不束发,因称童稚为垂髫。这里指未曾束发的少女。
〔11〕 说法:讲说佛法。
〔12〕 偏袒绕视者:此指和尚。偏袒,袒露右肩,详《聊斋自志》注。
〔13〕 辴(chǎn产)然:笑的样子。《庄子·达生》:"桓公辴然而笑。"
〔14〕 次且(zī jū资苴):同"趑趄"。进退犹豫。
〔15〕 簪珥(ěr耳):发簪和耳环。
〔16〕 上鬟:俗称"上头"。山东旧时习俗,女子临嫁梳妆冠笄,插戴首饰,称"上头"。《城武县志》(道光十年):"于吉时为女冠笄作乐,名上头。"
〔17〕 兰麝:兰草和麝香。古时妇女熏香用品。
〔18〕 吉莫靴:皮靴。吉莫,皮革。《北齐书·韩宝业等传》:"臣向见郭林宗从冢中出,着大帽、吉莫靴,插马鞭。"
〔19〕 缧(léi累)锁:拘系犯人的锁链。缧,黑绳。
〔20〕 金甲使者:身着金制铠甲的使者。

〔21〕 絜（xié 协）：持。通"挈"。
〔22〕 勿贻伊戚：意为不要自招罪罚。《诗·小雅·小明》："心之忧矣，自诒伊戚。"诒，通"贻"，遗留。伊，通"繄"（yī 一），是。戚，忧愁。
〔23〕 反身鹗顾：反转身来，瞋目四顾。鹗，猛禽，双目深陷，神色凶狠。
〔24〕 语论：谈论。语，交相告语。
〔25〕 局蹐（jú jí 局脊）：畏缩恐惧而蜷曲。局，同踘，屈曲。蹐，两足相叠。
〔26〕 檀越：也作"檀那"，梵语"陀那钵底"的音译，义译为"施主"，指向寺院施舍财物的俗家人。
〔27〕 灰心木立：心如死灰，形似槁木。灰心，是说心沉寂如死灰；木立，是说站立着像枯干的木头，没有知觉。《庄子·齐物论》："形固可使如槁木，而心固可使如死灰乎！"
〔28〕 螺髻翘然：螺形发髻高高翘起，为已婚妇女的发式。
〔29〕 此言类有道者：说出这样话的，像是一位深通哲理的人。有道，谓深明哲理。
〔30〕 老婆心切：教人心切。佛家称教导学人亲切叮咛者曰老婆，寓慈悲之意。《景德传灯录》卷十二载，唐代义玄禅师初投江西黄檗山参希运大师。义玄问黄檗"如何是祖师西来意？""黄檗便打，如是三问，三遭打。"黄檗意欲以此令其自悟，而义玄不解其意，辞去，往参大愚禅师。大愚说："黄檗恁么老婆，为汝得彻困，犹觅过在。"义玄顿时领悟到希运的用意，随即返回黄檗山受教。黄檗问云："汝回太速生。"义玄云："只为老婆心切。"

山　魈[1]

孙太白尝言：其曾祖肄业于南山柳沟寺[2]。麦秋旋里[3]，经旬始返。启斋门，则案上尘生，窗间丝满。命仆粪除[4]，至晚始觉清爽可坐。乃拂榻陈卧具，扃扉就枕[5]，月色已满窗矣。辗转移时，万籁俱寂[6]。忽闻风声隆隆，山门豁然作响。窃谓寺僧失扃。注念间[7]，风声渐近居庐，俄而房门辟矣。大疑之。思未定，声已入屋；又有靴声铿铿然，渐傍寝门。心始怖。俄而寝门辟矣。急视之，一大鬼鞠躬塞入，突立榻前，殆与梁齐。面似老瓜皮色；目光睒闪[8]，绕室四顾；张巨口如盆，齿疏疏长三寸许[9]；舌动喉鸣，呵喇之声，响连四壁。公惧极；又念咫尺之地，势无所逃，不如因而刺之。乃阴抽枕下佩刀，遽拔而斫之，中腹，作石缶声[10]。鬼大怒，伸巨爪攫公。公少缩。鬼攫得衾，挼之，忿忿而去。公随衾堕，伏地号呼。家人持火奔集，则门闭如故，排窗入，见状，大骇。扶曳登床[11]，始言其故。共验之，则衾夹于寝门之隙。启扉检照，见有爪痕如箕，五指着处皆穿。既明，不敢复留，负笈而归[12]。后问僧人，无复他异。

　　　　　　　　　　据《聊斋志异》手稿本

----

〔1〕 山魈（xiāo 消）：也作"山臊"。传说中的山怪。《正字通》引《抱朴

子·登涉篇》："山精形如小儿,独足向后,夜喜犯人,名曰魈。"今本《抱朴子》"魈"作"蚑"。《荆楚岁时记》、东方朔《神异经》"魈"并作"䑾"。山东民间视为恶鬼,方志中多载春节燃爆竹以驱山魈事。如《商河县志》:"正月元旦……五更燃爆竹,以驱山魈。"

〔2〕 肄(yì 艺)业:修习学业。《左传·文公四年》:"臣以为肄业及之也。"杜预注:"肄,习也。"

〔3〕 麦秋:麦收季节。《礼·月令》:"孟夏麦秋至。"秋,指农作物成熟之期。

〔4〕 粪除:扫除。

〔5〕 扃(jiōng 炯)扉:插门。扃,门插关。下文"失扃",意思是忘了插门。

〔6〕 万籁俱寂:什么声响都没有。

〔7〕 注念间:专注凝思之时。

〔8〕 睒(shǎn 闪)闪:像闪电一样。《胶澳志·方言》(民国本):"电光曰睒。"

〔9〕 齿疏疏:牙齿稀稀拉拉。疏,稀。

〔10〕 缶(fǒu 否):一种口小腹大的盛器。

〔11〕 扶曳(yè 叶):挽扶拖拉。

〔12〕 负笈(jí 及):背着书箱。笈,书箱。

咬 鬼

沈麟生云:其友某翁者,夏月昼寝,蒙眬间,见一女子搴帘入[1],以白布裹首,缞服麻裙[2],向内室去。疑邻妇访内人者;又转念,何遽以凶服入人家[3]?正自皇惑,女子已出。细审之,年可三十馀,颜色黄肿,眉目蹙蹙然[4],神情可畏。又逡巡不去,渐逼卧榻。遂伪睡,以观其变。无何,女子摄衣登床[5],压腹上,觉如百钧重。心虽了了,而举其手,手如缚;举其足,足如痿也[6]。急欲号救,而苦不能声。女子以喙嗅翁面,颧鼻眉额殆遍。觉喙冷如冰,气寒透骨。翁窘急中,思得计:待嗅至颐颊[7],当即因而啮之[8]。未几,果及颐。翁乘势力龁其颧[9],齿没于肉。女负痛身离,且挣且啼。翁龁益力。但觉血液交颐,湿流枕畔。相持正苦,庭外忽闻夫人声,急呼有鬼,一缓颊而女子已飘忽遁去[10]。夫人奔入,无所见,笑其魇梦之诬[11]。翁述其异,且言有血证焉。相与检视,如屋漏之水,流枕浃席[12]。伏而嗅之,腥臭异常。翁乃大吐。过数日,口中尚有馀臭云。

据《聊斋志异》手稿本

----

〔1〕 搴(qiān悭)帘:掀帘。搴,揭起,掀。
〔2〕 缞(cuī崔)服麻裙:古代的丧服。缞,披于胸前的麻布条,服三年之丧者用之。麻裙,麻布做的下衣。

[3] "何遽"句:凶服,即丧服。上文言"白布裹首",可见是新丧。旧时新丧,着丧服不能串门,以为不吉利,因有疑问。
[4] 眉目蹙蹙(cù促)然:皱眉愁苦的样子。
[5] 痿(wěi委):痿痹,肢体麻痹。
[6] 摄衣:提起衣裙。摄,提起。
[7] 颐(yí夷)颊:下巴至两腮之间,指脸的下部。
[8] 啮:同"咬"。
[9] 龁(hé核):咬。
[10] 缓颊:放松面部肌肉,这里意即松口。
[11] 魇(yǎn掩)梦之诬:噩梦的幻觉。魇,噩梦,梦中惊骇。诬,以无当有。
[12] 浃(jiā夹)席:流满床席。浃,遍,满。

捉　狐

孙翁者,余姻家清服之伯父也。素有胆。一日,昼卧,仿佛有物登床,遂觉身摇摇如驾云雾。窃意无乃压狐耶[1]?微窥之,物大如猫,黄毛而碧嘴,自足边来。蠕蠕伏行,如恐翁寤。逡巡附体:着足足痿,着股股耎。甫及腹,翁骤起,按而捉之,握其项。物鸣急莫能脱。翁亟呼夫人,以带絷其腰[2]。乃执带之两端,笑曰:"闻汝善化,今注目在此,看作如何化法。"言次,物忽缩其腹,细如管,几脱去。翁大愕,急力缚之,则又鼓其腹,粗于碗,坚不可下;力稍懈,又缩之。翁恐其脱[3],命夫人急杀之。夫人张皇四顾,不知刀之所在。翁左顾示以处。比回首,则带在手如环然,物已渺矣。

据《聊斋志异》手稿本

---

〔1〕 压狐:睡梦之中感到胸闷气促,俗称"压狐子"。压,或作"魇"。
〔2〕 絷(zhí 陟):绊缚马足,这里是拴缚的意思。
〔3〕 翁:原作"公",此据二十四卷抄本。下同。

莜 中 怪

长山安翁者[1],性喜操农功[2]。秋间荞熟[3],刈堆陇畔。时近村有盗稼者,因命佃人[4],乘月辇运登场[5];俟其装载归,而自留逻守。遂枕戈露卧。目稍瞑,忽闻有人践荞根,咋咋作响。心疑暴客[6]。急举首,则一大鬼,高丈馀,赤发鬇须[7],去身已近。大怖,不遑他计,踊身暴起,狠刺之。鬼鸣如雷而逝。恐其复来,荷戈而归。迎佃人于途,告以所见,且戒勿往。众未深信。越日,曝麦于场,忽闻空际有声。翁骇曰:"鬼物来矣!"乃奔,众亦奔。移时复聚,翁命多设弓弩以俟之。翼日[8],果复来。数矢齐发,物惧而遁。二三日竟不复来。麦既登仓,禾虉杂遝[9],翁命收积为垛,而亲登践实之,高至数尺。忽遥望骇曰:"鬼物至矣!"众急觅弓矢,物已奔翁[10]。翁仆,龁其额而去。共登视,则去额骨如掌,昏不知人。负至家中,遂卒。后不复见。不知其何怪也。

据《聊斋志异》手稿本

---

[1] 长山:旧县名,故地在今山东邹平一带。
[2] 农功:农事,即农活。
[3] 荞(qiáo 桥):同"荍",荞麦。
[4] 佃(tián 田)人:指农村佣工。

〔5〕 乘月辇运:就着月光推车搬运。辇,手推车。
〔6〕 暴客:盗贼。
〔7〕 髯(níng宁)须:髭须乱张,样子凶恶。
〔8〕 翼日:明日。翼,通"翌"。
〔9〕 禾藉(jiē皆)杂遝(tà沓):指荞麦秸散乱在地。藉,庄稼秸秆。杂遝,也作"杂沓",杂乱。
〔10〕"奔翁""翁仆"之"翁",底本并作"公",据铸雪斋抄本改。

宅　妖

长山李公，大司寇之侄也[1]。宅多妖异。尝见厦有春凳[2]，肉红色，甚修润。李以故无此物[3]，近抚按之，随手而曲，殆如肉臠。骇而却走。旋回视，则四足移动，渐入壁中。又见壁间倚白梃[4]，洁泽修长。近扶之，腻然而倒，委蛇入壁[5]，移时始没。

康熙十七年[6]，王生俊升设帐其家[7]。日暮，灯火初张，生着履卧榻上。忽见小人，长三寸许，自外入，略一盘旋，即复去。少顷，荷二小凳来，设堂中，宛如小儿辈用粱藚心所制者[8]。又顷之，二小人舁一棺入，长四寸许，停置凳上。安厝未已[9]，一女子率厮婢数人来[10]，率细小如前状。女子衰衣[11]，麻绠束腰际，布裹首；以袖掩口，嘤嘤而哭，声类巨蝇。生睥睨良久[12]，毛森立，如霜被于体。因大呼，遽走，颠床下，摇战莫能起。馆中人闻声毕集，堂中人物杳然矣。

据《聊斋志异》手稿本

---

〔1〕 大司寇：指李化熙，字五弦，长山（今山东邹平县）人。明崇祯进士，官四川巡抚，总督三边，统理西征军务。入清，官至刑部尚书。《长山县志》、《山东省通志》、《清史稿》均有传。司寇，西周所置官，春秋、战国相沿，掌管刑狱、纠察等事。后世以大司寇为刑部尚书的

别称。
〔2〕 春凳:一种长条形的木凳。
〔3〕 故:原来。
〔4〕 白梃:白木棍棒。
〔5〕 委蛇(wēi yí 威移):通"逶迤",曲折而进。
〔6〕 康熙十七年:即公元一六七八年。
〔7〕 设帐:指设馆授徒,做教书先生。《后汉书·马融传》载,马融"常坐高堂,施绛纱帐,前授生徒,后列女乐,弟子以次相传,鲜有入其室者。"
〔8〕 梁藄(jiē 皆)心:高粱秆心。
〔9〕 安厝(cuò 错):安措,安置。厝,停柩待葬。
〔10〕 厮婢:奴婢。
〔11〕 衰(cuī 催)衣:丧服。详《咬鬼》注。下句"麻绠",是旧时居丧者束于腰际的麻绦。
〔12〕 睥睨(bì nì 币腻):窥察。

王 六 郎

许姓,家淄之北郭[1],业渔。每夜,携酒河上,饮且渔。饮则酹地[2],祝云[3]:"河中溺鬼得饮。"以为常。他人渔,迄无所获,而许独满筐。一夕,方独酌,有少年来,徘徊其侧。让之饮,慨与同酌。既而终夜不获一鱼,意颇失。少年起曰:"请于下流为君驱之[4]。"遂飘然去。少间,复返,曰:"鱼大至矣。"果闻唼呷有声[5]。举网而得数头,皆盈尺。喜极,申谢[6]。欲归,赠以鱼,不受,曰:"屡叨佳酝[7],区区何足云报。如不弃,要当以为长耳[8]。"许曰:"方共一夕,何言屡也?如肯永顾,诚所甚愿;但愧无以为情。"询其姓字,曰:"姓王,无字[9],相见可呼王六郎。"遂别。明日,许货鱼,益沽酒[10]。晚至河干[11],少年已先在,遂与欢饮。饮数杯,辄为许驱鱼。

如是半载。忽告许曰:"拜识清扬[12],情逾骨肉。然相别有日矣。"语甚凄楚。惊问之。欲言而止者再,乃曰:"情好如吾两人,言之或勿讶耶?今将别,无妨明告:我实鬼也。素嗜酒,沉醉溺死,数年于此矣。前君之获鱼,独胜于他人者,皆仆之暗驱,以报酹奠耳。明日业满[13],当有代者,将往投生。相聚只今夕,故不能无感。"许初闻甚骇;然亲狎既久,不复恐怖。因亦欷歔,酌而言曰:"六郎饮此,勿戚也。相见遽违,良足悲恻,然业满劫脱[14],正宜相贺,悲乃不伦[15]。"遂与畅饮。因问:"代者何人?"曰:"兄于河畔视之,亭午[16],有女子渡河而溺者,是也。"听村鸡既唱,洒涕而别。明日,敬伺河边,以觇其异。果有妇人抱婴儿来,及河而堕。儿抛岸上[17],扬手掷足而啼。妇沉浮者屡矣,忽淋淋攀岸以出,藉地少息,抱儿径去。当妇溺时,意良不忍,思欲奔救,转念是所以代六郎者,故止不救。及妇自出,疑其言不验。抵暮,渔旧处。少年复至,曰:"今又聚首,且不言别矣。"问其故。曰:"女子已相代矣;仆怜其抱中儿,代弟一人,遂残二命,故舍之。更代不知何期。或吾两人之缘未尽耶?"许感叹曰:"此仁人之心,可以通上帝矣。"由此相聚如初。数日,又来告别。许疑其复有代者。曰:"非也。前一念恻隐[18],果达帝天。今授为招远县邬镇土地[19],来日赴任。倘不忘故交,当一往探,勿惮修阻[20]。"许贺曰:"君正直为神,甚慰人心。但人神路隔,即不惮修阻,将复如何?"少年曰:"但往,勿虑。"再三叮咛而去。

许归,即欲治装东下。妻笑曰:"此去数百里,即有其地,恐土偶不可以共语[21]。"许不听,竟抵招远。问之居人,果有邬镇。寻至其处,息肩逆旅[22],问祠所在。主人惊曰:"得无客姓为许?"许曰:"然。何见知?"又曰:"得勿客邑为淄?"曰:"然。何见知?"主人不答,遽出。俄而丈夫抱子,媳女窥门,杂沓而来,环如墙堵。许益惊。众乃告曰:"数夜前,梦神言:淄川许友当即来,可助以资斧[23]。祗候已久[24]。"许亦异之,乃往祭于祠而祝曰:"别君后,寤寐不去心[25],远践曩约。又蒙梦示居人,感篆中怀[26]。愧无腆物[27],仅有卮酒[28];如不弃,当如河上之饮。"祝毕,焚钱纸。俄见风起座后,旋转移时,始散。夜梦少年来,衣冠楚楚,大异平时。谢曰:"远劳顾问[29],喜泪交并。但任微职,不便会面,咫尺河山[30],甚怆于怀。居人薄有所赠,聊酬凤好[31]。归如有期,尚当走送。"居数日,许欲归。众留殷勤,朝请暮邀,日更数主。许坚辞欲行。众乃折束抱襆[32],争来致赆[33],不终朝[34],馈遗盈橐。苍头稚子毕集[35],祖送出村[36]。欻有羊角风起[37],随行十馀里。许再拜曰:"六郎珍重!勿劳远涉。君心仁爱,自能造福一方,无庸故人嘱也。"风盘旋久之,乃去。村人亦嗟讶而返。许归,家稍裕,遂不复渔。后见招远人问之,其灵应如响云[38]。或言:即章丘石坑庄。未知孰是。

异史氏曰:"置身青云[39],无忘贫贱,此其所以神也。今日车中贵介[40],宁复识戴笠人哉[41]?余乡有林下者[42],家綦贫[43]。有童稚交[44],任肥秩[45]。计投之必相周顾。竭力办装,奔涉千里,殊失所望;泻囊货骑[46],始得归。其族弟甚谐,作月令嘲之云:'是月也,哥哥至,貂帽解,伞盖不张,马化为驴,靴始收声[47]。'念此可为一笑。"

据《聊斋志异》手稿本

----

〔1〕 淄之北郭:指淄川县城北郊。淄,淄川县,今属山东省淄博市。郭,外城,这里指城郊。下文"河",当指流经淄川的孝妇河。
〔2〕 酹(lèi 泪)地:浇酒于地以祭鬼神。下文所说"酹奠",义同。
〔3〕 祝:祷告。
〔4〕 下流:河的下游。
〔5〕 唼呷(shà xiā 霎虾):鱼吞吸食物的声音。

〔6〕 申谢:道谢。申,陈述,表示。
〔7〕 叨(tāo涛):表示承受的谦词。
〔8〕 要当以为长:意思是将经常为他驱鱼。要当,将要。长,通"常"。
〔9〕 字:表字。古时男子幼时起名,二十岁左右行冠礼,据本名相应之义另起别名,称"字"。《礼记·檀弓上》:"幼名,冠字,……周道也。"
〔10〕 益沽酒:多买些酒。益,增加。沽,买。
〔11〕 河干:河岸。《诗·魏风·伐檀》:"置之河之干兮。"干,涯岸。
〔12〕 清扬:对人容颜的颂称,犹言丰采。《诗·鄘风·君子偕老》:"子之清扬,扬且之颜也。"朱熹注:"清,视清明也;扬,眉上广也;颜,额角丰满也。"
〔13〕 业满:佛家语,谓业报已满。业,业报,谓所行善恶,必将得到相应的报应。此指恶业,受苦、为善与之相抵,即是业满。
〔14〕 劫脱:劫难得以脱免。劫,梵语音译"劫波"的略语。佛教对"劫"解释不一;世人多借指命定的难以逃脱的灾难。
〔15〕 不伦:谓当喜而悲,不合情理。
〔16〕 亭午:正午,中午。
〔17〕 儿抛岸上:此据二十四卷抄本,原无"上"字。
〔18〕 一念恻隐:一点同情之心。恻隐,同情,怜悯。《孟子·公孙丑上》:"今人乍见孺子将入于井,皆有怵惕恻隐之心。"
〔19〕 招远县邬镇土地:招远县,今属山东省。邬镇,村镇名。土地,土地神,古称"社神"。《通俗编·神鬼》:"今凡社神,俱呼土地。"旧俗村民祭祀土地神,祈求年丰岁熟。
〔20〕 勿惮(dàn担)修阻:不要怕路远难往。惮,怕。修阻,路远难行。
〔21〕 土偶:泥塑神像。
〔22〕 息肩逆旅:住在旅馆里。息肩,放下肩上担子,指止息。逆旅,迎止宾客之处,即旅店。逆,迎。
〔23〕 资斧:路费。《易·旅》:"旅于处,得其资斧。"
〔24〕 祗候:恭候。
〔25〕 寤寐不去心:犹言日夜思念。寤,醒来时;寐,睡着时。《诗·周南·关雎》:"窈窕淑女,寤寐求之。"

〔26〕感篆中怀：感激之情，铭记于心。篆，刻。中，心。
〔27〕腆（tiǎn舔）物：丰厚的礼物。腆，丰厚。
〔28〕卮酒：酒一卮。卮，酒器，容量四升。
〔29〕顾问：亲临看望。
〔30〕咫尺河山：近在咫尺，如隔河山。
〔31〕夙（sù素）好：旧交；指昔日交好之情。
〔32〕折柬抱襆：拿着礼帖，抱着礼品。柬，通"简"。折简，即折半之简，意为便笺，以之书写礼帖。后指裁纸写信。此指裁纸。襆，包袱，此指礼品包裹。
〔33〕致赆（jìn尽）：送行赠礼。《孟子·公孙丑下》："行者必以赆。"赆，以财物赠行者。
〔34〕不终朝（zhāo招）：不出一个早晨。朝，早晨。
〔35〕苍头：这里指老者。
〔36〕祖送：饯行送别。祖，祭名，出行以前祭祀路神。《诗·大雅·韩奕》："韩侯出祖，出宿于屠。显父饯之，清酒百壶。"引申为敬酒饯行。
〔37〕羊角风：旋风。《庄子·逍遥游》："抟扶摇羊角而上者九万里。"迷信以为鬼神驾旋风而行，此指六郎在隐形送行。
〔38〕灵应如响：意思是十分灵验，有求必应。响，应声、回响。
〔39〕置身青云：此处指王六郎高升为土地之神。《史记·范雎蔡泽列传》："须贾顿首言死罪，曰：'贾不意君能自致于青云之上。'"青云，指高空，喻指高官显位。
〔40〕贵介：地位高贵的大人物。《左传·襄公二十六年》："王子围寡君之贵介弟也。"介，大。
〔41〕戴笠人：指贫贱时结交的故人。戴笠，指处于贫贱的地位。周处《风土记》："越俗性率朴，初与人交，有礼，封土坛，祭以犬鸡，祝曰：卿虽乘车我戴笠，后日相逢下车揖；我步行，君乘车，他日相逢君当下。"
〔42〕林下者：指乡居不仕之人。
〔43〕綦（qí其）贫：十分贫穷。綦，甚。
〔44〕童稚交：幼年时结交的朋友。

〔45〕 肥秩:肥缺。秩,旧指官吏的俸禄,也指官位品级。
〔46〕 泻囊货骑(jì寄):花空钱袋,卖掉坐骑。囊,指钱袋。
〔47〕 "作月令"七句:月令,《礼记》篇名,记述每年农历十二个月的时令、行政及相关事物。这里模拟"月令"的文式,写这位林下者的可笑遭遇,是诙谐讽世的游戏笔墨。"貂帽解,伞盖不张",指羞惭丧气,不再摆排场。"马化为驴",指盘川不足,只好卖掉马,换头驴骑回来。"靴始收声",从此收心,不再着靴外出干求了。

偷 桃

童时赴郡试[1],值春节[2]。旧例,先一日,各行商贾,彩楼鼓吹赴藩司,名曰"演春"[3]。余从友人戏瞩[4]。是日游人如堵。堂上四官,皆赤衣[5],东西相向坐。时方稚,亦不解其何官。但闻人语哜嘈[6],鼓吹聒耳。忽有一人,率披发童,荷担而上[7],似有所白;万声汹动,亦不闻为何语。但视堂上作笑声。即有青衣人大声命作剧。其人应命方兴[8],问:"作何剧?"堂上相顾数语。吏下宣问所长。答言:"能颠倒生物[9]。"吏以白官。少顷复下,命取桃子。

术人声诺,解衣覆笥上,故作怨状,曰:"官长殊不了了!坚冰未解,安所得桃?不取,又恐为南面者所怒[10]。奈何!"其子曰:"父已诺之,又焉辞?"术人惆怅良久,乃云:"我筹之烂熟。春初雪积,人间何处可觅?惟王母园中[11],四时常不凋卸[12],或有之。必窃之天上,乃可。"子曰:"嘻!天可阶而升乎[13]?"曰:"有术在。"乃启笥,出绳一团,约数十丈,理其端,望空中掷去;绳即悬立空际,若有物以挂之。未几,愈掷愈高,渺入云中;手中绳亦尽。乃呼子曰:"儿来!余老惫,体重拙,不能行,得汝一往。"遂以绳授子,曰:"持此可登。"子受绳,有难色,怨曰:"阿翁亦大愦愦[14]!如此一线之绳,欲我附之,以登万仞之高天。倘中道断绝,骸骨何存矣!"父又强鸣拍之[15],曰:"我已失口,悔无及。烦儿一行。儿勿苦,倘窃得来,必有百金赏,当为儿娶一美妇。"子乃持索,盘旋而上,手移足随,如蛛趁丝,渐入云霄,不可复见。久之,坠一桃,如碗大。术人喜,持献公堂。堂上传示良久,亦不知其真伪。忽而绳落地上,术人惊曰:"殆矣!上有人断吾绳,儿将焉托!"移时,一物堕。视之,其子首也。捧而泣曰:"是必偷桃,为监者所觉。吾儿休矣!"又移时,一足落;无何,肢体纷堕,无复存者。术人大悲,一一拾置笥中而合之,曰:"老夫止此儿,日从我南北游。今承严命[16],不意罹此奇惨!当负去瘗之。"乃升堂而跪,曰:"为桃故,杀吾子矣!如怜小人而助之葬,当结草以图报耳[17]。"坐官骇诧,各有赐金。术人受而缠诸腰,乃扣笥而呼曰:"八八儿,不出谢赏,将何待?"忽一蓬头僮首抵笥盖而出,望北稽首,则其子也。以其术奇,故至今犹记之。后闻白莲教能为此术[18],意此其苗裔耶[19]?

据《聊斋志异》手稿本

------

〔1〕 童时赴郡试:童年时赴府城应试。试,此指"童试"。明清时代应试生员(秀才)的考试,称"童生试",简称"童试"。童试共分三个阶段:初为县试,录取后参加府试,最后参加院试,录取即为生员。郡,指济南,当时淄川属济南府。

〔2〕 春节:古时以立春为春节。

〔3〕 "旧例"五句:指山东旧时习俗,于立春前一日的迎春活动。如《商河县志》(道光本)载:"立春前一日,官府率士民具芒种春牛,迎春于东郊,里人行户扮渔樵耕读诸戏,结彩为楼,以五辛为春盘,饮酒簪花,啖春饼……"藩司,即布政使,明代为一省的行政长官,清代则为总督、巡抚的属官,专管一省的财赋和人事。这里指藩司

衙门。
〔4〕 戏瞩：游玩观看。
〔5〕 四官皆赤衣：《明会要》二四引《会典》、《通考》："凡公服：……一至四品，绯袍。"清初服色，沿袭明制。据此，四官应为总督、巡抚、布政使、按察使等省级官员。
〔6〕 人语哜嘈（jì cáo 剂曹）：人声喧闹。
〔7〕 荷担：指用担子挑着道具。
〔8〕 方兴：方始站起。上文"似有所白"，当指跪白。
〔9〕 颠倒生物：意思是能颠倒按季时令所生长的植物。
〔10〕 南面者：这里指堂上长官。古以面南为尊，帝王或长官都坐北朝南。
〔11〕 王母园：即西王母的蟠桃园。王母，指西王母，俗称"王母娘娘"，古代神话中的女神。《艺文类聚》八六引《汉武故事》："东郡献短人，呼东方朔。朔至，短人因指朔谓上曰：'西王母种桃，三千岁一为子，此儿不良也，已三过偷之矣。'后西王母下，出桃七枚，母因噉二，以五枚与帝，帝留核全前。母曰：'用此何？'上曰：'此桃美，欲种之。'母笑曰：'此桃三千年一着子，非下土所植也。'"据此，后世小说遂衍化出西王母的蟠桃园。
〔12〕 凋卸：即凋谢。卸，通"谢"，落。
〔13〕 天可阶而升乎：天可以沿着阶梯爬上去吗？《论语·子张》："夫子之不可及也，犹天之不可阶而升也。"阶，梯。
〔14〕 大愦愦（kuì kuì 愧愧）：太糊涂。大，通"太"。
〔15〕 鸣拍之：抚拍哄劝他。鸣，哄儿声。《世说新语·惑溺》："儿见充（贾充）喜踊，充就乳母手中鸣之。"
〔16〕 严命：这里指官长的指示、训令。严，本为对父亲的尊称，父命因称"严命"。旧时称地方官为父母官，所以借称。
〔17〕 结草以图报：意思是死了也要报答恩惠。《左传·宣公十五年》载，魏武子病时嘱其子魏颗，一定要让其爱妾改嫁；病危时又嘱以此妾殉葬。武子死后，魏颗遵照前嘱让她改嫁了。后来魏颗与秦力士杜回交战，见一老人结草绊倒杜回，使其得胜。夜间梦见那位老人来说，他是所嫁妾的父亲，以此来报答魏颗未让其女殉葬的恩

惠。后遂以"结草"代指报恩。
〔18〕 白莲教:也称"白莲社",是一个杂有佛道思想的民间秘密宗教组织。起源于佛教的白莲宗。元、明、清三代常为农民起义所利用。元末红巾军刘福通、韩山童,明末山东巨野人徐鸿儒,均以白莲教聚结群众,发动起义。
〔19〕 苗裔:远末子孙。《离骚》:"帝高阳之苗裔兮,朕皇考曰伯庸。"这里指白莲教的后世徒众。

种　梨

有乡人货梨于市[1],颇甘芳,价腾贵。有道士破巾絮衣[2],丐于车前。乡人咄之,亦不去;乡人怒,加以叱骂。道士曰:"一车数百颗,老衲止丐其一[3],于居士亦无大损[4],何怒为?"观者劝置劣者一枚令去,乡人执不肯。肆中佣保者[5],见喋聒不堪[6],遂出钱市一枚,付道士。道士拜谢,谓众曰:"出家人不解吝惜。我有佳梨,请出供客。"或曰:"既有之,何不自食?"曰:"我特需此核作种。"于是掬梨大啖[7]。且尽,把核于手,解肩上镵[8],坎地深数寸,纳之而覆以土。向市人索汤沃灌。好事者于临路店索得沸瀋[9],道士接浸坎处。万目攒视[10],见有勾萌出[11],渐大;俄成树,枝叶扶苏[12];倏而花,倏而实,硕大芳馥,累累满树。道士乃即树头摘赐观者,顷刻向尽。已,乃以镵伐树,丁丁良久[13],方断;带叶荷肩头,从容徐步而去。

初,道士作法时,乡人亦杂立众中,引领注目[14],竟忘其业。道士既去,始顾车中,则梨已空矣。方悟适所俵散[15],皆己物也。又细视车上一靶亡[16],是新凿断者。心大愤恨。急迹之[17],转过墙隅,则断靶弃垣下,始知所伐梨本,即是物也。道士不知所在。一市粲然[18]。

异史氏曰:"乡人愦愦,憨状可掬,其见笑于市人,有以哉[19]。

每见乡中称素封者[20]，良朋乞米，则怫然[21]，且计曰：'是数日之资也。'或劝济一危难，饭一茕独[22]，则又忿然，又计曰：'此十人、五人之食也。'甚而父子兄弟，较尽锱铢[23]。及至淫博迷心，则倾囊不吝；刀锯临颈，则赎命不遑。诸如此类，正不胜道；蠢尔乡人，又何足怪。"

据《聊斋志异》手稿本

----

〔1〕 货梨于市：在集市上卖梨。货，卖。
〔2〕 道士：道教的宗教职业者。巾，指道巾，道士帽，玄色，布缎制作。
〔3〕 老衲（nà 纳）：佛教戒律规定，僧尼衣服应用人们遗弃的破布碎片缝缀而成，称"百衲衣"，僧人因自称"老衲"。此处借作道士自称。
〔4〕 居士：梵语"迦罗越"的意译。见《维摩诘所说经·方便品》。隋慧运《维摩义记》云："居士有二：一、广积资产，居财之士，名为居士；二、在家修道，居家道士，名为居士。"这里是道士对卖梨者的敬称。
〔5〕 肆中佣保者：店铺雇用的杂役人员。
〔6〕 喋聒（dié guō 迭过）：噜唆。
〔7〕 掬梨大啖（dàn 淡）：两手捧着梨大嚼。啖，吃。
〔8〕 镵（chán 馋）：掘土工具。
〔9〕 沸瀋：滚开的汁水。瀋，汁水。
〔10〕 万目攒（cuán）视：众人一齐注目而视。攒，聚集。
〔11〕 勾萌：弯曲的幼芽。
〔12〕 扶苏：这里义同"扶疏"，枝叶茂盛的样子。
〔13〕 丁丁（zhēng zhēng 争争）：伐木声。
〔14〕 引领注目：伸着脖颈专注地观看。引领，伸长脖子。
〔15〕 俵（biào 鳔）散：分发。俵，分散。
〔16〕 一靶亡：一根车把没有了。靶，通"把"，车把。亡，失去。
〔17〕 急迹之：赶忙随后追寻他。迹，寻，寻其踪迹。

〔18〕一市粲然：整个集市上的人都大笑不止。粲然，大笑露齿的样子。《春秋谷梁传·昭公四年》："军人粲然皆笑。"注："粲然，盛笑貌。"
〔19〕有以哉：是有道理的。
〔20〕素封：指无官爵俸禄而十分富有的人家。《史记·货殖列传》："今有无秩禄之奉、爵邑之入，而乐与之比者，命曰素封。"
〔21〕怫（fú 弗）然：恼恨、气忿的样子。
〔22〕饭一茕（qióng 穷）独：款待一个孤苦的人饭食。饭，管饭。茕独，孤独无靠的人。《诗·小雅·正月》："哿矣富人，哀此茕独。"
〔23〕较尽锱铢（zī zhū 兹朱）：极微细的钱财也要彻底计较。锱、铢，古代极小的重量单位，借指微少的财利。

劳山道士

邑有王生,行七[1],故家子[2]。少慕道[3],闻劳山多仙人[4],负笈往游。登一顶,有观宇[5],甚幽。一道士坐蒲团上[6],素发垂领[7],而神观爽迈[8]。叩而与语,理甚玄妙[9]。请师之。道士曰:"恐娇惰不能作苦。"答言:"能之。"其门人甚众,薄暮毕集。王俱与稽首,遂留观中。凌晨,道士呼王去,授以斧,使随众采樵。王谨受教。过月余,手足重茧[10],不堪其苦,阴有归志。

一夕归,见二人与师共酌,日已暮,尚无灯烛。师乃剪纸如镜,粘壁间。俄顷,月明辉室,光鉴毫芒[11]。诸门人环听奔走。一客曰:"良宵胜乐[12],不可不同。"乃于案上取壶酒,分赉诸徒[13],且嘱尽醉。王自思:七八人,壶酒何能遍给?遂各觅盎盂[14],竞饮先釂[15],惟恐樽尽[16];而往复挹注[17],竟不少减。心奇之。俄一客曰:"蒙赐月明之照,乃尔寂饮[18]。何不呼嫦娥来[19]?"乃以箸掷月中。见一美人,自光中出。初不盈尺,至地遂与人等。纤腰秀项,翩翩作"霓裳舞[20]"。已而歌曰:"仙仙乎,而还乎,而幽我于广寒乎[21]!"其声清越,烈如箫管[22]。歌毕,盘旋而起,跃登几上,惊顾之间,已复为箸。三人大笑。又一客曰:"今宵最乐,然不胜酒力矣。其饯我于月宫可乎?"三人移席,渐入月中。众视三人,坐月中饮,须眉毕见,如影之在镜中。移时,月渐暗;门人然烛来[23],则道士独坐而客杳矣。几上肴核尚故[24]。壁上月,纸圆如镜而已。道士问众:"饮足乎?"曰:"足矣。""足宜早寝,勿误樵苏[25]。"众诺而退。王窃欣慕,归念遂息。

又一月,苦不可忍,而道士并不传教一术。心不能待,辞曰:"弟子数百里受业仙师,纵不能得长生术,或小有传习,亦可慰求教之心;今阅两三月[26],不过早樵而暮归。弟子在家,未谙此苦[27]。"道士笑曰:"我固谓不能作苦,今果然。明早当遣汝行。"王曰:"弟子操作多日,师略授小技,此来为不负也。"道士问:"何术之求?"王曰:"每见师行处,墙壁所不能隔,但得此法足矣。"道士笑而允之。乃传以诀[28],令自咒毕[29],呼曰:"入之!"王面墙,不敢入。又曰:"试入之。"王果从容入,及墙而阻。道士曰:"俯首骤入,勿逡巡!"王果去墙数步,奔而入;及墙,虚若无物;回视,果在墙外矣。大喜,入谢。道士曰:"归宜洁持[30],否则不验。"遂助资斧,遣之归。

抵家,自诩遇仙,坚壁所不能阻。妻不信。王效其作为,去墙数尺,奔而入,头触硬壁,蓦然而踣[31]。妻扶视之,额上坟起[32],如巨卵焉。妻揶揄之[33]。王惭忿,骂老道士之无良而已[34]。

异史氏曰:"闻此事,未有不大笑者;而不知世之为王生者,正复不少。今有伧父[35],喜疢毒而畏药石[36],遂有舐痈吮痔者[37],进宣威逞暴之术,以迎其旨,诒之曰:'执此术也以往,可以横行而无碍。'初试未尝不小效,遂谓天下之大,举可以如是行矣,势不至触硬壁而颠蹶不止也。"

据《聊斋志异》手稿本

〔1〕 行七:排行第七。
〔2〕 故家子:世家大族之子。
〔3〕 少慕道:少时羡慕道术。道,这里指道教。道教渊源于古代巫术和秦汉时神仙方术。东汉张道陵倡导五斗米道,奉老子为教主,逐渐形成道教。后世道教多讲求神仙符箓、斋醮礼忏等迷信法术。
〔4〕 劳山:也称"崂山"或"牢山",在今青岛市东北,南滨黄海,东临崂山湾,上有上清宫、白云洞等名胜古迹。
〔5〕 观(guàn冠)宇:道教庙宇。
〔6〕 蒲团:宗教用物。蒲草编结的圆草垫。僧、道盘坐或跪拜时垫用。
〔7〕 素发垂领:白发披垂到脖颈。素,白色。
〔8〕 神观爽迈:神态爽朗超俗。观,容貌、仪态。迈,高超不俗。
〔9〕 玄妙:幽深微妙。《老子》:"玄之又玄,众妙之门。"
〔10〕 手足重(chóng虫)茧:手脚都磨出了老茧。重茧,一层层磨擦而生成的硬皮。
〔11〕 光鉴毫芒:月光明彻,纤微之物都能照见。毫,兽类秋后生出御寒的细毛;芒,谷类外壳上的针状刺须,如麦芒。毫、芒,比喻极其微细。
〔12〕 良宵胜(shèng圣)乐:美好夜晚的盛美乐事。宵,晚。胜,盛,美。
〔13〕 分赉(lài赖):分发赏赐。赉,赏赐。
〔14〕 盎盂:盛汤水的容器。盎,大腹而敛口;盂,宽口而敛底。
〔15〕 竞饮先釂(jiào叫):争先干杯。釂,饮尽杯中酒。
〔16〕 樽:本作"尊",也作"罇",盛酒器,犹今之酒壶。
〔17〕 往复挹(yì意)注:指众人传来传去地倒酒。《诗·大雅·泂酌》:"泂酌彼行潦,挹彼注兹。"挹注,从大盛器倒入小盛器,这里指从酒壶倒入酒杯。
〔18〕 乃尔寂饮:如此寂寞地喝酒。乃尔,如此。
〔19〕 嫦娥:本作"姮娥"。神话传说中的月神,据说本为后羿之妻。《淮南子·览冥训》:"羿请不死之药于西王母,姮娥窃之奔月宫。"

〔20〕《霓裳舞》：即《霓裳羽衣舞》，唐代天宝年间宫廷盛行的一种舞蹈。据《乐苑》，《霓裳羽衣曲》本为西凉节度使杨敬述所献西域《婆罗门曲》，经唐玄宗改制而成。而《唐逸史》则传说唐玄宗曾夜游月宫，见"仙女数百，皆素练霓衣，舞于广庭。问其曲，曰《霓裳羽衣曲》。"详见《乐府诗集·舞曲歌辞五·霓裳辞》题解。

〔21〕"已而"四句：已而，然后。仙仙，同"僊僊"，起舞的样子。《诗·小雅·宾之初筵》："屡舞僊僊。"还，归。幽，幽禁。广寒，月宫名。旧题汉郭宪《洞冥记》："冬至后月养魄于广寒宫。"歌辞大意是：我翩翩地起舞啊，这是回到人间了吗，还是仍被幽禁在月宫呢！这位来自月宫的嫦娥，分辨不出剪贴壁上的月亮是人间的虚造还是天上的实有，故有此歌。

〔22〕烈如箫管：像箫管般嘹亮清脆。箫管，管乐器的统称。

〔23〕然：通"燃"。

〔24〕肴核：菜肴果品。

〔25〕樵苏：砍柴割草。

〔26〕阅：经，历。

〔27〕谙：熟习。

〔28〕诀：指施行法术的口诀。

〔29〕咒：念咒。即诵念施法的口诀。

〔30〕洁持：洁持之，即以纯洁的心地葆其道术。

〔31〕蓦（mò 末）然而踣：猛地跌倒。踣，同"仆"，跌倒。

〔32〕坟起：高起，指肿块隆起。

〔33〕揶揄（yé yú 耶俞）：讥笑嘲弄。

〔34〕无良：不善，没存好心。

〔35〕伧（cāng 仓）父：鄙贱匹夫。古时讥骂人的话。

〔36〕喜疢（chèn 衬）毒而畏药石：喜好伤身的疾患，而害怕治病的药石。比喻喜欢阿谀奉承而害怕直言忠告。疢毒，疾病，灾患。药石，治病的药物和砭石。《左传·襄公二十三年》："臧孙曰：'季孙之爱我，疾疢也；孟孙之恶我，药石也。美疢不如药石。夫石犹生我，疢之美，其毒滋多。"

〔37〕 舐(shì 式)痈吮痔：一般作"吸痈舐痔"。吸痈脓，舔痔疮，喻指无耻的谄媚奉迎。《史记·佞幸列传》："文帝尝病痈，邓通常为帝唶吮之。"又，《庄子·列御寇》："秦王有病，召医，破痈溃痤者得车一乘，舐痔者得车五乘，所治愈下，得车愈多。"

长 清 僧

长清僧[1],道行高洁[2]。年八十馀犹健。一日,颠仆不起,寺僧奔救,已圆寂矣[3]。僧不自知死,魂飘去,至河南界[4]。河南有故绅子[5],率十余骑,按鹰猎兔[6]。马逸[7],堕毙。魂适相值,翕然而合[8],遂渐苏。厮仆还问之[9]。张目曰:"胡至此!"众扶归。入门,则粉白黛绿者[10],纷集顾问。大骇曰:"我僧也,胡至此!"家人以为妄,共提耳悟之[11]。僧亦不自申解,但闭目不复有言。饷以脱粟则食[12],酒肉则拒。夜独宿,不受妻妾奉。

数日后,忽思少步[13]。众皆喜。既出,少定,即有诸仆纷来,钱簿谷籍,杂请会计[14]。公子托以病倦,悉卸绝之[15]。惟问:"山东长清县,知之否?"共答:"知之。"曰:"我郁无聊赖[16],欲往游瞩,宜即治任[17]。"众谓新瘳[18],未应远涉。不听,翼日遂发。抵长清,视风物如昨。无烦问途,竟至兰若[19]。弟子数人见贵客至,伏谒甚恭[20]。乃问:"老僧焉往?"答云:"吾师曩已物化[21]。"问墓所。群导以往,则三尺孤坟,荒草犹未合也。众僧不知何意。既而戒马欲归[22],嘱曰:"汝师戒行之僧[23],所遗手泽[24],宜恪守,勿俾损坏。"众唯唯。乃行。既归,灰心木坐,了不勾当家务[25]。

居数月,出门自遁,直抵旧寺,谓弟子:"我即汝师。"众疑其谬,相视而笑。乃述返魂之由,又言生平所为,悉符。众乃信,居以故榻,事之如平日。后公子家屡以舆马来，哀请之，略不顾瞻。又年馀，夫人遣纪纲至[26]，多所馈遗[27]。金帛皆却之，惟受布袍一袭而已[28]。友人或至其乡，敬造之。见其人默然诚笃；年仅而立[29]，而辄道其八十馀年事。

异史氏曰："人死则魂散，其千里而不散者[30]，性定故耳[31]。余于僧，不异之乎其再生，而异之乎其入纷华靡丽之乡[32]，而能绝人以逃世也。若眼睛一闪，而兰麝熏心，有求死而不得者矣，况僧乎哉！"

据《聊斋志异》手稿本

----

〔1〕 长清：县名。今属山东省济南市。
〔2〕 道行：指对佛教教义和戒法的修习实践。高洁：道高行洁。
〔3〕 圆寂：梵语的意译，音译为"般涅槃"，略称"涅槃"，意思是"圆满寂灭"。为佛教对僧尼死亡的美称。《释氏要览》卷下："释氏死，谓涅槃、圆寂、归真、归寂、灭度、迁化、顺世，皆一义也，随便称之，盖异俗也。"
〔4〕 河南：清行省名。辖境约略与今河南省相当。
〔5〕 故绅子：已故豪绅之子。绅，束于腰间的大带。《礼记·玉藻》："绅长制：士三尺，有司二尺有五寸。"古代有权势地位的人束绅，后世则称有官职或中科第而退居在乡的人为绅士或乡绅。
〔6〕 按鹰：驾鹰，即纵鹰行猎。
〔7〕 马逸：马受惊狂奔。逸，奔跑。
〔8〕 奋（xī夕）然而合：指僧魂猛地与堕尸合在一起。奋然，犹奋忽，迅疾的样子。
〔9〕 厮仆：奴仆。厮，旧时对服杂役人的贱称。
〔10〕 粉白黛绿：妇女的妆饰，代指姬妾之类的青年女子。粉白，面敷粉。

黛绿,眉画黛。
- 〔11〕 提耳悟之:恳切开导,促其醒悟。提耳,扯着耳朵,意思是谆谆晓喻。《诗·大雅·抑》:"匪面命之,言提其耳。"
- 〔12〕 饷以脱粟:用糙米做饭给他吃。饷,用食物款待。脱粟,糙米。
- 〔13〕 少步:稍微走动一下。
- 〔14〕 杂请会(kuài 快)计:纷纷请其审理钱粮出纳等事。杂,纷杂。会计,总计其数,指主管财物出纳等事。
- 〔15〕 卸绝:推脱、拒绝。
- 〔16〕 郁无聊赖:烦闷无聊。无聊赖,感情无所依托。
- 〔17〕 治任:备办行装。治,办理。任,负载之物,即行装。
- 〔18〕 新瘳(chōu 抽):刚刚病愈。
- 〔19〕 兰若:佛寺。详《尸变》注。
- 〔20〕 伏谒:拜见。谒,通名进见尊长。
- 〔21〕 曩已物化:前些时候已经死去。曩,以往,从前。物化,化为异物,死的讳词。《庄子·刻意》:"圣人之生也天行,其死也物化。"
- 〔22〕 戒马:备马。戒,备。
- 〔23〕 戒行:佛家语,指在身、语、意三方面恪守戒律的操行。
- 〔24〕 手泽:手汗沾润之迹。《礼记·玉藻》:"父没而不能读父之书,手泽存焉尔。"《疏》:"父没之后不忍读父之书,谓其书有父平生所持手之润泽存在焉。"后通称先人遗物、遗墨为手泽。
- 〔25〕 "灰心"二句:心如死灰,坐似槁木,一点也不过问家务。灰心木坐,详《画壁》注。勾当,办理。
- 〔26〕 纪纲:《左传·僖公二十四年》:"秦伯送卫于晋三千人,实纪纲之仆。"纪纲,本指统领仆隶的人,后来泛称仆人。
- 〔27〕 馈遗(wèi 位):赠送。
- 〔28〕 一袭:一套。
- 〔29〕 而立:而立之年,指三十岁。《论语·为政》:"三十而立。"
- 〔30〕 千里而不散者:原无"不"字,此据铸雪斋抄本。
- 〔31〕 性定:本性不移。
- 〔32〕 纷华靡丽之乡:华丽、奢侈的地方。《后汉书·安帝纪》:"嫁娶送终,纷华靡丽。"

蛇　人

东郡某甲[1]，以弄蛇为业。尝蓄驯蛇二，皆青色：其大者呼之大青，小曰二青。二青额有赤点，尤灵驯，盘旋无不如意。蛇人爱之，异于他蛇。期年[2]，大青死，思补其缺，未暇遑也。一夜，寄宿山寺。既明，启笥，二青亦渺。蛇人怅恨欲死。冥搜亟呼，讫无影兆[3]。然每值丰林茂草，辄纵之去，俾得自适，寻复返；以此故，冀其自至。坐伺之，日既高，亦已绝望，怏怏遂行。出门数武，闻丛薪错楚中[4]，窸窣作响[5]。停趾愕顾，则二青来也。大喜，如获拱璧[6]。息肩路隅，蛇亦顿止。视其后，小蛇从焉。抚之曰："我以汝为逝矣[7]。小侣而所荐耶[8]？"出饵饲之，兼饲小蛇。小蛇虽不去，然瑟缩不敢食[9]。二青含哺之，宛似主人之让客者。蛇人又饲之，乃食。食已，随二青俱入笥中。荷去教之，旋折辄中规矩，与二青无少异，因名之小青。衒技四方，获利无算。

大抵蛇人之弄蛇也，止以二尺为率[10]；大则过重，辄便更易。——缘二青驯，故未遽弃。又二三年，长三尺余，卧则笥为之满，遂决去之。一日，至淄邑东山间，饲以美饵，祝而纵之。既去，顷之复来，蜿蜒笥外。蛇人挥曰："去之！世无百年不散之筵。从此隐身大谷，必且为神龙，笥中何可以久居也？"蛇乃去。蛇人目送之。已而复返，挥之不去，以首触笥。小青在中，亦震震而动。蛇人悟曰："得毋欲别小青也？"乃发笥。小青径出，因与交首吐舌，似相告语。已而委蛇并去[11]。方意小青不返，俄而踽踽独来[12]，竟入笥卧。由此随在物色[13]，迄无佳者。而小青亦渐大，不可弄。后得一头，亦颇驯，然终不如小青良。而小青粗于儿臂矣。先是，二青在山中，樵人多见之。又数年，长数尺，围如碗；渐出逐人，因而行旅相戒，罔敢出其途。一日，蛇人经其处，蛇暴出如风。蛇人大怖而奔。蛇逐益急，回顾已将及矣。而视其首，朱点俨然，始悟为二青。下担呼曰："二青，二青！"蛇顿止。昂首久之，纵身绕蛇人，如昔弄状。觉其意殊不恶，但躯巨重，不胜其绕；仆地呼祷，乃释之。又以首触笥。蛇人悟其意，开笥出小青。二蛇相见，交缠如饴糖状，久之始开。蛇人乃祝小青："我久欲与汝别，今有伴矣。"谓二青曰："原君引之来，可还引之去。更嘱一言：深山不乏食饮，勿扰行人，以犯天谴[14]。"二蛇垂头，似相领受。遽起，大者前，小者后，过处林木为之中分。蛇人伫立望之，不见乃去。自此行人如常，不知其何往也。

异史氏曰："蛇，蠢然一物耳，乃恋恋有故人之意[15]。且其从谏也如转圜[16]。独怪俨然而人也者，以十年把臂之交[17]，数世蒙恩之主，辄思下井复投石焉[18]；又不然，则药石相投[19]，悍然不顾，且怒而仇焉者，亦羞此蛇也已。"

据《聊斋志异》手稿本

〔1〕 东郡：秦置郡名，治所在濮阳（今河南濮阳县西南）。汉时领有今山东及河南两省部分地区。隋开皇九年（589）废。隋大业初（605），又改兖州（今山东兖州县）为东郡。清时东昌府、曹州府，即今山东聊城地区及菏泽地区，为秦汉东郡故地。
〔2〕 期（jī基）年：一周年。
〔3〕 影兆：形影迹象。
〔4〕 丛薪错楚中：草木错杂之处。《诗·周南·汉广》："翘翘错薪，言刈其楚。"薪，草。错，交错，杂乱。楚，牡荆，泛指灌木丛。
〔5〕 窸窣（xī sū 悉苏）：形容声音细碎。这里指蛇行草丛中的声音。
〔6〕 拱璧：大璧。《左传·襄公二十八年》："与我其拱璧。"《疏》："拱，谓合两手也。此璧两手拱抱之，故为大璧。"
〔7〕 逝：往。这里意思是逃走。
〔8〕 小侣而所荐耶：这个小伙伴是你引来的吗？而，你。荐，荐引。
〔9〕 瑟缩：蜷缩。《吕氏春秋·古乐》："民气郁阏而滞著，筋骨瑟缩不达。"
〔10〕 止以二尺为率（lù律）：只以二尺长为标准。止，只。率，标准。
〔11〕 委蛇：也作"逶迤"。曲折行进的样子。
〔12〕 踽踽（jǔ jǔ举举）：独行的样子。《诗·唐风·杕杜》："独行踽踽。"朱熹注："踽踽，无所亲之貌。"
〔13〕 随在物色：随时随地访求。
〔14〕 天谴：犹言天罚。
〔15〕 故人之意：老朋友的感情。《史记·范雎蔡泽列传》："然公之所以得无死者，以绨袍恋恋，有故人之意，故释公。"故人，旧交，昔日的朋友。
〔16〕 从谏也如转圜（yuán圆）：意思是听从规劝像转动圆物那样容易。《汉书·梅福传》："昔高祖纳善若不及，从谏若转圜。"颜师古注："转圜，言其顺易也。"圜，通"圆"，圆的物体。
〔17〕 把臂之交：亲密的友谊。把臂，挽着手臂，只有极亲密的朋友间才如此。
〔18〕 下井复投石：即落井下石，喻乘人之危加以陷害的卑劣行为。韩愈《柳子厚墓志铭》："一旦临小利害，仅如毛发比，反眼若不相识；落

陷井,不一引手救,反挤之,又下石焉者,皆是也。"
〔19〕 药石相投:投以药物、砭石,以治疗疾病。喻苦口相劝,纠正人过失。详《劳山道士》注。

斫 蟒

胡田村胡姓者[1],兄弟采樵,深入幽谷。遇巨蟒,兄在前,为所吞;弟初骇欲奔,见兄被噬,遂奋怒出樵斧,斫蛇首。首伤而吞不已。然头虽已没,幸肩际不能下。弟急极无计,乃两手持兄足,力与蟒争,竟曳兄出。蟒亦负痛去。视兄,则鼻耳俱化,奄将气尽[2]。肩负以行,途中凡十馀息,始至家。医养半年,方愈。至今面目皆瘢痕,鼻耳惟孔存焉。噫!农人中,乃有弟弟如此者哉[3]!或言:"蟒不为害,乃德义所感。"信然!

据《聊斋志异》手稿本

----

〔1〕 胡田村:在今淄博市张店区。今作湖田。
〔2〕 奄(yān淹)将气尽:气息微弱,将要断气。奄,气息奄奄。
〔3〕 "乃有"句:竟有这样好弟弟。乃,竟。弟弟,读作"悌弟"。悌,敬事兄长。

犬 奸

青州贾某[1],客于外,恒经岁不归。家畜一白犬,妻引与交,犬习为常。一日,夫至,与妻共卧。犬突入,登榻,啮贾人竟死。后里舍稍闻之,共为不平,鸣于官[2]。官械妇[3],妇不肯伏,收之[4]。命缚犬来,始取妇出。犬忽见妇,直前碎衣作交状。妇始无词。使两役解部院[5],一解人而一解犬。有欲观其合者,共敛钱赂役,役乃牵聚令交。所止处,观者常数百人,役以此网利焉。后人犬俱寸磔以死。呜呼!天地之大,真无所不有矣。然人面而兽交者,独一妇也乎哉?

异史氏为之判曰:"会于濮上,古所交讥;约于桑中,人且不齿[6]。乃某者,不堪雌守之苦[7],浪思苟合之欢。夜叉伏床,竟是家中牝兽;捷卿入窦[8],遂为被底情郎。云雨台前[9],乱摇续貂之尾[10];温柔乡里[11],频款曳象之腰[12]。锐锥处于皮囊,一纵股而脱颖[13];留情结于镞项[14],甫饮羽而生根[15]。忽思异类之交,真属匪夷之想[16]。尨吠奸而为奸[17],妒残凶杀,律难治以萧曹[18];人非兽而实兽,奸秽淫腥,肉不食于豺虎。呜呼!人奸杀,则拟女以剐[19];至于狗奸杀,阳世遂无其刑。人不良,则罚人作犬;至于犬不良,阴曹应穷于法。宜支解以追魂魄[20],请押赴以问阎罗〔21〕。"

据《聊斋志异》手稿本

----

〔1〕 青州：青州府，治所在今山东省益都县。贾（gǔ古）：商人。
〔2〕 鸣于官：到官府告发。
〔3〕 械：桎梏，脚镣手铐之类的刑具。此指加上这类刑具。
〔4〕 收：入狱。
〔5〕 部院：清代各省总督、巡抚多兼兵部侍郎和都察院右副都御史衔，因此称督抚为部院。这里指巡抚衙门。
〔6〕 "会于"四句：大意是男女苟合，向为人们所鄙弃。濮上，桑间濮上的省语。桑间在濮水之上，为古时男女幽会之地。《汉书·地理志》："卫地……有桑间濮上之阻，男女亦亟聚会，声色生焉。"约于桑中，与"会于濮上"，义同，都指男女幽会。《诗·鄘风·桑中》："期我乎桑中，要我乎上宫。"讥，讥笑、讽刺。不齿，不屑与之同列，表示轻蔑。齿，列。
〔7〕 雌守：以妇节自守。
〔8〕 捷卿：指狗。捷，迅疾。卿，戏谑的昵称。唐谷神子《博异志·张遵言》载，南阳张遵言下第，"途次商山馆，中夜晦黑……见东墙下一物，凝白耀人，使仆视之，乃一白犬，大如猫，须睫爪牙皆如玉，毛彩清润，悦怪可爱。遵言爱怜之，目为捷飞，言骏奔之甚于飞也。"
〔9〕 云雨台：指男女幽会之处。《文选》宋玉《高唐赋序》："昔日楚襄王与宋玉游于云梦之台。……玉曰：'昔者先王尝游高唐，怠而昼寝，梦见一夫人曰：妾巫山之女也，为高唐之客。闻君游高唐，愿荐枕席。王因幸之。去而辞曰：妾在巫山之阳，高丘之阻，旦为朝云，暮为行雨；朝朝暮暮，阳台之下。'"
〔10〕 续貂之尾：指狗尾。《晋书·赵王伦传》："奴卒厮役卒加爵位，每朝会，貂蝉满座，时人为之谚曰：'貂不足，狗尾续。'"
〔11〕 温柔乡：喻美色迷人之处。《飞燕外传》："是夜进合德，帝大悦，以辅属体，无所不靡，谓为温柔乡。"

〔12〕 款:动。
〔13〕 脱颖:即颖脱。锥尖全部露出。颖,锋芒。《史记·平原君列传》:"平原君曰:'夫贤士之处世也,譬若锥之处囊中,其末立见。……'毛遂曰:'臣乃今日请处囊中耳。使遂蚤(早)得处囊中,乃颖脱而出,非特其末而已矣。'"本喻充分显露其才能,这里借为亵语。
〔14〕 镞项:箭头之后。项,头后。
〔15〕 甫饮(yìn 印)羽:刚没进箭尾。甫,刚刚。饮,隐没。羽,箭尾的羽毛。这里为亵语。
〔16〕 真属匪夷之想:谓这的确属于违背常理的念头。匪,非。夷,通"彝",常理。
〔17〕 尨(máng 忙)吠奸而为奸:意思是狗本应看家护院,见奸夫而吠警,而今却自作奸夫。《诗·召南·野有死麕》写青年男女幽会,有云:"无使尨也吠。"
〔18〕 律难治以萧曹:意为难用朝廷法律治犬之罪。萧、曹,萧何、曹参,西汉初年的两个丞相。萧何曾参照秦律制定汉的律令制度,曹参继任后相沿不变,详见《汉书》本传。这里以"萧曹"之律指代国法。
〔19〕 拟女以剐(guǎ 寡):判处女方以凌迟之刑。拟,判罪。剐,割肉离骨,古时分割人肉体的酷刑,即凌迟。
〔20〕 宜支解以追魂魄:应割解四肢,究治其魂魄。支,肢。支解,为古代分解四肢的酷刑。追,追究。
〔21〕 阎罗:梵语意译,也译作"阎魔王"、"焰摩罗王"、"阎王"等。原为古印度神话中管理阴世的王,后为佛教所沿用,称为管理地狱的魔王。中国民间迷信传说中的阎罗王、阎王爷即源于此。

雹　神

王公筠苍[1],莅任楚中[2]。拟登龙虎山谒天师[3]。及湖[4],甫登舟,即有一人驾小艇来,使舟中人为通[5]。公见之,貌修伟。怀中出天师刺[6],曰:"闻驺从将临[7],先遣负弩[8]。"公讶其预知,益神之,诚意而往。天师治具相款[9]。其服役者,衣冠须鬣,多不类常人。前使者亦侍其侧。少间,向天师细语。天师谓公曰:"此先生同乡,不之识耶?"公问之。曰:"此即世所传雹神李左车也[10]。"公愕然改容。天师曰:"适言奉旨雨雹,故告辞耳。"公问:"何处?"曰:"章丘。"公以接壤关切,离席乞免。天师曰:"此上帝玉敕[11],雹有额数,何能相徇?"公哀不已。天师垂思良久,乃顾而嘱曰:"其多降山谷,勿伤禾稼可也。"又嘱:"贵客在坐,文去勿武[12]。"神出,至庭中,忽足下生烟,氤氲匝地[13]。俄延逾刻,极力腾起,才高于庭树;又起,高于楼阁。霹雳一声,向北飞去,屋宇震动,筵器摆簸。公骇曰:"去乃作雷霆耶!"天师曰:"适戒之,所以迟迟;不然,平地一声,便逝去矣。"公别归,志其月日,遣人问章丘。是日果大雨雹,沟渠皆满,而田中仅数枚焉。

据《聊斋志异》手稿本

----

〔1〕　王公筠苍:指王孟震。孟震字筠苍,淄川(今属山东淄博市)人。万

历进士。官至左通政。因触犯权奸魏忠贤被革职。见《淄川县志》卷五。
〔2〕 楚中:泛指春秋时楚国故地,习用为湖北、湖南两省的通称。
〔3〕 龙虎山:道教名山之一。在江西贵溪县西南。由龙、虎二山组成,故名。道教创始人张道陵的后人世居此山。张道陵(34—156),即张陵,东汉沛国丰(今江苏省丰县)人,顺帝汉安元年(142)在鹄鸣山(在今四川省大邑县境)创立道教,徒众尊其为"天师"。其后世承袭道法,移居龙虎山,世称"张天师"。山上建有上清宫,为历代天师的道场和祀神之处。其居处上清镇(在贵溪东),有"嗣汉天师府",今尚残存。
〔4〕 湖:指江西鄱阳湖。
〔5〕 为通:为之通禀,即替他传达谒见的请求。
〔6〕 刺:名帖。古时在竹简上刺上名字作拜见的名帖,所以叫刺。
〔7〕 驺从(zōu zòng 邹纵):古时达官贵人出行时护卫前后的骑卒。
〔8〕 负弩:负弩矢前驱,意思是充当先导。《史记·司马相如列传》:"拜相如为中郎将,建节往使,……至蜀,蜀太守以下郊迎,县令负弩矢前驱。"弩,用机栝发箭的弓。
〔9〕 治具相款:备办酒席招待。具,馔具,指供设的肴馔。
〔10〕 李左车:汉初行唐(今河北省行唐县)人,初依赵王,封广武君,后归汉将韩信,信用其奇计攻取燕、齐等地。详见《史记·淮阴侯列传》。李左车死后为雹神的传说,不详始于何时。本书第十二卷《雹神》称其"司雹于东",且在日照县(今山东省)有"雹神李左车祠"。而据传说,博兴县城北十五里有李左车墓,"俗传李左车为雹神,每年三月初六日,距李墓较近各村众相率顶礼谒墓祈禳;距墓远者,亦于是日相约备牲醴祭于村西北三百步外,祭毕埋之,去来均不回顾,是年辄丰稔,雹不为灾。"(民国二十五年《博兴县志》卷十七)
〔11〕 上帝玉敕(chì 斥):道教称上帝为玉皇大帝,简称玉皇、玉帝。玉敕,犹"御敕",帝王的诏命。玉,敬辞。敕,敕令。
〔12〕 文去勿武:温文离开,不要勇武。
〔13〕 氤氲(yīn yūn 因晕)匝(zā 扎)地:烟雾绕地。氤氲,烟云弥漫的样子,一般形容云气蒸腾。匝,环绕。

狐嫁女

历城殷天官[1]，少贫，有胆略。邑有故家之第，广数十亩，楼宇连亘。常见怪异，以故废无居人；久之，蓬蒿渐满，白昼亦无敢入者。会公与诸生饮，或戏云："有能寄此一宿者，共酿为筵[2]。"公跃起曰："是亦何难！"携一席往。众送诸门，戏曰："吾等暂候之，如有所见，当急号。"公笑云："有鬼狐，当捉证耳。"遂入，见长莎蔽径[3]，蒿艾如麻。时值上弦[4]，幸月色昏黄，门户可辨。摩娑数进[5]，始抵后楼。登月台[6]，光洁可爱，遂止焉。西望月明，惟衔山一线耳[7]。坐良久，更无少异，窃笑传言之讹。席地枕石，卧看牛女[8]。

一更向尽，恍惚欲寐，楼下有履声，籍籍而上[9]。假寐睨之，见一青衣人，挑莲灯[10]，猝见公，惊而却退。语后人曰："有生人在。"下问："谁也？"答云："不识。"俄一老翁上，就公谛视，曰："此殷尚书，其睡已酣。但办吾事，相公倜傥[11]，或不叱怪。"乃相率入楼，楼门尽辟。移时，往来者益众。楼上灯辉如昼。公稍稍转侧，作嚏咳。翁闻公醒，乃出，跪而言曰："小人有箕帚女[12]，今夜于归[13]。不意有触贵人，望勿深罪。"公起，曳之曰："不知今夕嘉礼[14]，惭无以贺。"翁曰："贵人光临，压除凶煞[15]，幸矣。即烦陪坐，倍益光宠。"公喜，应之。入视楼中，陈设芳丽。遂有妇人出拜，年可四十馀。翁曰："此拙荆[16]。"公揖之。俄闻笙乐聒耳，有奔而上者，曰："至矣！"翁趋迎，公亦立俟。少选，笼纱一簇，导新郎入。年可十七八，丰采韶秀。翁命先与贵客为礼。少年目公。公若为傧[17]，执半主礼。次翁婿交拜，已，乃即席。少间，粉黛云从[18]，酒炙雾霈[19]，玉碗金瓯，光映几案。酒数行，翁唤女奴请小姐来。女奴诺而入，良久不出。翁自起，搴帏促之。俄婢媪数辈拥新人出，环珮璆然[20]，麝兰散馥。翁命向上拜。起，即坐母侧。微目之，翠凤明珰[21]，容华绝世。既而酌以金爵[22]，大容数斗[23]。公思此物可以持验同人，阴内袖中[24]。伪醉隐几[25]，颓然而寝。皆曰："相公醉矣。"居无何，新郎告行，笙乐暴作，纷纷下楼而去。已而主人敛酒具，少一爵，冥搜不得。或窃议卧客；翁急戒勿语，惟恐公闻。移时，内外俱寂，公始起。暗无灯火，惟脂香酒气，充溢四堵[26]。视东方既白，乃从容出。探袖中，金爵犹在。及门，则诸生先俟，疑其夜出而早入者。公出爵示之。众骇问，公以状告。共思此物非寒士所有[27]，乃信之。

后公举进士[28]，任于肥丘[29]。有世家朱姓宴公，命取巨觥[30]，久之不至。有细奴掩口与主人语[31]，主人有怒色。俄奉金爵劝客饮。谛视之，款式雕文[32]，与狐物更无殊别。大疑，问所从制。答云："爵凡八只，大人为京卿时[33]，觅良工监制。此世传物，什袭已久[34]。缘明府辱临[35]，适取诸箱簏，仅存其七，疑家人所窃取；而十年尘封如故，殊不可解。"公笑曰："金杯羽化矣[36]。然世守之珍不可失。仆有一具，颇近似之，当以奉赠。"终筵归署，拣爵驰送之。主人审视，骇绝。亲诣谢公，诘所自来。公乃历陈颠末。始知千里之物,狐能摄致,而不敢终留也。

据《聊斋志异》手稿本

----

〔1〕 殷天官:指殷士儋。殷士儋,字正甫,学者称棠川先生,历城(今山东济南市)人。明嘉靖进士。曾任吏部尚书,官至武英殿大学士。著有《金舆山房稿》。见《明史》本传及乾隆《历城县志·人物志》。天官是"天官冢宰"的简称。《周礼》六官,称冢宰(丞相)为天官,为百官之长。唐武后光宅元年(684)曾一度改吏部为天官,后世便以天官作为吏部的通称。这里是对吏部尚书的敬称。

〔2〕 共醵(jù 据)为筵:大家凑钱请酒席。醵,合钱饮酒。

〔3〕 莎(suō 蓑):与下句"蒿艾",均指野草。莎,莎草,又名香附、香附子,根可入药。

〔4〕 上弦:指农历每月初七、八的时候,月亮如弓形,上缺其半,叫做"上弦"。《释名·释天》:"弦,半月之名也,其形一旁曲,一旁直,若张弓施弦也。"

〔5〕 摩娑(suō 蓑)数进:摸索着进入数重庭院。摩娑,同"摸索"。进,房屋分成前后几个庭院的,每个庭院叫"一进"。

〔6〕 月台:指楼上赏月的台榭。

〔7〕 衔山一线:指月落西山,余辉如线。衔,含。

〔8〕 牛女:指牛郎星和织女星。

〔9〕 籍籍而上:脚步杂乱地上楼来。籍籍,纷乱的样子。

〔10〕 莲灯:又称"莲炬"。一种罩似莲花的风灯,常供嫁娶时使用。下文"笼纱",指以薄纱作罩的灯笼,喜庆时罩以红纱。吴自牧《梦粱录》卷二十"嫁娶":"新人下车……以数妓女执莲炬花烛,导前迎引。"

〔11〕 相公:年少士人的尊称。倜傥(tì tǎng 替倘):豪放不羁。

〔12〕 箕帚(jī zhǒu 基肘)女:旧时谦指自己的女儿缺乏才貌,只能胜任家务粗活。箕帚,指家庭洒扫之事。

〔13〕 于归:出嫁。《诗·周南·桃夭》:"之子于归,宜其家室。"于,往。

〔14〕 嘉礼:此指婚礼。《周礼·春官·大宗伯》:"以嘉礼亲万民。"嘉礼为古代五礼之一,指饮食、婚冠、宾射、飨蒸、脤膰、贺庆等礼仪。后世专指婚礼。

〔15〕 压除凶煞:压制排除凶神恶煞。压,慑服。煞,凶神。

〔16〕 拙荆:对人自称其妻的谦词。《列女传》:"梁鸿妻孟光,常荆钗布裙。"原指以荆条作钗,装束俭朴,后人谦称其妻为荆妻、荆室、山荆、拙荆,均本此。

〔17〕 傧(bīn宾):也作"摈",指代表主人接引宾客的人。见《周礼·秋官·司仪》郑玄注。古时主有傧,客有副;殷士儋是代表主方迎接新郎的,所以"执半主礼"。

〔18〕 粉黛云从:丫嬛使女,簇拥如云。粉黛,粉白黛绿,代指女子。白居易《长恨歌》:"回头一笑百媚生,六宫粉黛无颜色。"

〔19〕 酒胾(zì字)雾霈:美酒佳肴,热气蒸腾。胾,大块肉。

〔20〕 环珮璆(qiú求)然:佩玉丁当。《史记·孔子世家》:"夫人自帷中再拜,环珮玉声璆然。"环珮,古时妇女所佩带的玉饰。璆然,玉器撞击的声音。

〔21〕 翠凤明珰:髻插翡翠凤钗,耳饰明珠耳坠。极言首饰的华丽名贵。珰,耳饰,珍珠做成的耳坠。

〔22〕 爵:古代礼器,也是酒器,底有三足。《礼记·礼器》:"宗庙之祭,贵者献以爵。"注:"凡觞,一升曰爵。"

〔23〕 斗:古代酒器。《诗·大雅·行苇》:"酌以大斗,以祈黄耇。"

〔24〕 内:通"纳"。

〔25〕 隐(yìn印)几:倚在几案上。隐,凭倚。

〔26〕 四堵:四壁,指全室。

〔27〕 寒士:贫寒的士人。士,封建时代特指读书人。

〔28〕 举进士:考中进士。隋唐科举设进士科,历代相沿,以进士作为入仕资格的首选。明清时代,科举经过三级考试:一曰院试,考中称生员;二曰乡试,考中称举人;三曰会试(由礼部主持),考中称贡士。贡士再经复试(由皇帝派员主持)和殿试(在宫廷内由皇帝主持)。被录取者分为三甲:一甲赐进士及第,二甲赐进士出身,三甲赐同进士出身;统称为进士。《历城县志》记载,殷士儋为嘉靖二十

六年(1547)进士。句原无"公"字,据铸雪斋抄本补。
〔29〕 肥丘:地名。未详。
〔30〕 巨觥(gōng 工):大酒杯。《诗·小雅·桑扈》:"兕觥其觫,旨酒思柔。"此指金爵。
〔31〕 细奴:小僮。
〔32〕 款式雕文:样式及其上雕绘的图案。文,同"纹",图案。
〔33〕 京卿:即京堂。明清时称各衙门长官为堂官。清代对都察院、通政司、詹事府和大理、太常、太仆、光禄、鸿胪等寺及国子监的堂官,概称京堂,官方文书中称"京卿"。
〔34〕 什袭:也作"十袭"。把物品重重叠叠包裹起来,引申为郑重珍藏的意思。什,言其多;袭,重叠。
〔35〕 明府:汉代对郡守的尊称。唐以后用以称县令。这里以称殷士儋。
〔36〕 羽化:道教称成仙飞升为羽化。这里是戏指酒杯丢失。《旧唐书·柳公权传》:"公权……别贮酒器一笥,缄縢如故,其器皆亡,讯海鸥,乃曰:'不测其亡。'公权哂曰:'银杯羽化耳。'不复更言。"

娇　娜

孔生雪笠,圣裔也[1]。为人蕴藉[2],工诗。有执友令天台[3],寄函招之。生往,令适卒。落拓不得归[4],寓菩陀寺,佣为寺僧抄录。寺西百馀步,有单先生第。先生故公子,以大讼萧条[5],眷口寡,移而乡居,宅遂旷焉。一日,大雪崩腾,寂无行旅。偶过其门,一少年出,丰采甚都。见生,趋与为礼,略致慰问,即屈降临。生爱悦之,慨然从入。屋宇都不甚广,处处悉悬锦幕,壁上多古人书画。案头书一册,签云[6]:"琅嬛琐记[7]。"翻阅一过,皆目所未睹。生以居单第,意为第主,即亦不审官阀[8]。少年细诘行踪,意怜之,劝设帐授徒。生叹曰:"羁旅之人[9],谁作曹丘者[10]?"少年曰:"倘不以驽骀见斥[11],愿拜门墙[12]。"生喜,不敢当师,请为友。便问:"宅何久锢?"答曰:"此为单府,曩以公子乡居,是以久旷。仆皇甫氏,祖居陕。以家宅焚于野火,暂借安顿。"生始知非单。当晚,谈笑甚欢,即留共榻。昧爽[13],即有僮子炽炭火于室。少年先起入内,生尚拥被坐。僮入,白:"太公来[14]。"生惊起。一叟入,鬒发皤然[15],向生殷谢曰:"先生不弃顽儿,遂肯赐教。小子初学涂鸦[16],勿以友故,行辈视之也[17]。"已而进锦衣一袭[18],貂帽、袜、履各一事[19]。视生盥栉已[20],乃呼酒荐馔[21]。几、榻、裙、衣,不知何名,光彩射目。酒数行,叟兴辞[22],曳杖而去。餐讫,公子呈课业[23],类皆古文词,并无时艺[24]。问之,笑云:"仆不求进取也。"抵暮,更酌曰:"今夕尽欢,明日便不许矣。"呼僮曰:"视太公寝未;已寝,可暗唤香奴来。"僮去,先以绣囊将琵琶至。少顷,一婢入,红妆艳绝。公子命弹湘妃[25]。婢以牙拨勾动[26],激扬哀烈,节拍不类凡闻。又命以巨觥行酒,三更始罢。次日,早起共读。公子最惠[27],过目成咏,二三月后,命笔警绝。相约五日一饮,每饮必招香奴。一夕,酒酣气热,目注之。公子已会其意,曰:"此婢乃为老父所豢养。兄旷邈无家[28],我夙夜代筹久矣。行当为君谋一佳耦。"生曰:"如果惠好[29],必如香奴者。"公子笑曰:"君诚'少所见而多所怪'者矣[30]。以此为佳,君愿亦易足也。"

居半载,生欲翱翔郊郭[31],至门,则双扉外扃,问之。公子曰:"家君恐交游纷意念,故谢客耳。"生亦安之。时盛暑溽热,移斋园亭[32]。生胸间瘇起如桃,一夜如碗,痛楚呻吟。公子朝夕省视,眠食都废。又数日,创剧,益绝食饮。太公亦至,相对太息。公子曰:"儿前夜思先生清恙[33],娇娜妹子能疗之。遣人于外祖处呼令归,何久不至?"俄僮入白:"娜姑至,姨与松姑同来。"父子疾趋入内。少间,引妹来视生。年约十三四,娇波流慧[34],细柳生姿[35]。生望见颜色,嚬呻顿忘,精神为之一爽。公子便言:"此兄良友,不啻胞也,妹子好医之。"女乃敛羞容,揄长袖[36],就榻诊视。把握之间,觉芳气胜兰。女笑曰:"宜有是疾,心脉动矣[37]。然症虽危,可治;但肤块已凝[38],非伐皮削肉不可。"乃脱臂上金钏安患处,徐徐按下之。创突起寸许,高出钏外,而根际馀肿,尽束在内,不似前如碗阔矣。乃一手启罗衿[39],解佩刀,刃薄于纸,把钏握刃,轻轻附根而割。紫血流溢,沾染床席,而贪近娇姿,不惟不觉其苦,且恐速竣割事,偎傍不久。未几,割断腐肉,团团然如树上削下之瘿[40]。又呼水来,为洗割处。口吐红丸,如弹大,着肉上,按令旋转:才一周,觉热水蒸腾;再一周,习习作痒[41];三周已,遍体清凉,沁入骨髓。女收丸入咽,曰:"愈矣!"趋步出。生跃起走谢,沉痼若失[42]。而悬想容辉,苦不自已。自是废卷痴坐[43],无复聊赖。公子已窥之,曰:"弟为兄物色,得一佳偶。"问:"何人?"曰:"亦弟眷属。"生凝思良久,但云:"勿须。"面壁吟曰:"曾经沧海难为水,除却巫山不是云[44]。"公子会其指[45],曰:"家君仰慕鸿才,常欲附为婚姻。但止一少妹,齿太稚[46]。有姨女阿松,年十八矣,颇不粗陋。如不见信,松姊日涉园亭[47],伺前厢,可望见之。"生如其教,果见娇娜偕丽人来,画黛弯蛾[48],莲钩蹴凤[49],与娇娜相伯仲也[50]。生大悦,请公子作伐[51]。公子翼日自内出,贺曰:"谐矣。"乃除别院,为生成礼。是夕,鼓吹阗咽[52],尘落漫飞,以望中仙人,忽同衾幄[53],遂疑广寒宫殿,未必在云霄矣。合卺之后[54],甚惬心怀。一夕,公子谓生曰:"切磋之惠[55],无日可以忘之。近单公子解讼归,索宅甚急,意将弃此而西。势难复聚,因而离绪萦怀。"生愿从之而去。公子劝还乡闾,生难之。公子曰:"勿虑,可即送君行。"无何,太公引松娘至,以黄金百两赠生。公子以左右手与生夫妇相把握,嘱闭眸勿视。飘然履空,但觉耳际风鸣,久之曰:"至矣。"启目,果见故里。始知公子非人。喜叩家门。母出非望,又睹美妇,方共忻慰。及回顾,则公子逝矣。松娘事姑孝;艳色贤名,声闻遐迩。

后生举进士[56],授延安司李[57],携家之任。母以道远不行。松娘举一男,名小宦。生以忤直指[58],罢官,罣碍不得归[59]。偶猎郊野,逢一美少年,跨骊驹,频频瞻顾。细看,则皇甫公子也。揽辔停骖[60],悲喜交至。邀生去,至一村,树木浓昏,荫翳天日。入其家,则金沤浮钉[61],宛然世族。问妹子,则嫁;岳母,已亡,深相感悼。经宿别去,偕妻同返。娇娜亦至,抱生子掇提而弄曰[62]:"姊姊乱吾种矣。"生拜谢曩德。笑曰:"姊夫贵矣。创口已合,未忘痛耶?"妹夫吴郎,亦来拜谒。信宿乃去[63]。

一日,公子有忧色,谓生曰:"天降凶殃,能相救否?"生不知何事,但锐自任[64]。公子趋出,招一家俱入,罗拜堂上。生大骇,亟问。公子曰:"余非人类,狐也。今有雷霆之劫。君肯以身赴难,一门可望生全;不然,请抱子而行,无相累。"生矢共生死。乃使仗剑于门,嘱曰:"雷霆轰击,勿动也!"生如所教。果见阴云昼暝,昏黑如䃿[65]。回视旧居,无复闬闳[66],惟见高冢岿然,巨穴无底。方错愕间,霹雳一声,摆簸山岳;急雨狂风,老树为拔。生目眩耳聋,屹不少动。忽于繁烟黑絮之中,见一鬼物,利喙长爪,自穴攫一人出,随烟直上。瞥睹衣履,念似娇娜。乃急跃离地,以剑击之,随手堕落。忽而崩雷暴裂,生仆,遂毙。少间,晴霁,娇娜已能自苏。见生死于旁,大哭曰:"孔郎为我而死,我何生矣!"松娘亦出,共舁尸归。娇娜使松娘捧其首;兄以金簪拨其齿;自乃撮其颐,以舌度红丸入,又接吻而呵之。红丸随气入喉,格格作响。移时,醒然而苏。见眷口满前,恍如梦寐。于是一门团圞[67]，惊定而喜。生以幽圹不可久居[68]，议同旋里。满堂交赞，惟娇娜不乐。生请与吴郎俱，又虑翁媪不肯离幼子，终日议不果。忽吴家一小奴，汗流气促而至。惊致研诘[69]，则吴郎家亦同日遭劫，一门俱没。娇娜顿足悲伤，涕不可止。共慰劝之。而同归之计遂决。生入城，勾当数日，遂连夜趣装[70]。既归，以闲园寓公子，恒反关之；生及松娘至，始发扃。生与公子兄妹，棋酒谈宴，若一家然。小宦长成，貌韶秀，有狐意。出游都市，共知为狐儿也。

异史氏曰："余于孔生，不羡其得艳妻，而羡其得腻友也[71]。观其容可以忘饥，听其声可以解颐[72]。得此良友，时一谈宴，则'色授魂与，'[73]尤胜于'颠倒衣裳，'[74]矣。"

据《聊斋志异》手稿本

----

[1] 圣裔：孔子的后代。封建时代孔丘被尊为圣人，凡其后代子孙，都被尊称为"圣裔"。
[2] 蕴藉：宽厚有涵养。
[3] 执友：志趣相投的朋友。《礼·曲礼上》："执友称其人也。"注："执友，志同者。"令天台：任天台县县令。天台，今浙江省所属县，在天台山下。
[4] 落拓：犹"落魄"。穷困潦倒，飘泊无依。
[5] 以大讼萧条：因为一场干系重大的官司，家道破落下来。讼，诉讼。萧条，本为形容秋日万物凋零，这里借指家境衰落。
[6] 签：书籍封面的题签。
[7] 琅嬛琐记：虚拟的书名。古有笔记小说《琅嬛记》三卷，旧题元伊世

珍作。书首载西晋张华游神仙洞府"琅嬛福地"的传说，因用"琅嬛"为书名。书中所记多为神怪故事，所引书名也前所未见。这里以"琅嬛琐记"代指奇书秘籍。

〔8〕 官阀：官位和门第。《后汉书·郑玄传》："汝南应劭自赞曰：'故太山太守应中远，北面称弟子，何如？'玄笑曰：'仲尼之门，考以四科，回（颜回）、赐（子贡）之徒不称官阀。'"

〔9〕 羁旅：客居在外。

〔10〕 曹丘：指汉初的曹丘生。《史记·季布列传》载，曹丘生赞赏季布，大力为之宣扬，使季布因而享有盛名。后因以"曹丘"或"曹丘生"，代指推荐人。

〔11〕 驽骀（tái 台）：能力低下的马，喻平庸无才。《楚辞·九辩》："却骐骥而不乘兮，策驽骀而取路。"

〔12〕 拜门墙：拜为老师。门墙，《论语·子张》：子贡称颂孔子学识博大精深，曾说"譬之宫墙，赐（子贡名）之墙也及肩，窥见室家之好。夫子之墙数仞，不得其门而入，不见宗庙之美，百官之富。"后因以门墙指师门。

〔13〕 昧爽：拂晓。

〔14〕 太公：古时对祖父辈老人的尊称。这里是仆人对老一辈主人的尊称。

〔15〕 鬓发皤（pó 婆）然：鬓发皆白。皤，白。

〔16〕 初学涂鸦：刚刚开始学习作文。涂鸦，喻书法幼稚或胡乱写作。唐卢仝《示添丁》："忽来案上翻墨汁，涂抹诗书如老鸦。"这里是太公的谦词。

〔17〕 行辈视之：当作同辈人来看待。

〔18〕 一袭：一身，一套。

〔19〕 一事：一件。

〔20〕 盥栉（guàn zhì 贯至）：洗脸、梳头。

〔21〕 荐馔：上菜。荐，进献，陈列。馔，食物，这里指菜肴。

〔22〕 兴辞：起身告辞。

〔23〕 课业：提请老师考核、批阅的习作。

〔24〕 时艺：明、清时，称科举应试的八股文为"时艺"或"时文"。时，当

时,对"古"而言。艺,文。
〔25〕 湘妃:湘水女神。传说舜有二妃娥皇、女英。舜南巡死于苍梧,二妃闻讯,投湘水而死,成为湘水之神,称湘妃。这里指根据这个故事谱写的乐曲。《琴操》有《湘妃怨》,又有《湘夫人》曲。见《乐府诗集·琴曲歌辞一·湘妃》解题。
〔26〕 牙拨:象牙拨子。用来拨弹乐器丝弦。
〔27〕 惠:通"慧"。聪明。
〔28〕 旷邈无家:独居无妻。旷,男子壮而无妻。邈,闷。家,结婚成家,这里指妻室。《楚辞·离骚》:"浞又贪夫厥家。"注:"妇谓之家。"
〔29〕 惠好:见爱加恩。惠,恩惠。
〔30〕 少所见而多所怪:闻见太少,看到平常的事物便感到惊奇。《弘明集》载汉牟融《理惑论》:"谚云:'少所见,多所怪。睹骆驼,言马肿背。'"
〔31〕 翱翔:遨游。《诗·齐风·载驱》:"鲁道有荡,齐子翱翔。""鲁道有荡,齐子游遨。"朱熹注:"游遨,犹翱翔。"
〔32〕 斋:书房。
〔33〕 清恙:称人疾病的敬词。恙,病。
〔34〕 娇波:娇美的眼波。
〔35〕 细柳:纤细的腰围。
〔36〕 揄(yú于)长袖:手挥长袖。揄,挥。
〔37〕 心脉:指心脏的经脉。旧称心为思维的器官;心脉动,指思想波动。中医有心在地为火之说,故娇娜说宜有热毒肿疾。
〔38〕 肤块已凝:指热毒凝于皮下,成为肿块。
〔39〕 罗衿(jīn今):丝罗衣襟。此指罗衣的下摆。
〔40〕 瘿(yǐng影):树瘤。树因虫害或创伤,部分组织畸形发育而成的隆起物。
〔41〕 习习作痒:微微发痒。习习,和风轻吹。《诗·邶风·谷风》:"习习谷风。"朱熹注:"习习,和舒也。"
〔42〕 沉痼:积久难愈的病;重病。
〔43〕 废卷(juàn倦):丢下书卷,指无心读书。卷,指书,唐以前的书文多裱成长卷,以轴舒卷,因称。

[44] "曾经"二句:这是唐诗人元稹《离思五首》中悼念亡妻的诗句。诗人把亡妻比作沧海之水、巫山之云,他处的云、水都不能与之相比,借以表明再也找不到像亡妻那样值得钟爱的女子。孔生吟咏这两句诗,意在暗示:除却娇娜,他人都不中意。

[45] 会其指:领会了他的意思。指,通"旨"。

[46] 齿太稚:年纪太小。齿,年龄。

[47] 日涉园亭:每天到园里游玩。涉,到,游历。陶渊明《归去来辞》:"园日涉以成趣。"

[48] 画黛弯蛾:描画的双眉,像蚕蛾的一对触须那样弯曲细长。黛,古时妇女描眉用的青黑色颜料。蛾,蚕蛾,其触须细长弯曲,所以旧时常喻女子细眉为"蛾眉"。

[49] 莲钩蹴凤:纤瘦的小脚穿着凤头鞋。莲,金莲,喻女子的小脚。《南齐书·东昏侯纪》:"凿金为莲花以帖地,令潘妃行其上,曰:'此步步生莲花也。'"莲钩,这里指女子所着的弓鞋。蹴,踏。凤,鞋头上的绣凤。

[50] 相伯仲:不相上下。伯仲,兄弟之间,长者为伯,幼者为仲。

[51] 作伐:作媒。《诗·豳风·伐柯》:"伐柯如何?匪斧不克。取妻如何?匪媒不得。"

[52] 鼓吹阗咽(tián yīn 田因):鼓吹之声并作。吹,指唢呐、喇叭之类管乐器。阗,众声并作。咽,有节奏的鼓声。

[53] 衾帱:锦被与罗帐。

[54] 合卺(jǐn 锦):举行婚礼。一瓠刻为两瓢,叫"卺",新婚夫妇各执其一对饮,叫"合卺",为古时结婚礼仪之一。《礼记·昏义》:"共牢而食,合卺而酳(yìn 胤)。"酳,用酒漱口。

[55] 切磋:工匠切剖骨角,磋磨平滑,制成器物。这里喻研讨学问。《诗·卫风·淇奥》:"如切如磋,如琢如磨。"

[56] 举进士:考中进士。详《狐嫁女》注。

[57] 延安李:延安府的推官。延安,府名。辖境在今陕西省北部,治所为延安。司李,也称"司理",宋代各州掌狱讼的官员。明、清时在各府置推官,其职掌与宋代司李略同,因也别称"司理"或"司李"。

〔58〕 直指：直指使。汉代派侍御史为"直指"使，巡视地方，审理重大案件。见《汉书·百官公卿表上》。这里指明、清时巡按御史一类的官员。
〔59〕 罣（guà 挂）碍：官吏因公事获咎而罢官，留在任所听候处理，不能自由行动，所以叫"罣碍"。
〔60〕 揽辔停骖：收缰勒马。骖，泛指马。
〔61〕 金沤（ōu 欧）浮钉：装饰在大门上的形似浮沤（水泡）的涂金圆钉，为古代贵族世家的门饰。宋程大昌《演繁露》卷六："今门上排立而突起者，公输般所饰之蠡也。《义训》：'门饰，金谓之铺，铺谓之钣，钣音欧，今俗谓之浮沤钉也。'"
〔62〕 掇提而弄：弯腰抱起逗弄。
〔63〕 信宿：再宿；住了两天。《诗·周颂·有客》："有客宿宿，有客信信。"朱熹注："一宿曰宿，再宿曰信。"
〔64〕 但锐自任：却立即表示自己愿意承担。锐，迅疾。
〔65〕 瑿（yī 衣）：黑石。
〔66〕 闬闳（hàn hóng 旱宏）：里巷门。这里指皇甫公子宅舍。
〔67〕 团圝（luán 峦）：团聚。圝，也作"栾"，圆。
〔68〕 幽圹（kuàng 况）：墓穴。幽，地下。
〔69〕 惊致研诘：大吃一惊地仔细询问。研，穷究。诘，问。
〔70〕 趣（cù 促）装：急忙整理行装。趣，促。
〔71〕 腻友：美丽而亲昵的女友。《说文》："腻，上肥也。"段玉裁注引《诗·卫风·硕人》"肤如凝脂"，说"凝脂"意即"上肥"。
〔72〕 解颐：开口笑的样子。
〔73〕 色授魂与：司马相如《上林赋》："色授魂与，心愉于侧。"《史记索隐》引张揖说："彼色来授我，我魂往与接也。"这里指男女精神上的爱恋。色，容貌。魂，精神，内心。
〔74〕 颠倒衣裳：《诗·齐风·东方未明》："东方未明，颠倒衣裳。"朱熹认为是"刺其君兴居无节，号令不时"。这里隐指男女两性关系。

僧 孽

张姓暴卒,随鬼使去[1],见冥王[2]。王稽簿[3],怒鬼使误捉,责令送归。张下,私浼鬼使,求观冥狱[4]。鬼导历九幽[5],刀山、剑树,一一指点。末至一处,有一僧孔股穿绳而倒悬之,号痛欲绝。近视,则其兄也。张见之惊哀,问:"何罪至此?"鬼曰:"是为僧[6],广募金钱,悉供淫赌,故罚之。欲脱此厄,须其自忏[7]。"张既苏,疑兄已死。时其兄居兴福寺[8],因往探之。入门,便闻其号痛声。入室,见疮生股间,脓血崩溃,挂足壁上,宛冥司倒悬状。骇问其故。曰:"挂之稍可,不则痛彻心腑。"张因告以所见。僧大骇,乃戒荤酒,虔诵经咒。半月寻愈。遂为戒僧[9]。

异史氏曰:"鬼狱渺茫,恶人每以自解;而不知昭昭之祸[10],即冥冥之罚也。可勿惧哉!"

据《聊斋志异》手稿本

---

[1] 鬼使:佛教所说的受阎罗役使、到阳世追摄罪人的鬼卒。
[2] 冥王:即阎罗,详《犬奸》注。
[3] 稽簿:检核簿籍。簿,指迷信传说中阴曹掌管的生死簿。
[4] 冥狱:阴间的牢狱,即地狱。佛经记载,阎罗主管八寒八热地狱,又有十八地狱之说。狱中有刀山、剑树、炎火、寒冰等种种刑罚。
[5] 九幽:犹言九泉之下,指迷信所说地层极深处囚禁鬼魂的地方。

〔6〕 是为僧：这个身为僧的人。是，此。
〔7〕 忏：忏悔，佛教名词。佛教徒念经拜佛，发露自己的过错，表示悔悟，以求宽容，叫忏。佛教规定，教徒隔半月举行一次诵戒，给犯戒者以悔过机会。后逐渐成为专以脱罪祈福为目的的宗教行为。
〔8〕 兴福寺：据乾隆《淄川县志》卷二：县西三十里冶头店有兴福寺。冶头店，今为淄博市淄川区冶头村。
〔9〕 戒僧：即戒行僧。详《长清僧》注。
〔10〕 昭昭：指阳世。冥冥：指阴曹。

妖　术

于公者，少任侠[1]，喜拳勇[2]，力能持高壶[3]，作旋风舞[4]。崇祯间[5]，殿试在都[6]，仆疫不起，患之。会市上有善卜者，能决人生死，将代问之。既至，未言。卜者曰："君莫欲问仆病乎？"公骇应之。曰："病者无害，君可危。"公乃自卜。卜者起卦，愕然曰："君三日当死！"公惊诧良久。卜者从容曰："鄙人有小术，报我十金，当代禳之。"公自念，生死已定，术岂能解；不应而起，欲出。卜者曰："惜此小费，勿悔勿悔！"爱公者皆为公惧，劝罄囊以哀之。公不听。

倏忽至三日，公端坐旅舍，静以俟之，终日无恙。至夜，阖户挑灯，倚剑危坐。一漏向尽，更无死法。意欲就枕，忽闻窗隙窣窣有声。急视之，一小人荷戈入；及地，则高如人。公捉剑起，急击之，飘忽未中。遂遽小，复寻窗隙，意欲遁去。公疾斫之，应手而倒。烛之，则纸人，已腰断矣。公不敢卧，又坐待之。逾时，一物穿窗入，怪狞如鬼。才及地，急击之，断而为两，皆蠕动。恐其复起，又连击之，剑剑皆中，其声不夬[7]。审视，则土偶，片片已碎。于是移坐窗下，目注隙中[8]。久之，闻窗外如牛喘，有物推窗棂，房壁震摇，其势欲倾。公惧覆压，计不如出而斗之，遂割然脱扃[9]，奔而出。见一巨鬼，高与檐齐；昏月中，见其面黑如煤，眼闪烁有黄光；上无衣，下无履，手弓而腰矢[10]。公方骇，鬼则弯矣[11]。公以剑拨矢，矢堕；欲击之，则又关矣。公急跃避,矢贯于壁,战战有声。鬼怒甚,拔佩刀,挥如风,望公力劈。公猱进[12],刀中庭石,石立断。公出其股间,削鬼中踝,铿然有声。鬼益怒,吼如雷,转身复剁。公又伏身入;刀落,断公裙。公已及胁下,猛斫之,亦铿然有声,鬼仆而僵。公乱击之,声硬如柝[13]。烛之,则一木偶,高大如人。弓矢尚缠腰际,刻画狰狞;剑击处,皆有血出。公因秉烛待旦,方悟鬼物皆卜人遣之,欲致人于死,以神其术也。

次日,遍告交知,与共诣卜所。卜人遥见公,瞥不可见。或曰:"此翳形术也[14],犬血可破。"公如言,戒备而往。卜人又匿如前。急以犬血沃立处,但见卜人头面,皆为犬血模糊,目灼灼如鬼立。乃执付有司而杀之。

异史氏曰:"尝谓买卜为一痴。世之讲此道而不爽于生死者几人[15]?卜之而爽,犹不卜也。且即明明告我以死期之至,将复如何?况有借人命以神其术者,其可畏尤甚耶!"

据《聊斋志异》手稿本

- [1] 任侠:负气任力,仗义助人。语见《史记·货殖列传》、《汉书·季布传》等。
- [2] 拳勇:《诗·小雅·巧言》:"无拳无勇,职为乱阶。"拳勇指气力和胆量。后来多指拳术技击之类武功。
- [3] 高壶:疑指壶铃。壶铃,一种供习武人提举,锻炼臂力的器械。
- [4] 旋风舞:指提举高壶作急旋动作。
- [5] 崇祯:明思宗朱由检的年号,公元一六二八年至一六四四年。

〔6〕 殿试：又称廷试。明清科举，举人赴京参加会试，录取者还要参加复试和殿试。殿试在宫廷举行，由皇帝主持并亲定三甲名次，入三甲者统称进士。
〔7〕 耎：同"软"。
〔8〕 目注隙中：此从铸雪斋抄本，原作"目注隙中久之"。
〔9〕 剨（huò 霍）：青本作"砉"，义同。《庄子·养生主》："砉然响然，奏刀騞然。"这里用以形容猛力拔关开门的声音。
〔10〕 手弓而腰矢：手持弓，腰插箭。
〔11〕 弯：拉弓；指开弓射箭。弯也作"关"。《孟子·告子下》："越人关弓而射之。"
〔12〕 猱（náo 挠）进：腾跃而进，轻捷如猿。猱，猿属。
〔13〕 柝（tuō 托）：木梆。
〔14〕 翳形术：即所谓隐身法。翳，荫蔽。
〔15〕 "世之讲此道"句：意思是，世间讲占卜之道而能准确无误地预言别人生死的人，能有几个？爽，差错，过失。

野　狗

于七之乱[1]，杀人如麻。乡民李化龙，自山中窜归。值大兵宵进[2]，恐罹炎昆之祸[3]，急无所匿，僵卧于死人之丛，诈作尸。兵过既尽，未敢遽出。忽见阙头断臂之尸[4]，起立如林。内一尸断首犹连肩上，口中作语曰："野狗子来，奈何？"群尸参差而应曰[5]："奈何！"俄顷，蹶然尽倒[6]，遂寂无声。李方惊颤欲起，有一物来，兽首人身，伏啮人首，遍吸其脑。李惧，匿首尸下。物来拨李肩，欲得李首。李力伏，俾不可得。物乃推覆尸而移之，首见。李大惧，手索腰下，得巨石如碗，握之。物俯身欲龁。李骤起，大呼，击其首，中嘴。物嗥如鸱[7]，掩口负痛而奔，吐血道上。就视之，于血中得二齿，中曲而端锐，长四寸馀。怀归以示人，皆不知其何物也。

据《聊斋志异》手稿本

----

[1] 于七之乱：指清顺治年间山东半岛地区于七领导的一次颇具规模的农民起义，自首事至失败，起伏持续达十五年之久。于七，名乐吾，字孟熹，行七。明崇祯武举人，山东栖霞县人。顺治五年（1648），他领导起义农民占据锯齿山。七年（1650），攻宁海，杀死登州知州。后清政府笼络招抚，授于七栖霞把总。顺治十八年（1661），于七不堪压迫，再度起事，以锯齿、昆嵛、鳌、招虎诸山为根据地，活动范围及于栖霞、莱阳、文登、福山、宁海等县。清廷命禁

三生

成仙

灵官

王
成

画皮

陆判

婴宁

聂小倩

军及山东总督统兵会剿。康熙元年(1662)春,于七溃围逃去。起义失败后,清廷株连兴狱,对该地区人民进行血腥屠杀。事见《清史稿》、《山东通志》、《续登州府志》、《栖霞县志》等书有关记载。

〔2〕 大兵宵进:围剿义军的清兵夜间进发。大兵,指清政府军队。

〔3〕 炎昆之祸:玉石俱焚之灾,比喻不加区别,滥肆杀戮。《尚书·胤征》:"火炎昆岗,玉石俱焚。"昆岗,就是昆仑山,产玉。

〔4〕 阙:通缺。

〔5〕 参差(cēn cī)而应:七嘴八舌地附和。参差,不齐貌。

〔6〕 蹶然:僵仆貌。

〔7〕 物嗥(háo 嚎)如鸱:怪物发出猫头鹰般的叫声。嗥,号叫,一般指兽类。鸱,鸱鸮,猫头鹰。

三　生

刘孝廉[1],能记前身事[2]。与先文贲兄为同年[3],尝历历言之[4]。一世为搢绅[5],行多玷。六十二岁而殁。初见冥王,待以乡先生礼[6],赐坐,饮以茶。觑冥王盏中,茶色清彻;己盏中,浊如醪[7]。暗疑迷魂汤得勿此耶[8]?乘冥王他顾,以盏就案角泻之,伪为尽者。俄顷,稽前生恶录[9];怒,命群鬼捽下,罚作马。即有厉鬼絷去[10]。行至一家,门限甚高,不可逾。方趑趄间,鬼力楚之[11],痛甚而蹶。自顾,则身已在枥下矣。但闻人曰:"骊马生驹矣,牡也。"心甚明了,但不能言。觉大馁,不得已,就牝马求乳。逾四五年,体修伟。甚畏挞楚,见鞭则惧而逸。主人骑,必覆障泥[12],缓辔徐徐[13],犹不甚苦;惟奴仆圉人[14],不加鞯装以行[15],两踝夹击,痛彻心腑。于是愤甚,三日不食,遂死。

至冥司,冥王查其罚限未满,责其规避[16],剥其皮革,罚为犬。意懊丧,不欲行。群鬼乱挞之,痛极而窜于野。自念不如死,愤投绝壁,颠莫能起。自顾,则身伏窦中,牝犬舐而胜字之[17],乃知身已复生于人世矣。稍长,见便液亦知秽;然嗅之而香,但立念不食耳。为犬经年,常忿欲死,又恐罪其规避。而主人又豢养,不肯戮。乃故啮主人,脱股肉。主人怒,杖杀之。

冥王鞫状[18],怒其狂狷[19],笞数百,俾作蛇。囚于幽室,暗不见天。闷甚，缘壁而上，穴屋而出。自视，则伏身茂草，居然蛇矣。遂矢志不残生类，饥吞木实。积年馀，每思自尽不可，害人而死又不可；欲求一善死之策而未得也。一日，卧草中，闻车过，遽出当路；车驰压之，断为两。

冥王讶其速至，因蒲伏自剖[20]。冥王以无罪见杀，原之，准其满限复为人[21]，是为刘公。公生而能言，文章书史，过辄成诵。辛酉举孝廉[22]。每劝人：乘马必厚其障泥；股夹之刑，胜于鞭楚也。

异史氏曰："毛角之俦[23]，乃有王公大人在其中；所以然者，王公大人之内，原未必无毛角者在其中也。故贱者为善，如求花而种其树；贵者为善，如已花而培其本：种者可大，培者可久[24]。不然，且将负盐车[25]，受羁靮[26]，与之为马[27]；不然，且将啖便液，受烹割，与之为犬；又不然，且将披鳞介，葬鹤鹳[28]，与之为蛇。"

据《聊斋志异》手稿本

----

[1] 刘孝廉：名字未详。孝廉，指举人。详《画壁》注。
[2] 前身事：前生的经历。
[3] 先文贲兄：指作者族兄蒲兆昌。蒲兆昌，字文贵，"文贲"当因"贵""贲"形近致讹。《淄川县志》谓兆昌字"文璧"，未知何据。蒲松龄在《蒲氏世谱》（现存蒲松龄纪念馆）中，曾作如下记载："蒲兆昌：公字文贵，明天启辛酉举人。形貌丰伟，多髭髯；腰合抱不可交。所坐座阔容二人；每诣戚友，辄令健仆荷而从之。为人质直任性，不曲随，不苟合。明鼎革，伪令孔伟其貌，将荐诸当路，公弗许；强之再三，不可，乃罢。自此日游林壑，无志进取。因诸父、昆弟朝夕劝驾，勉就公车，至闱中，不任其苦，一场遂止；后经书业中式矣，衡

文者求二、三场不可得,深以为恨。居家闭门自守,不预世事,遂精岐黄之术,问医者接踵于门,虽贫贱不拘也。松龄谨识。"

〔4〕 历历:分明的样子。

〔5〕 搢绅:语出《庄子·天下》,也作"荐绅"、"缙绅",插笏于带间。古时仕宦垂绅(大带)搢笏,因以指称士大夫。

〔6〕 乡先生:《仪礼·士冠礼》郑玄注:"乡先生,乡中老人为卿大夫致仕者。"又《礼仪·乡谢礼》贾公彦疏:"(乡)先生,谓老人教学者。"后世多指辞官乡居有德望的士大夫。

〔7〕 醪(láo 劳):未过滤的酒,浊酒。

〔8〕 迷魂汤:迷信传说,人死后服过迷魂汤,即尽忘生前之事。

〔9〕 恶录:迷信传说中阴司记载世人生平恶行的簿籍。

〔10〕 厉鬼:恶鬼。见《左传·昭公七年》。

〔11〕 力楚:用力抽打。楚,牡荆制作的刑杖;这里作动词用。

〔12〕 障泥:马鞯两旁下垂至马腹的障幅,用以遮避泥土。

〔13〕 缓辔:放松马缰;指骑马缓行。

〔14〕 圉(yǔ 语)人:本周代养马官,这里指马伕。

〔15〕 鞯装:鞍、鞯之类骑具。鞯,鞍下软垫。

〔16〕 规避:蓄意逃避。规,计谋。

〔17〕 腓(féi 肥)字:爱抚喂养。《诗·大雅·生民》:"牛羊腓字之。"腓,遮庇。字,哺乳。

〔18〕 鞫(jū 居)状:审问其罪状。

〔19〕 猘(zhì 制):狂犬。

〔20〕 蒲伏:通匍匐。剖:表白、辩解。

〔21〕 满限:服罪期满。限,指轮回的限期。

〔22〕 辛酉:指明熹宗天启元年,公元一六二一年。

〔23〕 毛角之俦:披毛戴角之类,指兽类。俦,群、类。

〔24〕 "贱者"六句:这里以"花"比喻"福报"。意思是,世人要获得或保持其富贵福泽,需要行善积德,从根本处努力。可大可久,语出《周易·系辞上》:"有亲则可久,有功则可大;可久则贤人之德,可大则贤人之业。"这里借指行善的功业。

〔25〕 负盐车:驾盐车,把马驾重载。负,应作"服";主驾(驾辕)为服。

语出《战国策·楚策四》,谓老骥"服盐车而上大(太)行"。
〔26〕 受羁馽(zhí执):受束缚控制。《庄子·马蹄》:"连之以羁馽。"羁,马笼头。馽,同絷;为了步调习整,连结马前足的绳索。
〔27〕 与之为马:让他变作马。与,以。下文两"与"字同。
〔28〕 葬鹳鹈:葬身鹳、鹈之腹。鹳、鹈常捕蛇为食。

狐入瓶

万村石氏之妇,祟于狐[1],患之,而不能遣[2]。扉后有瓶,每闻妇翁来,狐辄遁匿其中。妇窥之熟,暗计而不言。一日,窜入。妇急以絮塞其口,置釜中,燂汤而沸之[3]。瓶热,狐呼曰:"热甚!勿恶作剧。"妇不语。号益急,久之无声。拔塞而验之,毛一堆,血数点而已。

据《聊斋志异》手稿本

----

〔1〕 祟于狐:受到狐的扰害。祟,鬼神加于人的灾患。《说文》:"祟,神祸也。"
〔2〕 遣:驱除。
〔3〕 燂(qián虔)汤而沸之:把水加温直至烧开。燂,烧热。汤,热水。

鬼 哭

谢迁之变[1],宦第皆为贼窟。王学使七襄之宅[2],盗聚尤众。城破兵入,扫荡群丑,尸填墀,血至充门而流。公入城,扛尸涤血而居。往往白昼见鬼;夜则床下燐飞[3],墙角鬼哭。

一日,王生皞迪[4]寄宿公家,闻床底小声连呼:"皞迪!皞迪!"已而声渐大,曰:"我死得苦!"因哭,满庭皆哭。公闻,仗剑而入,大言曰:"汝不识我王学院耶[5]?"但闻百声嗤嗤,笑之以鼻。公于是设水陆道场[6],命释道忏度之。夜抛鬼饭,则见燐火营营[7],随地皆出。先是,阍人王姓者疾笃[8],昏不知人者数日矣。是夕,忽欠伸若醒。妇以食进。王曰:"适主人不知何事,施饭于庭,我亦随众啖啜[9]。食已方归,故不饥耳。"由此鬼怪遂绝。岂钹铙钟鼓[10],焰口瑜伽[11],果有益耶?

异史氏曰:"邪怪之物,惟德可以已之[12]。当陷城之时,王公势正烜赫,闻声者皆股栗[13];而鬼且揶揄之。想鬼物逆知其不令终耶?普告天下大人先生:出人面犹不可以吓鬼,愿无出鬼面以吓人也!"

据《聊斋志异》手稿本

----

〔1〕 谢迁之变:指顺治初年谢迁领导的一次农民起义。谢迁,山东高苑

(今属高青县)人,顺治三年(1646)冬率众起事,曾攻陷高苑、长山、新城、淄川诸县。其据淄川县城,在顺治四年六月。旋遭官兵围剿,血战两月,最后失败。事见乾隆《高苑县志·灾祥》、乾隆《淄川县志·兵事》、光绪《山东通志·兵防志·国朝兵事》。

〔2〕 王七襄:王昌胤(清代避雍正讳,改书昌廕、昌印、昌允),字七襄,一字雪园,山东淄川人。明崇祯九年丙子(1636)科举人,十年丁丑科进士,清初官至提督北直学政。传见乾隆《淄川县志》。又,后文谓其"不令终",所指事状待考。

〔3〕 燐飞:燐火飘动。《淮南子·氾论训》:"久血为燐。"《说文解字》:"兵死及牛马之血为㷠(燐)。"燐火,俗称鬼火。

〔4〕 王生㻆迪:事迹未详。

〔5〕 "汝不识"句:据记载,王昌胤曾两任学政。第一次,以福建道御史差顺天学政在顺治四年二月,次年罢,见《清代职官年表·学政年表》。第二次,以监察御史提督北直学政在顺治七年,亦于次年离任,见《清秘述闻·学政类》。上文既说"公入城,扛尸涤血而居",应是初罢顺天学政家居时事。

〔6〕 水陆道场:原为佛教举行的一种时间较长、规模较大的法会;诵经设斋,礼佛拜忏,以饮食供品追荐亡灵。为超度一切水陆亡魂而设,故称水陆道场。相传始自梁武帝萧衍。后世民间举行此类法会常设僧道两部,故下文云"命释道忏度之"。

〔7〕 营营:往来飞动的样子。

〔8〕 疾笃:病重。

〔9〕 啗啗(dàn dàn 但但):二字音义并同,吃。

〔10〕 钹铙(bō náo 拨挠)钟鼓:法会上僧众所用的四种法器。钹、铙是铜制打击乐,各两片,圆形,中间隆起有孔,穿以革带,对击作响;大的叫铙,小的叫钹。

〔11〕 焰口瑜伽(qié茄):指招僧众作佛事,以超度亡魂。焰口,佛经中饿鬼名。密宗对饿鬼施食超度的仪式,称为"放焰口"。瑜伽,指瑜伽僧,即密宗僧侣。密宗僧侣常受请为人念经作法事,故又被称为应赴僧。瑜伽,梵语,与物相应之义。相应之义有五(境、行、理、果、机),密宗取行相应之义,认为手结密印、口诵真言、心观佛尊,这能

身口意"三业"清净,与佛的身口意"三密"相应,即身成佛。
〔12〕 "惟德"句:只有凭借崇高的德行,才能消除邪怪之物。已,去,消除。
〔13〕 股栗:双腿抖战,极端畏惧。栗,通慄。

真 定 女

真定界,有孤女[1],方六七岁,收养于夫家。相居一二年,夫诱与交而孕。腹膨膨而以为病也,告之母。母曰:"动否?"曰:"动。"又益异之。然以其齿太稚,不敢决[2]。未几,生男。母叹曰:"不图拳母,竟生锥儿[3]!"

据《聊斋志异》手稿本

----

〔1〕 真定:旧县名,今河北正定县。界:谓境内,域内。
〔2〕 齿太稚:年龄太小。不敢决:不敢肯定是怀孕。
〔3〕 "不图拳母"二句:想不到拳头大的母亲,竟生下个锥子大的儿子。不图,没指望,没料到。拳、锥,形容微小。

焦 螟

董侍读默庵家[1],为狐所扰,瓦砾砖石,忽如雹落。家人相率奔匿,待其间歇,乃敢出操作。公患之,假作庭孙司马第移避之[2]。而狐扰犹故。一日,朝中待漏[3],适言其异。大臣或言:关东道士焦螟[4],居内城,总持敕勒之术[5],颇有效。公造庐而请之[6]。道士朱书符[7],使归粘壁上。狐竟不惧,抛掷有加焉。公复告道士。道士怒,亲诣公家,筑坛作法。俄见一巨狐,伏坛下。家人受虐已久,衔恨綦深,一婢近击之。婢忽仆地气绝。道士曰:"此物猖獗,我尚不能遽服之,女子何轻犯尔尔[8]。"既而曰:"可借鞠狐词,亦得[9]。"戟指咒移时[10],婢忽起,长跪。道士诘其里居。婢作狐言:"我西域产[11],入都者一十八辈。"道士曰:"辇毂下[12],何容尔辈久居?可速去!"狐不答。道士击案怒曰:"汝欲梗吾令耶[13]?再若迁延,法不汝宥[14]!"狐乃蹙怖作色[15],愿谨奉教。道士又速之[16]。婢又仆绝,良久始甦。俄见白块四五团,滚滚[17]如毬,附檐际而行,次第追逐[18],顷刻俱去。由是遂安。

据《聊斋志异》手稿本

----

〔1〕 董侍读默庵:董讷,字默庵,一字兹重,平原(今山东省平原县)人。

康熙六年丁未(1667)科探花。历任翰林院侍读学士、兵部尚书、江南总督等官,《清史稿》二七九有传,又见《山东通志·人物十一》。董讷任侍读学士在康熙二十二年前。董任馆职时曾僦居北京西河沿某空宅,以狐祟徙去,又见于《旷园杂志》卷下(《说铃》本)。

〔2〕 怍庭孙司马第:此据铸本,底本误"第"作"等"。按,怍应作"祚"。孙光祀,字溯玉,号祚庭,其先平阴(今山东省平阴县)人,通籍后迁居历城(今济南市)。顺治十二年乙未(1655)科进士,历任礼科给事中、兵部右侍郎等官。传见《山东通志·人物十一》。据《清代职官年表》,孙光祀任兵部右侍郎在康熙十二年至十八年。司马,官名,西周置,为六卿之一,主管中央军事。汉代大司马与大司徒、大司空并列为三公,职掌同前。后来习称兵部尚书为大司马,侍郎为少司马。

〔3〕 待漏:封建社会,百官清晨入朝,待时朝拜皇帝,称待漏。待漏之处,习称朝房,为官员上朝退朝休息之所。

〔4〕 关东:清代称山海关外奉天、吉林、黑龙江三省之地为关东。焦螟,未详。

〔5〕 总持敕勒之术:主管道教的符法之事。持,管领。敕勒术,道士书符驱鬼的法术。因符咒必书"敕令"、"敕勒"字样,因以作为符咒的代称。清代道箓司下有符法司以主其事,见《清史稿·职官志》。

〔6〕 造庐:亲至其家。造,至。

〔7〕 朱书符:用朱砂画符。朱,硏砂。迷信认为硏砂可以辟邪。

〔8〕 何轻犯尔尔:怎敢如此轻率地触犯它呢? 尔尔,如此。

〔9〕 借鞫狐词:借婢女之口,审出狐的供词。鞫,审问犯人。亦得:也是个办法。得,得计。

〔10〕 戟指:义同"戟手",用食指中指指点,其状如戟;是指斥的手势。《左传·哀公二十五年》:"褚师出,公戟其手曰:'必断而足!'"

〔11〕 西域:此据二十四卷抄本,原作"西城"。

〔12〕 辇毂(niǎn gǔ 捻骨)下:皇帝车驾之下,指京城。辇,一种用人力推挽的车,秦汉以后专指帝、后所乘的车。毂,车轮中央贯辐穿轴的圆木。

〔13〕 梗:阻遏,违抗。

〔14〕 法不汝宥:神法决不宽贷你!不汝宥,即不宥汝。宥,宽恕,减罪。
〔15〕 蹙怖作色:蜷缩恐惧,面色改变。蹙,谓蜷缩身体。作色,面色改变。
〔16〕 速:义同"促",催促。
〔17〕 滚滚:二字据铸雪斋抄本,原作"衮衮"。
〔18〕 次第追逐:依次相随;一个跟着一个。

叶　生

　　淮阳叶生者[1]，失其名字。文章词赋，冠绝当时[2]；而所如不偶[3]，困于名场[4]。会关东丁乘鹤来令是邑，见其文，奇之；召与语，大悦。使即官署，受灯火[5]；时赐钱谷恤其家。值科试[6]，公游扬于学使[7]，遂领冠军[8]。公期望綦切。闱后[9]，索文读之，击节称叹[10]。不意时数限人[11]，文章憎命[12]，榜既放，依然铩羽[13]。生嗒丧而归[14]，愧负知己，形销骨立，痴若木偶。公闻，召之来而慰之。生零涕不已。公怜之，相期考满入都[15]，携与俱北。生甚感佩。辞而归，杜门不出[16]。

　　无何，寝疾[17]。公遗问不绝[18]；而服药百裹[19]，殊罔所效。公适以忤上官免，将解任去[20]。函致生，其略云："仆东归有日；所以迟迟者，待足下耳。足下朝至，则仆夕发矣。"传之卧榻。生持书啜泣。寄语来使："疾革难遽瘥[21]，请先发。"使人返白，公不忍去，徐待之。逾数日，门者忽通叶生至。公喜，逆而问之。生曰："以犬马病[22]，劳夫子久待[23]，万虑不宁。今幸可从杖履[24]。"公乃束装戒旦[25]。抵里，命子师事生，夙夜与俱。公子名再昌，时年十六，尚不能文。然绝慧，凡文艺三两过[26]，辄无遗忘。居之期岁[27]，便能落笔成文。益之公力，遂入邑庠[28]。生以生平所拟举子业[29]，悉录授读。闱中七题[30]，并无脱漏，中亚魁[31]。公一日谓生曰：

"君出馀绪[32]，遂使孺子成名。然黄钟长弃[33]奈何！"生曰："是殆有命。借福泽为文章吐气，使天下人知半生沦落，非战之罪也[34]，愿亦足矣。且士得一人知己，可无憾，何必抛却白纻，乃谓之利市哉[35]。"公以其久客，恐误岁试，劝令归省[36]。生惨然不乐[37]。公不忍强，嘱公子至都，为之纳粟[38]。公子又捷南宫[39]，授部中主政[40]。携生赴监，与共晨夕。逾岁，生入北闱[41]，竟领乡荐[42]。会公子差南河典务[43]，因谓生曰："此去离贵乡不远。先生奋迹云霄[44]，锦还为快[45]。"生亦喜，择吉就道。抵淮阳界，命仆马送生归。

归见门户萧条，意甚悲恻。逡巡至庭中，妻携簸具以出，见生，掷具骇走。生凄然曰："我今贵矣。三四年不觏，何遂顿不相识？"妻遥谓曰："君死已久，何复言贵？所以久淹君柩者，以家贫子幼耳。今阿大亦已成立，将卜窀穸[46]。勿作怪异吓生人。"生闻之，怃然惆怅[47]。逡巡入室，见灵柩俨然，扑地而灭。妻惊视之，衣冠履舄如脱委焉[48]。大恸，抱衣悲哭。子自塾中归，见结驷于门[49]，审所自来，骇奔告母。母挥涕告诉。又细询从者，始得颠末。从者返，公子闻之，涕堕垂膺。即命驾哭诸其室；出橐营丧，葬以孝廉礼。又厚遗其子，为延师教读。言于学使，逾年游泮[50]。

异史氏曰："魂从知己，竟忘死耶？闻者疑之，余深信焉。同心倩女，至离枕上之魂[51]；千里良朋，犹识梦中之路[52]。而况茧丝蝇迹，呕学士之心肝；流水高山，通我曹之性命者哉[53]！嗟乎！遇合难期，遭逢不偶。行踪落落，对影长愁[54]；傲骨嶙嶙，搔头自爱[55]。

叹面目之酸涩,来鬼物之揶揄[56]。频居康了之中,则须发之条条可丑;一落孙山之外,则文章之处处皆疵[57]。古今痛哭之人,卞和惟尔;颠倒逸群之物,伯乐伊谁[58]?抱刺于怀,三年灭字;侧身以望,四海无家[59]。人生世上,只须合眼放步,以听造物之低昂而已[60]。天下之昂藏沦落如叶生其人者[61],亦复不少,顾安得令威复来[62],而生死从之也哉?噫!"

据《聊斋志异》手稿本

----

〔1〕 淮阳:县名,在河南省东部。
〔2〕 冠绝当时:超越同时之人。冠,第一名,首屈一指。绝,超越。
〔3〕 所如不偶:所向不遇。不偶,犹言数奇,指命运不好,遇合不佳。
〔4〕 名场:指求取功名的科举考场。
〔5〕 即官署,受灯火:谓留住县衙,得到照明等学习费用的资助。灯火,此指照明费用。
〔6〕 科试:也称科考。乡试之前,各省学政到所辖府、州,考试生员,称为科试。科试成绩一、二等的生员,册送参加乡试,称录科;被录送的生员称科举生员。
〔7〕 游扬:随处称扬。学使:即提督学政,又称提学使、提学、学院、学台、学政等,是明清时代掌理一省学校、科举的长官。
〔8〕 领冠军:指科试获第一名。领,取得。
〔9〕 闱后:指秋闱(即乡试)之后。各省乡试在仲秋八月举行,因称秋闱。闱,科举考场,又称贡院。
〔10〕 击节称叹:击节原义是用手指击拊为节拍,以寻按乐曲的韵律节奏;后常借以形容对诗文的赞叹、激赏。
〔11〕 时数:时运。数,命定的遭遇。
〔12〕 文章憎命:杜甫《天末怀李白》:"文章憎命达,魑魅喜人过。"意思是好文章会妨害好命运。

〔13〕铩（shà厦）羽：鸟羽摧落；比喻乡试受挫落榜。《淮南子·览冥训》："飞鸟铩翼，走兽废脚。"《说文》："铩，残也。"
〔14〕嗒（tà踏）丧：沮丧；失魂落魄。《庄子·齐物论》："仰天而嘘，嗒焉似丧其偶。"
〔15〕考满：是明清两代对政府官员的考绩办法之一。这里指对外官的考绩，即由吏部考功司主持的"大计"。清顺治初期，外官三年大计；顺治后期，定外官三年考满议叙例。康熙元年，内外官考绩皆用三年考满制。其制，外官大计以寅、巳、申、亥岁，四品以下官员以五等议叙（一等称职者记录，二等称职者赏赉，平常者留任，不及者降调，不称职者革职）。详《清史稿·选举志六·考绩》。
〔16〕杜门：闭门。此指不与外界交往。杜，堵塞。
〔17〕寝疾：卧病；病倒在床。
〔18〕遗（wèi卫）问：馈赠所需，慰问疾病。遗，赠予。
〔19〕百裹：百剂。裹，指药包。
〔20〕解任：解职，卸任。
〔21〕病革（jí亟）难瘥（chài差）：病重难望速愈。革，同"亟"。瘥，病愈。
〔22〕犬马病：对自己疾病的谦称。
〔23〕夫子：先生，老师。旧时县学生员称本县县令为老师、老父师，自称学生、门生。
〔24〕从杖履：犹言随侍左右。古礼老人五十得拄杖。又唯尊者得脱履于户内，晚辈有代为捉杖纳履的责任，所以"从杖履"是敬老事尊之词。《礼记·曲礼》："侍坐于君子，君子欠伸，撰杖履；视日早暮，侍坐者请出矣。"
〔25〕束装：整顿行装。戒旦：意思是警戒黎明贪睡，早起及时出发。《文选》赵景真《与嵇茂齐书》："鸡鸣戒旦，则飘尔晨征。"
〔26〕文艺：指"闱墨"之类供科举士子揣摩研习的八股范文。
〔27〕期（jī基）岁：满一年。
〔28〕入邑庠：成为县学生员，俗称秀才。邑庠，县学。
〔29〕所拟举子业：指叶生平日为应付科举考试而习作的八股文。拟，谓拟题习作。举子业，又称四书文，即八股文。

〔30〕 闱中七题：明、清乡试、会试的头场试题大都是七题，其中"四书义"三题，"五经义"四题。这里"七题"指乡试的头场试题。头场成绩即能决定能否录取，二、三场成绩只作参考，所以再昌因头场七题作得好而取中亚魁。

〔31〕 亚魁：乡试第二名。第一名称乡魁、乡元或解元。

〔32〕 出馀绪：拿出本人才学的微末部分。馀绪，微末，残馀。馀绪，义同绪馀。《庄子·让王》："道之真以治身；其绪馀以为国家；其土苴以为天下。"

〔33〕 黄钟长弃：比喻贤才被长期埋没。《楚辞·卜居》："黄钟长弃，瓦釜雷鸣。"黄钟，古乐中的正乐，比喻德才俱优的人。

〔34〕 非战之罪：《史记·项羽本纪》载，项羽垓下战败后曾说："此天之亡我，非战之罪也。"叶生借喻自己半生沦落，功名未就，是命运使然，而非文章庸劣。

〔35〕 "何必"二句：意思是说，不必取得科举功名，才算作发迹走运。宋代王禹偁《寄砀山主簿朱九龄》诗："忽思蓬岛会群仙，二百同学最少年；利市襕衫抛白纻，风流名字写红笺。"白纻，一种质地细密的白夏布，借指士子取得科举功名前所着的白衣。取得科举功名后，就脱去白衣，改穿襕衫（官服）了。利市，语出《周易·说卦》："为近利，市三倍。"本指由贸易获得利润；后来比喻发迹，走运，俗称"发利市"。

〔36〕 岁试：各省提学使于三年任期内到所辖府、州考试一次生员课业，以六等定优劣，谓之岁试。在外地的生员须回原籍参加岁试，所以丁公劝叶生归省。归省，本义是回乡探望父母，这里实指回乡应试。

〔37〕 生惨然不乐：底本无"生"字，据铸雪斋抄本补。

〔38〕 纳粟：明清设国子监于京城，国子监生员称监生，可直接参加乡试，不必参加岁试。自明景泰（1450—1456）以后，准许生员向朝廷纳粟，享受监生待遇；后代循例纳粟（实际用银子）入监的生员，又称例监。

〔39〕 捷南宫：指会试中式，即考中进士。明、清举人考进士，会试是决定性的一轮考试。南宫，汉代把尚书省比作南方列宿，称之为南宫。

宋、明以来则称礼部为南宫。会试由礼部主持,因称会试中式为捷南宫。捷,谓获胜、取中。

〔40〕 部中主政:明清于中央六部各设主事若干员。主政是主事的别称,职位低于员外郎。据下文所言"差南河典务","部"当指工部。

〔41〕 入北闱:指参加在北京举行的乡试。明代在顺天府(北京)和应天府(南京)各设国子监,两处乡试应考生员多为国子监生,因而分别称为北闱和南闱。清代无南闱,而顺天乡试初仍习称北闱。

〔42〕 领乡荐:指考中举人。唐制,参加进士考试者,例由地方长官(刺史、府尹)考试荐举,称为乡举或乡荐。后代因称乡试中式者为领乡荐,或简称领荐。

〔43〕 差南河典务:奉派到南河河道办理公务。清初自顺治元年至康熙四十四年前,河道总督所辖的江南省河道,包括今江苏、安徽两省长江以北的黄河、运河水系,时称南河。《清会典》卷四十七:"工部·都水清吏司:掌天下河渠关梁川途之政令,凡坛庙殿廷之供具皆掌焉。"

〔44〕 奋迹云霄:致身云路;谓一举成名,前程远大。此即指中举人言。

〔45〕 锦还为快:衣锦还乡,堪称快事。《汉书·项籍传》:"富贵不归故乡,如衣锦夜行。"

〔46〕 卜窀穸(zhūn xī 谆夕):选择墓地;指安葬。窀穸,墓穴。

〔47〕 怃然惆怅:此据铸雪斋抄本。底本"惆"误作"筹"。怃然,失意的样子。

〔48〕 脱委:蜕落在地。脱,通"蜕"。委,丢弃,掉落。

〔49〕 结驷:拴马。

〔50〕 游泮:进学;成为秀才。泮,指泮宫,周代诸侯所设的学校。代指府、州、县设各类官学。

〔51〕 "同心倩女"二句:意思是,知心的情侣,可以离魂相随。唐陈玄祐《离魂记》:张倩女与表兄王宙相恋,遭父亲梗阻,倩女离魂追随王宙出走。五年后夫妇同回娘家,倩女的离魂才与床上病体合而为一。

〔52〕 "千里良朋"二句:是说,真挚的友谊,可使远隔的良朋梦中往会。《文选》沈约《别范安成诗》:"梦中不识路,何以慰相思。"李善注引

《韩非子》："六国时，张敏与高惠二人为友。每相思不能得见，敏便于梦中往寻。但行至中道，便迷不知路，遂回。如此者三。"（按，此段引文，不见于今本《韩非子》）这里作者反其意而用之。

〔53〕"而况"四句：承接"同心倩女"四句，领起下文科场失意的感慨。意思是，又何况应举文章是我辈读书人精心结撰缮写；它是否能遇真赏，正决定着我们命运的穷通呢！茧丝，比喻文章章句妥帖。本《文心雕龙·章句》："章句在篇，如茧之抽绪。"（绪，即丝）蝇迹，即蝇头细字。陆游《读书诗》之二："灯前目力虽非昔，犹课蝇头二万言。"比喻文章缮写工整。学士，学子、读书人；与隔句"我曹"互文足义，意为"我辈读书人"。呕心肝，用唐代诗人李贺事。李商隐《李长吉小传》写李贺作诗构思极苦，其母叹息说："是儿要当呕出心肝乃已尔！"流水高山，用伯牙"志在太山"、"志在流水"的琴曲（见《吕氏春秋·本味》）比喻高雅绝俗、不易被人赏识的作品。通，沟通。性命，品性和命运。作者认为，文章是作者性格、品质的表现，它的遭遇如何，则决定作者的命运穷通，所以说文章沟通性、命。

〔54〕"行踪"二句：经历之处，总难遇合，只能空自对影愁叹。行踪，踪迹所到之处。落落，孤单落寞的样子。左思《咏史诗》："落落穷巷士，抱影守空庐。"对影，身与影相对，形容孤单。李白《月下独酌》："举杯邀明月，对影成三人。"

〔55〕"傲骨"二句：生就嶙峋傲骨，不能媚俗取容，唯有自惜自怜。嶙峋，用山石突兀形容傲骨坚挺。搔头，失意无计的样子。杜甫《梦李白二首》："出门搔白首，若负平生志。"自爱，自惜、自珍。又，《诗·邶风·静女》："爱而不见，搔首踟蹰。"《方言》注引作"薆"，义为隐蔽。则搔首自爱，谓抑志自持，不失其节。

〔56〕"叹面目"二句：意思是，自叹穷厄困顿，招致势利小人的嘲侮。面目，指服饰容止等外观表现。酸涩，寒酸拘执，不舒展洒脱。来，招致。鬼物揶揄，比喻势利小人的奚落。《世说新语·任诞》刘孝标注引《晋阳秋》：晋代罗友为桓温掾吏，不得意。一日，桓温设宴送人赴郡守任，罗于席最晚。桓温问他，他回答说："民首旦出门，于中途逢一鬼，大见揶揄，云：'吾但见汝送人作郡，何以不见人送汝

作郡耶？'"

〔57〕 "频居"四句：意思是说，多次落榜的人，从人身到文章，都被世俗讥贬得毫无是处。频居康之中，多次处于落榜境地。宋范正敏《遯斋闲览》：唐代柳冕应举，多忌讳，尤忌"落"字，至称安乐为安康。榜出，令仆探名，还报曰："秀才康（落榜）了也！"又据宋范公偁《过庭录》：宋代孙山滑稽多才，偕乡人子同赴举，榜发，乡人子落榜，孙山名居榜末。乡人问其子得失，孙山说："解名（榜文名单）尽处是孙山，贤郎更在孙山外。"后因又称落榜为"名落孙山"。

〔58〕 "古今"四句：大意是说，古往今来，因种种原因而悲愤痛哭的人很多，只有怀宝受诬的卞和像你；举世贤愚倒置，能识俊才的伯乐在当今又是谁乎？卞和惟尔，意思是只有你的处境类似卞和。卞和，春秋时楚国人，得璞于楚山中，献之厉王、武王，皆以为诳，刖其左右足；文王立，卞和抱璞哭楚山下，王使人理其璞，得美玉。见《韩非子·和氏》。逸群之物，超群的骏马。伯乐伊谁，谁是伯乐。伯乐，春秋秦国人，与秦穆公同时，姓孙名阳。其事略见于《庄子·马蹄》、《楚辞·怀沙》、《战国策·楚策》等记载。伯乐善相马，后代因以喻善于识才的人。《汉书·贾谊传》载，贾谊曾说："臣窃惟事势，可为痛哭。"屈原《九章·怀沙》有"变白以为黑兮，倒上以为下"，"伯乐既没，骥焉程兮。"这四句概括了这些痛愤之言。

〔59〕 "抱刺"四句：意思是，当道无爱才之人，不值得干谒；反侧展望，四海茫茫，竟无以容身。《三国志·魏志·荀彧传》注引《平原祢衡传》："衡字正平。建安初，自荆州北游许都……时年二十四。是时许都虽新建，尚饶士人。衡尝书一刺怀之，字漫灭而无所适。"又《古诗十九首》："置书怀袖中，三岁字不灭。"此综取其词成句。赵翼《陔馀丛考》："古人通名，本用削木书字，汉时谓之谒，汉末谓之刺；汉以后则虽用纸，而仍相沿曰刺。"刺，即后代的名帖、名片。明清时用红纸书写名帖，用于拜谒，又称拜帖。灭字，字迹磨灭。

〔60〕 "人生"三句：仍是作者痛愤之言，大意是：在人生的道路上，大可不必认真、清醒，只须闭眼走自己的路，行心之所安，一切听天由命。合眼，有不理会是非曲直、不计较得失、不与别人比量等意思。放步，走自己的路，行心之所安。造物，造物主、上帝。低昂，抑扬，

升沉,意谓摆布。
〔61〕 昂藏:气概不凡的样子。
〔62〕 令威:借指淮阳县令"关东丁乘鹤"。《搜神后记》:丁令威,汉辽东人,学道于灵虚山。后化鹤归辽,徘徊空中而言曰:"有鸟有鸟丁令威,去家千年今始归。城郭如故人民非,何不学仙冢累累。"遂冲天飞去。

四 十 千

新城王大司马[1]，有主计仆[2]，家称素封。忽梦一人奔入，曰："汝欠四十千[3]，今宜还矣。"问之，不答，径入内去。既醒，妻产男。知为夙孽[4]，遂以四十千捆置一室，凡儿衣食病药，皆取给焉。过三四岁，视室中钱，仅存七百。适乳姥抱儿至，调笑于侧。因呼之曰："四十千将尽，汝宜行矣。"言已，儿忽颜色蹙变[5]，项折目张。再抚之，气已绝矣。乃以馀资治葬具而瘗之。此可为负欠者戒也[6]。

昔有老而无子者，问诸高僧。僧曰："汝不欠人者，人又不欠汝者，乌得子？"盖生佳儿，所以报我之缘[7]；生顽儿，所以取我之债。生者勿喜，死者勿悲也。

据《聊斋志异》手稿本

----

[1] 新城：旧县名，明清属济南府，今为山东桓台县。王大司马：王象乾，字霁宇，新城人。明隆庆五年辛未（1570）科进士，历闻喜县令，官至兵部尚书。卒赠太子太师。传见《山东通志·人物·历代名臣》。大司马，兵部尚书的别称。
[2] 主计仆：掌管钱粮收支的仆人，相当于管家。主计，主管财钱收支账目。
[3] 四十千：旧时铜钱以文为计算单位，一千文称一贯或一吊；四十千，即四十贯或四十吊。
[4] 夙孽：迷信所谓前世罪恶的果报。孽，同"业"，这里指恶因。

〔5〕 蹙变:眉头紧皱,面色改变。蹙,蹙额,皱眉的样子。变,变色。
〔6〕 负欠:在道义、财帛方面对人有所亏欠,指背恩或赖债。
〔7〕 缘:因缘;与上文"孽"字含义相对,意思是善因。

成　仙

文登周生[1],与成生少共笔砚,遂订为杵臼交[2]。而成贫,故终岁常依周。以齿则周为长,呼周妻以嫂。节序登堂,如一家焉[3]。周妻生子[4],产后暴卒。继聘王氏,成以少故,未尝请见之也。一日,王氏弟来省姊,宴于内寝。成适至。家人通白,周坐命邀之。成不入,辞去。周移席外舍,追之而还。甫坐,即有人白别业之仆[5],为邑宰重笞者。先是,黄吏部家牧佣,牛蹊周田[6],以是相诟。牧佣奔告主,捉仆送官,遂被笞责。周诘得其故,大怒曰:"黄家牧猪奴,何敢尔! 其先世为大父服役[7];促得志,乃无人耶!"气填吭臆[8],忿而起,欲往寻黄。成捺而止之,曰:"强梁世界[9],元无皂白。况今日官宰半强寇不操矛弧者耶[10]?"周不听。成谏止再三,至泣下,周乃止。怒终不释,转侧达旦。谓家人曰:"黄家欺我,我仇也,姑置之。邑令为朝廷官,非势家官,纵有互争,亦须两造[11],何至如狗之随嗾者[12]? 我亦呈治其佣[13],视彼将何处分。"家人悉怂恿之[14],计遂决。具状赴宰,宰裂而掷之。周怒,语侵宰。宰惭恚,因逮系之。

辰后[15],成往访周,始知入城讼理。急奔劝止,则已在囹圄矣[16]。顿足无所为计。时获海寇三名,宰与黄赂嘱之,使捏周同党[17]。据词申黜顶衣[18],搒掠酷惨[19]。成入狱,相顾凄酸。谋叩阙[20]。周曰:"身系重犴[21],如鸟在笼;虽有弱弟[22],止足供囚饭耳。"成锐身自任,曰:"是予责也。难而不急[23],乌用友也!"乃行。周弟赒之[24],则去已久矣。至都,无门入控。相传驾将出猎,成预隐木市中;俄驾过,伏舞哀号,遂得准。驿送而下,着部院审奏[25]。时阅十月馀[26],周已诬服论辟[27]。院接御批,大骇,复提躬谳[28]。黄亦骇,谋杀周。因赂监者,绝其饮食;弟来馈问,苦禁拒之。成又为赴院声屈,始蒙提问,业已饥饿不起。院台怒,杖毙监者。黄大怖,纳数千金,嘱为营脱[29],以是得朦胧题免[30]。宰以枉法拟流[31]。周放归,益肝胆成。

成自经讼系,世情尽灰,招周偕隐。周溺少妇,辄迂笑之。成虽不言,而意甚决。别后,数日不至。周使探诸其家,家人方疑其在周所;两无所见,始疑。周心知其异,遣人踪迹之,寺观壑谷,物色殆遍。时以金帛恤其子。又八九年,成忽自至,黄巾氅服[32],岸然道貌。周喜,把臂曰:"君何往,使我寻欲遍?"笑曰:"孤云野鹤,栖无定所。别后幸复顽健。"周命置酒,略道间阔[33],欲为变易道装。成笑不语。周曰:"愚哉!何弃妻孥犹敝屣也?"成笑曰:"不然。人将弃予,其何人之能弃[34]。"问所栖止,答在劳山之上清宫。既而抵足寝,梦成裸伏胸上,气不得息。讶问何为,殊不答。忽惊而寤,呼成不应;坐而索之,杳然不知所往。定移时,始觉在成榻,骇曰:"昨不醉,何颠倒至此耶!"乃呼家人。家人火之,俨然成也。周故多髭,以手自挃,则疏无几茎。取镜自照,讶曰:"成生在此,我何往?"已而大悟,知成以幻术招隐。意欲归内,弟以其貌异,禁不听前。周亦无以自明。即命仆马往寻成。数日,入劳山。马行疾,仆不能及。休止树下,见羽客往来甚众[35]。内一道人目周,周因以成问。道士笑曰:"耳其名矣,似在上清。"言已,径去。周目送之,见一矢之外,又与一人语,亦不数言而去。与言者渐至,乃同社生[36]。见周,愕曰:"数年不晤,人以君学道名山,今尚游戏人间耶[37]?"周述其异。生惊曰:"我适遇之,而以为君也。去无几时,或当不远。"周大异,曰:"怪哉!何自己面目觌面而不之识?"仆寻至,急驰之,竟无踪兆。一望寥阔,进退难以自主。自念无家可归,遂决意穷追。而怪险不复可骑,遂以马付仆归,迤逦自往。遥见一僮独坐,趋近问程,且告以故。僮自言为成弟子,代荷衣粮,导与俱行。星饭露宿,迨行殊远[38],三日始至,又非世之所谓上清。时十月中,山花满路,不类初冬。僮入报客,成即遽出,始认己形。执手入,置酒谳语。见异彩之禽,驯人不惊[39],声如笙簧,时来鸣于座上。心甚异之。然尘俗念切,无意留连。地下有蒲团二,曳与并坐。至二更后,万虑俱寂[40],忽似瞥然一眠,身觉与成易位。疑之,自扪颔下,则于思者如故矣[41]。既曙,浩然思返。成固留之。越三日,乃曰:"迄少寐息,早送君行。"甫交睫,闻成呼曰:"行装已具矣。"遂起从之。

所行殊非旧途。觉无几时,里居已在望中。成坐候路侧,俾自归。周强之不得,因踽踽至家门。叩不能应,思欲越墙,觉身飘似叶,一跃已过。凡逾数重垣,始抵卧室,灯烛荧然,内人未寝,哝哝与人语。舐窗以窥,则妻与一厮仆同杯饮,状甚狎亵。于是怒火如焚;计将掩执[42],又恐孤力难胜。遂潜身脱扃而出,奔告成,且乞为助。

成慨然从之，直抵内寝。周举石挝门，内张皇甚；擂愈急，内闭益坚。成拨以剑，划然顿辟。周奔入，仆冲户而走。成在门外，以剑击之，断其肩臂。周执妻拷讯，乃知被收时即与仆私。周借剑决其首，冒肠庭树间。乃从成出，寻途而返。蓦然忽醒，则身在卧榻，惊而言曰："怪梦参差，使人骇惧！"成笑曰："梦者兄以为真，真者乃以为梦。"周愕而问之。成出剑示之，溅血犹存。周惊怛欲绝，窃疑成诪张为幻[43]。成知其意，乃促装送之归。荏苒至里门，乃曰："畴昔之夜，倚剑而相待者，非此处耶！吾厌见恶浊，请还待君于此；如过晡不来[44]，予自去。"周至家，门户萧索，似无居人。还入弟家。弟见兄，双泪遽堕，曰："兄去后，盗夜杀嫂，刳肠去，酷惨可悼。于今官捕未获。"周如梦醒，因以情告，戒勿究。弟错愕良久。周问其子，乃命老媪抱至。周曰："此襁褓物[45]，宗绪所关[46]，弟好视之。兄欲辞人世矣。"遂起，径出。弟涕泗追挽[47]，笑行不顾。至野外，见成，与俱行。遥回顾曰："忍事最乐。"弟欲有言，成阔袖一举，即不可见。怅立移时，痛哭而返。

周弟朴拙，不善治家人生产，居数年，家益贫。周子渐长，不能延师，因自教读。一日，早至斋，见案头有函书，缄封甚固，签题"仲氏启"[48]。审之，为兄迹；开视，则虚无所有，只见爪甲一枚，长二指许。心怪之。以甲置研上，出问家人所自来，并无知者。回视，则研石灿灿[49]，化为黄金。大惊。以试铜铁，皆然。由此大富。以千金赐成氏子，因相传两家有点金术云[50]。

据《聊斋志异》手稿本

〔1〕 文登:县名,即今山东省文登县。
〔2〕 杵臼交:不计贫富贵贱的朋友。《后汉书·吴祐传》:公沙穆游太学,家贫无资粮,变服为吴祐春米。吴与语,大惊,"遂共定交于杵臼之间。"杵臼,捣米的木杵和石臼。
〔3〕 "节序登堂"二句:意思是,四时八节,成生必定携眷到周生家拜问兄嫂,亲密如一家兄弟。是称赞成生恪守古训,对周生夫妻亲而有礼。节序:犹言四时八节。我国旧称春夏秋冬四季为四时或四序,称四立两分两至为八节。杜甫《狂歌行赠四兄》诗:"四时八节还拘礼,女拜弟妻男拜弟。"
〔4〕 周妻子:此据铸雪斋抄本,底本误"妻"为"子"。
〔5〕 别业:正宅外之园林宅舍。此"别业仆",即指派守田庄之仆。
〔6〕 蹊:践越,穿行。《左传·宣公十一年》:"牵牛以蹊人之田。"杜注:"蹊,径也。"
〔7〕 大父:祖父。
〔8〕 气填吭臆:怒气充咽填胸。吭,咽喉。臆,胸膛。
〔9〕 强梁世界:强暴横行的社会。强梁,强暴凶横。《老子》:"强梁者不得其死。"
〔10〕 矛弧:矛和弓,指杀人凶器。
〔11〕 两造:争讼的双方,原告和被告。《周礼·秋官·大司寇》:"以两造禁民讼。"郑注:"造,至也;使讼者两至。"
〔12〕 嗾(sòu 叟):指挥狗的声音。《左传·宣公二年》:"公嗾夫獒焉。"《玉篇》:"《方言》云:秦、晋、冀、陇谓使犬曰嗾使犬。"
〔13〕 呈治:呈请惩治。
〔14〕 怂恿(yǒng 甬):同"怂恿"。
〔15〕 辰后:辰时过后。辰时,相当于早上七点至九点。
〔16〕 囹圄(líng yú 伶俞):本秦代监狱名,后为牢狱别称。
〔17〕 捏周同党:诬陷周生与海盗同伙。捏,捏造,即诬陷。
〔18〕 据词申黜顶衣:依据海盗供词,申报革去周生功名。旧时官府行文,下级向上级说明情况称"申详"或"申"。黜,革免。顶衣,指生

员冠服,代指其资格功名。科举时代,生员犯法,革除功名之后,官府才能施刑审讯。
〔19〕 搒掠:拷打。
〔20〕 叩阍:应从青柯亭刻本作"叩阍"(铸本"阙"旁亦注一"阍"字),指向朝廷告状。阍,指帝阍,即宫门。吏民向皇帝告状叫叩阍。
〔21〕 重犴(chóng àn 虫岸):牢狱深处,拘禁重罪犯人的地方。犴,牢狱。
〔22〕 弱弟:幼弟。弱,幼小。
〔23〕 难而不急:人在难中而不相救。急,救助。《诗·小雅·常棣》:"脊令在原,兄弟急难。"
〔24〕 赆(jìn 尽):赠送路费。
〔25〕 着部院审奏:责成(山东)巡抚审理奏闻。部院,本指朝廷六部和都察院的长官,清代各省巡抚多带侍郎和副都御史的京衔,因以部院代称巡抚。
〔26〕 阅:经历。
〔27〕 诬服论辟:含冤屈招,被判死刑。辟,大辟,即死刑。
〔28〕 复提躬谳:提调案犯,亲自重审。谳,审讯犯人。
〔29〕 营脱:设法解脱罪刑。
〔30〕 朦胧题免:含糊其辞地报请朝廷免罪。朦胧,喻措辞含混。题,题本,上奏公事。
〔31〕 拟流:判处流刑。
〔32〕 黄巾氅(chǎng 敞)服:道冠道袍。黄巾,即黄冠;道士戴的束发冠,多用黄绢之类制成。氅,鸟羽织的外套。这里是对道士袍服的美称。
〔33〕 间阔:久别之情。间,隔。阔,久别。
〔34〕 "不然"三句:你说的不对。是他人要抛弃我,我又能抛弃谁呢?末句句首省"予"字。
〔35〕 羽客:道士的美称。道教认为修炼成功能飞升成仙,因美称道士为羽人、羽士、羽客。
〔36〕 同社生:社学同学。清制,大乡、镇置社学,近乡子弟可入学肄业。
〔37〕 游戏人间:指对现实生活洒然超脱的态度。《世说新语补·排调》:"苏长公(苏轼)在惠州,天下传其已死。后七年北归,见南昌

太守叶祖洽。叶问曰:'世传端明(苏曾为端明殿学士)已归道山,今尚尔游戏人间邪?'"

〔38〕 逴(chuò绰)行殊远:高一步低一步地走了很远。《史记·卫将军骠骑列传》:"取食于敌,逴行殊远。"《说文》:"逴,骞也。"段注:"骞,峡(跛)也。《庄子》'踸踔而行',谓脚长短也。"

〔39〕 驯人不惊:温驯依人,客至不惊。

〔40〕 万虑俱寂:各种尘世杂念都泯灭而归于空寂;是佛道修行的一种境界。万虑,指一切思维活动。寂,空寂。

〔41〕 于思(sāi腮):浓密的胡须。《左传·宣公二年》载宋人嘲笑华元多须而战败归来曰:"于思于思,弃甲复来!"思,同"鬓"。

〔42〕 掩执:突入捉拿。乘其不备而动,叫掩。

〔43〕 诪(zhōu周)张为幻:施弄幻术骗人。诪张,欺诳。为幻,制造假象、幻觉。《尚书·无逸》:"民无或胥诪张为幻。"

〔44〕 晡(bǔ补):申时,即下午三点到五点之间。

〔45〕 襁褓物:乳婴。襁褓,包裹婴儿的衣被。

〔46〕 宗绪:宗族后裔,传宗接代的人。绪,丝线末端,比喻后裔。

〔47〕 涕泗:涕指眼泪,泗指鼻涕。《诗·陈风·泽陂》:"涕泗滂沱。"朱注:"自目曰涕,自鼻曰泗。"

〔48〕 签题"仲氏启":信封上写着"二弟启"。签,指封套上书写收信人姓名住址的部位。仲氏,弟。《诗·小雅·何人斯》:"伯氏吹埙,仲氏吹篪。"朱注:"伯仲,兄弟也。"

〔49〕 研:同"砚"。

〔50〕 点金术:道教所谓点化他物使成金银的法术。

新 郎

江南梅孝廉耦长[1],言其乡孙公,为德州宰[2],鞫一奇案。

初,村人有为子娶妇者[3],新人入门,戚里毕贺。饮至更馀,新郎出,见新妇炫装,趋转舍后。疑而尾之。宅后有长溪,小桥通之。见新妇渡桥径去,益疑。呼之不应。遥以手招婿;婿急趁之,相去盈尺,而卒不可及。行数里,入村落。妇止,谓婿曰:"君家寂寞,我不惯住。请与郎暂居妾家数日,便同归省。"言已,抽簪叩扉,轧然有女童出应门。妇先入。不得已,从之。既入,则岳父母俱在堂上。谓婿曰:"我女少娇惯,未尝一刻离膝下,一旦去故里,心辄戚戚。今同郎来,甚慰系念。居数日,当送两人归。"乃为除室,床褥备具,遂居之。

家中客见新郎久不至,共索之。室中惟新妇在,不知婿之所往。由此遐迩访问,并无耗息。翁媪零涕,谓其必死。将半载,妇家悼女无偶,遂请于村人父,欲别醮女。村人父益悲,曰:"骸骨衣裳无可验证,何知吾儿遂为异物[4]! 纵其奄丧[5],周岁而嫁当亦未晚,胡为如是急也!"妇父益衔之,讼于庭。孙公怪疑,无所措力,断令待以三年,存案遣去。

村人子居女家,家人亦大相忻待。每与妇议归,妇亦诺之,而因循不即行。积半年馀,中心徘徊,万虑不安。欲独归,而妇固留之。一日,合家惶遽,似有急难。仓卒谓婿曰:"本拟三二日遣夫妇偕归。

不意仪装未备,忽遭闵凶[6];不得已,即先送郎还。"于是送出门,旋踵急返,周旋言动,颇甚草草。方欲觅途行,回视院宇无存,但见高冢。大惊,寻路急归。至家,历言端末,因与投官陈诉。孙公拘妇父谕之,送女于归[7],始合卺焉[8]。

据《聊斋志异》手稿本

------

[1] 江南:清顺治二年(1645),改明南直隶置江南省,辖今江苏、安徽省地。康熙六年分置江苏、安徽两省。以后习惯上仍称这两省为江南。梅的家乡宣城原隶江南省宁国府,故称其为江南人。梅孝廉耦长:梅庚,字耦长,宣城(今安徽宣城县)人,康熙二十年辛酉(1681)科举人。屡试进士不第。曾任浙江泰顺县知县,不久辞归。梅工诗,善八分书,画亦旷逸有致,为王士禛所推重。有《天逸阁集》。见《清史稿·文苑传》。
[2] 德州:今山东省德州市,明清时为德州。宰,州县长官通称宰。孙公,待考。
[3] "村人"句:此据铸雪斋抄本,底本无"者"字。
[4] 为异物:指死去。贾谊《鹏鸟赋》:"化为异物兮,又何足患?"
[5] 奄丧:猝死。奄,急,突然。
[6] 忽遭闵凶:忽遇忧患。《左传·宣公十二年》:"楚少宰如晋师曰:'寡君少遭闵凶。'"
[7] 于归:本指女子出嫁。《诗·周南·桃夭》:"之子于归,宜其室家。"郑笺:"于,往也。"朱注:"妇人谓嫁曰归。"这里指新妇重返夫家。
[8] 合卺:婚礼中最后一项仪式,因以指成婚。详《娇娜》注。

灵 官

朝天观道士某[1],喜吐纳之术[2]。有翁假寓观中,适同所好,遂为玄友[3]。居数年,每至郊祭时[4],辄先旬日而去,郊后乃返。道士疑而问之。翁曰:"我两人莫逆[5],可以实告:我狐也。郊期至,则诸神清秽,我无所容,故行遁耳[6]。"又一年,及期而去,久不复返。疑之。一日忽至。因问其故。答曰:"我几不复见子矣!曩欲远避,心颇怠,视阴沟甚隐,遂潜伏卷瓮下[7]。不意灵官粪除至此[8],瞥为所睹,愤欲加鞭。余惧而逃。灵官追逐甚急。至黄河上,濒将及矣。大窘无计,窜伏溷中。神恶其秽,始返身去。既出,臭恶沾染,不可复游人世。乃投水自濯讫,又蛰隐穴中几百日,垢浊始净。今来相别,兼以致嘱[9]:君亦宜隐身他去,大劫将来,此非福地也。"言已,辞去。道士依言别徙。未几而有甲申之变[10]。

据《聊斋志异》手稿本

----

[1] 朝天观:指北京朝天宫。明宣宗朱瞻基,仿效朱元璋在南京所建朝天宫的样式,于宣德八年(1432)在皇城西北建成朝天观,作为郊祀前百官习仪之所。宫内有三清、通明、普济等十一殿,以奉三清、上帝及诸神,又于东西建具服殿,备临幸。熹宗天启六年(1626)遭火灾焚毁。见《帝京景物略》卷四。

[2] 吐纳术:口吐浊气,鼻吸清气,古人叫"吐故纳新"。语出《庄子·刻

意》)。本是我国古代的一种养生方法,近似于深呼吸。魏晋以来,道教徒神秘化为修炼的法术,认为吐出"死气",吸纳"生气",可得长生。

〔3〕玄友:道友。《老子》:"玄之又玄,众妙之门。"道家宗奉其学说。后世道教徒之间,彼此亦以玄友相称。

〔4〕郊祭:旧时帝王祭祀天地的一种典礼。始于周代,又称郊社或郊祀。冬至日祭天于南郊称"郊",夏至日祭地于北郊称"社"。明初定合祀天地于大祀殿。嘉靖九年后分祀:冬至祀天圜丘,夏至祀地方丘。祀天前之六日及七日,百官于朝天宫习仪。见《明史·礼志》一。

〔5〕莫逆:意思是心意相投,无所违逆。《庄子·大宗师》:"三人相视而笑,莫逆于心,遂相与为友。"本指对道的理解相同。后世称志趣相投、友情深厚的朋友为莫逆之交。

〔6〕行遁:走避。

〔7〕卷(quán 拳)瓮:小瓮。阴沟开口、入口处常以去底之小瓮为之。

〔8〕灵官:即王灵官。相传名善,宋徽宗时人。生前学道,死后由玉皇大帝封为"先天主将",司天上、人间纠察之职。道教奉祀为护法神。道观所塑王灵官像,赤面、三目,被甲执鞭,是镇守山门之神。粪除:扫除秽物。

〔9〕兼以致嘱:此从二十四卷抄本,底本"嘱"作"祝"。

〔10〕甲申之变:明崇祯十七年甲申(1644),李自成义军攻占北京,明亡,史称甲申之变。清兵入京也在同年,此当兼指。

王　兰

利津王兰[1]暴病死。阎王覆勘[2],乃鬼卒之误勾也。责送还生,则尸已败。鬼惧罪,谓王曰:"人而鬼也则苦,鬼而仙也则乐。苟乐矣,何必生?"王以为然。鬼曰:"此处一狐,金丹成矣[3]。窃其丹吞之,则魂不散,可以长存。但凭所之,罔不如意。子愿之否?"王从之。鬼导去,入一高第,见楼阁渠然[4],而悄无一人[5]。有狐在月下,仰首望空际。气一呼,有丸自口中出,直上入于月中;一吸,辄复落,以口承之,则又呼之:如是不已。鬼潜伺其侧,俟其吐,急掇于手,付王吞之。狐惊,盛气相向。见二人在,恐不敌,愤恨而去。王与鬼别,至其家,妻子见之,咸惧却走。王告以故,乃渐集。由此在家寝处如平时。

其友张姓者,闻而省之,相见话温凉[6]。因谓张曰:"我与若家夙贫[7],今有术,可以致富。子能从我游乎?"张唯唯。曰:"我能不药而医,不卜而断。我欲现身,恐识我者相惊以怪。附子而行,可乎?"张又唯唯。于是即日趣装[8],至山西界。富室有女,得暴疾,眩然瞀瞑[9]。前后药禳既穷,张造其庐,以术自炫。富翁止此女,常珍惜之,能医者,愿以千金为报。张请视之。从翁入室,见女瞑卧;启其衾,抚其体,女昏不觉。王私告张曰:"此魂亡也[10],当为觅之。"张乃告翁:"病虽危,可救。"问:"需何药?"俱言不须,"女公子魂离他所,业遣神觅之矣。"约一时许,王忽来,具言已得。张乃请翁再入,又抚之。少顷,女欠伸,目遽张。翁大喜,抚问。女言:"向戏园中,见一少年郎,挟弹弹雀[11];数人牵骏马,从诸其后。急欲奔避,横被阻止。少年以弓授儿,教儿弹。方羞诃之,便携儿马上,累骑而行[12]。笑曰:'我乐与子戏,勿羞也。'数里入山中,我马上号且骂;少年怒,推堕路旁,欲归无路。适有一人至,捉儿臂,疾若驰,瞬息至家,忽若梦醒。"翁神之,果贻千金。王夜与张谋,留二百金作路用,馀尽摄去,款门而付其子;又命以三百馈张氏,乃复还。次日,与翁别,不见金藏何所,益异之,厚礼而送之。

逾数日,张于郊外遇同乡人贺才。才饮博不事生产,奇贫如丐。闻张得异术,获金无算,因奔寻之。王劝薄赠令归。才不改故行,旬日荡尽,将复觅张。王已知之,曰:"才狂悖[13],不可与处,只宜赂之使去,纵祸犹浅。"逾日,才果至,强从与俱。张曰:"我固知汝复来。日事酗赌,千金何能满无底窦?诚改若所为,我百金相赠。"才诺之。张泻囊授之。才去,以百金在橐,赌益豪;益之狭邪游[14],挥洒如土。邑中捕役疑而执之,质于官,拷掠酷惨。才实告金所自来。乃遣隶押才捉张。数日,创剧[15],毙于途。魂不忘张,复往依之,因与王会。一日,聚饮于烟墩[16],才大醉狂呼,王止之不听。适巡方御史过[17],闻呼搜之,获张。张惧,以实告。御史怒,笞而牒于神[18]。夜梦金甲人告曰:"查王兰无辜而死,今为鬼仙。医亦仁术,不可律以妖魅[19]。今奉帝命[20],授为清道使[21]。贺才邪荡,已罚窜铁围山[22]。张某无罪,当宥之。"御史醒而异之,乃释张。张治装旋里。囊中存数百金[23]，敬以半送王家。王氏子孙，以此致富焉。

据《聊斋志异》手稿本

----

[1] 利津：县名，即今山东省利津县。
[2] 覆勘：复审。勘，审问犯人。
[3] 金丹：详《耳中人》注。
[4] 渠然：高大深广的样子。《诗·秦风·权舆》："于我乎，夏屋渠渠。"渠渠，孔颖达《疏》谓高大貌，朱熹《集传》谓深广貌。渠然，义同渠渠。
[5] 悄无一人：底本原作"俏无一人"，据二十四卷抄本改。
[6] 话温凉：叙别离，致问候；犹言"道寒暄"。《文选》陆机《门有车马客行》："抚膺携客泣，掩泪叙温凉。"李善注引郑玄曰："春秋，言温凉也。"吕向注："叙别离之岁月。"
[7] 夙(sù 速)贫：素贫，一向穷苦。
[8] 趣(cù 促)装：匆忙整理行装。《汉书·曹参传》："参为齐相。及萧何卒，参乃趣治行装曰：'吾且入相。'三日，果召参代何为相。"
[9] 眩然瞀(mào 冒)瞑：神志昏迷，闭目不醒。
[10] 魂亡：俗言掉魂。亡，失落。
[11] 挟弹(dàn 旦)弹(tán 谈)雀：拿弹弓打鸟。弹(dàn)，弹弓。弹(tán)，弹射。
[12] 累骑：共骑一马。《晋书·阮咸传》："遽借客马追婢，既及，累骑而还。"
[13] 狂悖(bèi 背)：狂妄背理。谓其行为放荡，做事乖张。悖，违背常理。
[14] 狭邪游：狎妓行为。狭邪，通作狭斜，指小街曲巷，妓女所居。古乐府有《相逢狭路间行》(又名《长安有狭斜行》)，写长安贵家宴乐狎妓生活，后因称狎妓为狭邪游。
[15] 创剧(jí 亟)：指刑伤恶化。
[16] 烟墩：明清防卫报警设施。洪武二十六年，命于"腹里边境险要处

所安设烟墩，昼则举烟，夜则举火，接递通报。"见《山东通志·兵防志八·兵制一》。明清时代，烟墩常与烽火台并称为台墩。此指烟墩废址。

〔17〕 巡方御史：即巡按御史。自明初始，派御史至各地巡察，称巡按御史。简称巡按。三年一换，职权同汉刺史。清初因之。

〔18〕 牒于神：具文通报神界，或具诉状于神界。牒，泛指官府间往来文书，或指诉状。其时王兰、贺才已死，所以御史乃以此举告神，请求审治其罪。

〔19〕 律以妖魅：当作妖魅，绳之以法。律，谓依刑律治罪。

〔20〕 帝：天帝。

〔21〕 清道使：封建时代，皇帝、大臣出入，扈卫人员预为清净道路，辟除行人，称为清道。此处清道使，是传说中为尊神前驱清路的下级神官。

〔22〕 窜：处以流刑；流放。铁围山：又称铁轮围山，代指极荒远的地界，犹言化外之地。佛经记载，赡部等四大洲外有铁轮围山，周匝如轮，围绕别一世界。其地距以须弥山为中心的佛国极其辽远。见《俱舍论》十一。

〔23〕 数百金：底本"百"下衍"里"字，据铸雪斋抄本及二十四卷抄本删正。

鹰 虎 神

郡城东岳庙[1],在南郭[2]。大门左右,神高丈馀,俗名"鹰虎神",狰狞可畏。庙中道士任姓,每鸡鸣,辄起焚诵[3]。有偷儿预匿廊间,伺道士起,潜入寝室,搜括财物。奈室无长物[4],惟于荐底得钱三百[5],纳腰中,拔关而出,将登千佛山[6]。南窜许时,方至山下。见一巨丈夫,自山上来,左臂苍鹰[7],适与相遇。近视之,面铜青色,依稀似庙门中所习见者。大恐,蹲伏而战。神诧曰:"盗钱安往?"偷儿益惧,叩不已。神揪令还,入庙,使倾所盗钱,跪守之。道士课毕[8],回顾骇愕。盗历历自述。道士收其钱而遣之。

据《聊斋志异》手稿本

---

〔1〕 郡城:府治所在地。作者故乡淄川清代隶济南府,府治在历城(今济南市)。东岳庙:道教奉祀泰山神"东岳天齐仁圣大帝"(省称东岳天齐大帝或东岳大帝)的神庙。传说东岳大帝掌管人间生死。旧时各地多有其庙,又名天齐庙,每年旧历三月二十八日为祭祀日。
〔2〕 在南郭:据《历城县志》,东岳庙在"府城南门外"。
〔3〕 焚诵:焚香诵经。
〔4〕 长(zhàng帐)物:原指多馀物品,此指可偷的值钱东西。长,馀。
〔5〕 荐底:草席下面。荐,稿荐,草席。
〔6〕 千佛山:又名历山,在济南城南五里。隋开皇间因山石镌成众多佛

像,因名千佛山。
〔7〕 左臂苍鹰:左臂上架着苍鹰。臂,以臂承物。
〔8〕 课:功课,指寺庙早晚烧香念经的例行宗教活动,即上文所说的"焚诵"。

王　成

　　王成，平原故家子[1]，性最懒。生涯日落，惟剩破屋数间，与妻卧牛衣中[2]，交谪不堪[3]。时盛夏燠热[4]，村外故有周氏园，墙宇尽倾，惟存一亭；村人多寄宿其中，王亦在焉。既晓，睡者尽去；红日三竿，王始起，逡巡欲归。见草际金钗一股，拾视之，镌有细字云："仪宾府造[5]。"王祖为衡府仪宾[6]，家中故物，多此款式，因把钗踌躇[7]。欻一妪来寻钗。王虽故贫，然性介[8]，遽出授之。妪喜，极赞盛德，曰："钗值几何，先夫之遗泽也[9]。"问："夫君伊谁？"答云："故仪宾王柬之也。"王惊曰："吾祖也。何以相遇？"妪亦惊曰："汝即王柬之之孙耶？我乃狐仙。百年前，与君祖缱绻[10]。君祖殁，老身遂隐。过此遗钗，适入子手，非天数耶！"王亦曾闻祖有狐妻，信其言，便邀临顾。妪从之。王呼妻出见，负败絮[11]，菜色黯焉[12]。妪叹曰："嘻！王柬之孙子，乃一贫至此哉！"又顾败灶无烟，曰："家计若此，何以聊生[13]？"妻因细述贫状，呜咽饮泣。妪以钗授妇，使姑质钱市米，三日外请复相见。王挽留之。妪曰："汝一妻不能自存活；我在，仰屋而居[14]，复何裨益？"遂径去。王为妻言其故，妻大怖。王诵其义，使姑事之[15]，妻诺。逾三日，果至。出数金，籴粟麦各石。夜与妇共短榻。妇初惧之；然察其意殊拳拳[16]，遂不之疑。

　　翌日，谓王曰："孙勿惰，宜操小生业，坐食乌可长也！"王告以无资。曰："汝祖在时，金帛凭所取；我以世外人，无需是物，故未尝多取。积花粉之金四十两[17]，至今犹存。久贮亦无所用，可将去悉以市葛，刻日赴都[18]，可得微息。"王从之，购五十馀端以归[19]。妪命趣装，计六七日可达燕都[20]。嘱曰："宜勤勿懒，宜急勿缓；迟之一日，悔之已晚！"王敬诺，囊货就路。中途遇雨，衣履浸濡。王生平未历风霜，委顿不堪，因暂休旅舍。不意淙淙彻暮，檐雨如绳。过宿，泞益甚。见往来行人，践淖没胫[21]，心畏苦之。待至停午[22]，始渐燥，而阴云复合，雨又大作。信宿乃行。将近京，传闻葛价翔贵[23]，心窃喜。入都，解装客店，主人深惜其晚。先是，南道初通，葛至绝少。贝勒府购致甚急[24]，价顿昂，较常可三倍[25]。前一日方购足，后来者并皆失望。主人以故告王。王郁郁不得志。越日，葛至愈多，价益下。王以无利不肯售。迟十馀日，计食耗烦多，倍益忧闷。主人劝令贱鬻，改而他图。从之。亏资十馀两，悉脱去。早起，将作归计，启视囊中，则金亡矣。惊告主人。主人无所为计。或劝鸣官，责主人偿。王叹曰："此我数也，于主人何尤？"主人闻而德之，赠金五两，慰之使归。自念无以见祖母，踧踖内外[26]，进退维谷[27]。

适见斗鹑者[28]，一赌辄数千；每市一鹑，恒百钱不止。意忽动，计囊中资，仅足贩鹑，以商主人。主人亟怂恿之，且约假寓饮食，不取其直。王喜，遂行。购鹑盈儋[29]，复入都。主人喜，贺其速售。至夜，大雨彻曙。天明，衢水如河，淋零犹未休也。居以待晴。连绵数日，更无休止。起视笼中，鹑渐死。王大惧，不知计之所出。越日，死愈多；仅馀数头，并一笼饲之；经宿往窥，则一鹑仅存。因告主人，不觉涕堕。主人亦为扼腕[30]。王自度金尽罔归,但欲觅死,主人劝慰之。共往视鹑,审谛之曰:"此似英物[31]。诸鹑之死,未必非此之斗杀也。君暇亦无所事,请把之[32];如其良也,赌亦可以谋生。"王如其教。既驯,主人令持向街头,赌酒食。鹑健甚,辄赢。主人喜,以金授王,使复与子弟决赌[33];三战三胜。半年许,积二十金。心益慰,视鹑如命。先是,大亲王好鹑[34],每值上元,辄放民间把鹑者入邸相角。主人谓王曰:"今大富宜可立致;所不可知者,在子之命矣。"因告以故,导与俱往。嘱曰:"脱败,则丧气出耳。倘有万分一,鹑斗胜,王必欲市之,君勿应;如固强之,惟予首是瞻[35],待首肯而后应之[36]。"王曰:"诺。"至邸,则鹑人肩摩于墀下[37]。顷之,王出御殿。左右宣言:"有愿斗者上。"即有一人把鹑,趋而进。王命放鹑,客亦放,略一腾踔[38],客鹑已败。王大笑。俄顷,登而败者数人。主人曰:"可矣。"相将俱登。王相之,曰:"睛有怒脉[39],此健羽也[40],不可轻敌。"命取铁喙者当之。一再腾跃,而王鹑铩羽。更选其良,再易再败。王急命取宫中玉鹑。片时把出,素羽如鹭,神骏不凡。王成意馁,跪而求罢,曰:"大王之鹑,神物也,恐伤吾禽,丧吾业矣。"王笑曰:"纵之。脱斗而死,当厚尔偿。"成乃纵之。玉鹑直奔之。而玉鹑方来,则伏如怒鸡以待之;玉鹑健啄,则起如翔鹤以击之;进退颉颃[41],相持约一伏时[42]。玉鹑渐懈,而其怒益烈,其斗益急。未几,雪毛摧落,垂翅而逃。观者千人,罔不叹羡。王乃索取而亲把之,自喙至爪,审周一过,问成曰:"鹑可货否?"答云:"小人无恒产,与相依为命,不愿售也。"王曰:"赐而重值,中人之产可致。颇愿之乎?"成俯思良久,曰:"本不乐置;顾大王既爱好之,苟使小人得衣食业,又何求?"王请直,答以千金。王笑曰:"痴男子!此何珍宝,而千金直也?"成曰:"大王不以为宝,臣以为连城之璧不过也[43]。"王曰:"如何?"曰:"小人把向市廛,日得数金,易升斗粟,一家十馀食指[44],无冻馁忧,是何宝如之?"王言:"予不相亏,便与二百金。"成摇首。又增百数。成目视主人,主人色不动。乃曰:"承大王命,请减百价。"王曰:"休矣!谁肯以九百易一鹑者!"成囊鹑欲行。王呼曰:"鹑人来,鹑人来!实给六百,肯则售,否则已耳。"成又目主人,主人仍自若。成心愿盈溢,惟恐失时,曰:"以此数售,心实怏怏;但交而不成,则获戾滋大[45]。无已,即如王命。"王喜,即秤付之。成囊金,拜赐而出。主人怼曰:"我言如何,子乃急自鬻也?再少靳之[46],八百金在掌中矣。"成归,掷金案上,请主人自取之,主人不受。又固让之,乃盘计饭直而受之。

王治装归,至家,历述所为,出金相庆。妪命治良田三百亩,起屋作器,居然世家。妪早起,使成督耕,妇督织;稍惰,辄诃之。夫妇相安,不敢有怨词。过三年,家益富。妪辞欲去。夫妻共挽之,至泣下。妪亦遂止。旭旦候之[47],已杳矣。

异史氏曰:"富皆得于勤;此独得于惰,亦创闻也。不知一贫彻骨,而至性不移[48],此天所以始弃之而终怜之也。懒中岂果有富贵乎哉!"

据《聊斋志异》手稿本

〔1〕 平原：县名，清代隶属德州，即今山东省平原县。
〔2〕 牛衣：一种用草、麻编织的给牛御寒用的覆盖物。《汉书·王章传》："初，章为诸生，学长安，独与妻居。章疾病，无被，卧牛衣中。"
〔3〕 交谪不堪：妻子责怨，难以度日。谪，责备、埋怨。交谪，习指妻子对丈夫絮烦的埋怨、责数，语出《诗·邶风·北门》："我入自外，室人交遍谪我。"
〔4〕 燠（yù 郁）热：炎热，酷热。燠，暖，热。
〔5〕 仪宾：明代亲王或郡王之婿称仪宾，取《周易·观卦》王弼注"明习国仪，利用宾于王"之义。见《明史·职官志五》。
〔6〕 衡府：指青州衡王府。明宪宗第七子朱祐楎，成化二十三年封衡王，孝宗弘治十二年之藩青州（今山东省益都县），下传四代，明亡。见《明史·宪宗诸子列传》。
〔7〕 踌躇：此从铸雪斋抄本，原作"筹蹰"。
〔8〕 介：耿直。
〔9〕 先夫之遗泽：已故丈夫的遗物。遗泽，对于去世的尊长遗物的敬称，意思是遗物上还保留着他们接触留下的体泽（汗渍、口津之类）。《礼记·玉藻》："父没而不能读父之书，手泽存焉。"手泽是其一例。
〔10〕 缱绻（qiǎn quǎn 遣犬）：缠绵纠结；形容男女间情意深厚，难舍难分。
〔11〕 负败絮：穿着破棉袄。
〔12〕 菜色黯焉：容光暗淡，面有饥色。菜色，贫穷缺粮，长期以菜类充饥，营养不良的面色。
〔13〕 何以聊生：依靠什么维持生计？聊，依赖。
〔14〕 仰屋而居：指困居家中，愁闷无计。仰屋，抬头望着屋顶，愁苦无计的样子。
〔15〕 使姑事之：让妻子像对待婆母那样侍奉狐姬。
〔16〕 拳拳：同"惓惓"。恩挚。
〔17〕 花粉之金：旧时妇女以购置化妆品为名积蓄的零用钱。即私房钱或体己钱。

〔18〕刻日:限定日期。
〔19〕端:量词,旧时以布帛长两丈(或云一丈八尺、六丈等)为一端。一端,犹言一匹。
〔20〕燕(yān 焉)都:北京。北京地区为周时燕国地,故名。
〔21〕淖(nào 闹):泥沼;指泥泞积水的道路。
〔22〕停午:亦作"亭午",正午。
〔23〕翔贵:腾贵,指价格飞涨。
〔24〕贝勒:清代十三封爵之一,满语"多罗贝勒"的省称。是授予皇族和蒙古外藩的封爵,品位仅次于郡王。见《清会典》卷一。
〔25〕可:大约。
〔26〕踥踱(dié duó 迭夺):踱来踱去。义同徘徊,踥躞。
〔27〕进退维谷:进退两难,前后无路。《诗·大雅·桑柔》:"人亦有言,进退维谷。"毛传:"谷,穷也。"
〔28〕鹑:鸟名,头小,尾短,羽有暗黄条纹,善搏斗,俗称鹌鹑。实则鹌与鹑非一物。《本草纲目》:"鹌与鹑两物也,形状相似,但斑者为鹌也,今人总以鹌鹑名之。"
〔29〕儋:通"担"。
〔30〕扼腕:以手握腕,表示惋惜、同情。
〔31〕英物:超群杰出的人或物。
〔32〕把之:比斗之鹑,不能久蓄笼中,须经常手持调驯,称为"把鹑"。把,握持。
〔33〕子弟:后生,青年人。
〔34〕大亲王:皇族中封王者称亲王。清代以亲王为封爵之号,位在郡王之上。大亲王,指亲王中行辈之尊长者。
〔35〕惟予首是瞻:意谓看我脸上表情动作行事。句式仿《左传·襄公十四年》:"惟予马首是瞻。"
〔36〕首肯:点头同意。
〔37〕肩摩:肩膀相摩,形容拥挤。《战国策·齐策》:"临淄之途,车毂击,人肩摩。"
〔38〕腾踔(zhuō 卓)义同下文"腾跃",谓鼓翼跃起,奋力搏击。
〔39〕怒脉:突起的脉络。

〔40〕 健羽：雄猛善斗的鸟。羽，鸟类代称。
〔41〕 颉颃（xié háng 协杭）：上下飞翔；这里指腾跃搏斗。
〔42〕 一伏时：屏息一次的时间。伏，谓伏气，即屏息。
〔43〕 连城之璧：价值连城的璧玉。《史记·廉颇蔺相如列传》载：战国时，赵国得到楚国和氏璧，秦王诈称愿以十五城换取它。后代遂以连城璧比喻极端珍贵的东西。
〔44〕 食指：喻指需要供养的人口。
〔45〕 获戾（lì 力）：得罪。戾，罪过。滋大：越发大，更大。
〔46〕 少靳之：稍微勒掯一下要价。靳，惜售；坚要价，不让步。《后汉书·崔寔传》："悔不小靳，可至千万。"
〔47〕 旭旦候之：清早向狐妪问安。候，问候，请安。
〔48〕 至性：纯厚无伪的天性。不移：不因境遇贫困而改变。

青　凤

太原耿氏[1]，故大家，第宅弘阔。后凌夷[2]，楼舍连亘，半旷废之。因生怪异，堂门辄自开掩，家人恒中夜骇哗。耿患之，移居别墅，留老翁门焉。由此荒落益甚。或闻笑语歌吹声。耿有从子去病，狂放不羁，嘱翁有所闻见，奔告之。至夜，见楼上灯光明灭，走报生。生欲入觇其异。止之，不听。门户素所习识，竟拨蒿蓬，曲折而入。登楼，殊无少异。穿楼而过，闻人语切切。潜窥之，见巨烛双烧，其明如昼。一叟儒冠南面坐，一媪相对，俱年四十馀。东向一少年，可二十许；右一女郎，裁及笄耳[3]。酒胾满案，团坐笑语。生突入，笑呼曰："有不速之客一人来[4]！"群惊奔匿。独叟出，叱问："谁何人入闺闼[5]？"生曰："此我家闺闼，君占之。旨酒自饮，不一邀主人，毋乃太吝？"叟审睇，曰："非主人也。"生曰："我狂生耿去病，主人之从子耳。"叟致敬曰："久仰山斗[6]！"乃揖生入，便呼家人易馔。生止之。叟乃酌客。生曰："吾辈通家[7]，座客无庸见避，还祈招饮。"叟呼："孝儿！"俄少年自外入。叟曰："此豚儿也[8]。"揖而坐，略审门阀。叟自言："义君姓胡。"生素豪，谈议风生，孝儿亦倜傥；倾吐间[9]，雅相爱悦。生二十一，长孝儿二岁，因弟之。叟曰："闻君祖纂涂山外传[10]，知之乎？"答："知之。"叟曰："我涂山氏之苗裔也[11]。唐以后，谱系犹能忆之；五代而上无传焉[12]。幸公子一垂教也。"生略述涂山女佐禹之功[13],粉饰多词[14],妙绪泉涌[15]。叟大喜,谓子曰:"今幸得闻所未闻。公子亦非他人,可请阿母及青凤来,共听之,亦令知我祖德也[16]。"孝儿入帏中[17]。少时,媪偕女郎出。审顾之,弱态生娇,秋波流慧,人间无其丽也。叟指妇云:"此为老荆[18]。"又指女郎:"此青凤,鄙人之犹女也[19]。颇惠,所闻见辄记不忘,故唤令听之。"生谈竟而饮,瞻顾女郎,停睇不转。女觉之,辄俯其首。生隐蹑莲钩,女急敛足,亦无愠怒。生神志飞扬,不能自主,拍案曰:"得妇如此,南面王不易也!"媪见生渐醉,益狂,与女俱起,遽搴帏去。生失望,乃辞叟出。而心萦萦,不能忘情于青凤也。

至夜,复往,则兰麝犹芳,而凝待终宵,寂无声咳。归与妻谋,欲携家而居之,冀得一遇。妻不从,生乃自往,读于楼下。夜方凭几,一鬼披发入,面黑如漆,张目视生。生笑,染指研墨自涂,灼灼然相与对视。鬼惭而去。次夜,更既深,灭烛欲寝,闻楼后发扃,辟之阒然[20]。急起窥觇,则扉半启。俄闻履声细碎,有烛光自房中出。视之,则青凤也。骤见生,骇而却退,遽阖双扉。生长跽而致词曰[21]:"小生不避险恶,实以卿故。幸无他人,得一握手为笑,死不憾耳。"女遥语曰:"惓惓深情,妾岂不知?但叔闺训严[22],不敢奉命。"生固哀之,云:"亦不敢望肌肤之亲,但一见颜色足矣。"女似肯可,启关出,捉之臂而曳之。生狂喜,相将入楼下[23],拥而加诸膝。女曰:"幸有夙分[24];过此一夕,即相思无用矣。"问:"何故?"曰:"阿叔畏君狂,故化厉鬼以相吓,而君不动也。今已卜居他所[25],一家皆移什物赴新居,而妾留守,明日即发矣。"言已,欲去,云:"恐叔归。"生强止之,欲与为欢。方持论间,叟掩入。女羞惧无以自容,俯首倚床,拈带不语。叟怒曰:"贱辈辱吾门户! 不速去,鞭挞且从其后!"女低头急去,叟亦出。尾而听之,诃诟万端。闻青凤嘤嘤啜泣[26],生心意如割,大声曰:"罪在小生,于青凤何与? 倘宥凤也,刀锯铁钺[27],小生愿身受之!"良久寂然,生乃归寝。自此第内绝不复声息矣。生叔闻而奇之,愿售以居,不较直。生喜,携家口而迁焉。居逾年,甚适,而未尝须臾忘凤也。

会清明上墓归,见小狐二,为犬逼逐。其一投荒窜去,一则皇急道上。望见生,依依哀啼,蒻耳辑首[28],似乞其援。生怜之,启裳袷,提抱以归。闭门,置床上,则青凤也。大喜,慰问。女曰:"适与婢子戏,遘此大厄。脱非郎君,必葬犬腹。望无以非类见憎。"生曰:"日切怀思,系于魂梦。见卿如获异宝,何憎之云!"女曰:"此天数也,不因颠覆[29],何得相从? 然幸矣,婢子必以妾为已死,可与君坚永约耳[30]。"生喜,另舍舍之。积二年馀,生方夜读,孝儿忽入。生辍读,讶诘所来。孝儿伏地,怆然曰:"家君有横难,非君莫拯。将自诣恳,恐不见纳,故以某来。"问:"何事?"曰:"公子识莫三郎否?"曰:"此吾年家子也[31]。"孝儿曰:"明日将过,倘携有猎狐,望君之留之也。"生曰:"楼下之羞,耿耿在念,他事不敢预闻[32]。必欲仆效绵薄[33],非青凤来不可!"孝儿零涕曰:"凤妹已野死三年矣[34]!"生拂衣曰[35]:"既尔,则恨滋深耳!"执卷高吟,殊不顾瞻。孝儿起,哭失声,掩面而去。生如青凤所,告以故。女失色曰:"果救之否?"曰:"救则救之;适不之诺者,亦聊以报前横耳[36]。"女乃喜曰:"妾少孤,依叔成立。昔虽获罪,乃家范应尔[37]。"生曰:"诚然,但使人不能无介介耳[38]。卿果死,定不相援。"女笑曰:"忍哉!"次日,莫三郎果至,镂膺虎韔[39],仆从甚赫[40]。生门逆之[41]。见获禽甚多,中一黑狐,血殷毛革[42];抚之,皮肉犹温。便托裘敝,乞得缀补。莫慨然解赠[43]。生即付青凤,乃与客饮。客既去,女抱狐于怀,三日而苏,展转复化为叟。举目见凤,疑非人间。女历言其情。叟乃下拜,惭谢前愆[44]。喜顾女曰:"我固谓汝不死,今果然矣。"女谓生曰:"君如念妾,还乞以楼宅相假,使妾得以申返哺之私[45]。"生诺之。叟赧然谢别而去。入夜,果举家来。由此如家人父子,无复猜忌矣。生斋居,孝儿时共谈谑。生嫡出子渐长[46],遂使傅之[47];盖循循善教[48],有师范焉[49]。

据《聊斋志异》手稿本

----

〔1〕 太原:清代府名,治所在今山西省太原市。

〔2〕 凌夷:通作"陵夷"。衰败,颓替;此指家势衰落。《史记·高祖功臣年表序》:"始未尝不欲固其根本,而枝叶稍陵夷衰微也。"

〔3〕 及笄(jī基):《礼记·内则》:"女子……十有五年而笄。"笄,簪。古代女子一般十五岁结发插簪,表示成年,可以议婚;因称女子十五岁为及笄之年。

〔4〕 不速之客:不邀自至的客人。速,召,邀。《易·需》:"有不速之客三人来。"

〔5〕 谁何:是谁?是什么人?《汉书·贾谊传》:"陈利兵而谁何。"颜师古注:"谁何,问之为谁也。"闺闼:私室,内寝。

〔6〕 久仰山斗:犹言久仰大名。《新唐书·韩愈传赞》:"学者仰之如泰

山北斗云。"后因以"久仰山斗"作为初次会面时的客套话。
〔7〕 通家:家族之间,累世通好。即世交。语出《后汉书·孔融传》。《称谓录》引《冬夜笔记》:"明人往来名刺,世交则称通家。"
〔8〕 豚儿:《三国志·吴志·孙权传》注引《吴历》:曹操曾说:"生子当如孙仲谋;刘景升儿子若豚犬耳。"旧时因而对人谦称己子为"豚儿"或"犬子"。
〔9〕 倾吐间:倾怀畅谈之际。倾,倾怀,竭诚。吐,谈吐,交谈。
〔10〕 涂山外传:狐叟杜撰的书名。涂山,指涂山氏,禹之妻。古史关于禹娶涂山的记载,有的认为她是古涂山国诸侯之女,有的认为她是涂山九尾白狐之女。广引异闻、增补史传的书,以及推衍故训、不主经义的书,统称外传。此所谓《涂山外传》,隐指记载狐族古老传说的书籍。《吴越春秋·越王无余外传》载:夏禹三十未娶。行至涂山,始有娶妻意。乃有九尾白狐来见。涂山民谣说:娶了九尾白狐之女可以成为帝王,而且家国昌盛。禹以为吉,于是娶之,名为女娇,即涂山氏。后生子,名启。
〔11〕 苗裔:后代子孙。语见《离骚》。
〔12〕 "唐以后"二句:意思是说,自古帝唐尧以后,族谱世系犹存,自己都还能记忆,但祖先事迹不甚详悉;而陶唐氏以前,世系失传,就一无所知了。句中"唐",指陶唐氏,古帝尧所建国。"五代",指唐虞夏商周五个朝代。所谓"五代而上",即指唐尧以前。《史记·五帝本纪赞》:"学者多称五帝,尚矣。然《尚书》独载尧以来;而百家言黄帝,其文不雅驯,荐绅先生难言之。"狐叟盖自居于人狐之间者,故颇以门阀、渊源自豪;二句立意,盖有取于此。一说,唐谓李唐,"五代"指梁陈齐周隋。因唐代之后多谈狐仙故事,故云。
〔13〕 涂山女佐禹之功:据刘向《列女传》记载:夏禹娶涂山氏后第四天便去治水,无暇顾家。夏启生后,"涂山独明教训,启化其德,卒致令名,……能继禹之道。"又《汉书·武帝纪》"见夏后启母石"句下颜注:"禹治鸿水,通轘辕山,化为熊。谓涂山氏曰:欲饷,闻鼓声乃来。禹跳石,误中鼓。涂山氏往,见禹方作熊,惭而去;至嵩高山下,化为石。"这些传说中的教子、送饭等事迹,当即所谓"佐禹之功"。

〔14〕 粉饰多词:铺陈夸张,词采繁富。
〔15〕 妙绪泉涌:妙语迭出,喷涌如泉。形容语言动听,滔滔不绝。绪,思绪,话头。
〔16〕 祖德:祖先的德行;多指其事迹、功业。
〔17〕 帏中:指闺房。帏,设于内室的幛幔。
〔18〕 老荆:老妻。一般称拙荆,胡叟年辈长于耿生,故称妻曰老荆。荆,谓荆钗布裙。
〔19〕 犹女:侄女。
〔20〕 辟之閛(pēng 烹)然:砰的一声,门被推开了。閛,这里形容门扇的撞击声。
〔21〕 长跽(jì 忌):长跪,直挺挺地跪着;表示有所哀求。
〔22〕 闺训:封建时代妇女所应遵循的规矩。这里指家长对晚辈妇女的管束。
〔23〕 相将(jiāng 江):携手。
〔24〕 夙分(fèn 份):宿缘,前世注定的缘分。
〔25〕 卜居:选择居所。这里指迁居。
〔26〕 嘤嘤啜泣:小声抽泣。《诗·王风·中谷有蓷》:"啜其泣矣,何嗟及矣。"啜泣,即饮泣。嘤嘤,形容哭声细弱。
〔27〕 鈇(fū 府)钺(yuè 月):鈇,同"斧"。钺,大斧。
〔28〕 襵(tā 她)耳辑首:畏惧驯服的样子。卷六《胡大姑》篇有"帖耳戢尾",《马介甫》篇有"俯首帖耳";此"襵耳"当义同"帖耳",谓双耳帖附脑部,状犬兽之驯顺依人。又或襵借为拏,义为拏拉,下垂貌。辑,敛,缩。
〔29〕 颠覆:比喻严重的挫折,灾祸。《诗·邶风·谷风》:"昔育恐育鞠,及尔颠覆。既生既育,比予于毒。"
〔30〕 坚永约:坚订终身之约;相誓白头偕老。
〔31〕 年家子:科举同年的晚辈子侄。同年,详《三生》注。
〔32〕 预闻:过问。
〔33〕 效绵薄:报效微力;出力助人的谦词。绵薄,即"绵力薄材",意思是力量薄弱。语见《汉书·严助传》。
〔34〕 野死:死于荒野,未经殓葬。古乐府《战城南》:"野死不葬乌可食。"

〔35〕 拂衣：以袖拂衣，是气愤的表示；此处有峻拒逐客之意。
〔36〕 报前横：报复胡叟从前的粗暴干涉。
〔37〕 乃家范应尔：按照家规，是应该这样的。家范，家规。尔，如此。
〔38〕 介介：犹言耿耿；意思是耿耿于怀，不能忘却。
〔39〕 镂膺虎帐（chàng 怅）：马的胸带饰以镂金，骑士的弓袋饰以虎纹。形容主人和坐骑英武华贵。语出《诗·秦风·小戎》。膺，指马胸带。帐，弓袋。
〔40〕 赫：显耀、有声势的样子。
〔41〕 门逆之：到大门外迎接客人；表示殷勤尽礼。逆，迎。
〔42〕 血殷（yān 烟）毛革：伤口流出的血把皮、毛染红了。殷，赤黑色，是经时积血的颜色。
〔43〕 慨然解赠：慷慨地解囊相赠。
〔44〕 惭谢前愆（qiān 千）：面色羞惭地对往日过失表示歉意。谢，告罪，道歉。愆，过失。
〔45〕 申返哺之私：表达对长辈的孝心。传说幼乌长大后衔食喂养老乌，称为"反哺"，因以比喻子女对父母尽孝。私，私衷，指孝心。
〔46〕 嫡出子：正妻所生的儿子。宗法社会中，正妻叫嫡，所生子称嫡出子，省称嫡子。
〔47〕 傅之：作孩子的老师。
〔48〕 循循善教：循序前进，善于教导。循循，有次序的样子。《论语·子罕》："夫子循循然善诱人。"
〔49〕 有师范：很有老师的风度气派。范，型范。

画　皮

太原王生,早行,遇一女郎,抱襆独奔[1],甚艰于步。急走趁之,乃二八姝丽[2]。心相爱乐,问:"何夙夜踽踽独行?[3]"女曰:"行道之人,不能解愁忧,何劳相问。"生曰:"卿何愁忧? 或可效力,不辞也。"女黯然曰:"父母贪赂[4],鬻妾朱门。嫡妒甚,朝詈而夕楚辱之,所弗堪也,将远遁耳。"问:"何之?"曰:"在亡之人[5],乌有定所。"生言:"敝庐不远,即烦枉顾。"女喜,从之。生代携襆物,导与同归。女顾室无人,问:"君何无家口?"答云:"斋耳[6]。"女曰:"此所良佳。如怜妾而活之,须秘密勿泄。"生诺之。乃与寝合。使匿密室,过数日而人不知也。生微告妻。妻陈,疑为大家媵妾[7],劝遣之。生不听。

偶适市,遇一道士,顾生而愕。问:"何所遇?"答言:"无之。"道士曰:"君身邪气萦绕,何言无?"生又力白。道士乃去,曰:"惑哉! 世固有死将临而不悟者。"生以其言异,颇疑女;转思明明丽人,何至为妖,意道士借魇禳以猎食者[8]。无何,至斋门,门内杜,不得入。心疑所作,乃逾垝垣[9]。则室门亦闭。蹑迹而窗窥之[10],见一狞鬼,面翠色,齿巉巉如锯[11]。铺人皮于榻上,执彩笔而绘之;已而掷笔,举皮,如振衣状,披于身,遂化为女子。睹此状,大惧,兽伏而出[12]。急追道士,不知所往。遍迹之,遇于野,长跪乞救。道士曰:"请遣除之。此物亦良苦,甫能觅代者,予亦不忍伤其生。"乃以蝇拂[13]授生,令挂寝门。临别,约会于青帝庙[14]。生归,不敢入斋,乃寝内室,悬拂焉。一更许,闻门外戢戢有声,自不敢窥也,使妻窥之。但见女子来,望拂子不敢进;立而切齿,良久乃去。少时复来,骂曰:"道士吓我。终不然宁入口而吐之耶[15]!"取拂碎之,坏寝门而入。径登生床,裂生腹,掬生心而去。妻号。婢入烛之,生已死,腔血狼藉[16]。陈骇涕不敢声。明日,使弟二郎奔告道士。道士怒曰:"我固怜之,鬼子乃敢尔!"即从生弟来。女子已失所在。既而仰首四望,曰:"幸遁未远!"问:"南院谁家?"二郎曰:"小生所舍也。"道士曰:"现在君所。"二郎愕然,以为未有。道士问曰:"曾否有不识者一人来?"答曰:"仆早赴青帝庙,良不知。当归问之。"去少顷而返,曰:"果有之。晨间一妪来,欲佣为仆家操作,室人止之[17],尚在也。"道士曰:"即是物矣。"遂与俱往。仗木剑,立庭心,呼曰:"孽魅!偿我拂子来!"妪在室,惶遽无色,出门欲遁。道士逐击之。妪仆,人皮划然而脱[18],化为厉鬼,卧嗥如猪。道士以木剑枭其首[19];身变作浓烟,匝地作堆[20]。道士出一葫芦,拔其塞置烟中,飗飗然如口吸气,瞬息烟尽。道士塞口入囊。共视人皮,眉目手足,无不备具。道士卷之,如卷画轴声,亦囊之,乃别欲去。陈氏拜迎于门,哭求回生之法。道士谢不能[21]。陈益悲,伏地不起。道士沉思曰:"我术浅,诚不能起死。我指一人,或能之,往求必合有效。"问:"何人?"曰:"市上有疯者,时卧粪土中。试叩而哀之。倘狂辱夫人,夫人勿怒也。"

二郎亦习知之。乃别道士,与嫂俱往。

见乞人颠歌道上,鼻涕三尺,秽不可近。陈膝行而前。乞人笑曰:"佳人爱我乎?"陈告之故。又大笑曰:"人尽夫也[22],活之何为?"陈固哀之。乃曰:"异哉!人死而乞活于我。我阎摩耶?"怒以杖击陈。陈忍痛受之。市人渐集如堵。乞人咯痰唾盈把,举向陈吻曰:"食之!"陈红涨于面,有难色;既思道士之嘱,遂强啖焉。觉入喉中,硬如团絮,格格而下,停结胸间。乞人大笑曰:"佳人爱我哉!"遂起,行已不顾。尾之,入于庙中。追而求之,不知所在;前后冥搜,殊无端兆,惭恨而归。既悼夫亡之惨,又悔食唾之羞,俯仰哀啼,但愿即死。方欲展血敛尸[23],家人伫望,无敢近者。陈抱尸收肠,且理且哭。哭极声嘶,顿欲呕。觉鬲中结物[24],突奔而出,不及回首,已落腔中。惊而视之,乃人心也。在腔中突突犹跃,热气腾蒸如烟然。大异之。急以两手合腔,极力抱挤。少懈,则气氤氲自缝中出。乃裂缯帛急束之。以手抚尸,渐温。覆以衾裯[25]。中夜启视,有鼻息矣。天明,竟活。为言:"恍惚若梦,但觉腹隐痛耳。"视破处,痂结如钱,寻愈。

异史氏曰:"愚哉世人!明明妖也,而以为美。迷哉愚人!明明忠也,而以为妄。然爱人之色而渔之[26],妻亦将食人之唾而甘之矣。天道好还[27],但愚而迷者不悟耳。可哀也夫!"

据《聊斋志异》手稿本

----

[1] 抱幞(fú 赴)独奔:怀抱包袱,独自赶路。幞,同"袱",包袱。奔,急

行,赶路。
〔2〕 二八姝丽:十六岁上下的美女。姝,美女。
〔3〕 夙夜:早夜,天色未明。踽踽(jǔ jǔ 举举):孤独貌。《诗·唐风·杕杜》:"独行踽踽,岂无他人,不如我同父。"
〔4〕 贪赂:贪财。赂,用作收买的财物;这里指纳聘的财礼。
〔5〕 在亡:处于逃亡境地。
〔6〕 斋:书斋,书房。
〔7〕 媵(yìng 应)妾:古代诸侯嫁女所陪嫁的姬妾;见《公羊传·庄公十九年》。即后世所谓通房丫头。
〔8〕 魇(yàn 厌)禳(rǎng 攘):镇压邪祟叫魇,驱除灾变叫禳,均属道教法术。猎食:伺机攫取所需,俗称骗饭吃。
〔9〕 垝(guǐ 诡)垣:残缺的院墙。垝,坍塌。垣,外墙。
〔10〕 蹑迹而窗窥之:放轻脚步,靠近窗前窥视它。
〔11〕 巉巉(chán chán 孱孱):山势高峻貌,用以形容女鬼牙齿长而尖利。
〔12〕 兽伏而出:如兽伏地,爬行而出。
〔13〕 蝇拂:又名拂尘;用马尾之类制成的拂子,用以驱蝇、拂尘,俗称马尾(yǐ 蚁)甩子。旧时道士常手持之。
〔14〕 青帝:据《周礼·天官·大宰》"礼五帝"贾公彦疏,中国古代神话中有五位天帝,青帝是主宰东方的天帝。后来道教供奉五帝为神,称东方之帝为"苍帝";见《云笈七签》卷十八《老子中经》。
〔15〕 "终不然"句:终不会宁愿把吃到嘴里的东西再吐出来吧! 终不然,终不会这样,提示下面所说的情况不会发生。
〔16〕 狼藉《通俗编》引《苏氏演义》:"狼藉草而卧,去则灭乱。故凡物之纵横散乱者,谓之狼藉。"此指血迹模糊。
〔17〕 室人止之:我的妻子把她留下了。室人,妻。止,留。
〔18〕 划然:犹言"哗的一声",皮肉撕裂的声音。
〔19〕 枭其首:砍下他的头。古代斩人首悬于高竿,借以宣罪警众,叫枭首。
〔20〕 匝地作堆:旋绕在地,成为一堆。匝,环绕。
〔21〕 谢不能:推辞无能为力。谢,推辞。
〔22〕 人尽夫也:人人可以成为你的丈夫。《左传·桓公十五年》:"人尽

夫也，父一而已。"
〔23〕展血敛尸：擦去血污，收尸入棺。展，展抹，拂拭。
〔24〕鬲中：胸腹之间。鬲，通膈，胸腔腹腔之间的膈膜。
〔25〕衾（qīn亲）裯（chóu绸）：被。
〔26〕渔：贪取；这里指渔色，即贪婪地追求和占有女色。
〔27〕天道好（hào号）还：《尚书·汤诰》说："天道福善祸淫。"《老子》说："其事好还。""天道好还"，指天道往复还报，善有善报，恶有恶报；寓有警戒世人不要作恶之意。天道，天理。还，还报。

贾 儿

楚某翁,贾于外[1]。妇独居,梦与人交;醒而扪之,小丈夫也[2]。察其情,与人异,知为狐。未几,下床去,门未开而已逝矣。入暮,邀庖媪伴焉[3]。有子十岁,素别榻卧,亦招与俱。夜既深,媪儿皆寐,狐复来。妇喃喃如梦语。媪觉,呼之,狐遂去。自是,身忽忽若有亡[4]。至夜,不敢息烛,戒子睡勿熟。夜阑,儿及媪倚壁少寐。既醒,失妇,意其出遗[5];久待不至,始疑。媪惧,不敢往觅。儿执火遍烛之,至他室,则母裸卧其中;近扶之,亦不羞缩。自是遂狂,歌哭叫詈,日万状。夜厌与母居,另榻寝儿,媪亦遣去。儿每闻母笑语,辄起火之。母反怒诃儿,儿亦不为意,因共壮儿胆[6]。然嬉戏无节,日效杤者[7],以砖石叠窗上,止之不听。或去其一石,则滚地作娇啼,人无敢气触之[8]。过数日,两窗尽塞,无少明。已乃合泥涂壁孔,终日营营,不惮其劳。涂已,无所作,遂把厨刀霍霍磨之[9]。见者皆憎其顽,不以人齿。

儿宵分隐刀于怀[10],以瓢覆灯。伺母呓语,急启灯,杜门声喊。久之无异,乃离门扬言,诈作欲搜状。欻有一物,如狸,突奔门隙。急击之,仅断其尾,约二寸许,湿血犹滴。初,挑灯起,母便诟骂,儿若弗闻。击之不中,懊恨而寝。自念虽不即戮,可以幸其不来。及明,视血迹逾垣而去。迹之,入何氏园中。至夜果绝,儿窃喜。但母痴卧如死。未几,贾人归,就榻问讯。妇嫚骂,视若仇。儿以状对。翁惊,延医药之。妇泻药诟骂。潜以药入汤水杂饮之,数日渐安。父子俱喜。一夜睡醒,失妇所在;父子又觅得于别室。由是复颠,不欲与夫同室处。向夕,竟奔他室。挽之,骂益甚。翁无策,尽扃他扉。妇奔去,则门自辟。翁患之,驱禳备至,殊无少验。

儿薄暮潜入何氏园,伏莽中,将以探狐所在。月初升,乍闻人语。暗拨蓬科[11],见二人来饮,一长鬣奴捧壶[12],衣老棕色。语俱细隐,不甚可辨。移时,闻一人曰:"明日可取白酒一瓿来[13]。"顷之,俱去,惟长鬣独留,脱衣卧庭石上。审顾之,四肢皆如人,但尾垂后部。儿欲归,恐狐觉,遂终夜伏。未明,又闻二人以次复来,哝哝入竹丛中。儿乃归。翁问所往,答:"宿阿伯家。"适从父入市,见帽肆挂狐尾,乞翁市之。翁不顾。儿牵父衣,娇聒之。翁不忍过拂[14],市焉。父贸易廛中,儿戏弄其侧,乘父他顾,盗钱去,沽白酒,寄肆廊[15]。有舅氏城居,素业猎。儿奔其家。舅他出。妗诘母疾[16],答云:"连朝稍可[17]。又以耗子啮衣,怒涕不解,故遣我乞猎药耳[18]。"妗捡椟,出钱许,裹付儿。儿少之。妗欲作汤饼啖儿[19]。儿觑室无人,自发药裹,窃盈掬而怀之。乃趋告妗,俾勿举火[20],"父待市中,不遑食也"。遂径出,隐以药置酒中。遨游市上,抵暮方归。父问所在,托在舅家。儿自是日游廛肆间。

一日,见长鬣人亦杂侪中。儿审之确,阴缀系之[21]。渐与语,诘其居里。答言:"北村。"亦询儿,儿伪云:"山洞。"长鬣怪其洞居。儿笑曰:"我世居洞府,君固否耶?"其人益惊,便诘姓氏。儿曰:"我胡氏子。曾在何处,见君从两郎,顾忘之耶?"其人熟审之,若信若疑。儿微启下裳,少少露其假尾,曰:"我辈混迹人中,但此物犹存,为可恨耳。"其人问:"在市欲何作?"儿曰:"父遣我沽。"其人亦以沽告。儿问:"沽未?"曰:"吾侪多贫,故常窃时多。"儿曰:"此役亦良苦,耽惊忧。"其人曰:"受主人遣,不得不尔。"因问:"主人伊谁?"曰:"即曩所见两郎兄弟也。一私北郭王氏妇,一宿东村某翁家。翁家儿大恶,被断尾,十日始瘥,今复往矣。"言已,欲别,曰:"勿误我事。"儿曰:"窃之难,不若沽之易。我先沽寄廊下,敬以相赠。我囊中尚有馀钱,不愁沽也。"其人愧无以报。儿曰:"我本同类,何靳些须[22]?暇时,尚当与君痛饮耳。"遂与俱去,取酒授之,乃归。

至夜,母竟安寝,不复奔。心知有异,告父同往验之,则两狐毙于亭上,一狐死于草中,喙津津尚有血出。酒瓶犹在,持而摇之,未尽也。父惊问:"何不早告?"曰:"此物最灵,一泄,则彼知之。"翁喜曰:"我儿,讨狐之陈平也[23]。"于是父子荷狐归。见一狐秃尾,刀痕俨然。自是遂安。而妇瘠殊甚,心渐明了,但益之嗽[24],呕痰辄数升,寻愈[25]。北郭王氏妇,向祟于狐;至是问之,则狐绝而病亦愈。翁由此奇儿,教之骑射。后贵至总戎[26]。

据《聊斋志异》手稿本

----

〔1〕 贾（gǔ 古）：经商。篇题"贾儿"的贾，指商人。
〔2〕 小丈夫：短小男子。
〔3〕 庖媪（ào 奥）：做饭的老妇。
〔4〕 忽忽：此从铸雪斋抄本，底本少一"忽"字。司马迁《报任安书》："居则忽忽若有所亡。"《汉书·司马迁传》颜注："忽忽，失意貌。"按指精神恍惚。
〔5〕 出遗：外出便溺。遗，大小便的通称。
〔6〕 共壮儿胆：都称赞贾儿胆壮。
〔7〕 圬（wū 污）者：泥瓦匠。圬，涂抹灰泥的泥镘，俗称泥板。
〔8〕 气触：言语、面色稍有触犯。气，声气。
〔9〕 霍霍：磨刀声。《木兰诗》："磨刀霍霍向猪羊。"
〔10〕 宵分：夜半。
〔11〕 蓬科：丛生的蓬草。
〔12〕 长鬣奴：长须老仆。韩愈《寄卢仝》诗："一奴长鬣不裹头。"鬣，胡须。
〔13〕 瓻（chī 痴）：《广韵·六脂》："瓻，酒器，大者一石，小者五斗。"
〔14〕 拂：逆。指违拗其心愿。
〔15〕 寄肆廊：寄存在店铺的廊檐下面。
〔16〕 妗（jìn 近）：《集韵》："俗谓舅母曰妗。"
〔17〕 连朝稍可：近日（病情）稍见好转。连朝，意谓近日以来。可，病减曰可。
〔18〕 猎药：狩猎时拌和诱饵用的毒药。
〔19〕 汤饼：汤面。参俞正燮《癸巳存稿》十"面条子"条。
〔20〕 举火：指生火做饭。
〔21〕 缀系：尾随。
〔22〕 何靳些须：哪里吝惜这点微物。靳，吝，惜。些须，也作"些许"，些微、少许的意思。
〔23〕 讨狐之陈平：意思是善用巧计诛狐的能手。陈平，汉初人，以奇计佐刘邦平天下，封曲逆侯。后又协同周勃等，诛诸吕，迎立文帝，任丞相。见《史记·陈丞相世家》。

〔24〕 益之嗽：增加了咳嗽之疾。
〔25〕 寻愈：底本作"寻卒"，此从二十四卷抄本。因下文言北郭王氏妇"狐绝而病亦愈"，可知作"愈"，于义为合。
〔26〕 总戎：总兵的别称。明清在边塞要地或重要州府设镇驻军，其长官称总兵，也称总戎，总领或镇台，位在提督之下。

蛇　癖

予乡王蒲令之仆吕奉宁,性嗜蛇。每得小蛇,则全吞之,如啖葱状。大者,以刀寸寸断之,始掬以食。嚼之铮铮[1],血水沾颐[2]。且善嗅,尝隔墙闻蛇香,急奔墙外,果得蛇盈尺。时无佩刀,先噬其头,尾尚蜿蜒于口际。

据《聊斋志异》手稿本

----

[1] 铮铮:金属振击声,形容嚼声响脆。
[2] 颐:两腮。

卷 二

金 世 成

金世成，长山人[1]。素不检[2]。忽出家作头陀[3]。类颠[4]，啖不洁以为美。犬羊遗秽于前[5]，辄伏啖之。自号为佛[6]。愚民妇异其所为，执弟子礼者以千万计。金诃使食矢[7]，无敢违者。创殿阁，所费不赀[8]，人咸乐输之[9]。邑令南公恶其怪[10]，执而笞之，使修圣庙[11]。门人竞相告曰："佛遭难！"争募救之。宫殿旬月而成，其金钱之集，尤捷于酷吏之追呼也。

异史氏曰："予闻金道人，人皆就其名而呼之，谓为'金世成佛'[12]。品至啖秽[13]，极矣[14]。笞之不足辱，罚之适有济[15]，南令公处法何良也！然学宫圮而烦妖道[16]，亦士大夫之羞矣[17]。"

据《聊斋志异》手稿本

---

〔1〕 长山：旧县名。在今山东省邹平县一带。
〔2〕 素不检：素常行为失于检点。检，检束。不检，指行为放荡。
〔3〕 出家作头陀：离家修行，作了和尚。出家，梵文意译，亦译作"林居者"，指离家到寺院作僧尼。头陀，梵文音译，意为"抖擞"，即去掉尘垢烦恼之意。据《十二头陀经》和《大乘义章》卷十五载，修头陀行者，在衣、食、居方面共有十二种刻苦的修行规定，其修行者，称"修头陀行者"，简称"头陀"。此处是对行脚乞食僧人的俗称。

〔4〕 类颠：类似疯癫。
〔5〕 遗秽：排泄粪便。
〔6〕 佛：佛陀的简称。梵语音译。亦作"佛驮"、"浮屠"等。本指佛教创始人释迦牟尼，后亦作为对高僧的尊称。
〔7〕 矢：通"屎"。
〔8〕 不赀：意思是钱财不可计量。
〔9〕 输：捐纳、献赠。
〔10〕 邑令南公：指南之杰。南之杰，字颐园，蕲水（今湖北浠水）人，康熙十年（1671）任长山知县，颇有治绩。任内曾修学宫、河堤。事详《长山县志》。
〔11〕 圣庙：指祀孔子之庙，又称文庙。明、清以来，各府县的文庙，为儒学教官的衙署所在地，所以下文又称"学宫"。
〔12〕 "金世成佛"："今世成佛"的谐音。金，此据铸雪斋抄本，原作"今"。
〔13〕 品：人品，指人德行高低的等次。
〔14〕 极矣：指其人品卑下到极点。
〔15〕 适有济：恰能成事。
〔16〕 圮（pǐ痞）：坍塌。
〔17〕 士大夫：此泛指读书人、官员和乡绅。

董　生

董生,字遐思,青州之西鄙人[1]。冬月薄暮,展被于榻而炽炭焉[2]。方将篝灯[3],适友人招饮,遂扃户去[4]。至友人所,座有医人,善太素脉[5],遍诊诸客。末顾王生九思及董曰[6]:"余阅人多矣,脉之奇无如两君者:贵脉而有贱兆[7],寿脉而有促征。此非鄙人所敢知也[8]。然而董君实甚。"共惊问之。曰:"某至此亦穷于术,未敢臆决[9]。愿两君自慎之。"二人初闻甚骇,既以为模棱语[10],置不为意。

半夜,董归,见斋门虚掩[11],大疑。醺中自忆,必去时忙促,故忘扃键[12]。入室,未遑爇火[13],先以手入衾中,探其温否。才一探入,则腻有卧人。大愕,敛手[14]。急火之[15],竟为姝丽,韶颜稚齿[16],神仙不殊。狂喜。戏探下体,则毛尾修然[17]。大惧,欲遁。女已醒,出手捉生臂,问:"君何往?"董益惧,战栗哀求:"愿仙人怜恕!"女笑曰:"何所见而畏我[18]?"董曰:"我不畏首而畏尾[19]。"女又笑曰:"君误矣。尾于何有[20]?"引董手,强使复探,则髀肉如脂[21],尻骨童童[22]。笑曰:"何如?醉态蒙瞳[23],不知所见伊何[24],遂诬人若此。"董固喜其丽,至此益惑,反自咎适然之错[25]。然疑其所来无因。女曰:"君不忆东邻之黄发女乎?屈指移居者,已十年矣。尔时我未笄[26],君垂髫也。"董恍然曰:"卿周氏之阿琐耶?"女曰："是矣。"董曰："卿言之，我仿佛忆之[27]。十年不见，遂苗条如此！然何遽能来？"女曰："妾适痴郎四五年[28]，翁姑相继逝[29]，又不幸为文君[30]。剩妾一身，茕无所依[31]。忆孩时相识者惟君，故来相见就。入门已暮，邀饮者适至，遂潜隐以待君归。待之既久，足冰肌粟[32]，故借被以自温耳，幸勿见疑。"董喜，解衣共寝，意殊自得。月馀，渐羸瘦，家人怪问，辄言不自知。久之，面目益支离[33]，乃惧，复造善脉者诊之[34]。医曰："此妖脉也。前日之死征验矣，疾不可为也。"董大哭，不去。医不得已，为之针手灸脐，而赠以药。嘱曰："如有所遇，力绝之。"董亦自危。既归，女笑要之[35]。怫然曰[36]："勿复相纠缠，我行且死！"走不顾。女大惭，亦怒曰："汝尚欲生耶！"至夜，董服药独寝，甫交睫[37]，梦与女交，醒已遗矣。益恐，移寝于内，妻子火守之[38]。梦如故。窥女子已失所在。积数日，董吐血斗馀而死。

王九思在斋中，见一女子来，悦其美而私之。诘所自[39]，曰："妾遐思之邻也。渠旧与妾善[40]，不意为狐惑而死。此辈妖气可畏，读书人宜慎相防。"王益佩之，遂相欢待。居数日，迷罔病瘠[41]。忽梦董曰："与君好者狐也。杀我矣，又欲杀我友。我已诉之冥府[42]，泄此幽愤。七日之夜，当炷香室外，勿忘却！"醒而异之。谓女曰："我病甚，恐将委沟壑[43]，或劝勿室也[44]。"女曰："命当寿，室亦生；不寿，勿室亦死也。"坐与调笑。王心不能自持，又乱之。已而悔之，而不能绝。及暮，插香户上。女来，拨弃之。夜又梦董来，让其违嘱[45]。次夜，暗嘱家人，俟寝后潜炷之。女在榻上，忽惊曰：

"又置香耶?"王言不知。女急起得香,又折灭之。入曰:"谁教君为此者?"王曰:"或室人忧病,信巫家作厌禳耳[46]。"女彷徨不乐。家人潜窥香灭,又炷之。女忽叹曰:"君福泽良厚。我误害遐思而奔子[47],诚我之过。我将与彼就质于冥曹[48]。君如不忘夙好,勿坏我皮囊也[49]。"逡巡下榻,仆地而死。烛之,狐也。犹恐其活,遽呼家人,剥其革而悬焉。王病甚,见狐来曰:"我诉诸法曹。法曹谓董君见色而动[50],死当其罪;但咎我不当惑人,追金丹去[51],复令还生。皮囊何在?"曰:"家人不知,已脱之矣。"狐惨然曰:"余杀人多矣,今死已晚;然忍哉君乎!"恨恨而去。王病几危,半年乃瘥[52]。

据《聊斋志异》手稿本

----

〔1〕 青州之西鄙:青州境内的最西部。青州,府名。治所在今山东青州市。鄙,边远之处。

〔2〕 炽炭:烧旺炭火。

〔3〕 篝灯:以笼蔽灯,意即点灯。此谓挑灯夜读。

〔4〕 扃(jiōng 炯)户:关锁门户。扃,关锁。

〔5〕 太素脉:北宋之后流传的一种荒诞迷信的切脉术。《四库全书》收录《太素脉法》一卷。《提要》云:"不著撰人名氏。此书以诊脉辨人贵贱吉凶。原序称唐末有樵者于崆峒山石函得此书,凡上下二卷。云仙人所遗,其说荒诞,盖术者所依托。"

〔6〕 曰:原无"曰"字,此据铸雪斋抄本。

〔7〕 兆:先兆,事情发生前的征候或迹象。下文"征",义同。促征,短命的征兆。

〔8〕 鄙人:鄙陋之人,自我谦称。

〔9〕 臆决:凭主观妄加判断。

［10］ 模棱语：不明确表示可否的话。模棱，同"摸棱"，含胡其辞，不加可否。语出《新唐书·苏味道传》。
［11］ 斋门：书房之门。斋，书房。
［12］ 扃键：锁门。
［13］ 未遑蓺（ruò 弱，又读 rè 热）火：没有来得及点灯。遑，闲暇。蓺，点燃。
［14］ 敛手：缩手。
［15］ 火之：点灯照看。
［16］ 韶颜稚齿：容颜美好，年纪很轻。韶，美好。齿，年齿，年龄。
［17］ 修然：长长的。
［18］ 畏我：此据铸雪斋抄本，原作"仙我"。
［19］ 不畏首而畏尾：语本《左传·文公十七年》"畏首畏尾，身其馀几"，原为俗语，此处化用以作谐语。
［20］ 尾于何有：哪里有尾巴。
［21］ 髀（bì 必）：股，大腿。
［22］ 尻（kǎo 考）骨童童：尾骨秃秃，谓没有尾巴。尻，脊椎骨末端。童童，光秃。
［23］ 蒙瞳：犹朦胧。指酒醉后神志不清。
［24］ 伊何：是什么。伊，是。
［25］ 适然：偶然。
［26］ 未笄（jī 基）：古时女子十五而束发加笄，视为成年；未笄，指十五岁之前。
［27］ 仿佛：模模糊糊，不甚清楚。
［28］ 适：旧指女子出嫁。
［29］ 翁姑：公婆。
［30］ 为文君：谓新寡。文君，指卓文君。《史记·司马相如列传》载，临邛富翁卓王孙之女卓文君新寡，司马相如"以琴心挑之"，遂"夜亡奔相如"。
［31］ 茕（qióng 穷）：孤独。
［32］ 足冰肌粟：脚发凉，肌肤起疙瘩；言天气寒冷。粟，肌肤受寒所起的粟状疙瘩。

〔33〕 支离:瘦损。
〔34〕 造:至。
〔35〕 要:通"邀"。
〔36〕 怫然:犹忿然,恼怒的样子。
〔37〕 甫:刚。
〔38〕 火守之:点灯守候着他。
〔39〕 诘所自:问从哪里来。
〔40〕 渠:他。
〔41〕 迷罔病瘠(jí及):精神恍惚,身体瘦损。
〔42〕 冥府:即迷信传说中的阴曹地府。
〔43〕 委沟壑:尸首弃于山沟荒野之中,指死亡。
〔44〕 勿室:不要娶妻,此指勿近女色。《礼记·曲礼上》:"三十曰壮,有室。"郑玄注:"有室,有妻也。"
〔45〕 让:责备。
〔46〕 厌(yā鸦)禳(ráng攘):祛恶除邪之祭。
〔47〕 奔:私奔。旧指女子私自往就男子。
〔48〕 质:对质。
〔49〕 皮囊:即皮袋。佛家喻指人畜肉体。
〔50〕 法曹:掌管刑法的官署。此指阴曹地府。
〔51〕 金丹:即仙丹,此指内丹。详《耳中人》注。
〔52〕 瘥(chài钗去声):病愈。

龁　石[1]

新城王钦文太翁家[2]，有圉人王姓[3]，幼入劳山学道。久之，不火食[4]，惟啖松子及白石，遍体生毛。既数年，念母老归里，渐复火食，犹啖石如故。向日视之，即知石之甘苦酸咸，如啖芋然[5]。母死，复入山，今又十七八年矣。

据《聊斋志异》手稿本

----

〔1〕 龁(hé 核)石：吃石头。龁，咬。
〔2〕 王钦文：清著名诗人王渔洋(士禛)之父，名与敕，字钦文。顺治元年(1644)拔贡，赠国子监祭酒，累赠经筵讲官、刑部尚书。见《王渔洋全集·历仕录》附《王氏世系表》。
〔3〕 圉(yǔ 雨)人：养马的仆人。王士禛《池北偶谈》云："予家佣人王嘉禄者，少居劳山中。独坐数年，遂绝烟火，惟啖石为饭，渴即饮溪涧中水。遍身毛生寸许。后以母老归家，渐火食，毛遂脱落。然时时以石为饭，每取一石，映日视之，即知其味甘咸辛苦。后母终，不知所往。"
〔4〕 火食：熟食。
〔5〕 芋：俗称芋头，地下的球茎部分，可供食用。

庙　鬼

新城诸生王启后者,方伯中宇公象坤曾孙[1]。见一妇人入室,貌肥黑不扬。笑近坐榻,意甚亵。王拒之,不去。由此坐卧辄见之。而意坚定,终不摇。妇怒,批其颊,有声,而亦不甚痛。妇以带悬梁上,捽与并缢[2]。王不觉自投梁下,引颈作缢状。人见其足不履地[3],挺然立空中,即亦不能死。自是病颠。忽曰:"彼将与我投河矣。"望河狂奔,曳之乃止。如此百端,日常数作,术药罔效[4]。一日,忽见有武士绾锁而入[5],怒叱曰:"朴诚者汝何敢扰!"即絷妇项[6],自棂中出[7]。才至窗外,妇不复人形,目电闪,口血赤如盆。忆城隍庙门中有泥鬼四,绝类其一焉[8]。于是病若失。

据《聊斋志异》手稿本

----

〔1〕 方伯:一方诸侯之长。东汉以来以之称刺史等地方官。明、清时则作为对布政使的尊称。中宇公象坤:王象坤,字中宇,明代人,官至山西左布政使。见《山东通志·人物志》。
〔2〕 捽(zuó 昨):揪住头发。
〔3〕 履:踏。
〔4〕 术:巫术。罔:无。
〔5〕 绾(wǎn 挽)锁:手持铁链。绾,盘握。锁,锁链,拘捕刑具。

〔6〕 蛰（zhí 执）：拘执。
〔7〕 棂：窗棂，窗户上的花格子。
〔8〕 类：像。

陆　判

陵阳朱尔旦[1],字小明。性豪放。然素钝[2],学虽笃[3],尚未知名。一日,文社众饮[4]。或戏之云:"君有豪名,能深夜赴十王殿[5],负得左廊判官来[6],众当醵作筵[7]。"盖陵阳有十王殿,神鬼皆以木雕,妆饰如生。东庑有立判[8],绿面赤须,貌尤狞恶。或夜闻两廊拷讯声。入者,毛皆森竖[9]。故众以此难朱。朱笑起,径去。居无何,门外大呼曰:"我请髯宗师至矣[10]!"众皆起。俄负判入,置几上,奉觞,酹之三[11]。众睹之,瑟缩不安于座[12],仍请负去。朱又把酒灌地,祝曰:"门生狂率不文[13],大宗师谅不为怪。荒舍匪遥,合乘兴来觅饮[14],幸勿为畛畦[15]。"乃负之去。

次日,众果招饮。抵暮,半醉而归,兴未阑,挑灯独酌。忽有人搴帘入,视之,则判官也。朱起曰:"意吾殆将死矣[16]!前夕冒渎,今来加斧锧耶[17]?"判启浓髯,微笑曰:"非也。昨蒙高义相订[18],夜偶暇,敬践达人之约[19]。"朱大悦,牵衣促坐,自起涤器爇火。判曰:"天道温和,可以冷饮。"朱如命,置瓶案上,奔告家人治肴果。妻闻,大骇,戒勿出。朱不听,立俟治具以出[20]。易盏交酬,始询姓氏。曰:"我陆姓,无名字。"与谈古典[21],应答如响。问:"知制艺否[22]?"曰:"妍媸亦颇辨之。阴司诵读,与阳世略同。"陆豪饮,一举十觥。朱因竟日饮,遂不觉玉山倾颓[23],伏几醺睡。比醒,则残烛昏黄,鬼客已去。

自是三两日辄一来,情益洽,时抵足卧。朱献窗稿[24],陆辄红勒之[25],都言不佳。一夜,朱醉,先寝,陆犹自酌。忽醉梦中,觉脏腹微痛;醒而视之,则陆危坐床前,破腔出肠胃,条条整理。愕曰:"夙无仇怨,何以见杀?"陆笑云:"勿惧,我为君易慧心耳。"从容纳肠已,复合之,末以裹足布束朱腰。作用毕[26],视榻上亦无血迹。腹间觉少麻木。见陆置肉块几上。问之,曰:"此君心也。作文不快,知君之毛窍塞耳。适在冥间,于千万心中,拣得佳者一枚,为君易之,留此以补阙数。"乃起,掩扉去。天明解视,则创缝已合,有线而赤者存焉。自是文思大进,过眼不忘。数日,又出文示陆。陆曰:"可矣。但君福薄,不能大显贵,乡、科而已[27]。"问:"何时?"曰:"今岁必魁[28]。"未几,科试冠军,秋闱果中经元[29]。同社生素揶揄之;及见闱墨[30],相视而惊,细询始知其异。共求朱先容[31],愿纳交陆。陆诺之。众大设以待之。更初,陆至,赤髯生动,目炯炯如电。众茫乎无色,齿欲相击;渐引去。

朱乃携陆归饮,既醺,朱曰:"湔肠伐胃[32],受赐已多。尚有一事欲相烦,不知可否?"陆便请命。朱曰:"心肠可易,面目想亦可更。山荆[33],予结发人[34],下体颇亦不恶,但头面不甚佳丽。尚欲烦君刀斧,如何?"陆笑曰:"诺,容徐图之。"过数日,半夜来叩关。朱急起延入。烛之,见襟裹一物。诘之,曰:"君曩所嘱,向艰物色。适得一美人首,敬报君命。"朱拨视,颈血犹湿。陆立促急入,勿惊禽犬。朱虑门户夜扃。陆至,一手推扉,扉自辟。引至卧室,见夫人侧身眠。

陆以头授朱抱之；自于靴中出白刃如匕首，按夫人项，着力如切腐状，迎刃而解，首落枕畔；急于生怀，取美人首合项上，详审端正，而后按捺。已而移枕塞肩际，命朱瘗首静所，乃去。朱妻醒，觉颈间微麻，面颊甲错[35]；搓之，得血片，甚骇。呼婢汲盥；婢见面血狼藉，惊绝。濯之，盆水尽赤。举首则面目全非，又骇极。夫人引镜自照，错愕不能自解。朱入告之；因反覆细视，则长眉掩鬓，笑靥承颧[36]，画中人也。解领验之，有红线一周，上下肉色，判然而异。

先是，吴侍御有女甚美[37]，未嫁而丧二夫，故十九犹未醮也[38]。上元游十王殿，时游人甚杂，内有无赖贼窥而艳之，遂阴访居里[39]，乘夜梯入，穴寝门，杀一婢于床下，逼女与淫；女力拒声喊，贼怒，亦杀之。吴夫人微闻闹声，呼婢往视，见尸骇绝。举家尽起，停尸堂上，置首项侧，一门啼号，纷腾终夜。诘旦启衾[40]，则身在而失其首。遍挞侍女，谓所守不恪[41]，致葬犬腹。侍御告郡[42]。郡严限捕贼，三月而罪人弗得。渐有以朱家换头之异闻吴公者。吴疑之，遣媪探诸其家；入见夫人，骇走以告吴公。公视女尸故存，惊疑无以自决。猜朱以左道杀女[43]，往诘朱。朱曰："室人梦易其首，实不解其何故；谓仆杀之，则冤也。"吴不信，讼之。收家人鞫之[44]，一如朱言。郡守不能决[45]。朱归，求计于陆。陆曰："不难，当使伊女自言之[46]。"吴夜梦女曰："儿为苏溪杨大年所贼[47]，无与朱孝廉[48]。彼不艳于其妻，陆判官取儿头与之易之，是儿身死而头生也。愿勿相仇。"醒告夫人，所梦同。乃言于官。问之，果有杨大年；执而械之，遂伏其罪。吴乃诣朱，请见夫人，由此为翁婿。乃以朱妻首合女尸而葬焉。

朱三入礼闱[49]，皆以场规被放[50]。于是灰心仕进，积三十年。一夕，陆告曰："君寿不永矣。"问其期，对以五日。"能相救否？"曰："惟天所命，人何能私？且自达人观之，生死一耳，何必生之为乐，死之为悲？"朱以为然。即治衣衾棺椁；既竟，盛服而没。

翌日，夫人方扶柩哭，朱忽冉冉自外至。夫人惧。朱曰："我诚鬼，不异生时。虑尔寡母孤儿，殊恋恋耳。"夫人大恸，涕垂膺[51]；朱依依慰解之。夫人曰："古有还魂之说，君既有灵，何不再生？"朱曰："天数不可违也[52]。"问："在阴司作何务？"曰："陆判荐我督案务[53]，授有官爵，亦无所苦。"夫人欲再语，朱曰："陆公与我同来，可设酒馔。"趋而出。夫人依言营备。但闻室中笑饮，亮气高声，宛若生前。半夜窥之，窅然已逝[54]。自是三数日辄一来，时而留宿缱绻，家中事就便经纪[55]。子玮方五岁，来辄捉抱；至七八岁，则灯下教读。子亦慧，九岁能文，十五入邑庠[56]，竟不知无父也。从此来渐疏，日月至焉而已[57]。又一夕来，谓夫人曰："今与卿永诀矣。"问："何往？"曰："承帝命为太华卿[58]，行将远赴，事烦途隔，故不能来。"母子持之哭，曰："勿尔！儿已成立，家计尚可存活，岂有百岁不拆之鸾凤耶！"顾子曰："好为人，勿堕父业。十年后一相见耳。"径出门去，于是遂绝。

后玮二十五举进士，官行人[59]。奉命祭西岳，道经华阴[60]，忽有舆从羽葆[61]，驰冲卤簿[62]。讶之。审视车中人，其父也。下车哭伏道左。父停舆曰："官声好[63]，我目瞑矣。"玮伏不起；朱促舆行,火驰不顾。去数步,回望,解佩刀遣人持赠。遥语曰:"佩之当贵。"玮欲追从,见舆马人从,飘忽若风,瞬息不见。痛恨良久;抽刀视之,制极精工,镌字一行[64],曰:"胆欲大而心欲小,智欲圆而行欲方[65]。"玮后官至司马[66]。生五子,曰沉,曰潜,曰沕,曰浑,曰深。一夕,梦父曰:"佩刀宜赠浑也。"从之。浑仕为总宪[67],有政声。

异史氏曰:"断鹤续凫,矫作者妄[68];移花接木[69],创始者奇;而况加凿削于肝肠,施刀锥于颈项者哉!陆公者,可谓媸皮裹妍骨矣[70]。明季至今[71],为岁不远[72],陵阳陆公犹存乎?尚有灵焉否也?为之执鞭[73],所忻慕焉。"

据《聊斋志异》手稿本

----

〔1〕 陵阳:旧县名。今为陵阳镇,属安徽省青阳县。
〔2〕 钝:迟钝,愚笨。
〔3〕 笃:专心、勤奋。
〔4〕 文社:科举时代,秀才们讲学作文的结社。
〔5〕 十王殿:庙宇名。十王,中国佛教所传十个主管地狱的阎王之总称,也称"十殿阎君",略称"十王"。后道教也沿用此称。
〔6〕 判官:官名。唐始设。为节度、观察、防御诸使的僚属。此指迷信传说中为阎王掌簿册的佐吏。
〔7〕 醵(jù据):凑钱饮酒。
〔8〕 东庑(wǔ武):即东廊。庑,殿堂下周围的走廊或廊屋。此指廊屋。
〔9〕 毛皆森竖:因恐惧而毛发都耸立起来。森,高耸。
〔10〕 宗师:旧称受人尊崇堪为师表的人。明、清称学使为"宗师"。朱尔旦负陆判至"文社"故用以戏称。
〔11〕 酹(lèi类):以酒浇地,祭祀鬼神。

〔12〕 瑟缩：因恐惧而抖战、蜷缩。
〔13〕 门生：自唐至明，科举制度中，贡举之士以主考官员为座主，而自称门生。此处既已称陆判为"宗师"，而"宗师"（即学使）又为各省乡试的主考官，朱因以自称。狂率不文：狂妄轻率，不懂礼仪。文，礼法。
〔14〕 合：应，合当。
〔15〕 勿为畛（zhěn 诊）畦（qí 齐）：意谓不要为人鬼异域所限。畛畦，田间小路，引申为界限、隔阂。
〔16〕 意：自料。
〔17〕 斧锧：古代杀人的刑具。斧谓刀刃，锧谓砧板；"加斧锧"，指加以死罪。
〔18〕 高义：犹高谊、盛情。相订：犹相约。订，定，约定。
〔19〕 达人：旷达之人。
〔20〕 治具：置办酒肴。具，餐具，代指酒肴。
〔21〕 古典：古代的典籍。此指具有典范性的古代名著。
〔22〕 制艺：制举应试文章，指八股文。详《娇娜》注。
〔23〕 玉山倾颓：形容酒醉。《世说新语·容止》："嵇叔夜之为人也，岩岩若孤松之独立；其醉也，傀俄若玉山之将崩。"玉山，形容体态、仪表美好。
〔24〕 窗稿：指平时习作的文稿。读书人惯常在窗下写文章，故称。
〔25〕 红勒：用朱笔删削、批改。《梦溪笔谈·人事》载：北宋嘉祐年间，士人刘几"累为国学第一，骤为怪崄之语，学者靡然效之，遂成风俗。欧阳公（指欧阳修）深恶之。会公主文，决意痛惩。……有一举人论曰：'天地轧，万物茁，圣人发。'公曰：'此必刘几也。'戏续之曰：'秀才剌，试官刷。'乃以大朱笔横抹之，自首至尾，谓红勒帛，判'大纰缪'字榜之。既而果几也。"
〔26〕 作用：施治，整治。用，治。
〔27〕 乡、科：乡试、科试的省词。详《叶生》注。
〔28〕 魁：夺魁，考取第一名。即下文所谓"科试冠军"、"秋闱果中经元"。
〔29〕 秋闱：指乡试。旧称试院为"闱"，而乡试在秋间举行，因称。经

元:也称经魁。明清科举考试,分五经取士。乡试及会试前五名,各为一经中的第一名。
- [30] 闱墨:清代于每届乡试、会试之后,由主考官选取中式试卷,编辑成书,叫做"闱墨"。
- [31] 先容:事先为人作介绍。
- [32] 湔(jiān 煎)肠伐胃:洗肠剖胃。《五代史·周书·王仁裕传》:王仁裕少不知学,二十五岁方思学习,"一夕,梦剖肠胃,引西江水以浣之……及寤,心意豁然。自是资性绝高。"
- [33] 山荆:对人称谓自己妻室的谦词。说本《太平御览》七一八引《列女传》:"梁鸿妻孟光,荆钗布裙。"
- [34] 结发人:元配妻子。古时男子二十岁束发加冠,女子十五岁盘发贯笄(簪),即为成年。因此习称元配妻子为"结发人"。《玉台新咏·留别妻》:"结发为夫妻,恩爱两不疑。"
- [35] 甲错:鳞甲错杂。此指面颊血污结痂,像鱼鳞似的。
- [36] 笑靥(yè 夜)承颧(quán 权):谓女子笑时口旁现出两个酒窝。靥,口旁窝,俗称酒窝。颧,颧骨。酒窝在颧骨的下面,故云"承"。
- [37] 侍御:官名。御史的别称。明、清属都察院,职称有左右都御史、左右副都御史、左右佥都御史、监察御史之别。
- [38] 醮(jiào 较):斟酒饮对方;古时婚礼中的一种仪节。《礼记·昏义》:"父亲醮子而命之迎。"本指男女婚礼,元明以后则专指女子再嫁。
- [39] 阴访:暗中查访。
- [40] 诘旦:诘朝,第二天早晨。
- [41] 不恪(kè 客):不慎。恪,谨慎,恭敬。
- [42] 郡:此指郡衙。明、清代用指知州、知府一类地方官的衙署。
- [43] 左道:邪道,邪术。
- [44] 鞫(jū 居):审讯。
- [45] 不能决:此据铸雪斋抄本,底本"能"字残缺。
- [46] 伊:底本残缺。此据铸雪斋抄本。
- [47] 贼:杀害。
- [48] 无与朱孝廉:与朱孝廉无关。孝廉,明、清指举人。详《画壁》注。

〔49〕 礼闱：即会试。会试于乡试后第二年春季在礼部举行，故又称"礼闱"。
〔50〕 以场规被放：由于违犯考场规则而被逐出场外或不予录取。科举考场对参加考试的人规定一些条文，诸如挟带文书入场，或亲族任考官而不加回避等，均为违犯"场规"。而考卷违式，如题目写错，污损卷纸，抬头错误，不避圣讳等，也往往被取消考试资格。此处指后者。放，驱逐。
〔51〕 膺：胸。
〔52〕 天数：犹天命。
〔53〕 督案务：监理案牍方面的事务。督，察视。案，案牍，官府文书。
〔54〕 窅（yǎo 咬）然：深远难见的样子。
〔55〕 经纪：料理。
〔56〕 邑庠：县学。详《叶生》注。
〔57〕 日月至焉：偶然来一次。语出《论语·雍也》。
〔58〕 太华卿：华山山神。太华，即西岳华山，在今陕西华阴县南。因其西有少华山，故又称"太华"。
〔59〕 行人：官名。明代设有行人司，置司正及左右司副，下有行人若干，以进士充任。行人职掌捧节奉使；凡颁诏、册封、抚谕、征聘及祭祀山川神祇，都差行人。
〔60〕 华阴：县名。今属陕西省。
〔61〕 舆从羽葆：车马仪仗。舆从，车马前后的侍从；羽葆，仪仗名，以鸟羽为装饰。《礼记·杂记》："匠人执羽葆御柩。"孔颖达疏："羽葆者，以鸟羽注于柄头，如盖，谓之羽葆。葆，谓盖也。"
〔62〕 卤簿：秦、汉时皇帝舆驾行幸时的仪仗队。汉以后王公大臣均置卤簿。因亦泛指官员仪仗。卤，大型甲盾。甲盾的排列，有明确规定，且著之簿籍，因称"卤簿"。
〔63〕 声：声誉。下文"政声"之"声"，义同。
〔64〕 镌（juān 捐）：刻。
〔65〕 "胆欲大"二句：意谓任事要果决，而思虑要周密；智谋要圆通，而行为要方正。语见《旧唐书·孙思邈传》。
〔66〕 司马：官名。古为管领军队官员的称谓。汉武帝置大司马，为全国

军政首脑,明、清时期用为兵部尚书的别称,侍郎称少司马。此或指兵部尚书、侍郎一类官员。
[67] 总宪:明、清为都察院左都御史的别称。
[68] "断鹤"二句:意谓如因鹤腿长而截之使短,因凫(野鸭)腿短而续之使长,如此矫情而作者是妄为。《庄子·骈拇》:"凫胫虽短,续之则忧;鹤胫虽长,断之则悲。"妄,谬,荒谬。
[69] 移花接木:谓将一种花木嫁接于另一种花木之上。喻暗中巧施手段改造人的形体。
[70] 媸(chī 吃)皮裹妍骨:谓相貌丑陋而内心美好。媸,丑陋。媸皮,丑陋的相貌。妍,美。妍骨,美好的骨肉,此谓美好的品行。
[71] 明季:明代末年。
[72] 为岁:犹为时。岁,指时间。
[73] 为之执鞭:为其赶车,做仆役。表示对人极度钦佩。《史记·管晏列传》:"假令晏子而在,余虽为之执鞭,所忻慕焉。"

婴　宁

王子服,莒之罗店人[1]。早孤。绝惠[2],十四入泮[3]。母最爱之,寻常不令游郊野。聘萧氏[4],未嫁而夭,故求凰未就也[5]。会上元[6],有舅氏子吴生,邀同眺瞩[7]。方至村外,舅家有仆来,招吴去。生见游女如云,乘兴独遨。有女郎携婢,拈梅花一枝,容华绝代,笑容可掬。生注目不移,竟忘顾忌。女过去数武,顾婢曰:"个儿郎目灼灼似贼[8]!"遗花地上,笑语自去。

生拾花怅然,神魂丧失,怏怏遂返。至家,藏花枕底,垂头而睡,不语亦不食。母忧之。醮禳益剧[9],肌革锐减[10]。医师诊视,投剂发表[11],忽忽若迷。母抚问所由[12],默然不答。适吴生来,嘱密诘之。吴至榻前,生见之泪下。吴就榻慰解,渐致研诘[13]。生具吐其实[14],且求谋画。吴笑曰:"君意亦复痴!此愿有何难遂?当代访之。徒步于野,必非世家[15]。如其未字[16],事固谐矣;不然,拚以重赂[17],计必允遂。但得痊瘳,成事在我。"生闻之,不觉解颐[18]。吴出告母,物色女子居里,而探访既穷,并无踪绪。母大忧,无所为计。然自吴去后,颜顿开,食亦略进。数日,吴复来。生问所谋。吴绐之曰:"已得之矣。我以为谁何人[19],乃我姑氏女,即君姨妹行,今尚待聘。虽内戚有婚姻之嫌[20],实告之,无不谐者。"生喜溢眉宇,问:"居何里?"吴诡曰[21]:"西南山中,去此可三十馀里。"

生又付嘱再四,吴锐身自任而去。

　　生由是饮食渐加,日就平复。探视枕底,花虽枯,未便雕落。凝思把玩,如见其人。怪吴不至,折柬招之[22]。吴支托不肯赴招[23]。生恚怒,悒悒不欢。母虑其复病,急为议姻;略与商确[24],辄摇首不愿,惟日盼吴。吴迄无耗,益怨恨之。转思三十里非遥,何必仰息他人[25]？怀梅袖中,负气自往,而家人不知也。伶仃独步,无可问程,但望南山行去。约三十馀里,乱山合沓[26],空翠爽肌,寂无人行,止有鸟道[27]。遥望谷底,丛花乱树中,隐隐有小里落。下山入村,见舍宇无多,皆茅屋,而意甚修雅[28]。北向一家,门前皆丝柳,墙内桃杏尤繁,间以修竹[29];野鸟格磔其中[30]。意其园亭,不敢遽入。回顾对户,有巨石滑洁,因据坐少憩。俄闻墙内有女子,长呼"小荣",其声娇细。方伫听间,一女郎由东而西,执杏花一朵,俯首自簪。举头见生,遂不复簪,含笑拈花而入。审视之,即上元途中所遇也。心骤喜。但念无以阶进[31];欲呼姨氏,顾从无还往,惧有讹误。门内无人可问。坐卧徘徊,自朝至于日昃[32],盈盈望断[33],并忘饥渴。时见女子露半面来窥,似讶其不去者。忽一老媪扶杖出,顾生曰:"何处郎君,闻自辰刻便来,以至于今。意将何为？得勿饥耶?"生急起揖之,答云:"将以盼亲[34]。"媪聋聩不闻。又大言之。乃问:"贵戚何姓?"生不能答。媪笑曰:"奇哉！姓名尚自不知,何亲可探？我视郎君,亦书痴耳。不如从我来,啖以粗粝[35],家有短榻可卧。待明朝归,询知姓氏,再来探访,不晚也。"生方腹馁思啖,又从此渐近丽人,大喜。从媪入,见门内白石砌路,夹道红花,片片堕阶上;曲折而西，又启一关，豆棚花架满庭中。肃客入舍[36]，粉壁光明如镜；窗外海棠枝朵探入室中；裀藉几榻[37]，罔不洁泽。甫坐，即有人自窗外隐约相窥。媪唤："小荣！可速作黍[38]。"外有婢子噭声而应[39]。坐次[40]，具展宗阀[41]。媪曰："郎君外祖，莫姓吴否？"曰："然。"媪惊曰："是吾甥也！尊堂，我妹子。年来以家窭贫[42]，又无三尺男[43]，遂至音问梗塞。甥长成如许，尚不相识。"生曰："此来即为姨也，匆遽遂忘姓氏。"媪曰："老身秦姓，并无诞育；弱息仅存[44]，亦为庶产[45]。渠母改醮[46]，遗我鞠养。颇亦不钝，但少教训，嬉不知愁。少顷，使来拜识。"

未几，婢子具饭，雏尾盈握[47]。媪劝餐已，婢来敛具。媪曰："唤宁姑来。"婢应去。良久，闻户外隐有笑声。媪又唤曰："婴宁，汝姨兄在此。"户外嗤嗤笑不已。婢推之以入，犹掩其口，笑不可遏。媪嗔目曰[48]："有客在，咤咤叱叱，是何景象？"女忍笑而立，生揖之。媪曰："此王郎，汝姨子。一家尚不相识，可笑人也。"生问："妹子年几何矣？"媪未能解。生又言之。女复笑，不可仰视。媪谓生曰："我言少教诲，此可见矣。年已十六，呆痴裁如婴儿[49]。"生曰："小于甥一岁。"曰："阿甥已十七矣，得非庚午属马者耶[50]？"生首应之。又问："甥妇阿谁？"答云："无之。"曰："如甥才貌，何十七岁犹未聘？婴宁亦无姑家[51]，极相匹敌[52]；惜有内亲之嫌。"生无语，目注婴宁，不遑他瞬。婢向女小语云："目灼灼，贼腔未改！"女又大笑，顾婢曰："视碧桃开未？"遽起，以袖掩口，细碎连步而出。至门外，笑声始纵。媪亦起，唤婢襆被[53]，为生安置。曰："阿甥来不易，宜留三五日，迟迟送汝归[54]。如嫌幽闷,舍后有小园,可供消遣;有书可读。"次日,至舍后,果有园半亩,细草铺毡,杨花糁径[55];有草舍三楹[56],花木四合其所。穿花小步,闻树头苏苏有声,仰视,则婴宁在上。见生来,狂笑欲堕。生曰:"勿尔,堕矣!"女且下且笑,不能自止。方将及地,失手而堕,笑乃止。生扶之,阴挼其腕[57]。女笑又作,倚树不能行,良久乃罢。生俟其笑歇,乃出袖中花示之。女接之,曰:"枯矣。何留之?"曰:"此上元妹子所遗,故存之。"问:"存之何意?"曰:"以示相爱不忘也。自上元相遇,凝思成病,自分化为异物[58];不图得见颜色,幸垂怜悯。"女曰:"此大细事[59]。至戚何所靳惜[60]?待郎行时,园中花,当唤老奴来,折一巨捆负送之。"生曰:"妹子痴耶?"女曰:"何便是痴?"生曰[61]:"我非爱花,爱拈花之人耳。"女曰:"葭莩之情[62],爱何待言。"生曰:"我所谓爱,非瓜葛之爱[63],乃夫妻之爱。"女曰:"有以异乎?"曰:"夜共枕席耳。"女俯思良久,曰:"我不惯与生人睡。"语未已,婢潜至,生惶恐遁去。少时,会母所。母问:"何往?"女答以园中共话。媪曰:"饭熟已久,有何长言,周遮乃尔[64]。"女曰:"大哥欲我共寝。"言未已,生大窘,急目瞪之。女微笑而止。幸媪不闻,犹絮絮究诘。生急以他词掩之,因小语责女。女曰:"适此语不应说耶?"生曰:"此背人语。"女曰:"背他人,岂得背老母。且寝处亦常事,何讳之?"生恨其痴,无术可以悟之。食方竟,家中人捉双卫来寻生[65]。

先是,母待生久不归,始疑;村中搜觅几遍,竟无踪兆。因往询吴。吴忆曩言,因教于西南山村行觅。凡历数村,始至于此。生出门,适相值,便入告媪,且请偕女同归。媪喜曰:"我有志,匪伊朝夕[66]。但残躯不能远涉,得甥携妹子去,识认阿姨,大好!"呼婴宁。宁笑至。媪曰:"有何喜,笑辄不辍?若不笑,当为全人。"因怒之以目。乃曰:"大哥欲同汝去,可便装束。"又饷家人酒食,始送之出曰:"姨家田产丰裕,能养冗人。到彼且勿归,小学诗礼,亦好事翁姑。即烦阿姨,为汝择一良匹。"二人遂发。至山坳,回顾,犹依稀见媪倚门北望也。

抵家,母睹姝丽,惊问为谁。生以姨女对。母曰:"前吴郎与儿言者,诈也。我未有姊,何以得甥?"问女,曰:"我非母出。父为秦氏,没时,儿在襁中,不能记忆。"母曰:"我一姊适秦氏,良确;然殂谢已久[67],那得复存?"因审诘面庞、志赘[68],一一符合。又疑曰:"是矣。然亡已多年,何得复存?"疑虑间,吴生至,女避入室。吴询得故,惘然久之。忽曰:"此女名婴宁耶?"生然之。吴亟称怪事。问所自知,吴曰:"秦家姑去世后,姑丈鳏居[69],祟于狐,病瘵死。狐生女名婴宁,绷卧床上,家人皆见之。姑丈没,狐犹时来;后求天师符粘壁上[70],狐遂携女去。将勿此耶?"彼此疑参[71]。但闻室中吃吃皆婴宁笑声[72]。母曰:"此女亦太憨生[73]。"吴请面之。母入室,女犹浓笑不顾。母促令出,始极力忍笑,又面壁移时,方出。才一展拜,翻然遽入,放声大笑。满室妇女,为之粲然。吴请往觇其异,就便执柯[74]。寻至村所,庐舍全无,山花零落而已。吴忆姑葬处,仿佛不远;然坟垄湮没[75],莫可辨识,诧叹而返。母疑其为鬼。入告吴言,女略无骇意;又吊其无家[76],亦殊无悲意,孜孜憨笑而已[77]。

众莫之测。母令与少女同寝止。昧爽即来省问[78]，操女红精巧绝伦[79]。但善笑，禁之亦不可止；然笑处嫣然，狂而不损其媚，人皆乐之。邻女少妇，争承迎之。母择吉将为合卺[80]，而终恐为鬼物。窃于日中窥之，形影殊无少异[81]。至日，使华装行新妇礼；女笑极不能俯仰，遂罢。生以其憨痴，恐泄漏房中隐事；而女殊密秘，不肯道一语。每值母忧怒，女至，一笑即解。奴婢小过，恐遭鞭楚，辄求诣母共话；罪婢投见，恒得免。而爱花成癖，物色遍戚党；窃典金钗，购佳种，数月，阶砌藩溷，无非花者。

庭后有木香一架，故邻西家。女每攀登其上，摘供簪玩[82]。母时遇见，辄诃之。女卒不改。一日，西人子见之，凝注倾倒。女不避而笑。西人子谓女意已属，心益荡。女指墙底笑而下，西人子谓示约处，大悦。及昏而往，女果在焉。就而淫之，则阴如锥刺，痛彻于心，大号而踣。细视非女，则一枯木卧墙边，所接乃水淋窍也。邻父闻声，急奔研问，呻而不言。妻来，始以实告。爇火烛窍[83]，见中有巨蝎，如小蟹然。翁碎木捉杀之。负子至家，半夜寻卒。邻人讼生，讦发婴宁妖异[84]。邑宰素仰生才，稔知其笃行士[85]，谓邻翁讼诬，将杖责之。生为乞免，逐释而出。母谓女曰："憨狂尔尔，早知过喜而伏忧也。邑令神明，幸不牵累；设鹘突官宰[86]，必逮妇女质公堂，我儿何颜见戚里？"女正色，矢不复笑。母曰："人罔不笑，但须有时。"而女由是竟不复笑，虽故逗，亦终不笑；然竟日未尝有戚容。

一夕，对生零涕。异之。女哽咽曰："曩以相从日浅，言之恐致骇怪。今日察姑及郎，皆过爱无有异心，直告或无妨乎？妾本狐产。

母临去,以妾托鬼母,相依十馀年,始有今日。妾又无兄弟,所恃者惟君。老母岑寂山阿[87],无人怜而合厝之[88],九泉辄为悼恨。君倘不惜烦费,使地下人消此怨恫,庶养女者不忍溺弃。"生诺之,然虑坟冢迷于荒草。女但言无虑。刻日,夫妻舆榇而往[89]。女于荒烟错楚中[90],指示墓处,果得媪尸,肤革犹存。女抚哭哀痛。舁归,寻秦氏墓合葬焉。是夜,生梦媪来称谢,寤而述之。女曰:"妾夜见之,嘱勿惊郎君耳。"生恨不邀留。女曰:"彼鬼也。生人多,阳气胜,何能久居?"生问小荣,曰:"是亦狐,最黠。狐母留以视妾,每摄饵相哺[91],故德之常不去心。昨问母,云已嫁之。"由是岁值寒食,夫妻登秦墓,拜扫无缺。女逾年,生一子。在怀抱中,不畏生人,见人辄笑,亦大有母风云。

异史氏曰:"观其孜孜憨笑,似全无心肝者;而墙下恶作剧,其黠孰甚焉。至凄恋鬼母,反笑为哭,我婴宁殆隐于笑者矣[92]。窃闻山中有草,名'笑矣乎'。嗅之,则笑不可止。房中植此一种,则合欢、忘忧[93],并无颜色矣。若解语花[94],正嫌其作态耳[95]。"

据《聊斋志异》手稿本

----

〔1〕 莒:古国名,后置为州县,在今山东省莒县一带。
〔2〕 绝惠:极端聪明。惠,通"慧"。
〔3〕 入泮:入县学为生员。
〔4〕 聘(pìn 娉):订婚。旧时订婚,男方须向女方行纳聘礼,称"行聘"或"文定"。
〔5〕 求凰:汉司马相如《琴歌》:"凤兮凤兮归故乡,遨游四海求其凰。"

相传此歌为向卓文君求爱而作,后因称男子求偶为求凰。
〔6〕 上元:上元节,旧历正月十五。
〔7〕 眺瞩:居高望远。此指观赏景物。
〔8〕 个儿郎:这个小伙子。个,这个。儿郎,指青年男子。
〔9〕 醮禳(jiào ráng 叫攘):祈祷消灾。醮,祭神。禳,消除灾祸。
〔10〕 肌革锐减:消瘦得极快。肌革,犹肌肤。
〔11〕 投剂发表:中医治病方法,用药把病从体内表散出来。剂,药剂。
〔12〕 抚问所由:爱抚地问其得病的原因。
〔13〕 研诘:细细追问。
〔14〕 具:全,全部。
〔15〕 世家:世代显贵之家族。
〔16〕 字:女子许婚。
〔17〕 拚(pàn 判):不顾惜,豁出去。
〔18〕 解颐:露出笑容。颐,面颊。
〔19〕 谁何:什么。
〔20〕 内戚有婚姻之嫌:意谓姨表亲戚因血缘相近,通婚有所禁忌。内戚,内亲,妻的亲属。王子服与婴宁为姨兄妹,故云内戚。
〔21〕 诡曰:谎称,假说。
〔22〕 折柬:裁纸写信。柬,通"简"。
〔23〕 支托:支吾推托。支,支吾,以含混之词搪塞。
〔24〕 确:疑为笔误,当作"榷"。
〔25〕 仰息他人:喻依赖他人。语出《后汉书·袁绍传》。仰,仰仗;息,鼻息,指鼻腔呼吸的气息,呼气则温,吸气则寒。
〔26〕 合沓(tà 榻):重迭。
〔27〕 鸟道:喻山路险峻狭窄,意谓只有飞鸟可过。
〔28〕 意甚修雅:给人以美好幽雅的感觉。
〔29〕 修竹:细长的竹子。修,长,高。
〔30〕 格磔(zhé 哲):鸟鸣声。
〔31〕 阶进:进身的因由。阶,因由,凭借。
〔32〕 日昃(zè 仄):太阳偏西。
〔33〕 盈盈望断:犹言望穿秋水,形容盼望殷切。盈盈,形容眼波流动,明

澈如秋水。《西厢记》三本二折:"你若不去啊,望穿他盈盈秋水,蹙损他淡淡春山。"

〔34〕 盼亲:探亲。

〔35〕 粗粝(lì 历):糙米。喻粗茶淡饭。

〔36〕 肃客:请客人进入。《礼记·曲礼》:"主人肃客而入。"

〔37〕 裀(yīn 因)藉:垫席。裀,同"茵",重席。

〔38〕 作黍:做饭。

〔39〕 噭(jiào 叫)声而应:高声答应。

〔40〕 坐次:相对而坐的时候。次,指事件正在进行时。

〔41〕 展:陈述。宗阀:宗族门第。

〔42〕 窭(jù 巨)贫:贫穷。《诗·邶风·北门》:"终窭且贫。"朱熹注:"窭者,贫而无以为礼也。"

〔43〕 无三尺男:谓家无一男性。三尺男,指身高三尺的男童。

〔44〕 弱息:本指幼弱的子女;后多指女儿。

〔45〕 庶产:妾生。封建家族中,侧室称庶,所生子女称"庶出"。

〔46〕 改醮:改嫁。《仪礼·士昏礼》:"庶妇则使人醮之。"醮,古婚礼的一种简单仪式;后多指女子嫁人。

〔47〕 雏尾盈握:指肥嫩的雏鸡。《礼记·内则》:"雏尾不盈握,弗食。"雏,此指小鸡。盈握,满一把。鸡的尾部满一把,言其肥。

〔48〕 嗔目:生气地看对方一眼。嗔,生气。

〔49〕 裁:通"纔",才。

〔50〕 庚午属马:庚午年生人,属马。古时以鼠、牛、虎、兔、龙、蛇、马、羊、猴、鸡、犬、猪十二种动物,来配十二地支子、丑、寅、卯、辰、巳、午、未、申、酉、戌、亥,称为"十二属"或"十二生肖"。午年生人应属马。

〔51〕 姑家:婆家。

〔52〕 匹敌:般配。敌,相当。

〔53〕 襆被:包着被子。

〔54〕 迟迟:慢慢地,指过些时候。

〔55〕 杨花糁(sǎn 伞)径:杨花粉粒,星星点点散落在小路上。糁,碎米屑,泛指散乱的粒状细物;此谓撒落。

〔56〕 楹：量词，屋一间为一楹。
〔57〕 捘（zùn 鳟）：捏。
〔58〕 化为异物：指人死亡。语见贾谊《鵩鸟赋》。异物，指死亡的人，"鬼"的讳词。
〔59〕 大细事：极小的事。
〔60〕 靳惜：吝惜。
〔61〕 生日：原无"生"字，此从铸雪斋抄本。
〔62〕 葭莩（jiā fú 加孚）之情：亲戚情谊。《汉书·中山王传》："非有葭莩之亲。"葭莩，芦苇内壁的薄膜，喻指疏远的亲戚，亦泛指亲戚。
〔63〕 瓜葛：指亲戚。瓜和葛都是蔓生植物，因以比喻互相牵连的亲戚。蔡邕《独断》："四姓小侯，诸侯家妇，凡与先帝后有瓜葛者……皆会。"
〔64〕 周遮：言语烦琐。白居易《老戒》诗："矍铄夸身健，周遮说话长。"
〔65〕 捉双卫：牵着两头驴子。捉，牵。卫，驴的别称。《尔雅翼》："驴一名卫。或曰：晋卫玠好乘之，故以为名。"
〔66〕 匪伊朝夕：不止一日。匪，通"非"。伊，句中语词。
〔67〕 殂谢：死亡。
〔68〕 面庞：面部轮廓。志赘：指身体上的特征或标记。志，通"痣"。赘，赘疣，俗称瘊子。
〔69〕 鳏居：无妻独居。
〔70〕 天师符：张天师的神符。天师，道教指东汉张道陵及其后裔。详《雹神》注。
〔71〕 疑参：疑惑参详。
〔72〕 吃吃：笑声。
〔73〕 憨（hān 酣）生：娇痴。憨，傻。生，语助词。
〔74〕 执柯：作媒。语出《诗·豳风·伐柯》。详《娇娜》注。
〔75〕 垅：坟。湮（yīn 因）没：埋没。
〔76〕 吊：怜悯。
〔77〕 孜孜（zī zī 兹兹）：不停地。
〔78〕 昧爽：黎明。省（xǐng 醒）问：问候，问安。
〔79〕 女红（gōng 工）：旧时指妇女所作的纺织、刺绣、缝纫等事。红，同

"功"。
〔80〕 择吉:选择吉日良辰。
〔81〕 "窃于日中窥之"两句:传说鬼在日光下无影,因而以此检验婴宁是否为鬼物。
〔82〕 簪玩:妇女折花,或插戴在发髻之上,或插养于瓶中赏玩,因合称。
〔83〕 爇(ruò 若)火:点燃灯火。烛:照。
〔84〕 讦(jié 洁):揭发。
〔85〕 笃行士:品行忠厚的读书人。
〔86〕 鹘(hú 胡)突:胡涂。
〔87〕 岑寂山阿:孤寂地居处山阿。陶渊明《挽歌》诗:"死去何所道,托体同山阿。"山阿,山中曲坳处。
〔88〕 合厝(cuò 措):合葬。厝,安葬。
〔89〕 舆榇:以车载棺。榇,棺材。
〔90〕 错楚:错杂的树丛。
〔91〕 摄饵:摄取食物。
〔92〕 隐于笑:用笑来掩护自己。隐,潜藏。
〔93〕 合欢:花名,俗称夜合花、马缨花。忘忧:忘忧草,萱草的别名。
〔94〕 解语花:《开元天宝遗事·解语花》:唐明皇与杨贵妃在太液池赏花,左右极赞池花之美,而"帝指贵妃示于左右曰:'争如我解语花?'"后因以"解语花"比喻善于迎合人意的美女。
〔95〕 作态:装模作样;指矫饰而有失自然。

聂小倩

宁采臣,浙人。性慷爽,廉隅自重[1]。每对人言:"生平无二色[2]。"适赴金华[3],至北郭,解装兰若。寺中殿塔壮丽;然蓬蒿没人[4],似绝行踪。东西僧舍,双扉虚掩;惟南一小舍,扃键如新。又顾殿东隅,修竹拱把[5];阶下有巨池,野藕已花。意甚乐其幽杳[6]。会学使案临[7],城舍价昂,思便留止,遂散步以待僧归。日暮,有士人来,启南扉。宁趋为礼,且告以意。士人曰:"此间无房主,仆亦侨居。能甘荒落,且晚惠教,幸甚。"宁喜,藉藁代床,支板作几,为久客计。是夜,月明高洁,清光似水,二人促膝殿廊[8],各展姓字[9]。士人自言:"燕姓,字赤霞。"宁疑为赴试诸生,而听其音声,殊不类浙。诘之,自言:"秦人[10]。"语甚朴诚。既而相对词竭,遂拱别归寝。

宁以新居,久不成寐。闻舍北喁喁[11],如有家口。起伏北壁石窗下,微窥之。见短墙外一小院落,有妇可四十余;又一媪衣䙱绯[12],插蓬沓[13],鲐背龙钟[14],偶语月下[15]。妇曰:"小倩何久不来?"媪曰:"殆好至矣。"妇曰:"将无向姥姥有怨言否?"曰:"不闻,但意似蹙蹙[16]。"妇曰:"婢子不宜好相识。"言未已,有一十七八女子来,仿佛艳绝。媪笑曰:"背地不言人[17],我两个正谈道,小妖婢悄来无迹响。幸不訾着短处。"又曰:"小娘子端好是画中人,遮莫老身是男子[18],也被摄魂去。"女曰:"姥姥不相誉,更阿谁道好?"妇人女子又不知何言。宁意其邻人眷口,寝不复听。又许时,始寂无声。方将睡去,觉有人至寝所。急起审顾,则北院女子也。惊问之。女笑曰:"月夜不寐,愿修燕好[19]。"宁正容曰:"卿防物议,我畏人言;略一失足,廉耻道丧。"女云:"夜无知者。"宁又咄之。女逡巡若复有词。宁叱:"速去! 不然,当呼南舍生知。"女惧,乃退。至户外复返,以黄金一锭置褥上。宁掇掷庭墀,曰:"非义之物,污吾囊橐!"女惭,出,拾金自言曰:"此汉当是铁石。"

诘旦,有兰溪生携一仆来候试,寓于东厢,至夜暴亡。足心有小孔,如锥刺者,细细有血出。俱莫知故。经宿,仆一死[20],症亦如之。向晚,燕生归,宁质之[21],燕以为魅。宁素抗直[22],颇不在意。宵分,女子复至,谓宁曰:"妾阅人多矣,未有刚肠如君者。君诚圣贤,妾不敢欺。小倩[23],姓聂氏,十八夭殂,葬寺侧,辄被妖物威胁,历役贱务;觍颜向人,实非所乐。今寺中无可杀者,恐当以夜叉来[24]。"宁骇求计。女曰:"与燕生同室可免。"问:"何不惑燕生?"曰:"彼奇人也,不敢近。"问:"迷人若何?"曰:"狎昵我者,隐以锥刺其足,彼即茫若迷,因摄血以供妖饮;又或以金,非金也,乃罗刹鬼骨[25],留之能截取人心肝:二者,凡以投时好耳。"宁感谢。问戒备之期,答以明宵。临别泣曰:"妾堕玄海[26],求岸不得。郎君义气干云[27],必能拔生救苦。倘肯囊妾朽骨,归葬安宅[28],不啻再造。"宁毅然诺之。因问葬处,曰:"但记取白杨之上,有乌巢者是也。"言已出门,纷然而灭。

明日,恐燕他出,早诣邀致。辰后具酒馔,留意察燕。既约同宿,辞以性癖耽寂[29]。宁不听,强携卧具来。燕不得已,移榻从之,嘱曰:"仆知足下丈夫,倾风良切[30]。要有微衷,难以遽白。幸勿翻窥箧襆,违之两俱不利。"宁谨受教。既而各寝,燕以箱箧置窗上,就枕移时,齁如雷吼。宁不能寐。近一更许,窗外隐隐有人影。俄而近窗来窥,目光睒闪[31]。宁惧,方欲呼燕,忽有物裂箧而出,耀若匹练,触折窗上石棂,飙然一射,即遽敛入,宛如电灭。燕觉而起,宁伪睡以觇之。燕捧箧检征[32],取一物,对月嗅视,白光晶莹,长可二寸,径韭叶许[33]。已而数重包固,仍置破箧中。自语曰:"何物老魅,直尔大胆,致坏箧子。"遂复卧。宁大奇之,因起问之,且以所见告。燕曰:"既相知爱,何敢深隐。我,剑客也。若非石棂,妖当立毙;虽然,亦伤。"问:"所缄何物?"曰:"剑也。适嗅之,有妖气。"宁欲观之。慨出相示,荧荧然一小剑也。于是益厚重燕。明日,视窗外,有血迹。遂出寺北,见荒坟累累,果有白杨,乌巢其颠。迨营谋既就,趣装欲归。燕生设祖帐[34],情义殷渥[35]。以破革囊赠宁,曰:"此剑袋也。宝藏可远魑魅。"宁欲从授其术。曰:"如君信义刚直,可以为此。然君犹富贵中人,非此道中人也。"宁乃托有妹葬此,发掘女骨,敛以衣衾,赁舟而归。

宁斋临野,因营坟葬诸斋外。祭而祝曰:"怜卿孤魂,葬近蜗居,歌哭相闻,庶不见陵于雄鬼[36]。一瓯浆水饮,殊不清旨,幸不为嫌!"祝毕而返。后有人呼曰:"缓待同行!"回顾,则小倩也,欢喜谢曰:"君信义,十死不足以报。请从归,拜识姑嫜[37],媵御无悔[38]。"审谛之,肌映流霞,足翘细笋,白昼端相,娇艳尤绝。遂与俱至斋中。嘱坐少待,先入白母。母愕然。时宁妻久病,母戒勿言,恐所骇惊。言次,女已翩然入,拜伏地下。宁曰:"此小倩也。"母惊顾不遑。女谓母曰:"儿飘然一身,远父母兄弟。蒙公子露覆[39],泽被发肤[40],愿执箕帚,以报高义。"母见其绰约可爱[41],始敢与言,曰:"小娘子惠顾吾儿,老身喜不可已。但生平止此儿,用承祧绪[42],不敢令有鬼偶。"女曰:"儿实无二心。泉下人,既不见信于老母,请以兄事,依高堂,奉晨昏[43],如何?"母怜其诚,允之。即欲拜嫂。母辞以疾,乃止。女即入厨下,代母尸饔[44]。入房穿榻,似熟居者。日暮,母畏惧之,辞使归寝,不为设床褥。女窥知母意,即竟去。过斋欲入,却退,徘徊户外,似有所惧。生呼之。女曰:"室有剑气畏人。向道途中不奉见者,良以此故。"宁悟为革囊,取悬他室。女乃入,就烛下坐。移时,殊不一语。久之,问:"夜读否?妾少诵《楞严经》[45],今强半遗忘。浼求一卷,夜暇,就兄正之。"宁诺。又坐,默然,二更向尽,不言去。宁促之。愀然曰:"异域孤魂,殊怯荒墓。"宁曰:"斋中别无床寝,且兄妹亦宜远嫌。"女起,眉颦蹙而欲啼[46],足㒩儴而懒步[47],从容出门,涉阶而没。宁窃怜之,欲留宿别榻,又惧母嗔。女朝旦朝母,捧匜沃盥[48],下堂操作,无不曲承母志。黄昏告退,辄过斋头,就烛诵经。觉宁将寝,始惨然去。

先是,宁妻病废,母劬不可堪;自得女,逸甚,心德之。日渐稔,亲爱如己出,竟忘其为鬼;不忍晚令去,留与同卧起。女初来未尝食饮,半年渐啜稀饷[49]。母子皆溺爱之,讳言其鬼,人亦不之辨也。无何,宁妻亡。母隐有纳女意,然恐于子不利。女微窥之,乘间告母曰:

"居年馀,当知儿肝膈。为不欲祸行人,故从郎君来。区区无他意[50],止以公子光明磊落,为天人所钦瞩[51],实欲依赞三数年,借博封诰[52],以光泉壤。"母亦知无恶,但惧不能延宗嗣。女曰:"子女惟天所授。郎君注福籍[53],有亢宗子三[54],不以鬼妻而遂夺也。"母信之,与子议。宁喜,因列筵告戚党。或请觌新妇,女慨然华妆出,一堂尽眙[55],反不疑其鬼,疑为仙。由是五党诸内眷[56],咸执贽以贺,争拜识之。女善画兰梅,辄以尺幅酬答,得者藏什袭[57],以为荣。

一日,俯颈窗前,怊怅若失[58]。忽问:"革囊何在?"曰:"以卿畏之,故缄置他所。"曰:"妾受生气已久,当不复畏,宜取挂床头。"宁诘其意,曰:"三日来,心怔忡无停息[59],意金华妖物,恨妾远遁,恐且晚寻及也。"宁果携革囊来。女反复审视,曰:"此剑仙将盛人头者也。敝败至此,不知杀人几何许!妾今日视之,肌犹粟慄[60]。"乃悬之。次日,又命移悬户上。夜对烛坐,约宁勿寝。欻有一物,如飞鸟堕。女惊匿夹幕间[61]。宁视之,物如夜叉状,电目血舌,睒闪攫拿而前。至门却步;逡巡久之,渐近革囊,以爪摘取,似将抓裂。囊忽格然一响,大可合簣[62];恍惚有鬼物,突出半身,揪夜叉入,声遂寂然,囊亦顿缩如故。宁骇诧。女亦出,大喜曰:"无恙矣!"共视囊中,清水数斗而已。后数年,宁果登进士。女举一男。纳妾后,又各生一男,皆仕进有声[63]。

据《聊斋志异》手稿本

〔1〕 廉隅:棱角,喻品行端方。《礼记·儒行》:"近文章,砥厉廉隅。"
〔2〕 无二色:旧指男子不娶妾,无外遇。色,女色。
〔3〕 金华:府名,府治在今浙江省金华县。
〔4〕 没(mò末):遮蔽;淹没。
〔5〕 拱把:一手满握。
〔6〕 幽杳(yǎo咬):清幽静寂。
〔7〕 学使案临:学使,督学使者,即提督学政,简称学政,为封建时代中央政府派往各省督察学政的长官。科举时代,各省学使在三年任期内,依次巡行所辖各府考试生员,称"案临"。
〔8〕 促膝:古人席地而坐,或据榻相近对坐,膝部相挨,因称促膝。
〔9〕 姓字:犹言姓名。字,表字,正名以外的别名。
〔10〕 秦:古秦国之地,春秋时奄有今陕西省之地,故习称陕西为秦。
〔11〕 喁喁(yú yú余余):低语声。
〔12〕 衣黦绯(yè fēi夜非):穿件退了色的红衣。衣,穿。黦,变色、退色。绯,红绸。
〔13〕 插蓬沓:簪插着大银栉。蓬沓,古时越地妇女的头饰。苏轼《於潜令刁同年野翁亭》诗自注:"於潜妇女皆插大银栉,长尺许,谓之蓬沓。"於潜,旧县名,其地在今浙江杭州西。
〔14〕 鲐(tái台)背:也作"台背",驼背。龙钟:行动不灵;形容老态。
〔15〕 偶语:相对私语;对谈。
〔16〕 蹙蹙:忧愁;不舒畅。
〔17〕 背地:据青柯亭刻本,稿本及诸抄本均作"齐地"。
〔18〕 遮莫:假如。
〔19〕 修燕好:结为夫妇。燕好,亲好,指夫妇闺房之乐。
〔20〕 仆一死:三会本《校》:"疑作仆亦死。"
〔21〕 质:询问。
〔22〕 抗直:刚直。抗,同"亢"。
〔23〕 小倩:此据铸雪斋抄本,原无"小"字。
〔24〕 夜叉:梵语,义为凶暴丑恶。佛经中的一种恶鬼。
〔25〕 罗刹:梵语音译。佛教故事中食人血肉的恶鬼。慧琳《一切经音

义》:"罗刹此云恶鬼,食人血肉,或飞空或地行,捷疾可畏也。"
〔26〕玄海:佛家语,指苦海。
〔27〕干云:冲天。
〔28〕安宅:安定的居处。《诗·小雅·鸿雁》:"虽则劬劳,其究安宅。"这里指安静的葬地,即墓穴。
〔29〕耽寂:极爱静寂。
〔30〕倾风:仰慕、倾倒。
〔31〕睒(shǎn 闪)闪:闪烁。
〔32〕征:迹象。
〔33〕径韭叶许:宽约一韭菜叶。径,宽。
〔34〕祖帐:为出行者饯别所设的帐幕,引申为饯行送别。祖,祭名,出行以前,祭祀路神。
〔35〕殷渥:情谊恳切深厚。
〔36〕雄鬼:强暴之鬼。
〔37〕姑嫜(zhāng 章):丈夫的母亲和父亲,俗称公婆。
〔38〕媵(yìng 映)御:以婢妾对待。媵,泛指婢妾。
〔39〕露覆:亦作"覆露",喻霑润恩泽。《国语·晋语》:"是先主覆露子也。"
〔40〕泽被发肤:恩泽施于我身。被,覆盖。《孝经》:"身体发肤,受之父母。"发肤,指全身。
〔41〕绰约:也作"婥约"。温柔秀美。
〔42〕承祧(tiāo 佻)绪:传宗接代。祧绪,祖宗馀绪。祧,祖庙。
〔43〕奉晨昏:指对父母的侍奉。《礼记·曲礼上》:"冬温而夏清,昏定而晨省。"
〔44〕尸饔(yōng 拥):料理饮食。《诗·小雅·祈父》:"胡转予于恤,有母之尸饔。"尸,主持。饔,熟食。
〔45〕《楞(léng 棱)严经》:佛经名,全称为《大佛顶如来密因修证了义诸菩萨万行首楞严经》。
〔46〕眉颦蹙:底本无"眉"字,据二十四卷抄本补。
〔47〕侹儴(kuāng ráng 匡瓤):同"勖勷",惶急胆怯。
〔48〕捧匜(yí 夷)沃盥:侍奉盥洗。匜,古盥器,用以盛水。沃盥,浇洗。

〔49〕 饐(yì 意):同"醷",稀粥汤。
〔50〕 区区:自称的谦词。
〔51〕 钦瞩:钦敬重视。
〔52〕 封诰:明、清制度,一至五品官员,皇帝授予诰命,称为"封诰"。这里指因丈夫得官,妻子受封。
〔53〕 注福籍:意谓命中注定有福。注,载入。福籍,迷信传说的记载人间福禄的簿籍。
〔54〕 亢宗子:旧时称人子能扩展宗族地位者为亢宗之子。亢宗,庇护宗族,光宗耀祖。
〔55〕 眙(chì 赤):瞪目直视,形容惊诧。
〔56〕 五党:不详。疑为"五宗",指五服内的亲族。
〔57〕 什袭:珍藏。语本《艺文类聚》六《阙子》。
〔58〕 怊(chāo 抄)怅若失:感伤失意之状。宋玉《高唐赋》:"悠悠忽忽,怊怅自失。"
〔59〕 怔忡(zhēng chōng 争冲):心悸;恐惧不安。
〔60〕 粟慄:因恐惧,起了鸡皮疙瘩。粟,皮肤上起粟粒样的疙瘩。
〔61〕 夹幕:帷幕。
〔62〕 大可合蒉(kuì 愧):约有两个竹筐合起来那么大。蒉,盛土的竹器。
〔63〕 有声:有政声,指为官声誉很好。

义　鼠

　　杨天一言:见二鼠出,其一为蛇所吞;其一瞪目如椒[1],似甚恨怒,然遥望不敢前。蛇果腹[2],蜿蜒入穴;方将过半,鼠奔来,力嚼其尾。蛇怒,退身出。鼠故便捷[3],欻然遁去[4]。蛇追不及而返。及入穴,鼠又来,嚼如前状。蛇入则来,蛇出则往,如是者久。蛇出,吐死鼠于地上。鼠来嗅之,啾啾如悼息[5],衔之而去。友人张历友为作《义鼠行》[6]。

　　　　　　　　　　据《聊斋志异》手稿本

----

[1] 瞪目如椒:谓小眼瞪得很圆,其状如椒。曹植《鹞雀赋》:"目如擘椒。"
[2] 果腹:饱腹,满腹。
[3] 故:本来。
[4] 欻(xū 须)然:忽然。
[5] 悼息:悲伤叹息。
[6] 张历友:名笃庆,号厚斋,字历友。康熙副贡。蒲松龄诗友。博极群书,而终身未仕。晚年居淄川西昆仑山下,因自号昆仑山人,著有《昆仑山房集》等。集中载《义鼠行》一诗有云:"莫吟黄鹄歌,不唱猛虎行。请为歌义鼠,义鼠令人惊!今年禾未熟,野田多鼯鼪。荒村无馀食,物微亦惜生。一鼠方觅食,避人草间行。饥蛇从东来,巨颡资以盈。鼠肝一以尽,蛇腹胀膨亨。行者为叹息,徘徊激深情。何期来义鼠,见此大义明。意气一为动,勇力忽交并。狐兔悲同类,奋身起斗争。螳臂当车轮,怒蛙亦峥嵘。此鼠义且黠,捐

躯在所轻。蝮蛇入石窟,蜿蜒正纵横。此鼠啮其尾,掉击互句甸。观者塞路隅,移时力犹劲。蝮蛇不得志,窜伏水苴中。义鼠自兹逝,垂此壮烈声。"

地　震

康熙七年六月十七日戌刻[1],地大震。余适客稷下[2],方与表兄李笃之对烛饮。忽闻有声如雷,自东南来,向西北去。众骇异,不解其故。俄而几案摆簸,酒杯倾覆;屋梁椽柱,错折有声。相顾失色。久之,方知地震,各疾趋出。见楼阁房舍,仆而复起;墙倾屋塌之声,与儿啼女号,喧如鼎沸。人眩晕不能立,坐地上,随地转侧。河水倾泼丈馀,鸭鸣犬吠满城中。逾一时许,始稍定。视街上,则男女裸聚,竞相告语,并忘其未衣也。后闻某处井倾仄[3],不可汲;某家楼台南北易向;栖霞山裂[4];沂水陷穴[5],广数亩。此真非常之奇变也。

有邑人妇,夜起溲溺[6],回则狼衔其子。妇急与狼争。狼一缓颊[7],妇夺儿出,携抱中。狼蹲不去。妇大号。邻人奔集,狼乃去。妇惊定作喜,指天画地,述狼衔儿状,己夺儿状。良久,忽悟一身未着寸缕,乃奔。此与地震时男妇两忘者,同一情状也。人之惶急无谋,一何可笑[8]!

据《聊斋志异》手稿本

------

[1] 康熙七年:即公元一六六八年。戌刻:晚七时至九时。
[2] 稷(jì 记)下:地名。此指临淄。《史记·田敬仲完世家》注引刘向《别录》:"齐有稷门,城门也。谈说之士期会于稷下也。"

〔3〕 倾仄:倾斜。仄,通"侧"。
〔4〕 栖霞:县名。今属山东省。
〔5〕 沂水:县名。今属山东省。
〔6〕 溲溺(sōu niào 叟尿):小便。
〔7〕 缓颊:犹松嘴。
〔8〕 一何:多么。

海 公 子

东海古迹岛,有五色耐冬花,四时不凋。而岛中古无居人,人亦罕到之。登州张生[1],好奇,喜游猎。闻其佳胜,备酒食,自掉扁舟而往[2]。至则花正繁,香闻数里;树有大至十馀围者[3]。反复留连,甚惬所好[4]。开尊自酌[5],恨无同游。忽花中一丽人来,红裳眩目,略无伦比。见张,笑曰:"妾自谓兴致不凡,不图先有同调[6]。"张惊问:"何人?"曰:"我胶娼也[7]。适从海公子来。彼寻胜翱翔[8],妾以艰于步履[9],故留此耳。"张方苦寂[10],得美人,大悦,招坐共饮。女言词温婉,荡人神志。张爱好之。恐海公子来,不得尽欢,因挽与乱。女忻从之。相狎未已,忽闻风肃肃,草木偃折有声[11]。女急推张起,曰:"海公子至矣。"张束衣愕顾,女已失去。旋见一大蛇[12],自丛树中出,粗于巨筒。张惧,幛身大树后,冀蛇不睹[13]。蛇近前,以身绕人并树,纠缠数匝[14];两臂直束胯间,不可少屈。昂其首,以舌刺张鼻。鼻血下注,流地上成洼,乃俯就饮之。张自分必死[15],忽忆腰中佩荷囊,有毒狐药,因以二指夹出,破裹堆掌中;又侧颈自顾其掌,令血滴药上,顷刻盈把。蛇果就掌吸饮。饮未及尽,遽伸其体,摆尾若霹雳声,触树,树半体崩落,蛇卧地如梁而毙矣。张亦眩莫能起,移时方苏[16]。载蛇而归。大病月馀。疑女子亦蛇精也。

据《聊斋志异》手稿本

〔1〕 登州:府名。治所在今山东蓬莱县。
〔2〕 掉:划船工具,与"棹"通。
〔3〕 围:计量圆周的约略单位。两手合抱为一围。
〔4〕 慊(qiè怯):惬意,满足。
〔5〕 尊:"樽"的本字,酒器。
〔6〕 不图:想不到。同调:曲调相同;喻彼此志趣相投。李白《古风》:"吾亦淡荡人,拂衣可同调。"
〔7〕 胶娼:胶州的娼妓。胶,胶州,州名,其故地在今山东省青岛市胶县。
〔8〕 寻胜翱翔:寻访胜景,自由自在地遨游。翱翔,悠闲游乐的样子。《诗·齐风·载驱》:"鲁道有荡,齐子翱翔。"
〔9〕 以艰于步履:因为步行艰难。以,因。步履,犹步行。
〔10〕 苦寂:苦于寂寞。
〔11〕 偃折:倒伏,断折。偃,倒下。
〔12〕 旋:旋即,顷刻。
〔13〕 冀:希望。
〔14〕 数匝(zā扎):数周。
〔15〕 自分:自料。
〔16〕 移时:经时。

丁　前　溪

丁前溪,诸城人[1]。富有钱谷。游侠好义[2],慕郭解之为人[3]。御史行台按访之[4]。丁亡去。至安丘[5],遇雨,避身逆旅[6]。雨日中不止。有少年来,馆谷丰隆[7]。既而昏暮,止宿其家;莝豆饲畜[8],给食周至。问其姓字,少年云:"主人杨姓,我其内侄也。主人好交游,适他出[9],家惟娘子在。贫不能厚客给,幸能垂谅。"问主人何业,则家无资产[10],惟日设博场,以谋升斗[11]。次日,雨仍不止,供给弗懈。至暮,刍刍[12];刍束湿,颇极参差。丁怪之。少年曰:"实告客:家贫无以饲畜,适娘子撤屋上茅耳。"丁益异之,谓其意在得直[13]。天明,付之金,不受;强付,少年持入。俄出,仍以反客[14],云:"娘子言:我非业此猎食者[15]。主人在外,尝数日不携一钱;客至吾家,何遂索偿乎?"丁叹赞而别。嘱曰:"我诸城丁某,主人归,宜告之。暇幸见顾。"

数年无耗[16]。值岁大饥,杨困甚,无所为计。妻漫劝诣丁,从之。至诸,通姓名于门者[17]。丁茫不忆;申言始忆之[18]。蹑履而出[19],揖客入。见其衣敝踵决[20],居之温室,设筵相款,宠礼异常。明日,为制冠服,表里温暖。杨义之[21];而内顾增忧[22],褊心不能无少望[23]。居数日,殊不言赠别。杨意甚亟[24],告丁曰:"顾不敢隐:仆来时,米不满升。今过蒙推解[25],固乐;妻子如何矣!"丁曰:

"是无烦虑,已代经纪矣。幸舒意少留[26],当助资斧[27]。"走伻招诸博徒[28],使杨坐而乞头[29],终夜得百金,乃送之还。归见室人[30],衣履鲜整,小婢侍焉。惊问之。妻言:"自若去后,次日即有车徒赍送布帛菽粟,堆积满屋,云是丁客所赠。又婢十指[31],为妾驱使。"杨感不自已[32]。由此小康,不屑旧业矣。

异史氏曰:"贫而好客,饮博浮荡者优为之;最异者,独其妻耳。受之施而不报,岂人也哉?然一饭之德不忘[33],丁其有焉。"

据《聊斋志异》手稿本

----

〔1〕 诸城:县名。今属山东省。
〔2〕 游侠:古称轻生重义、扶贫济弱、拯人困厄的人。《史记·游侠列传》:"今游侠,其行虽不轨于正义,然其言必信,其行必果,已诺必诚,不爱其躯,赴士之厄困。"
〔3〕 郭解(xiè 懈):字翁伯,汉轵(zhǐ,今河南济源县)人。好任侠。司马迁称其"虽时扞当世之文网,然其私义廉洁退让,有足称者"。后终以"任侠行权"而被汉廷判为"大逆不道",惨遭杀害。事详《史记·游侠列传》。
〔4〕 御史:官名。历代职衔累有变化。明、清有监察御史,分道行使纠察,巡按府、县。行台:为临时派出机构。按:察访。
〔5〕 安丘:县名。今属山东省。
〔6〕 逆旅:客舍,旅馆。
〔7〕 馆谷:供给客人的食宿。语出《左传·僖公二十八年》。
〔8〕 莝(cuò 错)豆:铡碎的草和料豆。
〔9〕 适他出:适逢外出。
〔10〕 则家无资产:此据铸雪斋抄本。"则家"二字底本涂抹不清。
〔11〕 升斗:升、斗均为较小的容量单位,升斗连用,喻收入微薄。以谋升

斗，即靠设博场谋得少量的生活必需品。

〔12〕 剉（cuò 错）刍：铡碎饲草。剉，铡碎。刍，刍藁，喂牲口的干草。

〔13〕 直：通“值”，偿值。

〔14〕 反：通“返”。归还。

〔15〕 业此猎食者：意为以此为业而谋取生活费用的人。猎食，猎取食物。

〔16〕 无耗：无音信。耗，消息，音信。

〔17〕 门者：守门的人。

〔18〕 申言：一再说，再三说。

〔19〕 蹦履而出：蹦履，犹趿履，趿拉着鞋，连鞋也来不及提上就跑出欢迎，形容欢迎之热诚。《汉书·隽不疑传》：“蹦履起迎。”蹦，原作“跴”，据青柯亭本改。

〔20〕 衣敝踵决：衣服破烂，鞋子露着脚后跟。形容穷困不堪。《庄子·让王》：“捉衿而肘见，纳履而踵决。”

〔21〕 义之：认为他很讲义气。

〔22〕 内顾：在外对家事的顾念。《汉书·杨仆传》：“失期内顾。”注：“内顾，言思妻妾也。”

〔23〕 褊（biǎn 扁）心：也作“惼心”。心胸狭隘。《史记·汲黯列传》：“黯褊心，不能无少望。”望，怨。

〔24〕 亟：急迫。

〔25〕 推解：推食解衣，谓赤诚相待。《史记·淮阴侯列传》：“汉王授我上将军印，予我数万众。解衣衣我，推食食我，言听计用，故吾得以至于此。”

〔26〕 舒意：犹宽心。

〔27〕 资斧：旅费，盘缠。

〔28〕 走伻（bēng 崩）：派人前往。走，往。伻，使。《尚书·立政》：“乃伻我有夏。”

〔29〕 乞头：指在赌场中向赢方抽头为利。《夷坚志·夏氏骰子》：“夏廑……家故贫，至无一钱，同舍生或相聚博戏，则袖手旁观，时从胜者觅锱铢，俗谓之乞头是也。”

〔30〕 室人：此指妻室。

〔31〕 十指：十个手指，指一人。
〔32〕 感不自已：感动得不能自已；谓非常感动，以至自己难以控制。已，止，控制住。
〔33〕 一饭之德不忘：意谓对别人给予自己的即使是很小的恩德，也不忘记。《史记·范雎列传》："一饭之德不忘，睚眦之怨必报。"

海 大 鱼

海滨故无山。一日,忽见峻岭重迭,绵亘数里[1],众悉骇怪。又一日,山忽他徙,化而乌有[2]。相传海中大鱼[3],值清明节,则携眷口往拜其墓[4],故寒食时多见之[5]。

据《聊斋志异》手稿本

------

〔1〕 绵亘(gèn 艮):连绵横贯。
〔2〕 乌有:无有,没有。
〔3〕 海中大鱼:指鲸鱼。
〔4〕 眷(juàn 倦)口:犹眷属,家屋。底本"口"字残缺。
〔5〕 寒食:节日名,在清明前二日。因两个节日邻近,古人常将其联系在一起。

张老相公

张老相公,晋人[1]。适将嫁女,携眷至江南,躬市奁妆[2]。舟抵金山[3],张先渡江,嘱家人在舟,勿煿膻腥[4]。盖江中有鼋怪[5],闻香辄出,坏舟吞行人,为害已久。张去,家人忘之,炙肉舟中。忽巨浪覆舟,妻女皆没。张回棹,悼恨欲死。因登金山,谒寺僧,询鼋之异,将以仇鼋。僧闻之,骇言:"吾侪日与习近[6],惧为祸殃,惟神明奉之,祈勿怒;时斩牲牢[7],投以半体[8],则跃吞而去。谁复能相仇哉!"张闻,顿思得计。便招铁工,起炉山半,冶赤铁,重百馀斤。审知所常伏处[9],使二三健男子,以大箝举投之。鼋跃出,疾吞而下。少时,波涌如山。顷之浪息,则鼋死已浮水上矣。行旅寺僧并快之,建张老相公祠,肖像其中,以为水神,祷之辄应。

据《聊斋志异》手稿本

----

[1] 晋:地名。春秋时期诸侯国,地当今山西一带。因以为山西省的简称。
[2] 躬市奁(lián 联)妆:亲自购买嫁妆。奁,古时盛梳妆用品的匣子。奁妆,即妆奁、嫁妆。
[3] 金山:山名。在今江苏省镇江市西北。原孤耸江中,自清末渐与南岸相接。山上有寺,即金山江天寺,简称金山寺。
[4] 煿(bó 伯):煎炒。

〔5〕 鼋(yuán 元):大鳖,俗称"癞头鼋"。
〔6〕 吾侪(chái 柴):吾辈,我们这些人。侪,辈。
〔7〕 牲牢:古时祭祀用牛、羊、豕,色纯曰"牺",体全为"牲";牛、羊、豕三牲全备为"太牢",只用羊、豕,称"少牢"。时斩牲牢,谓经常杀牲作祭品。
〔8〕 投以半体:即以牲体之半投入水中。
〔9〕 审知:察知。

水莽草

水莽,毒草也。蔓生似葛;花紫,类扁豆。误食之,立死,即为水莽鬼。俗传此鬼不得轮回[1],必再有毒死者,始代之。以故楚中桃花江一带[2],此鬼尤多云[3]。

楚人以同岁生者为同年,投刺相谒[4],呼庚兄庚弟[5],子侄呼庚伯,习俗然也。有祝生造其同年某[6],中途燥渴思饮。俄见道旁一媪,张棚施饮,趋之。媪承迎入棚,给奉甚殷。嗅之有异味,不类茶茗,置不饮,起而出。媪急止客[7],便唤:"三娘,可将好茶一杯来[8]。"俄有少女,捧茶自棚后出。年约十四五,姿容艳绝,指环臂钏[9],晶莹鉴影。生受盏神驰;嗅其茶,芳烈无伦。吸尽再索[10]。觑媪出,戏捉纤腕,脱指环一枚。女赪颊微笑[11],生益惑。略诘门户[12],女曰:"郎暮来,妾犹在此也。"生求茶叶一撮,并藏指环而去。至同年家,觉心头作恶,疑茶为患,以情告某。某骇曰:"殆矣[13]!此水莽鬼也。先君死于是[14]。是不可救,且为奈何?"生大惧,出茶叶验之,真水莽草也。又出指环,兼述女子情状。某悬想曰[15]:"此必寇三娘也。"生以其名确符,问:"何故知?"曰:"南村富室寇氏女,夙有艳名[16]。数年前,误食水莽而死[17],必此为魅。"或言受魅者,若知鬼姓氏,求其故裆[18],煮服可痊。某急诣寇所,实告以情,长跪哀恳;寇以其将代女死,故靳不与[19]。某忿而返,以告生。生亦切齿恨之,曰:"我死,必不令彼女脱生[20]!"某舁送之,将至家门而卒。母号涕葬之。遗一子,甫周岁[21]。妻不能守柏舟节[22],半年改醮去。母留孤自哺,劬瘵不堪[23],朝夕悲啼。一日,方抱儿哭室中,生悄然忽入。母大骇,挥涕问之。答云:"儿地下闻母哭,甚怆于怀,故来奉晨昏耳[24]。儿虽死,已有家室,即同来分母劳,母其勿悲。"母问:"儿妇何人?"曰:"寇氏坐听儿死[25],儿甚恨之。死后欲寻三娘,而不知其处;近遇某庚伯,始相指示。儿往,则三娘已投生任侍郎家[26];儿驰去,强捉之来。今为儿妇,亦相得,颇无苦。"移时,门外一女子入,华妆艳丽,伏地拜母。生曰:"此寇三娘也。"虽非生人,母视之,情怀差慰[27]。生便遣三娘操作。三娘雅不习惯[28],然承顺殊怜人。由此居故室,遂留不去。女请母告诸家。生意勿告;而母承女意,卒告之[29]。寇家翁媪,闻而大骇,命车疾至。视之,果三娘。相向哭失声,女劝止之。媪视生家良贫[30],意甚忧悼。女曰:"人已鬼,又何厌贫? 祝郎母子,情义拳拳[31],儿固已安之矣。"因问:"茶媪谁也?"曰:"彼倪姓,自惭不能惑行人,故求儿助之耳。今已生于郡城卖浆者之家[32]。"因顾生曰:"既婿矣,而不拜岳,妾复何心[33]?"生乃投拜[34]。女便入厨下,代母执炊,供翁媪。媪视之凄心。既归,即遣两婢来,为之服役;金百斤、布帛数十匹;酒藏不时馈送[35],小阜祝母矣[36]。寇亦时招归宁[37]。居数日,辄曰:"家中无人,宜早送儿还。"或故稽之,则飘然自归。翁乃代生起夏屋[38],营备臻至[39]。然生终未尝至翁家。

一日,村中有中水莽毒者,死而复苏,相传为异。生曰:"是我活之也。彼为李九所害,我为之驱其鬼而去之。"母曰:"汝何不取人以自代?"曰:"儿深恨此等辈,方将尽驱除之,何屑此为!且儿事母最乐,不愿生也。"由是中毒者,往往具丰筵,祷诸其庭,辄有效。

积十馀年,母死。生夫妇亦哀毁[40],但不对客,惟命儿缞麻躃踊[41],教以礼仪而已。葬母后,又二年馀,为儿娶妇。妇,任侍郎之孙女也。先是,任公妾生女,数月而殇[42]。后闻祝生之异,遂命驾其家,订翁婿焉。至是,遂以孙女妻其子,往来不绝矣。一日,谓子曰:"上帝以我有功人世,策为四渎牧龙君[43],今行矣。"俄见庭下有四马,驾黄幨车[44],马四股皆鳞甲[45]。夫妻盛装出,同登一舆。子及妇皆泣拜,瞬息而渺。是日,寇家见女来,拜别翁媪,亦如生言。媪泣挽留,女曰:"祝郎先去矣。"出门遂不复见。

其子名鹗,字离尘,请诸寇翁,以三娘骸骨与生合葬焉。

据《聊斋志异》手稿本

----

〔1〕 轮回:佛教名词。梵语意译,原意为"流传",佛教认为,众生因其言语、行动、思想意识(佛教称"业")的善恶,在所谓"六道(天、人、阿修罗、地狱、饿鬼、畜生)"中生死相续,如车轮流传不停。此处谓误食水莽草而死,不得转生。
〔2〕 桃花江:在今湖南境。《读史方舆纪要》八〇:"渍(资)水经县(益阳)南六六里,谓之桃花江,以夹岸多桃也。"今沿江有桃江县。
〔3〕 尤:此据二十四卷抄本,原作"犹"。
〔4〕 刺:名片。
〔5〕 庚兄庚弟:犹年兄年弟。庚,年庚。
〔6〕 造:登门拜访。

〔7〕 止:留。
〔8〕 将:取。
〔9〕 钏(chuàn 串):手镯。
〔10〕 索:讨。
〔11〕 赪(chēng 称)颊:红着脸。赪,同"赪",赤色。
〔12〕 略诘门户:此谓祝生询问三娘晚间居于何处,思欲与之幽会。
〔13〕 殆:危险。
〔14〕 先君:旧时对别人称谓自己死去的父亲。
〔15〕 悬想:猜想。
〔16〕 夙:夙昔,旧日。
〔17〕 水:此据铸雪斋抄本,原作"草"。
〔18〕 故裆:穿用过的裤裆。
〔19〕 靳:吝惜。
〔20〕 脱生:迷信谓由鬼魂转生人世。
〔21〕 甫:方,才。
〔22〕 柏舟节:谓妇女在丈夫死后矢志不嫁的节操。柏舟,《诗经·鄘风》中的一篇,中有"汎彼柏舟,在彼中河。髧彼两髦,实维我仪。之死矢靡他!"之句。《诗小序》谓此诗为卫世子之妻共姜所作。卫世子共伯早死,共姜矢志不嫁,作诗明志。后因称妇女寡居守志为"柏舟之节"。
〔23〕 劬瘁:辛劳、劳苦。
〔24〕 奉晨昏:旧时子女侍奉父母,要昏定晨省,即黄昏时为父母安定床铺,晨起宜问安否。《礼记·曲礼》:"凡为人子之礼,冬温而夏凊,昏定而晨省。"
〔25〕 坐听:安然听任。
〔26〕 侍郎:官名。隋唐以后,侍郎为中书、门下及尚书省所属各部长官的副职。
〔27〕 差慰:略微得到安慰。
〔28〕 雅:甚,很。
〔29〕 卒:终,终于。
〔30〕 良:确实。

〔31〕 拳拳：恳切，诚挚。
〔32〕 浆：茶水。
〔33〕 妾复何心：我又将是何种心情，言其内心痛苦不堪。
〔34〕 投拜：倒身下拜，指叩头。
〔35〕 胾（zì自）：肉。
〔36〕 小阜：稍稍使之富裕。
〔37〕 归宁：旧谓已嫁女子回母家探视。《诗·周南·葛覃》："害澣害否，归宁父母。"
〔38〕 夏屋：大屋。语出《诗·秦风·权舆》。
〔39〕 臻（zhēn针）至：极为完美。
〔40〕 哀毁：因过度悲哀以致形毁骨立，旧时常用以形容居父母丧时的哀戚情形。《世说新语·德行》："王戎虽不备礼，而哀毁骨立。"
〔41〕 縗（cuī催）麻：丧服。縗，亦作"衰"，用粗麻布制作，披于胸前；麻，麻带，或扎在头上，或系于腰际。擗（bì壁）踊：本作"擘踊"，捶胸顿足，表示极度悲哀。《孝经·丧亲》："擗踊哭泣，哀以送之。"
〔42〕 殇：夭折，早亡。
〔43〕 策：策命。古命官授爵，帝王颁以策书为符信。《周礼·春官·内史》："凡命诸侯及孤卿大夫，则策命之。"郑玄注："策谓以简策书王命。"四渎牧龙君：四渎之神。四渎，古指长江、黄河、淮水、济水。《尔雅·释水》："江、河、淮、济为四渎。"
〔44〕 幨（chān搀）：也作"襜"。车帷。
〔45〕 马四股皆鳞甲：指传说中的龙马。

造 畜

魇昧之术[1],不一其道,或投美饵,绐之食之[2],则人迷罔[3],相从而去,俗名曰"打絮巴",江南谓之"扯絮"。小儿无知,辄受其害。又有变人为畜者,名曰"造畜"。此术江北犹少[4],河以南辄有之[5]。扬州旅店中[6],有一人牵驴五头,暂絷枥下[7],云:"我少选即返[8]。"兼嘱[9]:"勿令饮啖。"遂去。驴暴日中[10],蹄啮殊喧[11]。主人牵着凉处[12]。驴见水,奔之,遂纵饮之。一滚尘,化为妇人。怪之,诘其所由,舌强而不能答[13]。乃匿诸室中。既而驴主至,驱五羊于院中,惊问驴之所在。主人曳客坐,便进餐饮,且云:"客姑饭,驴即至矣。"主人出,悉饮五羊[14],辗转皆为童子。阴报郡,遣役捕获,遂械杀之[15]。

据《聊斋志异》手稿本

---

[1] 魇昧:同"厌魅"。用巫术、诅咒或祈祷鬼神等迷信方法害人。
[2] 绐(dài 代):欺骗。
[3] 迷罔:昏乱,神志胡涂。
[4] 犹:尚。
[5] 河:指黄河。
[6] 扬州:地名。今江苏扬州市。
[7] 絷(zhí 执)枥(lì 历)下:拴在马厩里。枥,马厩。

〔8〕 少选:一会儿。
〔9〕 嘱:此据铸雪斋抄本,原作"祝"。
〔10〕 暴:"曝"的本字,晒。
〔11〕 蹄啮(niè 聂)殊喧:又踢又咬,叫闹异常。
〔12〕 着:拴置。
〔13〕 舌强:舌根发硬,谓讲不出话。
〔14〕 饮(yìn 印)五羊:给五只羊喝水。
〔15〕 械杀之:谓用刑杖打死。械,此指刑讯的器械。

凤阳士人

凤阳一士人[1]，负笈远游[2]。谓其妻曰："半年当归。"十馀月，竟无耗问[3]。妻翘盼綦切[4]。一夜，才就枕，纱月摇影，离思萦怀。方反侧间[5]，有一丽人，珠鬟绛帔[6]，搴帷而入，笑问："姊姊，得无欲见郎君乎？"妻急起应之。丽人邀与共往。妻惮修阻[7]，丽人但请勿虑。即挽女手出，并踏月色，约行一矢之远[8]。觉丽人行迅速，女步履艰涩[9]，呼丽人少待，将归着复履[10]。丽人牵坐路侧，自乃捉足，脱履相假。女喜着之，幸不凿枘[11]。复起从行，健步如飞。移时，见士人跨白骡来。见妻大惊，急下骑，问："何往？"女曰："将以探君。"又顾问丽者伊谁[12]。女未及答，丽人掩口笑曰："且勿问讯。娘子奔波匪易[13]；郎君星驰夜半，人畜想当俱殆[14]。妾家不远，且请息驾[15]，早旦而行，不晚也。"顾数武之外[16]，即有村落，遂同行。入一庭院，丽人促睡婢起供客，曰："今夜月色皎然，不必命烛，小台石榻可坐。"士人絷骞檐梧[17]，乃即坐。丽人曰："履大不适于体[18]，途中颇累赘否？归有代步[19]，乞赐还也。"女称谢付之。

俄顷，设酒果，丽人酌曰："鸾凤久乖[20]，圆在今夕；浊醪一觞[21]，敬以为贺。"士人亦执盏酬报。主客笑言，履舄交错[22]。士人注视丽者，屡以游词相挑[23]。夫妻乍聚，并不寒暄一语[24]。丽人亦美目流情，妖言隐谜[25]。女惟默坐，伪为愚者。久之渐醺，二人语益狎。又以巨觥劝客,士人以醉辞,劝之益苦。士人笑曰:"卿为我度一曲[26],即当饮。"丽人不拒,即以牙拨抚提琴而歌曰[27]:"黄昏卸得残妆罢,窗外西风冷透纱。听蕉声,一阵一阵细雨下。何处与人闲磕牙[28]?望穿秋水[29],不见还家,潸潸泪似麻[30]。又是想他,又是恨他,手拿着红绣鞋儿占鬼卦[31]。"歌竟,笑曰:"此市井里巷之谣[32],不足污君听。然因流俗所尚,姑效颦耳[33]。"音声靡靡[34],风度狎亵。士人摇惑,若不自禁。

少间,丽人伪醉离席;士人亦起,从之而去。久之不至。婢子乏疲,伏睡廊下。女独坐,块然无侣[35],中心愤恚,颇难自堪。思欲遁归,而夜色微茫,不忆道路。辗转无以自主,因起而觇之。裁近其窗[36],则断云零雨之声,隐约可闻。又听之,闻良人与己素常猥亵之状,尽情倾吐。女至此,手颤心摇,殆不可遏[37],念不如出门窜沟壑以死。愤然方行,忽见弟三郎乘马而至,遽便下问。女具以告[38]。三郎大怒,立与姊回,直入其家,则室门扃闭,枕上之语犹喁喁也[39]。三郎举巨石如斗[40],抛击窗棂,三五碎断。内大呼曰:"郎君脑破矣!奈何!"女闻之,愕然,大哭,谓弟曰:"我不谋与汝杀郎君,今且若何?"三郎撑目曰[41]:"汝呜呜促我来;甫能消此胸中恶,又护男儿、怨弟兄,我不贯与婢子供指使[42]!"返身欲去,女牵衣曰:"汝不携我去,将何之?"三郎挥姊仆地,脱体而去。女顿惊窹,始知其梦。

越日,士人果归,乘白骡。女异之而未言。士人是夜亦梦,所见所遭,述之悉符,互相骇怪。既而三郎闻姊夫远归,亦来省问。语次,谓士人曰："昨宵梦君归，今果然，亦大异。"士人笑曰："幸不为巨石所毙。"三郎愕然问故，士以梦告。三郎大异之。盖是夜，三郎亦梦遇姊泣诉，愤激投石也。三梦相符，但不知丽人何许耳。

据《聊斋志异》手稿本

----

〔1〕 凤阳：府县名。治所在今安徽凤阳县西。士人：读书人。
〔2〕 负笈(jí及)远游：谓外出求学。《晋书·王裒传》："负笈游学。"笈，书箱。
〔3〕 耗问：犹音信。
〔4〕 翘盼綦(qí其)切：盼望十分殷切。翘盼，形容盼望之切。翘，翘企，仰着头、跷起脚。綦，甚，极。
〔5〕 方反侧间：谓正在难以入睡之时。反侧，翻来覆去，形容睡卧不安。《诗·周南·关雎》："悠哉悠哉，辗转反侧。"
〔6〕 珠鬟绛帔(pèi配)：头戴珠翠，身着红色披肩。鬟，鬟髻。绛，红色。帔，披肩。《释名·释衣服》："帔，披也；披之肩背，不及下也。"
〔7〕 修阻：路远难走。修，长，远。阻，难行。《诗·秦风·蒹葭》："溯洄从之，道阻且长。"
〔8〕 一矢之远：一箭之地，谓道路不远，仅一箭之射程。
〔9〕 步履艰涩：脚步迟缓。步履，脚步。艰涩，艰难涩滞，因疲累而行动迟缓。
〔10〕 复履：夹底鞋。
〔11〕 凿枘：方凿(榫卯)圆枘(榫头)的略语。喻龃龉不合。宋玉《九辩》："圆枘而方凿兮，吾固知其钼铻(龃龉)而难入。"不凿枘，意谓很合脚。
〔12〕 顾问：以目示意而问。伊谁：是谁。
〔13〕 匪：通"非"。
〔14〕 殆：疲殆，累得要死。
〔15〕 息驾：请别人停下休息的敬词。息，停止。驾，车乘。

〔16〕 顾数武之外：见数步之外。顾，看。
〔17〕 絷（zhí 执）蹇檐梧：把驴拴在檐前柱上。絷，拴系。蹇，驴。《楚辞·七谏·谬谏》："驾蹇驴而无策兮，又何路之能极？"檐，屋檐。梧，檐前柱。
〔18〕 体：四肢。此指脚。
〔19〕 代步：以乘车马代替步行。此指凤阳士人所乘之骡。
〔20〕 鸾凤久乖：谓夫妻久离。鸾凤，鸾鸟和凤凰，旧时喻指夫妻。乖，离。
〔21〕 浊醪（láo 劳）：浊酒。此为谦辞。
〔22〕 履舃（xì 细）交错：舃，鞋。古时席地而坐，脱鞋然后入室。履舃交错，形容宾客众多。《史记·滑稽列传》："履舃交错，杯盘狼藉。"此谓士人与丽者两人足履交错，极为亲昵。
〔23〕 游词：浮浪嬉戏的话。
〔24〕 寒暄：此处意为问候。
〔25〕 妖言隐谜：说着惑人的隐语。妖言，迷惑人心的话。隐谜，让人猜度含义的隐语。此指含有调情之意的隐语。
〔26〕 度（duó 夺）一曲：按曲谱唱一曲。
〔27〕 牙拨：底本字迹不清，铸雪斋抄本和省博物馆本作"牙杖"。二十四卷抄本作"牙板"。详上下文，疑为"牙拨"。提琴：胡琴的一种。弦乐器。种类颇多，所指不详。
〔28〕 闲磕牙：俗谓说闲话、聊天。
〔29〕 望穿秋水：犹望穿双眼。言望归之切。秋水，喻清澈的眼波。李贺《唐儿歌》："骨重神寒天庙器，一双瞳人剪秋水。"
〔30〕 潸潸（shān 衫）：流泪的样子。《诗·小雅·大车》："睠言顾之，潸焉出涕。"
〔31〕 占鬼卦：闺中少妇思夫盼归的占卜游戏。明清民歌《嗳呀呀的》："嗳呀呀的实难过，半夜三更睡不着。睡不着，披上衣服坐一坐。盼才郎，拿起绣鞋儿占一课，一只仰着，一只合着。要说是来，这只鞋儿就该这么着；要说不来，那只鞋儿就该这么着。"
〔32〕 市井里巷之谣：谓民间歌谣。
〔33〕 效颦（pín 频）：谓不善摹仿，弄巧成拙。效，摹仿。颦，皱眉。《庄子·天运》篇载，越国美女西施，常因心痛而皱眉，其状甚美。同村一丑女摹仿其状却愈加丑陋。此处谦指自己所歌为摹仿"市井里

巷之谣"。
〔34〕音声靡靡：乐曲和歌唱都柔细委靡。《史记·殷本纪》："北里之舞,靡靡之乐。"
〔35〕块然：孤独自处的样子。《荀子·君道》："块然独坐,而天下从之如一体。"
〔36〕裁：通"纔",才。
〔37〕遏：此据铸雪斋抄本,原作"过"。
〔38〕具以告：以之具告,把上述情况全部告诉(三郎)。"具"字据铸雪斋抄本,底本残缺。
〔39〕也：此据铸雪斋抄本,底本残缺。
〔40〕三：此据铸雪斋抄本,底本残缺。
〔41〕撑目：张目直视,瞪着眼。
〔42〕贯："惯"的本字。

耿十八

新城耿十八,病危笃[1],自知不起。谓妻曰:"永诀在旦晚耳。我死后,嫁守由汝[2],请言所志。"妻默不语。耿固问之,且云:"守固佳,嫁亦恒情[3]。明言之,庸何伤[4]!行与子诀[5],子守,我心慰;子嫁,我意断也[6]。"妻乃惨然曰:"家无儋石[7],君在犹不给,何以能守?"耿闻之,遽握妻臂,作恨声曰:"忍哉!"言已而没。手握不可开。妻号。家人至,两人攀指,力擘之[8],始开。

耿不自知其死,出门,见小车十馀两[9],两各十人,即以方幅书名字,粘车上。御人见耿,促登车。耿视车中已有九人,并己而十。又视粘单上,己名最后。车行咋咋[10],响震耳际,亦不自知何往。俄至一处,闻人言曰:"此思乡地也。"闻其名,疑之。又闻御人偶语云[11]:"今日剸三人[12]。"耿又骇。及细听其言,悉阴间事,乃自悟曰:"我岂不作鬼物耶?"顿念家中,无复可悬念,惟老母腊高[13],妻嫁后,缺于奉养;念之,不觉涕涟。又移时,见有台,高可数仞,游人甚夥;囊头械足之辈,呜咽而下上,闻人言为"望乡台"[14]。诸人至此,俱踏辕下,纷然竞登。御人或挞之,或止之,独至耿,则促令登。登数十级,始至颠顶。翘首一望,则门闾庭院,宛在目中。但内室隐隐,如笼烟雾。凄恻不自胜。回顾,一短衣人立肩下,即以姓氏问耿。耿具以告。其人亦自言为东海匠人[15]。见耿零涕,问:"何事不了于心?"耿又告之。匠人谋与越台而遁。耿惧冥追[16],匠人固言无妨。耿又虑台高倾跌[17],匠人但令从己。遂先跃,耿果从之。及地,竟无恙。喜无觉者。视所乘车,犹在台下。二人急奔。数武,忽自念名字粘车上,恐不免执名之追;遂反身近车,以手指染唾,涂去己名,始复奔,哆口夳息[18],不敢少停。少间,入里门,匠人送诸其室。蓦睹己尸,醒然而苏。

觉乏疲躁渴,骤呼水。家人大骇,与之水,饮至石馀。乃骤起,作揖拜伏;既而出门拱谢,方归。归则僵卧不转。家人以其行异,疑非真活;然渐觇之,殊无他异。稍稍近问,始历历言其本末[19]。问:"出门何故?"曰:"别匠人也。""饮水何多?"曰:"初为我饮,后乃匠人饮也。"投之汤羹,数日而瘥。由此厌薄其妻,不复共枕席云。

据《聊斋志异》手稿本

------

〔1〕 病危笃:病重濒于死。笃,指病势沉重。
〔2〕 嫁守:改嫁或守节。旧谓夫死不嫁为守节。
〔3〕 恒情:常情。恒,常。
〔4〕 庸何伤:有什么妨害。庸,与"何"义同。
〔5〕 行:行将,将要。
〔6〕 意断:意念断绝。
〔7〕 无儋(dàn 担)石:形容口粮不足,难以度日。儋,通甔,或称罂缶,坛子一类瓦器,容积一石,故儋石。见《方言》。《汉书·扬雄传》:"家产不过十金,乏无儋石之储。"
〔8〕 擘(bò 播):分开。
〔9〕 两:通"辆"。下句"两"字,义同,意为每辆。

[10] 咋咋(zé zé 责责):象声词。形容车声。
[11] 御人:驾车人。偶语:相对私语。
[12] 剒(cuì 脆):铡断。
[13] 腊高:年老。腊,佛家语。僧侣受戒后,于雨季在寺内坐禅修养,安居三月,结束后称为"腊"。故僧侣受戒后的年数以"腊"计算,一年为一腊。后遂与人的年寿联系在一起。
[14] 望乡台:旧时迷信,谓阴间有望乡台,新死的鬼魂可由此望见阳世家中情形。
[15] 东海:地名。汉设东海郡,治所在郯,即今山东郯城县。
[16] 冥追:阴曹追捕。
[17] 台高倾跌:此据铸雪斋抄本,原"倾"字后衍一"倾"字。
[18] 哆(chǐ 齿)口坌(bèn 笨)息:张着口喘气。坌,坌涌。息,气息。
[19] 历历:犹言清清楚楚。

珠　儿

常州民李化[1],富有田产。年五十馀,无子。一女名小惠,容质秀美,夫妻最怜爱之。十四岁,暴病夭殂[2],冷落庭帏,益少生趣。始纳婢,经年馀,生一子,视如拱璧[3],名之珠儿。儿渐长,魁梧可爱。然性绝痴,五六岁尚不辨菽麦;言语蹇涩[4]。李亦好而不知其恶。会有眇僧[5],募缘于市[6],辄知人闺闼,于是相惊以神;且云,能生死祸福人。几十百千,执名以索,无敢违者。诣李募百缗[7]。李难之。给十金,不受;渐至三十金。僧厉色曰:"必百缗,缺一文不可!"李亦怒,收金遽去。僧忿然而起曰:"勿悔,勿悔!"无何,珠儿心暴痛,巴刮床席[8],色如土灰。李惧,将八十金诣僧乞救。僧笑曰:"多金大不易!然山僧何能为?"李归而儿已死。李恸甚,以状诉邑宰。宰拘僧讯鞫,亦辨给无情词[9]。笞之,似击鞔革[10]。令搜其身,得木人二、小棺一、小旗帜五。宰怒,以手叠诀举示之。僧乃惧,自投无数[11]。宰不听,杖杀之。李叩谢而归。

时已曛暮[12],与妻坐床上。忽一小儿,侲傀入室[13],曰:"阿翁行何疾? 极力不能得追。"视其体貌,当得七八岁。李惊,方将诘问,则见其若隐若现,恍惚如烟雾,宛转间,已登榻坐。李推下之,堕地无声。曰:"阿翁何乃尔[14]!"瞥然复登。李惧,与妻俱奔。儿呼阿父、阿母,呕哑不休。李入妾室,急阖其扉;还顾,儿已在膝下。李骇，问何为。答曰："我苏州人[15]，姓詹氏。六岁失怙恃[16]，不为兄嫂所容，逐居外祖家。偶戏门外，为妖僧迷杀桑树下，驱使如伥鬼[17]，冤闭穷泉[18]，不得脱化[19]。幸赖阿翁昭雪，愿得为子。"李曰："人鬼殊途，何能相依？"儿曰："但除斗室[20]，为儿设床褥，日浇一杯冷浆粥，馀都无事。"李从之。儿喜，遂独卧室中。晨来出入闺阁，如家生。闻妾哭子声，问："珠儿死几日矣？"答以七日。曰："天严寒，尸当不腐。试发冢启视，如未损坏，儿当得活。"李喜，与儿去，开穴验之，躯壳如故。方此切怛[21]，回视，失儿所在。异之，舁尸归。方置榻上，目已瞥动；少顷呼汤，汤已而汗[22]，汗已遂起。

群喜珠儿复生，又加之慧黠便利[23]，迥异曩昔。但夜间僵卧，毫无气息，共转侧之，冥然若死。众大愕，谓其复死；天将明，始若梦醒。群就问之。答云："昔从妖僧时，有儿等二人，其一名哥子。昨追阿父不及，盖在后与哥子作别耳。今在冥间，与姜员外作义嗣[24]，亦甚优游。夜分，固来邀儿戏。适以白鼻骡送儿归[25]。"母因问："在阴司见珠儿否？"曰："珠儿已转生矣。渠与阿翁无父子缘，不过金陵严子方[26]，来讨百十千债负耳。"初，李贩于金陵，欠严货价未偿，而严翁死，此事无知者。李闻之，大骇。母问："儿见惠姊否？"儿曰："不知。再去当访之。"

又二三日，谓母曰："惠姊在冥中大好，嫁得楚江王小郎子，珠翠满头髻；一出门，便十百作呵殿声[27]。"母曰："何不一归宁[28]？"曰："人既死，都与骨肉无关切。倘有人细述前生，方豁然动念耳。昨托姜员外，夤缘见姊[29]，姊姊呼我坐珊瑚床上，与言父母悬念，渠都如眠睡。儿云：'姊在时，喜绣并蒂花，剪刀刺手爪，血浣绫子上[30]，姊就刺作赤水云。今母犹挂床头壁，顾念不去心。姊忘之乎？'姊始凄感，云：'会须白郎君[31]，归省阿母。'"母问其期，答言不知。

一日谓母："姊行且至，仆从大繁，当多备浆酒。"少间，奔入室曰："姊来矣！"移榻中堂，曰："姊姊且憩坐，少悲啼。"诸人悉无所见。儿率人焚纸酹饮于门外，反曰："驺从暂令去矣[32]。姊言：'昔日所覆绿锦被，曾为烛花烧一点如豆大，尚在否？'"母曰："在。"即启笥出之。儿曰："姊命我陈旧闺中。乏疲，且小卧，翌日再与阿母言。"

东邻赵氏女，故与惠为绣阁交。是夜，忽梦惠幞头紫帔来相望[33]，言笑如平生。且言："我今异物，父母觌面，不啻河山[34]。将借妹子与家人共话，勿须惊恐。"质明[35]，方与母言。忽仆地闷绝。逾刻始醒，向母曰："小惠与阿婶别几年矣，顿鬖鬖白发生[36]！"母骇曰："儿病狂耶？"女拜别即出。母知其异，从之。直达李所，抱母哀啼。母惊不知所谓。女曰："儿昨归，颇委顿[37]，未遑一言。儿不孝，中途弃高堂，劳父母哀念，罪何可赎！"母顿悟，乃哭。已而问曰："闻儿今贵，甚慰母心。但汝栖身王家，何遂能来？"女曰："郎君与儿极燕好[38]，姑舅亦相抚爱[39]，颇不谓妒丑。"惠生时，好以手支颐；女言次，辄作故态，神情宛似。未几，珠儿奔入曰："接姊者至矣。"女乃起，拜别泣下，曰："儿去矣。"言讫，复踣，移时乃苏。

后数月，李病剧，医药罔效。儿曰："且夕恐不救也！二鬼坐床头，一执铁杖子，一挽苎麻绳，长四五尺许，儿昼夜哀之不去。"母哭，乃备衣衾。既暮,儿趋入曰:"杂人妇,且避去,姊夫来视阿翁。"俄顷,鼓掌而笑。母问之,曰:"我笑二鬼,闻姊夫来,俱匿床下如龟鳖。"又少时,望空道寒暄,问姊起居。既而拍手曰:"二鬼奴哀之不去,至此大快!"乃出至门外,却回,曰:"姊夫去矣。二鬼被锁马鞯上[40]。阿父当即无恙。姊夫言:归白大王,为父母乞百年寿也。"一家俱喜。至夜,病良已,数日寻瘥。

延师教儿读。儿甚慧,十八入邑庠[41],犹能言冥间事。见里中病者,辄指鬼祟所在,以火蓺之,往往得瘥。后暴病,体肤青紫,自言鬼神责我绽露[42],由是不复言。

据《聊斋志异》手稿本

------

〔1〕 常州:府名。治所在今江苏省常州市。
〔2〕 夭殂(cú 徂):犹夭亡。短命而死。
〔3〕 拱璧:两手拱抱之璧,即大璧,泛指珍宝。语出《左传·襄公二十八年》。
〔4〕 言语謇涩:说话不连贯,不清楚。謇涩,謇滞,艰涩。
〔5〕 眇僧:瞎和尚。眇,一目失明。
〔6〕 募缘:僧尼募化求人施舍财物,义同"化缘"。
〔7〕 百缗(mín 民):一百串钱。缗,穿钱用的绳子。借指成串的钱,一千文为一缗。
〔8〕 巴刮:方言。扒挝、抓挠。
〔9〕 辨给(jǐ 己)无情词:巧为辩解而不说实话。辨给,口辩。辨,通"辩"。情,实。
〔10〕 鞔(mán 蛮)革:蒙鼓的皮革。鞔,用皮蒙鼓。
〔11〕 自投无数:即叩头无数。投,五体投地。

〔12〕 曛(xūn 勋)暮:昏暮,即黄昏之后。
〔13〕 佢儴(kuāng ráng 筐瓤):惶急的样子。
〔14〕 乃尔:如此。
〔15〕 苏州:府名。治所在今江苏苏州市。
〔16〕 怙恃:谓父母。《诗·小雅·蓼莪》:"无父何怙,无母何恃。"
〔17〕 伥鬼:迷信传说中的一种鬼。据说它被虎咬死,反转来又引虎吃人。见都穆《听雨纪谈·伥襆》。
〔18〕 穷泉:九泉之下,指墓中。
〔19〕 脱化:佛道迷信,谓人死之后,阴司据其一生善恶,令其为人或为畜牲转生世间,称为脱化。
〔20〕 斗室:小室。
〔21〕 忉怛(dāo dá 刀达):悲痛。
〔22〕 汤:开水。
〔23〕 便利:敏捷。
〔24〕 义嗣:义子。
〔25〕 白鼻䯄(guā 瓜):白鼻黑嘴的黄马。《诗·秦风·小戎》毛苌传:"黄马黑喙曰䯄。"
〔26〕 金陵:地名。即今江苏南京市。
〔27〕 呵殿声:官僚出行时侍卫人员的吆喝声。呵,呵喝在前,指喝道;殿,后卫,指在后的侍从人员。
〔28〕 归宁:旧谓已嫁女子回母家探视。语本《诗·周南·葛覃》。
〔29〕 夤缘:凭借关系。夤,攀附。
〔30〕 涴(wò 卧):污染。
〔31〕 会须:定要。
〔32〕 驺从(zòng 纵):古时达官贵人出行时,在车前后侍从的骑卒。语出《晋书·舆服志》。
〔33〕 幞(fú 浮)头紫帔(pèi 佩):言头裹幞头,身着紫色披肩。幞头,包头软巾。见《封氏闻见记》。
〔34〕 不啻(chì 翅):不止。
〔35〕 质明:天刚亮。
〔36〕 鬖鬖(sān sān 三三):毛发下垂貌。

〔37〕 委顿：疲困。
〔38〕 燕好：谓夫妇之间感情极好。燕，亲昵和睦。
〔39〕 姑舅：公婆。
〔40〕 马鞅：套在马脖颈上的皮带。
〔41〕 入邑庠：此谓做了生员，俗称中了秀才。邑庠，详《叶生》注。
〔42〕 绽露：犹泄露。

小 官 人

太史某公[1],忘其姓氏。昼卧斋中,忽有小卤簿[2],出自堂陬[3]。马大如蛙,人细于指[4]。小仪仗以数十队;一官冠皂纱,着绣黻[5],乘肩舆[6],纷纷出门而去。公心异之,窃疑睡眠之讹。顿见一小人,返入舍,携一毡包,大如拳,竟造床下[7]。白言[8]:"家主人有不腆之仪[9],敬献太史。"言已,对立[10],即又不陈其物[11]。少间,又自笑曰:"戋戋微物[12],想太史亦无所用,不如即赐小人。"太史领之[13]。欣然携之而去。后不复见。惜太史中馁[14],不曾诘所自来[15]。

据《聊斋志异》手稿本

----

〔1〕 太史:官名。夏、商、周为史官及历官之长。后历代职掌有所不同,一般为对史官的尊称。明、清由翰林院兼领史馆事,因亦称翰林为太史。
〔2〕 卤簿:旧时官员仪仗。详《陆判》注。
〔3〕 堂陬(zōu 邹):堂隅,厅堂的一角。堂,此指书斋。
〔4〕 细于指:比手指还细。
〔5〕 绣黻(fú 袱):古代礼服。黻,借作"黼",古代礼服上绣的黑青相间的"亚"形花纹。
〔6〕 肩舆:轿子。
〔7〕 造:至。

〔8〕 白：禀白。禀告，陈述。
〔9〕 不腆（tiǎn忝）之仪：犹言薄礼。腆，丰厚。仪，礼物。
〔10〕 对立：在对面站着。
〔11〕 陈：陈列。
〔12〕 戋戋（jiān jiān 煎煎）：微少貌。
〔13〕 颔（hàn 憾）之：点头表示同意。颔，下巴。此处用于动词，点头。
〔14〕 中馁：气馁；害怕。中，内心。馁，丧气。
〔15〕 诘所自来：指询问小官人的来由原委。

胡　四　姐

尚生,太山人[1]。独居清斋。会值秋夜,银河高耿[2],明月在天,徘徊花阴,颇存遐想[3]。忽一女子逾垣来,笑曰:"秀才何思之深?"生就视,容华若仙。惊喜拥入,穷极狎昵。自言:"胡氏,名三姐。"问其居第,但笑不言。生亦不复置问,惟相期永好而已。自此,临无虚夕。

一夜,与生促膝灯幕[4],生爱之,瞩盼不转[5]。女笑曰:"眈眈视妾何为?"曰:"我视卿如红药碧桃[6],即竟夜视,不为厌也。"三姐曰[7]:"妾陋质,遂蒙青盼如此[8];若见吾家四妹,不知如何颠倒。"生益倾动,恨不一见颜色,长跽哀请[9]。逾夕,果偕四姐来。年方及笄[10],荷粉露垂,杏花烟润,嫣然含笑,媚丽欲绝。生狂喜,引坐[11]。三姐与生同笑语;四姐惟手引绣带,俯首而已。未几,三姐起别,妹欲从行。生曳之不释,顾三姐曰:"卿卿烦一致声[12]。"三姐乃笑曰:"狂郎情急矣！妹子一为少留。"四姐无语,姊遂去。二人备尽欢好,既而引臂替枕,倾吐生平,无复隐讳。四姐自言为狐。生依恋其美,亦不之怪。四姐因言:"阿姊狠毒,业杀三人矣。惑之,罔不毙者。妾幸承溺爱,不忍见灭亡,当早绝之。"生惧,求所以处[13]。四姐曰:"妾虽狐,得仙人正法[14],当书一符粘寝门[15],可以却之。"遂书之。既晓,三姐来,见符却退,曰:"婢子负心,倾意新郎,不忆引线人矣[16]。汝两人合有夙分[17],余亦不相仇,但何必尔?"乃径去。

数日,四姐他适,约以隔夜。是日,生偶出门眺望,山下故有槲林[18],苍莽中,出一少妇,亦颇风韵[19]。近谓生曰:"秀才何必日沾沾恋胡家姊妹[20]?渠又不能以一钱相赠。"即以一贯授生,曰:"先持归,贳良酝[21];我即携小肴馔来,与君为欢。"生怀钱归,果如所教。少间,妇果至,置几上燔鸡、咸豚肩各一[22],即抽刀子缕切为馓;釃酒调谑[23],欢洽异常。继而灭烛登床,狎情荡甚。既曙始起。方坐床头,捉足易舄,忽闻人声;倾听,已入帏幕,则胡姊妹也。妇乍睹,仓惶而遁,遗舄于床。二女遂叱曰:"骚狐!何敢与人同寝处!"追去,移时始反。四姐怨生曰:"君不长进,与骚狐相匹偶,不可复近!"遂悻悻欲去。生惶恐自投,情词哀恳。三姊从旁解免,四姐怒稍释,由此相好如初。

一日,有陕人骑驴造门曰[24]:"吾寻妖物,匪伊朝夕[25],乃今始得之。"生父以其言异,讯所由来。曰:"小人日泛烟波[26],游四方,终岁十馀月,常八九离桑梓[27],被妖物蛊杀吾弟。归甚悼恨,誓必寻而殄灭之。奔波数千里,殊无迹兆。今在君家。不剪,当有继吾弟而亡者。"时生与女密迩,父母微察之,闻客言,大惧,延入,令作法。出二瓶,列地上,符咒良久。有黑雾四团,分投瓶中。客喜曰:"全家都到矣。"遂以猪脬裹瓶口[28],缄封甚固。生父亦喜,坚留客饭。生心恻然,近瓶窃视,闻四姐在瓶中言曰:"坐视不救,君何负心?"生益感动。急启所封,而结不可解。四姐又曰:"勿须尔,但放倒坛上旗,以针刺脬作空,予即出矣。"生如其请。果见白气一丝,自孔中出,凌霄而去。客出,见瓶横地,大惊曰:"遁矣!此必公子所为。"摇瓶俯听,曰:"幸止亡其一。此物合不死,犹可赦。"乃携瓶别去。

后生在野,督佣刈麦,遥见四姐坐树下。生近就之,执手慰问。且曰:"别后十易春秋,今大丹已成[29]。但思君之念未忘,故复一拜问。"生欲与偕归。女曰:"妾今非昔比,不可以尘情染,后当复见耳。"言已,不知所在。又二十年馀,生适独居,见四姐自外至。生喜与语。女曰:"我今名列仙籍,本不应再履尘世。但感君情,敬报撤瑟之期[30]。可早处分后事[31];亦勿悲忧,妾当度君为鬼仙,亦无苦也。"乃别而去。至日,生果卒。尚生乃友人李文玉之戚好,尝亲见之。

据《聊斋志异》手稿本

------

〔1〕 太山:郡名。汉置。太,本作"泰"。治所在今山东泰安市。
〔2〕 银河高耿:谓银河高悬空中,十分明亮。耿,明。
〔3〕 颇存遐想:略涉虚幻的意想。颇,略,稍微。遐想,超越现实的凝想。此谓花前月下想望美人。
〔4〕 促膝灯幕:谓相对坐于灯下。促膝,两人膝与膝相挨靠,形容亲近。
〔5〕 瞩盼不转:目不转睛,瞩目而视。瞩盼,犹瞩目。
〔6〕 红药碧桃:为两种观赏植物。红药即芍药,初夏开花,大而美艳。碧桃,碧桃花,此均喻女子姿容美艳。
〔7〕 三姐:此据铸雪斋抄本,原无"姐"字。
〔8〕 青盼:犹青眼、垂青,即见爱、看重之意。《晋书·阮籍传》:"籍又

能为青白眼。见礼俗之士,以白眼对之。及嵇喜来吊,籍作白眼;喜不怿而退。喜弟康闻之,乃赍酒挟琴造焉,籍大悦,乃见青眼。"

〔9〕 长跽(jì忌):犹长跪,直挺挺地跪着。

〔10〕 及笄:谓刚十五岁。详《青凤》注。

〔11〕 引坐:拉她坐下。引,拉,牵。

〔12〕 卿卿:男女间的爱称。

〔13〕 求所以处:求问对付的方法。处,处置、对付。

〔14〕 正法:与左道(邪魔外道)相对而言,指合于正道的仙术。

〔15〕 符:符箓,即道书所谓"丹书"、"符字"、"墨箓"等,形似篆字,非一般人所识,为道教秘文,云可用以召请神将、驱除鬼魅。

〔16〕 引线人:犹媒人。明唐玉《翰府紫泥全书·托两姨(为媒)》:"谊属连襟,姻资引线。"

〔17〕 夙分:生前注定的缘分。

〔18〕 槚(jiě解):树名。落叶乔木。

〔19〕 风韵:犹风流。指风情、韵致。

〔20〕 沾沾:"沾沾自喜"的省词,自得的样子。

〔21〕 贳(shì士)良酝(yùn愠):买好酒。贳,买。酝,酒。

〔22〕 燔鸡、咸彘肩:烧鸡、咸猪肘。

〔23〕 釃(shī尸,又读 shāi 筛):斟酒。

〔24〕 陕人:陕县人。

〔25〕 匪伊朝夕:不是一朝一夕,言为时已久。匪,同"非"。伊,语助词,无义。

〔26〕 泛烟波:泛舟江湖。

〔27〕 桑梓:桑与梓为古时宅旁常栽的两种树,后因代指故乡。《诗·小雅·小弁》:"维桑与梓,必恭敬止。"

〔28〕 猪脬(pāo抛):猪尿脬。脬,膀胱。

〔29〕 大丹:神仙迷信,把朱砂放在炉火中烧炼成仙药,叫做"外丹";在自己身体内部,用静功和气功修炼精气的,叫做"内丹"。此指内丹而言。大丹已成,谓已修炼成为神仙。详《耳中人》注。

〔30〕 撤瑟之期:即死期。撤瑟本谓撤去琴瑟,使病者安静。见《礼记·

仪礼》。后代称病故。任昉《出郡传舍哭范仆射》:"宁知安歌日,非君撤瑟晨。"
〔31〕 处分:安排。

祝　翁

济阳祝村有祝翁者[1]，年五十馀，病卒。家人入室理缞经[2]，忽闻翁呼甚急。群奔集灵寝，则见翁已复活。群喜慰问。翁但谓媪曰："我适去，拚不复返[3]。行数里，转思抛汝一副老皮骨在儿辈手，寒热仰人[4]，亦无复生趣，不如从我去。故复归，欲偕尔同行也。"咸以其新苏妄语[5]，殊未深信。翁又言之。媪云："如此亦复佳。但方生，如何便得死？"翁挥之曰："是不难。家中俗务，可速作料理。"媪笑不去。翁又促之。乃出户外，延数刻而入，绐之曰[6]："处置安妥矣。"翁命速妆。媪不去，翁催益急。媪不忍拂其意[7]，遂裙妆以出。媳女皆匿笑[8]。翁移首于枕，手拍令卧。媪曰："子女皆在，双双挺卧，是何景象？"翁捶床曰："并死有何可笑！"子女见翁躁急，共劝媪姑从其意。媪如言，并枕僵卧。家人又共笑之。俄视，媪笑容忽敛，又渐而两眸俱合，久之无声，俨如睡去。众始近视，则肤已冰而鼻无息矣。试翁亦然，始共惊怛[9]。康熙二十一年[10]，翁弟妇佣于毕刺史之家[11]，言之甚悉。

异史氏曰："翁其夙有畸行与[12]？泉路茫茫[13]，去来由尔，奇矣！且白头者欲其去，则呼令去，抑何其暇也[14]！人当属纩之时[15]，所最不忍诀者，床头之昵人耳[16]。苟广其术，则卖履分香[17]，可以不事矣。"

据《聊斋志异》手稿本

- [1] 济阳：县名。今属山东省济南市。
- [2] 缞绖（cuī dié 催迭）：丧服。详《水莽草》注。
- [3] 拚（pàn 判）：豁上；下决心。
- [4] 寒热仰人：意谓生活依赖他人。寒热，谓饥寒、温饱。仰人，"仰人鼻息"的省词，指依赖他人生存。
- [5] 新苏妄语：刚复活，说胡话。苏，复生。
- [6] 绐（dài 怠）：欺骗。
- [7] 拂：违拗。
- [8] 匿笑：偷笑。
- [9] 惊怛（dá 达）：惊讶、悲痛。
- [10] 康熙二十一年：即公元一六八二年。
- [11] 毕刺史：名际有，字载绩，号存吾，淄川（今属山东淄博市）人。顺治二年（1645）拔贡，官至通州（今江苏南通市）知州。康熙三年（1664）罢官归里，十八年（1679）聘蒲松龄设帐其家。生平详《淄川县志》。刺史，为清代知州的别称。
- [12] 其：意同"岂"，语词。夙：夙昔，往日。畸（jī 几）行：即不同于常人的美德善行。
- [13] 泉路：赴阴世之路，谓地下，阴间。杜甫《送郑十八虔贬台州司户》："便与先生应永诀，九重泉路尽交期。"泉，黄泉，谓地下。
- [14] 暇：悠闲。
- [15] 属纩（zhǔ kuàng 主矿）之时：病危之际。纩，新丝绵。旧时将其置于垂危病人的鼻端，验明病人是否断气，叫属纩。《礼记·丧大记》："疾病，男女改服，属纩以俟绝气。"后因以属纩代指临终之时。
- [16] 昵人：亲昵之人。此指妻子。
- [17] 卖履分香：也作"分香卖履"。《文选》六〇《吊魏武帝文序》引曹操

《遗令》:"馀香可分与诸夫人,不命祭。诸舍中(按:指众妾)无所为,可学作履组卖也。"后因以"分香卖履"指人临死之际犹念念不忘妻妾。

猪 婆 龙

猪婆龙[1],产于西江[2]。形似龙而短,能横飞;常出沿江岸扑食鹅鸭。或猎得之,则货其肉于陈、柯。此二姓皆友谅之裔[3],世食婆龙肉,他族不敢食也。一客自江右来[4],得一头,絷舟中。一日,泊舟钱塘,缚稍懈,忽跃入江。俄顷,波涛大作,估舟倾沉[5]。

据《聊斋志异》手稿本

---

[1] 猪婆龙:即鼍(tuó 驼),亦称"扬子鳄"。长约两米馀,背有角质鳞,以鱼、蛙、小鸟及鼠类为食。生活于长江下游岸边及太湖流域等沼泽地区。
[2] 西江:指长江下游以西地区,即下文"江右"。
[3] 友谅:即陈友谅(1320—1363),元末沔阳(今属湖北)人。农民起义军领袖之一。原为南系红巾军徐寿辉部将,后杀徐自立,在江州(今江西九江市)称帝,国号汉。至其子陈理,为明太祖朱元璋所灭。
[4] 江右:古人叙地理,以东为左,以西为右。江右,即长江下游以西地区。后以称江西省。此下至"俄顷",底本残缺,据铸雪斋本补正。
[5] 估舟:商船。估,商人,通"贾"。

某　公

陕右某公〔1〕,辛丑进士〔2〕,能记前身。尝言前生为士人〔3〕,中年而死。死后见冥王判事,鼎铛油镬〔4〕,一如世传。殿东隅,设数架,上搭猪羊犬马诸皮。簿吏呼名,或罚作马,或罚作猪;皆裸之,于架上取皮被之〔5〕。俄至公,闻冥王曰:"是宜作羊。"鬼取一白羊皮来,捺覆公体〔6〕。吏白:"是曾拯一人死〔7〕。"王检籍覆视〔8〕,示曰:"免之。恶虽多,此善可赎。"鬼又褫其毛革〔9〕。革已粘体,不可复动。两鬼捉臂按胸,力脱之,痛苦不可名状;皮片片断裂,不得尽净。既脱,近肩处犹粘羊皮大如掌。公既生,背上有羊毛丛生,剪去复出。

据《聊斋志异》铸雪斋抄本

----

〔1〕 陕右:陕西。指陕原(今河南陕县西南)以西地区。
〔2〕 辛丑:当指清世祖(福临)顺治十八年,即公元一六六一年。
〔3〕 士人:旧称读书人。
〔4〕 鼎铛(dāng 当)油镬(huò 获):鼎、铛、镬,都是古代的烹饪器。有足曰鼎,无足曰镬,底平而浅曰铛。鼎铛油镬,谓用鼎镬把油烧沸以烹人,是古代的一种酷刑。
〔5〕 被:同"披"。
〔6〕 捺(nà 纳):向下按。
〔7〕 是:此,此人。

〔8〕 检籍:查核簿册。检,检校,查核。籍,迷信传说中冥间记录人一生善恶的簿册,即生死簿。
〔9〕 褫(chǐ齿):剥去衣服。此指剥除。

快　刀

明末,济属多盗[1]。邑各置兵,捕得辄杀之。章丘盗尤多。有一兵佩刀甚利,杀辄导窾[2]。一日,捕盗十馀名,押赴市曹[3]。内一盗识兵,逡巡告曰[4]:"闻君刀最快,斩首无二割。求杀我!"兵曰:"诺。其谨依我[5],无离也[6]。"盗从之刑处,出刀挥之,騞然头落。数步之外,犹圆转而大赞曰:"好快刀!"

据《聊斋志异》铸雪斋抄本

------

[1] 济属:济南府所属地区。清代济南府辖历城、章丘、齐东、长清、长山、邹平、淄川、齐河、禹城、平原、临邑、德州、陵县、德平、济阳等十五县,大致相当今之济南市及德州、惠民、淄博市地区的一部。
[2] 杀辄导窾(kuǎn 款):意谓杀即顺窍,一刀便断头。窾,空处。《庄子·养生主》:"批大郤(隙),导大窾,因其固然。"
[3] 市曹:市口通衢,常为古代行刑之处。
[4] 逡巡:迟疑徘徊。此谓吞吞吐吐,难以出口。
[5] 谨:谨慎小心,此处有注意留心之意。依:依傍,靠着。
[6] 无:同"毋"、"勿",不要。

侠 女

顾生,金陵人[1]。博于材艺,而家綦贫。又以母老,不忍离膝下,惟日为人书画,受贽以自给。行年二十有五,伉俪犹虚[2]。对户旧有空第,一老妪及少女税居其中。以其家无男子,故未问其谁何。一日,偶自外入,见女郎自母房中出,年约十八九,秀曼都雅[3],世罕其匹,见生甚避,而意凛如也[4]。生入问母。母曰:"是对户女郎,就吾乞刀尺[5]。适言其家亦止一母。此女不似贫家产。问其何为不字,则以母老为辞。明日当往拜其母,便风以意[6];倘所望不奢,儿可代养其母。"明日造其室,其母一聋媪耳。视其室,并无隔宿粮。问所业,则仰女十指[7]。徐以同食之谋试之,媪意似纳,而转商其女;女默然,意殊不乐。母乃归。详其状而疑之曰:"女子得非嫌吾贫乎?为人不言亦不笑,艳如桃李,而冷如霜雪,奇人也!"母子猜叹而罢。

一日,生坐斋头,有少年来求画。姿容甚美,意颇儇佻[8]。诘所自,以"邻村"对。嗣后三两日辄一至。稍稍稔熟,渐以嘲谑;生狎抱之,亦不甚拒,遂私焉。由此往来昵甚。会女郎过,少年目送之,问为谁。对以"邻女"。少年曰:"艳丽如此,神情何可畏?"少间,生入内。母曰:"适女子来乞米,云不举火者经日矣。此女至孝,贫极可悯,宜少周恤之。"生从母言,负斗米款门,达母意。女受之,亦不申谢。日尝至生家,见母作衣履,便代缝纫;出入堂中,操作如妇。生益德之。

每获馈饵，必分给其母，女亦略不置齿颊[9]。母适疽生隐处，宵旦号咷。女时就榻省视，为之洗创敷药，日三四作。母意甚不自安，而女不厌其秽。母曰："唉！安得新妇如儿，而奉老身以死也[10]！"言讫，悲哽。女慰之曰："郎子大孝，胜我寡母孤女什百矣。"母曰："床头蹀躞之役[11]，岂孝子所能为者？且身已向暮，旦夕犯雾露[12]，深以祧续为忧耳。"言间，生入。母泣曰："亏娘子良多，汝无忘报德。"生伏拜之。女曰："君敬我母，我勿谢也；君何谢焉？"于是益敬爱之。然其举止生硬[13]，毫不可干。

一日，女出门，生目注之。女忽回首，嫣然而笑。生喜出意外，趋而从诸其家。挑之，亦不拒，欣然交欢。已，戒生曰："事可一而不可再！"生不应而归。明日，又约之。女厉色不顾而去。日频来，时相遇，并不假以词色[14]。少游戏之，则冷语冰人。忽于空处问生："日来少年谁也？"生告之。女曰："彼举止态状，无礼于妾频矣。以君之狎昵[15]，故置之。请更寄语：再复尔，是不欲生也已！"生至夕，以告少年，且曰："子必慎之，是不可犯！"少年曰："既不可犯，君何私犯之？"生白其无。曰："如其无，则猥亵之语，何以达君听哉？"生不能答。少年曰："亦烦寄告：假惺惺勿作态[16]；不然，我将遍播扬。"生甚怒之，情见于色，少年乃去。一夕，方独坐，女忽至，笑曰："我与君情缘未断，宁非天数。"生狂喜而抱于怀。欻闻履声籍籍[17]，两人惊起，则少年推扉入矣。生惊问："子胡为者？"笑曰："我来观贞洁人耳。"顾女曰："今日不怪人耶？"女眉竖颊红，默不一语。急翻上衣，露一革囊，应手而出，则尺许晶莹匕首也。少年见之，骇而却走。追出户外，四顾渺然。女以匕首望空抛掷，戛然有声，灿若长虹，俄一物堕地作响。生急烛之，则一白狐，身首异处矣。大骇。女曰："此君之娈童也[18]。我固恕之，奈渠定不欲生何！"收刃入囊。生曳令入。曰："适妖物败意，请来宵。"出门径去。次夕，女果至，遂共绸缪。诘其术，女曰："此非君所知。宜须慎秘，泄恐不为君福。"又订以嫁娶，曰："枕席焉[19]，提汲焉[20]，非妇伊何也？业夫妇矣，何必复言嫁娶乎？"生曰："将勿憎吾贫耶？"曰："君固贫，妾富耶？今宵之聚，正以怜君贫耳。"临别嘱曰："苟且之行[21]，不可以屡。当来，我自来；不当来，相强无益。"后相值，每欲引与私语，女辄走避。然衣绽炊薪，悉为纪理，不啻妇也。

积数月，其母死，生竭力葬之。女由是独居。生意孤寝可乱，逾垣入，隔窗频呼，迄不应。视其门，则空室扃焉。窃疑女有他约。夜复往，亦如之。遂留佩玉于窗间而去之。越日，相遇于母所。既出，而尾其后曰："君疑妾耶？人各有心，不可以告人。今欲使君无疑，乌得可？然一事烦急为谋。"问之，曰："妾体孕已八月矣，恐且晚临盆[22]。'妾身未分明'[23]，能为君生之，不能为君育之。可密告母，觅乳媪，伪为讨螟蛉者[24]，勿言妾也。"生诺，以告母。母笑曰："异哉此女！聘之不可，而顾私于我儿。"喜从其谋以待之。又月馀，女数日不至。母疑之，往探其门，萧萧闭寂。叩良久，女始蓬头垢面自内出。启而入之，则复扃之。入其室，则呱呱者在床上矣[25]。母惊问："诞几时矣？"答云："三日。"捉绷席而视之[26]，则男也，且丰颐而广额[27]。喜曰："儿已为老身育孙子，伶仃一身，将焉所托？"女曰："区区隐衷,不敢掬示老母。俟夜无人,可即抱儿去。"母归与子言,窃共异之。夜往抱子归。

更数夕,夜将半,女忽款门入,手提革囊,笑曰:"我大事已了,请从此别。"急询其故,曰:"养母之德,刻刻不去诸怀。向云'可一而不可再'者,以相报不在床笫也[28]。为君贫不能婚,将为君延一线之续。本期一索而得[29],不意信水复来[30],遂至破戒而再。今君德既酬,妾志亦遂,无憾矣。"问:"囊中何物?"曰:"仇人头耳。"检而窥之,须发交而血模糊。骇绝,复致研诘。曰:"向不与君言者,以机事不密,惧有宣泄。今事已成,不妨相告:妾浙人。父官司马[31],陷于仇,彼籍吾家[32]。妾负老母出,隐姓名,埋头项[33],已三年矣。所以不即报者,徒以有母在;母去,又一块肉累腹中,因而迟之又久。曩夜出非他,道路门户未稔,恐有讹误耳。"言已,出门。又嘱曰:"所生儿,善视之。君福薄无寿,此儿可光门闾。夜深不得惊老母,我去矣!"方凄然欲询所之,女一闪如电,瞥尔间遂不复见[34]。生叹惋木立,若丧魂魄。明以告母,相为叹异而已。后三年,生果卒。子十八举进士,犹奉祖母以终老云。

异史氏曰:"人必室有侠女,而后可以畜娈童也[35]。不然,尔爱其艾豭,彼爱尔娄猪矣[36]!"

据《聊斋志异》铸雪斋抄本

----

〔1〕 金陵:今江苏南京市。战国时楚置为金陵邑,故名。

〔2〕 伉俪(kàng lì 亢历):配偶,此指妻子。伉,相当。俪,并也。古以成对的鹿皮,为定婚用物,见《仪礼·士昏礼》。
〔3〕 秀曼都雅:秀丽美雅。曼,美,长。都,美。
〔4〕 凛如:犹凛然,严肃可畏的样子。
〔5〕 乞刀尺:借剪刀和尺子。乞,借、讨。
〔6〕 风:同"讽",从侧面示意。
〔7〕 仰女十指:依靠女郎针黹(缝纫、刺绣)为生。唐秦韬玉《贫女》诗:"敢将十指夸针巧,不把双眉斗画长。"十指,双手。
〔8〕 儇(xuān 轩)佻:轻佻;轻薄浮滑。
〔9〕 略不置齿颊:意谓不作感谢之言。齿颊,犹言口舌、言语。
〔10〕 老身:旧时老妇自称。
〔11〕 床头蹀躞(dié xiè 迭泄):指床前侍奉其母的杂役。蹀躞,小步走路的样子。
〔12〕 犯雾露:外感致病;此指罹病而死。《史记·淮南厉王长传》:"逢雾露病死。"雾露,指风寒。
〔13〕 生硬:不柔和。硬,据二十四卷抄本,底本作"哽"。
〔14〕 假以词色:给以表示友好的话语和脸色。假,给予。
〔15〕 狎:据二十四卷抄本,底本作"暇"。
〔16〕 假惺惺:装假。此指假装正经的人,是对侠女的蔑称。
〔17〕 籍籍:形容声响纷乱。
〔18〕 奕(luán 峦)童:旧时被当女性玩弄的男童。奕,美好。
〔19〕 枕席:喻男女同居。
〔20〕 提汲:从井中提水,喻操持家务。
〔21〕 苟且之行:此指男女私会。
〔22〕 临盆:分娩。
〔23〕 妾身未分明:我的身份尚未明确;此指侠女与顾生没有公开的夫妇名分。杜甫《新婚别》:"妾身未分明,何以拜姑嫜。"妾,古代妇女自称的谦词。
〔24〕 螟蛉(míng líng 名伶):养子。《诗·小雅·小宛》:"螟蛉有子,蜾蠃负之。教诲尔子,式榖似之。"后因称义子为"螟蛉"。螟蛉,是一种飞蛾的幼虫,蜾蠃捕来喂养自己的幼虫,古人错认为蜾蠃以螟

蛉为养子。
〔25〕 呱呱(gū gū 咕咕)者:指婴儿。呱呱,婴儿的哭声。
〔26〕 捉绷席:指抱起婴儿。捉,抱持。绷席,犹言"褓褯"。
〔27〕 丰颐而广额:下巴丰满,上额广阔;指面庞方圆。
〔28〕 床笫(zǐ子):犹"枕席"。
〔29〕 一索而得:《易·说卦》:"震一索而得男。"索,求索。此谓初次欢会,即可孕胎。
〔30〕 信水:月经。
〔31〕 司马:官名。明清时称府同知为"司马"。详《陆判》注。
〔32〕 籍吾家:抄没我家财产。籍,没收、登记。
〔33〕 埋头项:隐藏不敢露面。
〔34〕 瞥尔间:转眼间。尔,语末助词。
〔35〕 畜:养。
〔36〕 "尔爱"二句:你爱他这个公猪,他就爱你的那个母猪了。意指你爱娈童,娈童就要爱你的妻室。艾豭、娄猪之喻,语出《左传·定公十四年》:"既定尔娄猪,盍归吾艾豭。"

地震

水荇草

侠女

阿宝

红玉

道士

酒　友

车生者，家不中资[1]，而耽饮，夜非浮三白不能寝也[2]，以故床头樽常不空[3]。一夜睡醒，转侧间，似有人共卧者，意是覆裳堕耳。摸之，则茸茸有物，似猫而巨；烛之，狐也，酣醉而犬卧[4]。视其瓶，则空矣。因笑曰："此我酒友也。"不忍惊，覆衣加臂，与之共寝。留烛以观其变。半夜，狐欠伸。生笑曰："美哉睡乎！"启覆视之，儒冠之俊人也[5]。起拜榻前，谢不杀之恩。生曰："我癖于曲蘖[6]，而人以为痴；卿，我鲍叔也[7]。如不见疑，当为糟丘之良友[8]。"曳登榻，复寝。且言："卿可常临，无相猜。"狐诺之。生既醒，则狐已去。乃治旨酒一盛[9]，专伺狐。

抵夕，果至，促膝欢饮。狐量豪，善谐，于是恨相得晚。狐曰："屡叨良酝[10]，何以报德？"生曰："斗酒之欢，何置齿颊[11]！"狐曰："虽然，君贫士，杖头钱大不易[12]。当为君少谋酒资。"明夕，来告曰："去此东南七里，道侧有遗金，可早取之。"诘旦而往，果得二金，乃市佳肴，以佐夜饮。狐又告曰："院后有窖藏，宜发之。"如其言，果得钱百馀千。喜曰："囊中已自有，莫漫愁沽矣[13]。"狐曰："不然。辙中水胡可以久掬？合更谋之。"异日，谓生曰："市上荞价廉[14]，此奇货可居[15]。"从之，收荞四十馀石。人咸非笑之。未几，大旱，禾豆尽枯，惟荞可种；售种，息十倍[16]。由此益富，治沃田二百亩。但问狐,多种麦则麦收,多种黍则黍收,一切种植之早晚,皆取决于狐。日稔密[17],呼生妻以嫂,视子犹子焉。后生卒,狐遂不复来。

据《聊斋志异》铸雪斋抄本

------

〔1〕 家不中资:语出《史记·游侠列传》。此谓家产并不丰厚。
〔2〕 浮三白:饮三杯酒。《说苑·善说》:"魏文侯与大夫饮酒,使公乘不仁为觞政,曰:饮(而)不釂者,浮以大白。"浮白,原指罚酒,后满饮一大杯酒,也称浮一大白。浮,旧时行酒令罚酒之称,引申为满饮。白,酒杯的一种,供罚酒用。
〔3〕 樽:本字作"尊",酒杯。
〔4〕 犬卧:像犬一样俯身盘曲睡卧。犬,此据二十四卷抄本,原作"大"。
〔5〕 儒冠:儒生戴的帽子。此谓戴着儒生帽子。
〔6〕 癖于曲蘖(niè 聂):意即嗜酒成癖。癖,嗜好成疾。曲蘖,酒母。《尚书·说命》:"若作酒醴,尔惟曲蘖。"后因指酒。
〔7〕 我鲍叔也:意谓是我的知己。鲍叔,春秋时齐国人,与管仲是好朋友。不论管仲处境如何,他对其都十分信赖。二人经商,管仲多取,他知其家贫,恬不为怪。齐国发生内乱,公子小白与公子纠争夺君位,他与管仲处于敌对地位;结果鲍叔支持的小白(即齐桓公)取得胜利。这时,鲍叔又把管仲推荐给齐桓公,自己甘居其下;他认为自己的才能不及管仲。因此,管仲说:"生我者父母,知我者鲍叔也。"见《史记·管晏列传》。
〔8〕 糟丘:酒糟堆成的小丘。《新序·节士》:"桀为酒池,足以运舟;糟丘足以望七里。"此指酒。
〔9〕 旨酒一盛(chéng 成):美酒一杯。盛,杯盂之类的盛器;一盛,犹一杯。语出《左传·哀公十三年》。
〔10〕 叨(tāo 涛):叨扰,辱承。表示承受的谦辞。
〔11〕 何置齿颊:此据二十四卷抄本,原无"齿"字。
〔12〕 杖头钱:买酒钱。《世说新语·任诞》:"阮宣子(修)常步行,以百

钱挂杖头。至酒店,便独酣畅。"
〔13〕 莫漫愁沽:不要徒然为酒钱犯愁。贺知章《题袁氏别业》:"莫漫愁沽酒,囊中自有钱。"
〔14〕 荞(qiáo 桥):荞麦,子粒可供食用。
〔15〕 奇货可居:此处意为囤积稀有货物,待价高时卖出以牟取暴利。语出《史记·吕不韦列传》。
〔16〕 息十倍:此从二十四卷抄本,"息"原作"忽"。
〔17〕 稔(rěn 荏)密:熟悉亲密。稔,熟悉。

莲　香

桑生,名晓,字子明,沂州人[1]。少孤[2],馆于红花埠[3]。桑为人静穆自喜[4],日再出[5],就食东邻,馀时坚坐而已。东邻生偶至,戏曰[6]:"君独居不畏鬼狐耶?"笑答曰:"丈夫何畏鬼狐[7]?雄来吾有利剑,雌者尚当开门纳之。"邻生归,与友谋,梯妓于垣而过之,弹指叩扉。生窥问其谁,妓自言为鬼。生大惧,齿震震有声。妓逡巡自去。邻生早至生斋[8],生述所见,且告将归。邻生鼓掌曰:"何不开门纳之?"生顿悟其假,遂安居如初。

积半年,一女子夜来叩斋。生意友人之复戏也,启门延入,则倾国之姝[9]。惊问所来,曰:"妾莲香,西家妓女。"埠上青楼故多[10],信之。息烛登床,绸缪甚至。自此三五宿辄一至。

一夕,独坐凝思,一女子翩然入。生意其莲,承迎与语[11]。觌面殊非:年仅十五六,嚲袖垂髫[12],风流秀曼[13],行步之间,若还若往[14]。大愕,疑为狐。女曰:"妾,良家女,姓李氏。慕君高雅,幸能垂盼。"生喜。握其手,冷如冰,问:"何凉也?"曰:"幼质单寒,夜蒙霜露,那得不尔!"既而罗襦衿解,俨然处子。女曰:"妾为情缘,葳蕤之质[15],一朝失守。不嫌鄙陋,愿常侍枕席。房中得无有人否?"生曰:"无他,止一邻娼,顾亦不常[16]。"女曰:"当谨避之[17]。妾不与院中人等[18],君秘勿泄。彼来我往,彼往我来可耳。"鸡鸣欲去,赠绣履一钩[19],曰:"此妾下体所着,弄之足寄思慕。然有人慎勿弄也!"受而视之,翘翘如解结锥。心甚爱悦。越夕无人,便出审玩。女飘然忽至,遂相款昵。自此每出履,则女必应念而至。异而诘之。笑曰:"适当其时耳。"

一夜莲来,惊曰:"郎何神气萧索[20]?"生言:"不自觉。"莲便告别,相约十日。去后,李来恒无虚夕。问:"君情人何久不至?"因以相约告。李笑曰:"君视妾何如莲香美?"曰:"可称两绝。但莲卿肌肤温和。"李变色曰:"君谓双美,对妾云尔[21]。渠必月殿仙人[22],妾定不及。"因而不欢。乃屈指计,十日之期已满,嘱勿漏,将窃窥之。

次夜,莲香果至,笑语甚洽。及寝,大骇曰:"殆矣!十日不见,何益惫损[23]?保无有他遇否?"生询其故。曰:"妾以神气验之,脉析析如乱丝[24],鬼症也。"次夜,李来,生问:"窥莲香何似?"曰:"美矣。妾固谓世间无此佳人,果狐也。去,吾尾之,南山而穴居。"生疑其妒,漫应之。

逾夕,戏莲香曰:"余固不信,或谓卿狐者。"莲亟问:"是谁所云?"笑曰:"我自戏卿。"莲曰:"狐何异于人?"曰:"惑之者病,甚则死,是以可惧。"莲香曰:"不然。如君之年,房后三日,精气可复,纵狐何害?设旦旦而伐之[25],人有甚于狐者矣。天下痨尸瘵鬼[26],宁皆狐蛊死耶?虽然,必有议我者。"生力白其无,莲诘益力。生不得已,泄之。莲曰:"我固怪君惫也。然何遽至此?得勿非人乎?君勿言,明宵,当如渠窥妾者。"是夜李至,裁三数语,闻窗外嗽声,急亡去。莲入曰:"君殆矣!是真鬼物!昵其美而不速绝,冥路近矣!"生意其妒,默不语。莲曰:"固知君不忘情,然不忍视君死。明日,当携药饵,为君以除阴毒。幸病蒂犹浅,十日恙当已。请同榻以视痊可。"次夜,果出刀圭药啖生[27]。顷刻,洞下三两行[28],觉脏腑清虚,精神顿爽。心虽德之[29],然终不信为鬼。

莲香夜夜同衾偎生;生欲与合,辄止之。数日后,肤革充盈[30]。欲别,殷殷嘱绝李。生谬应之。及闭户挑灯,辄捉履倾想。李忽至。数日隔绝,颇有怨色。生曰:"彼连宵为我作巫医[31],请勿为怼[32],情好在我。"李稍怿。生枕上私语曰:"我爱卿甚,乃有谓卿鬼者。"李结舌[33]良久,骂曰:"必淫狐之惑君听也!若不绝之,妾不来矣!"遂呜呜饮泣。生百词慰解,乃罢。隔宿,莲香至,知李复来,怒曰:"君必欲死耶!"生笑曰:"卿何相妒之深?"莲益怒曰:"君种死根,妾为若除之,不妒者将复何如?"生托词以戏曰:"彼云前日之病,为狐祟耳。"莲乃叹曰:"诚如君言,君迷不悟,万一不虞[34],妾百口何以自解?请从此辞。百日后,当视君于卧榻中。"留之不可,怫然径去[35]。由是于李夙夜必偕。约两月余,觉大困顿。初犹自宽解;日渐羸瘠,惟饮饘粥一瓯[36]。欲归就奉养,尚恋恋不忍遽去。因循数日,沉绵不可复起。邻生见其病惫,日遣馆僮馈给食饮。生至是疑李,因谓李曰:"吾悔不听莲香之言,以至于此!"言讫而瞑。移时复苏,张目四顾,则李已去,自是遂绝。

生羸卧空斋[37],思莲香如望岁[38]。一日,方凝想间,忽有搴帘入者,则莲香也。临榻哂曰:"田舍郎[39],我岂妄哉!"生哽咽良久,自言知罪,但求拯救。莲曰:"病入膏肓[40],实无救法。姑来永诀,以明非妒。"生大悲曰:"枕底一物,烦代碎之。"莲搜得履,持就灯前,反复展玩。李女欻入[41],卒见莲香[42],返身欲遁。莲以身蔽门[43],李窘急不知所出。生责数之[44],李不能答。莲笑曰:"妾今始得与阿姨面相质[45]。昔谓郎君旧疾,未必非妾致,今竟何如?"李俯首谢过。莲曰:"佳丽如此,乃以爱结仇耶?"李即投地陨泣[46],乞垂怜救。莲遂扶起,细诘生平。曰:"妾,李通判女[47],早夭,瘗于墙外[48]。已死春蚕,遗丝未尽[49]。与郎偕好,妾之愿也;致郎于死,良非素心。"莲曰:"闻鬼利人死,以死后可常聚,然否?"曰:"不然。两鬼相逢,并无乐处;如乐也,泉下少年郎岂少哉!"莲曰:"痴哉!夜夜为之,人且不堪,而况于鬼!"李问:"狐能死人,何术独否?"莲曰:"是采补者流,妾非其类。故世有不害人之狐,断无不害人之鬼,以阴气盛也。"生闻其语,始知狐鬼皆真。幸习常见惯,颇不为骇。但念残息如丝,不觉失声大痛。莲顾问:"何以处郎君者?"李赧然逊谢。莲笑曰[50]:"恐郎强健,醋娘子要食杨梅也。"李敛衽曰[51]:"如有医国手[52],使妾得无负郎君,便当埋首地下,敢复靦然于人世耶!"莲解囊出药,曰:"妾早知有今,别后采药三山[53],凡三阅月[54],物料始备,瘵蛊至死[55],投之无不苏者。然症何由得,仍以何引[56],不得不转求效力。"问:"何需?"曰:"樱口中一点香唾耳。我一丸进,烦接口而唾之。"李晕生颐颊,俯首转侧而视其履。莲戏曰:"妹所得意惟履耳!"李益惭,俯仰若无所容。莲曰:"此平时熟技,今何吝焉?"遂以丸纳生吻,转促逼之。李不得已,唾之。莲曰:

"再！"又唾之。凡三四唾，丸已下咽。少间，腹殷然如雷鸣。复纳一丸，自乃接唇而布以气。生觉丹田火热[57]，精神焕发。莲曰："愈矣！"李听鸡鸣，徬徨别去。莲以新瘥，尚须调摄[58]，就食非计；因将户外反关，伪示生归，以绝交往，日夜守护之。李亦每夕必至，给奉殷勤，事莲犹姊。莲亦深怜爱之。居三月，生健如初。李遂数夕不至；偶至，一望即去。相对时，亦悒悒不乐。莲常留与共寝，必不肯。生追出，提抱以归，身轻若刍灵[59]。女不得遁，遂着衣偃卧，蹴其体不盈二尺。莲益怜之，阴使生狎抱之，而撼摇亦不得醒。生睡去；觉而索之，已杳。后十馀日，更不复至。生怀思殊切，恒出履共弄。莲曰："窈娜如此[60]，妾见犹怜，何况男子。"生曰："昔日弄履辄至，心固疑之，然终不料其鬼。今对履思容，实所怆恻[61]。"因而泣下。

先是，富室张姓有女字燕儿，年十五，不汗而死。终夜复苏，起顾欲奔。张扃户，不得出。女自言："我通判女魂。感桑郎眷注[62]，遗舄犹存彼处。我真鬼耳，锢我何益？"以其言有因，诘其至此之由。女低徊反顾，茫不自解。或有言桑生病归者，女执辨其诬。家人大疑。东邻生闻之，逾垣往窥，见生方与美人对语；掩入逼之，张皇间已失所在。邻生骇诘。生笑曰："向固与君言，雌者则纳之耳。"邻生述燕儿之言。生乃启关，将往侦探，苦无由。张母闻生果未归，益奇之。故使佣媪索履，生遂出以授。燕儿得之喜。试着之，鞋小于足者盈寸，大骇。揽镜自照，忽恍然悟己之借躯以生也者，因陈所由。母始信之。女镜面大哭曰："当日形貌，颇堪自信，每见莲姊，犹增惭怍。今反若此，人也不如其鬼也！"把履号咷，劝之不解。蒙衾僵卧。食之,亦不食,体肤尽肿;凡七日不食,卒不死,而肿渐消;觉饥不可忍,乃复食。数日,遍体瘙痒,皮尽脱。晨起,睡舄遗堕,索着之,则硕大无朋矣[63]。因试前履,肥瘦吻合,乃喜。复自镜,则眉目颐颊,宛肖生平[64],益喜。盥栉见母,见者尽眙[65]。莲香闻其异,劝生媒通之;而以贫富悬邈,不敢遽进。会媪初度[66],因从其子婿行,往为寿。媪睹生名,故使燕儿窥帘志客[67]。生最后至,女骤出,捉袂,欲从与俱归。母诃谯之[68],始惭而入。生审视宛然,不觉零涕,因拜伏不起。媪扶之,不以为侮。生出,浼女舅执柯[69]。媪议择吉赘生[70]。

生归告莲香,且商所处。莲怅然良久,便欲别去。生大骇泣下。莲曰:"君行花烛于人家,妾从而往,亦何形颜?"生谋先与旋里[71],而后迎燕,莲乃从之。生以情白张。张闻其有室,怒加诮让。燕儿力白之,乃如所请。至日,生往亲迎。家中备具,颇甚草草;及归,则自门达堂,悉以罽毯贴地[72],百千笼烛,灿列如锦。莲香扶新妇入青庐[73],搭面既揭,欢若生平。莲陪卺饮[74],因细诘还魂之异。燕曰:"尔日抑郁无聊[75],徒以身为异物,自觉形秽。别后愤不归墓,随风漾泊[76]。每见生人则羡之。昼凭草木,夜则信足浮沉。偶至张家,见少女卧床上,近附之,未知遂能活也。"莲闻之,默默若有所思。逾两月,莲举一子。产后暴病,日就沉绵。捉燕臂曰:"敢以孽种相累,我儿即儿。"燕泣下,姑慰藉之。为召巫医,辄却之。沉痼弥留[77],气如悬丝。生及燕儿皆哭。忽张目曰:"勿尔!子乐生,我乐死。如有缘,十年后可复得见。"言讫而卒。启衾将敛,尸化为狐。

生不忍异视，厚葬之。子名狐儿，燕抚如己出。每清明，必抱儿哭诸其墓。

后生举于乡[78]，家渐裕。而燕苦不育。狐儿颇慧，然单弱多疾。燕每欲生置媵。一日，婢忽白："门外一妪，携女求售。"燕呼入。卒见，大惊曰："莲姊复出耶！"生视之，真似，亦骇。问："年几何？"答云："十四。""聘金几何？"曰："老身止此一块肉[79]，但俾得所，妾亦得啖饭处，后日老骨不至委沟壑，足矣。"生优价而留之。燕握女手，入密室，撮其颔而笑曰："汝识我否？"答言："不识。"诘其姓氏，曰："妾韦姓。父徐城卖浆者，死三年矣。"燕屈指停思，莲死恰十有四载。又审视女，仪容态度，无一不神肖者。乃拍其顶而呼曰："莲姊，莲姊！十年相见之约，当不欺吾！"女忽如梦醒，豁然曰："咦！"熟视燕儿。生笑曰："此'似曾相识燕归来'也[80]。"女泫然曰[81]："是矣。闻母言，妾生时便能言，以为不祥，犬血饮之，遂昧宿因[82]。今日始如梦寤。娘子其耻于为鬼之李妹耶？"共话前生，悲喜交至。

一日，寒食，燕曰："此每岁妾与郎君哭姊日也。"遂与亲登其墓，荒草离离[83]，木已拱矣[84]。女亦太息。燕谓生曰："妾与莲姊，两世情好，不忍相离，宜令白骨同穴。"生从其言，启李冢得骸，舁归而合葬之。亲朋闻其异，吉服临穴[85]，不期而会者数百人。余庚戌南游至沂[86]，阻雨，休于旅舍。有刘生子敬，其中表亲，出同社王子章所撰桑生传，约万馀言，得卒读。此其崖略耳[87]。

异史氏曰："嗟乎！死者而求其生，生者又求其死，天下所难得者，非人身哉？奈何具此身者，往往而置之，遂至觍然而生不如狐，泯然而死不如鬼。"

据《聊斋志异》铸雪斋抄本

----

〔1〕 沂州:州名。治所在今山东临沂县。
〔2〕 孤:失去父亲。《孟子·梁惠王下》:"幼而无父曰孤。"
〔3〕 馆:寓舍。此谓寓居。
〔4〕 静穆自喜:以沉静平和自矜。
〔5〕 日再出:每日出去两次。
〔6〕 偶至:此据二十四卷抄本,原无此二字。
〔7〕 丈夫:大丈夫,犹言男子汉。
〔8〕 斋:书房。
〔9〕 倾国之姝:谓绝色女子。倾国,或作"倾国倾城",指美女。《汉书·外戚传》载李延年歌:"北方有佳人,绝世而独立;一顾倾人城,再顾倾人国。宁不知倾城与倾国,佳人难再得。"
〔10〕 青楼:指妓馆。《玉台新咏》刘邈《万山见采桑人》:"倡妾不胜愁,结束下青楼。"
〔11〕 承逆:迎接。逆,迎。
〔12〕 觯(duǒ 朵)袖垂髫(tiáo 条):双肩瘦削,头发下垂。觯,下垂。觯袖,垂袖,此谓肩削。髫,头发下垂,此谓少女。少女未笄不束发,鬓发下垂。
〔13〕 秀曼:秀美。曼,美。
〔14〕 若还若往:像是回退,又像前行。言其体态轻盈嬝娜。
〔15〕 葳蕤(wēi ruí 威绥)之质:谓娇嫩柔弱的处女之身。葳蕤,草名。任昉《述异记》:"葳蕤草,一名丽草,又呼为女草,江浙中呼娃草。美女曰娃,故以为名。"
〔16〕 顾亦不常:据二十四卷抄本,原脱"亦"字。
〔17〕 谨:小心。
〔18〕 院中人:妓院中人,指妓女。
〔19〕 绣履一钩:绣鞋一只。履,鞋。钩,旧时女子裹足,致使足尖小而

弯，鞋形尖端翘起如钩，故称。
〔20〕萧索：本指秋日景物凄凉，此谓精神萎靡、气色灰暗。
〔21〕对妾云尔：原文脱一"妾"字，据二十四卷抄本补。
〔22〕月殿仙人：传说中的月中仙女，即嫦娥。旧时诗文常用以喻美丽的女子。
〔23〕惫损：疲惫、消瘦。
〔24〕析析：散乱的样子。此据二十四卷抄本，原作"拆拆"。
〔25〕旦旦而伐之：本谓天天砍伐树木，见《孟子·告子上》；此谓天天放纵淫欲。旦旦，日日，每天每天地。伐，砍伐。旧谓淫乐伐性伤身。《吕氏春秋·本生》："靡曼皓齿，郑卫之音，务以自乐，命之曰伐性之斧。"
〔26〕瘵尸瘵（zhài 债）鬼：指因患肺病而死的人。旧时肺结核为不治之症，称瘵瘵。瘵，此据青柯亭刻本，原作"病"。
〔27〕刀圭药：一小匙药。刀圭，古时量取药末的用具。章炳麟《新方言·释器》谓刀即"庣"；刀圭，古读如"条耕"，即今之"调羹"。
〔28〕洞下三两行：泻了两三次。洞，中医术语，下泻，通"衕"。行，次。
〔29〕德：感激。
〔30〕肤革充盈：谓身体又结实起来。肤革，皮肤。
〔31〕巫医：巫师和医师。此指行医治病。
〔32〕为怼（duì 对）：产生怨恨。
〔33〕结舌：说不出话。
〔34〕不虞：没有意料到的事。
〔35〕怫（fú 孚）然：恼怒的样子。
〔36〕饘（zhān 占）粥：黏粥。《礼记·檀弓》："饘粥之食。"《疏》："厚曰饘，稀曰粥。"
〔37〕羸卧：此据二十四卷抄本，原作"赢卧"。
〔38〕望岁：饥饿而盼望谷熟。《左传·昭公三十年》："闵闵焉如农夫望岁，惧以待食。"望，原作"往"，据二十四卷抄本改。
〔39〕田舍郎：农家子弟，含讥讽之意的戏称。
〔40〕病入膏肓（huāng 荒）：谓病情恶化无法可医。《左传·成公十年》："公梦疾为竖子曰：'彼良医也，惧伤我，焉逃之？'其一曰：'居肓之

上,膏之下,若我何?'医至,曰:'疾不可为也。在肓之上,膏之下,攻之不可,达之不及,药不至焉,不可为也。'"膏肓,古代医学指心脏与膈膜之间。

〔41〕欻(xū须)入:一闪而入。欻,忽然。
〔42〕卒:同"猝",突然。
〔43〕蔽:此据二十四卷抄本,原作"闭"。
〔44〕责数(shǔ暑):列举事实加以责问。
〔45〕面相质:当面对质。质,询问。
〔46〕投地陨泣:谓伏地哭泣。投地,下拜,拜伏于地。陨泣,落泪。
〔47〕通判:官名。明、清为知府之佐,各府置员不等,分掌粮运、督捕及农田水利等事务。
〔48〕瘗(yì意):埋葬。
〔49〕"已死"二句:意谓人虽已死而情丝未断。丝,谐"思"。李商隐《无题》:"春蚕到死丝方尽,蜡炬成灰泪始干。"遗丝,原作"遗思",此据二十四卷抄本改。
〔50〕曰:原无此字,据二十四卷抄本补。
〔51〕敛衽(rèn任):整理衣襟而拜。衽,衣襟。
〔52〕医国手:本指医术居全国之首的高手,此指能起死回生的神奇手段、本领。
〔53〕三山:神话传说中的三神山,即方丈、蓬莱、瀛洲。见王嘉《拾遗记·高辛》。
〔54〕凡三阅月:共历三月。阅,历。
〔55〕瘵(zhài债)蛊(gǔ古):劳(痨)瘵、蛊疾。即民间所谓"色痨"。古人以为淫欲过度所患之痨病(肺结核),为不治之症。蛊疾,犹痼疾。经久不愈之病。
〔56〕引:药引。
〔57〕丹田:道家称人身脐下三寸处。见《云笈七签·黄庭外景经》。
〔58〕调摄(shè涉):调理保养。
〔59〕刍灵:旧时为送葬扎的草人。见《论衡·乱龙》。
〔60〕窈娜:窈窕、娉娜,美好的样子。
〔61〕怆恻:伤心。

〔62〕 眷注：垂爱关注。
〔63〕 硕大无朋：大得无与伦比。硕，大。朋，伦比。语见《诗·唐风·椒聊》。
〔64〕 宛肖生平：宛然与往日容貌一样。肖，像。
〔65〕 眙（chì 敕）：惊视。此据青柯亭刻本，原作"怡"。
〔66〕 初度：生日。初度，谓初生之时，后因指称生日。语出屈原《离骚》。
〔67〕 志客：辨识客人。志，或作"识"，辨认。见《集韵》。
〔68〕 诃谯：呵斥、诮让。诃，同"呵"。谯，同"诮"。
〔69〕 浼（měi 每）女舅执柯：请求女方的舅父做媒人。浼，请托。执柯，谓为人做媒。《诗·豳风·伐柯》："伐柯如何，匪斧不克。取妻如何，匪媒不得。"
〔70〕 赘：招赘。古时男子就女家成婚，谓之赘婿。
〔71〕 旋里：回归故里。旋，回还。
〔72〕 罽（jì 计）毯：毛毯。罽，一种毛织品。
〔73〕 青庐：古时北方举行婚礼之处。段成式《酉阳杂俎·礼异》："北朝婚礼，青布幔为屋，在门内外，谓之青庐。"
〔74〕 卺（jǐn 尽）饮：古时结婚仪式中，新婚夫妇食后各执其一瓢，饮酒漱口，谓之卺饮。《礼记·昏义》："合卺而酳。"孔颖达疏："以一瓠分为二瓢谓之卺，婿之与妇各执一片以酳。"酳（yìn 胤），用酒漱口。
〔75〕 尔日：近日。尔，通"迩"，近。
〔76〕 随风漾泊：随风飘荡、停留。
〔77〕 沉痼弥留：病久将危。沉痼，积久难治之病。弥留，久病不愈。《尚书·顾命》："病日臻，既弥留。"此谓病重将死。
〔78〕 举于乡：即乡试得中，为举人。
〔79〕 老身止此一块肉：此据二十四卷抄本，原无"一"字。
〔80〕 似曾相识燕归来：语出晏殊《浣溪沙》词。
〔81〕 泫然：流涕的样子。
〔82〕 宿因：佛教谓前生的因缘。
〔83〕 离离：长貌。白居易《赋得古原草送别》："离离原上草，一岁一枯荣。"
〔84〕 木已拱矣：墓上之树已成握了。拱，两手相握。语出《左传·僖公

三十二年》。
〔85〕 吉服临穴:穿着吉庆冠服到墓地参加葬礼。穴,墓穴。
〔86〕 庚戌:康熙九年,即公元一六七〇年。
〔87〕 崖略:梗概,大略。语出《庄子·知北游》。

阿　宝

粤西孙子楚[1]，名士也。生有枝指[2]。性迂讷，人诳之，辄信为真。或值座有歌妓，则必遥望却走。或知其然[3]，诱之来，使妓狎逼之，则赪颜彻颈[4]，汗珠珠下滴。因共为笑。遂貌其呆状[5]，相邮传作丑语[6]，而名之"孙痴"。

邑大贾某翁，与王侯垺富[7]。姻戚皆贵胄。有女阿宝，绝色也。日择良匹，大家儿争委禽妆[8]，皆不当翁意。生时失俪[9]，有戏之者，劝其通媒。生殊不自揣，果从其教。翁素耳其名，而贫之。媒媪将出，适遇宝，问之，以告。女戏曰："渠去其枝指，余当归之[10]。"媪告生。生曰："不难。"媒去，生以斧自断其指，大痛彻心，血益倾注，滨死。过数日，始能起，往见媒而示之。媪惊，奔告女。女亦奇之，戏请再去其痴。生闻而哗辨，自谓不痴；然无由见而自剖。转念阿宝未必美如天人，何遂高自位置如此？由是曩念顿冷。

会值清明，俗于是日，妇女出游，轻薄少年，亦结队随行，恣其月旦[11]。有同社数人，强邀生去。或嘲之曰："莫欲一观可人否[12]？"生亦知其戏己；然以受女揶揄故，亦思一见其人，忻然随众物色之。遥见有女子憩树下，恶少年环如墙堵。众曰："此必阿宝也。"趋之，果宝也。审谛之，娟丽无双。少顷，人益稠。女起，遽去。众情颠倒，品头题足，纷纷若狂。生独默然。及众他适[13]，回视，生犹痴立故所,呼之不应。群曳之曰:"魂随阿宝去耶?"亦不答。众以其素讷,故不为怪,或推之、或挽之以归。至家,直上床卧,终日不起,冥如醉,唤之不醒。家人疑其失魂,招于旷野[14],莫能效[15]。强拍问之,则蒙眬应云:"我在阿宝家。"及细诘之,又默不语。家人惶惑莫解。初,生见女去,意不忍舍,觉身已从之行,渐傍其衿带间,人无呵者。遂从女归,坐卧依之,夜辄与狎,甚相得;然觉腹中奇馁[16],思欲一返家门,而迷不知路。女每梦与人交,问其名,曰:"我孙子楚也。"心异之,而不可以告人。生卧三日,气休休若将澌灭[17]。家人大恐,托人婉告翁,欲一招魂其家。翁笑曰:"平昔不相往还,何由遗魂吾家?"家人固哀之,翁始允。巫执故服、草荐以往[18]。女诘得其故,骇极,不听他往,直导入室,任招呼而去。巫归至门,生榻上已呻。既醒,女室之香奁什具,何色何名,历言不爽[19]。女闻之,益骇,阴感其情之深。

生既离床寝,坐立凝思,忽忽若忘。每伺察阿宝,希幸一再遘之。浴佛节[20],闻将降香水月寺,遂早旦往候道左,目眩睛劳。日涉午,女始至,自车中窥见生,以掺手搴帘[21],凝睇不转。生益动,尾从之。女忽命青衣来诘姓字。生殷勤自展,魂益摇。车去,始归。归复病,冥然绝食,梦中辄呼宝名。每自恨魂不复灵。家旧养一鹦鹉,忽毙,小儿持弄于床。生自念:倘得身为鹦鹉,振翼可达女室。心方注想,身已翩然鹦鹉,遽飞而去,直达宝所。女喜而扑之,锁其肘,饲以麻子。大呼曰:"姐姐勿锁!我孙子楚也[22]!"女大骇,解其缚,亦不去。女祝曰:"深情已篆中心[23]。今已人禽异类,姻好何可复圆?"

鸟云:"得近芳泽,于愿已足。"他人饲之,不食;女自饲之,则食。女坐,则集其膝;卧,则依其床。如是三日。女甚怜之,阴使人瞷生[24],生则僵卧,气绝已三日,但心头未冰耳。女又祝曰:"君能复为人,当誓死相从。"鸟云:"诳我!"女乃自矢。鸟侧目若有所思。少间,女束双弯[25],解履床下,鹦鹉骤下,衔履飞去。女急呼之,飞已远矣。女使妪往探,则生已寤。家人见鹦鹉衔绣履来,堕地死,方共异之。生既苏,即索履。众莫知故。适妪至,入视生,问履所在。生曰:"是阿宝信誓物。借口相覆:小生不忘金诺也[26]。"妪反命。女益奇之,故使婢泄其情于母。母审之确,乃曰:"此子才名亦不恶,但有相如之贫[27]。择数年得婿若此,恐将为显者笑[28]。"女以履故,矢不他。翁媪从之。驰报生。生喜,疾顿瘳。翁议赘诸家。女曰:"婿不可久处岳家。况郎又贫,久益为人贱。儿既诺之,处蓬茅而甘藜藿[29],不怨也。"生乃亲迎成礼[30],相逢如隔世欢。

自是家得奁妆,小阜,颇增物产。而生痴于书,不知理家人生业;女善居积,亦不以他事累生。居三年,家益富。生忽病消渴[31],卒。女哭之痛,泪眼不晴,至绝眠食。劝之不纳,乘夜自经。婢觉之,急救而醒,终亦不食。三日,集亲党,将以殓生。闻棺中呻以息,启之,已复活。自言:"见冥王,以生平朴诚,命作部曹[32]。忽有人白:'孙部曹之妻将至。'王稽鬼录,言:'此未应便死。'又白:'不食三日矣。'王顾谓:'感汝妻节义,姑赐再生。'因使驭卒控马送余还。"由此体渐平。值岁大比[33],入闱之前,诸少年玩弄之,共拟隐僻之题七,引生僻处与语,言:"此某家关节[34],敬秘相授。"生信之,昼夜揣摩,制成七艺[35]。众隐笑之。时典试者虑熟题有蹈袭弊[36],力反常经[37]。题纸下,七艺皆符。生以是抡魁[38]。明年,举进士,授词林[39]。上闻异,召问之。生具启奏。上大嘉悦。后召见阿宝,赏赉有加焉。

异史氏曰:"性痴则其志凝[40],故书痴者文必工,艺痴者技必良;世之落拓而无成者,皆自谓不痴者也。且如粉花荡产[41],卢雉倾家,顾痴人事哉!以是知慧黠而过,乃是真痴,彼孙子何痴乎!"

集痴类十:"窖镪食贫。对客辄夸儿慧。爱儿不忍教读。讳病恐人知。出资赚人嫖。窃赴饮会赚人赌。倩人作文欺父兄。父子帐目太清。家庭用机械。喜弟子善赌。"

据《聊斋志异》铸雪斋抄本
附则据山东博物馆藏703号抄本补

----

〔1〕 粤西:约当今广西自治区。粤,古百粤之地,辖今广东、广西地区。
〔2〕 枝(qí奇)指:歧指;骈指。俗称"六指"。
〔3〕 其:据二十四卷抄本补,底本无此字。
〔4〕 赪(chēng撑)颜:脸红。赪,红色。
〔5〕 貌:形容。
〔6〕 相邮传作丑语:互相传扬,当作丑话。邮传,古时传递文书的驿站,此指传播。
〔7〕 埒(liè列)富:同样富有。埒,相等。
〔8〕 委禽妆:致送订婚聘礼。委,送。禽,指雁。古时纳采用雁,因称"委禽"或"委禽妆"。《左传·昭公元年》:"郑,徐吾犯之妹美,公孙楚聘之矣;公孙黑又使强委禽焉。"杜预注:"禽,雁也,纳采用

雁。"委,据二十四卷抄本,底本作"为"。
〔9〕 失俪:丧妻。
〔10〕 归之:嫁给他。古时女子出嫁曰归。
〔11〕 恣其月旦:肆意评论。《后汉书·许劭传》:东汉许劭与其堂兄许靖,"好共覈论乡党人物,每月辄更其品题,故汝南俗称'月旦评'焉。"后因称品评人物为月旦评,或省作"月旦"。
〔12〕 可人:意中人。
〔13〕 适:据二十四卷抄本补。
〔14〕 招:招魂。
〔15〕 效:据二十四卷抄本补。
〔16〕 馁:饿。
〔17〕 休休(xū xū 嘘嘘):同"咻咻",喘气声。澌灭:停止;尽。
〔18〕 故服、草荐:平日穿的衣服和卧席,均是招魂的迷信用具。
〔19〕 历言不爽:一一说来,毫无差错。
〔20〕 浴佛节:即佛诞节,纪念释迦诞生的节日。佛寺届时举行诵经法会,并根据佛降生时龙喷香雨的传说,以各种名香浸水浴洗佛像,并供养香花灯烛茶果珍馐。中国汉族地区,一般以农历四月初八日为释迦诞辰。
〔21〕 掺(xiān 纤)手:犹纤手。《诗·魏风·葛屦》:"掺掺女手,可以缝裳。"掺,纤细。
〔22〕 子:据二十四卷抄本补。
〔23〕 已篆中心:深记于内心。篆,铭刻。
〔24〕 睊(jiàn 见):看视。
〔25〕 束双弯:指缠足。
〔26〕 金诺:对别人诺言的敬称。金,表示珍贵。
〔27〕 相如之贫:喻贫穷而有才华。汉代司马相如有才名,与富人之女卓文君结好,卓父却嫌憎相如贫穷。事见《史记·司马相如列传》。
〔28〕 为:据二十四卷抄本,底本作"得"。
〔29〕 处蓬茅而甘藜藿:住茅舍,吃野菜,都甘心情愿。蓬茅,茅屋。甘,乐意。藜藿,野菜,指粗茶淡饭。
〔30〕 亲迎:古婚礼之一,新婿亲至女家迎娶,见《仪礼·士昏礼》。《清

通礼》:"迎亲日,婿公服率仪从、妇舆等至女家。奠雁毕,乘马先竢于门。妇至,降舆,婿引导入室,行交拜合卺礼。"
〔31〕 病消渴:患糖尿病。
〔32〕 部曹:古时中央各部分科办事,其属官泛称部曹。此指冥府某部属官。
〔33〕 大比:明清两代每三年举行一次乡试,称"大比"。
〔34〕 关节:应试者行贿主考谋求考中,称"关节"。这里指贿买得到的试题。
〔35〕 七艺:此指七篇应试文章。乡试初场考试有七道试题,包括"四书"义三道,"五经"义四道。
〔36〕 典试者:主考官员。典,掌管。
〔37〕 力反常经:极力打破常规。经,常,常道。
〔38〕 抡魁:选为第一。抡,选拔。魁,首,指榜首。
〔39〕 授词林:授官翰林。词林,即翰林。明初建翰林院,额曰"词林",故以之为翰林院的别称。
〔40〕 凝:据二十四卷抄本,原作"痴"。
〔41〕 粉花荡产,卢雉倾家:意谓因嫖赌而倾家荡产。粉花,脂粉烟花,指女色。卢雉,呼卢喝雉,指赌博。卢和雉都是古代博戏中的胜彩。

九山王

曹州李姓者[1],邑诸生。家素饶。而居宅故不甚广;舍后有园数亩,荒置之[2]。一日,有叟来税屋[3],出直百金[4]。李以无屋为辞。叟曰:"请受之,但无烦虑。"李不喻其意,姑受之,以觇其异。

越日,村人见舆马眷口入李家,纷纷甚夥,共疑李第无安顿所,问之。李殊不自知;归而察之,并无迹响。过数日,叟忽来谒。且云:"庇宇下已数晨夕[5]。事事都草创[6],起炉作灶,未暇一修客子礼[7]。今遣小女辈作黍,幸一垂顾[8]。"李从之。则入园中,欻见舍宇华好,崭然一新。入室,陈设芳丽。酒鼎沸于廊下,茶烟袅于厨中。俄而行酒荐馔[9],备极甘旨[10]。时见庭下少年人,往来甚众。又闻儿女喁喁,幕中作笑语声。家人婢仆,似有数十百口。李心知其狐。席终而归,阴怀杀心。每入市,市硝硫[11],积数百斤,暗布园中殆满。骤火之,焰亘霄汉[12],如黑灵芝[13],燔臭灰眯不可近[14];但闻鸣啼嗥动之声,嘈杂聒耳。既熄入视,则死狐满地,焦头烂额者,不可胜计。方阅视间[15],叟自外来,颜色惨恸,责李曰:"夙无嫌怨;荒园报岁百金,非少;何忍遂相族灭[16]?此奇惨之仇,无不报者!"忿然而去。疑其掷砾为殃,而年馀无少怪异。

时顺治初年[17],山中群盗窃发,啸聚万馀人[18],官莫能捕。生以家口多,日忧离乱。适村中来一星者[19],自号"南山翁",言人休咎[20]，了若目睹，名大噪[21]。李召至家，求推甲子[22]。翁愕然起敬，曰："此真主也[23]！"李闻大骇，以为妄。翁正容固言之[24]。李疑信半焉，乃曰："岂有白手受命而帝者乎？"翁谓："不然。自古帝王，类多起于匹夫[25]，谁是生而天子者？"生惑之，前席而请[26]。翁毅然以"卧龙"自任[27]。请先备甲胄数千具、弓弩数千事[28]。李虑人莫之归。翁曰："臣请为大王连诸山，深相结。使哗言者谓大王真天子[29]，山中士卒，宜必响应。"李喜，遣翁行。发藏镪[30]，造甲胄。翁数日始还，曰："借大王威福，加臣三寸舌[31]，诸山莫不愿执鞭靮[32]，从戏下[33]。"浃旬之间[34]，果归命者数千人[35]。于是拜翁为军师；建大纛[36]，设彩帜若林；据山立栅[37]，声势震动。邑令率兵来讨，翁指挥群寇，大破之。令惧，告急于兖[38]。兖兵远涉而至，翁又伏寇进击，兵大溃，将士杀伤者甚众。势益震，党以万计[39]，因自立为"九山王"。翁患马少，会都中解马赴江南[40]，遣一旅要路篡取之[41]。由是"九山王"之名大噪。加翁为"护国大将军"。高卧山巢，公然自负，以为黄袍之加[42]，指日可俟矣[43]。东抚以夺马故[44]，方将进剿；又得兖报，乃发精兵数千，与六道合围而进。军旅旌旗，弥满山谷。"九山王"大惧，召翁谋之，则不知所往。"九山王"窘急无术，登山而望曰："今而知朝廷之势大矣！"山破，被擒，妻孥戮之。始悟翁即老狐，盖以族灭报李也。

异史氏曰："夫人拥妻子，闭门科头[45]，何处得杀？即杀，亦何由族哉？狐之谋亦巧矣。而壤无其种者，虽溉不生；彼其杀狐之残，方寸已有盗根[46]，故狐得长其萌而施之报[47]。今试执途人而告之曰：'汝为天子！'未有不骇而走者。明明导以族灭之为，而犹乐听之，妻子为戮，又何足云？然人听匪言也[48]，始闻之而怒，继而疑，又既而信；迨至身名俱殒，而始悟其误也，大率类此矣[49]。"

据《聊斋志异》铸雪斋抄本

〔1〕 曹州：州名，治所在今山东菏泽县。
〔2〕 荒置之：荒废而闲置。
〔3〕 税屋：租赁房屋。
〔4〕 直：同"值"。租价。
〔5〕 庇宇下：受庇护于屋宇之下，寄居的谦词。
〔6〕 草创：初设。《汉书·外戚恩泽侯表》："庶事草创，日不暇给。"
〔7〕 客子：旅居异地的人。
〔8〕 幸一垂顾：希望能屈驾下顾。垂，由上施下曰垂。
〔9〕 荐：进。
〔10〕 甘旨：泛指美味佳肴。甘，甜。旨，香。
〔11〕 市：买。
〔12〕 亘：直达。
〔13〕 如黑灵芝：烈火腾空，黑烟弥漫，如蘑菇状，故云。灵芝为菌类植物，蘑菇状。
〔14〕 燔臭灰眯：焦臭刺鼻，烟尘迷目。燔，焚烧。
〔15〕 阅视：检阅，查看。
〔16〕 族灭：诛杀整个家族。
〔17〕 顺治：清世祖爱新觉罗·福临年号（1644—1661）。
〔18〕 啸聚：号召聚合。旧时一般指聚众造反。《后汉书·西羌传论》："招引山豪，转相啸聚，揭木为兵，负柴为械。"啸，彼此召呼。
〔19〕 星者：星为古代以星象占验吉凶的方术，星者即指行此方术之人。此指算命先生。
〔20〕 休咎：犹言吉凶祸福。休，吉庆，福禄。咎，凶灾，祸殃。

〔21〕 名大噪:名声大扬。噪,喧嚷。
〔22〕 推甲子:推算生辰八字。甲居天干(甲、乙、丙、丁……)之首,子居地支(子、丑、寅、卯……)之首,干支依次相配,称为"甲子"。星命术士以人出生的年、月、日、时为四柱,配合干支,合为八字,加以附会,用来推算命运的好坏。
〔23〕 真主:即俗称真龙天子。
〔24〕 正容固言之:面色严肃地坚持这样说。
〔25〕 类:大致,大都。
〔26〕 前席:古人席地而坐,向前移动坐席,表示为其说所倾动。《汉书·贾谊传》:"上(指汉文帝)因感鬼神之事,而问鬼神之本……至夜半,文帝前席。"
〔27〕 卧龙:即诸葛亮。《三国志·蜀志·诸葛亮传》载,徐庶对刘备说:"诸葛孔明者,卧龙也,将军岂愿见之乎?"诸葛亮曾任刘备的军师,因以"卧龙"喻指军师。
〔28〕 甲胄:铠甲、头盔。事:件。
〔29〕 哗言者:喜好传播浮言的人。
〔30〕 藏镪(qiǎng 强):蓄藏的金钱。镪,钱贯,引申为钱。
〔31〕 三寸舌:谓善辩的口才。语出《史记·留侯世家》。
〔32〕 执鞭靮(dí 敌):为人驾驭车马,意为乐意相从。《礼记·檀弓下》:"执羁靮而从。"靮,马缰绳。
〔33〕 戏(huī 挥)下:同"麾下",部下。戏,同"麾",旌旗之类,借以指挥。语出《汉书·项籍传》。此据青柯亭本,原作"戟下"。
〔34〕 浃(jiá 夹)旬:十日,一旬。浃,周遍。
〔35〕 归命者:归附而接受其命令者,即归顺的人。
〔36〕 大纛(dào 道,又读 dú 毒):大旗,为古时军中主帅所在地的标志。
〔37〕 栅(zhà 炸,又读 shān 山):寨栅,垒栅。以木栅栏为营墙,以防御敌人。
〔38〕 兖:府名。治所在滋阳(今山东兖州县)。
〔39〕 党:同伙的人。
〔40〕 解:押解。
〔41〕 一旅:犹言一支部队。旅,军队编制单位,古时五百人为一旅。也

泛指军队。要路篡取:拦路夺取。要,遮留。要路,犹拦路。
- 〔42〕黄袍加身:谓做皇帝。黄袍,古帝王袍服色尚黄。王楙《野客丛书·禁用黄》:"唐高祖武德初,用隋制,天子常服黄袍,遂禁士庶不得服,而服有禁自此始。"
- 〔43〕指日可俟:犹指日可待。指日,预定日期。
- 〔44〕东抚:指山东巡抚。清初沿袭明制,于地方设总督、巡抚,负责一省或数省的军民两政,而由其所属承宣布政使司、提刑按察使司和各道道员督率府县。
- 〔45〕科头:不戴帽,指随便闲散。
- 〔46〕方寸:亦作"方寸地",指心。
- 〔47〕长其萌:使其萌芽滋长。
- 〔48〕匪言:狂惑之言。
- 〔49〕大率:大概,大致。

遵化署狐

诸城邱公为遵化道[1]。署中故多狐[2]。最后一楼,绥绥者族而居之[3],以为家。时出殃人,遣之益炽[4]。官此者惟设牲祷之[5],无敢迕。邱公莅任,闻而怒之[6]。狐亦畏公刚烈,化一妪告家人曰:"幸白大人[7]:勿相仇。容我三日,将携细小避去[8]。"公闻,亦默不言。次日,阅兵已,戒勿散,使尽扛诸营巨炮骤入,环楼千座并发;数仞之楼,顷刻摧为平地,革肉毛血,自天雨而下[9]。但见浓尘毒雾之中,有白气一缕,冒烟冲空而去。众望之曰:"逃一狐矣。"而署中自此平安。

后二年,公遣干仆赍银如干数赴都[10],将谋迁擢[11]。事未就,姑窖藏于班役之家[12]。忽有一叟诣阙声屈[13],言妻子横被杀戮;又讦公克削军粮[14],賮缘当路[15],现顿某家[16],可以验证。奉旨押验。至班役家,冥搜不得[17]。叟惟以一足点地[18]。悟其意,发之,果得金;金上镌有"某郡解"字。已而觅叟,则失所在。执乡里乡名以求其人,竟亦无之。公由此罹难。乃知叟即逃狐也。

异史氏曰:"狐之祟人,可诛甚矣。然服而舍之[19],亦以全吾仁。公可云'疾之已甚'者矣[20]。抑使关西为此[21],岂百狐所能仇哉!"

据《聊斋志异》铸雪斋抄本

〔1〕 诸城：县名。今属山东省。遵化：州名，清时属直隶，治所在今河北省遵化县。道，道员，别称道台。清时省以下、州府以上一级的官员，也称观察。
〔2〕 故：原来。
〔3〕 绥绥者：代指狐。《诗·卫风·有狐》："有狐绥绥，在彼洪梁。"绥绥，相随的样子。
〔4〕 遣之益炽：驱逐它就更加厉害。遣，逐。炽，烈，厉害。
〔5〕 牲：指整个的牛、羊、豕；供祭祀之用。
〔6〕 闻而怒之：此据二十四卷抄本，原无"而"字。
〔7〕 幸白：希望禀告。幸，希望。
〔8〕 细小：犹言家小，谦词。
〔9〕 雨而下：像雨点一样落下。
〔10〕 干仆：干练的仆役。如干：犹若干。
〔11〕 迁擢：升迁，提拔。
〔12〕 班役：即衙役。衙役分班，曰班役。
〔13〕 诣阙声屈：到朝廷鸣冤叫屈。诣，至。阙，宫阙，此指朝廷。
〔14〕 讦（jié结）：揭发，告发。
〔15〕 夤缘当路：攀附权要。当路，犹当权，指执政者。
〔16〕 顿：暂存。
〔17〕 冥搜：到处搜查。
〔18〕 叟：此据山东省博物馆本，原作"翁"。
〔19〕 服而舍之：服罪之后释放它们。舍，释放。
〔20〕 疾之已甚：痛恨它太过分。《论语·泰伯》："人而不仁，疾之已甚，乱也。"
〔21〕 关西：指杨震（？—124）。震为东汉弘农华阴（今属陕西）人，字伯起，官至太尉。因"明经博览"，时人号为"关西孔子"。《后汉书》本传载，杨震"性公廉，不受私谒。"迁东莱太守，"道经昌邑，故所举荆州茂才王密为昌邑令，谒见，至夜怀金十斤以遗震。震曰：'故人知君，君不知故人，何也？'密曰：'暮色无知者。'震曰：

'天知,神知,我知,子知。何谓无知!'密愧而出。"邱某疾恶而行污,与杨震刚方而清廉相形,如杀狐者为杨,则狐当无隙可乘,以资报复。

张　诚

豫人张氏者[1]，其先齐人[2]。明末齐大乱，妻为北兵掠去[3]。张常客豫，遂家焉。娶于豫，生子讷。无何，妻卒，又娶继室，生子诚。继室牛氏悍，每嫉讷，奴畜之，啖以恶草具[4]。使樵，日责柴一肩；无则挞楚诟诅，不可堪。隐畜甘脆饵诚[5]，使从塾师读。诚渐长，性孝友，不忍兄劬，阴劝母。母弗听。一日，讷入山樵，未终，值大风雨，避身岩下，雨止而日已暮。腹中大馁，遂负薪归。母验之少，怒不与食；饥火烧心，入室僵卧。诚自塾中来，见兄嗒然[6]，问："病乎？"曰："饿耳。"问其故，以情告。诚愀然便去。移时，怀饼来饵兄。兄问其所自来。曰："余窃面倩邻妇为之，但食勿言也。"讷食之。嘱弟曰："后勿复然，事泄累弟。且日一啖，饥当不死。"诚曰："兄故弱，乌能多樵！"次日，食后，窃赴山，至兄樵处。兄见之，惊问："将何作？"答曰："将助樵采。"问："谁之遣？"曰："我自来耳。"兄曰："无论弟不能樵，纵或能之，且犹不可。"于是速之归[7]。诚不听，以手足断柴助兄。且云："明日当以斧来。"兄近止之。见其指已破，履已穿[8]，悲曰："汝不速归，我即以斧自刭死[9]！"诚乃归。兄送之半途，方复回。樵既归，诣塾，嘱其师曰："吾弟年幼，宜闭之。山中虎狼多。"师曰："午前不知何往，业夏楚之[10]。"归谓诚曰："不听吾言，遭笞责矣。"诚笑曰："无之。"明日，怀斧又去。兄骇曰："我固谓子勿来，何复尔?"诚不应,刘薪且急,汗交颐不少休。约足一束,不辞而返。师又责之,乃实告之。师叹其贤,遂不之禁。兄屡止之,终不听。

一日,与数人樵山中,欻有虎至。众惧而伏。虎竟衔诚去。虎负人行缓,为讷追及。讷力斧之,中胯。虎痛狂奔,莫可寻逐,痛哭而返。众慰解之,哭益悲。曰:"吾弟,非犹夫人之弟[11];况为我死,我何生焉!"遂以斧自刎其项。众急救之,入肉者已寸许,血溢如涌,眩瞀殒绝[12]。众骇,裂之衣而约之[13],群扶而归。母哭骂曰:"汝杀吾儿,欲劓颈以塞责耶[14]!"讷呻云:"母勿烦恼。弟死,我定不生!"置榻上,疮痛不能眠,惟昼夜倚壁坐哭。父恐其亦死,时就榻少哺之,牛辄诟责。讷遂不食,三日而毙。村中有巫走无常者[15],讷途遇之,缅诉衷苦[16]。因询弟所,巫言不闻。遂反身导讷去。至一都会,见一皂衫人,自城中出。巫要遮代问之[17]。皂衫人于佩囊中检牒审顾,男妇百馀,并无犯而张者。巫疑在他牒。皂衫人曰:"此路属我,何得差逮。"讷不信,强巫入内城。城中新鬼、故鬼往来憧憧[18],亦有故识[19],就问,迄无知者。忽共哗言:"菩萨至[20]!"仰见云中,有伟人,毫光彻上下,顿觉世界通明。巫贺曰:"大郎有福哉[21]!菩萨几十年一入冥司,拔诸苦恼[22],今适值之。"便捽讷跪。众鬼因纷纷籍籍[23],合掌齐诵慈悲救苦之声,哄腾震地。菩萨以杨柳枝遍洒甘露,其细如尘。俄而雾收光敛,遂失所在。讷觉颈上沾露,斧处不复作痛。巫仍导与俱归。望见里门,始别而去。讷死二日,豁然竟苏,悉述所遇,谓诚不死。母以为撰造之诬,反诟骂之。讷负屈无以自伸,而摸创痕良瘥。自力起,拜父曰:"行将穿云入海往寻弟，如不可见，终此身勿望返也。愿父犹以儿为死。"翁引空处与泣，无敢留之。

讷乃去。每于冲衢访弟耗[24]，途中资斧断绝，丐而行。逾年，达金陵，悬鹑百结[25]，伛偻道上。偶见十馀骑过，走避道侧。内一人如官长，年四十已来，健卒怒马，腾踔前后。一少年乘小驷，屡视讷。讷以其贵公子，未敢仰视。少年停鞭少驻，忽下马，呼曰："非吾兄耶！"讷举首审视，诚也。握手大痛，失声。诚亦哭曰："兄何漂落以至于此？"讷言其情，诚益悲。骑者并下问故，以白官长。官命脱骑载讷[26]，连辔归诸其家[27]，始详诘之。初，虎衔诚去，不知何时置路侧，卧途中经宿。适张别驾自都中来[28]，过之，见其貌文，怜而抚之，渐苏。言其里居，则相去已远。因载与俱归。又药敷伤处，数日始痊。别驾无长君[29]，子之。盖适从游瞩也。诚具为兄告。言次，别驾入，讷拜谢不已。诚入内，捧帛衣出，进兄，乃置酒燕叙。别驾问："贵族在豫，几何丁壮？"讷曰："无有。父少齐人，流寓于豫。"别驾曰："仆亦齐人。贵里何属？"答曰："曾闻父言，属东昌辖[30]。"惊曰："我同乡也！何故迁豫？"讷曰："明季清兵入境，掠前母去。父遭兵燹，荡无家室。先贾于西道，往来颇稔，故止焉。"又惊问："君家尊何名？"讷告之。别驾瞠而视[31]，俯首若疑，疾趋入内。无何，太夫人出[32]。共罗拜，已，问讷曰："汝是张炳之之孙耶？"曰："然。"太夫人大哭，谓别驾曰："此汝弟也。"讷兄弟莫能解。太夫人曰："我适汝父三年，流离北去，身属黑固山半年[33]，生汝兄。又半年，固山死，汝兄补秩旗下迁此官[34]。今解任矣。每刻刻念乡井，遂出籍[35]，复故谱[36]。屡遣人至齐，殊无所觅耗，何知汝父西徙哉！"乃谓别驾曰："汝以弟为子，折福死矣[37]！"别驾曰："曩问诚，诚未尝言齐人，想幼稚不忆耳。"乃以齿序[38]：别驾四十有一，为长；诚十六，最少；讷二十二，则伯而仲矣。别驾得两弟，甚欢，与同卧处，尽悉离散端由，将作归计。太夫人恐不见容。别驾曰："能容则共之，否则析之。天下岂有无父之国？"于是鬻宅办装，刻日西发。

既抵里，讷及诚先驰报父。父自讷去，妻亦寻卒；块然一老鳏[39]，形影自吊[40]。忽见讷入，暴喜，恍恍以惊[41]；又睹诚，喜极，不复作言，潸潸以涕[42]。又告以别驾母子至，翁辍泣愕然，不能喜，亦不能悲，蚩蚩以立[43]。未几，别驾入，拜已；太夫人把翁相向哭。既见婢媪厮卒，内外盈塞，坐立不知所为。诚不见母，问之，方知已死，号嘶气绝，食顷始苏。别驾出资，建楼阁；延师教两弟；马腾于槽，人喧于室，居然大家矣。

异史氏曰："余听此事至终，涕凡数堕：十馀岁童子，斧薪助兄，慨然曰：'王览固再见乎[44]！'于是一堕。至虎衔诚去，不禁狂呼曰：'天道愦愦如此[45]！'于是一堕。及兄弟猝遇，则喜而亦堕；转增一兄，又益一悲，则为别驾堕。一门团圞[46]，惊出不意，喜出不意，无从之涕，则为翁堕也[47]。不知后世，亦有善涕如某者乎[48]？"

据《聊斋志异》铸雪斋抄本

----

〔1〕 豫：今河南省古为豫州之地，故别称为豫。

〔2〕 齐:今山东泰山以北地区及胶东半岛,战国时为齐地,汉以后仍沿称为齐。

〔3〕 北兵:指清兵。明崇祯年间,建国于东北地区的清兵,曾五次进袭关内。崇祯十一年(1638),清兵入关攻陷河北,次年正月陷山东济南。崇祯十五年(1642)十一月,清兵入关陷蓟州、畿南,攻克山东兖州府。这两次进袭,山东受祸最为惨烈。

〔4〕 恶草具:粗劣的食物。《史记·陈丞相世家》:项羽遣使至汉,刘邦"为太牢具,举进。见楚使,即佯惊曰:'吾以为亚父使,乃项王使。'复持去,更以恶草具进楚使。"具,供设,指食物。此句《聊斋志异图咏》本;底本及山东省博物馆藏抄本均作"啖以恶草,且使樵"。

〔5〕 甘脆:美好的食物。

〔6〕 嗒(tà 踏)然:沮丧的样子。

〔7〕 速:催促。

〔8〕 履已穿:鞋已磨破。

〔9〕 刭:割颈。

〔10〕 业夏(jiǎ 甲)楚之:已体罚了他。夏楚,同"榎楚",古代学校用榎木、荆条制成的体罚学生的用具。《礼记·学记》:"夏楚二物,收其威也。"

〔11〕 非犹夫人之弟:不同于别的人家的弟弟;意谓其弟甚贤。犹,若。夫,语中助词,无义。

〔12〕 眩瞀(mào 冒)殒绝:昏死过去。眩瞀,眼花。殒,死亡。

〔13〕 约之:束裹伤口。

〔14〕 劙(lí 离):浅割。

〔15〕 走无常者:迷信传说,冥间鬼使不足时,往往勾摄阳间之人代为服役。这种人称为走无常者。人被勾摄时,忽掷跳数四,仆地而死,苏醒后能言冥间所历之事。见祝允明《语怪》。

〔16〕 缅诉:追诉。

〔17〕 要(yāo 腰)遮:中途拦截。

〔18〕 憧憧(chōng chōng 冲冲):形影摇晃的样子。

〔19〕 故识:老相识,熟人。

[20] 菩萨:梵语"菩提萨埵"的简称,位次于佛。详《瞳人语》注。此指观世音。《法华经·观世音菩萨》:"若有无量百千万亿众生受苦恼,闻是观世音菩萨,一心称名,观世音菩萨即时观其音声,皆得解脱。"
[21] 大郎:指张讷。郎,对少年男子的敬称。
[22] 苦恼:佛家语,指人生的苦难忧伤。
[23] 纷纷籍籍:形容众人纷乱喧嚷。
[24] 冲衢:通向四面八方的要道。
[25] 悬鹑:鹌鹑毛斑尾秃,如同破烂的衣服,因以形容衣衫褴褛。见《荀子·大略》。
[26] 脱骑:此谓让出一匹马。二十四卷抄本作"脱骖"。
[27] 连辔(pèi 沛):骑马并行。辔,驭马的缰绳。
[28] 别驾:官名,州的佐吏。宋以来,诸州通判也尊称别驾。
[29] 长君:成年的公子。长,年岁较大。
[30] 东昌:府名,府治在今山东省聊城县。
[31] 瞠(chēng 撑)而视:瞪目而视;形容惊呆。
[32] 太夫人:老夫人。汉制,列侯之母称太夫人。后来官绅之母,不论存亡,均称太夫人。
[33] 黑固山:黑,姓。固山,满语音译,为加于爵位或官职前的美称。加于官名上的如"固山额真"。固山额真,汉语译为"旗主",顺治十七年定汉名为"都统"。
[34] 补秩:补缺。秩,官职。旗,清代满族以旗色为标志,建立八旗制度。初期各旗兼有军事、行政、生产三方面的职能。后来则成为兵籍编制。
[35] 出籍:指脱离旗籍。
[36] 复故谱:复归原来的宗族,即归宗。谱,谱牒,旧时记载家族世系的家谱。
[37] 折福死矣:犹言"罪过煞"。谓造孽折福太甚。死,形容极甚。
[38] 以齿序:按年龄排定长幼次序。齿,年岁。
[39] 块然:孤独,伶仃。
[40] 形影自吊:对影自叹;形容孤独无伴。吊,哀伤。

〔41〕恍恍（huǎng huǎng 晃晃）：精神恍惚。
〔42〕渶渶：泪流貌。
〔43〕蚩蚩：痴呆貌。
〔44〕王览固再见乎：像王览这样的人物真的又出现了吗？《晋书·王祥传》载，王祥少时对继母至孝，继母却虐待他。继母所生弟王览每见王祥被打，就痛哭劝阻其母，并帮助王祥完成继母刁难的苦役。继母每欲毒害王祥，王览则先尝赐给王祥的食物。终于保全了王祥。这里以王览比张诚。固，的确。见，同"现"。
〔45〕愦愦：胡涂，昏聩。
〔46〕团圞（luán 峦）：团聚。
〔47〕堕：据二十四卷抄本补。
〔48〕某：指代"我"。

汾 州 狐

汾州判朱公者[1],居廨多狐[2]。公夜坐,有女子往来灯下。初谓是家人妇,未遑顾瞻[3];及举目,竟不相识,而容光艳绝。心知其狐,而爱好之,遽呼之来。女停履笑曰:"厉声加人,谁是汝婢媪耶[4]?"朱笑而起,曳坐谢过。遂与款密[5],久如夫妻之好。忽谓曰:"君秩当迁[6],别有日矣。"问:"何时?"答曰:"目前。但贺者在门,吊者即在闾,不能官也。"

三日,迁报果至。次日,即得太夫人讣音[7]。公解任,欲与偕旋[8]。狐不可。送之河上。强之登舟。女曰:"君自不知,狐不能过河也。"朱不忍别,恋恋河畔。女忽出,言将一谒故旧。移时归,即有客来答拜。女别室与语。客去乃来,曰:"请便登舟,妾送君渡。"朱曰:"向言不能渡,今何以云[9]?"曰:"曩所谒非他,河神也。妾以君故,特请之。彼限我十天往复,故可暂依耳。"遂同济。至十日,果别而去。

据《聊斋志异》铸雪斋抄本

---

[1] 汾州判:汾州府通判。汾州府,治所在今山西汾阳县。通判,清代为知府佐官,详《莲香》注。
[2] 居廨(xiè 写):所居官署。

〔3〕 未遑:未暇,未及。
〔4〕 婢媪:指供役使的婢女、仆妇。
〔5〕 遂与款密:就与她结为知心朋友。款密,恳挚,亲切。此谓情感真挚的密友。
〔6〕 秩:官吏的俸禄。此指官吏的职位、品级。
〔7〕 太夫人:此指朱母。讣音:报丧的音讯。
〔8〕 偕旋:一同回归故里。旋,旋里。
〔9〕 云:此据山东省博物馆本,原作"渡"。

巧　娘

广东有搢绅傅氏[1],年六十余。生一子,名廉。甚慧,而天阉[2],十七岁,阴裁如蚕。遐迩闻知,无以女女者[3]。自分宗绪已绝,昼夜忧怛[4],而无如何。廉从师读[5]。师偶他出,适门外有猴戏者,廉视之,废学焉。度师将至而惧,遂亡去。离家数里,见一素衣女郎,偕小婢出其前。女一回首,妖丽无比。莲步蹇缓[6],廉趋过之。女回顾婢曰:"试问郎君,得无欲如琼乎[7]?"婢果呼问。廉诘其何为[8]。女曰:"倘之琼也,有尺一书[9],烦便道寄里门[10]。老母在家,亦可为东道主[11]。"廉出本无定向,念浮海亦得,因诺之。女出书付婢,婢转付生。问其姓名居里,云:"华姓,居秦女村,去北郭三四里。"生附舟便去。

至琼州北郭,日已曛暮。问秦女村,迄无知者。望北行四五里[12],星月已灿,芳草迷目,旷无逆旅[13],窘甚。见道侧一墓[14],思欲傍坟栖止,大惧虎狼。因攀树猱升[15],蹲踞其上。听松声谡谡[16],宵虫哀奏[17],中心忐忑,悔至如烧。忽闻人声在下,俯瞰之,庭院宛然;一丽人坐石上,双鬟挑画烛[18],分侍左右。丽人左顾曰:"今夜月白星疏,华姑所赠团茶[19],可烹一盏,赏此良夜。"生意其鬼魅,毛发森竖[20],不敢少息。忽婢子仰视曰:"树上有人!"女惊起曰:"何处大胆儿,暗来窥人!"生大惧,无所逃隐,遂盘旋下,伏地乞宥。女近临一睇[21],反恚为喜,曳与并坐。睨之,年可十七八,姿态艳绝。听其言,亦非土音[22]。问:"郎何之?"答云:"为人作寄书邮。"女曰:"野多暴客,露宿可虞。不嫌蓬荜[23],愿就税驾[24]。"邀生入。室惟一榻,命婢展两被其上。生自惭形秽,愿在下床。女笑曰:"佳客相逢,女元龙何敢高卧[25]?"生不得已,遂与共榻,而惶恐不敢自舒。未几,女暗中以纤手探入,轻捻胫股。生伪寐,若不觉知。又未几,启衾入,摇生,迄不动。女便下探隐处。乃停手怅然,悄悄出衾去。俄闻哭声。生惶愧无以自容,恨天公之缺陷而已。女呼婢篝灯。婢见啼痕,惊问所苦。女摇首曰:"我自叹吾命耳[26]。"婢立榻前,耽望颜色。女曰:"可唤郎醒,遣放去。"生闻之,倍益惭怍;且惧宵半,茫茫无所复之[27]。

筹念间,一妇人排闼入[28]。婢白:"华姑来。"微窥之,年约五十馀,犹风格[29]。见女未睡,便致诘问。女未答。又视榻上有卧者,遂问:"共榻何人?"婢代答:"夜一少年郎寄此宿[30]。"妇笑曰:"不知巧娘谐花烛。"见女啼泪未干,惊曰:"合卺之夕[31],悲啼不伦;将勿郎君粗暴也[32]?"女不言,益悲。妇欲捋衣视生,一振衣,书落榻上。妇取视,骇曰:"我女笔意也!"拆读叹咤。女问之。妇云:"是三姐家报,言吴郎已死,茕无所依,且为奈何?"女曰:"彼固云为人寄书,幸未遣之去。"妇呼生起,究询书所自来。生备述之。妇曰:"远烦寄书,当何以报?"又熟视生,笑问:"何迕巧娘?"生言:"不自知罪。"又诘女。女叹曰:"自怜生适阉寺[33],没奔椓人[34],是以悲耳。"妇顾生曰:"慧黠儿,固雄而雌者耶?是我之客,不可久溷他人。"遂导生入东厢,探手于袴而验之。笑曰:"无怪巧娘零涕。然幸有根蒂,犹可为力。"挑灯遍翻箱簏,得黑丸,授生,令即吞下,秘嘱勿吪[35],乃出。生独卧筹思,不知药医何症。将比五更,初醒,觉脐下热气一缕,直冲隐处,蠕蠕然似有物垂股际;自探之,身已伟男。心惊喜,如乍膺九锡[36]。棂色才分,妇即入[37],以炊饼纳生室,叮嘱耐坐,反关其户。出语巧娘曰:"郎有寄书劳,将留招三娘来,与订姊妹交。且复闭置,免人厌恼。"乃出门去。生回旋无聊,时近门隙,如鸟窥笼。望见巧娘,辄欲招呼自呈,惭讷而止。延及夜分,妇始携女归。发扉曰:"闷煞郎君矣!三娘可来拜谢。"途中人逡巡入,向生敛衽。妇命相呼以兄妹。巧娘笑曰:"姊妹亦可。"并出堂中,团坐置饮。饮次,巧娘戏问:"寺人亦动心佳丽否?"生曰:"跛者不忘履,盲者不忘视。"相与粲然。

巧娘以三娘劳顿,迫令安置。妇顾三娘,俾与生俱。三娘羞晕不行。妇曰:"此丈夫而巾帼者,何畏之?"敦促偕去。私嘱生曰:"阴为吾婿,阳为吾子,可也。"生喜,捉臂登床,发硎新试[38],其快可知。既于枕上问女:"巧娘何人?"曰:"鬼也。才色无匹,而时命蹇落[39]。适毛家小郎子,病阉,十八岁而不能人,因邑邑不畅[40],赍恨如冥[41]。"生惊,疑三娘亦鬼。女曰:"实告君,妾非鬼,狐耳。巧娘独居无耦,我母子无家,借庐栖止。"生大愕。女云:"无惧,虽故鬼狐,非相祸者。"由此日共谈宴。虽知巧娘非人,而心爱其娟好,独恨自献无隙[42]。生蕴藉[43],善谀噱[44],颇得巧娘怜。一日,华氏母子将他往,复闭生室中。生闷气,绕室隔扉呼巧娘。巧娘命婢历试数钥,乃得启。生附耳请间。巧娘遣婢去。生挽就寝榻,偎向之。女戏搁脐下,曰:"惜可儿此处阙然[45]。"语未竟,触手盈握。惊曰:"何前之渺渺,而遽累然!"生笑曰:"前羞见客,故缩;今以诮谤难堪,聊作蛙怒耳。"遂相绸缪。已而恚曰:"今乃知闭户有因。昔母子流荡栖无所,假庐居之。三娘从学刺绣,妾曾不少秘惜。乃妒忌如此!"生劝慰之,且以情告。巧娘终衔之。生曰:"密之,华姑嘱我严。"语未及已,华姑掩入。二人皇遽方起。华姑嗔目[46],问:"谁启扉?"巧娘笑逆自承。华益怒,聒絮不已。巧娘哂曰:"阿姥亦大笑人!是丈夫而巾帼者,何能为?"三娘见母与巧娘苦相抵[47],意不自安,以一身调停两间,始各拗怒为喜[48]。巧娘言虽愤烈,然自是屈意事三娘。但华姑昼夜闲防[49],两情不得自展,眉目含情而已。

一日,华姑谓生曰:"吾儿姊妹皆已奉事君。念居此非计,君宜归告父母,早订永约。"即治装促生行。二女相向,容颜悲恻;而巧娘尤不可堪,泪滚滚如断贯珠,殊无已时。华姑排止之[50],便曳生出。至门外,则院宇无存,但见荒冢。华姑送至舟上,曰:"君行后,老身携两女僦屋于贵邑[51]。倘不忘夙好,李氏废园中,可待亲迎。"生乃归。

时傅父觅子不得,正切焦虑,见子归,喜出非望。生略述崖末[52],兼至华氏之订。父曰:"妖言何足听信?汝尚能生还者,徒以阉废故;不然,死矣!"生曰:"彼虽异物,情亦犹人;况又慧丽,娶之亦不为戚党笑。"父不言,但嗤之。生乃退而技痒,不安其分,辄私婢;渐至白昼宣淫,意欲骇闻翁媪。一日,为小婢所窥,奔告母。母不信,薄观之[53]，始骇。呼婢研究，尽得其状。喜极，逢人宣暴，以示子不阉，将论婚于世族。生私白母："非华氏不娶。"母曰："世不乏美妇人，何必鬼物？"生曰："儿非华姑，无以知人道[54]，背之不祥。"傅父从之，遣一仆一妪往觇之。出东郭四五里，寻李氏园。见败垣竹树中，缕缕有炊烟。妪下乘，直造其闼，则母子拭几濯溉，似有所伺。妪拜致主命。见三娘，惊曰："此即吾家小主妇耶？我见犹怜，何怪公子魂思而梦绕之[55]。"便问阿姊。华姑叹曰："是我假女[56]。三日前，忽徂谢去。"因以酒食饷妪及仆。妪归，备道三娘容止，父母皆喜。末陈巧娘死耗，生恻恻欲涕。至亲迎之夜，见华姑亲问之。答云："已投生北地矣。"生歔欷久之。迎三娘归，而终不能忘情巧娘，凡有自琼来者，必召见问之。或言秦女墓夜闻鬼哭。生诧其异，入告三娘。三娘沉吟良久，泣下曰："妾负姊矣！"诘之，答云："妾母子来时，实未使闻。兹之怨啼，将无是？向欲相告，恐彰母过。"生闻之，悲已而喜。即命舆，宵昼兼程，驰诣其墓。叩墓木而呼曰："巧娘，巧娘！某在斯。"俄见女郎捧婴儿，自穴中出，举首酸嘶[57]，怨望无已。生亦涕下。探怀问谁氏子，巧娘曰："是君之遗孽也[58]，诞三月矣。"生叹曰："误听华姑言，使母子埋忧地下，罪将安辞！"乃与同舆，航海而归。抱子告母。母视之，体貌丰伟，不类鬼物，益喜。二女谐和，事姑孝。后傅父病，延医来。巧娘曰："疾不可为，魂已离舍。"督治冥具，既竣而卒。儿长，绝肖父；尤慧，十四游泮。高邮翁紫霞，客于广而闻之。地名遗脱，亦未知所终矣。

据《聊斋志异》铸雪斋抄本

〔1〕 广东：广东省，辖境约略与今广东省相同。搢（jìn 晋）绅：也作"荐绅"、"缙绅"。古代仕宦者搢（插）笏垂绅（大带），因以指称仕宦之家。详《三生》注。此指乡绅，即离职乡居的官员。
〔2〕 天阉：生来没有生殖能力的男子。阉，阉割，割去男性生殖腺。
〔3〕 无以女女者：没有人把女儿嫁给他的。前一"女"字，是名词，女儿；后一"女"字，是动词，以女妻人。
〔4〕 忧怛：忧愁烦恼。
〔5〕 廉从师读：此从山东省博物馆本，原无"师读"二字。
〔6〕 莲步蹇（jiǎn 简）缓：谓小脚行走迟缓。莲步，旧指女子的脚步。《南史·东昏侯纪》："凿金为莲花以帖地，令潘妃行其上，曰：'此步步生莲华也。'"
〔7〕 得无欲如琼乎：该不是想去琼州吧？得无，莫非、该不会。如，往。琼，琼州，即今海南岛琼山县。
〔8〕 何为：此据山东省博物馆本，原无"何"字。
〔9〕 尺一书：即尺一牍。汉代诏书写于一尺一寸长的木版上，故称尺一牍。《汉书·匈奴传》："汉遗单于书，以尺一牍，……中行说令单于以尺二牍，及印封皆令广长大。"此泛指书信。
〔10〕 里门：古时聚族列里而居，门户相连，于里有门，叫里门。此指族居之地。语见《史记·万石张叔列传》。
〔11〕 东道主：待客之主人。语见《左传·僖公三十年》。
〔12〕 望：向。
〔13〕 逆旅：客店。
〔14〕 见道侧一墓：此据山东省博物馆本增补，原无"一"字。
〔15〕 猱（náo 挠）升：攀缘而上。猱，猿类，善爬树。《诗经·小雅·角弓》："毋教猱升木，如涂涂附。"
〔16〕 谡（sù 速）谡：风声。《世说新语·赏誉》："世目李元礼，谡谡如劲松下风。"
〔17〕 宵虫哀奏：夜虫哀鸣。
〔18〕 双鬟：两个丫嬛。旧时丫嬛头结双鬟，因以鬟代指丫嬛。

[19] 团茶：圆模制成的一种茶块,始于宋。《说郛》辑熊蕃《宣和北苑贡茶录》："太平兴国初,特制龙凤模,遣使臣就北苑造团茶,以别庶饮。"
[20] 毛发森竖：此据山东省博物馆本,原作"毛发直竖"。森,高耸。
[21] 睇：倾视,俯身而视。
[22] 亦非土音：此据山东省博物馆本,原无"非"字。
[23] 蓬荜(bì 毕)："蓬门荜户"的略语,犹言草舍。住处简陋的谦词。语见《晋书·皇甫谧传》。
[24] 税驾：停车,此谓留宿。税,止。
[25] 元龙：陈元龙,名登,三国时人,以豪气著称。《三国志·魏书·吕布臧洪传》载,许汜论及陈登,云："昔遭乱过下邳,见元龙。元龙无客主之意,久不相与语,自上大床卧,使客卧下床。"巧娘戏谓不敢以女元龙自居,意在让傅生上床同卧。
[26] 我自叹吾命耳：此据山东省博物馆本,原无"自"字。
[27] 无所复之：此据二十四卷抄本,原作"所"字。
[28] 排闼(tà 榻)入：推门而入。排,推。闼,小门。语见《汉书·樊哙传》。
[29] 风格：犹风韵。
[30] 宿：原无此字,据二十四卷抄本补。
[31] 合卺(jǐn 紧)：古代结婚仪式之一,因代指结婚。详《娇娜》注。
[32] 也：山东省博物馆本作"耶",义同。
[33] 阉寺：宦官。《后汉书·党锢列传》："主荒政谬,国命委于阉寺。"天阉实同宦官,因以指称。
[34] 椓(zhuó 酌)人：即阉人。旧以称宦官。椓,椓刑,即宫刑。《尚书·吕刑》载,古代酷刑有"劓、刵、椓、黥"。
[35] 勿吪(é 俄)：不要动。吪,动。见《诗经·王风·兔爰》。无同勿。
[36] 如乍膺九锡：如同刚刚受到九锡的封赠那样高兴。膺,受。九锡,传说为古代帝王尊礼大臣所给予的九种器物。九锡的名目及次序,古籍记载大同小异。《公羊传·庄公元年》何休注云："礼有九锡,一曰车马,二曰衣服,三曰乐则,四曰朱户,五曰纳陛,六曰虎贲,七曰弓矢,八曰铁钺,九曰秬鬯。"西汉末王莽、东汉末曹操均加

九锡,遂成权臣篡夺政权之前的通例。
〔37〕 即:原无此字。此据山东省博物馆本增补。
〔38〕 发硎(xíng 刑):谓刚刚磨过的刀刃。硎,磨刀石。语出《庄子·养生主》。
〔39〕 时命蹇(jiǎn 简)落:犹言命苦无依。蹇,困苦。落,飘泊无依。
〔40〕 邑邑:同"悒悒",心情抑郁。
〔41〕 赍恨如冥:此据二十四卷抄本,原无"恨"字。
〔42〕 自献无隙:此据二十四卷抄本,原无"献"字。
〔43〕 蕴藉:也作"温藉"、"酝藉"。宽和有涵养。语出《后汉书·第五伦传》。
〔44〕 诙噱(jué 决):以逗乐来讨好别人。噱,逗乐,以趣语使人快乐。
〔45〕 可儿:谓如人心意的人。《世说新语·赏誉》:"桓温行经王敦墓边过,望之云:'可儿,可儿!'"
〔46〕 嗔目:犹怒目,因愤怒而睁大眼睛。嗔,怒。
〔47〕 苦相抵(zhǐ 纸):苦苦地互相讦难。抵,击。
〔48〕 拗(yù 郁)怒:此据二十四卷抄本,原无"怒"字。拗怒,抑制愤怒。《后汉书·班彪传》附班固《两都赋》:"躩躨其十二三,乃拗怒而少息。"注:"拗,犹抑也。"
〔49〕 闲防:即防闲。
〔50〕 排止之:谓分别劝止巧娘与三娘。排,调停,劝解。
〔51〕 僦(jiù 就):租赁。
〔52〕 崖末:本末,首尾。
〔53〕 薄观之:靠近观察。《左传·僖公二十三年》:"(晋公子重耳)及曹,曹共闻其骈胁,欲观其裸。浴,薄而观之。"薄,就近。
〔54〕 人道:谓男女交合。
〔55〕 何怪公子魂思而梦绕之:此据二十四卷抄本,原无"公"字。
〔56〕 假女:犹义女。
〔57〕 酸嘶:悲泣。嘶,噎,哽咽。
〔58〕 遗孽(niè 聂):遗留下的孽根。孽,罪咎。此为怨词。

吴　令

吴令某公[1]，忘其姓字。刚介有声[2]。吴俗最重城隍之神[3]，木肖之[4]，衣以锦，藏机如生[5]。值神寿节，则居民敛资为会，辇游通衢；建诸旗幢[6]，杂卤簿[7]，森森部列[8]，鼓吹行且作，阗阗咽咽然[9]，一道相属也[10]。习以为俗，岁无敢懈。公出，适相值，止而问之。居民以告。又诘知所费颇奢。公怒，指神而责之曰："城隍实主一邑。如冥顽无灵[11]，则淫昏之鬼，无足奉事；其有灵，则物力宜惜，何得以无益之费，耗民脂膏[12]？"言已，曳神于地，笞之二十。从此习俗顿革。公清正无私，惟少年好戏。居年馀，偶于廨中梯檐探雀鷇[13]，失足而堕，折股，寻卒。人闻城隍祠中，公大声喧怒，似与神争，数日不止。吴人不忘公德，群集祝而解之，别建一祠祠公，声乃息。祠亦以城隍名，春秋祀之，较故神尤著。吴至今有二城隍云。

　　　　　　　　　据《聊斋志异》铸雪斋抄本

----

〔1〕　吴令：吴县县令。吴县，即今江苏省苏州市。
〔2〕　刚介有声：刚直耿介有政声。
〔3〕　城隍之神：守护城池之神。详《考城隍》注。
〔4〕　木肖之：用木头雕刻成它的肖像。

〔5〕 衣以锦,藏机如生:此据山东省博物馆本,原作"锦藏机如生"。
〔6〕 幢:古时直幅之旗,多用于仪仗。
〔7〕 卤簿:官员仪仗。详《陆判》注。
〔8〕 森森部列:密密地分布排列。森森,繁密貌。
〔9〕 阗阗咽咽(yuān yuān 冤冤):鼓乐声。《诗·小雅·采芑》:"振旅阗阗。"朱熹注:"阗阗,亦鼓声也。"《诗·鲁颂·有駜》:"鼓咽咽。"
〔10〕 相属(zhǔ 主):相连。
〔11〕 冥顽:愚钝无知。
〔12〕 民脂膏:民脂民膏,喻指人民的财物。
〔13〕 雀鷇(kòu 扣,又读 gòu 够):幼雀。鷇,待母鸟哺食的雏鸟。

口　技

村中来一女子,年二十有四五。携一药囊,售其医[1]。有问病者,女不能自为方,俟暮夜问诸神。晚洁斗室[2],闭置其中。众绕门窗[3],倾耳寂听,但窃窃语,莫敢咳。内外动息俱冥[4]。至半更许[5],忽闻帘声。女在内曰:"九姑来耶?"一女子答云:"来矣。"又曰:"腊梅从九姑耶?"似一婢答云:"来矣。"三人絮语间杂,刺刺不休[6]。俄闻帘钩复动,女曰:"六姑至矣。"乱言曰:"春梅亦抱小郎子来耶?"一女曰:"拗哥子[7]!呜之不睡[8],定要从娘子来。身如百钧重,负累煞人!"旋闻女子殷勤声,九姑问讯声,六姑寒暄声,二婢慰劳声,小儿喜笑声,猫子声[9],一齐嘈杂。即闻女子笑曰:"小郎君亦大好耍,远迢迢抱猫儿来。"既而声渐疏,帘又响,满室俱哗,曰:"四姑来何迟也?"有一小女子细声答曰:"路有千里且溢[10],与阿姑走尔许时始至。阿姑行且缓。"遂各各道温凉声[11],并移坐声,唤添坐声,参差并作,喧繁满室,食顷始定[12]。即闻女子问病。九姑以为宜得参[13],六姑以为宜得芪[14],四姑以为宜得术[15]。参酌移时,即闻九姑唤笔砚。无何,折纸戢戢然[16],拔笔掷帽丁丁然[17],磨墨隆隆然;既而投笔触几,震笔作响,便闻撮药包裹苏苏然[18]。顷之,女子推帘,呼病者授药并方。反身入室,即闻三姑作别,三婢作别,小儿哑哑,猫儿唔唔,又一时并起。九姑之声清以越[19]，六姑之声缓以苍[20]，四姑之声娇以婉[21]，以及三婢之声，各有态响，听之了了可辨。群讶以为真神。而试其方，亦不甚效。此即所谓口技，特借之以售其术耳。然亦奇矣！

昔王心逸尝言[22]：在都偶过市廛[23]，闻弦歌声，观者如堵。近窥之，则见一少年曼声度曲[24]。并无乐器，惟以一指捺颊际，且捺且讴；听之铿铿，与弦索无异[25]。亦口技之苗裔也[26]。

据《聊斋志异》铸雪斋抄本

----

〔1〕 售：犹行。《文选》张衡《西京赋》："挟邪作蛊，于是不售。"
〔2〕 斗室：犹小室。
〔3〕 众绕门窗：此据二十四卷抄本，"门"原作"问"。
〔4〕 俱冥：此据山东省博物馆本，原无此二字。
〔5〕 至半更许：此据山东省博物馆本，原作"至夜许"。
〔6〕 刺刺不休：话语不断。刺刺，多言的样子。韩愈《送殷员外序》："持被入直三省，丁宁顾婢子，语刺刺不能休。"
〔7〕 拗：倔。
〔8〕 呜之：此据山东省博物馆本，原作"呜呜"。呜之，抚拍之。《世说新语·惑溺》："儿见（贾）充喜踊，充就乳母怀中呜之。"
〔9〕 猫子声：此据山东省博物馆本增补，原无此三字。
〔10〕 千里且溢：即一千里还多。溢，超出。
〔11〕 各各道温凉：犹言彼此问寒问暖。
〔12〕 食顷：一顿饭的工夫。
〔13〕 宜得参：应该用人参治疗。
〔14〕 芪（qí其）：黄芪，又名黄耆，多年生草本植物。夏季开花，黄色，根可入药。
〔15〕 术（zhú竹）：草名。根茎可入药。有白术、苍术数种。
〔16〕 戢戢（jí jí及及）然：折纸的声音。

〔17〕 丁丁(zhēng zhēng 争争)然:掷落毛笔铜帽的声音。
〔18〕 苏苏:通"窣窣",物摩擦声。
〔19〕 清以越:清脆而高昂。以,而。
〔20〕 缓以苍:缓慢而粗老。苍,苍老。
〔21〕 娇以婉:娇细而婉转。
〔22〕 王心逸:名德昌,字历长。清长山(今山东邹平一带)人。顺治进士。生平详《长山县志》。
〔23〕 市廛(chán 婵):集市。
〔24〕 曼声度曲:以舒缓的声调唱着歌。曼声,舒缓的长声。度曲,制作新曲,或指依谱歌唱,此指后者。
〔25〕 弦索:乐器上的弦。此指弦乐器。
〔26〕 苗裔:远末子孙;指馀绪、支派。

狐　联

焦生,章丘石虹先生之叔弟也[1]。读书园中。宵分[2],有二美人来,颜色双绝。一可十七八[3],一约十四五,抚几展笑。焦知其狐,正色拒之。长者曰:"君髯如戟[4],何无丈夫气?"焦曰:"仆生平不敢二色[5]。"女笑曰:"迂哉!子尚守腐局耶[6]?下元鬼神[7],凡事皆以黑为白,况床笫间琐事乎?"焦又咄之。女知不可动,乃云:"君名下士[8],妾有一联,请为属对[9],能对我自去:戊戌同体,腹中止欠一点。"焦凝思不就。女笑曰:"名士固如此乎?我代对之可矣:己巳连踪,足下何不双挑。"一笑而去。

据《聊斋志异》铸雪斋抄本

----

〔1〕 石虹先生:姓焦,名毓瑞,字辑五,别字石虹。顺治四年(1647)进士。官至户部左侍郎。见《山东通志·人物志》。
〔2〕 宵分:夜半。
〔3〕 可:大约。
〔4〕 君髯如戟:此处暗用南朝褚彦回拒婚山阴公主的故典。《南史·褚彦回传》:"景和中,山阴公主淫恣,窥见彦回悦之,以白帝。帝召彦回西上阁宿十日,公主夜就之,备见逼迫,彦回整身而立,以夕至晓,不为移志。公主谓曰:'君须髯如戟,何无丈夫意?'"
〔5〕 二色:指接近妻子以外的其他女性。不二色,即不娶妾,没外遇。
〔6〕 腐局:迂腐的规矩。局,拘。

〔7〕 下元鬼神:疑为"下无鬼神","元"为"无"字之笔误。
〔8〕 名下士:负有盛名的士人。
〔9〕 属(zhǔ主)对:诗文中两句联属而成对偶。此指对句。

潍 水 狐

潍邑李氏有别第[1]。忽一翁来税居[2],岁出直金五十[3],诺之。既去无耗,李嘱家人别租。翌日,翁至,曰:"租宅已有关说[4],何欲更僦他人?"李白所疑。翁曰:"我将久居是;所以迟迟者,以涓吉在十日之后耳[5]。"因先纳一岁之直,曰:"终岁空之,勿问也。"李送出,问期,翁告之。过期数日,亦竟渺然。及往觇之,则双扉内闭,炊烟起而人声杂矣。讶之,投刺往谒。翁趋出[6],逆而入,笑语可亲。既归,遣人馈遗其家;翁犒赐丰隆。又数日,李设筵邀翁,款洽甚欢。问其居里,以秦中对[7]。李讶其远。翁曰:"贵乡福地也。秦中不可居,大难将作。"时方承平[8],置未深问。越日,翁折柬报居停之礼[9],供帐饮食,备极侈丽。李益惊,疑为贵官。翁以交好,因自言为狐。李骇绝,逢人辄道。

邑搢绅闻其异[10],日结驷于门[11],愿纳交翁,翁无不伛偻接见[12]。渐而郡官亦时还往。独邑令求通,辄辞以故。令又托主人先容,翁辞。李诘其故。翁离席近客而私语曰:"君自不知,彼前身为驴,今虽俨然民上[13],乃饮糟而亦醉者也[14]。仆固异类,羞与为伍。"李乃托词告令,谓狐畏其神明,故不敢见。令信之而止。此康熙十一年事[15]。未几,秦罹兵燹[16]。狐能前知,信矣。

异史氏曰:"驴之为物,庞然也。一怒则踶趹嗥嘶[17],眼大于盎[18]，气粗于牛；不惟声难闻，状亦难见。倘执束刍而诱之[19]，则帖耳辑首[20]，喜受羁勒矣。以此居民上，宜其饮糙而亦醉也。愿临民者[21]，以驴为戒，而求齿于狐，则德日进矣。"

据《聊斋志异》铸雪斋抄本

----

〔1〕 潍邑：潍县。今属山东省潍坊市。别第，犹别业、别墅，本宅之外的宅邸。
〔2〕 税居：租赁住处。
〔3〕 直：值的本字，价。
〔4〕 关说：此谓彼此已通过协商，有定约。关，通。《史记·佞幸列传序》："公卿皆因关说。"
〔5〕 涓吉：犹择吉。左思《魏都赋》："涓吉日，陟中坛，即帝位，改正朔。"李善注："涓，择也。"
〔6〕 趋：小步快走，表示恭敬。
〔7〕 秦中：指今陕西省中部。
〔8〕 承平：相承平安，谓太平。
〔9〕 折柬：裁纸写信，此指请柬。居停：寄居之处；此指居停主人。《宋史·丁谓传》："帝意欲谪（寇）準江、淮间，谓退，除道州司马。同列不敢言，独王曾以帝语质之，谓顾曰：'居停主人勿复言。'盖指曾以第舍假準也。"
〔10〕 搢绅：士大夫。详《三生》注。
〔11〕 结驷于门：车马盈门，谓来人众多。《史记·仲尼弟子列传》："子贡相卫，而结驷连骑，排藜藿，入穷阎，过谢原宪。"
〔12〕 伛偻接见：十分恭敬地接见。伛偻，鞠躬，恭敬貌。贾谊《新书·官人》："柔色伛偻。"
〔13〕 民上：此据山东省博物馆本，原作"上民"。
〔14〕 饮糙（duī堆）而亦醉者：吃蒸饼也会醉的人，喻贪财而无耻者。崔令钦《教坊记》："苏五奴妻张四娘善歌舞……有邀迓者，五奴辄随

之前。人欲得其速醉，多劝酒。五奴曰：'但多与我钱，吃馒子亦醉，不烦酒也。'"馒，蒸饼。《玉篇·食部》："蜀呼蒸饼为馒。"

〔15〕 康熙十一年：即公元一六七二年。

〔16〕 秦罹兵燹（xiǎn 显）：秦，指今陕西省。据《清史稿·圣祖本纪》载，康熙十三年（1674）冬，陕西提督王辅臣反，清廷派兵镇压，至康熙十五年（1676）王辅臣投降，战乱才得平息。

〔17〕 踶（dì 弟）趹（jué 蹶）：前腿踢出，后腿尥蹶。

〔18〕 盎：盛器，腹大口小。

〔19〕 束刍：一把草。

〔20〕 帖耳辑首：垂耳低头，表示驯顺。

〔21〕 临民者：治理人民的人，谓地方长官。

红　玉

广平冯翁有一子[1]，字相如。父子俱诸生。翁年近六旬，性方鲠[2]，而家屡空[3]。数年间，媪与子妇又相继逝，井臼自操之[4]。一夜，相如坐月下，忽见东邻女自墙上来窥。视之，美。近之，微笑。招以手，不来亦不去。固请之，乃梯而过，遂共寝处。问其姓名，曰："妾邻女红玉也。"生大爱悦，与订永好。女诺之。夜夜往来，约半年许。翁夜起，闻子舍笑语[5]，窥之，见女。怒，唤出，骂曰："畜产所为何事！如此落寞[6]，尚不刻苦，乃学浮荡耶？人知之，丧汝德；人不知，促汝寿！"生跪自投，泣言知悔。翁叱女曰："女子不守闺戒，既自玷，而又以玷人。倘事一发，当不仅贻寒舍羞[7]！"骂已，愤然归寝。女流涕曰："亲庭罪责[8]，良足愧辱！我二人缘分尽矣！"生曰："父在不得自专[9]。卿如有情，尚当含垢为好。"女言辞决绝，生乃洒涕。女止之曰："妾与君无媒妁之言，父母之命，逾墙钻隙[10]，何能白首？此处有一佳耦，可聘也。"告以贫。女曰："来宵相俟，妾为君谋之。"次夜，女果至，出白金四十两赠生。曰："去此六十里，有吴村卫氏，年十八矣，高其价，故未售也。君重啖之[11]，必合谐允。"言已，别去。

生乘间语父，欲往相之[12]。而隐馈金不敢告。翁自度无资，以是故，止之。生又婉言："试可乃已[13]。"翁颔之。生遂假仆马，诣卫氏。卫故田舍翁。生呼出,引与间语。卫知生望族[14],又见仪采轩豁[15],心许之,而虑其靳于资[16]。生听其词意吞吐,会其旨,倾囊陈几上。卫乃喜,浼邻生居间,书红笺而盟焉[17]。生入拜媪。居室偪侧,女依母自幛。微睨之,虽荆布之饰[18],而神情光艳,心窃喜。卫借舍款婿,便言:"公子无须亲迎。待少作衣妆,即合卺送去。"生与期而归。诡告翁,言卫爱清门[19],不责资[20]。翁亦喜。至日,卫果送女至。女勤俭,有顺德,琴瑟甚笃[21]。逾二年,举一男,名福儿。会清明抱子登墓,遇邑绅宋氏。宋官御史[22],坐行贿免[23],居林下[24],大煽威虐。是日亦上墓归,见女艳之。问村人,知为生配。料冯贫士,诱以重赂,冀可摇,使家人风示之。生骤闻,怒形于色;既思势不敌,敛怒为笑,归告翁。翁大怒[25],奔出,对其家人,指天画地,诟骂万端。家人鼠窜而去。宋氏亦怒,竟遣数人入生家,殴翁及子,汹若沸鼎。女闻之,弃儿于床,披发号救。群篡舁之[26],哄然便去。父子伤残,吟呻在地,儿呱呱啼室中。邻人共怜之,扶之榻上。经日,生杖而能起。翁忿不食,呕血寻毙。生大哭,抱子兴词[27],上至督抚,讼几遍[28],卒不得直。后闻妇不屈死,益悲。冤塞胸吭[29],无路可伸。每思要路刺杀宋,而虑其扈从繁[30],儿又罔托。日夜哀思,双睫为不交。

忽一丈夫吊诸其室,虬髯阔颔[31],曾与无素[32]。挽坐,欲问邦族。客遽曰:"君有杀父之仇,夺妻之恨,而忘报乎?"生疑为宋人之侦,姑伪应之。客怒眦欲裂,遽出曰:"仆以君人也,今乃知不足齿之伦[33]!"生察其异,跪而挽之,曰:"诚恐宋人饵我。今实布腹心:仆之卧薪尝胆者[34],固有日矣。但怜此襁中物,恐坠宗祧。君义士,能为我杵臼否[35]?"客曰:"此妇人女子之事,非所能。君所欲托诸人者[36],请自任之;所欲自任者[37],愿得而代庖焉[38]。"生闻,崩角在地[39]。客不顾而出。生追问姓字,曰:"不济[40],不任受怨;济,亦不任受德。"遂去。生惧祸及,抱子亡去。至夜,宋家一门俱寝,有人越重垣入,杀御史父子三人,及一媳一婢。宋家具状告官。官大骇。宋执谓相如,于是遣役捕生,生遁不知所之,于是情益真。宋仆同官役诸处冥搜。夜至南山,闻儿啼,踪得之,系缧而行。儿啼愈嗔,群夺儿抛弃之。生冤愤欲绝。见邑令,问:"何杀人?"生曰:"冤哉!某以夜死,我以昼出,且抱呱呱者,何能逾垣杀人?"令曰:"不杀人,何逃乎?"生词穷,不能置辨。乃收诸狱。生泣曰:"我死无足惜,孤儿何罪?"令曰:"汝杀人子多矣;杀汝子,何怨?"生既褫革,屡受梏惨,卒无词。令是夜方卧,闻有物击床,震震有声,大惧而号。举家惊起,集而烛之,一短刀,铦利如霜[41],剁床入木者寸馀,牢不可拔。令睹之,魂魄丧失。荷戈遍索,竟无踪迹。心窃馁。又以宋人死,无可畏惧,乃详诸宪[42],代生解免,竟释生。

生归,瓮无升斗,孤影对四壁。幸邻人怜馈食饮,苟且自度。念大仇已报,则辗然喜;思惨酷之祸,几于灭门,则泪潸潸堕;及思半生贫彻骨,宗支不续,则于无人处大哭失声,不复能自禁。如此半年,捕禁益懈。乃哀邑令,求判还卫氏之骨。及葬而归,悲怛欲死,辗转空床,竟无生路。忽有款门者,凝神寂听,闻一人在门外,哝哝与小儿语。生急起窥觇,似一女子。扉初启,便问:"大冤昭雪,可幸无恙!"

其声稔熟，而仓卒不能追忆。烛之，则红玉也。挽一小儿，嬉笑跨下。生不暇问，抱女呜哭。女亦惨然。既而推儿曰："汝忘尔父耶？"儿牵女衣，目灼灼视生。细审之，福儿也。大惊，泣问："儿那得来？"女曰："实告君：昔言邻女者，妄也。妾实狐。适宵行，见儿啼谷口，抱养于秦。闻大难既息，故携来与君团聚耳。"生挥涕拜谢。儿在女怀，如依其母，竟不复能识父矣。天未明，女即遽起。问之，答曰："奴欲去。"生裸跪床头，涕不能仰。女笑曰："妾诳君耳。今家道新创，非夙兴夜寐不可[43]。"乃剪莽拥彗[44]，类男子操作。生忧贫乏，不自给。女曰："但请下帷读[45]，勿问盈歉，或当不至饿死。"遂出金治织具；租田数十亩，雇佣耕作。荷镵诛茅[46]，牵萝补屋[47]，日以为常。里党闻妇贤，益乐资助之。约半年，人烟腾茂，类素封家。生曰："灰烬之馀，卿白手再造矣。然一事未就安妥，如何？"诘之，答曰："试期已迫，巾服尚未复也[48]。"女笑曰："妾前以四金寄广文[49]，已复名在案，若待君言，误之已久。"生益神之。是科遂领乡荐。时年三十六，腴田连阡，夏屋渠渠矣[50]。女袅娜如随风欲飘去[51]，而操作过农家妇，虽严冬自苦，而手腻如脂。自言二十八岁，人视之，常若二十许人。

异史氏曰："其子贤，其父德，故其报之也侠。非特人侠，狐亦侠也。遇亦奇矣！然官宰悠悠[52]，竖人毛发[53]，刀震震入木，何惜不略移床上半尺许哉？使苏子美读之，必浮白曰：'惜乎击之不中[54]！'"

据《聊斋志异》铸雪斋抄本

----

〔1〕 广平:县名,在今河北省。明、清时属广平府。
〔2〕 方鲠:方正耿直。
〔3〕 屡空(kòng 控):《论语·先进》:"回也其庶乎,屡空。"屡空,谓经常贫穷,衣食不给。空,匮乏。
〔4〕 井臼:从井汲水,以臼舂米;喻家务。
〔5〕 子舍笑语:此据山东博物馆抄本。铸雪斋本及二十四卷本,均作"女子含笑语"。
〔6〕 落寞:寂寞冷落,指境遇萧条。
〔7〕 贻:留给;遗留。寒舍:对自己家庭的谦称。
〔8〕 亲庭:指父亲的训诲。《论语·季氏》谓:孔子之子孔鲤说,孔子在庭,鲤趋而过庭,孔子要他学诗学礼,孔鲤退而学诗学礼。后因称父教为庭训。
〔9〕 自专:自作主张。《礼记·中庸》:"愚而好自用,贱而好自专。"
〔10〕 逾墙钻隙:越墙相从,凿壁相窥;指男女私相结合。《孟子·滕文公下》:"不待父母之命、媒妁之言,钻穴隙相窥,逾墙相从,则父母国人皆贱之。"
〔11〕 重啖之:以重金满足其要求。
〔12〕 相(xiàng 向):相亲,《梦粱录》:"男女议亲,其伐柯人两家通报,择日过帖,各以色彩衬盘安定帖送过方为定;然后由男家择日备酒礼诣女家,或借园圃,或湖舫内,两亲相见,谓之相亲。"
〔13〕 试可乃已:意谓只是去试探一下对方的意向。《书·尧典》:"岳曰:异哉,试可乃已。"
〔14〕 望族:有声望的家族。
〔15〕 轩豁:开朗。
〔16〕 靳:吝惜。
〔17〕 书红笺而盟焉:以红笺书写柬帖,订立婚约。
〔18〕 荆布之饰:指贫家女子妆束。荆布,荆钗布裙。参《狐嫁女》"拙荆"注。
〔19〕 清门:清寒门第,犹言"清白人家"。

〔20〕 责：索取，苛求。
〔21〕 琴瑟甚笃：喻夫妇感情深厚。《诗·小雅·常棣》："妻子好合，如鼓琴瑟。"后世因以琴瑟称美夫妇。
〔22〕 宋：据二十四卷抄本补。
〔23〕 坐行赇（qiú 求）免：因行贿罪而免职。坐，获罪。赇，贿赂。
〔24〕 居林下：指罢官乡居。林，野外。林下，指乡野退隐之地。
〔25〕 翁：据青柯亭刻本补。
〔26〕 篡：抢夺。
〔27〕 兴词：起诉，告状。词，争讼。
〔28〕 讼：诉讼，打官司。
〔29〕 吭（háng 杭）：咽喉。
〔30〕 扈从：侍从的人。
〔31〕 虬（qiú 求）髯：蜷曲的络腮鄂。阔颔：宽阔的下巴。
〔32〕 无素：从无交往。素，旧交。
〔33〕 伧：即"伧夫"，粗俗庸碌之辈。古时骂人语。
〔34〕 卧薪尝胆：喻刻苦自励，矢志报仇。苏轼《拟孙权答曹操书》："仆受遗以来，卧薪尝胆。"卧薪，表示不敢安居。尝胆，表示不忘灾苦。《史记·越王句践世家》：越国为吴国所败，越王被俘。后"越王句践返国，乃苦心焦思，置胆于座，坐卧即仰胆，饮食亦尝胆也"，以此自励，誓报吴仇。
〔35〕 能为我杵臼否：意谓能否代我保存孤儿。杵臼，指公孙杵臼。春秋时晋国权臣屠岸贾欲灭赵氏全家，杀赵朔，并搜捕其孤儿赵武。赵氏门客公孙杵臼同程婴定计救出孤儿，终于延续赵嗣，报了冤仇。事见《史记·赵世家》。
〔36〕 君所托诸人者：指抚养幼儿。
〔37〕 所欲自任者：指报宋家之仇。
〔38〕 代庖：代替厨师做饭，比喻超越自己的职责代别人行事。《庄子·逍遥游》："庖人虽不治庖，尸祝不越樽俎而代之矣。"
〔39〕 崩角：《孟子·尽心下》："若崩厥角稽首。"谓叩头声响如山之崩，后因称叩响头为崩角。角，额角。
〔40〕 济：成功。

〔41〕 铦(xiān仙)利:锋利。
〔42〕 详报宪:把案情呈报上级。详,旧时公文之一,用于向上级陈报请示。宪,封建社会属吏称上级为"宪"。
〔43〕 夙兴夜寐:早起晚睡;指勤苦持家。《墨子·非乐上》:"妇人夙兴夜寐,纺绩织纴,多治麻丝葛绪绁布縿。"
〔44〕 剪莽拥篲(huì会):剪除杂草,持帚清扫。莽,草。篲,扫帚。
〔45〕 下帷读:意谓闭门苦读。《史记·儒林列传》:董仲舒"下帷讲诵,弟子传以久次相授业,或莫见其面,盖三年董仲舒不观于舍园,其精如此。"下帷,放下室内的帷幕。
〔46〕 荷镵诛茅:扛起锄锹,铲除茅草;指努力耕作。镵,掘土工具。
〔47〕 牵萝补屋:牵挽薜萝,遮补茅屋;指处境贫困,居不庇身。杜甫《佳人》诗:"侍婢卖珠回,牵萝补茅屋。"萝,薜萝。
〔48〕 巾服尚未复:指生员资格尚未恢复。巾服,指秀才的衣冠公服,代指秀才资格。
〔49〕 广文:指学官。唐代国子监增开广文馆,设博士、助教等职。明、清时,因泛称儒学教官为广文。
〔50〕 夏屋渠渠:《诗·秦风·权舆》:"于我乎,夏屋渠渠。"夏,大。渠渠,深广。
〔51〕 袅娜:轻盈柔美。后文自言"二十八岁",图咏本作"三十八岁"。
〔52〕 悠悠:荒谬。
〔53〕 竖人毛发:令人发指,使人愤怒。
〔54〕 "使苏子美"三句:宋代文学家苏舜钦,字子美。宋龚明之《中吴记闻》:"子美豪放,饮酒无算。……读《汉书》张良传,至良与客狙击秦始皇帝,误中副车,遽抚案曰:'惜乎击之不中!'遂引一大白。"浮,本指罚酒,后转称满饮为浮白。此处借此故事说明没有杀掉虐民的官宰,使人遗憾。

龙

北直界有堕龙入村。其行重拙,入某绅家。其户仅可容躯,塞而入。家人尽奔。登楼哗噪,铳炮轰然[1]。龙乃出。门外停贮潦水[2],浅不盈尺。龙入,转侧其中,身尽泥涂;极力腾跃,尺馀辄堕。泥蟠三日,蝇集鳞甲。忽大雨,乃霹雳挐空而去[3]。

房生与友人登牛山,入寺游瞩。忽椽间一黄砖上盘一小蛇,细裁如蚓[4]。忽旋一周,如指;又一周,已如带。共惊,知为龙,群趋而下。方至山半,闻寺中霹雳一声,震动山谷[5]。天上黑云如盖,一巨龙夭矫其中[6],移时而没。

章丘小相公庄,有民妇适野,值大风,尘沙扑面。觉一目眯,如含麦芒,揉之吹之,迄不愈。启睑而审视之,睛固无恙,但有赤线蜿蜒于肉分。或曰:"此蛰龙也。"妇忧惧待死。积三月馀,天暴雨,忽巨霆一声,裂眦而去。妇无少损。

袁宣四言[7]:"在苏州,值阴晦,霹雳大作。众见龙垂云际,鳞甲张动,爪中抟一人头,须眉毕见;移时,入云而没。亦未闻有失其头者。"

据《聊斋志异》铸雪斋抄本

---

〔1〕 铳(chòng 冲)炮:火枪、土炮。
〔2〕 潦(lǎo 老)水:停而不流的积水。

〔3〕 拏空:犹凌空。拏,同"拿"。李贺《致酒行》:"少年心事当拏云。"
〔4〕 裁:通"纔",才。
〔5〕 震动山谷:此据山东省博物馆本,原无此四字。
〔6〕 夭矫:屈伸自如。
〔7〕 袁宣四:名藩,字松藩,淄川(今山东淄博市)人。康熙二年(1663)举人,拣选知县,有文名。康熙二十六年(1687)参加重修《淄川县志》。

林 四 娘

青州道陈公宝钥[1]，闽人。夜独坐，有女子搴帏入。视之，不识；而艳绝，长袖宫装[2]。笑云："清夜兀坐[3]，得勿寂耶？"公惊问："何人？"曰："妾家不远，近在西邻。"公意其鬼，而心好之。捉袂挽坐，谈词风雅，大悦。拥之，不甚抗拒。顾曰："他无人耶？"公急阖户，曰："无。"促其缓裳，意殊羞怯。公代为之殷勤。女曰："妾年二十，犹处子也，狂将不堪。"狎亵既竟，流丹浃席。既而枕边私语，自言"林四娘"。公详诘之。曰："一世坚贞，业为君轻薄殆尽矣。有心爱妾，但图永好可耳，絮絮何为？"无何，鸡鸣，遂起而去。由此夜夜必至。每与阖户雅饮。谈及音律，辄能剖悉宫商[4]。公遂意其工于度曲[5]。曰："儿时之所习也。"公请一领雅奏。女曰："久矣不托于音[6]，节奏强半遗忘[7]，恐为知者笑耳。"再强之，乃俯首击节[8]，唱伊凉之调[9]，其声哀婉[10]。歌已，泣下。公亦为酸恻[11]，抱而慰之曰："卿勿为亡国之音[12]，使人悒悒[13]。"女曰："声以宣意，哀者不能使乐，亦犹乐者不能使哀。"两人燕昵，过于琴瑟。

既久，家人窃听之，闻其歌者，无不流涕。夫人窥见其容，疑人世无此妖丽，非鬼必狐；惧为厌蛊，劝公绝之。公不能听[14]，但固诘之。女愀然曰："妾，衡府宫人也[15]。遭难而死，十七年矣。以君高义，托为燕婉，然实不敢祸君。倘见疑畏，即从此辞。"公曰："我不为嫌;但燕好若此,不可不知其实耳。"乃问宫中事。女缅述[16],津津可听。谈及式微之际[17],则哽咽不能成语。女不甚睡,每夜辄起诵准提、金刚诸经咒[18]。公问:"九原能自忏耶[19]?"曰:"一也。妾思终身沦落,欲度来生耳[20]。"又每与公评骘诗词[21],瑕辄疵之[22];至好句,则曼声娇吟。意绪风流[23],使人忘倦。公问:"工诗乎?"曰:"生时亦偶为之。"公索其赠。笑曰:"儿女之语,乌足为高人道。"

居三年。一夕,忽惨然告别。公惊问之。答云:"冥王以妾生前无罪,死犹不忘经咒,俾生王家。别在今宵,永无见期。"言已,怆然。公亦泪下。乃置酒相与痛饮。女慷慨而歌,为哀曼之音,一字百转;每至悲处,辄便呜咽。数停数起,而后终曲,饮不能畅。乃起,逡巡欲别。公固挽之,又坐少时。鸡声忽唱,乃曰:"必不可以久留矣。然君每怪妾不肯献丑;今将长别,当率成一章[24]。"索笔构成,曰:"心悲意乱,不能推敲[25],乖音错节,慎勿出以示人。"掩袖而去。公送诸门外,湮然没。公怅悼良久。视其诗,字态端好,珍而藏之。诗曰:"静镇深宫十七年,谁将故国问青天[26]?闲看殿宇封乔木,泣望君王化杜鹃[27]。海国波涛斜夕照,汉家箫鼓静烽烟[28]。红颜力弱难为厉[29],惠质心悲只问禅[30]。日诵菩提千百句[31],闲看贝叶两三篇[32]。高唱梨园歌代哭[33],请君独听亦潸然[34]。"诗中重复脱节,疑有错误。

据《聊斋志异》铸雪斋抄本

〔1〕 青州道:即青州巡道(后简称道员)。清分一省为数道,由布政司统领。陈宝钥,字绿崖,福建晋江人,康熙二年(1663)任青州道佥事。
〔2〕 宫装:宫女的装束。装也作"妆"、"粧"。
〔3〕 兀坐:独自端坐。
〔4〕 剖悉宫商:明辨通解五音。剖,辨明。悉,了解。宫商,指宫、商、角、徵、羽,为我国古代五声音阶的音级,称"五音",亦称"五声"。
〔5〕 工于度曲:善于制作新曲。度曲,制作新曲,或指依谱歌唱。
〔6〕 不托于音:不借助乐曲来表达感情,意谓不演奏乐曲。《礼记·檀弓上》:"孔子之故人原壤,其母死,夫子助之沐椁,原壤登木曰:'久矣予之不托于音也。'"此据山东省博物馆本,原无"不"字。
〔7〕 强半:大半。
〔8〕 击节:用手或拍板来调节乐曲。此指以击手为拍节。
〔9〕 伊凉之调:谓悲凉之调。伊、凉,唐代二边郡名,即伊州、凉州。天宝后多以边地名乐曲。西京节度盖嘉运所进伊州商调曲,称伊州曲;西凉都督郭知运所进曲,称凉州曲。《凉州》曲,又称《凉州破》,本晋末西凉羌族改制的中原旧乐。其曲终入破,骤变为繁弦急响破碎之音,哀婉悲恻,所以下文称其为"亡国之音"。
〔10〕 哀婉:此据山东省博物馆本,原无"哀"字。
〔11〕 酸恻:悲痛,凄恻。
〔12〕 亡国之音:本谓国之将亡,音乐也充满悲凉的情绪。《礼记·乐记》:"亡国之音哀以思,其民困。"此指林四娘所唱声调悲哀。
〔13〕 悒悒:心情郁悒不畅。
〔14〕 公不能听:此据山东省博物馆本,原"不"作"固"。
〔15〕 衡府:衡王府。衡王,朱祐楎,封于青州(今山东益都县)。详《王成》注。
〔16〕 缅述:犹忆述。
〔17〕 式微之际:衰败之时。《诗·邶风·式微》:"式微式微,胡不归?"朱熹注云:"式,发语词;微,犹衰也。"
〔18〕 准提、金刚诸经咒:准提,又作准胝、尊提,佛教菩萨名,为梵语音译,意译为清净,为佛教密宗莲花部六观音之一,三目十八臂,主破

众生惑业。有唐善无畏译《七俱胝佛母心大准提陀罗尼经》。金刚,佛经名,后秦鸠摩罗什译,又称《金刚般若经》,或《金刚般若波罗蜜经》,为我国佛教南宗主要经典。此指准提、金刚诸佛经的经文与咒文。咒,佛家语,即咒陀罗尼或陀罗尼,指菩萨的秘密真言。

〔19〕 九原:犹九泉,指地下。忏,忏悔,佛教名词。详《僧孽》注。

〔20〕 度来生:佛教谓以行善信佛解脱今生困厄,使自己得以超度,求得来生的幸福。度,度脱,超度解脱。

〔21〕 评骘(zhì至):评定。

〔22〕 瑕辄疵之:不完美之处,就指出它的毛病。瑕,玉上的赤色斑点;玉以无瑕为贵,故以瑕喻指事物的缺点、毛病。疵,小毛病,此谓指出毛病。

〔23〕 意绪风流:情致优雅。

〔24〕 率成:谓不加思考,仓促成篇。率,率然,不加思考。

〔25〕 推敲:斟酌字句。唐代诗人贾岛,在京师途中,于驴背上得句云:"鸟宿池边树,僧敲月下门。"后句是下"推"字,还是下"敲"字,开始拿不定,两手比划着往前走,恰遇当时任京兆尹的韩愈。韩愈说:"'敲'字佳。"事详《全唐诗话》。后遂以喻指对诗文字句的斟酌、探求。

〔26〕 "静镇"二句:谓自己遭难而死已十七年,人们对亡去的故国已经淡忘。静镇深宫,安静地禁闭于幽深的衡王故宫,指埋身地下。故国,指明衡王的封国。

〔27〕 "闲看"二句:谓看到密林深处的衡府故宫,不禁引起对衡王的深切怀念。封,封植栽培,意谓长满。乔木,枝干长大的树木。君王化杜鹃,化用蜀王杜宇化杜鹃的故事。《太平御览》一六六引《十三洲记》:"当七国称王,独杜宇称帝于蜀,……望帝(即杜宇)使鳖冷凿巫山治水有功,望帝自以德薄,乃委国禅鳖冷,号曰开明,遂自亡去,化为子规。"又云:"杜宇(望帝)死时,适二月,而子规鸣,故蜀人怜之。"子规,即杜鹃,其鸣声哀切动人。此借蜀人对望帝的怀念,喻己对衡王的怀念。

〔28〕 "海国"二句:谓近海地区的抗清斗争业已风平浪静,汉家臣民也歌乐升平,忘记了烽火兵燹。海国,近海之国。此指南明政权。清

兵攻陷北京,崇祯帝自杀之后,明宗室相继在南京、闽中、梧州等沿海地区,建立南明政权,但因其内部腐败,相继为南下清兵所击败,至清康熙初年最后为清所灭亡。箫鼓,箫和鼓,古乐器。烽烟,同"烽燧"。古代边地报警的两种信号:白天放烟,叫烽;晚间举火,叫燧。

〔29〕厉:厉鬼,恶鬼。《左传·昭公七年》:"今梦黄熊入于寝门,其何厉鬼也?"

〔30〕禅:梵语"禅那"的省称,意译"思维修",静思之意。问禅,指探求佛理,以求彻悟。

〔31〕菩提:佛教名词。为梵语音译。意译为"觉"、"智"、"道",佛教用以指一种彻悟成佛的境界。佛祖释迦牟尼在毕钵罗树下觉悟成佛,佛家遂称该处为菩提场,该树为菩提树。此处以菩提指佛,诵菩提,即诵佛号。

〔32〕贝叶:印度贝多罗树的叶子,沤后可代纸写字,印度多用以抄写佛经,故佛经也称"贝叶经"。段成式《酉阳杂俎·广动植之三》:"贝多,出摩伽陀国,长六七丈,终冬不凋。……贝多是梵语,汉翻为叶,……西域经书,用此三种皮叶。若能保护,亦得五六百年。"

〔33〕梨园:唐玄宗训练乐工之处,其址在长安宫苑中。《新唐书·礼乐志》:"明皇既知音律,又酷爱法曲,选坐部伎子弟三百,教于梨园,号皇帝梨园弟子;宫女数百,亦称梨园弟子。"此盖以梨园指宫中乐曲。林四娘盖为衡府歌伎,故云。

〔34〕潸然:流泪的样子。

卷 三

江 中

王圣俞南游[1],泊舟江心。既寝,视月明如练[2],未能寐,使童仆为之按摩[3]。忽闻舟顶如小儿行,踏芦席作响,远自舟尾来,渐近舱户。虑为盗,急起问童。童亦闻之。问答间,见一人伏舟顶上,垂首窥舱内。大愕,按剑呼诸仆[4],一舟俱醒。告以所见。或疑错误。俄响声又作。群起四顾,渺然无人[5],惟疏星皎月,漫漫江波而已。众坐舟中,旋见青火如灯状,突出水面,随水浮游;渐近舡[6],则火顿灭。即有黑人骤起,屹立水上[7],以手攀舟而行。众噪曰:"必此物也!"欲射之。方开弓,则遽伏水中,不可见矣。问舟人。舟人曰:"此古战场,鬼时出没,其无足怪。"

据《聊斋志异》铸雪斋抄本

----

〔1〕 王圣俞:《蒲松龄集·聊斋文集》七,有《六月为沈德甫与王圣俞书》,称其为"瑯琊望族",知为山东诸城一带人。其他待考。
〔2〕 如练:月光洒泻,如匹练垂天。练,白色熟绢。
〔3〕 按摩:中医疗法之一种,可治疗疾病、解除疲劳、帮助入睡。
〔4〕 按剑:手抚剑靶,准备自卫的警戒动作。
〔5〕 渺然:水天远阔的样子。渺,远貌。又通"淼"。
〔6〕 舡(xiāng香):船。《广雅·释水》:"舡,舟也。"
〔7〕 屹(yì义)立:矗立不动。

鲁 公 女

招远张于旦[1],性疏狂不羁[2]。读书萧寺[3]。时邑令鲁公,三韩人[4]。有女好猎。生适遇诸野,见其风姿娟秀,着锦貂裘,跨小骊驹,翩然若画。归忆容华,极意钦想。后闻女暴卒,悼叹欲绝。鲁以家远,寄灵寺中[5],即生读所。生敬礼如神明,朝必香,食必祭。每酹而祝曰[6]:"睹卿半面,长系梦魂;不图玉人[7],奄然物化[8]。今近在咫尺,而邈若河山,恨如何也!然生有拘束,死无禁忌,九泉有灵,当珊珊而来[9],慰我倾慕。"日夜祝之,几半月。

一夕,挑灯夜读,忽举首,则女子含笑立灯下。生惊起致问。女曰:"感君之情,不能自已,遂不避私奔之嫌。"生大喜,遂共欢好。自此无虚夜。谓生曰:"妾生好弓马,以射獐杀鹿为快,罪孽深重,死无归所。如诚心爱妾,烦代诵《金刚经》一藏数[10],生生世世不忘也。"生敬受教,每夜起,即柩前捻珠讽诵[11]。偶值节序,欲与偕归。女忧足弱,不能跋履[12]。生请抱负以行,女笑从之。如抱婴儿,殊不重累。遂以为常。考试亦载与俱。然行必以夜。生将赴秋闱[13],女曰:"君福薄,徒劳驰驱。"遂听其言而止。积四五年,鲁罢官,贫不能舆其榇[14],将就窆之[15],苦无葬地。生乃自陈:"某有薄壤近寺,愿葬女公子。"鲁公喜。生又力为营葬。鲁德之,而莫解其故。鲁去,二人绸缪如平日。

一夜，侧倚生怀，泪落如豆，曰："五年之好，于今别矣！受君恩义，数世不足以酬！"生惊问之。曰："蒙惠及泉下人，经咒藏满，今得生河北卢户部家。如不忘今日，过此十五年，八月十六日，烦一往会。"生泣下曰："生三十馀年矣；又十五年，将就木焉[16]，会将何为？"女亦泣曰："愿为奴婢以报[17]。"少间曰："君送妾六七里。此去多荆棘，妾衣长难度。"乃抱生项。生送至通衢，见路傍车马一簇，马上或一人，或二人；车上或三人、四人、十数人不等；独一钿车[18]，绣缨朱幰[19]，仅一老媪在焉。见女至，呼曰："来乎？"女应曰："来矣。"乃回顾生云："尽此，且去；勿忘所言。"生诺。女行近车，媪引手上之，展轮即发[20]，车马阗咽而去[21]。

生怅怅而归，志时日于壁。因思经咒之效[22]，持诵益虔。梦神人告曰："汝志良嘉。但须要到南海去[23]。"问："南海多远？"曰："近在方寸地[24]。"醒而会其旨，念切菩提[25]，修行倍洁。三年后，次子明、长子政，相继擢高科[26]。生虽暴贵，而善行不替[27]。夜梦青衣人邀去，见宫殿中坐一人，如菩萨状，逆之曰："子为善可喜。惜无修龄[28]，幸得请于上帝矣。"生伏地稽首。唤起，赐坐；饮以茶，味芳如兰。又令童子引去，使浴于池。池水清洁，游鱼可数，入之而温，掬之有荷叶香。移时，渐入深处，失足而陷，过涉灭顶[29]。惊窹，异之。由此身益健，目益明。自捋其须，白者尽簌簌落，又久之，黑者益落。面纹亦渐舒。至数月后，颔秃面童[30]，宛如十五六时。辄兼好游戏事，亦犹童。过饰边幅[31]；二子辄匡救之[32]。未几，夫人以老病卒。子欲为求继室于朱门。生曰："待吾至河北，来而后娶。"

屈指已及约期，遂命仆马至河北。访之，果有卢户部。先是，卢公生一女，生而能言，长益慧美，父母最钟爱之[33]。贵家委禽，女辄不欲。怪问之，具述生前约。共计其年，大笑曰："痴婢！张郎计今年已半百，人事变迁，其骨已朽；纵其尚在，发童而齿鼕矣[34]。"女不听。母见其志不摇，与卢公谋，戒阍人勿通客，过期以绝其望。未几，生至，阍人拒之。退返旅舍，怅恨无所为计。闲游郊郭，因循而暗访之。女谓生负约，涕不食。母言："渠不来，必已殂谢；即不然，背盟之罪，亦不在汝。"女不语，但终日卧。卢患之，亦思一见生之为人，乃托游敖[35]，遇生于野。视之，少年也，讶之。班荆略谈[36]，甚偶侻[37]。公喜，邀至其家。方将探问，卢即遽起，嘱客暂独坐，匆匆入内告女。女喜，自力起。窥审其状不符，零涕而返，怨父欺罔[38]。公力白其是。女无言，但泣不止。公出，意绪懊丧，对客殊不款曲[39]。生问："贵族有为户部者乎？"公漫应之。首他顾，似不属客[40]。生觉其慢[41]，辞出。女啼数日而卒。生夜梦女来，曰："下顾者果君耶？年貌舛异[42]，觌面遂致违隔。妾已忧愤死。烦向土地祠速招我魂，可得活，迟则无及矣。"既醒，急探卢氏之门，果有女，亡二日矣。生大恸，进而吊诸其室。已而以梦告卢。卢从其言，招魂而归。启其衾，抚其尸，呼而祝之。俄闻喉中咯咯有声。忽见朱樱乍启[43]，坠痰块如冰。扶移榻上，渐复吟呻。卢公悦，肃客出[44]，置酒宴会。细展官阀[45]，知其巨家，益喜。择吉成礼。居半月，携女而归。卢送至家，半年乃去。夫妇居室，俨如小耦[46]，不知者多误以子妇为姑嫜焉[47]。卢公逾年卒。子最幼，为豪强所中伤，家产几尽。生迎养之,遂家焉。

据《聊斋志异》铸雪斋抄本

------

〔1〕 招远:县名。明清属登州府。即今山东省招远县。
〔2〕 疏狂不羁:阔略放任,不拘礼仪。
〔3〕 萧寺:佛寺。唐李肇《国史补》:"梁武帝造寺,令萧子云飞白大书'萧寺',至今一'萧'字存焉。"后世因称佛寺为萧寺。
〔4〕 三韩:指辽东。汉时,朝鲜南部有马韩(西)、辰韩(东)、弁辰(南)三国。明天启初因失辽阳,以后乃习称辽东为三韩。见《日知录》。
〔5〕 灵:灵柩。
〔6〕 酹(lèi 泪):以酒浇地。祭奠的一种仪式。祝:祷告。
〔7〕 玉人:容貌秀丽,晶莹如玉。可兼称男女。
〔8〕 物化:化为异物,指死亡。《庄子·刻意》:"圣人之生也天行,其死也物化。"
〔9〕 珊珊:环珮摩击声。《文选》宋玉《神女赋》:"动雾縠以徐步兮,拂墀声之珊珊。"李善注:"珊珊,声也。"
〔10〕 金刚经:佛经名。初译全称《金刚般若波罗蜜经》,后秦鸠摩罗什译,一卷。后有多种译本,名称不全同。藏(zàng 葬):佛教道教经典的总称;一藏数,指持诵五千四十八遍。
〔11〕 捻珠:手捻佛珠。佛珠,又称念珠、数珠,念佛号或经咒时用以计数的佛教用物。通常用香木车成小圆粒,贯穿成串,也有用玉石等制作的。粒数有十四颗至一千零八十颗不等。
〔12〕 跋履:跋涉;登山涉水。《左传·成公十三年》:"(晋)文公躬擐甲胄,跋履山川,踰越险阻,征东之诸侯。"
〔13〕 秋闱:乡试;考选举人。
〔14〕 舆其榇:用车运走女棺。榇,棺。此从青本,底本无"舆其"二字。
〔15〕 就窆(biǎn 贬):就地葬埋。窆,葬时穿土下棺。见《周礼·地官·乡师》注。
〔16〕 就木:进棺材;老死。《左传·僖公二十三年》:"(重耳)将适齐,谓

季隗曰：'待我二十五年，不来而后嫁。'对曰：'我二十五年矣，又如是而嫁，则就木焉！请待子。'"

〔17〕 以报：此从二十四卷抄本，底本作"一报"。
〔18〕 钿（diàn 店）车：镶嵌有金属薄片图案纹饰的车辆。
〔19〕 绣缨朱幰：有彩穗装饰的大红车帘。绣缨，彩丝做的穗状饰物，即流苏。幰，车前挂的帷幔。
〔20〕 展轫：车轮转动，犹言发车。轫，即轮，亦作"轔"。
〔21〕 阗咽（tián yè 田叶）：即"阗噎"。形容车马喧腾，充塞道路。《文选》左思《吴都赋》："冠盖云荫，闾阎阗噎。"
〔22〕 效：此从二十四卷抄本，底本作"数"。
〔23〕 南海：指观世音菩萨所在地。印度有南海。又，我国浙江普陀山，相传为观音现身说法道场，故通常所说南海，多指此。
〔24〕 近在方寸地：近在心间。佛教净土宗认为，只要修持善心，发愿念佛，坚持不懈，就可使佛菩萨闻知，拔除于苦难之中。方寸，指心，见《三国志·蜀志·诸葛亮传》。
〔25〕 念切菩提：即渴望领悟佛理。菩提，佛教名词，意译"觉"、"智"，指对佛教"真理"的觉悟。佛教认为，有了这种觉悟，就能断绝世间烦恼，成就"涅槃"之"智慧"。
〔26〕 擢高科：指科举高中。
〔27〕 替：废弃，衰减。
〔28〕 修龄：长寿。
〔29〕 过涉灭顶：谓蹚入深水，淹没头顶。《易·大过》："上六，过涉灭顶，凶，无咎。"
〔30〕 颔秃面童：下巴光净无须，面呈童颜。颔，下颏。
〔31〕 过饰边幅：过于注重穿着打扮。谓与年龄身份不符。边幅，本指布幅的边缘，喻指人的服饰容态等外观表现。
〔32〕 匡救：救正，矫正。《孝经》："匡救其恶。"注："匡，正也。"
〔33〕 钟爱：爱集一身；极其喜爱。钟，聚。
〔34〕 发童而齿豁：头秃齿缺。形容年老。韩愈《进学解》："头童齿豁，竟死何裨。"童，秃。豁，通"谿"，齿缺。
〔35〕 游敖：游玩散心。《诗·邶风·柏舟》："微我无酒，以敖以游。"

〔36〕班荆:谓藉草而坐。《左传·襄公二十六年》:"伍举奔郑,将遂奔晋;声子将如晋,遇之于郑郊,班荆相与食,而言复故。"班,布。荆,泛指杂草。
〔37〕倜傥:风流洒脱。指有青年风度。
〔38〕怨父欺罔:此据二十四卷抄本,底本无"父"字。
〔39〕款曲:应酬殷恳。《后汉书·光武帝纪》下:"文叔(刘秀字)少时谨信,与人不款曲。"
〔40〕不属客:意不在客;不理会客人。属,属意。
〔41〕慢:简慢,怠慢。
〔42〕年貌舛异:谓张生的年龄与容貌不符。
〔43〕朱樱:红樱桃,喻女子之口。启:此从二十四卷抄本,底本作"起"。
〔44〕肃客:引导客人。《礼记·曲礼》上:"主人肃客而入。"注:"肃,进也。"
〔45〕细展官阀:详细询问官阶门第。展,展问,询问。
〔46〕小耦:少年夫妻。耦(偶),配偶。
〔47〕"不知者"句:意谓张于旦夫妇相貌比他们的儿子、儿媳还显得年少。子妇,儿子和儿媳。姑嫜,婆婆和公公。

道　士

韩生，世家也[1]。好客。同村徐氏，常饮于其座。会宴集[2]，有道士托钵门上[3]。家人投钱及粟，皆不受；亦不去。家人怒，归不顾。韩闻击剥之声甚久[4]，询之，家人以情告。言未已，道士竟入。韩招之坐。道士向主客皆一举手，即坐。略致研诘，始知其初居村东破庙中。韩曰："何日栖鹤东观[5]，竟不闻知，殊缺地主之礼[6]。"答曰："野人新至[7]，无交游。闻居士挥霍[8]，深愿求饮焉。"韩命举觞。道士能豪饮。徐见其衣服垢敝，颇偃蹇[9]，不甚为礼。韩亦海客遇之[10]。道士倾饮二十馀杯，乃辞而去。

自是每宴会，道士辄至，遇食则食，遇饮则饮，韩亦稍厌其频。饮次，徐嘲之曰："道长日日为客[11]，宁不一作主？"道士笑曰："道人与居士等，惟双肩承一喙耳[12]。"徐惭不能对。道士曰："虽然，道人怀诚久矣，会当竭力作杯水之酬[13]。"饮毕，嘱曰："翌午幸赐光宠[14]。"次日，相邀同往，疑其不设[15]。行去，道士已候于途；且语且步，已至寺门。入门，则院落一新，连阁云蔓[16]。大奇之，曰："久不至此，创建何时？"道士答："竣工未久。"比入其室，陈设华丽，世家所无。二人肃然起敬。甫坐，行酒下食，皆二八狡童[17]，锦衣朱履。酒馔芳美，备极丰渥。饭已，另有小进[18]。珍果多不可名，贮以水晶玉石之器，光照几榻。酌以玻璃盏，围尺许。道士曰："唤石家姊妹来。"童去少时,二美人入。一细长,如弱柳[19];一身短,齿最稚;媚曼双绝[20]。道士即使歌以侑酒[21]。少者拍板而歌,长者和以洞箫,其声清细。既阕,道士悬爵促釂[22],又命遍酌。顾问美人:"久不舞,尚能之否?"遂有僮仆展毡毹于筵下[23],两女对舞,长衣乱拂,香尘四散;舞罢,斜倚画屏。二人心旷神飞[24],不觉醺醉。

　　道士亦不顾客,举杯饮尽,起谓客曰:"姑烦自酌,我稍憩,即复来。"即去。南屋壁下,设一螺钿之床[25],女子为施锦裀,扶道士卧。道士乃曳长者共寝,命少者立床下为之爬搔[26]。二人睹此状,颇不平。徐乃大呼:"道士不得无礼!"往将挠之[27]。道士急起而遁。见少女犹立床下,乘醉拉向北榻,公然拥卧。视床上美人,尚眠绣榻。顾韩曰:"君何太迂?"韩乃径登南榻;欲与狎亵,而美人睡去,拨之不转。因抱与俱寝。天明,酒梦俱醒,觉怀中冷物冰人;视之,则抱长石卧青阶下[28]。急视徐,徐尚未醒;见其枕遗屙之石[29],酣寝败厕中。蹶起[30],互相骇异。四顾,则一庭荒草,两间破屋而已。

据《聊斋志异》铸雪斋抄本

----

〔1〕　世家:累世贵显的人家。
〔2〕　宴集:聚客饮宴。
〔3〕　托钵:募化,化缘。
〔4〕　击剥之声:敲门声。击,敲门。剥,剥啄,敲门声。
〔5〕　栖鹤:传说得道者驾鹤而行,故敬称道士宿止为栖鹤,犹言息驾。
〔6〕　地主:东道主。
〔7〕　野人:道士谦称,意谓山野之人。

〔8〕 居士：意思是向道慕善在家修行的人。是宗教徒对世俗人士的敬称。挥霍：豪奢不吝。
〔9〕 偃蹇：倨傲，轻慢。此从二十四卷抄本，底本作"淹蹇"。
〔10〕 海客遇之：把道士当作走江湖的看待。海客，浪迹四方的人。
〔11〕 道长：道高位尊的道士。对道士的敬称。
〔12〕 双肩承一喙：两只肩膀扛着一张嘴。意思是白吃白喝，无有馈赠、回报。
〔13〕 杯水：一杯水酒。水，喻酒味薄涩。
〔14〕 幸赐光宠：希望赐宠光临。
〔15〕 不设：不能设筵。
〔16〕 连阁云蔓：楼阁相连，极其盛多。
〔17〕 狡童：慧黠善解人意的幼仆。
〔18〕 小进：小吃；筵后茶点果品。
〔19〕 如弱柳：此据二十四卷抄本，底本作"一弱柳"。
〔20〕 媌曼：义同"靡曼"，谓容色美丽。《列子·周穆王》："简郑卫处子之娥媌靡曼者，施芳泽，正蛾眉，设笄珥……以处之。"
〔21〕 侑酒：劝酒。
〔22〕 悬爵促釂（jiào 叫）：举杯劝客人饮尽。釂，干杯。
〔23〕 氍毹（qú shū 瞿书）：毡席，地毯。
〔24〕 心旷神飞：心思旷荡，神不守舍。
〔25〕 螺钿（diàn 店）之床：镶嵌贝片图案的床榻。钿，金银贝壳之类装饰薄片的总称。
〔26〕 爬搔：挠痒。爬，抓、挠。
〔27〕 挠：阻止。
〔28〕 青阶：青石台阶。
〔29〕 遗屙之石：此据二十四卷抄本，底本作"遗屙之右"。大便坑旁的踏脚石。遗屙，拉屎。
〔30〕 蹴起：把徐氏踢起。

胡　氏

直隶有巨家[1]，欲延师[2]。忽一秀才，踵门自荐。主人延入[3]。词语开爽[4]，遂相知悦。秀才自言胡氏，遂纳贽馆之[5]。胡课业良勤[6]，淹洽非下士等[7]。然时出游，辄昏夜始归；扃闭俨然[8]，不闻款叩而已在室中矣。遂相惊以狐。然察胡意固不恶，优重之[9]，不以怪异废礼。

胡知主人有女，求为姻好，屡示意，主人伪不解。一日，胡假而去[10]。次日，有客来谒，絷黑卫于门[11]。主人逆而入。年五十馀，衣履鲜洁，意甚恬雅[12]。既坐，自达[13]，始知为胡氏作冰[14]。主人默然，良久曰："仆与胡先生，交已莫逆[15]，何必婚姻？且息女已许字矣[16]。烦代谢先生。"客曰："确知令媛待聘，何拒之深？"再三言之，而主人不可。客有惭色，曰："胡亦世族，何遽不如先生？"主人直告曰："实无他意，但恶非其类耳。"客闻之怒；主人亦怒，相侵益亟。客起，抓主人。主人命家人杖逐之，客乃遁。遗其驴，视之，毛黑色，批耳修尾[17]，大物也。牵之不动，驱之则随手而蹶，喓喓然草虫耳[18]。

主人以其言忿，知必相仇，戒备之。次日，果有狐兵大至：或骑或步，或戈或弩[19]，马嘶人沸，声势汹汹。主人不敢出。狐声言火屋，主人益惧。有健者，率家人噪出，飞石施箭，两相冲击，互有夷伤[20]。狐渐靡[21],纷纷引去。遗刀地上,亮如霜雪;近拾之,则高粱叶也。众笑曰:"技止此耳[22]。"然恐其复至,益备之。明日,众方聚语,忽一巨人自天而降:高丈馀,身横数尺;挥大刀如门,逐人而杀。群操矢石乱击之,颠踣而毙[23],则刍灵耳[24]。众益易之[25]。狐三日不复来,众亦少懈。主人适登厕,俄见狐兵,张弓挟矢而至,乱射之;集矢于臀。大惧,急喊众奔斗,狐方去。拔矢视之,皆蒿梗。如此月馀,去来不常,虽不甚害,而日日戒严[26],主人患苦之。

一日,胡生率众至。主人身出,胡望见,避于众中。主人呼之,不得已,乃出。主人曰:"仆自谓无失礼于先生,何故兴戎[27]?"群狐欲射,胡止之。主人近握其手,邀入故斋,置酒相款。从容曰:"先生达人[28],当相见谅。以我情好,宁不乐附婚姻?但先生车马、宫室,多不与人同,弱女相从,即先生当知其不可。且谚云:'瓜果之生摘者,不适于口[29]。'先生何取焉[30]?"胡大惭。主人曰:"无伤,旧好故在。如不以尘浊见弃,在门墙之幼子[31],年十五矣,愿得坦腹床下[32]。不知有相若者否?"胡喜曰:"仆有弱妹,少公子一岁,颇不陋劣。以奉箕帚,如何?"主人起拜,胡答拜。于是酬酢甚欢,前郤俱忘[33]。命罗酒浆,遍犒从者[34],上下欢慰。乃详问居里,将以奠雁[35]。胡辞之。日暮继烛,醺醉乃去。由是遂安。

年馀,胡不至。或疑其约妄,而主人坚待之。又半年,胡忽至。既道温凉已[36],乃曰:"妹子长成矣。请卜良辰[37],遣事翁姑[38]。"主人喜,即同定期而去。至夜,果有舆马送新妇至。奁妆丰盛,设室中几满。新妇见姑嫜,温丽异常。主人大喜。胡生与一弟来送女,谈吐俱风雅,又善饮。天明乃去。新妇且能预知年岁丰凶[39],故谋生之计,皆取则焉[40]。胡生兄弟以及胡媪,时来望女,人人皆见之。

据《聊斋志异》铸雪斋抄本

----

〔1〕 直隶:清代直隶省,即今河北省。
〔2〕 延师:聘请家塾教师。延,招聘。
〔3〕 延入:此从二十四卷抄本,底本作"延之"。
〔4〕 开爽:开朗爽快。
〔5〕 纳贽馆之:付给胡秀才聘金,留他住了下来。贽,初见礼品。馆,除舍留客;为之设馆,聘为塾师。
〔6〕 课业:对学生的授业和考课。
〔7〕 "淹洽"句:谓其学问渊博贯通,非一般秀才可比。下士,一命之士(得过一次功名),即秀才。
〔8〕 扃闭:锁闭。
〔9〕 优重之:对胡生优礼重待。
〔10〕 假:告假。
〔11〕 黑卫:黑驴。卫,驴子的代称。
〔12〕 恬雅:安闲文雅。
〔13〕 自达:自述来意。
〔14〕 作冰:作媒。
〔15〕 交已莫逆:已是知己之交。莫逆,心意相投,无所违拗。
〔16〕 息女:亲生女。许字:订婚,许配人家。
〔17〕 批耳修尾:尖耳长尾;好马的体形。批,谓尖如削竹。杜甫《房兵曹胡马诗》:"竹批双耳峻。"大物:谓躯体高大。柳宗元《三戒·黔之驴》:"虎见之,庞然大物也。"
〔18〕 "喓喓然"句:《诗·召南·草虫》:"喓喓草虫。"喓喓,蝈蝈叫声。草虫,指蝈蝈,又名织布娘、络丝娘。

〔19〕 戈、弩:兵器名。戈,长柄有刃。弩,一种用机械发射的弓。
〔20〕 夷伤:创伤。夷、伤同义。
〔21〕 靡:势衰。
〔22〕 技止此耳:本领不过如此而已。
〔23〕 颠踣而毙:倒地而死。
〔24〕 刍灵:草扎的送葬物。
〔25〕 易之:把它看得平常,轻视它。
〔26〕 戒严:严密戒备。
〔27〕 兴戎:兴兵,动武。
〔28〕 达人:通情达理的人。
〔29〕 "瓜果"句:相当现代俗谚"强扭的瓜儿不甜"。
〔30〕 何取:何必取此强婚下策。
〔31〕 在门墙:犹言受业。门墙,师门。语本《论语·子张》:"夫子之墙数仞,不得其门而入,不见宗庙之美、百官之富;得其门者或寡矣。"
〔32〕 坦腹床下:意谓做胡家的女婿。用王羲之东床坦腹而卧的故事。见《世说新语·雅量》。
〔33〕 郤:通"隙"。嫌隙。
〔34〕 犒(kào靠):以酒食相慰劳。
〔35〕 奠雁:献雁,指迎亲之礼。古婚礼中新郎到新娘家迎亲,先行进雁之礼,取嫁娶以时,夫妇和顺,长幼有序之意。
〔36〕 道温凉:道寒暄。指相见时互致相思慰问之意。
〔37〕 卜:占卜;谓选定。
〔38〕 翁姑:即下文"姑嫜",指公婆。
〔39〕 丰凶:丰年和灾年。
〔40〕 取则:据为准则;指按她的意见办事。

戏 术

有桶戏者,桶可容升;无底,中空,亦如俗戏[1]。戏人以二席置街上,持一升入桶中;旋出,即有白米满升,倾注席上;又取又倾,顷刻两席皆满。然后一一量入,毕而举之,犹空桶。奇在多也。

利津李见田[2],在颜镇闲游陶场[3],欲市巨瓮,与陶人争直,不成而去。至夜,窑中未出者六十馀瓮,启视一空。陶人大惊,疑李,踵门求之。李谢不知[4]。固哀之,乃曰:"我代汝出窑,一瓮不损,在魁星楼下非与?"如言往视,果一一俱在。楼在镇之南山[5],去场三里馀。佣工运之,三日乃尽。

据《聊斋志异》铸雪斋抄本

------

〔1〕 俗戏:民间戏法,今称魔术。
〔2〕 利津:县名,清代属山东武定府,即今山东省利津县。李见田:李登仙,字见田,利津人。幼即研习占卜术数,长而遨游燕、赵、齐、鲁间,往往不占验而前知,言多奇中,一时号为李神仙。康熙十一年八十二岁卒。康熙十二年《利津县新志》八"仙伎"载其预言明末清初事数则。王士禛《池北偶谈》二十二"李神仙"条亦载其为霓化李呈祥卜前程事一则。
〔3〕 颜镇:镇名,即颜神镇。在益都西南一百八十里,明嘉靖间创筑,李攀龙、王世贞为作记及铭。今属淄博市,是该市具有悠久历史的生产陶瓷器皿的中心。

〔4〕 谢:推辞。

〔5〕 南山:颜神镇南有南博山,当即此之南山。

丐　僧

济南一僧,不知何许人。赤足衣百衲[1],日于芙蓉、明湖诸馆[2],诵经抄募[3]。与以酒食、钱、粟,皆弗受;叩所需,又不答。终日未尝见其餐饭。或劝之曰:"师既不茹荤酒[4],当募山村僻巷中,何日日往来于膻闹之场[5]?"僧合眸讽诵[6],睫毛长指许,若不闻。少选[7],又语之。僧遽张目厉声曰:"要如此化!"又诵不已。久之,自出而去。或从其后,固诘其必如此之故,走不应。叩之数四,又厉声曰:"非汝所知!老僧要如此化!"积数日,忽出南城,卧道侧如僵,三日不动。居民恐其饿死,贻累近郭,因集劝他徙,欲饭饭之,欲钱钱之。僧瞑然不动。群摇而语之。僧怒,于衲中出短刀,自剖其腹;以手入,理肠于道,而气随绝。众骇告郡[8],藁葬之[9]。异日为犬所穴[10],席见[11]。踏之似空;发视之,席封如故,犹空茧然[12]。

据《聊斋志异》铸雪斋抄本

---

〔1〕 百衲:此从青本,底本作"白衲"。即百衲衣,僧服。百衲,谓以碎布缝缀。
〔2〕 芙蓉、明湖诸馆:芙蓉街、大明湖,两处邻近,在济南旧城西北隅,为当时繁华、名胜之地,多茶楼酒馆。
〔3〕 抄募:零星地募化财物;指僧人化缘。
〔4〕 茹:吞食,吃。

〔5〕 膻闹:膻腥喧闹;谓不洁不静。
〔6〕 讽诵:念佛号、诵经文。
〔7〕 少选:义同"少旋",一会儿。
〔8〕 告郡:报告济南知府衙门。郡,明清作为府的别称。
〔9〕 藁葬:草草埋葬。语出《后汉书·马援传》。此指以藁荐、芦席裹尸埋葬。
〔10〕 穴:穿洞。
〔11〕 见:同"现",露了出来。
〔12〕 "席封"二句:草席封裹完好,但像无蛹蚕茧,不见尸体。

伏　狐

太史某[1]，为狐所魅[2]，病瘠[3]。符禳既穷[4]，乃乞假归，冀可逃避。太史行，而狐从之。大惧，无所为谋。一日，止于涿[5]。门外有铃医[6]，自言能伏狐。太史延之入。投以药，则房中术也[7]。促令服讫，入与狐交，锐不可当。狐辟易[8]，哀而求罢；不听，进益勇。狐展转营脱[9]，苦不得去。移时无声，视之，现狐形而毙矣。

昔余乡某生者，素有嫪毐之目[10]，自言生平未得一快意。夜宿孤馆，四无邻。忽有奔女，扉未启而已入；心知其狐，亦欣然乐就狎之。衿襦甫解，贯革直入。狐惊痛，啼声吱然，如鹰脱韝[11]，穿窗而去[12]。某犹望窗外作狎昵声，哀唤之，冀其复回，而已寂然矣。此真讨狐之猛将也！宜榜门"驱狐"，可以为业[13]。

据《聊斋志异》铸雪斋抄本

----

[1]　太史：翰林。明清时多以翰林院官员兼史职，故习称翰林为太史。
[2]　魅：迷惑。
[3]　病瘠：得了精气亏损所致枯瘦之疾。
[4]　符禳：用符咒驱除邪祟。
[5]　涿：河北省涿县。
[6]　铃医：摇铃串巷的江湖郎中。
[7]　房中术：《汉书·艺文志·方技略》著录房中八家，其书今皆佚。后

世方士有所谓运气、逆流、采战等术,大抵言阴阳交合之类方药,称为房中术,简称房术。

〔8〕 辟易:躲避,退缩。语出《史记·项羽本纪》。

〔9〕 营脱:想法脱身。

〔10〕 有嫪毐(lào ǎi 涝蔼)之目:有大阴男子之称。嫪毐,战国末秦相吕不韦的舍人,与秦太后通,操纵朝政。始皇八年,封长信侯。次年,矫诏发卒欲攻蕲年宫为乱,事败被杀,夷三族。世以嫪毐为淫徒的代称。目,称谓。

〔11〕 如鹰脱韝(gōu 沟):好像猎鹰摆脱羁绊,迅疾飞去。韝,皮革制作的臂衣,用以停立猎鹰。发现猎物,则解脱束缚,放鹰飞捉。

〔12〕 穿窗而去:此据二十四卷抄本,底本"去"上有"出"字。

〔13〕 "宜榜门"二句:应该把"驱狐"二字当广告贴在门上,以此作为职业。

蛰　龙

於陵曲银台公[1]，读书楼上。值阴雨晦暝[2]，见一小物，有光如萤，蠕蠕而行[3]。过处，则黑如蚰迹[4]。渐盘卷上，卷亦焦。意为龙，乃捧卷送之。至门外，持立良久，蠖屈不少动[5]。公曰："将无谓我不恭？"执卷返，仍置案上，冠带长揖送之[6]。方至檐下，但见昂首乍伸[7]，离卷横飞，其声嗤然，光一道如缕；数步外，回首向公，则头大于瓮，身数十围矣；又一折反，霹雳震惊，腾霄而去。回视所行处，盖曲曲自书笥中出焉[8]。

　　　　　　据《聊斋志异》铸雪斋抄本

----

[1] 於(wū乌)陵曲银台公：曲迁乔，号带溪，山东长山县（今属邹平县）人。明神宗万历五年（1577）进士，历官至通政使司通政使，著有《光裕堂文集》。於陵，春秋齐邑名，长山县的古称。银台，通政使的别称。宋门下省于银台门内设银台司，掌国家奏状案牍，职司与明清通政使司相当，故沿为后者代称。
[2] 晦暝：天色昏暗。
[3] 蠕蠕而行：二十四卷抄本作"蠕蠕登几"。
[4] 蚰：蜒蚰，即蛞蝓，俗名鼻涕虫。是一种无壳蜗牛。一说即蜗牛。二虫过处皆留有胶状印迹。
[5] 蠖屈：此从二十四卷抄本，底本作蠖曲。蠖，虫名，即尺蠖；行时屈伸其体，如尺量物，故名。《易·系辞》下："尺蠖之屈，以求信(伸)也。"

〔6〕 冠带长揖：穿戴官服，深深作揖。表示恭敬。
〔7〕 乍伸：突然伸展躯体。乍，骤。
〔8〕 书笥：书箱。

苏　仙

高公明图知郴州时[1]，有民女苏氏，浣衣于河。河中有巨石，女踞其上。有苔一缕，绿滑可爱，浮水漾动，绕石三匝。女视之，心动。既归而娠，腹渐大。母私诘之，女以情告。母不能解。数月，竟举一子[2]。欲置隘巷[3]，女不忍也，藏诸椟而养之[4]。遂矢志不嫁，以明其不二也。然不夫而孕，终以为羞。儿至七岁，未尝出以见人。儿忽谓母曰："儿渐长，幽禁何可长也[5]？去之，不为母累。"问所之。曰："我非人种，行将腾霄昂壑耳[6]。"女泣询归期。答曰："待母属纩[7]，儿始来。去后，倘有所需，可启藏儿椟索之，必能如愿。"言已，拜母竟去。出而望之，已杳矣[8]。女告母，母大奇之。

女坚守旧志，与母相依，而家益落。偶缺晨炊，仰屋无计[9]。忽忆儿言，往启椟，果得米，赖以举火[10]。由是有求辄应。逾三年，母病卒；一切葬具，皆取给于椟。既葬，女独居三十年，未尝窥户[11]。一日，邻妇乞火者，见其兀坐空闺[12]，语移时始去。居无何，忽见彩云绕女舍，亭亭如盖[13]，中有一人盛服立，审视，则苏女也。回翔久之，渐高不见。邻人共疑之。窥诸其室，见女靓妆凝坐[14]，气则已绝。众以其无归[15]，议为殡殓。忽一少年入，丰姿俊伟，向众申谢。邻人向亦窃知女有子，故不之疑。少年出金葬母，植二桃于墓，乃别而去。数步之外，足下生云，不可复见。后桃结实甘芳，居人谓之

"苏仙桃",树年年华茂,更不衰朽。官是地者,每携实以馈亲友。

据《聊斋志异》铸雪斋抄本

---

〔1〕 郴(chēn 琛)州:清代为直隶州,属湖南,即今湖南郴县。
〔2〕 举:生育。
〔3〕 置隘巷:扔进小胡同;指抛弃。《诗·大雅·生民》:"诞置之隘巷,牛羊腓字之。"
〔4〕 椟:木柜,木匣。
〔5〕 幽禁:禁闭不使见人。
〔6〕 腾霄昂壑:昂首于涧壑,飞腾于云霄。是以困龙腾飞自喻。
〔7〕 属(zhǔ 主)纩:将死。《礼记·丧大记》:"疾病,……属纩以俟绝气。"属,附着。纩,新丝绵。人将死,在口鼻上放丝绵,以观察有无呼吸,叫属纩。因以作为将死或病危的代称。
〔8〕 杳(yǎo 舀):辽远不见踪影。
〔9〕 仰屋:愁思无计的样子。
〔10〕 举火:生火做饭。
〔11〕 窥户:指出户。户,家门。
〔12〕 兀坐:独自静坐。
〔13〕 亭亭如盖:高耸如车盖。《文选》曹丕《杂诗》之二:"西北有浮云,亭亭如车盖。"李善注:"亭亭,迥远无依之貌。"
〔14〕 靓妆:盛妆。凝坐:端坐不动;僵坐。
〔15〕 无归:未嫁,因而无处归葬。

李 伯 言

李生伯言,沂水人[1]。抗直有肝胆[2]。忽暴病,家人进药,却之曰:"吾病非药饵可疗。阴司阎罗缺,欲吾暂摄其篆耳[3]。死勿埋我,宜待之。"是日果死。

驺从导去[4],入一宫殿,进冕服[5];隶胥祇候甚肃[6]。案上簿书丛沓[7]。一宗,江南某[8],稽生平所私良家女八十二人[9]。鞫之,佐证不诬[10]。按冥律,宜炮烙[11]。堂下有铜柱,高八九尺,围可一抱;空其中而炽炭焉,表里通赤。群鬼以铁蒺藜挞驱使登[12],手移足盘而上。甫至顶,则烟气飞腾,崩然一响如爆竹[13],人乃堕;团伏移时,始复苏。又挞之,爆堕如前。三堕,则匝地如烟而散,不复能成形矣。

又一起,为同邑王某,被婢父讼盗占生女。王即生姻家[14]。先是,一人卖婢。王知其所来非道,而利其直廉,遂购之。至是王暴卒。越日,其友周生遇于途,知为鬼,奔避斋中。王亦从入。周惧而祝,问所欲为。王曰:"烦作见证于冥司耳。"惊问:"何事?"曰:"余婢实价购之[15],今被误控。此事君亲见之,惟借季路一言[16],无他说也。"周固拒之。王出曰:"恐不由君耳。"未几,周果死,同赴阎罗质审[17]。李见王,隐存左袒意[18]。忽见殿上火生,焰烧梁栋。李大骇,侧足立[19]。吏急进曰:"阴曹不与人世等,一念之私不可容。急消他念,则火自熄。"李敛神寂虑,火顿灭。已而鞫状,王与婢父反复相苦。问周,周以实对。王以故犯论答[20]。答讫,遣人俱送回生。周与王皆三日而甦。

李视事毕,舆马而返。中途见馘头断足者数百辈,伏地哀鸣。停车研诘[21],则异乡之鬼,思践故土,恐关隘阻隔,乞求路引[22]。李曰:"余摄任三日,已解任矣,何能为力?"众曰:"南村胡生,将建道场[23],代嘱可致。"李诺之。至家,驺从都去,李乃甦。

胡生字水心,与李善,闻李再生,便诣探省。李遽问:"清醮何时[24]?"胡讶曰:"兵燹之后[25],妻孥瓦全[26],向与室人作此愿心[27],未向一人道也。何知之?"李具以告。胡叹曰:"闺房一语,遂播幽冥,可惧哉!"乃敬诺而去。次日,如王所,王犹惫卧。见李,肃然起敬,申谢佑庇。李曰:"法律不能宽假[28]。今幸无恙乎?"王云:"已无他症,但笞疮脓溃耳。"又二十馀日始痊;臀肉腐落,瘢痕如杖者。

异史氏曰:"阴司之刑,惨于阳世;责亦苛于阳世[29]。然关说不行,则受残酷者不怨也。谁谓夜台无天日哉[30]?第恨无火烧临民之堂廨耳[31]!"

据《聊斋志异》铸雪斋抄本

----

[1] 沂水:县名。即今山东省沂水县。清初属沂州。
[2] 抗直:也作"伉直",刚强正直。有肝胆:肝胆照人,对人诚信。
[3] 摄(shè 涉)篆:代掌印信;又叫"摄任",即代理官职。

〔4〕 驺从(zōu zòng 邹纵):显贵出行,车乘前后骑马导从的人员。驺,骑士。
〔5〕 冕服:古代帝王的礼服。此指阎罗冠服。冕,王冠。
〔6〕 隶胥祗(zhī 知)候甚肃:吏役敬候,气氛非常庄严。隶,衙役。胥,小吏。祗候,恭敬侍候。肃,庄重、严整。
〔7〕 簿书丛沓:簿籍文书多而杂乱。
〔8〕 江南:清初置江南省,辖江苏、安徽两省地,康熙初废。
〔9〕 稽:考核,计数。这里意思是合计、总计。私:奸污。
〔10〕 佐证不诬:证据具在,没有虚妄。
〔11〕 炮烙:殷纣所用酷刑,以铜柱置炭火上烧热,令人爬行而上,即坠炭火中烧死。这里借为冥中之刑。
〔12〕 铁蒺藜:大约是一种有刺的铁锤或铁棒,用作刑具。《六韬》、《汉书》等所载军中设障之具有铁蒺藜,非此物。
〔13〕 爆竹:古时以火燃竹,用其爆裂之声以驱山鬼,叫爆竹,见《荆楚岁时记》。后来以纸卷火药制作,又叫爆仗。
〔14〕 姻娅:儿女亲家。
〔15〕 实价购之:谓实系出钱购婢,而非"虚价实契"盗占人女为婢。
〔16〕 惟借季路一言:意思是,只借重你一句诚信之言,证明我被人诬告。季路,孔子弟子仲由,字子路,一字季路。孔子曾说他"片言可以折狱"(见《论语·颜渊》)。朱熹《论语集注》解释说:"片言,半言。折,断也。子路忠信明决,故言出而人信服之,不待其辞之毕也。"王某之言,是要求周生据实证明其婢是从他人处廉价购得,以求从轻论罪,如盗占,则罪重矣。
〔17〕 质审:接受质询和审理。
〔18〕 左袒:脱袖袒露左臂,表示偏护一方。语出《史记·吕后本纪》。
〔19〕 侧足立:侧身站着,表示敬畏戒惧。
〔20〕 以故犯论笞:以明知故犯之罪,判处笞刑,即俗语之打小板子。王某明知所买之婢"所来非道"而买之,因称"故犯"。
〔21〕 研诘:仔细询问。
〔22〕 路引:官府颁发的通行凭证。
〔23〕 道场:佛教、道教规模较大的诵经礼拜仪式,都称为道场。

〔24〕 醮:祭祀神灵。《文选》宋玉《高唐赋》:"醮诸神,礼太一。"
〔25〕 兵燹(xiǎn险):战争造成的烧杀破坏。
〔26〕 瓦全:谓苟全生命。《北齐书·元景安传》:"天保时,诸元帝室亲近者多被诛戮。疏宗如景安之徒议欲请姓高氏。(元)景皓曰:'岂得弃本宗,逐他姓!大丈夫宁可玉碎,不能瓦全。'"
〔27〕 室人:犹言"内人",指妻。
〔28〕 宽假:宽贷,宽容。
〔29〕 责:阴司之责;指阴司对官吏执法的要求。
〔30〕 夜台:指阴间。无天日:暗无天日,指吏治昏暗。
〔31〕 堂廨:官署。廨,官舍。堂,官衙中的正厅。此句针对阳世官府徇私枉法而言。

黄九郎

何师参,字子萧,斋于苕溪之东[1],门临旷野。薄暮偶出,见妇人跨驴来,少年从其后。妇约五十许,意致清越[2]。转视少年,年可十五六,丰采过于姝丽[3]。何生素有断袖之癖[4],睹之,神出于舍[5];翘足目送,影灭方归。次日,早伺之。落日冥濛[6],少年始过。生曲意承迎,笑问所来。答以"外祖家"。生请过斋少憩,辞以不暇;固曳之,乃入。略坐兴辞[7],坚不可挽。生挽手送之,殷嘱便道相过[8]。少年唯唯而去。生由是凝思如渴[9],往来眺注[10],足无停趾。

一日,日衔半规[11],少年欻至。大喜,要入[12],命馆童行酒[13]。问其姓字,答曰:"黄姓,第九[14]。童子无字[15]。"问:"过往何频?"曰:"家慈在外祖家[16],常多病,故数省之。"酒数行,欲辞去。生捉臂遮留[17],下管钥[18]。九郎无如何,赪颜复坐[19]。挑灯共语,温若处子[20];而词涉游戏[21],便含羞,面向壁。未几,引与同衾。九郎不许,坚以睡恶为辞[22]。强之再三,乃解上下衣,着裤卧床上。何灭烛;少时,移与同枕,曲肘加髀而狎抱之[23],苦求私昵。九郎怒曰:"以君风雅士,故与流连;乃此之为,是禽处而兽爱之也[24]!"未几,晨星荧荧[25],九郎径去。生恐其遂绝,复伺之,踽踽凝盼[26],目穿北斗。过数日,九郎始至。喜逆谢过;强曳入斋,促坐笑语,窃幸其不念旧恶。无何,解屦登床,又抚哀之。九郎曰:"缠绵之意,已镂肺鬲[27],然亲爱何必在此?"生甘言纠缠[28],但求一亲玉肌。九郎从之。生俟其睡寐,潜就轻薄。九郎醒,揽衣遽起,乘夜遁去。生邑邑若有所失[29],忘啜废枕[30],日渐委悴[31]。惟日使斋童逻侦焉。

一日,九郎过门,即欲径去。童牵衣入之。见生清癯,大骇,慰问。生实告以情,泪涔涔随声零落[32]。九郎细语曰:"区区之意,实以相爱无益于弟,而有害于兄,故不为也。君既乐之,仆何惜焉?"生大悦。九郎去后,病顿减,数日平复。九郎果至,遂相缱绻。曰:"今勉承君意[33],幸勿以此为常。"既而曰:"欲有所求,肯为力乎?"问之,答曰:"母患心痛,惟太医齐野王先天丹可疗。君与善,当能求之。"生诺之。临去又嘱。生入城求药,及暮付之。九郎喜,上手称谢[34]。又强与合。九郎曰:"勿相纠缠。谨为君图一佳人,胜弟万万矣。"生问谁。九郎曰:"有表妹,美无伦。倘能垂意,当报柯斧[35]。"生微笑不答。九郎怀药便去。三日乃来,复求药。生恨其迟,词多诮让[36]。九郎曰:"本不忍祸君,故疏之;既不蒙见谅,请勿悔焉。"由是燕会无虚夕[37]。

凡三日必一乞药。齐怪其频,曰:"此药未有过三服者,胡久不瘥?"因裹三剂并授之。又顾生曰:"君神色黯然,病乎?"曰:"无。"脉之,惊曰:"君有鬼脉[38],病在少阴[39],不自慎者殆矣!"归语九郎。九郎叹曰:"良医也!我实狐,久恐不为君福。"生疑其诳,藏其药,不以尽予,虑其弗至也。居无何,果病。延齐诊视,曰:"曩不实言,今魂气已游墟莽[40]，秦缓何能为力[41]？"九郎日来省侍，曰："不听吾言，果至于此！"生寻死。九郎痛哭而去。

先是，邑有某太史，少与生共笔砚[42]；十七岁擢翰林。时秦藩贪暴[43]，而赂通朝士[44]，无有言者。公抗疏劾其恶[45]，以越俎免[46]。藩升是省中丞[47]，日伺公隙。公少有英称[48]，曾邀叛王青盼[49]，因购得旧所往来札，胁公。公惧，自经。夫人亦投缳死[50]。公越宿忽醒，曰："我何子萧也。"诘之，所言皆何家事，方悟其借躯返魂。留之不可，出奔旧舍。抚疑其诈，必欲排陷之，使人索千金于公。公伪诺，而忧闷欲绝。忽通九郎至，喜共话言，悲欢交集。既欲复狎。九郎曰："君有三命耶[51]？"公曰："余悔生劳，不如死逸。"因诉冤苦。九郎悠忧以思[52]。少间曰："幸复生聚。君旷无偶[53]，前言表妹，慧丽多谋，必能分忧。"公欲一见颜色。曰："不难。明日将取伴老母，此道所经。君伪为弟也兄者[54]，我假渴而求饮焉。君曰'驴子亡'，则诺也[55]。"计已而别。

明日停午[56]，九郎果从女郎经门外过。公拱手絮絮与语。略睨女郎，娥眉秀曼[57]，诚仙人也。九郎索茶，公请入饮。九郎曰："三妹勿讶，此兄盟好，不妨少休止。"扶之而下，系驴于门而入。公自起瀹茗。因目九郎曰："君前言不足以尽[58]。今得死所矣！"女似悟其言之为己者，离榻起立，嘤喔而言曰[59]："去休！"公外顾曰："驴子其亡！"九郎火急驰出。公拥女求合。女颜色紫变，窘若囚拘，大呼九兄，不应。曰："君自有妇，何丧人廉耻也？"公自陈无室。女曰："能矢山河[60]，勿令秋扇见捐[61]，则惟命是听。"公乃誓以皦日[62]。女不复拒。事已,九郎至。女色然怒让之[63]。九郎曰:"此何子萧,昔之名士,今之太史。与兄最善,其人可依。即闻诸妗氏,当不相见罪。"日向晚,公邀遮不听去。女恐姑母骇怪。九郎锐身自任,跨驴径去。居数日,有妇携婢过,年四十许,神情意致,雅似三娘[64]。公呼女出窥,果母也。瞥睹女,怪问:"何得在此?"女惭不能对。公邀入,拜而告之。母笑曰:"九郎稚气,胡再不谋[65]?"女自入厨下,设食供母,食已乃去。

公得丽偶,颇快心期[66];而恶绪萦怀,恒蹙蹙有忧色[67]。女问之,公缅述颠末[68]。女笑曰:"此九兄一人可得解,君何忧?"公诘其故。女曰:"闻抚公溺声歌而比顽童[69],此皆九兄所长也。投所好而献之,怨可消,仇亦可复。"公虑九郎不肯。女曰:"但请哀之。"越日,公见九郎来,肘行而逆之。九郎惊曰:"两世之交,但可自效,顶踵所不敢惜[70]。何忽作此态向人?"公具以谋告。九郎有难色。女曰:"妾失身于郎,谁实为之[71]?脱令中途雕丧[72],焉置妾也?"九郎不得已,诺之。公族与谋[73],驰书与所善之王太史,而致九郎焉[74]。王会其意,大设,招抚公饮。命九郎饰女郎,作天魔舞[75],宛然美女。抚惑之,亟请于王[76],欲以重金购九郎,惟恐不得当[77]。王故沉思以难之。迟之又久,始将公命以进[78]。抚喜,前卻顿释[79]。自得九郎,动息不相离[80];侍妾十馀,视同尘土。九郎饮食供具如王者[81];赐金万计。半年,抚公病。九郎知其去冥路近也,遂辇金帛[82],假归公家[83]。既而抚公薨。九郎出资,起屋置器,畜婢仆,母子及妗并家焉。九郎出,舆马甚都[84],人不知其狐

也。余有"笑判"[85],并志之:

男女居室,为夫妇之大伦[86];燥湿互通,乃阴阳之正窍[87]。迎风待月,尚有荡检之讥[88];断袖分桃,难免掩鼻之丑[89]。人必力士,鸟道乃敢生开[90];洞非桃源,渔篙宁许误入[91]?今某从下流而忘返,舍正路而不由[92]。云雨未兴,辄尔上下其手[93];阴阳反背,居然表里为奸[94]。华池置无用之乡,谬说老僧入定[95];蛮洞乃不毛之地,遂使眇帅称戈[96]。系赤兔于辕门,如将射戟[97];探大弓于国库,直欲斩关[98]。或是监内黄鳝,访知交于昨夜[99];分明王家朱李,索钻报于来生[100]。彼黑松林戎马顿来,固相安矣;设黄龙府潮水忽至,何以御之[101]?宜断其钻刺之根,兼塞其送迎之路[102]。

据《聊斋志异》铸雪斋抄本

----

〔1〕 苕(tiáo条)溪:又名苕水,在浙江吴兴县境。有两源,分出浙江天目山南北,合流后入太湖。
〔2〕 意致清越:意态风度清雅脱俗。此从二十四卷抄本,底本无"致"字。
〔3〕 姝丽:美女。
〔4〕 断袖之癖:指癖好男宠。《汉书·董贤传》:"(董贤)常与上卧起。尝昼寝,偏藉上袖,上欲起,贤未觉,不欲动贤,乃断袖而起。"董贤是汉哀帝的倖臣,后因以断袖喻癖好男宠。
〔5〕 神出于舍:心神不定;心往神驰。神,心神;舍,人的躯体。
〔6〕 落日冥濛:太阳落山,旷野昏暗。冥闇,幽暗不明。又作"冥蒙"。《文选》左思《吴都赋》:"旷瞻迢递,迥眺冥蒙。"
〔7〕 兴辞:起身告辞。
〔8〕 便道相过:路过时乘便相访。过,过访。

〔9〕 凝思：犹云结思，形容思念集中。
〔10〕 眺注：注目远望。
〔11〕 日衔半规：太阳半落西山。半规，半圆，指半边落日。《文选》谢灵运《游南亭》诗："密林含馀清，远峰隐半规。"
〔12〕 要（yāo 邀）：遮路邀请。
〔13〕 馆童：即斋童，书房侍童。
〔14〕 第九：排行（同祖兄弟间按年岁排列次序）第九。
〔15〕 童子无字：《礼记·檀弓》："幼名冠字。"旧时未成年的男孩只有名和乳名，二十岁才有字，以便应酬社会交往。
〔16〕 家慈：犹言家母。
〔17〕 捉臂：此从二十四卷抄本，底本作"掉臂"。遮留：遮（挡）道留客。
〔18〕 下管钥：关门上锁；表示恳留。管钥，旧式管状有孔的钥匙；开锁后钥匙留在锁上，上锁后才能取下来，所以"下管钥"就是上锁。
〔19〕 赪（chēng 撑）颜复坐：红着脸又坐了下来。赪，赤色。赪颜是羞惭、困窘、尴尬的表情。
〔20〕 处子：处女。
〔21〕 游戏：犹言调戏。
〔22〕 睡恶：睡相不好；睡觉不老实。
〔23〕 髀（bì 闭）：股，大腿。
〔24〕 禽处而兽爱：以禽兽之道自处和相爱。
〔25〕 荧荧：微亮的样子。
〔26〕 蹀躞：小步蹀来蹀去。义同蹀蹀、徘徊。
〔27〕 镂肺鬲：犹"铭肺腑"，谓牢记不忘。
〔28〕 纠缠：此从青柯亭本，底本作"纠缕"。
〔29〕 邑邑：通"悒悒"，忧郁不乐的样子。
〔30〕 忘啜废枕：废寝忘食，形容焦虑思念之深。
〔31〕 委悴：委顿憔悴，谓疲困消瘦，委靡不振。
〔32〕 涔涔（cén cén 岑岑）：泪水下流的样子。
〔33〕 勉承：此从二十四卷抄本，底本作"免承"。
〔34〕 上手：拱手。是致射或致歉谢过的表示。
〔35〕 报柯斧：以作媒相报答。《诗·豳风·伐柯》："伐柯如何？匪斧不

克。取妻如何？匪媒不得。"后因以执柯斧喻作媒。报,二十四卷抄本作"执"。
〔36〕 诮(qiào 俏)让:谴责。诮和让都是责备的意思。
〔37〕 燕会:燕婉之会,即欢会,幽会。
〔38〕 鬼脉:谓脉象沉细有鬼气,为将死之兆。
〔39〕 少阴:人体经络名,即肾经。病在少阴者,脉常微细,嗜睡。
〔40〕 魂气已游墟莽:谓精气已消散殆尽,濒于死亡。魂气,精神和元气。墟莽,荒陇,丘坟。
〔41〕 秦缓:春秋时秦国的良医,名缓。他曾奉命为晋景公治病,发现晋景公已病入膏肓,不能医治。晋景公称他为"良医",赠之厚礼。见《左传·成公十年》。
〔42〕 共笔砚:共用笔砚,指共桌同塾的同学。
〔43〕 秦藩:秦地藩台,即陕西省布政使。
〔44〕 朝士:泛指在朝官员。
〔45〕 抗疏:上书直言。劾:弹劾、检举。
〔46〕 越俎:越俎代庖,见《庄子·逍遥游》。谓各人有专职,虽他人不能尽责,也不必越职代作。翰林职司不在谏议纠弹,所以被当权者加上越职言事的罪名。
〔47〕 中丞:明清巡抚的代称。中丞,御史中丞,相当于明清时都察院副都御史;明清各省巡抚多带此京衔,故以代称。
〔48〕 英称:犹英声,谓名声出众。英,杰出。称,名。
〔49〕 邀:博取、获得。青盼:即青眼;意为看重。晋阮籍能为青白眼,见凡俗之士,则以白眼对之,惟嵇康赍酒携琴来访,乃以青眼相对。见《世说新语·简傲》注引《晋百官名》。青眼是以瞳子相向,即正眼看人。叛王:清初藩王叛清者有吴三桂、尚之信、耿精忠等,此未详所指。
〔50〕 投缳(huán 环):义同"自经"。缳,绳圈。
〔51〕 耶:底本作"焉",据文义改。
〔52〕 悠忧以思:深沉地为之忧虑思索。以,且。
〔53〕 旷:成年男子无妻叫旷。
〔54〕 伪为弟也兄者:假称是我的哥哥。弟也兄者,意思是弟(九郎自

称)之兄。《礼记·檀弓》有这类句法。
〔55〕 君曰"驴子亡",则诺也:意思是,你说声"驴子跑了!"就算表示应允或相中了。
〔56〕 停午:正午。
〔57〕 娥眉秀曼:娥眉,或作"蛾眉",美女的修眉。秀曼,清秀而有光泽。《楚辞·大招》:"娉目宜笑,娥眉曼只。"王逸注:"曼,泽也。……蛾眉曼泽,异于众人也。"
〔58〕 前言不足以尽:意思是,九郎从前所说,还不足以把他表妹的美貌形容尽致。
〔59〕 嘤嘤:鸟鸣声,形容女子声音娇细动听。
〔60〕 矢山河:古人常对着山河日月等被认为永恒的物体发誓,表示这些东西不改变,自己的誓言也不变。
〔61〕 勿令秋扇见捐:不要像对入秋的扇子那样把我抛弃。《玉台新咏》载:汉成帝班倢伃失宠居长信宫,作《怨诗》一首,以纨扇自喻,叙述了"出入君怀袖,动摇微风发"的受到宠爱;接着又写出"常恐秋节至,凉风夺炎热;弃捐箧笥中,恩情中道绝"的自我忧伤。本句取义于此。捐,弃。
〔62〕 誓以皦日:指着光明的太阳发誓。《诗·王风·大车》:"谷则异室,死则同穴。谓予不信,有如皦日。"
〔63〕 色然怒让之:面色改变,怒责九郎。色然,作色,变脸。让,斥责。
〔64〕 雅似:很像。
〔65〕 胡再不谋:为什么始终不和我商量?再,再三;引申为自始至终。语出《左传·襄公二十四年》。
〔66〕 心期:心愿。期,期望。
〔67〕 蹙蹙(cù cù 促促):局促,心情不舒展的样子。《诗·小雅·节南山》:"我瞻四方,蹙蹙靡所骋。"笺:"蹙蹙,缩小之貌。"
〔68〕 缅述颠末:追述始末。
〔69〕 比:亲近。顽童:即娈(luán 峦)童,旧时供戏狎玩弄的美男。《书·伊训》:"比顽童。"
〔70〕 顶踵所不敢惜:意思是不吝身躯,全力以赴。《孟子·尽心》:"摩顶放踵,利天下而为之。"

〔71〕谁实为之：是谁造成的？
〔72〕脱令中途雕丧：假若让翰林半道死去。脱，假如。雕，通"凋"。
〔73〕族与谋：聚而与之谋划。族，聚。
〔74〕致：奉献。
〔75〕天魔舞：元顺帝时的一种宫廷舞蹈。由宫女十六人杂佛俗装束，赞佛而舞。天魔又叫天子魔，佛教认为它是"欲界主"，沉溺于世间玩乐，所以宫作此舞象之。见《元史·顺帝纪》。
〔76〕亟请：多次要求。
〔77〕不得当：不当其值；出价不够。当，相抵。
〔78〕将公命以进：按照翰林的吩咐把九郎献给巡抚。将，秉持，奉行。
〔79〕卻（xì 细）：同"隙"。嫌隙，仇怨。
〔80〕动息：犹言动止。
〔81〕饮食供具：饮食和其他供应。供具，供应物品。
〔82〕輂：用车辆搬运。
〔83〕假归公家：告假回到某翰林家。
〔84〕都：华美。
〔85〕笑判：开玩笑的判词。按：作者这段判词，是游戏之笔，但格调庸俗；注文重在释词，只略疏句意。
〔86〕"男女居室"二句：《孟子·万章》："男女居室，人之大伦也。"此错综其词，意思是：夫妻之事，是人伦（伦常；又叫五伦：父子、君臣、夫妇、长幼、朋友）关系的重要方面。
〔87〕"燥湿互通"二句：燥湿，阴阳，喻男女。正窍，指男女性器。
〔88〕"迎风待月"二句：谓男女幽期密约，尚且受到人们的讥讽。唐元稹《莺莺传》莺莺邀张生诗："待月西厢下，迎风户半开。拂墙花影动，疑是玉人来。"荡检，逾越礼法的约束。
〔89〕"断袖分桃"二句：喜爱男宠，更难免使人厌恶其丑恶不堪。断袖、分桃，均指嬖爱男宠。断袖，已见本篇前注。分桃，据刘向《说苑·杂言》：战国卫君的幸臣弥子瑕，曾把吃了一半的桃子给卫君吃。这是亵渎国君的行为，而卫君却称赞他"爱我而忘其口味"。掩鼻，谓臭不可闻。
〔90〕"人必力士"二句：借用李白《蜀道难》诗中"西当太白有鸟道，可以

横绝峨眉巅","地崩山摧壮士死,然后天梯石栈相钩连"等句的有关字面(鸟字又变其音读),并用"生开"二字,写男性间发生的不正当关系。

〔91〕"洞非桃源"二句:用晋陶潜《桃花源诗并记》渔人入桃源"洞"事,并用"误入",喻男性间发生不正当关系。

〔92〕"今某"二句:檃括何子萧惑于男宠的丑事,领起下文;谓其甘愿舍弃正当的性生活,堕入卑污而不知悔悟。

〔93〕"云雨未兴"二句:云雨,本宋玉《神女赋》,喻性行为。上下其手,本《左传·襄公二十六年》"上其手"、"下其手",此系借用。

〔94〕"阴阳"二句:首句点明同性,下句写不正当关系。

〔95〕"华池"二句:意谓好男宠者置妻妾于不顾,假称清心寡欲。华池,《太平御览》卷三六七《养生经》:"口为华池。"此处"华池"与"蛮洞"对举,当为女阴的廋词。入定,佛教谓静坐敛心,不生杂念;此指寡欲。

〔96〕"蛮洞"二句:谓醉心于同性苟合。蛮洞,人迹罕至的荒远洞穴。不毛之地,瘠薄不长庄稼的土地。见《公羊传·宣公十二年》注。眇帅,唐末李克用骁勇善用兵,一目失明;既贵,人称"独眼龙"。见《新五代史·唐庄宗纪》。称戈,逞雄用武。以上数词皆隐喻。

〔97〕"系赤兔"二句:赤兔,骏马名,吕布所骑。见《三国志·魏志·吕布传》。辕门射戟也是吕布的故事,见《后汉书·吕布传》。辕门,军营大门。这里辕谐音为"圆",与"赤兔"都是隐喻。

〔98〕"探大弓"二句:《左传·定公八年》载:春秋时鲁国季孙的家臣阳虎,曾私入鲁公之宫,"窃宝玉、大弓以出"。斩关,砍断关隘大门的横闩,即破门入关。二句隐喻。

〔99〕"或是"二句:直用男色故事。监,国子监。黄鳝,即黄鳝。知交,知己朋友。《耳谈》载:明南京国子监有王祭酒,尝私一监生。监生梦黄鳝出胯下,以语人。人为谑语曰:"某人一梦最跷蹊,黄鳝钻臀事可疑;想是监中王学士,夜深来访旧相知。"见吕湛恩注引。

〔100〕"分明"二句:意谓同性相恋,即使两世如此,也不会生出后代。朱李,红李。《世说新语·俭啬》:晋"王戎有好李,卖之,恐人得其种,恒钻其核。"钻报,钻刺的效应;双关语。

〔101〕"彼黑松林"四句:这四句仍是隐喻。前两句指爱男宠者,后两句指男宠。
〔102〕"宜断"二句:是"笑判"对故事中同性苟合两方的判决词。前句针对爱男宠者,后句针对男宠。

金陵女子

沂水居民赵某,以故自城中归,见女子白衣哭路侧,甚哀。睨之,美。悦之,凝注不去。女垂涕曰:"夫夫也,路不行而顾我[1]!"赵曰:"我以旷野无人,而子哭之恸,实怆于心。"女曰:"夫死无路,是以哀耳。"赵劝其复择良匹。曰:"渺此一身[2],其何能择?如得所托[3],媵之可也[4]。"赵忻然自荐,女从之。赵以去家远,将觅代步。女曰:"无庸。"乃先行,飘若仙奔。至家,操井臼甚勤[5]。积二年馀,谓赵曰:"感君恋恋,猥相从[6],忽已三年。今宜且去。"赵曰:"曩言无家,今焉往?"曰:"彼时漫为是言耳[7],何得无家?身父货药金陵[8]。倘欲再晤,可载药往,可助资斧[9]。"赵经营,为赍舆马[10]。女辞之,出门径去;追之不及,瞬息遂杳。

居久之,颇涉怀想,因市药诣金陵。寄货旅邸,访诸衢市[11]。忽药肆一翁望见,曰:"婿至矣。"延之入。女方浣裳庭中,见之不言亦不笑,浣不辍。赵衔恨遽出。翁又曳之返。女不顾如初。翁命治具作饭[12]。谋厚赠之,女止之曰:"渠福薄[13],多将不任[14];宜少慰其苦辛,再检十数医方与之,便吃著不尽矣。"翁问所载药。女云:"已售之矣,直在此[15]。"翁乃出方付金,送赵归。试其方,有奇验。沂水尚有能知其方者。以蒜臼接茅檐雨水[16],洗瘭赘[17],其方之一也,良效。

据《聊斋志异》铸雪斋抄本

----

〔1〕 "夫夫也"句:"那个男人家,不走你的路,只管看我做什么!"前一"夫(fú)"字,指示代词,这或那。后一"夫(fū)"字,称呼男子。《礼记·檀弓》上:"曾子指子游而示人曰:'夫夫也,为习于礼者。'"注:"夫夫,犹言此丈夫也。"

〔2〕 渺此一身:流离孤身。渺,通"藐(miǎo)"。庾信《哀江南赋序》:"藐是流离,至于暮齿。"

〔3〕 得所托:从二十四卷本,底本作"其所托"。所托,托身之人。指未来的丈夫。

〔4〕 媵之:当人的侍妾。

〔5〕 操井臼:汲水舂米;泛指家务劳动。

〔6〕 猥相从:苟且跟了你。猥,姑且,苟且。

〔7〕 漫为是言:信口这么说。漫,信口。

〔8〕 身父:我父。身,自称之词。《尔雅·释诂》下:"朕、余、躬,身也。"注:"今人亦自呼为身。"

〔9〕 资斧:旅资,盘费。

〔10〕 贳(shì 市):底本作"贷",此从二十四卷抄本。租赁。

〔11〕 衢市:街道和集市。

〔12〕 治具:置办酒席。

〔13〕 渠:他。

〔14〕 不任:担当不起。

〔15〕 直:通"值";指卖药所得货款。

〔16〕 蒜臼:捣蒜用的石臼。

〔17〕 瘊赘:瘊子。

汤　公

汤公名聘[1],辛丑进士。抱病弥留[2]。忽觉下部热气,渐升而上:至股,则足死;至腹,则股又死;至心,心之死最难。凡自童稚以及琐屑久忘之事[3],都随心血来,一一潮过。如一善,则心中清净宁帖[4];一恶,则懊恼烦燥[5],似油沸鼎中,其难堪之状,口不能肖似之。犹忆七八岁时,曾探雀雏而毙之,只此一事,心头热血潮涌,食顷方过。直待平生所为,一一潮尽,乃觉热气缕缕然,穿喉入脑,自顶颠出,腾上如炊,逾数十刻期[6],魂乃离窍[7],忘躯壳矣。

而渺渺无归[8],漂泊郊路间。一巨人来,高几盈寻[9],掇拾之,纳诸袖中。入袖,则叠肩压股,其人甚夥,薨恼闷气[10],殆不可过。公顿思惟佛能解厄,因宣佛号[11],才三四声,飘堕袖外。巨人复纳之。三纳三堕,巨人乃去之。公独立徬徨,未知何往之善。忆佛在西土,乃遂西。无何,见路侧一僧趺坐,趋拜问途。僧曰:"凡士子生死录,文昌及孔圣司之[12],必两处销名,乃可他适。"公问其居,僧示以途,奔赴。

无几,至圣庙,见宣圣南面坐[13]。拜祷如前。宣圣言:"名籍之落,仍得帝君。"因指以路。公又趋之。见一殿阁,如王者居。俯身入,果有神人,如世所传帝君像。伏祝之。帝君检名曰:"汝心诚正,宜复有生理。但皮囊腐矣[14],非菩萨莫能为力[15]。"因指示令急往。公从其教。俄见茂林修竹，殿宇华好。入，见螺髻庄严[16]，金容满月[17]；瓶浸杨柳，翠碧垂烟。公肃然稽首，拜述帝君言。菩萨难之。公哀祷不已。旁有尊者白言[18]："菩萨施大法力，撮土可以为肉，折柳可以为骨。"菩萨即如所请，手断柳枝，倾瓶中水，合净土为泥，拍附公体。使童子携送灵所，推而合之。棺中呻动，霍然病已[19]。家人骇然集，扶而出之，计气绝已断七矣[20]。

据《聊斋志异》铸雪斋抄本

----

〔1〕 汤公名聘：光绪九年《溧水县志》九：汤聘，祖籍江宁县，隶籍溧水县人。顺治十四年丁酉举人，十八年辛丑进士，曾官平山县知县。冯镇峦评此篇谓：汤聘死而复生，系顺治十一年甲午就试省城时事，其获观音救助则因"见色不淫"。（所据《丹桂籍注》当系登科记之类科第名录，今未寓目。）而首句下冯评又云："汤公字稼堂，仁和人"，则显指中乾隆元年恩科，仁和籍，官至湖北巡抚之别一汤聘，为蒲松龄所未及知闻者。冯氏于两处评语内偶将二人混为一人，易致读者误会，故附辨之。
〔2〕 弥留：病重将死。
〔3〕 琐屑：琐细。
〔4〕 宁帖：宁静安适。
〔5〕 懊忪（nāo zǒng）：烦闷，郁闷。
〔6〕 逾数十刻期：过了几十刻的时间。刻是古代刻在铜漏上的计时单位，一昼夜共一百刻。
〔7〕 离窍：犹言离体。
〔8〕 渺渺无归：神魂远驰，无所归托。渺渺，远貌。《管子·内业》："渺渺乎如穷无极。"
〔9〕 寻：古代长度单位。《诗·鲁颂·閟宫》："是断是度，是寻是尺。"注："八尺曰寻。"

〔10〕 薅(hāo 蒿)恼:烦恼,不快。
〔11〕 宣佛号:高诵佛的名号,如"阿弥陀佛"之类。
〔12〕 文昌:文昌帝君,道教尊为主宰功名、禄位之神。按:文昌,本星名,亦称文曲星、文星,古代星相家认为它是吉星,主大贵。宋、元道士假托梓潼神降生,作《清河内传》,称玉皇大帝命他掌管文昌府和人间禄籍。元仁宗延祐三年(1316)加封为"辅元开化文昌司禄宏仁帝君",遂将梓潼神与文昌星合二为一,成为主宰天下文教之神。
〔13〕 宣圣:孔子。孔子自汉以来被历代封建王朝尊奉为圣人。宣,是他的谥;汉平帝元始元年追谥孔子为襃成宣尼公,后代又曾被谥为宣父、文宣王等。
〔14〕 皮囊:相对于灵魂而言,指躯体。
〔15〕 菩萨:此指观世音菩萨。
〔16〕 螺髻:盘成螺旋状的高髻。
〔17〕 金容满月:形容菩萨面容丰满而有光彩。梁简文帝《惟卫佛像铭》:"灼灼金容,巍巍满月。"
〔18〕 尊者:梵文"阿梨耶"的意译,也译"圣者",指德、智兼备的僧人。
〔19〕 霍然病已:《文选》枚乘《七发》:"涊然汗出,霍然病已。"李善注:"霍,疾貌。"
〔20〕 断七:旧时人死后,满七七四十九天,招僧道诵经,称断七。一"七"为七天。

阎　罗

莱芜秀才李中之[1],性直谅不阿[2]。每数日,辄死去,僵然如尸,三四日始醒。或问所见,则隐秘不泄。时邑有张生者,亦数日一死。语人曰:"李中之,阎罗也。余至阴司,亦其属曹[3]。"其门殿对联[4],俱能述之。或问:"李昨赴阴司何事?"张曰:"不能具述。惟提勘曹操[5],笞二十。"

异史氏曰:"阿瞒一案[6],想更数十阎罗矣[7]。畜道、剑山,种种具在[8],宜得何罪,不劳挹取[9];乃数千年不决,何也?岂以临刑之囚,快于速割[10],故使之求死不得也?异已[11]!"

据《聊斋志异》铸雪斋抄本

----

〔1〕 莱芜:县名,清属泰安府,即今山东省莱芜县。
〔2〕 直谅不阿:正直诚信,不曲徇私情。《论语·季氏》:"益者三友,……友直,友谅,友多闻,益矣。"《商君书·慎法》:"夫爱人者不阿,憎人者不害,爱恶各以其正,治之至也。"
〔3〕 属曹:属官;属下分职办事人员。旧时朝廷和各级官府分职办事,称分曹;其属官称曹官。
〔4〕 门殿:阎罗王府的大门和正殿。
〔5〕 提勘:提审。曹操,字孟德,汉沛国谯人。年二十举孝廉。曾参与镇压黄巾起义。后起兵讨董卓,逼献帝都许昌,击灭袁绍、袁术、刘表,逐渐统一我国北部地区。位至丞相,大将军,封魏王。曹丕代

汉称帝,追尊为魏太祖武皇帝。在多数旧史家、文人和人民群众的心目中,曹操是恶行累累的奸臣。蒲松龄也持这种看法。

〔6〕阿瞒:曹操小字。《三国志·魏志·武帝纪》注引《曹瞒传》:"太祖一名吉利,小字阿瞒。"

〔7〕更:经历。

〔8〕"畜道、剑山"二句:意谓冥罚恶人转生为畜牲或到剑山等处受酷刑,种种章程都很明确。

〔9〕"宜得何罪"二句:意谓曹操罪恶昭彰,量罪用刑并不费难。挹取,谓斟酌量刑。

〔10〕"临刑之囚"二句:被判死刑的罪犯,以速死为快,以免零星受苦。

〔11〕异已:太奇怪了。已,同"矣"。

连　琐

　　杨于畏,移居泗水之滨[1]。斋临旷野,墙外多古墓,夜闻白杨萧萧[2],声如涛涌。夜阑秉烛[3],方复凄断[4]。忽墙外有人吟曰:"玄夜凄风却倒吹,流萤惹草复沾帏[5]。"反复吟诵,其声哀楚[6]。听之,细婉似女子。疑之。明日,视墙外,并无人迹。惟有紫带一条,遗荆棘中;拾归,置诸窗上。向夜二更许,又吟如昨。杨移杌登望[7],吟顿辍。悟其为鬼,然心向慕之。

　　次夜,伏伺墙头。一更向尽,有女子珊珊自草中出[8],手扶小树,低首哀吟。杨微嗽,女忽入荒草而没。杨由是伺诸墙下,听其吟毕,乃隔壁而续之曰:"幽情苦绪何人见?翠袖单寒月上时[9]。"久之,寂然。杨乃入室。方坐,忽见丽者自外来,敛衽曰[10]:"君子固风雅士,妾乃多所畏避。"杨喜,拉坐。瘦怯凝寒[11],若不胜衣[12]。问:"何居里,久寄此间?"答曰:"妾陇西人[13],随父流寓[14]。十七暴疾殂谢[15],今二十馀年矣。九泉荒野,孤寂如鹜[16]。所吟,乃妾自作,以寄幽恨者。思久不属[17];蒙君代续,欢生泉壤。"杨欲与欢。蹙然曰:"夜台朽骨,不比生人,如有幽欢,促人寿数。妾不忍祸君子也。"杨乃止。戏以手探胸,则鸡头之肉[18],依然处子。又欲视其裙下双钩。女俯首笑曰:"狂生太罗唣矣[19]!"杨把玩之,则见月色锦袜,约彩线一缕。更视其一,则紫带系之。问:"何不俱带?"曰:"昨宵畏君而避，不知遗落何所。"杨曰："为卿易之。"遂即窗上取以授女。女惊问何来，因以实告。女乃去线束带。既翻案上书，忽见《连昌宫词》[20]，慨然曰："妾生时最爱读此。今视之，殆如梦寐！"与谈诗文，慧黠可爱。剪烛西窗[21]，如得良友。自此每夜但闻微吟，少顷即至。辄嘱曰[22]："君秘勿宣。妾少胆怯，恐有恶客见侵[23]。"杨诺之。两人欢同鱼水[24]，虽不至乱，而闺阁之中，诚有甚于画眉者[25]。女每于灯下为杨写书，字态端媚。又自选宫词百首[26]，录诵之。使杨治棋枰[27]，购琵琶。每夜教杨手谈[28]，不则挑弄弦索[29]。作"蕉窗零雨"之曲[30]，酸人胸臆；杨不忍卒听[31]，则为"晓苑莺声"之调[32]，顿觉心怀畅适。挑灯作剧[33]，乐辄忘晓。视窗上有曙色，则张皇遁去[34]。

一日，薛生造访，值杨昼寝。视其室，琵琶、棋枰俱在，知非所善。又翻书得宫词，见字迹端好，益疑之。杨醒，薛问："戏具何来[35]？"答："欲学之。"又问诗卷，托以假诸友人。薛反复检玩，见最后一叶细字一行云："某月日连琐书。"笑曰："此是女郎小字[36]，何相欺之甚？"杨大窘，不能置词。薛诘之益苦，杨不以告。薛卷挟[37]，杨益窘，遂告之。薛求一见。杨因述所嘱。薛仰慕殷切；杨不得已，诺之。夜分，女至，为致意焉。女怒曰："所言伊何[38]？乃已喋喋向人[39]！"杨以实情自白。女曰："与君缘尽矣！"杨百词慰解，终不欢，起而别去，曰："妾暂避之。"明日，薛来，杨代致其不可。薛疑支托[40]，暮与窗友二人来[41]，淹留不去[42]，故挠之[43]；恒终夜哗，大为杨生白眼[44]，而无如何。众见数夜杳然，浸有去志[45]，喧嚣渐息。忽闻吟声,共听之,凄婉欲绝。薛方倾耳神注,内一武生王某,掇巨石投之,大呼曰:"作态不见客,那得好句?呜呜恻恻[46],使人闷损[47]!"吟顿止。众甚怨之。杨恚愤见于词色[48]。次日,始共引去[49]。杨独宿空斋,冀女复来,而殊无影迹。逾二日,女忽至,泣曰:"君致恶宾,几吓煞妾!"杨谢过不遑[50]。女遽出,曰:"妾固谓缘分尽也,从此别矣。"挽之已渺。由是月馀,更不复至。杨思之,形销骨立,莫可追挽。

一夕,方独酌,忽女子搴帏入。杨喜极,曰:"卿见宥耶?"女涕垂膺,默不一言。亟问之,欲言复忍,曰:"负气去,又急而求人,难免愧恧[51]。"杨再三研诘,乃曰:"不知何处来一腥靦隶[52],逼充媵妾。顾念清白裔[53],岂屈身舆台之鬼[54]?然一线弱质[55],乌能抗拒?君如齿妾在琴瑟之数[56],必不听自为生活[57]。"杨大怒,愤将致死[58];但虑人鬼殊途,不能为力。女曰:"来夜早眠,妾邀君梦中耳。"于是复共倾谈,坐以达曙。女临去,嘱勿昼眠,留待夜约。杨诺之。因于午后薄饮[59],乘醺登榻,蒙衣偃卧。忽见女来,授以佩刀,引手去。至一院宇,方阖门语,闻有人揳石挃门[60]。女惊曰:"仇人至矣!"杨启户骤出,见一人赤帽青衣[61],猬毛绕喙[62]。怒叱之。隶横目相仇[63],言词凶谩[64]。杨大怒,奔之。隶捉石以投,骤如急雨,中杨腕,不能握刃。方危急所,遥见一人,腰矢野射[65]。审视之,王生也。大号乞救。王生张弓急至,射之中股;再射之,殪[66]。杨喜感谢。王问故,具告之[67]。王自喜前罪可赎,遂与共入女室。女战惕羞缩,遥立不作一语。案上有小刀,长仅尺馀,而装以金玉;出诸匣,光芒鉴影。王叹赞不释手。与杨略话,见女惭惧可怜,乃出,分手去。杨亦自归,越墙而仆,于是惊寤,听村鸡已乱鸣矣。觉腕中痛甚;晓而视之,则皮肉赤肿。

停时[68],王生来,便言夜梦之奇。杨曰:"未梦射否?"王怪其先知。杨出手示之,且告以故。王忆梦中颜色,恨不真见;自幸有功于女,复请先容[69]。夜间,女来称谢。杨归功王生,遂达诚恳。女曰:"将伯之助[70],义不敢忘。然彼赳赳[71],妾实畏之。"既而曰:"彼爱妾佩刀。刀实妾父出使粤中[72],百金购之。妾爱而有之,缠以金丝,瓣以明珠。大人怜妾夭亡,用以殉葬。今愿割爱相赠[73],见刀如见妾也。"次日,杨致此意。王大悦。至夜,女果携刀来,曰:"嘱伊珍重,此非中华物也[74]。"由是往来如初。

积数月,忽于灯下笑而向杨,似有所语,面红而止者三。生抱问之。答曰:"久蒙眷爱,妾受生人气,日食烟火[75],白骨顿有生意。但须生人精血,可以复活。"杨笑曰:"卿自不肯,岂我故惜之?"女云:"交接后,君必有念余日大病[76],然药之可愈。"遂与为欢。既而着衣起,又曰:"尚须生血一点,能拚痛以相爱乎?"杨取利刃刺臂出血;女卧榻上,便滴脐中。乃起曰:"妾不来矣。君记取百日之期,视妾坟前,有青鸟鸣于树头[77],即速发冢。"杨谨受教。出门又嘱曰:"慎记勿忘,迟速皆不可!"乃去。越十余日,杨果病,腹胀欲死。医师投药,下恶物如泥,浃辰而愈[78]。计至百日,使家人荷锸以待[79]。日既夕,果见青鸟双鸣。杨喜曰:"可矣。"乃斩荆发圹[80]。见棺木已朽,而女貌如生。摩之微温。蒙衣舁归,置暖处,气咻咻然[81],细于属丝[82]。渐进汤酏[83],半夜而苏。每谓杨曰:"二十馀年,如一梦耳。"

据《聊斋志异》铸雪斋抄本

------

〔1〕 泗水:又叫泗河,源出山东省泗水县;因四源合为一水,故名。
〔2〕 萧萧:风吹草木声。
〔3〕 夜阑:夜深。
〔4〕 凄断:凄绝;心境非常凄凉。
〔5〕 "玄夜凄风却倒吹"二句:意思是,在这漆黑的夜间,冷风挟着潮气一阵阵向人袭来,飞动的萤火虫时而掠过丛草,时而停落在衣裙上。玄夜,黑夜。凄风,挟着潮意的冷风。《诗·郑风·风雨》:"风雨凄凄。"却倒,犹言"颠倒"、"反复"。沾,附着。惹,触及。帏,此处通"帷",裙的正幅。
〔6〕 哀楚:哀怨凄苦。
〔7〕 杌(wù 物):坐具,短凳。
〔8〕 珊珊:本来形容女子小步行进,环珮相摩,其声舒缓;这里义同款款、缓缓。
〔9〕 "幽情苦绪何人见"二句:意思是,衣衫单薄地伫立在初升的月下,这隐秘凄苦的心情有谁知道呢? 幽情苦绪,隐秘而凄苦的心情。翠袖,翠色的衣袖,代指女子衣衫。杜甫《佳人》诗:"天寒翠袖薄,日暮倚修竹。"
〔10〕 敛衽:整敛衣襟(一说衣袖);指旧时女子敬礼的动作。参《陔馀丛考》。
〔11〕 瘦怯凝寒:身躯瘦削,举止畏怯,肌肤凝聚了一股寒气。
〔12〕 若不胜(shēng 升)衣:仿佛经不起衣服的重量。
〔13〕 陇西:县名,即今甘肃省陇西县,明清为巩昌府治。又,今甘肃东南部一带,秦汉为陇西郡地,亦相沿称为陇西。
〔14〕 流寓:漂流寄居。

〔15〕殂(cú 徂):猝死。
〔16〕孤寂如鹜(wù 务):孤单寂寞得像失群的野鸭。鹜,据二十四卷抄本,底本作"骛"。
〔17〕思久不属(zhǔ 主):文思久不连贯。意思是长期思路未通,因而前诗未能成篇。
〔18〕鸡头之肉:喻女子乳头。鸡头,芡实的别名。相传杨贵妃浴后妆梳,袒露一乳,唐明皇扪弄云:"软温新剥鸡头肉。"见《开元天宝遗事》。
〔19〕罗唣:纠缠,骚扰。
〔20〕连昌宫词:唐代元稹所作七言长篇叙事诗;借宫边老人叙述连昌宫的兴废盛衰,批评了唐玄宗晚年的荒淫腐败,寄托了作者对清明政治的向往。连昌宫,唐行宫名,故址在今河南省宜阳县,距洛阳不远。
〔21〕剪烛西窗:夜深灯前,亲切对语。李商隐《夜雨寄北》(北,一作内)诗:"何当共剪西窗烛,却话巴山夜时。"是写夫妻久别重聚情事的佳句。
〔22〕辄:从二十四卷抄本改,底本作"辍"。
〔23〕恶客:野蛮粗俗的客人。
〔24〕鱼水:鱼水相得,喻夫妻和好。《管子·小问》:"桓公使管仲求甯戚,甯戚应之曰:'浩浩乎!'管仲不知,至中食而虑之。……婢子曰:'诗有之:浩浩者水,育育者鱼,未有室家,则召我安居。甯子其欲室乎?'"后因以鱼水喻夫妇相得。
〔25〕甚于画眉:夫妻感情亲密,比起丈夫亲自为妻子画眉,更进一层。《汉书·张敞传》:张敞,字子高,宣帝时为京兆尹。无威仪,为妇画眉。有司奏之。召问,对曰:"臣闻闺房之内,夫妇之私,有过于画眉者。"
〔26〕宫词:以宫廷生活为题材的诗。用《宫词》为题始自中唐王建,大历中著《宫词》百首。其后历代皆有继作,为诗中一类,大都是五七言绝句体。
〔27〕棋枰:指围棋棋盘。
〔28〕手谈:下围棋。《世说新语·巧艺》:"王中郎(坦之)以围棋是坐

隐,支公(遁)以围棋为手谈。"
〔29〕 弦索:琴瑟琵琶之类弦乐器。
〔30〕 蕉窗零雨之曲:以隔窗聆听雨打蕉叶为意境的曲子。指一种声情凄婉的曲子。
〔31〕 卒听:听完。
〔32〕 晓苑莺声之调:以清晨园林中流莺啼鸣为意境的、旋律明朗欢快的曲子。
〔33〕 作剧:作游戏。
〔34〕 张皇:匆遽,慌乱。
〔35〕 戏具:指上述琵琶、围棋等娱乐用品。
〔36〕 小字:小名,乳名。
〔37〕 卷挟:把诗卷卷起,夹在腋下。
〔38〕 所言伊何:跟你是怎么说的? 伊,助词,无义。
〔39〕 喋喋向人:多嘴多舌地告诉别人。喋喋,多言貌。
〔40〕 支托:支吾推托。
〔41〕 窗友:同学。
〔42〕 淹留:久留。
〔43〕 挠:扰乱。
〔44〕 白眼:用白眼球向人;表示冷淡、厌恶。晋阮籍见凡俗之士,则以白眼对之。见《世说新语·简傲》注。
〔45〕 浸:渐。
〔46〕 呜呜恻恻:形容吐字引声曼长而情调悲伤。
〔47〕 闷损:闷煞。
〔48〕 恚愤:怨恨,恼怒。
〔49〕 引去:退去。
〔50〕 谢过不遑:忙不迭地告罪。
〔51〕 愧恧(nù 女去声):惭愧。
〔52〕 龌龊(wò chuò 沃绰)隶:下贱衙役。龌龊,卑污。
〔53〕 清白裔:清白人家的女儿。裔,后代。
〔54〕 舆台:舆和台,古代奴隶的两个等级。《左传·昭公七年》:"士臣皂,皂臣舆,舆臣隶,隶臣僚,僚臣仆,仆臣台。"

〔55〕一线弱质：犹言一介弱女。一线，喻孤单无助；弱质，谓体质单薄。
〔56〕齿妾在琴瑟之数：把我看作妻子。齿，列。琴瑟，喻夫妻。
〔57〕必不听自为生活：必定不会任其独自挣扎求生。生活，求生存。
〔58〕致死：拚命；拚死效力。
〔59〕薄饮：喝了少量的酒。
〔60〕挶石挝门：拿起石头砸门。挶，握持。挝，击。
〔61〕赤帽青衣：旧时官府衙役的装束。
〔62〕猬毛绕喙：嘴边长满刺猬毛般的硬须。猬毛，胡须粗硬开张的样子。喙，嘴。
〔63〕横目：立起眼睛，发怒、仇视的样子。
〔64〕凶谩：凶横狂妄。谩，言词傲慢。
〔65〕腰矢野射：腰佩弓箭，在野外打猎。
〔66〕殪：死。
〔67〕具：全部，一一。
〔68〕停时：逾时；过了一会儿。
〔69〕先容：事先介绍。
〔70〕将（qiāng羌）伯之助：指别人对自己的帮助。伯，对男子的敬称。《诗·小雅·正月》："载输尔载，将伯助予。"传："将，请。伯，长。"
〔71〕赳赳：勇武的样子。《诗·周南·兔罝》："赳赳武夫，公侯干城。"
〔72〕粤中：古称广东、广西之地。
〔73〕割爱：断绝、舍弃心爱的人和物；后来多指以心爱之物予人。
〔74〕非中华物：非中国所产。承上"购于粤中"，意谓出自海外，乃西洋之宝刀也。中华，中国。
〔75〕烟火：烟火食，指人间熟食。
〔76〕念馀日：二十多天。
〔77〕青鸟：相传是西王母的使者，其形如鸾。
〔78〕浃辰：十二天。我国古代以干支纪日，自"子"至"亥"周十二辰，称为"浃辰"，相当于地支的一个周期。浃，周匝。辰，日。详《左传·成公九年》疏。
〔79〕插：又作臿、锸；掘土的工具，即铁锹。

〔80〕 发圹（kuàng 矿）：掘开墓穴。
〔81〕 咻咻（xiū xiū 休休）：呼吸急促声。此从青本，底本作"休休"。
〔82〕 属（zhǔ 主）丝：一丝相连；喻气息微弱。
〔83〕 酏：当作"酏"（yí 饴），稀粥，米汤。详《说文》段注。

单 道 士

韩公子,邑世家[1]。有单道士,工作剧[2],公子爱其术,以为座上客。单与人行坐,辄忽不见。公子欲传其法,单不肯。公子固恳之。单曰:"我非吝吾术,恐坏吾道也[3]。所传而君子则可;不然,有借此以行窃者矣。公子固无虑此,然或出见美丽而悦,隐身入人闺闼,是济恶而宣淫也[4]。不敢从命。"公子不能强,而心怒之,阴与仆辈谋挞辱之。恐其遁匿,因以细灰布麦场上:思左道能隐形[5],而履处必有印迹,可随印处急击之。于是诱单往,使人执牛鞭立挞之[6]。单忽不见,灰上果有履迹,左右乱击,顷刻已迷[7]。公子归,单亦至。谓诸仆曰:"吾不可复居矣!向劳服役,今且别,当有以报。"袖中出旨酒一盛[8],又探得肴一簋[9],并陈几上。陈已,复探;凡十馀探[10],案上已满。遂邀众饮,俱醉;一一仍内袖中。韩闻其异,使复作剧。单于壁上画一城,以手推挞,城门顿辟。因将囊衣箧物,悉掷门内,乃拱别曰:"我去矣!"跃身入城,城门遂合,道士顿杳。后闻在青州市上,教儿童画墨圈于掌,逢人戏抛之,随所抛处,或面或衣,圈辄脱去,落印其上。又闻其善房中术[11],能令下部吸烧酒,尽一器。公子尝面试之。

据《聊斋志异》铸雪斋抄本

连琐

夜叉国

连城

商三官

小二

庚娘

番僧

绣像

〔1〕 韩公子，邑世家：淄川韩氏，自明代韩源以来，仕宦相继。王士禛《贞烈韩孺人传》称："韩为淄川著姓，自嘉靖以来，冠盖相望。"
〔2〕 工作剧：指擅长幻术。
〔3〕 道：与"术"对举，指施此幻术应遵守的原则。
〔4〕 济恶而宣淫：助长作恶，而张大淫邪的行为。济，助。宣，发扬张大。
〔5〕 左道：邪门歪道。旧时多指未经官府认可的巫蛊、方术等。
〔6〕 牛鞭：耕作时赶牛用的一种鞭柄极短，鞭身特别粗长的皮鞭。
〔7〕 迷：谓不知所往。
〔8〕 一盛（chéng 成）：犹言一器。盛，容器。
〔9〕 簋（guǐ 轨）：古盛器名，形近盂而有双耳。
〔10〕 探：掏取。
〔11〕 房中术：见本卷《伏狐》篇注。

白于玉

吴青庵,筠,少知名。葛太史见其文,每嘉叹之。托相善者邀至其家,领其言论风采[1]。曰:"焉有才如吴生,而长贫贱者乎?"因俾邻好致之曰[2]:"使青庵奋志云霄[3],当以息女奉巾栉[4]。"时太史有女绝美。生闻大喜,确自信。既而秋闱被黜[5],使人谓太史:"富贵所固有,不可知者迟早耳。请待我三年,不成而后嫁。"于是刻志益苦[6]。

一夜,月明之下,有秀才造谒,白皙短须,细腰长爪。诘所来,自言:"白氏,字于玉。"略与倾谈[7],豁人心胸[8]。悦之,留同止宿。迟明欲去,生嘱便道频过。白感其情殷,愿即假馆[9],约期而别。至日,先一苍头送炊具来。少间,白至,乘骏马如龙。生另舍舍之[10]。白命奴牵马去。遂共晨夕[11],忻然相得。生视所读书,并非常所见闻,亦绝无时艺[12]。讶而问之。白笑曰:"士各有志,仆非功名中人也。"夜每招生饮,出一卷授生,皆吐纳之术[13],多所不解,因以迂缓置之[14]。他日谓生曰:"曩所授,乃'黄庭'之要道[15],仙人之梯航[16]。"生笑曰:"仆所急不在此。且求仙者必断绝情缘,使万念俱寂[17],仆病未能也[18]。"白问:"何故?"生以宗嗣为虑。白曰:"胡久不娶?"笑曰:"'寡人有疾,寡人好色[19]。'"白亦笑曰:"'王请无好小色。'所好何如?"生具以情告。白疑未必真美。生曰:"此遐迩所共闻[20],非小生之目贱也[21]。"白微哂而罢。次日,忽促装言别。生凄然与语,刺刺不能休。白乃命童子先负装行。两相依恋。俄见一青蝉鸣落案间,白辞曰:"舆已驾矣,请自此别。如相忆,拂我榻而卧之。"方欲再问,转瞬间,白小如指,翩然跨蝉背上,嘲哳而飞[22],杳入云中。生乃知其非常人,错愕良久[23],怅怅自失。

逾数日,细雨忽集,思白綦切。视所卧榻,鼠迹碎琐;慨然扫除[24],设席即寝。无何,见白家童来相招,忻然从之。俄有桐凤翔集[25],童捉谓生曰:"黑径难行,可乘此代步。"生虑细小不能胜任。童曰:"试乘之。"生如所请,宽然殊有馀地,童亦附其尾上;戛然一声,凌升空际。未几,见一朱门。童先下,扶生亦下。问:"此何所?"曰:"此天门也。"门边有巨虎蹲伏。生骇惧,童一身障之。见处处风景,与世殊异。童导入广寒宫[26],内以水晶为阶,行人如在镜中。桂树两章[27],参空合抱;花气随风,香无断际。亭宇皆红窗[28],时有美人出入,冶容秀骨,旷世并无其俦。童言:"王母宫佳丽尤胜[29]。"然恐主人伺久,不暇留连,导与趋出。移时,见白生候于门。握手入,见檐外清水白沙,涓涓流溢;玉砌雕阑,殆疑桂阙[30]。甫坐,即有二八妖鬟,来荐香茗。少间,命酌。有四丽人,敛衽鸣珰[31],给事左右[32]。才觉背上微痒,丽人即纤指长甲,探衣代搔。生觉心神摇曳,罔所安顿。既而微醺,渐不自持,笑顾丽人,兜搭与语[33]。美人辄笑避。白令度曲侑觞[34]。一衣绛绡者,引爵向客[35],便即筵前,宛转清歌。诸丽者笙管敖曹[36],呜呜杂和[37]。既阕,一衣翠裳者,亦酌亦歌。尚有一紫衣人,与一淡白软绡者,吃吃笑暗中[38]，互让不肯前。白令一酌一唱。紫衣人便来把盏。生托接杯，戏挠纤腕。女笑失手，酒杯倾堕。白谯诃之[39]。女拾杯含笑，俯首细语云："冷如鬼手馨，强来捉人臂[40]。"白大笑，罚令自歌且舞。舞已，衣淡白者又飞一觥[41]。生辞不能釂。女捧酒有愧色，乃强饮之。细视四女，风致翩翩[42]，无一非绝世者。遽谓主人曰："人间尤物[43]，仆求一而难之；君集群芳[44]，能令我真个销魂否[45]？"白笑曰："足下意中自有佳人，此何足当巨眼之顾[46]？"生曰："吾今乃知所见之不广也。"白乃尽招诸女，俾自择。生颠倒不能自决[47]。白以紫衣人有把臂之好，遂使襆被奉客。既而衾枕之爱，极尽绸缪[48]。生索赠，女脱金腕钏付之[49]。忽童入曰："仙凡路殊，君宜即去。"女急起，遁去。生问主人，童曰："早诣待漏[50]，去时嘱送客耳。"生怅然从之，复寻旧途。将及门，回视童子，不知何时已去。虎哮骤起，生惊窜而去。望之无底，而足已奔堕。一惊而寤，则朝暾已红[51]。方将振衣[52]，有物腻然坠褥间[53]，视之，钏也。心益异之。由是前念灰冷，每欲寻赤松游[54]，而尚以胤续为忧[55]。过十馀月，昼寝方酣，梦紫衣姬自外至，怀中绷婴儿曰[56]："此君骨肉[57]。天上难留此物，敬持送君。"乃寝诸床，牵衣覆之，匆匆欲去。生强与为欢。乃曰："前一度为合卺，今一度为永诀，百年夫妇，尽于此矣。君倘有志[58]，或有见期。"生醒，见婴儿卧襆褥间，绷以告母。母喜，佣媪哺之，取名梦仙。生于是使人告太史，自已将隐，令别择良匹。太史不肯。生固以为辞。太史告女，女曰："远近无不知儿身许吴郎矣。今改之，是二天也[59]。"因以此意告生。生曰："我不但无志于功名,兼绝情于燕好。所以不即入山者,徒以有老母在。"太史又以商女。女曰:"吴郎贫,我甘其藜藿[60];吴郎去,我事其姑嫜:定不他适。"使人三四返,讫无成谋[61],遂诹日备车马妆奁[62],嫔于生家[63]。生感其贤,敬爱臻至。女事姑孝,曲意承顺,过贫家女。逾二年,母亡,女质奁作具[64],罔不尽礼。生曰:"得卿如此,吾何忧!顾念一人得道,拔宅飞升[65]。余将远逝[66],一切付之于卿。"女坦然,殊不挽留。生遂去。

女外理生计,内训孤儿,井井有法[67]。梦仙渐长,聪慧绝伦。十四岁,以神童领乡荐[68],十五入翰林。每褒封,不知母姓氏,封葛母一人而已。值霜露之辰[69],辄问父所,母具告之。遂欲弃官往寻。母曰:"汝父出家,今已十有馀年,想已仙去,何处可寻?"后奉旨祭南岳[70],中途遇寇。窘急中,一道人仗剑入,寇尽披靡,围始解。德之,馈以金,不受。出书一函,付嘱曰:"余有故人,与大人同里,烦一致寒暄。"问:"何姓名?"答曰:"王林。"因忆村中无此名。道士曰:"草野微贱,贵官自不识耳。"临行,出一金钏曰:"此闺阁物,道人拾此,无所用处,即以奉报。"视之,嵌镂精绝。怀归以授夫人。夫人爱之,命良工依式配造,终不及其精巧。遍问村中,并无王林其人者。私发其函,上云:"三年鸾凤,分拆各天[71];葬母教子,端赖卿贤[72]。无以报德,奉药一丸;剖而食之,可以成仙。"后书"琳娘夫人妆次"[73]。读毕,不解何人,持以告母。母执书以泣,曰:"此汝父家报也[74]。琳,我小字。"始恍然悟"王林"为拆白谜也[75]。悔恨不已。又以钏示母。母曰:"此汝母遗物。而翁在家时,尝以相示。"又视丸,如豆大。喜曰:"我父仙人,啖此必能长生。"母不遽吞,受而藏之。会葛太史来视甥[76],女诵吴生书[77],便进丹药为寿。太史剖而分食之。顷刻,精神焕发。太史时年七旬,龙钟颇甚[78];忽觉筋力溢于肤革,遂弃舆而步,其行健速,家人奔息始能及焉[79]。逾年,都城有回禄之灾[80],火终日不熄。夜不敢寐,毕集庭中。见火势拉杂,侵及邻舍。一家徊徨[81],不知所计。忽夫人臂上金钏,戛然有声,脱臂飞去。望之,大可数亩;团覆宅上,形如月阑[82];口降东南隅[83],历历可见。众大愕。俄顷,火自西来,近阑则斜越而东。迨火势既远,窃意钏亡不可复得;忽见红光乍敛,钏铮然堕足下。都中延烧民舍数万间,左右前后,并为灰烬,独吴第无恙,惟东南一小阁,化为乌有,即钏口漏覆处也。葛母年五十余,或见之,犹似二十许人。

据《聊斋志异》铸雪斋抄本

----

[1] 领:领略;意为观察得知。
[2] 致之:传话给吴生。致,致意,转达。
[3] 奋志云霄:指奋发立志取得科举功名。
[4] 奉巾栉:侍奉盥沐;以女许婚的谦词。
[5] 秋闱被黜:乡试落选。秋闱,指乡试。
[6] 刻志益苦:更加刻苦励志。
[7] 与:此从二十四卷抄本,底本作"于"。
[8] 豁人心胸:使人心胸开朗。
[9] 假馆:借宅寄居。馆,房舍。
[10] 另舍舍之:阑出别院给白生居住。
[11] 共晨夕:朝夕相处。陶潜《移居二首》之一:"闻多素心人,乐与数

晨夕。"
〔12〕 时艺：相对于古文而言，明清称科举考试所用的八股文为时艺，又称"举子业"、"四书文"。
〔13〕 吐纳之术：旧时方术家养生健身的法术，类似于深呼吸。参卷一《灵官》注。
〔14〕 迂缓：迂阔而不切于实用。
〔15〕 黄庭：《黄庭经》。道教经典《上清黄庭内景经》和《上清黄庭外景经》的总称。两书皆以七言歌诀讲述养生修炼的原理，为历代道教徒及修身养性者所重视。要道，指养生修炼的重要原理。
〔16〕 梯航：梯子和渡船，喻成仙的凭借。
〔17〕 万念俱寂：一切世俗杂念都归于寂灭。
〔18〕 仆病未能：我怕做不到。借用枚乘《七发》楚太子回答吴客用语。
〔19〕 寡人有疾，寡人好色：借用《孟子·梁惠王》齐宣王搪塞孟子的话。下句"王请无好小色"，借用同篇孟子诱导齐宣王的话。
〔20〕 退迩：远近；谓一方周围。
〔21〕 目贱：眼光庸陋，鉴赏力低下。
〔22〕 嘲哳（zhāo zhā 招渣）：象声词，又作"嘲啫"、"啁哳"。形容声音繁细。此指蝉鸣声。
〔23〕 错愕：仓皇惊诧。
〔24〕 嘅（kǎi 慨）然：叹悔貌。《诗·王风·中谷有蓷》："有女仳离，嘅其叹矣。"集传："嘅，叹声。"
〔25〕 桐凤：鸟名，即桐花凤。唐李德裕《李文饶集》别集一《桐花凤扇赋序》："成都夹岷江，矶岸多植紫桐。每至暮春，有灵禽五色，小于玄鸟，来集桐花，以饮朝露。及华落则烟飞雨散，不知其所往。"
〔26〕 广寒宫：月宫。详卷一《劳山道士》注。
〔27〕 两章：两株。大材曰章，见《史记·货殖列传》索隐。
〔28〕 亭宇：亭子和房屋。《楚辞》宋玉《招魂》："高堂邃宇，槛层轩些。"注："宇，屋也。"
〔29〕 王母：王母娘娘；古代神话中"西王母"几度嬗变后的形象。在《山海经》中，西王母是半人半兽职掌瘟疫、刑罚的怪神。在《穆天子传》、《汉武内传》里，她被人化为美妇人型的女仙。在《墉城集仙

录》里，她成为掌管女仙名籍的神仙领袖。经历长期民间传说，她的住处由西方搬到了天上，而仙桃或蟠桃盛会，成为西王母——王母娘娘形象的重要特征。

〔30〕桂阙：即月宫。因相传月中有桂树，故名。
〔31〕敛衽鸣珰：谓近前礼客。敛衽，整敛衣襟。妇女行拜礼的动作；指对客人致敬。鸣珰，走动时腰间玉饰相碰击，琅珰作响。
〔32〕给事：供役使，侍奉。
〔33〕兜搭：搭讪。
〔34〕度曲侑（yòu 又）觞：唱曲劝酒。
〔35〕引爵：斟酒。
〔36〕敖曹：义同"嗷嘈"，声音喧闹。
〔37〕呜呜杂和：伴唱者曼声相和。呜呜，拖着长腔。《汉书·杨恽传》报孙会宗书："仰天击缶，而呼呜呜。"
〔38〕吃吃（qī qī 七七）：忍笑声。
〔39〕谯（qiào 俏）诃：同"谯呵"，申斥。
〔40〕"冷如鬼手馨"二句：手凉得像鬼手，硬要来抓人的胳臂。《世说新语·忿狷》："王司州（胡之）尝乘雪往王螭（恬）许。言气少有悟逆于螭，便作色不夷。司州觉恶，便舆床就之，持其臂曰：'汝讵复足与老兄计？'螭拨其手曰：'冷如鬼手馨，强来捉人臂。'"馨，晋人用作语助辞。
〔41〕飞一觥：疾忙斟满一杯。飞觥，通常叫"飞觞"，对方刚刚饮完前杯，又急速为之斟上，意在让对方多饮。
〔42〕翩翩：形容风采美好超逸。
〔43〕尤物：本指特异超俗的人或物。后多指绝色美女。
〔44〕群芳：群花，喻成群的美女。
〔45〕真个销魂：俞焯《诗词馀话》：詹天游风流才思，不减昔人。宋驸马杨镇有十姬，皆绝色，其中粉儿者尤美。杨镇召詹饮宴，出诸姬佐觞。詹看中粉儿，口占一词："淡淡青山两点春，娇羞一点口儿樱，一梭儿玉一绹云。白藕香中见西子，玉梅花下遇文君，不曾真个也销魂。"杨镇乃以粉儿赠之，曰："天游真个销魂也。"后诗文多以真个销魂指男女交合。

〔46〕 巨眼:意思是眼力高,识见超卓。恭维别人有眼力的说法。
〔47〕 颠倒:翻来覆去。
〔48〕 绸缪:这里义同"缠绵"。形容男女欢爱,难舍难分。
〔49〕 金腕钏:金手镯。
〔50〕 待漏:百官黎明入朝,等待朝见皇帝。这里指等待朝见玉帝。
〔51〕 朝暾(tūn吞):朝阳。
〔52〕 振衣:抖动上衣。起床的动作。
〔53〕 腻然:细柔滑润的感觉。
〔54〕 赤松:赤松子,传说中的仙人。为神农时雨师,服水玉以教神农,能入火不烧。后至昆仑山,常入西王母石室,随风雨上下。见刘向《列仙传》及干宝《搜神记》。《史记·留侯世家》:"愿弃人间事,欲从赤松子游耳。"
〔55〕 胤续:后代。胤,嗣。
〔56〕 绷:同"繃",束裹小儿的布幅,即褓褓。这里意思是用布幅束裹着。
〔57〕 骨肉:指亲生儿女。
〔58〕 有志:指有志于修炼成仙。
〔59〕 二天:两个丈夫。《仪礼·丧服传》:"夫者,妻之天也。"
〔60〕 藜藿:藜与藿,贫者所食的两种野菜。《韩非子·五蠹》:"粝粱之食,藜藿之羹。"
〔61〕 成谋:成议,协议。
〔62〕 诹(zōu邹)日:选择吉日。诹,咨询。
〔63〕 嫔(pīn拼):新妇嫁往夫家,俗称"过门"。此句谓吴生未行亲迎之礼,太史主动送女完婚。
〔64〕 质奁作具:典押妆奁,为婆母治葬具。
〔65〕 一人得道,拔宅飞升:《太平广记》十四《许真君》引《十二真君传》:许逊,字敬之,东晋道士,家南昌。传说于东晋宁康二年(374),在南昌西山,全家四十二口拔宅飞升。
〔66〕 远逝:远去。逝,往。
〔67〕 井井:有条理的样子。《荀子·儒效》:"井井兮其有理也。"
〔68〕 神童:指特别聪慧的儿童。唐宋科举有童子科,应试者称应神童试。明清无此科,谓以少年参加乡试中举,如古之膺神童举。

[69] 霜露之辰：《礼记·祭义》："霜露既降，君子履之，必有凄怆之心，非其寒之谓也。"后因以霜露之辰指祭祖的日子。
[70] 祭南岳：岳，又作"嶽"。汉宣帝时曾定安徽天柱山为南岳。后改定湖南衡山为南岳，相沿至今。汉时五岳秩比三公，唐玄宗、宋真宗封五岳为王、为帝，明太祖尊五岳为神。历代封建帝王多亲往致祭，或按时委员代祭。
[71] 各天：各在天之一方。
[72] 端赖卿贤：确实仰赖夫人贤慧。
[73] 妆次：意思是奉达妆台左右。旧时致平辈妇女书信的一种习惯格式。
[74] 家报：家信。
[75] 拆白谜：又叫拆白道字。用离析字形来说话表意的一种修辞格式。因为所拆字夹杂在语句中间需要辨测，近于谜语，所以叫拆白谜。
[76] 甥：女儿的子女。《诗·齐风·猗嗟》："不出正兮，展我甥兮。"传："外孙曰甥。"
[77] 诵：念；口述。
[78] 龙钟：身体衰惫步履蹇滞的样子。
[79] 坌息：呼吸急促，喘粗气。此谓步行气促。坌，喷涌。
[80] 回禄之灾：火灾。回禄，我国古代神话中的火神。《左传·昭公十八年》："郑禳火于玄冥、回禄。"注："玄冥，水神。回禄，火神。"
[81] 徊徨：徘徊，彷徨。
[82] 月阑：月亮周围的光气，其形如环。通称月晕。
[83] 降：坐落。

夜 叉 国

交州徐姓[1],泛海为贾。忽被大风吹去。开眼至一处,深山苍莽[2]。冀有居人,遂缆船而登,负糗腊焉[3]。

方入,见两崖皆洞口,密如蜂房;内隐有人声。至洞外,伫足一窥,中有夜叉二[4],牙森列戟[5],目闪双灯,爪劈生鹿而食。惊散魂魄,急欲奔下,则夜叉已顾见之,辍食执入。二物相语[6],如鸟兽鸣,争裂徐衣,似欲啗啖。徐大惧,取橐中糗糒[7],并牛脯进之[8]。分啖甚美。复翻徐橐,徐摇手以示其无。夜叉怒,又执之。徐哀之曰:"释我。我舟中有釜甑[9],可烹饪。"夜叉不解其语,仍怒。徐再与手语[10],夜叉似微解。从至舟,取具入洞[11],束薪燃火,煮其残鹿,熟而献之。二物啖之喜。夜以巨石杜门[12],似恐徐遁。徐曲体遥卧[13],深惧不免[14]。天明,二物出,又杜之。少顷,携一鹿来付徐。徐剥革,于深洞处流水,汲煮数釜。俄有数夜叉至,群集吞啖讫,共指釜,似嫌其小。过三四日,一夜叉负一大釜来,似人所常用者。于是群夜叉各致狼麋[15]。既熟,呼徐同啖。居数日,夜叉渐与徐熟,出亦不施禁锢,聚处如家人。徐渐能察声知意,辄效其音,为夜叉语。夜叉益悦,携一雌来妻徐。徐初畏惧,莫敢伸;雌自开其股就徐,徐乃与交。雌大欢悦。每留肉饵徐,若琴瑟之好[16]。

一日,诸夜叉早起,项下各挂明珠一串[17],更番出门[18],若伺贵客状。命徐多煮肉。徐以问雌,雌云:"此天寿节[19]。"雌出,谓众夜叉曰:"徐郎无骨突子[20]。"众各摘其五,并付雌。雌又自解十枚,共得五十之数,以野苎为绳[21],穿挂徐项。徐视之,一珠可直百十金。俄顷俱出。徐煮肉毕,雌来邀去,云:"接天王。"至一大洞,广阔数亩。中有石,滑平如几;四围俱有石坐;上一坐蒙一豹革,馀皆以鹿。夜叉二三十辈,列坐满中。少顷,大风扬尘,张皇都出。见一巨物来,亦类夜叉状,竟奔入洞,踞坐鹗顾[22]。群随入,东西列立,悉仰其首,以双臂作十字交。大夜叉按头点视,问:"卧眉山众[23],尽于此乎?"群哄应之。顾徐曰:"此何来?"雌以"婿"对。众又赞其烹调。即有二三夜叉,奔取熟肉陈几上。大夜叉掬啗尽饱,极赞嘉美[24],且责常供。又顾徐云:"骨突子何短?"众白:"初来未备。"物于项上摘取珠串,脱十枚付之,俱大如指顶,圆如弹丸。雌急接,代徐穿挂。徐亦交臂作夜叉语谢之。物乃去,蹑风而行,其疾如飞。众始享其馀食而散。

居四年馀,雌忽产,一胎而生二雄一雌,皆人形,不类其母。众夜叉皆喜其子,辄共拊弄。一日,皆出攫食,惟徐独坐。忽别洞来一雌,欲与徐私,徐不肯。夜叉怒,扑徐踣地上。徐妻自外至,暴怒相搏,龁断其耳。少顷,其二亦归,解释令去。自此雌每守徐,动息不相离。又三年,子女俱能行步。徐辄教以人言,渐能语,咿㐲之中[25],有人气焉[26]。虽童也,而奔山如履坦途;依依有父子意[27]。一日,雌与一子一女出,半日不归。而北风大作。徐恻然念故乡,携子至海岸,见故舟犹存,谋与同归。子欲告母,徐止之。父子登舟,一昼夜达交。

至家，妻已醮。出珠二枚，售金盈兆[28]，家颇丰。子取名彪。十四五岁，能举百钧[29]，粗莽好斗。交帅见而奇之[30]，以为千总[31]。值边乱，所向有功，十八为副将[32]。

时一商泛海，亦遭风飘至卧眉。方登岸，见一少年，视之而惊。知为中国人，便问居里。商以告。少年曳入幽谷一小石洞，洞外皆丛棘；且嘱勿出。去移时，挟鹿肉来啖商。自言："父亦交人。"商问之，而知为徐，商在客中尝识之。因曰："我故人也。今其子为副将。"少年不解何名。商曰："此中国之官名。"又问："何以为官？"曰："出则舆马，入则高堂；上一呼而下百诺；见者侧目视，侧足立[33]：此名为官。"少年甚歆动[34]。商曰："既尊君在交[35]，何久淹此？"少年以情告。商劝南旋[36]。曰："余亦常作是念。但母非中国人，言貌殊异；且同类觉之，必见残害：用是辗转[37]。"乃出曰："待北风起，我来送汝行。烦于父兄处，寄一耗问[38]。"商伏洞中几半年。时自棘中外窥，见山中辄有夜叉往还；大惧，不敢少动。一日，北风策策[39]，少年忽至，引与急窜。嘱曰："所言勿忘却。"商应之。又以肉置几上，商乃归。

敬抵交[40]，达副总府，备述所见。彪闻而悲，欲往寻之。父虑海涛妖薮[41]，险恶难犯[42]，力阻之。彪抚膺痛哭，父不能止。乃告交帅，携两兵至海内。逆风阻舟，摆簸海中者半月。四望无涯，咫尺迷闷，无从辨其南北。忽而涌波接汉[43]，乘舟倾覆。彪落海中，逐浪浮沉[44]。久之，被一物曳去；至一处，竟有舍宇。彪视之，一物如夜叉状。彪乃作夜叉语。夜叉惊讯之，彪乃告以所往。夜叉喜曰：

"卧眉,我故里也。唐突可罪[45]!君离故道已八千里[46]。此去为毒龙国,向卧眉非路。"乃觅舟来送彪[47]。夜叉在水中推行如矢,瞬息千里,过一宵,已达北岸。见一少年,临流瞻望。彪知山无人类,疑是弟;近之,果弟。因执手哭。既而问母及妹,并云健安。彪欲偕往,弟止之,仓忙便去。回谢夜叉,则已去。未几,母妹俱至,见彪俱哭。彪告其意。母曰:"恐去为人所凌。"彪曰:"儿在中国甚荣贵,人不敢欺。"归计已决,苦逆风难渡。母子方徊徨间[48],忽见布帆南动,其声瑟瑟[49]。彪喜曰:"天助吾也!"相继登舟,波如箭激[50];三日抵岸。见者皆奔。彪向三人脱分袍裤。抵家,母夜叉见翁怒骂[51],恨其不谋。徐谢过不遑[52]。家人拜见家主母,无不战栗。彪劝母学作华言,衣锦,厌粱肉,乃大欣慰。

母女皆男儿装,类满制[53]。数月稍辨语言,弟妹亦渐白皙。弟曰豹,妹曰夜儿,俱强有力。彪耻不知书,教弟读。豹最慧,经史一过辄了[54]。又不欲操儒业[55];仍使挽强弩,驰怒马[56]。登武进士第[57]。聘阿游击女[58]。夜儿以异种,无与为婚。会标下袁守备失偶[59],强妻之。夜儿开百石弓[60],百馀步射小鸟,无虚落。袁每征,辄与妻俱。历任同知将军[61],奇勋半出于闺门。豹三十四岁挂印[62]。母尝从之南征,每临巨敌,辄擐甲执锐[63],为子接应,见者莫不辟易[64]。诏封男爵[65]。豹代母疏辞[66],封夫人。

异史氏曰:"夜叉夫人,亦所罕闻,然细思之而不罕也:家家床头有个夜叉在[67]。"

据《聊斋志异》铸雪斋抄本

〔1〕 交州：古地名，汉武帝元封五年设置十三州部之一，辖五岭以南，今广东、广西以至印支半岛一部地区。
〔2〕 苍莽：苍翠深远的样子。苏辙《黄楼赋》："山川开阖，苍莽千里。"
〔3〕 糗腊（xī析）：干粮和干肉。糗是用炒熟的米麦捣成的细粉。腊是晒干的肉。
〔4〕 夜叉：梵语音译，或译"药叉"；印度神话中一种半神的小神灵，具有"能啖"、"捷疾"的属性。佛教中列为天龙八部之一。在文学作品中，有的写其为恶魔，有的不认为他是恶魔，本篇即属后一类认识。
〔5〕 牙森列戟：牙齿森然如密排长戟。形容牙齿密长尖利，露出唇外。森，繁密貌。牙，前齿。
〔6〕 二物：指二夜叉。
〔7〕 糗糒：干粮。糒义同糗，常连用。
〔8〕 牛脯：干牛肉。"腊"的一种。
〔9〕 釜甑：煮饭的锅和蒸笼。甑，古代瓦制煮器，相当于后代以竹木制作的蒸笼。
〔10〕 手语：作手势语。用双手比画示意，以交流思想。
〔11〕 具：指釜甑等炊具。
〔12〕 杜门：把门堵上。杜，堵塞。
〔13〕 曲体：即屈体。
〔14〕 不免：不免被吃掉。
〔15〕 各致狼麈：各自送来些狼和麈鹿之类猎物。致，送。麈，麈鹿。
〔16〕 若琴瑟之好：像夫妻那样和好。《诗·周南·关雎》："窈窕淑女，琴瑟友之。"后因以琴瑟喻夫妇。
〔17〕 明珠：夜明珠，一种名贵珍珠，传说夜间放光。
〔18〕 更番：轮班。
〔19〕 天寿节：此指夜叉王的生日。封建帝王以天寿称自己诞辰，取义于《尚书·君奭》："天寿平格，保乂有殷。"
〔20〕 骨突子：指夜叉们佩戴的珠串。骨突子，圆形杖头，即朝廷仪仗中的金瓜。珍珠圆形与之相似，所以夜叉们称之为骨突子。

〔21〕野苎(zhù住)：野生的苎麻。
〔22〕踞坐鹗顾：叉开两腿坐着，用雀鹰般的目光左右顾视。踞坐，坐时两腿伸直、叉开，是一种傲慢尊大的坐态。鹗，雀鹰，一种猛禽，目光锐利凶狠，停落时经常转睛顾盼。
〔23〕卧眉山众：据后文，即卧眉国的公民。卧眉国是夜叉国之一。
〔24〕嘉美：此从二十四卷抄本，底本作"喜美"。即佳美。
〔25〕啁啾(zhōu jiū 周揪)：鸟鸣声。这里形容小儿学语。
〔26〕有人气：有人类语言的味道。气，气息。
〔27〕依依：依恋亲近的样子。
〔28〕盈兆：极言其多。兆，古代以十万为亿，十亿为兆。一兆是一百万，也就是一千贯。
〔29〕百钧：极言其重。钧是古代重量单位，三十斤为一钧。
〔30〕交帅：交州的军事首脑。明清时代提督以下管辖一方的驻军长官是总兵，帅即指此。
〔31〕千总：武官名，明嘉靖间置。明代后期职权日轻，至清为武职下级，位次于守备。
〔32〕副将：清代从二品武官，即副总兵，亦即下文所称的"副总"。隶属于总兵，统理一协(相当于旅)军务，又称协镇。
〔33〕侧目视，侧足立：形容因畏惧而不敢正视，不敢对面站立。
〔34〕甚歆动：很羡慕，很动心。
〔35〕尊君：犹言令尊。敬称别人的父亲。
〔36〕南旋：南归交州。旋，还、归。
〔37〕用是辗转：因此反复未定。
〔38〕耗问：音讯，消息。
〔39〕策策：风吹枯叶声。韩愈《秋怀诗》之一："窗前两好树，众叶光薿薿。秋风一披拂，策策鸣不已。"
〔40〕敬：特意，专诚。方言词，今曰"敬心"。
〔41〕妖薮：各类怪异之物聚集的地方。
〔42〕难犯：难以靠近。
〔43〕汉：据二十四卷抄本改，底本作"漢"。
〔44〕逐：据二十四卷抄本改，底本作"遂"。

〔45〕唐突：冒犯。
〔46〕故道：原来的航道。
〔47〕送彪：此从二十四卷抄本，底本作"送徐"。
〔48〕徊徨：徘徊忧思貌。《广弘明集》梁武帝（萧衍）《孝思赋》："晨孤立而萦结，夕独处而徊徨。"
〔49〕瑟瑟：风声。《文选》刘桢《赠从弟》诗之二："亭亭山上松，瑟瑟谷中风。"
〔50〕波如箭激：逆波急驶，如离弦之箭。
〔51〕翁：指徐贾。
〔52〕谢过不遑：道歉不迭。谓急忙连声道歉。
〔53〕类满制：很像满族服制。制，规制，款式。
〔54〕经史一过辄了：经书、史书学过一遍就能通晓。了，了然，通晓。
〔55〕操儒业：指读书习文以求进取。
〔56〕怒马：犹言烈马，暴劣难驭的马。
〔57〕登武进士第：考中武进士。科举时代取士分文武两科。唐宋以来，武科之制，规条节目虽不如文科之详明，然文武两途，历代相沿，分道并进，自明至清，行之不废。
〔58〕游击：武官名。清代绿营兵设游击，职位次于参将，属下级武官。
〔59〕标下：犹言麾下。标，清代军制，督抚等管辖的绿营兵，称标，一标三营。守备：清代绿营统兵官，位在都司之下，称营守备，统一营之兵。
〔60〕开百石弓：一钧三十斤，四钧为一石。开百石弓，是夸张的说法。
〔61〕同知将军：谓以都督同知挂副将军印，实即副总兵。明制，各省、各镇副总兵系由五军都督府的都督同知充任，遇大战事，则挂副将军印，统兵出战，事毕纳还。故称副总兵为同知将军。卷四《棋鬼》篇又称"督同将军"。
〔62〕挂印：指挂印将军。明制，各省各镇的镇守总兵，遇大战事，则挂诸号将军印，统兵出战，战毕纳还。清代多挂提督衔。
〔63〕擐（guān关）甲执锐：穿甲胄，拿武器。擐，穿。《左传·成公十三年》："文公躬擐甲胄，跋履山川。"锐，兵器。
〔64〕辟易：退避，逃躲。《史记·项羽本纪》："项王瞋目叱之，赤泉侯人

马俱惊,辟易数里。"正义:"言人马俱惊,开张易旧处,乃至数里。"
〔65〕 男爵:封建社会女子例无封爵,此谓酬功视同男子,而以爵秩封之;盖特例也。
〔66〕 疏(shù 述)辞:谓上疏辞爵。
〔67〕 "家家"句:谐语,意思是每家男人都守着个厉害老婆。悍妻泼妇俗称母夜叉。

小 髻

　　长山居民某[1],暇居,辄有短客来[2],久与扳谈[3]。素不识其生平,颇注疑念。客曰:"三数日将便徙居,与君比邻矣。"过四五日,又曰:"今已同里,且晚可以承教。"问:"乔居何所[4]?"亦不详告,但以手北指。自是,日辄一来。时向人假器具;或吝不与,则自失之。群疑其狐。村北有古冢,陷不可测,意必居此。共操兵杖往。伏听之,久无少异。一更向尽,闻穴中戢戢然[5],似数十百人作耳语。众寂不动。俄而尺许小人,连逨而出[6],至不可数。众噪起,并击之。杖杖皆火,瞬息四散。惟遗一小髻,如胡桃壳然,纱饰而金线。嗅之,骚臭不可言。

据《聊斋志异》铸雪斋抄本

----

〔1〕 长山:县名,明清时属山东济南府。
〔2〕 短客:矮客人。
〔3〕 扳(pān 攀)谈:谓主动找人闲谈。
〔4〕 乔居:迁居。《诗·小雅·伐木》:"出自幽谷,迁于乔木。"乔谓乔迁,迁居的美称。
〔5〕 戢戢(jí jí 及及):低语声;犹言唧唧哝哝、喊喊喳喳。
〔6〕 连逨(lóu 娄):络绎不绝。见《说文》段注。

西　僧

两僧自西域来[1],一赴五台[2],一卓锡泰山[3]。其服色言貌[4],俱与中国殊异。自言:"历火焰山[5],山重重,气熏腾若炉灶。凡行必于雨后,心凝目注[6],轻迹步履之[7];误蹴山石,则飞焰腾灼焉。又经流沙河,河中有水晶山,峭壁插天际,四面莹澈,似无所隔。又有隘,可容单车;二龙交角对口把守之。过者先拜龙;龙许过,则口角自开。龙色白,鳞鬣皆如晶然[8]。"僧言:"途中历十八寒暑矣。离西土者十有二人,至中国仅存其二。西土传中国名山四[9]:一泰山,一华山[10],一五台,一落伽也[11]。相传山上遍地皆黄金,观音[12]、文殊犹生[13]。能至其处,则身便是佛,长生不死。"听其所言状,亦犹世人之慕西土也[14]。倘有西游人[15],与东渡者中途相值[16],各述所有,当必相视失笑,两免跋涉矣。

据《聊斋志异》铸雪斋抄本

------

[1] 西域:玉门关以西、巴尔喀什湖以东广大地区,古称西域。
[2] 五台:山名。在今山西五台、繁峙县境,山有东南西北中五峰,故称五台,又名清凉山。为我国佛教四大名山之一,相传为文殊师利菩萨显灵说法道场,自隋唐以来香火极盛。
[3] 卓锡:谓僧人投宿;又称挂锡。卓,悬挂。锡,锡杖。泰山:又称"岱山"、"岱宗",为五岳中的东岳。主峰在山东泰安县境。

〔4〕 服色：指服装的款式。
〔5〕 火焰山：及下文"流沙河"，皆吴承恩《西游记》中西土地名。但关于火山、弱水的记载，则见于古籍甚早，是火焰山、流沙河的渊源。
〔6〕 心凝目注：思想集中，目力专注。
〔7〕 轻迹步履：轻步通过。意思是不能乘车马，脚步也不能放重。
〔8〕 鬣（liè 列）：颈颔上的毛须及脊尾上的短鳍。
〔9〕 西土：即上文"西域"。
〔10〕 华山：五岳中的西岳。在陕西华阴县境，以奇险著称。
〔11〕 落伽：山名，即普陀洛伽山，又名普陀山。在浙江普陀县，为舟山群岛之一。相传为观音菩萨显灵说法道场，故为中国佛教四大名山之一。
〔12〕 观音：佛教菩萨名，即观世音。因唐讳太宗名，故去"世"字。佛教把他描写为大慈大悲的菩萨，遇难众生只要诵念其名号，"菩萨即时观其音声"，前往解救，故名。为中国佛教四大菩萨之一（另三为文殊、普贤、地藏）。自唐以后，中国寺院中的观音塑像常作女相。
〔13〕 文殊：佛教菩萨名，即文殊师利。中国佛教四大菩萨之一，为释迦牟尼佛的左胁侍，专司智慧。塑像多骑狮子，表示智慧威猛。
〔14〕 西土：这里指佛国。即净土宗所说的"西方净土"、"西方极乐世界"。
〔15〕 西游人：指向西土礼佛求经的僧人。
〔16〕 东渡者：指西土东来的僧人。

老　饕

邢德,泽州人[1],绿林之杰也[2]。能挽强弩[3],发连矢,称一时绝技。而生平落拓,不利营谋[4],出门辄亏其资。两京大贾[5],往往喜与邢俱,途中恃以无恐。会冬初,有二三估客,薄假以资[6],邀同贩鬻[7];邢复自罄其囊[8],将并居货[9]。有友善卜,因诣之。友占曰:"此爻为'悔'[10],所操之业,即不母而子亦有损焉[11]。"邢不乐,欲中止,而诸客强速之行。至都,果符所占。腊将半[12],匹马出都门。自念新岁无资,倍益怏闷。

时晨雾濛濛[13],暂趋临路店,解装觅饮。见一颁白叟[14],共两少年,酌北牖下。一僮侍,黄发蓬蓬然[15]。邢于南座,对叟休止[16]。僮行觞,误翻样具[17],污叟衣。少年怒,立摘其耳[18]。捧巾持帨,代叟揩拭。既见僮手拇俱有铁箭镮[19],厚半寸;每一镮,约重二两馀。食已,叟命少年,于革囊中探出镪物[20],堆累几上,称秤握算[21],可饮数杯时,始缄裹完好。少年于枥中牵一黑跛骡来[22],扶叟乘之;僮亦跨羸马相从[23],出门去。两少年各腰弓矢,捉马俱出。邢窥多金,穷睛旁睨[24],馋焰若炙[25]。辍饮,急尾之。视叟与僮犹款段于前[26],乃下道斜驰出叟前[27],紧啣关弓[28],怒相向。叟俯脱左足靴,微笑云:"而不识得老饕也[29]?"邢满引一矢去。叟仰卧鞍上,伸其足,开两指如箝[30],夹矢住。笑曰:"技但止此,何须而翁手敌^[31]?"邢怒,出其绝技,一矢刚发,后矢继至。叟手掇一,似未防其连珠^[32];后矢直贯其口^[33],踣然而堕^[34],啣矢僵眠。僮亦下。邢喜,谓其已毙,近临之。叟吐矢跃起,鼓掌曰:"初会面,何便作此恶剧?"邢大惊,马亦骇逸^[35]。以此知叟异^[36],不敢复返。

走三四十里,值方面纲纪^[37],囊物赴都;要取之^[38],略可千金,意气始得扬^[39]。方疾骛间^[40],闻后有蹄声;回首,则僮易跛骡来,驶若飞。叱曰:"男子勿行!猎取之货^[41],宜少瓜分^[42]。"邢曰:"汝识'连珠箭邢某'否?"僮云:"适已承教矣。"邢以僮貌不扬,又无弓矢,易之。一发三矢,连递不断^[43],如群隼飞翔^[44]。僮殊不忙迫,手接二,口衔一。笑曰:"如此技艺,辱寞煞人^[45]!乃翁忽遽^[46],未暇寻得弓来;此物亦无用处,请即掷还。"遂于指上脱铁镮,穿矢其中,以手力掷,呜呜风鸣。邢急拨以弓;弦适触铁镮,铿然断绝,弓亦绽裂。邢惊绝。未及觑避,矢过贯耳,不觉翻坠。僮下骑,便将搜括。邢以弓卧挞之。僮夺弓去,拗折为两;又折为四,抛置之。已,乃一手握邢两臂,一足踏邢两股;臂若缚,股若压,极力不能少动。腰中束带双叠,可骈三指许^[47];僮以一手捏之,随手断如灰烬。取金已,乃超乘^[48],作一举手,致声"孟浪"^[49],霍然径去^[50]。

邢归,卒为善士^[51]。每向人述往事不讳。此与刘东山事盖仿佛焉^[52]。

据《聊斋志异》铸雪斋抄本

- -
〔1〕 泽州:州名,隋置。唐代迭有废置。宋至清初相沿,雍正时升为府,辖今山西省晋东南地区西部一带,故治在晋城县。
〔2〕 绿(lù碌)林之杰:犹言绿林好汉。绿林,地名,位于湖北当阳县东北。西汉末年,王匡、王凤等于此聚众起事,反抗王莽,称"绿林军"。后代以绿林泛指聚集山林间反抗官府的集团,统治阶级则把它作为强盗的代称。
〔3〕 强弩:指一种强力的连弩;是一种用机栝发射的弓,可数矢连发,力强及远,超过普通的弓。连矢:连发之矢,即下文"连珠箭",为连弩所发。
〔4〕 不利营谋:不利于经商谋利。
〔5〕 两京:南京和北京。
〔6〕 薄假以资:借给邢少量资本。
〔7〕 贩鬻:贩卖。
〔8〕 自罄其囊:拿出自己所有的钱。罄,尽。囊,钱袋。
〔9〕 居货:购进货物,以待贩运。
〔10〕 此爻为"悔":所占卦的爻辞有"悔"。《周易》占卜吉凶有专门术语;"悔"为术语之一,义为凶、咎,乃不吉之占。
〔11〕 所操之业,即不母而子亦有损焉:意谓邢某此行贩鬻,必然蚀本、亏损。经商以本生息,本曰"母",息曰"子"。
〔12〕 腊:旧历十二月。
〔13〕 雾:此从青柯亭本,底本作"露"。
〔14〕 颁白叟:须发参白的老人。《孟子·梁惠王》:"谨庠序之教,申之以孝悌之养,颁白者不负戴于道路矣。"注:"颁者,班也。头半白班班者也。"
〔15〕 蓬蓬:散乱的样子。
〔16〕 对叟休止:面向老者坐下。
〔17〕 柈具:盘中菜肴。柈,盘。
〔18〕 摘:揪,提。
〔19〕 箭镞:扳指,古名决、抉或玦;一般用骨、象牙制作,戴在拇指上,是射箭时拉弓的用具。
〔20〕 探出镪(qiǎng抢)物:掏出财物。镪,通繦,本指钱贯(穿钱绳),借

指银钱。
〔21〕 握算:握筹而算;拿算盘计数。
〔22〕 枥:牲口槽。
〔23〕 羸马:瘦马。
〔24〕 穷睛旁睨:用穷极之人的眼神从旁偷觑。
〔25〕 馋焰若炙:馋羡的目光像要冒出火来。炙,燃火。
〔26〕 款段:马行迟缓从容的样子。
〔27〕 下道斜驰:离开大路,抄取捷径。
〔28〕 紧唧关(wān弯)弓:带住马,拉开弓。紧唧,拉紧马勒,使马停步。关弓,弯弓。
〔29〕 而。尔。老饕(tāo滔):大约是此叟的江湖绰号,意为老财迷或老馋鬼。苏轼有《老饕赋》:"盖聚物之夭美,以养我之老饕。"后因称贪馋者为老饕。
〔30〕 箝:通"钳"。
〔31〕 而翁:你老子;老饕自称。手敌:亲手对付。
〔32〕 连珠:连珠箭,即"连矢",连弩所射出的箭。
〔33〕 贯:穿入,射进。
〔34〕 踣(bó薄)然:跌倒的样子。堕:从跋骡上跌落下来。
〔35〕 骇逸:马受惊狂奔。
〔36〕 异:本领高强;不寻常。
〔37〕 方面纲纪:地方大员的仆人。方面,主持一方军政事务的官员;明清称总督、巡抚为方面官、方面大员。纲纪,即纪纲之仆,指奴仆总管,亦可用作奴仆美称。
〔38〕 要取:拦路劫取。
〔39〕 扬:扬厉,振作。
〔40〕 疾骛(wù务):乘马疾驰。
〔41〕 猎取:夺取。
〔42〕 瓜分:剖分。
〔43〕 连逦(lóu娄):接连不断的样子。
〔44〕 隼(sǔn损):即鹞,又名雀鹰,一种鹞属猛禽。
〔45〕 辱寞煞人:犹言羞死人。辱寞,又写作辱没。

〔46〕 偬遽：匆忙，仓猝。

〔47〕 骈三指许：大约三指并拢那么宽。骈，并。

〔48〕 超乘：本称跃身上车（车乘）；这里指黄发僮跳上骡背（乘骑）。

〔49〕 孟浪：犹言卤莽、莽撞，是故作道歉的嘲讽语。

〔50〕 霍然：疾速的样子。

〔51〕 善士：谓循礼守法，安分作人。

〔52〕 刘东山：宋幼清《九籥别集》卷二《刘东山》：刘东山，明嘉靖时三辅捉盗人，自号连珠箭，认为无人可敌。一日途中遇一黄衫毡笠少年，携弓重二十觔。东山惶惧。少年劫东山车资以去。东山自此隐居卖酒。三年后，黄衫少年复至酒店，酬其千金。其事又见《初刻拍案惊奇·刘东山夸技顺城门》篇，二书年代大致同时。

连　城

乔生,晋宁人[1]。少负才名。年二十馀,犹淹蹇[2]。为人有肝胆[3]。与顾生善;顾卒,时恤其妻子。邑宰以文相契重[4];宰终于任,家口淹滞不能归[5],生破产扶柩,往返二千馀里。以故士林益重之[6],而家由此益替[7]。史孝廉有女,字连城,工刺绣,知书。父娇保之[8]。出所刺"倦绣图",征少年题咏[9],意在择婿。生献诗云:"慵鬟高髻绿婆娑[10],早向兰窗绣碧荷;刺到鸳鸯魂欲断,暗停针线蹙双蛾。"又赞挑绣之工云[11]:"绣线挑来似写生[12],幅中花鸟自天成[13];当年织锦非长技,幸把回文感圣明[14]。"女得诗喜,对父称赏。父贫之。女逢人辄称道;又遣媪矫父命[15],赠金以助灯火[16]。生叹曰:"连城我知己也!"倾怀结想,如饥思啖。

无何,女许字于鹾贾之子王化成[17],生始绝望;然梦魂中犹佩戴之[18]。未几,女病瘵[19],沉痼不起[20]。有西域头陀[21],自谓能疗;但须男子膺肉一钱,捣合药屑。史使人诣王家告婿。婿笑曰:"痴老翁,欲我剜心头肉也[22]!"使返。史乃言于人曰:"有能割肉者妻之。"生闻而往,自出白刃,刲膺授僧[23]。血濡袍裤,僧敷药始止。合药三丸。三日服尽,疾若失。史将践其言[24],先告王。王怒,欲讼官。史乃设筵招生,以千金列几上,曰:"重负大德,请以相报。"因具白背盟之由。生怫然曰[25]:"仆所以不爱膺肉者,聊以报知己耳,岂货肉哉!"拂袖而归。女闻之,意良不忍,托媪慰谕之。且云:"以彼才华,当不久落[26]。天下何患无佳人?我梦不祥,三年必死,不必与人争此泉下物也[27]。"生告媪曰:"'士为知己者死'[28],不以色也。诚恐连城未必真知我;不谐何害[29]?"媪代女郎矢诚自剖[30]。生曰:"果尔,相逢时,当为我一笑,死无憾!"媪既去,逾数日,生偶出,遇女自叔氏归,睨之。女秋波转顾,启齿嫣然[31]。生大喜曰:"连城真知我者!"会王氏来议吉期[32],女前症又作,数月寻死。生往临吊[33],一痛而绝。史舁送其家。

生自知已死,亦无所戚。出村去,犹冀一见连城。遥望南北一道,行人连续如蚁[34],因亦混身杂迹其中。俄顷,入一廨署,值顾生,惊问:"君何得来?"即把手将送令归。生太息,言:"心事殊未了。"顾曰:"仆在此典牍[35],颇得委任。倘可效力,不惜也。"生问连城。顾即导生旋转多所,见连城与一白衣女郎,泪睫惨黛[36],藉坐廊隅[37]。见生至,骤起似喜,略问所来。生曰:"卿死,仆何敢生!"连城泣曰:"如此负义人,尚不吐弃之,身殉何为?然已不能许君今生,愿矢来世耳。"生告顾曰:"有事君自去,仆乐死不愿生矣。但烦稽连城托生何里,行与俱去耳[38]。"顾诺而去。白衣女郎问生何人,连城为缅述之。女郎闻之,若不胜悲。连城告生曰:"此妾同姓,小字宾娘,长沙史太守女[39]。一路同来,遂相怜爱。"生视之,意态怜人。方欲研问,而顾已反,向生贺曰:"我为君平章已确[40],即教小娘子从君返魂,好否?"两人各喜。方将拜别,宾娘大哭曰:"姊去,我安归?乞垂怜救,妾为姊捧帨耳[41]。"连城凄然,无所为计,转谋生。生又哀顾。顾难之,峻辞以为不可。生固强之。乃曰:"试妾为之[42]。"去食顷而返,摇手曰:"何如! 诚万分不能为力矣!"宾娘闻之,宛转娇啼,惟依连城肘下,恐其即去。惨怛无术[43],相对默默;而睹其愁颜戚容[44],使人肺腑酸柔[45]。顾生愤然曰:"请携宾娘去。脱有愆尤[46],小生拚身受之!"宾娘乃喜,从生出。生忧其道远无侣。宾娘曰:"妾从君去,不愿归也。"生曰:"卿大痴矣。不归,何以得活也? 他日至湖南,勿复走避[47],为幸多矣。"适有两媪摄牒赴长沙[48],生属之[49],宾娘泣别而去。

途中,连城行蹇缓,里馀辄一息;凡十馀息,始见里门。连城曰:"重生后,惧有反覆。请索妾骸骨来,妾以君家生,当无悔也。"生然之。偕归生家。女惕惕若不能步[50],生伫待之。女曰:"妾至此,四肢摇摇,似无所主。志恐不遂,尚宜审谋;不然,生后何能自由?"相将入侧厢中。嘿定少时[51],连城笑曰:"君憎妾耶?"生惊问其故。赧然曰:"恐事不谐,重负君矣。请先以鬼报也。"生喜,极尽欢恋。因徘徊不敢遽生,寄厢中者三日。连城曰:"谚有之:'丑妇终须见姑嫜。'戚戚于此,终非久计。"乃促生入。才至灵寝[52],豁然顿苏。家人惊异,进以汤水。生乃使人要史来[53],请得连城之尸,自言能活之。史喜,从其言。方异入室,视之已醒。告父曰:"儿已委身乔郎矣[54],更无归理。如有变动,但仍一死!"史归,遣婢往役给奉。王闻,具词申理。官受赂,判归王。生愤懑欲死,亦无之奈何[55]。连城至王家,忿不饮食,惟乞速死。室无人,则带悬梁上。越日,益惫,殆将奄逝。王惧,送归史。史复异归生。王知之,亦无如何,遂安焉。

连城起，每念宾娘，欲遣信往侦之[56]，以道远而艰于往。一日，家人进曰："门有车马。"夫妇出视，则宾娘已至庭中矣。相见悲喜。太守亲诣送女，生延入。太守曰："小女子赖君复生，誓不他适，今从其志。"生叩谢如礼。孝廉亦至，叙宗好焉[57]。生名年，字大年。

异史氏曰："一笑之知，许之以身，世人或议其痴；彼田横五百人[58]，岂尽愚哉！此知希之贵[59]，贤豪所以感结而不能自已也。顾茫茫海内，遂使锦绣才人[60]，仅倾心于蛾眉之一笑也，亦可慨矣！"

正文据《聊斋志异》铸雪斋抄本
"异史氏曰"据二十四卷抄本补

----

[1] 晋宁：州县名。唐置晋宁县，元为晋宁州，明清因之。州治在今云南省晋宁县。
[2] 淹蹇：滞留困顿，谓科举不得志。
[3] 有肝胆：忠义诚信，勇于为人尽力。
[4] 契重：投合，尊重。
[5] 淹滞：困阻，久留。
[6] 士林：读书人中间。"之"字据二十四卷抄本补。
[7] 替：衰败。
[8] 娇保：娇养。保，养育，抚养。
[9] 征：征集。题咏：题诗赞咏。
[10] "慵鬟"四句：此诗即图题咏，大意谓：闺中少女早起即于窗前刺绣。先绣绿荷。待绣到荷底鸳鸯时，不禁怅然神驰，不知不觉停下针线，伤神地皱拢双眉。因绣久困倦，那髻鬟边的秀发也不免有些披拂散乱。慵鬟，困倦时的发鬟。婆娑，飘拂不整貌。兰窗，兰闺

之窗,少女卧室的窗户。魂欲断,谓魂驰神往。暗停,默默停下。
〔11〕 挑绣:挑花和刺绣;绣花时的两道工艺。
〔12〕 写生:指画家对实物的描摹。
〔13〕 天成:天然生成。
〔14〕 "当年织锦"二句:意思是,与连城刺绣之美相比,当年苏蕙把回文图诗织在锦缎上也算不得技巧高明,她不过侥幸取得女皇武则天的赏识罢了。据《晋书·列女·窦滔妻传》:晋窦滔妻苏蕙,字若兰,善属文。滔仕前秦苻坚为秦州刺史,被徙流沙。苏氏在家织锦为回文旋图诗以寄。诗长八百四十一字,可宛转循环以读,词甚凄婉。唐武则天为作《璇玑图诗序》,称其"五彩相宣,莹心晖目"。
〔15〕 矫:假托。
〔16〕 助灯火:资助乔生读书费用。
〔17〕 许字:许婚。鹾(cuó 矬)贾:盐商。《礼记·曲礼》:"盐曰咸鹾。"
〔18〕 佩戴:佩恩戴德;意思是感念不忘。
〔19〕 瘵(zhài 债):瘵病,即肺病。
〔20〕 沉痼:病势积久难医。
〔21〕 西域:此据二十四卷抄本,底本作"西城"。头陀:梵文音译,泛指一切僧众;此特指行脚乞食僧人。
〔22〕 心头肉:习喻关系性命之物。唐聂夷中《咏田家》诗:"医得眼前疮,剜却心头肉。"此指"膺肉"。
〔23〕 刲(kuī 奎):割。
〔24〕 践其言:履行自己的诺言。指以女妻乔生。
〔25〕 怫(fú 符)然:生气的样子。
〔26〕 落:沉沦。
〔27〕 泉下物:指死人。谓己不久将死。
〔28〕 士为知己者死:《汉书·司马迁传》报任安书:"士为知己用,女为悦己容。"
〔29〕 不谐:不能成事;指不能结为夫妻。何害:何妨。
〔30〕 矢诚自剖:发誓自明心迹。
〔31〕 嫣(yān 胭)然:形容美笑。
〔32〕 吉期:好日子;指完婚日期。

〔33〕 临吊：哭吊。哭死者叫临，慰问其亲属叫吊。
〔34〕 连续：此从二十四卷抄本，底本作"连绪"。
〔35〕 典牍：主管文书案卷。
〔36〕 泪睫惨黛：犹言愁眉泪眼。惨，悲伤。黛，眉。
〔37〕 藉坐廊隅：在廊下一角，席地而坐。
〔38〕 行：将。
〔39〕 太守：知府、知州的古称。明清于长沙置府。
〔40〕 平章已确：商办已妥。平章，商量处理。
〔41〕 捧帨：犹言奉巾栉、侍盥沐；意为居妾媵之位，给役侍奉。帨，佩巾，古代妇女用以擦拭不洁。《礼记·内则》规定："少事长，贱事贵"都有"盥卒授巾"的礼节。
〔42〕 试妄为之：试办一下看看。妄，姑妄。表示不循规章和没有把握。
〔43〕 惨怛（dá 答）：忧伤，悲痛。
〔44〕 愁颜：此从二十四卷抄本，底本作"愁艳"。
〔45〕 肺腑酸柔：犹言心酸肠软。
〔46〕 脱有愆尤：假若有罪责、过失。
〔47〕 走避：此从二十四卷抄本，底本作"去避"。
〔48〕 摄牒：携带公文。指出公差。
〔49〕 生属之：乔生把携带宾娘的事嘱托两媪。属，同"嘱"，意谓嘱托。据二十四卷抄本补，底本无"之"字。
〔50〕 惕惕：忧惧貌。
〔51〕 嘿定：沉默定息。嘿，同默。
〔52〕 灵寝：灵床，即停尸床。
〔53〕 要：邀。
〔54〕 委身：托身，许身。
〔55〕 无之奈何：此从二十四卷抄本，底本无"何"字。
〔56〕 信：古称使者为"信"。往侦：此从二十四卷抄本，底本作"参"。
〔57〕 叙宗好：叙同宗之族谊。孝廉与太守同姓史。
〔58〕 "彼田横五百人"二句：此为作者以田横部下五百人忠于田横，赞扬乔生"士为知己者死"的精神。田横，秦末齐人。拒项羽，复齐地，自立为齐王。刘邦称帝后，田横率五百士逃往海岛。刘邦怕他

作乱,下诏强迫他入洛阳,并答应把他封王封侯。田横行至距洛阳三十里的尸乡,因耻于向刘邦称臣,与从者皆自杀。岛上五百人闻讯后也全部自杀。事见《史记·田儋列传》等。

〔59〕"此知希之贵"二句:意谓正因知己难求,所以贤豪之士对知遇之德感结于心。知希之贵,语本《老子》"知我者希,则我者贵",而有变化。韩愈《祭田横墓文》说:"事有旷百世而相感者,余不知其何心;非今世之所稀,孰为使余歔欷而不可禁!""贤豪感结",盖隐指此类感慨。

〔60〕锦绣才人:才学富艳、诗文精美的读书人。此指乔生。柳宗元《乞巧文》:"骈四俪六,锦心绣口。"

霍 生

文登霍生[1],与严生少相狎,长相谑也。口给交御[2],惟恐不工。霍有邻妪,曾与严妻导产。偶与霍妇语,言其私处有赘疣[3]。妇以告霍。霍与同党者谋,窥严将至,故窃语云:"某妻与我最昵。"众不信。霍因捏造端末[4],且云:"如不信,其阴侧有双疣。"严止窗外,听之既悉,不入径去。至家,苦掠其妻;妻不伏,搒益残。妻不堪虐,自经死。霍始大悔,然亦不敢向严而白其诬矣[5]。

严妻既死,其鬼夜哭,举家不得宁焉。无何,严暴卒,鬼乃不哭。霍妇梦女子披发大叫曰:"我死得良苦,汝夫妻何得欢乐耶!"既醒而病,数日寻卒。霍亦梦女子指数诟骂,以掌批其吻。惊而寤,觉唇际隐痛,扪之高起,三日而成双疣,遂为痼疾[6]。不敢大言笑;启吻太骤,则痛不可忍。

异史氏曰:"死能为厉[7],其气冤也。私病加于唇吻[8],神而近于戏矣。"

邑王氏,与同窗某狎。其妻归宁[9],王知其驴善惊,先伏丛莽中,伺妇至,暴出;驴惊妇堕,惟一僮从,不能扶妇乘。王乃殷勤抱控甚至[10],妇亦不识谁何。王扬扬以此得意[11],谓僮逐驴去,因得私其妇于莽中[12],述祵裤履甚悉[13]。某闻,大惭而去。少间,自窗隙中见某一手握刃,一手捉妻来,意甚怒恶。大惧,逾垣而逃。某从之,追二三里地不及,始返。王尽力极奔,肺叶开张,以是得吼疾[14],数年不愈焉。

据《聊斋志异》铸雪斋抄本

----

[1] 文登:县名。清代属登州府,今属山东省烟台市。
[2] 口给交御:谓玩笑斗嘴。口给,口齿敏捷。交御,互相应答。《论语·公冶长》:"御人以口给,屡憎于人。"《集注》:"御,当也,犹应答也。给,辩也。"
[3] 赘疣:肉瘤刺瘊之类。《庄子·大宗师》:"附赘悬疣。"
[4] 端末:犹言首尾、始末,指事情原委、过程。
[5] 白其诬:承认自己对严生的欺骗或对严妻的诬蔑。诬,欺骗诬蔑之言。
[6] 痼疾:久治不愈的病。
[7] 厉:厉鬼,即恶鬼。
[8] 私病:生在阴处的病。
[9] 归宁:回娘家省亲。宁,问安。
[10] 抱控:抱其人,控其驴;扶某妻乘坐。
[11] 扬扬:得意的样子。
[12] 私:奸污。
[13] 袒(nì匿)裤履:贴身的衣、裤和鞋子。《说文》:"袒,日日所常衣。"即近身衣。
[14] 吼疾:哮喘病。

汪 士 秀

汪士秀,庐州人[1]。刚勇有力,能举石春[2]。父子善蹴鞠[3]。父四十馀,过钱塘没焉[4]。积八九年,汪以故诣湖南,夜泊洞庭[5]。时望月东升[6],澄江如练[7]。方眺瞩间,忽有五人自湖中出,携大席,平铺水面,略可半亩。纷陈酒馔,馔器磨触作响,然声温厚,不类陶瓦[8]。已而三人践席坐,二人侍饮。坐者一衣黄,二衣白;头上巾皆皁色,峨峨然下连肩背[9],制绝奇古[10],而月色微茫[11],不甚可晰。侍者俱褐衣;其一似童,其一似叟也。但闻黄衣人曰:"今夜月色大佳,足供快饮。"白衣者曰:"此夕风景,大似广利王宴梨花岛时[12]。"三人互劝,引釂竞浮白[13]。但语略小,即不可闻。舟人隐伏,不敢动息[14]。

汪细审侍者,叟酷类父;而听其言,又非父声。二漏将残,忽一人曰:"趁此明月,宜一击毬为乐。"即见僮没水中[15],取一圆出[16],大可盈抱,中如水银满贮,表里通明。坐者尽起。黄衣人呼叟共蹴之。蹴起丈馀,光摇摇射人眼。俄而礮然远起[17],飞堕舟中。汪技痒[18],极力踏去,觉异常轻耎。踏猛似破,腾寻丈[19];中有漏光,下射如虹;蛊然疾落[20],又如经天之彗[21],直投水中,滚滚作沸泡声而灭[22]。席中共怒曰:"何物生人,败我清兴!"叟笑曰:"不恶不恶,此吾家流星拐也[23]。"白衣人嗔其语戏[24],怒曰:"都方厌恼,老奴何得作欢？便同小乌皮捉得狂子来[25]；不然，胫股当有椎吃也[26]！"汪计无所逃，即亦不畏，捉刀立舟中。

倏见僮叟操兵来。汪注视，真其父也，疾呼："阿翁！儿在此。"叟大骇，相顾凄断[27]。僮即反身去。叟曰："儿急作匿。不然，都死矣！"言未已，三人忽已登舟。面皆漆黑，睛大于榴，攫叟出。汪力与夺，摇舟断缆。汪以刀截其臂落，黄衣者乃逃。一白衣人奔汪；汪剁其颅，堕水有声；哄然俱没。方谋夜渡，旋见巨喙出水面，深若井。四面湖水奔注，砰砰作响。俄一喷涌，则浪接星斗，万舟簸荡。湖人大恐。舟上有石鼓二[28]，皆重百斤。汪举一以投，激水雷鸣，浪渐消；又投其一，风波悉平。

汪疑父为鬼。叟曰："我固未尝死也。溺江者十九人，皆为妖物所食；我以蹴圆得全。物得罪于钱塘君[29]，故移避洞庭耳。三人鱼精，所蹴鱼胞也[30]。"父子聚喜，中夜击棹而去。天明，见舟中有鱼翅[31]，径四五尺许，乃悟是夜间所断臂也。

据《聊斋志异》铸雪斋抄本

---

〔1〕 庐州：明清府名，治所在今安徽合肥市。
〔2〕 石舂：捣米的石臼。
〔3〕 蹴鞠：类似今之踢球。本是古代军中习武之戏，流衍为一种娱乐性活动。鞠，古代一种用革制作的毯。
〔4〕 钱塘：钱塘江，浙江之下游，经杭州南，入东海。没，谓落水溺死。
〔5〕 洞庭：洞庭湖，在湖南省北部，长江南岸。
〔6〕 望月：夏历每月十五日的月亮。

[7] 澄江如练:明净的江水好像平铺的白绢。语本谢朓《晚登三山还望京邑》诗"澄江静如练"句。
[8] 陶瓦:即陶器。此以着釉者为陶,不着者为瓦。
[9] 峨峨然:高貌。
[10] 制绝奇古:样式非常稀奇古怪。
[11] 微茫:隐约,模糊。
[12] 广利王:南海神的封号。唐天宝十载正月,册封南海神为广利王,见韩愈《南海神庙碑》及樊汝霖、孙汝听《注》。梨花岛:疑指海南岛。因岛上有梨山(即五指山,旧名黎母山),故为拟此名。其地在南海中,属广利王治内。
[13] 引釂竞浮白:谓干杯之后,争着为对方斟酒。引釂,举杯饮尽。浮白,此据青本,底本作"浮浅"。浮白,用大杯罚酒,此指为对方斟酒。
[14] 动息:动弹和呼吸。
[15] 没:此从青本,底本作"汲"。没,谓潜水。
[16] 圆:即毬。
[17] 硠:同訇(hōng 轰),大声。
[18] 技痒:极欲自显技艺。
[19] 寻丈:一丈左右。寻,八尺。
[20] 蚩:象声词,通写作"嗤"。
[21] 彗:彗星,即流星,又名扫帚星。
[22] 滚滚作沸泡声:在水面翻滚,发出沸水中气泡冒出的声音。
[23] 流星拐:蹴鞠的一种花样,具体未详。旧本何垠注:"流星拐,蹴鞠采名也。如腾起左脚,即以右脚从后蹴鞠始起也。"
[24] 戏:戏侮,开玩笑。
[25] 小乌皮:指"其一似童"的侍者,他大约是条小黑鱼(乌皮鱼)变成的。
[26] 椎(chuí 垂):棒槌。
[27] 凄断:凄绝,极度伤心。
[28] 石鼓:当指石制鼓状坐具,即石墩。
[29] 钱塘君:钱塘江神。唐人李朝威的小说《柳毅》谓钱塘江神龙为钱

塘君。
〔30〕 鱼胞:疑指鱼脬(pāo 抛)。鱼体内贮存空气用以调节升沉和平衡的器官。
〔31〕 鱼翅:鱼鳍。

商 三 官

故诸葛城[1],有商士禹者,士人也。以醉谑忤邑豪[2]。豪嗾家奴乱捶之。舁归而死。禹二子,长曰臣,次曰礼。一女曰三官。三官年十六,出阁有期[3],以父故不果。两兄出讼,终岁不得结。婿家遣人参母[4],请从权毕姻事[5]。母将许之。女进曰:"焉有父尸未寒而行吉礼者[6]?彼独无父母乎?"婿家闻之,惭而止。无何,两兄讼不得直,负屈归。举家悲愤。兄弟谋留父尸,张再讼之本[7]。三官曰:"人被杀而不理,时事可知矣。天将为汝兄弟专生一阎罗包老耶[8]?骨骸暴露,于心何忍矣。"二兄服其言,乃葬父。葬已,三官夜遁,不知所往。母惭怍,惟恐婿家知,不敢告族党,但嘱二子冥冥侦察之[9]。几半年,杳不可寻。

会豪诞辰,招优为戏[10]。优人孙淳,携二弟子往执役。其一王成,姿容平等[11],而音词清彻,群赞赏焉。其一李玉,貌韶秀如好女[12]。呼令歌,辞以不稔[13];强之,所度曲半杂儿女俚谣[14],合座为之鼓掌。孙大惭,白主人:"此子从学未久,只解行觞耳[15]。幸勿罪责。"即命行酒。玉往来给奉,善觑主人意向。豪悦之。酒阑人散,留与同寝。玉代豪拂榻解履,殷勤周至。醉语狎之,但有展笑[16]。豪惑益甚,尽遣诸仆去,独留玉。玉伺诸仆去,阖扉下楗焉[17]。诸仆就别室饮。移时,闻厅事中格格有声[18]。一仆往觇之，见室内冥黑，寂不闻声。行将旋踵[19]，忽有响声甚厉，如悬重物而断其索。亟问之，并无应者。呼众排阖入[20]，则主人身首两断；玉自经死，绳绝堕地上[21]，梁间颈际，残绠俨然。众大骇，传告内阃[22]，群集莫解。众移玉尸于庭，觉其袜履虚若无足；解之，则素舄如钩[23]，盖女子也。益骇。呼孙淳诘之。淳骇极，不知所对。但云："玉月前投作弟子，愿从寿主人，实不知从来。"以其服凶[24]，疑是商家刺客。暂以二人逻守之。女貌如生；抚之，肢体温煦。二人窃谋淫之。一人抱尸转侧，方将缓其结束[25]，忽脑如物击，口血暴注，顷刻已死。其一大惊，告众。众敬若神明焉。且以告郡。郡官问臣及礼，并言："不知。但妹亡去，已半载矣。"俾往验视，果三官。官奇之，判二兄领葬，敕豪家勿仇[26]。

异史氏曰："家有女豫让而不知[27]，则兄之为丈夫者可知矣。然三官之为人，即萧萧易水[28]，亦将羞而不流；况碌碌与世浮沉者耶[29]！愿天下闺中人，买丝绣之[30]，其功德当不减于奉壮缪也[31]。"

据《聊斋志异》铸雪斋抄本

------

〔1〕 故诸葛城：据作者写同一故事的俚曲《寒森曲》，谓是"山东济南府新泰县诸葛村"。然此称"故"诸葛城，疑指山东诸城县旧治。诸城原为春秋时鲁国诸邑，夏商时葛伯始居于此，其后裔支分，因称诸葛。
〔2〕 醉谑：醉后戏言。
〔3〕 出阁：原指公主出嫁；后通指女子出嫁。

〔4〕 参母：拜见三官之母。
〔5〕 从权：根据非常情况，变通行事。旧时父丧未满三年，子女不能成婚。婿家欲提前毕姻事，故曰"从权"。
〔6〕 吉礼：指婚礼。者：据二十四卷抄本补。
〔7〕 张再讼之本：作为再次向官府申诉的凭托。预为将来行事作准备，叫"张本"。
〔8〕 阎罗包老：指宋代包拯。包拯，字希仁，宋合肥人。官至枢密副使。知开封府时，严明廉正，时谚有云："关节不到，有阎罗包老。"意谓包拯像阎王那样铁面无私。见《宋史》列传七十五。
〔9〕 冥冥：暗地里。
〔10〕 优：优伶，即下文"优人"；旧时对乐舞、百戏从业艺人的通称。
〔11〕 平等：平常，一般。
〔12〕 韶秀：美好秀丽。好女：美女。
〔13〕 稔：熟悉。
〔14〕 所度曲：这里指所唱曲。创制曲词或按谱歌曲，通称度曲。俚谣：民间的通俗歌谣。
〔15〕 行觞：即"行酒"，为客人依次斟酒。
〔16〕 展笑：微笑；展颜为笑。
〔17〕 楗：门闩。
〔18〕 厅事：正厅。古代官员办公听讼的正房叫听事；后来私家堂屋也称听事，通常写作"厅事"。
〔19〕 旋踵：回步，转身。
〔20〕 排阖：打开关闭的房门。
〔21〕 堕：据二十四卷抄本，原作"随"。
〔22〕 内闼：内宅，指内眷。
〔23〕 素舄：服丧者所穿白鞋。
〔24〕 服凶：指穿有白鞋之类丧服。
〔25〕 缓其结束：解开她衣服上的带结。
〔26〕 敕：训诫。
〔27〕 女豫让：女刺客，指商三官。豫让，战国晋人，事智伯。智伯被赵襄子联合韩、魏所灭，豫让"漆身为厉，吞炭为哑"，自毁形貌为智伯报

仇。未果,遂伏剑自杀。见《史记·刺客列传》。
- [28] 萧萧易水:战国末,荆轲为燕太子丹行刺秦王。临行,太子丹祖送易水上,荆轲因作歌示志,曰:"风萧萧兮易水寒,壮士一去兮不复还!"及击秦王不中,被杀。见《战国策·燕策》、《史记·刺客列传》。此云"易水羞而不流",是说荆轲与商三官相较,也将自愧不如。
- [29] 碌碌与世浮沉者:指庸懦无为之辈。碌碌,平庸无能。与世浮沉,指随波逐流、无所作为的消极态度。
- [30] 买丝绣之:意谓绣制商三官之像,供奉起来,以示敬仰。
- [31] 壮缪(móu 牟):即关羽;蜀汉后主景耀三年追封为壮缪侯。封建时代称关羽为"关圣",立祠祀奉,颂其忠烈;明清两代尤盛。

于 江

乡民于江,父宿田间,为狼所食。江时年十六,得父遗履,悲恨欲死。夜俟母寝,潜持铁槌去[1],眠父所,冀报父仇。少间,一狼来,逡巡嗅之[2]。江不动。无何,摇尾扫其额,又渐俯首舐其股[3]。江迄不动。既而欢跃直前,将龁其领[4]。江急以锤击狼脑,立毙。起置草中。少间,又一狼来,如前状。又毙之[5]。以至中夜,杳无至者。忽小睡,梦父曰:"杀二物,足泄我恨。然首杀我者[6],其鼻白;此都非是。"江醒,坚卧以伺之。既明,无所复得。欲曳狼归,恐惊母,遂投诸眢井而归[7]。至夜复往,亦无至者。如此三四夜。忽一狼来,啮其足[8],曳之以行。行数步,棘刺肉,石伤肤。江若死者。狼乃置之地上,意将龁腹。江骤起锤之,仆;又连锤之,毙。细视之,真白鼻也。大喜,负之以归,始告母。母泣从去,探眢井,得二狼焉。

异史氏曰:"农家者流,乃有此英物耶[9]?义烈发于血诚[10],非直勇也[11],智亦异焉。"

据《聊斋志异》铸雪斋抄本

------

〔1〕 槌:同"锤"。
〔2〕 逡巡:迟疑徘徊。
〔3〕 舐(shì市):舔。

〔4〕 龁其领：咬于江的脖子。
〔5〕 又毙之：据二十四卷抄本，底本无"之"字。
〔6〕 首杀：领头杀害。
〔7〕 眢(yuān 渊)井：枯井。《左传·宣公十二年》："目于眢井而拯之。"注："废井也。"
〔8〕 啮(niè 聂)：啃。
〔9〕 英物：杰出的人才。
〔10〕 发于血诚：出于父子天性。血，血缘。诚，本心。
〔11〕 直：只，仅。

小 二

滕邑赵旺[1]，夫妻奉佛，不茹荤血，乡中有"善人"之目[2]。家称小有[3]。一女小二，绝慧美，赵珍爱之。年六岁，使与兄长春，并从师读，凡五年而熟五经焉。同窗丁生，字紫陌，长于女三岁，文采风流，颇相倾爱。私以意告母，求婚赵氏。赵期以女字大家[4]，故弗许。未几，赵惑于白莲教[5]；徐鸿儒既反[6]，一家俱陷为贼。小二知书善解，凡纸兵豆马之术[7]，一见辄精。小女子师事徐者六人，惟二称最，因得尽传其术。赵以女故，大得委任。

时丁年十八，游滕泮矣[8]，而不肯论婚，意不忘小二也。潜亡去，投徐麾下[9]。女见之喜，优礼逾于常格。女以徐高足，主军务；昼夜出入，父母不得闲[10]。丁每宵见，尝斥绝诸役，辄至三漏。丁私告曰："小生此来，卿知区区之意否[11]？"女云："不知。"丁曰："我非妄意攀龙[12]，所以故，实为卿耳。左道无济，止取灭亡。卿慧人，不念此乎？能从我亡，则寸心诚不负矣。"女怃然为间[13]，豁然梦觉[14]，曰："背亲而行，不义，请告。"二人入陈利害，赵不悟，曰："我师神人，岂有舛错[15]？"女知不可谏，乃易髻而髽[16]。出二纸鸢[17]，与丁各跨其一；鸢肃肃展翼[18]，似鹣鹣之鸟[19]，比翼而飞。质明[20]，抵莱芜界[21]。女以指拈鸢项，忽即敛堕。遂收鸢。更以双卫，驰至山阴里，托为避乱者，僦屋而居[22]。

二人草草出[23]，啬于装[24]，薪储不给[25]。丁甚忧之。假粟比舍[26]，莫肯贷以升斗。女无愁容，但质簪珥[27]。闭门静对，猜灯谜[28]，忆亡书[29]，以是角低昂；负者，骈二指击腕臂焉。西邻翁姓，绿林之雄也。一日，猎归[30]。女曰："'富以其邻'[31]，我何忧？暂假千金，其与我乎！"丁以为难。女曰："我将使彼乐输也[32]。"乃剪纸作判官状[33]，置地下，覆以鸡笼。然后握丁登榻，煮藏酒，检《周礼》为觞政[34]：任言是某册第几叶[35]，第几人，即共翻阅。其人得食旁、水旁、酉旁者饮，得酒部者倍之[36]。既而女适得"酒人[37]"，丁以巨觥引满促釂[38]。女乃祝曰："若借得金来，君当得饮部。"丁翻卷，得"鳖人[39]"。女大笑曰："事已谐矣！"滴沥授爵[40]。丁不服。女曰："君是水族，宜作鳖饮[41]。"方喧竞所，闻笼中戛戛。女起曰："至矣。"启笼验视，则布囊中有巨金，累累充溢。丁不胜愕喜。后翁家媪抱儿来戏，窃言："主人初归，篝灯夜坐。地忽暴裂，深不可底。一判官自内出，言：'我地府司隶也[42]。太山帝君会诸冥曹[43]，造暴客恶录[44]，须银灯千架，架计重十两；施百架，则消灭罪愆。'主人骇惧，焚香叩祷，奉以千金。判官荏苒而入[45]，地亦遂合。"夫妻听其言，故啧啧诧异之[46]。而从此渐购牛马，蓄厮婢，自营宅第。

里无赖子窥其富，纠诸不逞[47]，逾垣劫丁。丁夫妇始自梦中醒，则编营爇照[48]，寇集满屋。二人执丁；又一人探手女怀。女袒而起，戟指而呵曰[49]："止，止！"盗十三人，皆吐舌呆立，痴若木偶。女始着裤下榻，呼集家人，一一反接其臂[50]，逼令供吐明悉。乃责之曰:"远方人埋头涧谷[51],冀得相扶持;何不仁至此!缓急人所时有[52],窘急者不妨明告,我岂积殖自封者哉[53]?豺狼之行,本合尽诛;但吾所不忍,姑释去,再犯不宥!"诸盗叩谢而去。居无何,鸿儒就擒,赵夫妇妻子俱被夷诛。生赍金往赎长春之幼子以归。儿时三岁,养为己出,使从姓丁,名之承祧。于是里中人渐知为白莲教戚裔[54]。适蝗害稼,女以纸鸢数百翼放田中,蝗远避,不入其陇,以是得无恙。里人共嫉之,群首于官[55],以为鸿儒馀党。官瞰其富[56],肉视之[57],收丁。丁以重赂啖令,始得免。女曰:"货殖之来也苟[58],固宜有散亡。然蛇蝎之乡[59],不可久居。"因贱售其业而去之,止于益都之西鄙[60]。

女为人灵巧,善居积,经纪过于男子。常开琉璃厂[61],每进工人而指点之[62],一切棋灯,其奇式幻采,诸肆莫能及,以故直昂得速售。居数年,财益称雄。而女督课婢仆严[63],食指数百无冗口[64]。暇辄与丁烹茗着棋,或观书史为乐。钱谷出入,以及婢仆业,凡五日一课;女自持筹,丁为之点籍唱名数焉[65]。勤者赏赉有差,惰者鞭挞罚膝立[66]。是日,给假不夜作,夫妻设肴酒,呼婢辈度俚曲为笑[67]。女明察如神,人无敢欺。而赏辄浮于其劳,故事易办。村中二百馀家,凡贫者俱量给资本,乡以此无游惰。值大旱,女令村人设坛于野,乘舆野出,禹步作法[68],甘霖倾注,五里内悉获霑足。人益神之。女出未尝障面[69],村人皆见之。或少年群居,私议其美;及觌面逢之[70],俱肃肃无敢仰视者[71]。每秋日,村中童子不能耕作者,授以钱,使采茶蓟[72],几二十年,积满楼屋。人窃非笑之。会山左大饥〔73〕,人相食;女乃出菜,杂粟赡饥者,近村赖以全活,无逃亡焉。

异史氏曰:"二所为,殆天授,非人力也〔74〕。然非一言之悟,骈死已久〔75〕。由是观之,世怀非常之才,而误入匪僻以死者〔76〕,当亦不少。焉知同学六人〔77〕,遂无其人乎?使人恨不遇丁生耳〔78〕。"

据《聊斋志异》铸雪斋抄本

----

〔1〕 滕邑:滕县,明清时属山东兖州府。
〔2〕 有"善人"之目:有"善人"的名声。目,称。
〔3〕 小有:小有资产;小康。
〔4〕 字:论婚。
〔5〕 白莲教:流行于元、明、清三代的民间宗教,起源于佛教净土宗一派的白莲宗。元明接受其他宗教影响,由崇奉弥勒佛转而奉无生老母为创世主,称白莲教。元代后期至明清,屡遭严禁,而教派林立,流传很广,常被用来发动农民起义。如元末刘福通、徐寿辉领导的红巾起义,明末徐鸿儒起义,都是由白莲教发动的。
〔6〕 徐鸿儒:山东巨野人,明代后期农民起义领袖。天启二年,联合景州于宏志,曹州张世佩,艾山刘永明等起义,攻下巨野、邹县、滕县等地,切断漕河粮道。后遭镇压,被俘牺牲。
〔7〕 纸兵豆马:剪纸为兵,撒豆成马。旧小说和民间故事中常讲到这类法术。
〔8〕 游滕泮:为滕县县学生员。明清在家塾读书的学童经过学政考选,进入府、州、县各级官学读书,称"游泮",也就是成了生员或秀才。泮,泮宫,周代的地方官学。
〔9〕 麾(huī 徽)下:将旗之下;犹言军中。
〔10〕 闲:同"间",参预。
〔11〕 区区之意:犹言愚意、私衷。区区,自称的谦词。

〔12〕 攀龙：意谓投奔徐鸿儒军，参加造反，希图成功后博取富贵。语见《汉书·叙传》等。
〔13〕 怃(wǔ午)然为间：茫然自失，停顿不语。怃然，怅惘失志的样子。间，间歇，停顿。
〔14〕 豁然梦觉：豁然领悟，如梦初醒。
〔15〕 舛(chuǎn喘)错：谬误，差错。
〔16〕 易髫(tiáo条)而髻：把少女的披发挽成妇人发髻。表示已经出嫁。髫，童年男女披垂的头发。
〔17〕 纸鸢：有时作为风筝的通称，此特指鹞鹰形状的纸鸟。鸢，鹞鹰，又名鹞子。
〔18〕 肃肃：风声。
〔19〕 鹣鹣(jiān jiān兼兼)：即鹣鸟、比翼鸟。《尔雅·释地》："南方有比翼鸟焉，不比不飞，其名谓之鹣鹣。"
〔20〕 质明：天色刚亮。质，正。
〔21〕 莱芜：县名。在滕县东北，相距四百馀里。
〔22〕 僦屋：赁房。
〔23〕 草草：仓卒，匆匆。
〔24〕 啬于装：指带的东西不多。啬，俭薄。装，行装。
〔25〕 薪储不给：犹言生活日用不足。薪储，柴米之类生活储备。不给，不足。
〔26〕 假粟比舍：向邻居借粮。此从青本；比，底本作北。
〔27〕 质簪珥：典当发簪、耳坠之类首饰。质，抵押。
〔28〕 灯谜：把谜语贴在花灯上，供人猜测，叫灯谜。
〔29〕 亡书：此指读过而今已失落或不在手边的书籍。亡，遗失。
〔30〕 猎归：这里指劫掠财物归来。
〔31〕 "富以其邻"：意谓因邻人而致富。《易·小畜》九五爻辞："有孚挛如，富以其邻。"
〔32〕 乐输：自愿拿出。输，捐输。
〔33〕 判官：佛教传说阎罗王属下有十八判官，分管十八地狱。民间传说判官是替阎王及其他神祇管理文案的官员。
〔34〕 检《周礼》为觞政：意谓翻阅《周礼》的字句，据以定罚酒之数。《周

礼》,书名,原名《周官》,封建时代列为经书。觞政,犹言酒令。
- 〔35〕 任言:随便说出。
- 〔36〕 "其人"二句:意谓翻得《周礼》以"食"、"水"、"酉"为偏旁之字者,罚饮酒;翻得"酒"部之文者,加倍罚饮。按,《周礼》有关部分,集中记载了负责周王朝饮食祀享的官吏奴仆及各类饮食的名称,所以符合上述情况的文字不少,较易检得。
- 〔37〕 "酒人":《周礼》篇名。《周礼·天官·酒人》:"酒人掌为五齐三酒,祭祀则供奉之。"
- 〔38〕 巨觥(gōng 工):大酒杯。引满:斟满酒杯。促釂:催对方干杯。
- 〔39〕 "鳖人":《周礼·天官》篇名。
- 〔40〕 滴沥:此从青本,底本作滴洒。形容倾壶斟酒。
- 〔41〕 鳖饮:宋石曼卿狂纵,每与客痛饮,以藁束身,引首出饮,饮毕复就束,谓之鳖饮。见沈括《梦溪笔谈·人事》。此句系由"鳖人"而及"鳖饮"故实。按"鳖人"非属食旁、水旁、酉旁及酒部之文,故小二罚丁酒而"丁不服"。
- 〔42〕 司隶:古代负责督捕盗贼之事的官吏。
- 〔43〕 太山帝君:泰山神,即东岳天齐大帝,传说是阴司众神的领袖。
- 〔44〕 暴客:指强盗之类犯有暴行的人。恶篆:罪行簿。底本误为"恶绿",此从二十四卷抄本。
- 〔45〕 荏苒:舒缓,从容。
- 〔46〕 啧啧(zē zē 则则):惊叹声。
- 〔47〕 不逞:不逞之徒,即为非作歹的人。
- 〔48〕 编菅(jiān 间):本指用茅草编的草苫。见《左传·昭公二十七年》:"或取一编菅焉"注。此犹"束茅",即火把。
- 〔49〕 戟指:用食指、中指指点,其形如戟,行法术时的手势。
- 〔50〕 反接其臂:双臂交叉绑在背后。
- 〔51〕 埋头:犹言隐居。
- 〔52〕 缓急:复词偏义,意为窘困、急需。
- 〔53〕 积殖自封:积财自富。殖,孳生利息。封,富厚。
- 〔54〕 戚裔:亲属和后代。
- 〔55〕 群首(shòu 受)于官:结伙向官府告发。首,告发罪行。

[56] 瞰(kàn 看):俯视。这里是垂意、窥知的意思。
[57] 肉视之:视丁生夫妇如俎上鱼肉。
[58] 苟:苟且,不正当。
[59] 蛇蝎:喻人情险恶。
[60] 益都:县名,属山东省。在莱芜县东北,明清属青州。西鄙,犹言西乡。
[61] 琉璃厂:烧制琉璃器皿的工厂。琉璃,用粘土、长石、石青等为原料而烧制的器皿,如琉璃砖、瓦等。
[62] 进:传唤。
[63] 督课:监督考查。课,考课。
[64] 食指数百无冗口:几十个人吃饭,却无闲人。食指,借指人口。一人十指,为一口。冗(rǒng 茸),多馀、闲散。
[65] 点籍唱名数:检查账本和登记簿,报出收支以及仆婢作业的名称和数量。点,按验。
[66] 罚膝立:犹言罚跪。
[67] 度俚曲:唱地方俗曲。
[68] 禹步:巫师、道士作法时的一种步法,一足后拖,如跛足状。据传禹治洪水时因患"偏枯之病"以致如此行步,而为后世俗巫所效法。详《尸子·广泽》、扬雄《法言·重黎》晋李轨注。
[69] 障面:旧时青年妇女外出常以黑纱遮面。
[70] 觌(dí 敌)面:对面相见。
[71] 肃肃:恭敬貌。《诗·大雅·思齐》:"雍雍在宫,肃肃在庙。"传:"肃肃,敬也。"
[72] 荼蓟:两种荒年代食的野菜。荼,即苦菜。蓟,一种多年生草本植物,分大蓟、小蓟两种。
[73] 山左:旧称山东省为山左,因在太行山之左,故云。
[74] 殆天授,非人力:意思是,小二一生不平凡的经历和作为是天赋使然,非后天学习可致。《史记·淮阴侯列传》韩信语:"且陛下所谓天授,非人力也。"
[75] 骈死:与白莲教中同伙,一起被杀。韩愈《杂说》四曾说,千里马如果不得其遇,也会"骈死于槽枥之间,不以千里称"。

〔76〕误入匪僻：底本无"入"字，参二十四卷抄本校补。谓误与邪僻之人为伍，误入歧途。匪僻，邪僻。
〔77〕同学六人：指上文"小女子师事徐者六人"。
〔78〕不遇丁生：此从青柯亭刻本，底本作"不为丁生"。

庚　娘

金大用,中州旧家子也[1]。聘尤太守女[2],字庚娘,丽而贤。逑好甚敦[3]。以流寇之乱[4],家人离遏[5]。金携家南窜。途遇少年,亦偕妻以逃者,自言广陵王十八[6],愿为前驱[7]。金喜,行止与俱。至河上,女隐告金曰:"勿与少年同舟。彼屡顾我,目动而色变[8],中叵测也[9]。"金诺之。王殷勤觅巨舟,代金运装,劬劳臻至[10]。金不忍却。又念其携有少妇,应亦无他。妇与庚娘同居,意度亦颇温婉。王坐舡头上[11],与橹人倾语,似甚熟识戚好。未几,日落,水程迢递[12],漫漫不辨南北[13]。金四顾幽险,颇涉疑怪。顷之,皎月初升,见弥望皆芦苇[14]。既泊,王邀金父子出户一豁[15],乃乘间挤金入水[16]。金有老父,见之欲号。舟人以篙筑之[17],亦溺。生母闻声出窥,又筑溺之。王始喊救。母出时,庚娘在后,已微窥之[18]。既闻一家尽溺,即亦不惊,但哭曰:"翁姑俱没,我安适归[19]!"王入劝:"娘子勿忧,请从我至金陵。家中田庐,颇足赡给,保无虞也[20]。"女收涕曰:"得如此,愿亦足矣。"王大悦,给奉良殷。既暮,曳女求欢。女托体姅[21],王乃就妇宿。初更既尽,夫妇喧竞[22],不知何由。但闻妇曰:"若所为[23],雷霆恐碎汝颅矣!"王乃挞妇[24]。妇呼云:"便死休!诚不愿为杀人贼妇!"王吼怒,捽妇出。便闻骨董一声[25],遂哗言妇溺矣。

未几,抵金陵,导庚娘至家,登堂见媪。媪讶非故妇。王言:"妇堕水死,新娶此耳。"归房,又欲犯。庚娘笑曰:"三十许男子,尚未经人道耶[26]?市儿初合卺,亦须一杯薄浆酒;汝家沃饶[27],当即不难。清醒相对,是何体段[28]?"王喜,具酒对酌。庚娘执爵,劝酬殷恳。王渐醉,辞不饮。庚娘引巨碗,强媚劝之。王不忍拒,又饮之。于是酣醉,裸脱促寝。庚娘撤器烛,托言溲溺;出房,以刀入,暗中以手索王项,王犹捉臂作昵声。庚娘力切之,不死,号而起;又挥之,始殪[29]。媪仿佛有闻,趋问之,女亦杀之。王弟十九觉焉。庚娘知不免,急自刎;刀钝铗不可入[30],启户而奔。十九逐之,已投池中矣;呼告居人,救之已死,色丽如生。共验王尸,见窗上一函,开视,则女备述其冤状。群以为烈,谋敛资作殡[31]。天明,集视者数千人;见其容,皆朝拜之。终日间,得金百,于是葬诸南郊。好事者为之珠冠袍服,瘗藏丰满焉[32]。

初,金生之溺也,浮片板上,得不死。将晓,至淮上,为小舟所救。舟盖富民尹翁专设以拯溺者。金既苏,诣翁申谢。翁优厚之,留教其子。金以不知亲耗,将往探访,故不决。俄白:"捞得死叟及媪。"金疑是父母[33],奔验果然。翁代营棺木。生方哀恸,又白:"拯一溺妇,自言金生其夫。"生挥涕惊出[34],女子已至,殊非庚娘,乃十八妇也。向金大哭,请勿相弃。金曰:"我方寸已乱[35],何暇谋人?"妇益悲。尹审其故,喜为天报,劝金纳妇。金以居丧为辞[36],"且将复仇,惧细弱作累[37]。"妇曰:"如君言,脱庚娘犹在,将以报仇居丧去之耶?"翁以其言善,请暂代收养,金乃许之。卜葬翁媪,妇缞绖哭泣[38]，如丧翁姑。既葬，金怀刃托钵，将赴广陵[39]。妇止之曰："妾唐氏，祖居金陵，与豺子同乡，前言广陵者，诈也。且江湖水寇，半伊同党，仇不能复，只取祸耳。"金徘徊不知所谋。忽传女子诛仇事，洋溢河渠，姓名甚悉[40]。金闻之一快，然益悲。辞妇曰："幸不污辱。家有烈妇如此，何忍负心再娶？"妇以业有成说[41]，不肯中离，愿自居于媵妾。会有副将军袁公[42]，与尹有旧，适将西发，过尹；见生，大相知爱，请为记室[43]。无何，流寇犯顺[44]，袁有大勋[45]；金以参机务[46]，叙劳[47]，授游击以归[48]。夫妇始成合卺之礼。居数日，携妇诣金陵，将以展庚娘之墓[49]。暂过镇江，欲登金山[50]。漾舟中流，欸一艇过，中有一妪及少妇，怪少妇颇类庚娘。舟疾过，妇自窗中窥金，神情益肖。惊疑不敢追问，急呼曰："看群鸭儿飞上天耶[51]！"少妇闻之，亦呼云："馋猧儿欲吃猫子腥耶[52]！"盖当年闺中之隐谑也[53]。金大惊，反棹近之，真庚娘。青衣扶过舟[54]，相抱哀哭，伤感行旅。唐氏以嫡礼见庚娘[55]。庚娘惊问，金始备述其由。庚娘执手曰："同舟一话，心常不忘，不图吴越一家矣[56]。蒙代葬翁姑，所当首谢，何以此礼相向？"乃以齿序，唐少庚娘一岁，妹之。

先是，庚娘既葬，自不知历几春秋。忽一人呼曰："庚娘，汝夫不死，尚当重圆。"遂如梦醒。扪之，四面皆壁，始悟身死已葬。只觉闷闷，亦无所苦。有恶少窥其葬具丰美，发冢破棺，方将搜括，见庚娘犹活，相共骇惧。庚娘恐其害己，哀之曰："幸汝辈来，使我得睹天日。头上簪珥，悉将去。愿鬻我为尼，更可少得直。我亦不泄也。"盗稽首曰:"娘子贞烈,神人共钦。小人辈不过贫乏无计,作此不仁。但无漏言,幸矣,何敢鬻作尼!"庚娘曰:"此我自乐之。"又一盗曰:"镇江耿夫人,寡而无子,若见娘子,必大喜。"庚娘谢之。自拔珠饰,悉付盗。盗不敢受;固与之,乃共拜受。遂载去,至耿夫人家,托言舡风所迷[57]。耿夫人,巨家,寡媪自度[58]。见庚娘大喜,以为己出[59]。适母子自金山归也。庚娘缅述其故[60]。金乃登舟拜母,母款之若婿。邀至家,留数日始归。后往来不绝焉。

异史氏曰:"大变当前,淫者生之,贞者死焉。生者裂人眦[61],死者雪人涕耳[62]。至如谈笑不惊,手刃仇雠,千古烈丈夫中,岂多匹俦哉[63]!谁谓女子,遂不可比踪彦云也[64]?"

据《聊斋志异》铸雪斋抄本

------

〔1〕 中州:指河南省。河南省为古豫州地,地处九州中央,故称中州。
〔2〕 太守:明清对知州、知府的俗称。
〔3〕 逑好甚敦:夫妻感情很深。《诗·周南·关雎》:"窈窕淑女,君子好逑。"逑,匹偶。敦,笃厚。
〔4〕 流寇之乱:指明末李自成义军由陕入豫。时间约在崇祯前期至中期。
〔5〕 离逖(tì惕):亦作"离逷"。谓远离故土。《书·多方》:"我则致天之罚,离逖尔土。"
〔6〕 广陵:江苏扬州旧称广陵郡,明清为扬州府,府治在今扬州市。
〔7〕 前驱:领路,向导。
〔8〕 目动而色变:眼睛贼溜溜的,神色不正常。
〔9〕 中叵(pǒ坡上声)测:谓内心阴险。叵,不可。
〔10〕 劬(qú渠)劳:勤劳,劳苦。臻至:周到。

〔11〕 舡（xiāng 箱）：船。
〔12〕 水程迢递：水路遥远。意思是看不到可以停泊的处所。迢递，远貌。
〔13〕 漫漫：旷远无际的样子，形容水面广阔。
〔14〕 弥望：犹言极望，满眼。
〔15〕 一豁：犹言一豁心目；谓望远散心。
〔16〕 乘间：乘隙，趁机。
〔17〕 筑：捣，撞击。
〔18〕 微：悄悄，隐约。
〔19〕 我安适归：我到哪里归宿？
〔20〕 无虞：不用发愁。虞，忧虑。
〔21〕 体姅（bàn 半）：正值月经期内。《说文》："姅，妇人污也。从女，半声。"
〔22〕 喧竞：争吵。
〔23〕 若：汝，你。
〔24〕 挝（zhuā 抓）：打。
〔25〕 骨董：同"咕咚"，此言落水声。
〔26〕 人道：指男女交合之事。见《诗·大雅·生民》笺、疏。
〔27〕 沃饶：殷富。
〔28〕 体段：体统。
〔29〕 殪（yì义）：死。
〔30〕 钝铁（jué决）：刃不锋利叫钝，刃卷缺叫铁。
〔31〕 作殡：治丧。
〔32〕 瘗藏（zàng葬）：陪葬物品。
〔33〕 金疑是父母：此从二十四卷抄本，底本无"母"字。
〔34〕 挥涕：擦干眼泪。
〔35〕 方寸已乱：心绪已乱。方寸，心。详本卷《鲁公女》注。
〔36〕 居丧：服丧。父母死，子女服丧三年。
〔37〕 细弱：妇孺家小。
〔38〕 缞绖（cuī dié 崔迭）：丧服之一种，俗称披麻带孝，服三年丧者用之。缞，披于胸前的麻布条。绖，结在头上或腰间的麻布带。

[39] 赴:据二十四卷抄本,底本作"越"。
[40] 姓名甚悉:姓什么叫什么都传说得详细明白。悉,周详。
[41] 业有成说:已经把夫妻关系说定。
[42] 副将军:副总兵。详本卷《夜叉国》注。
[43] 记室:官名。东汉置,掌章表书记文檄,元后废。这里借指副将属下同一职掌的幕僚。
[44] 犯顺:以逆犯顺,指作乱造反。
[45] 大勋:大功。《史记·高祖功臣侯者年表》:"古者人臣,功有五等,以德立宗庙、定社稷曰勋。"
[46] 参机务:指参赞军务。机务,军事机密。
[47] 叙劳:按劳绩除授升赏。此言得官。
[48] 游击:武官名。详《夜叉国》注。
[49] 展墓:扫墓。展,省视。
[50] 金山:山名。在镇江西北。旧在长江中,后积沙成陆,遂与南岸相连。古有多名,唐时裴头陀于江边获金,故改名金山。
[51] 群鸭儿飞上天:据下文,这是"当年闺中隐谑"。其意未详。北朝乐府《紫骝马歌辞》云:"烧火烧野田,野鸭飞上天,童男娶寡妇,壮女笑杀人。"此隐谑或有取于此,就世乱漂泊和"娶寡妇"言,似具有谶语意味。又,鸭栖丛芦,决起直上,则此隐谑颇有狎亵意味。
[52] 馋猧儿欲吃猫子腥耶:馋狗想吃猫吃剩的鱼了吧?喻贪馋、渴望。今喻人嘴馋有"馋狗舔猫碗"的俗谚,或与此略近。猧(wō 窝),犬。腥,生鱼。
[53] 闺中隐谑:闺房内夫妻开玩笑的隐语。隐,隐语,不直述本意而借他辞暗示。《文心雕龙·谐隐》:"谲,隐也。遁辞以隐意,谲譬以指事。"
[54] 青衣:侍女。
[55] 以嫡礼见庚娘:用见正妻之礼,拜见庚娘。
[56] 吴越一家:敌对双方成为一家人。吴、越,春秋时诸侯名,两国数世敌对交战,故后世称敌对的双方为吴越。
[57] 舡风所迷:意思是乘船遇风迷路,故而投奔。
[58] 寡媪自度:老寡妇一人,独自过活。

〔59〕 以为己出:把庚娘当作亲生女儿。

〔60〕 缅述:追述。

〔61〕 裂人眦:把人恨得眼眶瞪裂;意谓极度痛愤。眦,目眶。

〔62〕 雪人涕:使人挥泪悲伤。雪,擦、拭。

〔63〕 匹俦:匹敌,并列。

〔64〕 比踪彦云:意思是女子亦可同英烈男子并驾齐驱。《世说新语·贤媛》:三国魏"王公渊娶诸葛诞女。入室,言语始交,王谓新妇曰:'新妇神色卑下,殊不似公休。'妇曰:'大丈夫不能仿佛彦云,而令妇人比踪英杰。'"女父诸葛诞字公休。王公渊之父王凌,字彦云,曹魏末,以反对司马氏专权被杀。比踪,并驾,行事相类。

宫梦弼

柳芳华,保定人[1]。财雄一乡[2],慷慨好客,座上常百人。急人之急,千金不靳[3]。宾友假贷常不还[4]。惟一客宫梦弼,陕人,生平无所乞请。每至,辄经岁。词旨清洒[5],柳与寝处时最多。柳子名和,时总角[6],叔之[7]。宫亦喜与和戏。每和自塾归,辄与发贴地砖[8],埋石子,伪作埋金为笑。屋五架,掘藏几遍。众笑其行稚[9],而和独悦爱之,尤较诸客昵[10]。后十馀年,家渐虚,不能供多客之求,于是客渐稀;然十数人彻宵谈谶[11],犹是常也。年既暮[12],日益落,尚割亩得直[13],以备鸡黍[14]。和亦挥霍,学父结小友,柳不之禁。无何,柳病卒,至无以治凶具[15]。宫乃自出囊金,为柳经纪[16]。和益德之[17]。事无大小,悉委宫叔。宫时自外入,必袖瓦砾,至室则抛掷暗陬[18],更不解其何意。和每对宫忧贫。宫曰:"子不知作苦之难[19]。无论无金;即授汝千金,可立尽也。男子患不自立,何患贫?"一日,辞欲归。和泣嘱速返,宫诺之,遂去。和贫不自给,典质渐空[20]。日望宫至,以为经理[21],而宫灭迹匿影,去如黄鹤矣[22]。

先是,柳生时,为和论亲于无极黄氏[23],素封也[24]。后闻柳贫,阴有悔心。柳卒,讣告之[25],即亦不吊;犹以道远曲原之[26]。和服除[27],母遣自诣岳所,定婚期,冀黄怜顾。比至,黄闻其衣履穿敝[28]，斥门者不纳[29]。寄语云[30]："归谋百金，可复来；不然，请自此绝。"和闻言痛哭。对门刘媪，怜而进之食，赠钱三百[31]，慰令归。母亦哀愤无策。因念旧客负欠者十常八九，俾诣富贵者求助焉[32]。和曰："昔之交我者，为我财耳。使儿驷马高车，假千金，亦即匪难。如此景象，谁犹念曩恩、忆故好耶？且父与人金资，曾无契保[33]，责负亦难凭也[34]。"母固强之。和从教。凡二十馀日，不能致一文；惟优人李四，旧受恩恤，闻其事[35]，义赠一金。母子痛哭，自此绝望矣。

黄女年已及笄，闻父绝和，窃不直之[36]。黄欲女别适。女泣曰："柳郎非生而贫者也。使富倍他日，岂仇我者所能夺乎？今贫而弃之，不仁！"黄不悦，曲谕百端[37]。女终不摇。翁妪并怒，旦夕唾骂之，女亦安焉。无何，夜遭寇劫，黄夫妇炮烙几死[38]，家中席卷一空。荏苒三载[39]，家益零替。有西贾闻女美[40]，愿以五十金致聘。黄利而许之，将强夺其志。女察知其谋，毁装涂面，乘夜遁去。丐食于途，阅两月，始达保定，访和居址，直造其家。母以为乞人妇，故咄之。女呜咽自陈。母把手泣曰："儿何形骸至此耶！"女又惨然而告以故。母子俱哭。便为盥沐，颜色光泽，眉目焕映。母子俱喜。然家三口，日仅一餐。母泣曰："吾母子固应尔；所怜者，负吾贤妇！"女笑慰之曰："新妇在乞人中，稔其况味，今日视之，觉有天堂地狱之别。"母为解颐[41]。

女一日入闲舍中，见断草丛丛，无隙地；渐入内室，尘埃积中，暗陬有物堆积，蹴之连足[42]，拾视皆朱提[43]。惊走告和。和同往验视,则宫往日所抛瓦砾,尽为白金[44]。因念儿时常与瘗石室中,得毋皆金?而故第已典于东家[45]。急赎归。断砖残缺,所藏石子俨然露焉,颇觉失望;及发他砖,则灿灿皆白锃也。顷刻间,数巨万矣[46]。由是赎田产,市奴仆,门庭华好过昔日。因自奋曰:"若不自立,负我宫叔!"刻志下帷[47],三年中乡选。乃躬赍白金[48],往酬刘媪。鲜衣射目;仆十馀辈,皆骑怒马如龙。媪仅一屋,和便坐榻上。人哗马腾,充溢里巷。黄翁自女失亡,西贾逼退聘财,业已耗去殆半,售居宅,始得偿。以故困窭如和曩日。闻旧婿烜耀[49],闭户自伤而已。媪沽酒备馔款和,因述女贤,且惜女遁。问和:"娶否?"和曰:"娶矣。"食已,强媪往视新妇,载与俱归。至家,女华妆出,群婢簇拥若仙。相见大骇,遂叙往旧,殷问父母起居。居数日,款洽优厚[50],制好衣,上下一新,始送令返。

媪诣黄许,报女耗[51],兼致存问[52]。夫妇大惊。媪劝往投女,黄有难色。既而冻馁难堪,不得已如保定。既到门,见闬闳峻丽[53],阍人怒目张,终日不得通[54]。一妇人出,黄温色卑词[55],告以姓氏,求暗达女知。少间,妇出,导入耳舍[56],曰:"娘子极欲一觐[57];然恐郎君知,尚候隙也。翁几时来此?得毋饥否?"黄因诉所苦。妇人以酒一盛、馔二簋[58],出置黄前。又赠五金,曰:"郎君宴房中,娘子恐不得来。明旦,宜早去,勿为郎闻。"黄诺之。早起趣装[59],则管钥未启,止于门中,坐襆囊以待[60]。忽哗主人出。黄将敛避[61],和已睹之,怪问谁何,家人悉无以应。和怒曰:"是必奸宄[62]!可执赴有司。"众应声,出短绠,绷系树间。黄惭惧不知置词。未几,昨夕妇出,跪曰:"是某舅氏[63]。以前夕来晚,故未告主人。"和命释缚。妇送出门,曰:"忘嘱门者,遂致参差[64]。娘子言:相思时,可使老夫人伪为卖花者,同刘媪来。"黄诺,归述于妪。妪念女若渴,以告刘媪,媪果与俱至和家。凡启十馀关,始达女所。女着帔顶髻[65],珠翠绮纨,散香气扑人;嘤咛一声[66],大小婢媪,奔入满侧。移金椅床[67],置双夹膝[68]。慧婢瀹茗[69];各以隐语道寒暄[70],相视泪荧。至晚,除室安二媪;裯褥温奭,并昔年富时所未经。居三五日,女义殷渥。媪辄引空处,泣白前非。女曰:"我子母有何过不忘[71]?但郎忿不解,妨他闻也。"每和至,便走匿。一日,方促膝[72],和遽入,见之,怒诟曰:"何物村妪[73],敢引身与娘子接坐!宜撮鬓毛令尽!"刘媪急进曰:"此老身瓜葛[74],王嫂卖花者。幸勿罪责。"和乃上手谢过[75]。即坐曰:"姥来数日,我大忙,未得展叙[76]。黄家老畜产尚在否[77]?"笑云:"都佳。但是贫不可过。官人大富贵,何不一念翁婿情也?"和击桌曰:"曩年非姥怜,赐一瓯粥,更何得旋乡土!今欲得而寝处之[78],何念焉!"言至忿际,辄顿足起骂。女恚曰:"彼即不仁,是我父母。我迢迢远来,手皴瘃[79],足趾皆穿,亦自谓无负郎君。何乃对子骂父,使人难堪?"和始敛怒,起身去。

黄妪愧丧无色,辞欲归。女以二十金私付之。既归,旷绝音问,女深以为念。和乃遣人招之。夫妻至,惭怍无以自容。和谢曰:"旧岁辱临,又不明告,遂是开罪良多。"黄但唯唯。和为更易衣履。留月馀,黄心终不自安,数告归。和遗白金百两[80],曰:"西贾五十金,我今倍之。"黄汗颜受之[81]。和以舆马送还,暮岁称小丰焉[82]。

异史氏曰:"雍门泣后[83],珠履杳然,令人愤气杜门,不欲复交一客。然良朋葬骨,化石成金,不可谓非慷慨好客之报也。闺中人坐享高奉[84],俨然如嫔嫱[85],非贞异如黄卿[86],孰克当此而无愧者乎[87]?造物之不妄降福泽也如是。"

乡有富者,居积取盈[88],搜算入骨[89]。窖镪数百,惟恐人知,故衣败絮、啖糠秕以示贫[90]。亲友偶来,亦曾无作鸡黍之事。或言其家不贫,便瞋目作怒[91],其仇如不共戴天[92]。暮年,日餐榆屑一升[93],臂上皮摺垂一寸长,而所窖终不肯发。后渐尪羸[94]。濒死,两子环问之,犹未遽告;迨觉果危急,欲告子,子至,已舌蹇不能声[95],惟爬抓心头,呵呵而已。死后,子孙不能具棺木,遂藁葬焉。呜呼!若窖金而以为富,则大帑数千万[96],何不可指为我有哉?愚已!

据《聊斋志异》铸雪斋抄本

------

〔1〕 保定:明清府名,治所在今河北省保定市。
〔2〕 雄:称雄,数第一。
〔3〕 靳:吝惜。
〔4〕 假贷:借贷。常:此从二十四卷抄本,底本作"尝"。
〔5〕 词旨:词意,指言谈意趣。清洒:清雅、洒脱,谓不落俗套。
〔6〕 总角:指儿童时代。古代男女十五岁前于头顶两旁束发为两结,称总角。角,小髻。
〔7〕 叔之:称宫为叔父。
〔8〕 发贴地砖:揭开房内铺地的砖。

〔9〕 行稚：作事带孩子气。
〔10〕 昵：亲热。
〔11〕 谈讌：设宴聚谈。曹操《短歌行》："契阔谈讌，心念旧恩。"
〔12〕 年既暮：到了晚年。
〔13〕 割亩得直：卖田得钱。直，通"值"。
〔14〕 备鸡黍：筹措好饭菜；谓殷勤待客。《论语·微子》："止子路宿，杀鸡为黍而食之。"
〔15〕 凶具：指棺材。
〔16〕 经纪：经营料理。《三国志·魏志·朱建平传》："初，颍川许攸、锺繇相与亲善，攸早亡，子幼，繇经纪其门户。"
〔17〕 德之：感激他。
〔18〕 暗陬：室内暗角。陬，隅，角落。
〔19〕 作苦：作业劳苦。
〔20〕 典质：典当。
〔21〕 经理：义同经纪。
〔22〕 去如黄鹤：谓一去不回。唐崔颢《黄鹤楼》诗："黄鹤一去不复返。"
〔23〕 无极：县名。明清属直隶正定府，即今河北省无极县。
〔24〕 素封：富户，财主。
〔25〕 讣（fù 赴）：讣文，报丧书。
〔26〕 曲原之：曲意原谅他。
〔27〕 服除：服丧期满。旧制：父母死，子女穿孝服三年，称服丧。期满脱去丧服，称除服、满服。
〔28〕 衣履穿敝：衣敝履穿，谓衣服破损，鞋子磨穿。
〔29〕 斥门者不纳：令守门人不让进门。斥，严词告诫。
〔30〕 寄语：传话，转告。
〔31〕 三百：三百文铜钱。
〔32〕 俾诣富贵者求助焉：此从二十四卷抄本，底本无"诣"字。
〔33〕 曾无契保：从来没有立借契、找保人。曾，从来、一向。
〔34〕 责负：讨债。责，谓索求、讨取。负，负欠、债务。
〔35〕 闻其事：此从青本，底本无"事"字。
〔36〕 窃不直之：内心认为父亲无理。直，合理。

〔37〕 曲谕：婉言劝说。
〔38〕 炮烙：本是殷纣王所用的一种酷刑，详《李伯言》注。这里指寇盗所用的烧灼之刑。
〔39〕 荏苒：形容时间推移、渐进。晋张华《励志诗》："日与月与，荏苒代谢。"
〔40〕 西贾（gǔ 古）：西路商人。
〔41〕 解颐：露出笑容。
〔42〕 迕足：碰脚，碍脚。
〔43〕 朱提（shí 时）：据《汉书·食货志》及《地理志》，朱提本山名，在今云南昭通县境，山出佳银，名朱提银，其值较他银为重。后遂以朱提为佳银的代称。
〔44〕 白金：白银。下文"白镪"，义同。
〔45〕 故第：此从二十四卷抄本，底本作"故地"。东家：东邻。
〔46〕 巨万：万万。形容极大数目。《史记·司马相如传》："治道二岁，道不成，士卒多物故，费以巨万计。"索隐："巨万犹万万也。"
〔47〕 刻志：刻苦励志。下帷：放下书室帘幕；指专心苦读。
〔48〕 躬赍（jī 基）：亲自携带。
〔49〕 烜耀：光彩显赫。
〔50〕 款洽：犹款接；指款待和赠予。款，款待。洽，霑濡；指赇赠。
〔51〕 耗：音耗，消息。
〔52〕 存问：问候，慰问。
〔53〕 闬闳（hàn hóng 汗宏）峻丽：宅门高大华美。闬闳，里门，即临街之院门。《左传·襄公三十一年》："高其闬闳，厚其墙垣，以无忧客使。"闳，据青柯亭刻本，底本作"门"。
〔54〕 通：通禀主人。
〔55〕 温色卑词：面色温和，措辞谦卑。
〔56〕 耳舍：正屋（堂屋）两旁的小屋，如人面之两耳，通称耳房。
〔57〕 觐：拜会。相见的敬辞。
〔58〕 酒一盛（chéng 成），馔二簋（guǐ 轨）：犹言酒一壶，饭菜两盘。形容接待俭薄。盛和簋是古代容器的名称，这里指盛饭菜的器皿。
〔59〕 趣（cù 促）装：促装。趣，通"促"。

[60] 襆（fù 付）囊：盛衣物的包裹。
[61] 敛避：抽身躲避。敛，敛迹。
[62] 奸宄（guǐ 轨）：歹徒。《国语·晋语》："乱在内为宄，在外为奸。"
[63] 舅氏：舅父。某：仆妇自称。
[64] 参差（cēn cī 岑阴平疵）：差池，闪失。
[65] 着帔（pèi 佩）顶髻：身着彩帔，头挽高髻。帔，豪门富室的便服，绣有团花，女帔长仅及膝。着帔挽髻，表示已婚富贵之家，就黄母眼中看来，与在家时妆扮迥然不同。
[66] 嘤咛：娇语声；指细声吟呷。
[67] 金椅床：饰金的躺椅。椅床，又名椅榻，现在叫躺椅。《新五代史·景延广传》："延广所进器物：鞍马、茶床、椅榻，皆裹金银，饰以龙凤。"
[68] 置双夹膝：躺椅两侧各放一小型竹具。夹膝，旧时置于床席间用以放置手足的竹制取凉用具。其形制不一，有竹夹膝、竹夫人、竹姬、竹奴等称呼。
[69] 瀹（yuè 月）茗：泡茶，沏茶。
[70] "各以隐语"句：此时母女未公开相认，所以在奴婢面前各以隐语问候。
[71] 子母：犹言母女。子，可兼指男女。
[72] 促膝：膝盖靠近；指接坐交谈。
[73] 何物村姬：什么村老婆子。何物，什么东西。轻鄙人的话。
[74] 瓜葛：疏亲。蔡邕《独断》下："四姓小侯，诸侯冢妇，凡与先帝先后有瓜葛者……皆会。"瓜和葛都是蔓生植物，彼此牵连，故有此喻。
[75] 上手谢过：拱手道歉。上手，本于"上其手"、"下其手"（见《左传·襄公二十六年》），本是拱手郑重介绍尊贵客人的手势，这里即作抱拳致歉的手势。
[76] 展叙：会见叙谈。展，省（xǐng）视。
[77] 畜产：犹言畜生。
[78] 寝处之：剥其皮而坐卧之。《左传·襄公二十一年》："然二子者譬于禽兽，臣食其肉，而寝处其皮矣。"
[79] 手皴瘃（cūn zhú 村逐）：两手皴裂，生了冻疮。皮肤受冻而皱裂叫

皱,冻疮叫瘃。
- [80] 遗(wèi位):赠予。
- [81] 汗颜:脸上出汗;形容羞惭。
- [82] 小丰:犹"小康"。
- [83] "雍门泣后"四句:意谓富贵之家,衰败以后,昔日受优待的门客往往背恩远去,这种情况令人气愤伤心,宁可闭门索居,不再交友接客。雍门,雍门周,战国齐人,善鼓琴。刘向《说苑·善说》谓雍门周尝以琴见孟尝君。孟尝君曰:"先生鼓琴也,能令文(孟尝君名田文)悲乎?"雍门周引琴而鼓,于是孟尝君"涕泣增哀",对他说:"先生之鼓琴,令文立若破国亡邑之人也。"珠履,代指受优待的门客;底本作"朱履",此从二十四卷抄本。《史记·春申君列传》:"春申君客三千馀人,其上客皆蹑珠履。"
- [84] 高奉:优裕的供养。
- [85] 嫔嫱(pín qiáng贫墙):嫔和嫱,古代宫廷中的女官。
- [86] 贞异:坚贞卓绝。黄卿:指黄女。卿,昵称。
- [87] 孰克:谁能。
- [88] 居积取盈:囤积财货,乘时取利。盈,利息。
- [89] 搜算:搜刮、算计。入骨:极言其刻薄。
- [90] 故:故意。
- [91] 瞋(chēn琛)目:瞪眼。
- [92] 不共戴天:此从二十四卷抄本,底本无"共"字。不与仇人并存于世间。《礼记·曲礼》:"父之仇,弗与共戴天。"
- [93] 榆屑:榆皮轧成的碎末。
- [94] 尪羸(wāng lěi汪垒):瘦弱。
- [95] 舌蹇:舌头僵滞,难以动转。蹇,蹇涩,僵木。
- [96] 大帑(tǎng淌):储藏金帛的国库。

鸜鹆

王汾滨言：其乡有养八哥者[1]，教以语言，甚狎习[2]，出游必与之俱，相将数年矣。一日，将过绛州[3]，而资斧已罄，其人愁苦无策。鸟云："何不售我？送我王邸[4]，当得善价，不愁归路无资也。"其人云："我安忍。"鸟言："不妨。主人得价疾行，待我城西二十里大树下。"其人从之。携至城，相问答，观者渐众。有中贵见之[5]，闻诸王。王召入，欲买之。其人曰："小人相依为命，不愿卖。"王问鸟："汝愿住否？"言："愿住。"王喜。鸟又言："给价十金，勿多予。"王益喜，立畀十金[6]。其人故作懊恨状而去。王与鸟言，应对便捷。呼肉啖之。食已，鸟曰："臣要浴。"王命金盆贮水，开笼令浴。浴已，飞檐间，梳翎抖羽，尚与王喋喋不休。顷之，羽燥，翩跹而起[7]，操晋声曰："臣去呀！"顾盼已失所在。王及内侍，仰面咨嗟。急觅其人，则已渺矣。后有往秦中者[8]，见其人携鸟在西安市上。毕载积先生记[9]。

据《聊斋志异》铸雪斋抄本

----

[1] 八哥：也称"咧咧鸟"、"八八儿"，为鸜鹆（qú yù 渠玉）的别名。形似乌鸦，能学人说话。
[2] 狎习：习熟。

〔3〕 绛州:明代州名,治所在今山西省新绛县。
〔4〕 王邸:疑指设于绛州之明代灵丘王府。据《明史·诸王世表》二:明太祖十三子朱桂(封代王)之六子朱荣顺,于永乐二十二年(1424)封灵丘王,天顺五年(1454)别城于绛州,下传五王,至隆庆间因罪除国。
〔5〕 中贵:指灵丘王府宦官。
〔6〕 畀(bì毕):给予。
〔7〕 翩跹:轻举貌。
〔8〕 秦中:今陕西省地区。
〔9〕 毕载积:毕际有,字载积,号存吾,淄川西铺人。明户部尚书毕自严子。清顺治二年(乙酉,1645)拔贡生,十三年任山西稷山知县,十八年升江南通州知州。康熙三年(1664)以罣误罢归。毕氏是作者友人,乾隆《淄川县志》六《续循良》有传。

刘 海 石

刘海石,蒲台人[1],避乱于滨州[2]。时十四岁,与滨州生刘沧客同函丈[3],因相善,订为昆季[4]。无何,海石失怙恃[5],奉丧而归[6],音问遂阙。沧客家颇裕。年四十,生二子:长子吉,十七岁,为邑名士;次子亦慧。沧客又内邑中倪氏女[7],大嬖之[8]。后半年,长子患脑痛卒,夫妻大惨。无几何,妻病又卒;逾数月,长媳又死;而婢仆之丧亡,且相继也:沧客哀悼,殆不能堪。

一日,方坐愁间,忽阍人通海石至。沧客喜,急出门迎以入。方欲展寒温[9],海石忽惊曰:"兄有灭门之祸,不知耶?"沧客愕然,莫解所以。海石曰:"久失闻问,窃疑近况未必佳也。"沧客泫然[10],因以状对。海石欷歔。既而笑曰:"灾殃未艾[11],余初为兄吊也[12]。然幸而遇仆,请为兄贺。"沧客曰:"久不晤,岂近精'越人术'耶[13]?"海石曰:"是非所长。阳宅风鉴[14],颇能习之。"沧客喜,便求相宅。

海石入宅,内外遍观之。已而请睹诸眷口;沧客从其教,使子媳婢妾,俱见于堂。沧客一一指示。至倪,海石仰天而视,大笑不已。众方惊疑,但见倪女战慄无色,身暴缩,短仅二尺馀。海石以界方击其首[15],作石缶声[16]。海石揪其发,检脑后,见白发数茎,欲拔之。女缩项跪啼,言即去,但求勿拔。海石怒曰:"汝凶心尚未死耶?"就项后拔去之。女随手而变,黑色如狸[17]。众大骇。

海石掇纳袖中,顾子妇曰:"媳受毒已深,背上当有异,请验之。"妇羞,不肯袒示。刘子固强之,见背上白毛,长四指许。海石以针挑出,曰:"此毛已老,七日即不可救。"又视刘子,亦有毛,裁二指[18]。曰:"似此可月馀死耳。"沧客以及婢仆,并刺之。曰:"仆适不来,一门无噍类矣[19]。"问:"此何物?"曰:"亦狐属。吸人神气以为灵[20],最利人死。"沧客曰:"久不见君,何能神异如此!无乃仙乎?"笑曰:"特从师习小技耳,何遽云仙。"问其师,答云:"山石道人。适此物,我不能死之,将归献俘于师[21]。"

言已,告别。觉袖中空空,骇曰:"忘之矣!尾末有大毛未去,今已遁去。"众俱骇然。海石曰:"领毛已尽,不能化人,止能化兽,遁当不远。"于是入室而相其猫,出门而噭其犬,皆曰无之。启圈笑曰[22]:"在此矣。"沧客视之,多一豕。闻海石笑,遂伏,不敢少动。提耳捉出,视尾上白毛一茎,硬如针。方将检拔,而豕转侧哀鸣,不听拔。海石曰:"汝造孽既多,拔一毛犹不肯耶?"执而拔之,随手复化为狸。

纳袖欲出。沧客苦留,乃为一饭。问后会,曰:"此难预定。我师立愿弘,常使我等遨世上,拔救众生,未必无再见时。"及别后,细思其名,始悟曰:"海石殆仙矣!'山石'合一'岩'字,盖吕仙讳也[23]。"

据《聊斋志异》手稿本

〔1〕 蒲台：县名。清代属山东武定府。今并入博兴县。
〔2〕 滨州：州名。清代属山东武定府。故治在今山东省滨州市。
〔3〕 同函丈：指同塾读书。函丈，谓学塾中师、生座位相距一丈。《礼记·曲礼》："席间函丈。"注："函犹容也，讲问宜相对容丈，足以指画也。"
〔4〕 订为昆季：结拜为异姓兄弟。昆季，兄弟之间长为昆，幼为季。
〔5〕 失怙恃：父母双亡。《诗·小雅·蓼莪》："无父何怙，无母何恃。"怙恃本义为凭依，后遂作为父母的代称。
〔6〕 奉丧：护送灵柩。
〔7〕 内：纳；指纳之为妾。
〔8〕 嬖（bì 壁）：宠爱。
〔9〕 展寒温：叙寒暄、致问候的意思。展，叙。
〔10〕 泫（xuàn 绚）然：泪流的样子。
〔11〕 未艾：未尽，未停。
〔12〕 吊：哀悼抚慰人之凶丧灾难。
〔13〕 越人术：医术。战国扁鹊，原名秦越人，又名卢医，是我国古代名医，因以越人术为医术的代称。
〔14〕 阳宅风鉴：我国古代星相方技的一个分支，为人家住宅看风水和给人相面。
〔15〕 界方：即界尺。文具名。画直线或压纸的尺子，用硬木、玉石或铜制作。
〔16〕 石缶：一种石制盛器。或如盆、或如缸，大小不一。
〔17〕 狸（lí 离）：兽名。身肥短，似狐而小，俗称野狸。
〔18〕 裁：才。
〔19〕 无噍（jiào 叫）类：无生口，无活人。《汉书·高帝纪》："（项羽）尝攻襄城，襄城无噍类，所过无不残灭。"注："无复有活而噍食者也。青州俗呼无子遗者为无噍类。"噍，咀嚼。
〔20〕 神气：指人体元气。
〔21〕 献俘：旧时战胜，押送俘虏献于朝廷或主帅，称献俘。这里指呈献所获。

〔22〕 圈(juàn 卷):猪圈。
〔23〕 吕仙:吕岩,字洞宾;以字行。号纯阳子,自称回道人。唐末道士。传说生于唐德宗贞元十四年(798),六十四岁进士及第。后游长安,遇锺离权,因得道。世以为神仙,通称吕祖。

谕 鬼

青州石尚书茂华为诸生时[1],郡门外有大渊[2],不雨亦不涸。邑中获大寇数十名[3],刑于渊上。鬼聚为祟,经过者辄被曳入。一日,有某甲正遭困厄,忽闻群鬼惶窜曰:"石尚书至矣!"未几,公至,甲以状告。公以垩灰题壁示云[4]:"石某为禁约事:照得厥念无良,致婴雷霆之怒;所谋不轨,遂遭铁钺之诛[5]。只宜返罔两之心,争相忏悔;庶几洗髑髅之血,脱此沉沦[6]。尔乃生已极刑,死犹聚恶。跳踉而至,披发成群;踯躅以前,搏膺作厉[7]。黄泥塞耳,辄逞鬼子之凶;白昼为妖,几断行人之路!彼丘陵三尺外,管辖由人[8];岂乾坤两大中[9],凶顽任尔?谕后各宜潜踪,勿犹怙恶[10]。无定河边之骨,静待轮回;金闺梦里之魂,还践乡土[11]。如蹈前愆,必贻后悔!"自此鬼患遂绝,渊亦寻干。

据《聊斋志异》手稿本

------

〔1〕 石尚书茂华:石茂华,字居采,青州益都(今山东省益都县)人。明嘉靖二十三年(1544)进士,历官至三边总督、兵部尚书,擢掌南京都察院。卒赐祭葬,赐太子少保,谥恭襄。传载《青州府志》十六《事功》。
〔2〕 郡门:指青州城门。大渊:大水塘。
〔3〕 邑:此指益都县。

〔4〕垩灰:石灰粉。
〔5〕"照得厥念无良"四句:意谓群鬼心地不良,图谋不轨,引起天怒人怨,所以被杀。照得,犹言察知,旧时官府文告用语。婴,遭。雷霆之怒,喻官府盛怒。不轨,不轨于法,不守法度。铁钺之诛,指砍头腰斩之类死刑。铁钺,刑戮之具。
〔6〕"只宜返罔两之心"四句:意谓只应当去掉害人之心,忏悔赎罪,或能早日超生。返,回转、改变。罔两之心,鬼蜮害人之心。洗髑髅之血,谓洗雪被杀的罪恶。髑髅(dú lóu独娄),死人的头骨。沉沦,指地下为鬼。
〔7〕"跳踉(liáng良)而至"四句:意谓众鬼结伙作恶。跳踉,跳跃。踯躅(zhí zhú直烛),踏步,徘徊。搏膺,拍着胸膛。以上皆形容群鬼作祟时的动作。厉,恶鬼。《左传·成公十年》:"晋侯梦大厉,被发及地,搏膺而踊。"
〔8〕丘陵:坟堆。三尺:三尺土,指坟土厚度。句谓鬼只合呆在坟里,其外则为阳间,由人间之官吏法律管辖。
〔9〕乾坤两大中:犹言天地之间,指人间。《周易》以乾为天、坤为地。两大,谓天地二者并大。
〔10〕怙(hù户)恶:坚持作恶。
〔11〕"无定河边"四句:晓谕鬼魂还乡,静待投生。唐陈陶《陇西行》:"可怜无定河边骨,犹是春闺梦里人。"轮回,指转世投生。

泥 鬼

余乡唐太史济武[1],数岁时,有表亲某,相携戏寺中。太史童年磊落[2],胆即最豪。见庑中泥鬼[3],睁琉璃眼,甚光而巨;爱之,阴以指抉取[4],怀之而归。既抵家,某暴病,不语移时[5]。忽起,厉声曰:"何故掘我睛!"噪叫不休。众莫之知,太史始言所作。家人乃祝曰:"童子无知,戏伤尊目,行奉还也[6]。"乃大言曰:"如此,我便当去。"言讫,仆地遂绝。良久而甦;问其所言,茫不自觉。乃送睛仍安鬼眶中。

异史氏曰:"登堂索睛,土偶何其灵也。顾太史抉睛,而何以迁怒于同游?盖以玉堂之贵[7],而且至性觥觥[8],观其上书北阙,拂袖南山[9],神且惮之,而况鬼乎?"

据《聊斋志异》手稿本

---

[1] 唐太史济武:唐梦赉,字济武,别字豹岩。淄川人。幼从父曰俞习古文。顺治五年举人,六年进士,授庶吉士。八年,授翰林院检讨。九年罢归,年未三十岁。晚年卜筑淄城东南之豹山。著有《志壑堂集》三十二卷。见《淄川县志》。太史,三代为史官、历官之长。明清时史职多以翰林任之,故称翰林为太史。

[2] 磊落:洒脱不拘。

[3] 庑(wǔ午):堂屋周围的走廊,或两旁的廊屋。庙中正殿供尊神,走

廊和廊屋塑众神及鬼卒。

〔4〕 抉(jué决)取:挖取。

〔5〕 移时:底本作"时移","移"字侧出,当系误乙。此据铸本正之。

〔6〕 行:即将。

〔7〕 玉堂之贵:指唐梦赉曾为翰林院官员。玉堂,宋代以后翰林院的代称,因宋太宗曾手书"玉堂之署"四字匾额悬于翰林院而得名。

〔8〕 觥觥(gōng gōng 公公):刚直貌。《后汉书·郭宪传》:"帝令两郎扶下殿,宪亦不拜。帝曰:'常闻关东觥觥郭子横,竟不虚也。'"

〔9〕 上书北阙,拂袖南山:唐孟浩然《岁暮归南山》诗:"北阙休上书,南山归敝庐。不才明主弃,多病故人疏。"此借以说明唐梦赉是因上书论政而辞官归隐。顺治八年,唐为翰林院检讨。顺治命翰林院译述南宋道士伪作的《文昌帝君阴骘文》,唐上疏切谏,以为:"曲说不典,无裨大化;请移此以辑圣贤经世大训。"疏留中不下。九年,唐乃请急归葬。旋以纠弹某给事,忤当道意,遂罢归。拂袖,谓决计辞归。

梦　别

王春李先生之祖[1],与先叔祖玉田公交最善[2]。一夜,梦公至其家,黯然相语。问:"何来?"曰:"仆将长往[3],故与君别耳。"问:"何之?"曰:"远矣。"遂出。送至谷中,见石壁有裂罅[4],便拱手作别,以背向罅,逡巡倒行而入;呼之不应,因而惊寤。及明,以告太公敬一[5],且使备吊具[6],曰:"玉田公捐舍矣[7]!"太公请先探之,信,而后吊之。不听,竟以素服往[8]。至门,则提旐挂矣[9]。呜呼!古人于友,其死生相信如此;丧舆待巨卿而行[10],岂妄哉!

据《聊斋志异》手稿本

- [1] 王春李先生:李宪,字王春(县志作玉春),山东淄川人,作者挚友李尧臣(字希梅)之父。明崇祯九年(1636年)举人,清顺治三年(1646年)进士。任浙江孝丰县(今属安吉县)知县,卒于官。有著作多种,未刊。传见乾隆《淄川县志》六《续文学》。其祖,名字事迹未详。
- [2] 先叔祖玉田公:蒲生汶,字澄甫,作者叔祖。明万历十三年(1585)举人,二十年(1592)进士。官直隶省玉田县知县。见《淄川县志》。
- [3] 长往:出远门;暗喻永逝。
- [4] 裂罅(xià下):裂缝。罅,缝隙。
- [5] 太公敬一:李思豫,字敬一,李宪的父亲。传见《淄川县志》六《续义厚》。
〔6〕 吊具:吊丧用品。
〔7〕 捐舍:捐弃宅舍;去世的讳称。《战国策·赵策》:"奉阳君妒,大王不得任事,……今奉阳君捐馆舍,大王乃今然后得与士民相亲。"鲍彪注:"礼,妇人死曰捐馆舍,盖亦通称。"
〔8〕 素服:吊丧穿的白衣。
〔9〕 提幨:门幨。丧家门口所挂的缘有垂幅的纸幨。
〔10〕 丧舆待巨卿而行:《后汉书·独行·范式传》:范式,字巨卿,与汝南张劭为友。张死后,范式梦其来告丧期,并嘱临葬。范乃素车白马千里往吊。范未至,柩至圹而不肯进;范至,叩棺致唁,"执绋而引,柩于是乃前。"遂如期成葬。

犬　灯

韩光禄大千之仆[1]，夜宿厦间[2]，见楼上有灯，如明星。未几，荧荧飘落，及地化为犬。睨之，转舍后去。急起，潜尾之[3]，入园中，化为女子。心知其狐，还卧故所。俄，女子自后来，仆阳寐以观其变[4]。女俯而撼之。仆伪作醒状，问其为谁。女不答。仆曰："楼上灯光，非子也耶？"女曰："既知之，何问焉？"遂共宿止。昼别宵会，以为常。

主人知之，使二人夹仆卧；二人既醒，则身卧床下，亦不知堕自何时。主人益怒，谓仆曰："来时，当捉之来；不然，则有鞭楚！"仆不敢言，诺而退。因念：捉之难；不捉，惧罪。展转无策。忽忆女子一小红衫，密着其体，未肯暂脱，必其要害，执此可以胁之[5]。夜分[6]，女至，问："主人嘱汝捉我乎？"曰："良有之[7]。但我两人情好，何肯此为？"及寝，阴掬其衫[8]。女急啼，力脱而去。从此遂绝。

后仆自他方归，遥见女子坐道周[9]；至前，则举袖障面。仆下骑，呼曰："何作此态？"女乃起，握手曰："我谓子已忘旧好矣。既恋恋有故人意[10]，情尚可原。前事出于主命，亦不汝怪也。但缘分已尽，今设小酌，请入为别。"时秋初，高粱正茂。女携与俱入，则中有巨第。系马而入，厅堂中酒肴已列。甫坐[11]，群婢行炙[12]。日将暮,仆有事,欲覆主命,遂别。既出,则依然田陇耳。

据《聊斋志异》手稿本

----

〔1〕 韩光禄大千:韩茂椿,字大千,淄川人。父源,明代任通政使司右通政使。茂椿岁贡生,以恩荫授光禄寺署丞,补太仆寺主簿。传见《淄川县志》五《恩荫》。
〔2〕 厦:房廊。按,作者家乡一带,无前墙的房屋称厦屋,又叫敞屋或敞棚,多供储放柴草杂物及安置碾磨之用。
〔3〕 潜尾之:偷偷跟随其后。
〔4〕 阳寐:假装入睡。阳,通"佯"。
〔5〕 胁:要胁,胁迫。
〔6〕 夜分:夜间,半夜。
〔7〕 良有之:确有此事。
〔8〕 掬:这里是双手剥取的意思。
〔9〕 道周:路旁。
〔10〕 恋恋有故人意:有旧交相爱不忘的情意。借用范雎语。见本卷《阿霞》篇"绨袍之义"注。
〔11〕 甫坐:刚刚坐定。
〔12〕 行炙:谓斟酒布菜。

番 僧

释体空言[1]:"在青州,见二番僧,像貌奇古[2];耳缀双环,被黄布,须发鬈如[3]。自言从西域来[4]。闻太守重佛,谒之。太守遣二隶[5],送诣丛林[6]。和尚灵辔,不甚礼之。执事者见其人异[7],私款之,止宿焉。或问:'西域多异人,罗汉得无有奇术否[8]?'其一辗然笑[9],出手于袖,掌中托小塔,高裁盈尺,玲珑可爱。壁上最高处,有小龛[10],僧掷塔其中,矗然端立,无少偏倚。视塔上有舍利放光[11],照耀一室。少间,以手招之,仍落掌中。其一僧乃袒臂,伸左肱,长可六七尺,而右肱缩无有矣[12];转伸右肱,亦如左状。"

据《聊斋志异》手稿本

----

〔1〕 释体空:体空和尚。释,释子,和尚的通称。体空是他的法名。
〔2〕 奇古:奇特、古怪。
〔3〕 鬈(quán拳)如:卷曲貌。如,助词,相当于"然"。
〔4〕 西域:见本卷《西僧》注。
〔5〕 太守:此指青州知府。
〔6〕 丛林:指寺院。意为众僧和合共住一处,如树木之丛集为林,故名。《大智度论》三:"僧伽,秦言众。多比丘一处和合,是名僧伽。譬如大树丛聚,是名为林,……僧聚处得名'丛林'。"
〔7〕 执事者:协助长老管理寺内僧众及生活供应诸务的僧人。
〔8〕 罗汉:即阿罗汉。佛弟子类名,地位低于菩萨。这里是对番僧的敬

称。得无:莫非。
〔9〕 辴(chǎn产)然:笑貌。《庄子·达生》:"桓公辴然而笑。"
〔10〕 小龛(kān堪):供奉佛像的小阁。
〔11〕 舍利:即舍利子。相传释迦牟尼遗体火化后结成的珠状物,据说能放异彩;后来也指德行较高的和尚死后烧剩的骨头。
〔12〕 肱(gōng弓):从肘到腕的部分;通指臂膀。

狐　妾

莱芜刘洞九[1]，官汾州[2]。独坐署中，闻亭外笑语渐近。入室，则四女子：一四十许，一可三十，一二十四五已来，末后一垂髫者。并立几前，相视而笑。刘固知官署多狐，置不顾。少间，垂髫者出一红巾，戏抛面上。刘拾掷窗间，仍不顾。四女一笑而去。一日，年长者来，谓刘曰："舍妹与君有缘，愿无弃葑菲[3]。"刘漫应之[4]。女遂去。俄偕一婢，拥垂髫儿来，俾与刘并肩坐。曰："一对好凤侣[5]，今夜谐花烛。勉事刘郎，我去矣。"刘谛视，光艳无俦[6]，遂与燕好[7]。诘其行踪，女曰："妾固非人，而实人也。妾，前官之女，蛊于狐[8]，奄忽以死，窆园内[9]。众狐以术生我，遂飘然若狐。"刘因以手探尻际[10]。女觉之，笑曰："君将无谓狐有尾耶？"转身云："请试扪之。"自此，遂留不去。每行坐，与小婢俱。家人俱尊以小君礼[11]。婢媪参谒，赏赉甚丰。

值刘寿辰，宾客烦多，共三十馀筵，须庖人甚众；先期牒拘[12]，仅一二到者。刘不胜恚。女知之，便言："勿忧。庖人既不足用，不如并其来者遣之。妾固短于才，然三十席亦不难办。"刘喜，命以鱼肉姜桂，悉移内署[13]。家中人但闻刀砧声，繁碎不绝。门内设一几，行炙者置桦其上；转视，则肴俎已满。托去复来，十馀人络绎道，取之不竭。末后，行炙人来索汤饼[14]。内言曰："主人未尝预嘱,咄嗟何以办[15]?"既而曰:"无已[16],其假之。"少顷,呼取汤饼。视之,三十余碗,蒸腾几上[17]。客既去,乃谓刘曰:"可出金资,偿某家汤饼。"刘使人将直去。则其家失汤饼,方共惊异;使至,疑始解。一夕,夜酌,偶思山东苦醖[18]。女请取之。遂出门去,移时返曰:"门外一罂[19],可供数日饮。"刘视之,果得酒,真家中瓮头春也。

越数日,夫人遣二仆如汾。途中一仆曰:"闻狐夫人犒赏优厚,此去得赏金,可买一裘。"女在署已知之,向刘曰:"家中人将至。可恨伧奴无礼[20],必报之。"明日,仆甫入城,头大痛,至署,抱首号呼。共拟进医药。刘笑曰:"勿须疗,时至当自瘥。"众疑其获罪小君。仆自思:初来未解装,罪何由得?无所告诉,漫膝行而哀之。帘中语曰:"尔谓夫人,则亦已耳[21],何谓'狐'也?"仆乃悟,叩不已。又曰:"既欲得裘,何得复无礼?"已而曰:"汝愈矣。"言已,仆病若失。仆拜欲出,忽自帘中掷一裹出,曰:"此一羔羊裘也,可将去。"仆解视,得五金。刘问家中消息,仆言:都无事,惟夜失藏酒一罂。稽其时日,即取酒夜也。群惮其神,呼之"圣仙"。刘为绘小像。

时张道一为提学使[22],闻其异,以桑梓谊诣刘[23],欲乞一面。女拒之。刘示以像,张强携而去。归悬座右,朝夕祝之云:"以卿丽质,何之不可?乃托身于鬈鬈之老[24]!下官殊不恶于洞九,何不一惠顾?"女在署,忽谓刘曰:"张公无礼,当小惩之。"一日,张方祝,似有人以界方击额,崩然甚痛。大惧,反卷[25]。刘诘之,使隐其故而诡对之。刘笑曰:"主人额上得毋痛否?"使不能欺,以实告。

无何,婿亓生来,请觐之。女固辞。亓请之坚。刘曰:"婿非他人,何拒之深?"女曰:"婿相见,必当有以赠之。渠望我奢,自度不能满其志,故适不欲见耳。既固请之,乃许以十日见。"及期,亓入,隔帘揖之,少致存问。仪容隐约,不敢审谛;既退,数步之外,辄回眸注盼。但闻女言曰:"阿婿回首矣!"言已,大笑,烈烈如鹗鸣[26]。亓闻之,胫股皆软,摇摇然若丧魂魄。既出,坐移时,始稍定。乃曰:"适闻笑声,如听霹雳,竟不觉身为己有。"少顷,婢以女命,赠亓二十金。亓受之,谓婢曰:"圣仙日与丈人居[27],宁不知我素性挥霍,不惯使小钱耶?"女闻之曰:"我固知其然。囊底适罄;向结伴至汴梁[28],其城为河伯占据[29],库藏皆没水中[30],入水各得些须,何能饱无餍之求?且我纵能厚馈,彼福薄亦不能任。"

女凡事能先知,遇有疑难,与议,无不剖[31]。一日,并坐,忽仰天大惊曰:"大劫将至[32],为之奈何!"刘惊问家口,曰:"馀悉无恙,独二公子可虑。此处不久将为战场,君当求差远去,庶免于难。"刘从之,乞于上官,得解饷云贵间[33]。道里辽远,闻者吊之[34],而女独贺。无何,姜瓖叛[35],汾州没为贼窟[36]。刘仲子自山东来[37],适遭其变,遂被害。城陷,官僚皆罹于难[38],惟刘以公出得免[39]。盗平,刘始归。寻以大案罣误[40],贫至饔飧不给[41];而当道者又多所需索,因而窘忧欲死[42]。女曰:"勿忧,床下三千金,可资用度。"刘大喜,问:"窃之何处?"曰:"天下无主之物,取之不尽,何庸窃乎。"刘借谋得脱归[43],女从之。后数年忽去,纸裹数事留赠[44],中有丧家挂门之小旛,长二寸许,群以为不祥。刘寻卒。

据《聊斋志异》手稿本

----

〔1〕 莱芜:今山东省莱芜县。清代属泰安府。
〔2〕 汾州:明清府名。治所在今山西汾阳县。
〔3〕 无弃葑菲:意谓不要因舍妹寒贱而舍弃其一德之长。葑菲借指其妹,本《诗·邶风·谷风》:"采葑采菲,无以下体。"葑,蔓菁。菲,萝卜。下体,指葑、菲的块根。采葑菲之叶而不用其块根,比喻男子重貌而不重德。
〔4〕 漫应:信口答应。漫,信口,姑且。
〔5〕 凤侣:凤凰。喻夫妻。本《左传·庄公二十二年》:"凤凰于飞,和鸣锵锵。"
〔6〕 无俦:无双,无与伦比。
〔7〕 燕好:夫妻和好。常指新婚之好,取《诗·邶风·谷风》:"燕尔新婚,如兄如弟"之义。
〔8〕 蛊(gǔ古):传说中的害人之虫,吞之入腹能使人昏狂失志。这里作迷惑、毒害解。
〔9〕 窆(biǎn贬):埋葬。
〔10〕 尻(kǎo考):脊椎末端之尾骨。
〔11〕 小君:诸侯夫人之称,也称"少君",见《礼记·曲礼》。本句是说仆人们以夫人之礼对待狐妾。
〔12〕 先期牒拘:事前发文征调。牒,这里指传票。拘,调集,征调。
〔13〕 内署:官府内院。指刘的内宅。
〔14〕 汤饼:汤面。
〔15〕 咄嗟何以办:怎能一声吩咐就可以齐备呢?咄嗟,使令声。
〔16〕 无已:不得已。
〔17〕 蒸腾:热气蒸腾。
〔18〕 山东苦酿:即下文"瓮头春"酒。大约是一种泛微绿色略带苦味的家酿甜酒。
〔19〕 罂(yīng英):一种小口大腹的酒坛。
〔20〕 伧(chēng称)奴:下贱奴才。伧,鄙贱。
〔21〕 则亦已耳:也就罢了。

[22] 张道一:其名又见卷四《胡四相公》篇,称"道一先生为西川(或作州)学使",二篇所言当为一人。吕湛恩注尝疑此人即莱芜张四教,"道一或其别号"。虽未言所据,而吕氏之疑当非无因。按据有关记载,莱芜张四教,字芹沚,顺治三年丙戌科进士,顺治六年至九年任山西提学使,擢陕西榆林道参议,以迕当政罢归。王士禛《居易录》尝载得诸传闻之佚事一则,略谓:张以部郎居京时,尝纳一婢甚丽,自称东御艾氏女。后携之赴山西提学任,途经一驿,见雉起草间,感之而孕。到官后生一子即殁。殁前自画小像一帧留箧奁中。自是每夜必托梦于张,而预告其休咎。张悬像别室,食必亲荐。一日误以羹污其上,夜梦妾怒诘之,天明则画已失去。异日,张以故谒巡抚,见屏风画美人绝肖其妾,因屡目之;巡抚因问。张述其故,巡抚乃掇赠之以归。归后复见梦如昔矣。妾尝谓张不利宦途,稍迁即宜为退休计;及秩满迁榆林道参议,遂罢归,果如妾言。渔洋此一记述颇可佐证吕氏疑似之说,亦可从中略见聊斋故事移花接木改造传闻之某类特点,故附赘如上。总之,小说家言本不必尽合于事实,况皆得诸传闻,容有异辞,固不可执此以议彼也。

[23] 以桑梓谊:以同乡的身份。《诗·小雅·小弁》:"维桑与梓,必恭敬止。"桑树和梓树,古人常种于宅旁,以供养生送死。后遂以之作为故乡的代称。

[24] 鬖鬖(sān sān 三三)之老:谓白发下垂的老人。辛弃疾《行香子·云岩道中》:"岸轻乌,白发鬖鬖。"

[25] 反卷:归还画有狐妾像的画卷。

[26] 烈烈:形容声音激越。

[27] 丈人:岳父。古时称"舅"或"外舅"。朱翌《猗觉寮杂记》卷下:"《尔雅》:妻之父为外舅,母为外姑。今无此称,皆曰丈人、丈母。"

[28] 汴梁:今河南开封市。明清为开封府,汴梁是它的旧称。

[29] 河伯:传说中的黄河神。《竹书纪年》等多部古籍认为姓冯,名夷。又名冰夷、冯迟。顾炎武谓河伯因国居河上而命名为伯,见《日知录》二五"河伯"。

[30] 库藏(zàng 葬):仓库所储之物。

[31] 剖:谓分辨明悉。

〔32〕 大劫:大难。劫,由佛教所说"劫灾"而来,比喻难以逃脱、不可避免的灾难。
〔33〕 解(jiè戒)饷云贵间:押送军用粮饷到云南、贵州一带。饷,军粮,也可泛指军队俸给。
〔34〕 吊:哀怜,慰劝。
〔35〕 姜瓖:明末大同总兵官。一六四四年,李自成义军入云中,瓖以城迎降。同年六月,复杀义军首领柯天相等,以城降清。一六四八年,姜瓖又连结义军馀部抗清,北起大同,南至蒲州,陷山西州县多所,清廷派多路重兵镇压,至次年八月始被剿平。事详王士禛《香祖笔记》四、《清史稿·世祖本纪》。
〔36〕 汾州没为贼窟:据《世祖本纪》,姜瓖部陷汾州在一六四八年四月。九月收复。
〔37〕 仲子:次子,即上文的"二公子"。
〔38〕 官僚:汾州长吏及其下属。
〔39〕 公出:因公外出。
〔40〕 罣误:又叫"诖误"、"絓误"。官吏因他人他事牵连而受贬黜责罚。
〔41〕 饔飧(yōng sūn 雍孙)不给:犹言三餐不继。古人每日两餐,早餐叫饔,晚餐叫飧。不给,供应不上。
〔42〕 窘忧:困窘忧愁。
〔43〕 借谋得脱归:谓借助于狐女的谋划得以脱身还乡。
〔44〕 数事:几件东西,犹言"数物"。

雷　曹

乐云鹤、夏平子，二人少同里，长同斋[1]，相交莫逆[2]。夏少慧，十岁知名。乐虚心事之，夏亦相规不倦，乐文思日进，由是名并著。而潦倒场屋[3]，战辄北[4]。无何，夏遘疫卒[5]，家贫不能葬，乐锐身自任之。遗襁褓子及未亡人[6]，乐以时恤诸其家[7]；每得升斗，必析而二之，夏妻子赖以活。于是士大夫益贤乐。乐恒产无多[8]，又代夏生忧内顾，家计日蹙[9]，乃叹曰："文如平子，尚碌碌以殁[10]，而况于我！人生富贵须及时[11]，戚戚终岁，恐先狗马填沟壑[12]，负此生矣，不如早自图也[13]。"于是去读而贾。操业半年，家资小泰。

一日，客金陵[14]，休于旅舍。见一人颀然而长[15]，筋骨隆起，徬徨坐侧，色黯淡，有戚容。乐问："欲得食耶？"其人亦不语。乐推食食之[16]；则以手掬啗[17]，顷刻已尽。乐又益以兼人之馔，食复尽。遂命主人割豚肩[18]，堆以蒸饼[19]；又尽数人之餐，始果腹而谢曰[20]："三年以来，未尝如此饫饱[21]。"乐曰："君固壮士，何飘泊若此？"曰："罪婴天谴[22]，不可说也。"问其里居，曰："陆无屋，水无舟，朝村而暮郭耳[23]。"乐整装欲行，其人相从，恋恋不去。乐辞之。告曰："君有大难，吾不忍忘一饭之德。"乐异之，遂与偕行。途中曳与同餐。辞曰："我终岁仅数餐耳。"益奇之。次日，渡江，风涛暴作，估舟尽覆[24],乐与其人悉没江中。俄风定,其人负乐踏波出,登客舟,又破浪去;少时,挽一船至,扶乐入,嘱乐卧守,复跃入江,以两臂夹货出,掷舟中;又入之:数入数出,列货满舟。乐谢曰:"君生我亦良足矣[25],敢望珠还哉[26]!"检视货财,并无亡失。益喜,惊为神人。放舟欲行;其人告退,乐苦留之,遂与共济。乐笑云:"此一厄也,止失一金簪耳。"其人欲复寻之。乐方劝止,已投水中而没。惊愕良久。忽见含笑而出,以簪授乐曰:"幸不辱命[27]。"江上人罔不骇异。

乐与归,寝处共之。每十数日始一食,食则啖嚼无算[28]。一日,又言别,乐固挽之。适昼晦欲雨,闻雷声。乐曰:"云间不知何状?雷又是何物?安得至天上视之,此疑乃可解。"其人笑曰:"君欲作云中游耶?"少时,乐倦甚,伏榻假寐[29]。既醒,觉身摇摇然,不似榻上;开目,则在云气中,周身如絮。惊而起,晕如舟上。踏之,奂无地[30]。仰视星斗[31],在眉目间。遂疑是梦。细视星簇天上,如老莲实之在蓬也,大者如瓮,次如瓿[32],小如盎盂[33]。以手撼之,大者坚不可动;小星动摇,似可摘而下者。遂摘其一,藏袖中。拨云下视,则银海苍茫,见城郭如豆。愕然自念:设一脱足,此身何可复问。俄见二龙夭矫[34],驾缦车来[35]。尾一掉,如鸣牛鞭[36]。车上有器,围皆数丈,贮水满之。有数十人,以器掬水,遍洒云间。忽见乐,共怪之。乐审所与壮士在焉,语众曰:"是吾友也。"因取一器,授乐令洒。时苦旱,乐接器排云,约望故乡[37],尽情倾注。未几,谓乐曰:"我本雷曹[38]。前误行雨,罚谪三载;今天限已满[39],请从此别。"乃以驾车之绳万尺掷前,使握端缒下[40]。乐危之。其人笑言:"不妨。"乐如其言,飕飕然瞬息及地。视之,则堕立村外;绳渐收入云中,不可见矣。时久旱,十里外,雨仅盈指,独乐里沟浍皆满[41]。

归探袖中,摘星仍在。出置案上,黯黝如石[42];入夜,则光明焕发,映照四壁。益宝之,什袭而藏。每有佳客,出以照饮。正视之,则条条射目[43]。一夜,妻坐对握发[44],忽见星光渐小如萤,流动横飞。妻方怪咤[45],已入口中,咯之不出[46],竟已下咽。愕奔告乐,乐亦奇之。既寝,梦夏平子来,曰:"我少微星也[47]。君之惠好,在中不忘[48]。又蒙自天上携归,可云有缘。今为君嗣,以报大德。"乐三十无子,得梦甚喜。自是,妻果娠;及临蓐[49],光耀满室,如星在几上时,因名"星儿"。机警非常。十六岁,及进士第。

异史氏曰:"乐子文章名一世[50],忽觉苍苍之位置我者不在是[51],遂弃毛锥如脱屣[52],此与燕颔投笔者[53],何以少异?至雷曹感一饭之德,少微酬良友之知,岂神人之私报恩施哉,乃造物之公报贤豪耳。"

据《聊斋志异》手稿本

----

〔1〕 同斋:同学。斋,谓学塾。
〔2〕 莫逆:志趣相投。
〔3〕 潦倒场屋:在科举考试中屡试不中,落拓失意。场屋,科举考场。
〔4〕 战辄北:每次考试都失利。战,喻科举考试。北,战败。《荀子·议

兵》:"遇敌处战则必北。"注:"北者,乖背之名,故以败走为北也。"
〔5〕 逅(gòu够)疫:染上瘟疫。逅,遇。
〔6〕 未亡人:寡妇。"妇人既寡,自称未亡人。"见《左传·庄公二十八年》注。
〔7〕 恤:救济;赈济贫者。
〔8〕 恒产:土地、房屋之类不动产。
〔9〕 内顾:谓自审家计。
〔10〕 碌碌:平庸无所作为。
〔11〕 人生富贵须及时:谓人生不论求富求贵,必于盛壮之年得之,方可一生适意。与其守贫读书以求倘来之贵显,不如经商谋利以改善生活也。及时,当其盛壮之年。
〔12〕 恐先狗马填沟壑:语出《汉书·公孙弘传》。狗马,服役于人之最低下者。此谓恐己未及脱离贫贱而忧瘁致死,尚不如狗马得终其天年也。
〔13〕 自图:自己想办法;意谓另谋出路。
〔14〕 金陵:南京的旧名。
〔15〕 颀:《诗·卫风·硕人》:"硕人其颀。"传:"颀,长貌。"
〔16〕 推食食(sì四)之:把食物推让给他吃。食,通"饲"。
〔17〕 掬啗:捧着吃。久饿贪食的样子。
〔18〕 豚肩:猪的前肘。此据二十四卷抄本,底本作"豚胁"。
〔19〕 蒸饼:古人称馒头为蒸饼,又称笼饼。
〔20〕 果腹:吃饱肚子。
〔21〕 饫(yù欲)饱:饱食。饫与饱同义。
〔22〕 罪婴天谴:因有罪受到上天责罚。婴,遭受,获致。
〔23〕 朝村而暮郭:意谓终日漂泊于城乡之间。
〔24〕 估舟:商船。
〔25〕 生我:救活我。
〔26〕 珠还:比喻财物失而复得。《后汉书·孟尝传》载:广东合浦产珠,因前任太守多贪秽,珠蚌皆徙去。及孟尝为守,不事采求,珠之徙者皆还故处。后人遂以"珠还合浦"喻失物复得。
〔27〕 不辱命:不负使命。

〔28〕 无算:无法计数。极言食量之大。
〔29〕 假寐:打盹。
〔30〕 爽无地:绵软无质。爽,软。
〔31〕 星斗:泛指众星。
〔32〕 瓴:瓦器。圆口,深腹,圈足,较瓮为小。
〔33〕 盎(àng 昂去声):一种大腹敛口的容器。盂(yú 鱼):形近于碗。
〔34〕 夭矫:屈伸自如的样子。
〔35〕 缦(màn 慢)车:古代一种不施花纹图饰的车子。《周礼·春官·巾车》:"卿乘夏缦。"疏:"言缦者,亦如缦帛无文章。"
〔36〕 牛鞭:赶牛用的一种特别粗长的短柄皮鞭。
〔37〕 约望故乡:望着大约是故乡的方位。约,约略。
〔38〕 雷曹:雷部的属官。此指雷神。
〔39〕 天限:指"天谴"的期限。
〔40〕 缒(zhuì 坠):用绳子悬人或物使之下坠。
〔41〕 沟浍(kuài 快):犹言沟渠。沟是田间行水道,浍是田间排水渠。
〔42〕 黝(yǒu 有):深黑色。
〔43〕 条条射目:光芒刺眼。条条,指辐射的光束。
〔44〕 握发:指梳理绾结头发。
〔45〕 怪咤(zhà 乍):惊叹。咤,叹声。
〔46〕 咯(kǎ 卡):同"喀"。用力作咳,从喉中吐物。
〔47〕 少微星:又名处士星。在太微西南,共四星。据《史记·天官书》,它是象征士大夫的星宿。
〔48〕 在中不忘:永记不忘。中,内心。
〔49〕 临蓐(rù 褥):临产,分娩。蓐,草席,古代妇女坐以临产。
〔50〕 名一世:名重一时。
〔51〕 "忽觉苍苍"句:忽然发觉上天并没有把我安排在文章仕进这条道路上。苍苍,指天。位置,安排、置放。
〔52〕 "弃毛锥"句:意谓放弃文墨生涯,是那样的轻易。毛锥,笔的代称。脱屣,脱去鞋子,比喻轻易。《汉书·郊祀志》上记汉武帝刘彻说:"嗟乎,诚得如黄帝,吾视去妻子如脱屣耳!"
〔53〕 燕颔投笔:指班超投笔从戎。东汉班超,是班彪之子、班固之弟。

父死家贫,为官府抄书养母。"尝辍业投笔叹曰:'大丈夫无它志略,当效傅介子、张骞,立功异域以取封侯,安能久事笔砚间乎?'"燕颔,据说班超"燕颔虎颈",相者说他有"万里侯相"。见《后汉书·班超传》。

赌　符

韩道士，居邑中之天齐庙[1]。多幻术，共名之"仙"。先子与最善[2]，每适城，辄造之[3]。一日，与先叔赴邑[4]，拟访韩，适遇诸途。韩付钥曰："请先往启门坐，少旋我即至。"乃如其言。诣庙发扃[5]，则韩已坐室中。诸如此类。

先是，有敝族人嗜博赌，因先子亦识韩。值大佛寺来一僧[6]，专事摴蒲[7]，赌甚豪。族人见而悦之，罄资往赌，大亏；心益热，典质田产复往，终夜尽丧。悒悒不得志[8]，便道诣韩，精神惨澹[9]，言语失次[10]。韩问之，具以实告。韩笑云："常赌无不输之理。倘能戒赌，我为汝复之[11]。"族人曰："倘得珠还合浦[12]，花骨头当铁杵碎之[13]！"韩乃以纸书符，授佩衣带间。嘱曰："但得故物即已，勿得陇复望蜀也[14]。"又付千钱，约赢而偿之。

族人大喜而往。僧验其资，易之[15]，不屑与赌。族人强之，请以一掷为期[16]。僧笑而从之。乃以千钱为孤注[17]。僧掷之无所胜负，族人接色，一掷成采；僧复以两千为注，又败；渐增至十馀千，明明枭色，呵之，皆成卢雉[18]：计前所输，顷刻尽复[19]。阴念再赢数千亦更佳，乃复博，则色渐劣；心怪之，起视带上，则符已亡矣，大惊而罢。载钱归庙，除偿韩外，追而计之，并末后所失，适符原数也。已乃愧谢失符之罪。韩笑曰："已在此矣。固嘱勿贪，而君不听，故取之。"

异史氏曰:"天下之倾家者,莫速于博;天下之败德者,亦莫甚于博。入其中者,如沉迷海,将不知所底矣[20]。夫商农之人,具有本业;诗书之士,尤惜分阴[21]。负耒横经[22],固成家之正路;清谈薄饮,犹寄兴之生涯[23]。尔乃狎比淫朋,缠绵永夜[24]。倾囊倒箧,悬金于崄巇之天[25];呵雉呼卢[26],乞灵于淫昏之骨[27]。盘旋五木,似走圆珠[28];手握多章,如擎团扇[29]。左觑人而右顾己,望穿鬼子之睛[30];阳示弱而阴用强,费尽罔两之技[31]。门前宾客待,犹恋恋于场头[32];舍上火烟生,尚眈眈于盆里[33]。忘餐废寝,则久入成迷;舌敝唇焦,则相看似鬼。

"迨夫全军尽没[34],热眼空窥[35]。视局中则叫号浓焉,技痒英雄之臆[36];顾囊底而贯索空矣[37],灰寒壮士之心[38]。引颈徘徊,觉白手之无济[39];垂头萧索,始玄夜以方归[40]。幸交谪之人眠,恐惊犬吠[41];苦久虚之腹饿,敢怨羹残。既而鬻子质田,冀珠还于合浦;不意火灼毛尽,终捞月于沧江[42]。及遭败后我方思,已作下流之物[43];试问赌中谁最善,群指无裤之公[44]。甚而枵腹难堪,遂栖身于暴客[45];搔头莫度,至仰给于香奁[46]。呜呼!败德丧行,倾产亡身,孰非博之一途致之哉!"

据《聊斋志异》手稿本

---

〔1〕 天齐庙:供奉泰山神的庙宇。唐玄宗曾封泰山神为天齐王,宋真宗

先后封之为仁圣天齐王和东岳天齐仁圣大帝,元世祖封之为东岳天齐大生仁皇帝。明清以来,庙宇甚多。

〔2〕 先子:先父。指作者父亲蒲槃。槃字敏吾,以明季乱去读而贾,但仍闭户读书不倦,以故时人皆服其渊博。

〔3〕 每适城,辄造之:每次进县城,都去看望他。造,造访。

〔4〕 先叔:指作者的叔父蒲柷。据《蒲氏世谱》作者附志,蒲柷为人豪爽好施,族中贫子弟赖以成家者甚众。

〔5〕 发扃(jiōng 坰):开锁。

〔6〕 大佛寺:与天齐庙均未载于《淄川县志》,故不详。

〔7〕 专事摴蒱(chū pú 出蒲):专掷色子来赌博。摴蒱,古博戏名,以掷骰子决胜负,得采有卢、雉、犊、白等称。其法久已失传。骰子本只二枚,质用玉石,故又称明琼。唐以后骰子改以骨质,其数增至六枚,形为正立方体,六面分别刻一至六点之数,掷之以决胜负。因点皆着色,故后世通称色子。

〔8〕 悒悒:此从二十四卷抄本,底本作"邑"。忧郁不乐。

〔9〕 惨澹:凄凉。

〔10〕 言语失次:语无伦次。

〔11〕 复:赢回所输钱财。复,此从二十四卷抄本,底本作"覆"。

〔12〕 珠还合浦:此指赢回输钱。参《雷曹》"珠还"注。

〔13〕 花骨头:指色子。

〔14〕 得陇复望蜀:得此望彼,贪得无厌。指翻本之后又想赢钱。《东观汉记·隗嚣传》引刘秀敕岑彭书:"西城若下,便可将兵南击蜀虏。人苦不知足,既平陇,复望蜀。"后乃以"得陇望蜀"喻得此望彼,或贪得无厌,不知止足。

〔15〕 易之:轻视他,认为赌本太小。

〔16〕 请以一掷为期:要求以掷一次色子为限。期,限度。

〔17〕 孤注:尽其所有以为赌注。《宋史·寇準传》:"(王)钦若曰:陛下闻博乎?博者输钱欲尽,乃罄所有出之,谓之孤注。"

〔18〕 "明明枭色"二句:谓寺僧掷色,明明可望得上采,都成了中下采。枭、卢、雉,皆古博戏采名,何者最胜,说法不一致。一般认为枭采最胜,其次卢,其次雉。

〔19〕 复:此从二十四卷抄本,底本作"覆"。
〔20〕 所底(zhǐ止):所终。底,谓底极,即终极、尽头。《后汉书·仲长统传》引《昌言·理乱》:"澶漫弥流,无所底极。"
〔21〕 分阴:晷影移动一分。喻极短的时间。《初学记》引王隐《晋书》:"(陶侃)常语人曰:'大禹圣人,乃惜寸阴;至于众人,当惜分阴。'"又见《晋书·陶侃传》。
〔22〕 负耒横经:谓勤学不倦。负耒,出处未详。耒,农具耒耜之柄。横经,横陈经书,请老师讲解。《北齐书·儒林传序》:"故横经受业之侣,遍于乡邑;负笈从宦之徒,不远千里。"
〔23〕 "清谈"二句:聚友清谈,偶尔少量饮酒,也是在生活中寄托兴会的一种方式。寄兴,寄托兴会。
〔24〕 "狎比淫朋"二句:谓亲近邪友,长夜聚赌。狎比,亲近。永夜,长夜。
〔25〕 悬金于岭巇之天:意为"探取悬金于颠危莫测之天路"。形容赌徒渴望发财,不惜行险以侥幸。天路岭巇,喻赌途颠危难测。
〔26〕 呵雉呼卢:赌徒呼叫胜采的声音。
〔27〕 乞灵于涅昏之骨:意为"乞求灵祐于淫邪昏顽之枯骨"。形容赌徒盼求赢钱,以致意迷而智昏。涅昏枯骨,指色子。
〔28〕 "盘旋五木"二句:色子在赌盘中旋转,由赌徒看来,像圆珠走盘一样可爱。五木,古博具,即樗蒲。圆珠,珍珠。白居易《琵琶行》:"大珠小珠落玉盘。"
〔29〕 "手握多章"二句:此谓赌纸牌,古称"叶子"。谓赌徒手握彩绘纸牌,像宫中美人手擎团扇一样顾盼得意。章,牌上花纹。
〔30〕 "左觑人"二句:谓赌徒左顾右盼,观测权衡,渴望胜局,简直要把双眼望穿。
〔31〕 "阳示弱"二句:谓赌徒虚虚实实,用尽了心机。示弱、用强,谓示敌以弱,而出强以胜之。以古兵法喻赌也。
〔32〕 场头:赌场上。
〔33〕 盆:掷色之赌盆。
〔34〕 全军尽没:喻赌本输光。
〔35〕 热眼空窥:带着热衷赌博的眼神在局外旁观。

〔36〕 技痒英雄之臆：谓赌徒胸中技痒，跃跃欲试。"英雄"及下句"壮士"，都是讽刺称呼，犹言末路英雄、金尽壮士。
〔37〕 贯索：穿制线的绳子。
〔38〕 灰寒壮士之心：承上句，谓囊中无钱，使赌徒心灰意冷。唐张籍《行路难》诗："君不见床头黄金尽，壮士无颜色。"
〔39〕 "引颈徘徊"二句：伸长脖子在局外徘徊观望，深感空手无钱不能再赌。白手，空手。无济，无济于事。
〔40〕 "垂头萧索"二句：谓落寞无绪，才垂头丧气，在深夜里走回家来。萧索，落寞。玄夜，黑夜、深夜。
〔41〕 "幸交谪之人眠"二句：谓幸而埋怨他赌博的妻子已经睡下，又怕惊得狗叫把她吵醒。交谪之人，指妻。参卷一《王成》注。犬吠，本《诗·召南·野有死麕》："无感我帨兮，无使尨也吠。"
〔42〕 "火灼毛尽"二句：意谓鬻子质田之钱，如同洪炉燎毛发，片时输光；反本的希望，犹如"水中捞月"，完全落空。
〔43〕 "及遭败后"二句：及至全盘失败，方思悔恨，但已被目为众恶所归之人。
〔44〕 "试问赌中"二句：谓人们指点议论说：赌场中结局最好的，还数那些只是把财产输光的人物。
〔45〕 "枵腹难堪"二句：此谓更有甚者，因迫于饥寒而入伙为盗。枵腹，空肚。暴客，强盗。
〔46〕 "搔头莫度"二句：谓度日无计，乃至一切仰给于妻子的陪嫁物。搔首，走投无路的烦躁样子。香奁，妇女妆奁之物，此指妻之陪嫁首饰之类。

阿　霞

　　文登景星者[1],少有重名。与陈生比邻而居,斋隔一短垣。一日,陈暮过荒落之墟[2],闻女子啼松柏间;近临,则树横枝有悬带,若将自经。陈诘之,挥涕而对曰:"母远去,托妾于外兄[3]。不图狼子野心[4],畜我不卒[5]。伶仃如此,不如死!"言已,复泣。陈解带,劝令适人。女虑无可托者。陈请暂寄其家,女从之。既归,挑灯审视,丰韵殊绝。大悦,欲乱之。女厉声抗拒,纷纭之声[6],达于间壁。景生逾垣来窥,陈乃释女。女见景,凝眸停睇[7],久乃奔去。二人共逐之,不知去向。

　　景归,阖门欲寝[8],则女子盈盈自房中出[9]。惊问之,答曰:"彼德薄福浅,不可终托[10]。"景大喜,诘其姓氏。曰:"妾祖居于齐[11]。为齐姓,小字阿霞。"入以游词,笑不甚拒,遂与寝处。斋中多友人来往,女恒隐闭深房。过数日,曰:"妾姑去。此处烦杂,困人甚。继今,请以夜卜[12]。"问:"家何所?"曰:"正不远耳。"遂早去。夜果复来,欢爱綦笃。又数日,谓景曰:"我两人情好虽佳,终属苟合。家君宦游西疆[13],明日将从母去,容即乘间禀命[14],而相从以终焉。"问:"几日别?"约以旬终。既去,景思斋居不可常;移诸内,又虑妻妒。计不如出妻[15]。志既决,妻至辄诟詈[16]。妻不堪其辱,涕欲死。景曰:"死恐见累[17],请蚤归[18]。"遂促妻行。妻啼曰:

"从子十年,未尝有失德[19],何决绝如此!"景不听,逐愈急。妻乃出门去。自是垩壁清尘[20],引领翘待;不意信杳青鸾[21],如石沉海[22]。妻大归后[23],数浼知交,请复于景[24],景不纳;遂适夏侯氏。夏侯里居与景接壤,以田畔之故[25],世有郤[26]。景闻之,益大恚恨。然犹冀阿霞复来,差足自慰。越年馀,并无踪绪。

会海神寿,祠内外士女云集[27],景亦在。遥见一女,甚似阿霞。景近之,入于人中;从之,出于门外;又从之,飘然竟去。景追之不及,恨悒而返。后半载,适行于途[28],见一女郎,着朱衣,从苍头,鞚黑卫来。望之,霞也。因问从人:"娘子为谁?"答言:"南村郑公子继室。"又问:"娶几时矣?"曰:"半月耳。"景思,得毋误耶?女郎闻语,回眸一睇,景视,真霞。见其已适他姓,愤填胸臆,大呼:"霞娘!何忘旧约?"从人闻呼主妇,欲奋老拳[29]。女急止之。启幛纱谓景曰:"负心人何颜相见?"景曰:"卿自负仆,仆何尝负卿?"女曰:"负夫人甚于负我!结发者如是[30],而况其他?向以祖德厚,名列桂籍[31],故委身相从;今以弃妻故,冥中削尔禄秩[32],今科亚魁王昌[33],即替汝名者也。我已归郑君,无劳复念。"景俯首帖耳[34],口不能道一词[35]。视女子,策蹇去如飞,怅恨而已。

是科,景落第,亚魁果王氏昌名。郑亦捷。景以是得薄倖名[36]。四十无偶,家益替,恒趁食于亲友家[37]。偶诣郑,郑款之,留宿焉。女窥客,见而怜之,问郑曰:"堂上客,非景庆云耶[38]?"问所自识,曰:"未适君时,曾避难其家,亦深得其豢养。彼行虽贱,而祖德未斩[39];且与君为故人,亦宜有绨袍之义[40]。"郑然之,易其败絮,留以数日。夜分欲寝,有婢持廿馀金赠景。女在窗外言曰:"此私贮,聊酬夙好,可将去,觅一良匹。幸祖德厚,尚足及子孙。无复丧检[41],以促馀龄。"景感谢之。既归,以十馀金买搢绅家婢,甚丑悍。举一子,后登两榜[42]。郑官至吏部郎[43]。既没,女送葬归,启舆则虚无人矣,始知其非人也。噫!人之无良[44],舍其旧而新是谋[45],卒之卵覆而鸟亦飞[46],天之所报亦惨矣!

据《聊斋志异》手稿本

----

〔1〕 文登:今山东省文登县。
〔2〕 荒落之墟:荒丘。荒落,荒凉冷落。墟,大丘。
〔3〕 外兄:表哥。
〔4〕 狼子野心:喻人贪暴,心地险恶。语出《左传·宣公四年》。
〔5〕 畜我不卒:养我不终。《诗·邶风·日月》:"父兮母兮,畜我不卒。"
〔6〕 纷纭:杂乱;指吵闹争辩之声。
〔7〕 凝眸停睇:此从铸本,底本"睇"原作"谛"。谓定睛注视。
〔8〕 闺门:此从二十四卷抄本,底本、铸本作"闺户"。
〔9〕 盈盈:仪态美好的样子。《文选·古诗十九首》:"盈盈楼上女,皎皎当户牖。"
〔10〕 终托:终身相托;指嫁给。
〔11〕 齐:周代齐国都于临淄,此即以齐代指临淄。今属山东省淄博市临淄区。
〔12〕 继今,请以夜卜:从今以后,我在夜间来。以夜卜,即"卜以夜",选定夜间。
〔13〕 家君:家父。宦游西疆:在西部省份作官。宦游,在外作官。
〔14〕 禀命:请命,指征得父母同意。
〔15〕 出妻:休妻。

[16] 诟詈：辱骂。此从二十四卷抄本，底本作"诟厉"。
[17] 见累：连累我。
[18] 蚤归：趁早回娘家。蚤，同早。归谓"大归"，详后注。
[19] 失德：在德行方面有过失。
[20] 垩壁：用石灰刷墙；指整饰房屋。垩，古代指白土。用白土涂饰也叫垩。《尔雅·释宫》："墙谓之垩。"注："白饰墙也。"清尘：扫除，拂拭灰尘。
[21] 信杳青鸾：杳无音信。信，信使，即青鸾。班固《汉武故事》："七月七日，上于承华殿斋。日正中，忽见有青鸟从西来。上问东方朔。朔对曰：'西王母暮必降尊像。'……有顷，王母至，……有二青鸟如鸾，夹侍王母旁。"后乃以青鸟或青鸾借指信使。
[22] 如石沉海：比喻一去无踪，杳无信息。
[23] 大归：初指已嫁妇女归娘家后不再回夫家。如《左传·文公十八年》："夫人姜氏归于齐，大归也。"后来习称妇女被丈夫休弃回娘家。
[24] 复：返回；复婚。
[25] 以田畔之故：因为田界争执。《说文》："畔，田界也。"
[26] 郤（xì 细）：仇怨，嫌隙。
[27] 云集：形容众多。《诗·郑风·出其东门》："出其东门，有女如云。"
[28] 适：偶然。
[29] 欲奋老拳：要挥拳动武。老拳，重拳。《晋书·石勒载记》下："初，勒与李阳邻居，岁常争麻地，迭相殴击。……（及为赵王）乃使召阳。既至，勒与酣谑，引阳臂笑曰：'孤往日厌卿老拳，卿亦饱孤毒手。'"
[30] 结发者：结发妻，元配。古代男子二十束发加冠；女子十五束发加笄，婚后挽发为髻。故习称初婚相从之妻（元配）为结发妻。
[31] 桂籍：唐以后习称科举及第为折桂，故称科举及第人员的名籍叫桂籍。宋徐铉《庐陵别朱观先辈》诗："桂籍知名有几人，翻飞相续上青云。"
[32] 禄秩：俸禄官阶。
[33] 亚魁：乡举第二名。

〔34〕俯首帖耳：恭顺听命。韩愈《应科目时与人书》："若俯首帖耳，摇尾而乞怜者，非我之志也。"
〔35〕口不能道一词：此从二十四卷抄本，底本无"一"字。
〔36〕薄倖：薄情；对爱情不忠诚。唐杜牧《遣怀》诗："十年一觉扬州梦，赢得青楼薄倖名。"
〔37〕趁食：乘人家吃饭时赶往觅食。
〔38〕景庆云：庆云是景星的字。
〔39〕斩：断绝。
〔40〕绨袍之义：怜惜故人穷困，以财物相济助的情谊。《史记·范雎蔡泽列传》：战国范雎事魏中大夫须贾，为贾毁谤，笞辱几死。逃入秦，更名张禄，为秦相。后须贾使秦，范雎故以敝衣往见，贾怜其寒，以一绨袍为赠；旋知雎为秦相，大惊请罪。范雎历数其罪已，曰："然公之所以得无死者，以绨袍恋恋，有故人之意，故释公。"
〔41〕丧检：失去检束。指行为不端。
〔42〕登两榜：清代以会试、乡试榜文为甲榜、乙榜。登两榜就是乡试、会试都考取中，成了进士。
〔43〕吏部郎：吏部郎中或员外郎。
〔44〕无良：不良。品德不好。
〔45〕舍其旧而新是谋：弃旧谋新，犹言喜新厌旧。《左传·僖公二十八年》引民谚："原田每每，舍其旧而新是谋。"此指景星弃逐元配谋娶阿霞的行为。
〔46〕卵覆而鸟亦飞：犹俗谚所云"鸡飞蛋打"。喻新旧皆失，两无所获。

李 司 鉴

李司鉴,永年举人也[1]。于康熙四年九月二十八日[2],打死其妻李氏。地方报广平[3],行永年查审[4]。司鉴在府前,忽于肉架下夺一屠刀,奔入城隍庙[5],登戏台上,对神而跪。自言:"神责我不当听信奸人[6],在乡党颠倒是非[7],着我割耳。"遂将左耳割落,抛台下。又言:"神责我不应骗人银钱,着我剁指。"遂将左指剁去。又言:"神责我不当奸淫妇女,使我割肾[8]。"遂自阉,昏迷僵仆。时总督朱云门题参革褫究拟[9],已奉俞旨[10],而司鉴已伏冥诛矣[11]。邸抄[12]。

据《聊斋志异》手稿本

----

〔1〕 李司鉴:据光绪《永年县志》二十三,知李系顺治八年辛卯科举人,自残后月馀而毙。其他详本篇。永年:县名。即今河北省永年县。清代属广平府。
〔2〕 康熙四年:公元一六六五年。
〔3〕 地方:旧时里长、保正称地方。报广平:向广平府报案。广平府治在永年,故径向府署报案。
〔4〕 行永年查审:由广平府派员行临永年县调查审理。行,行临。
〔5〕 城隍庙:奉祀城隍神的庙堂。
〔6〕 奸人:奸邪小人,坏人。
〔7〕 乡党:犹言乡里。《礼记·曲礼》:"故州闾乡党称其孝也。"注:"《周

礼》:二十五家为闾,四闾为族,五族为党,五党为州,五州为乡。"
〔8〕 割肾:割去外肾,即下文"自阉"——割去生殖器。
〔9〕 朱云门:朱昌祚,字云门,祖籍山东高唐,明末被清军裹挟出关。入清,隶籍汉军镶白旗,其家遂著籍历城。顺治十年,以才学遴授宗人府启心郎。十八年,迁浙江巡抚。康熙四年,擢直隶、山东、河南三省总督。五年,辅政大臣鳌拜谕划京东等处正白旗地归镶黄旗,另圈占民田以补正白旗,旗民失业者数十万。昌祚抗疏力言其不便,忤鳌拜意,与户部尚书苏纳海、保定巡抚王登联同被立绞。八年,康熙亲政,得昭雪,赐谥勤愍,谕祭葬。《清史稿》二四九、《山东通志》、《历城县志》有传。题参褫究拟:意谓奏请朝廷革除李的举人功名和巾服,加以审理治罪。这是审理有功名的罪人必须履行的法律程序。
〔10〕 已奉俞旨:已获得准奏的圣旨。俞旨,俞允的旨意。俞,允准。
〔11〕 伏冥诛:受到阴司的诛戮。
〔12〕 邸抄:此二字稿本稍偏右书写,是作者说明本篇取材所自,为当时实有之事。邸抄,即邸报。汉唐时地方长官于京师设"邸",为常驻办事机构。邸中抄录诏令奏章等,以报于诸藩,称邸抄或邸报。后世称朝廷官报为邸报,又称朝报;因由邮驿传送,又称邮报。

五羖大夫

河津畅体元[1]，字汝玉。为诸生时，梦人呼为"五羖大夫"[2]，喜为佳兆[3]。及遇流寇之乱[4]，尽剥其衣，夜闭置空室。时冬月，寒甚，暗中摸索，得数羊皮护体，仅不至死。质明[5]，视之，恰符五数。哑然自笑神之戏己也[6]。后以明经授雒南知县[7]。毕载积先生志[8]。

据《聊斋志异》手稿本

---

〔1〕 河津畅体元：河津，县名，即今山西省河津县。清代属绛州直隶州。畅体元，山西河津县人，科贡出身。康熙初任陕西雒南知县，能缓赋恤民、捐资修学、纂辑邑乘，为县人感念。见《雒南县乡土志》。

〔2〕 五羖(gǔ 古)大夫：春秋时秦国大夫百里奚号。百里奚初仕虞为大夫，后去位，于穆公时入秦执政，佐秦霸诸侯，号五羖大夫。五羖，五张黑色母羊皮。至于称"五羖大夫"的由来，前人的记载和理解多有歧异。《史记·秦本纪》说，百里奚被虏至秦，后逃至苑，楚人拘之，秦穆公以五张羊皮把他赎回。因称之为五羖大夫。由于百里奚始穷终达，所以畅生把梦中有人叫他"五羖大夫"误认为是自己仕途显达的好兆头。

〔3〕 佳兆：好的朕兆。古代占卜，在龟甲兽骨上钻孔，用火灼取裂纹，以观吉凶。这预示吉凶的裂纹，叫兆。后引申指事物发展的征候、迹象。

〔4〕 流寇：指明末农民起义军队。

〔5〕 质明:正明;天色已亮。
〔6〕 哑(è饿)然:笑声。
〔7〕 明经:明清时代对贡生的敬称。由各省学政主持挑选府、州、县学中成绩优异或资历较深的生员,贡入京师的国子监肄业,称为贡生,又叫贡监。雒南:县名,在今陕西省。本洛南县,明改洛为雒,属商州。清因之。
〔8〕 毕载积先生志:稿本此六字偏右小字书写,说明本篇是毕氏所记。毕载积,毕际有字载积,详本卷《鸲鹆》篇注。按,此事又载王士禛《池北偶谈》二六卷。

毛 狐

农子马天荣[1],年二十馀。丧偶,贫不能娶。偶芸田间[2],见少妇盛妆,践禾越陌而过[3],貌赤色,致亦风流[4]。马疑其迷途,顾四野无人,戏挑之。妇亦微纳[5]。欲与野合。笑曰:"青天白日,宁宜为此[6]。子归,掩门相候,昏夜我当至。"马不信,妇矢之[7]。马乃以门户向背具告之[8],妇乃去。夜分,果至,遂相悦爱。觉其肤肌嫩甚;火之,肤赤薄如婴儿,细毛遍体,异之。又疑其踪迹无据[9],自念得非狐耶?遂戏相诘。妇亦自认不讳。

马曰:"既为仙人[10],自当无求不得。既蒙缱绻,宁不以数金济我贫?"妇诺之。次夜来,马索金。妇故愕曰:"适忘之。"将去,马又嘱。至夜,问:"所乞或勿忘耶?"妇笑,请以异日。逾数日,马复索。妇笑向袖中出白金二铤[11],约五六金,翘边细纹,雅可爱玩[12]。马喜,深藏于椟。积半岁,偶需金,因持示人。人曰:"是锡也。"以齿龁之,应口而落。马大骇,收藏而归。至夜,妇至,愤致诮让。妇笑曰:"子命薄,真金不能任也。"一笑而罢。

马曰:"闻狐仙皆国色[13],殊亦不然。"妇曰:"吾等皆随人现化。子且无一金之福,落雁沉鱼[14],何能消受?以我蠢陋,固不足以奉上流;然较之大足驼背者,即为国色。"过数月,忽以三金赠马,曰:"子屡相索,我以子命不应有藏金。今媒聘有期,请以一妇之资相馈,亦借以赠别。"马自白无聘妇之说。妇曰:"一二日自当有媒来。"马问:"所言姿貌如何?"曰:"子思国色,自当是国色。"马曰:"此即不敢望。但三金何能买妇?"妇曰:"此月老注定[15],非人力也。"马问:"何遽言别?"曰:"戴月披星,终非了局。'使君自有妇'[16],搪塞何为[17]?"天明而去,授黄末一刀圭[18],曰:"别后恐病,服此可疗。"

次日,果有媒来。先诘女貌,答:"在妍媸之间。""聘金几何?""约四五数。"马不难其价,而必欲一亲见其人。媒恐良家子不肯衒露[19]。既而约与俱去,相机因便[20]。既至其村,媒先往,使马待诸村外。久之,来曰:"谐矣。余表亲与同院居,适往,见女坐室中。请即伪为谒表亲者而过之,咫尺可相窥也。"马从之。果见女子坐堂中,伏体于床,倩人爬背[21]。马趋过,掠之以目,貌诚如媒言。及议聘,并不争直,但求得一二金,装女出阁。马益廉之[22],乃纳金;并酬媒氏及书券者[23],计三两已尽,亦未多费一文。择吉迎女归,入门,则胸背皆驼,项缩如龟,下视裙底,莲舡盈尺[24]。乃悟狐言之有因也。

异史氏曰:"随人现化,或狐女之自为解嘲;然其言福泽[25],良可深信。余每谓:非祖宗数世之修行,不可以博高官;非本身数世之修行,不可以得佳人。信因果者[26],必不以我言为河汉也[27]。"

据《聊斋志异》手稿本

------

[1] 农子:农家子弟。

〔2〕 芸:除草。
〔3〕 践禾越陌:踩着庄稼,越过田间小路。陌,田间东西向的小路。
〔4〕 致:风度举止。
〔5〕 微纳:默然接受。
〔6〕 宁:岂。
〔7〕 矢之:向马发誓。
〔8〕 门户向背:门户向着何方、背依何处。犹言住宅方位。
〔9〕 踪迹无据:来路不明。
〔10〕 仙人:对狐精的婉称。
〔11〕 铤(dìng定):通"锭"。
〔12〕 雅可爱玩:很可爱,很好玩。
〔13〕 国色:一国中最美的女子。《公羊传·僖公十年》:"骊姬者,国色也。"
〔14〕 落雁沉鱼:形容绝色女子。《庄子·齐物论》:"毛嫱丽姬,人之所美也。鱼见之深入,鸟见之高飞,麋鹿见之决骤,四者孰知天下之正色哉。"本谓鱼鸟不辨美色,后反用其意,以"沉鱼落雁"形容女子貌美。
〔15〕 月老:月下老人。唐人李复言《续幽怪录·定婚店》:韦固夜经宋城,见一老人倚囊而坐,向月检书。韦问何书,答曰:天下之婚牍。又言囊中赤绳,以系夫妻之足,虽仇家异域,此绳一系,终不可脱。后因以月下老人(月老)为主管婚姻之神,又为媒人代称。
〔16〕 使君自有妇:借用乐府民歌《陌上桑》诗句:"使君自有妇,罗敷自有夫。"意谓马天荣即将有妇。
〔17〕 搪塞:苟且敷衍。
〔18〕 刀圭:古时量取药物的用具,容量很少。
〔19〕 衔露:犹言抛头露面。
〔20〕 相机因便:看机会、乘方便。
〔21〕 倩(qiàn欠)人爬背:请人替自己搔背。
〔22〕 廉之:认为聘金便宜。
〔23〕 书券者:写婚书的人。
〔24〕 莲舡(xiāng香):女鞋的戏称,谓其大如船。旧时习称女子尖足为

金莲,故有此称。舡,船。
- [25] 福泽:指命中福分。
- [26] 因果:指佛教因果之说。因,谓因缘。酬因曰果。佛教认为任何思想行为,都必然导致相应的后果,乃有前世、现世、后世的"三世因果"理论。
- [27] 河汉:银河。比喻言论迂阔渺茫。《庄子·逍遥游》:"肩吾问于连叔曰:'吾闻言于接舆,大而无当,往而不返;吾惊怖其言,犹河汉而无极也。'"唐成玄英疏:"犹如上天河汉,迢递清高,寻其源流,略无穷极也。"

翩 翩

罗子浮,邠人[1]。父母俱蚤世[2]。八九岁,依叔大业。业为国子左厢[3],富有金缯而无子,爱子浮若己出。十四岁,为匪人诱去作狭邪游[4]。会有金陵娼,侨寓郡中,生悦而惑之。娼返金陵,生窃从遁去。居娼家半年,床头金尽[5],大为姊妹行齿冷[6]。然犹未遽绝之。无何,广疮溃臭[7],沾染床席,遂逐而出[8]。丐于市,市人见辄遥避。自恐死异域,乞食西行;日三四十里,渐至邠界。又念败絮脓秽,无颜入里门,尚趦趄近邑间[9]。

日既暮,欲趋山寺宿。遇一女子,容貌若仙。近问:"何适?"生以实告。女曰:"我出家人,居有山洞,可以下榻[10],颇不畏虎狼。"生喜,从去。入深山中,见一洞府[11]。入则门横溪水,石梁驾之[12]。又数武,有石室二,光明彻照,无须灯烛。命生解悬鹑[13],浴于溪流。曰:"濯之,创当愈[14]。"又开幛拂褥促寝,曰:"请即眠,当为郎作裤。"乃取大叶类芭蕉,剪缀作衣[15]。生卧视之。制无几时,折叠床头,曰:"晓取着之。"乃与对榻寝。生浴后,觉创痒无苦[16]。既醒,摹之,则痂厚结矣。诘旦,将兴,心疑蕉叶不可着。取而审视,则绿锦滑绝。少间,具餐。女取山叶呼作饼,食之,果饼;又剪作鸡、鱼烹之,皆如真者。室隅一罂,贮佳酝,辄复取饮;少减,则以溪水灌益之。数日,疮痂尽脱,就女求宿。女曰:"轻薄儿!甫能安身，便生妄想！"生云："聊以报德。"遂同卧处，大相欢爱。

一日，有少妇笑入，曰："翩翩小鬼头快活死！薛姑子好梦，几时做得[17]？"女迎笑曰："花城娘子，贵趾久弗涉，今日西南风紧，吹送来也[18]！小哥子抱得未[19]？"曰："又一小婢子[20]。"女笑曰："花娘子瓦窑哉[21]！那弗将来[22]？"曰："方鸣之[23]，睡却矣。"于是坐以款饮。又顾生曰："小郎君焚好香也[24]。"生视之，年廿有三四，绰有馀妍。心好之。剥果误落案下，俯假拾果，阴捻翘凤。花城他顾而笑，若不知者。生方悦然神夺[25]，顿觉袍裤无温；自顾所服，悉成秋叶[26]。几骇绝。危坐移时，渐变如故。窃幸二女之弗见也。少顷，酬酢间，又以指搔纤掌；花城坦然笑谑，殊不觉知。突突怔忡间[27]，衣已化叶，移时始复变。由是惭颜息虑，不敢妄想。城笑曰："而家小郎子，大不端好！若弗是醋葫芦娘子[28]，恐跳迹入云霄去[29]。"女亦哂曰："薄倖儿[30]，便直得寒冻杀！"相与鼓掌。花城离席曰："小婢醒，恐啼肠断矣。"女亦起曰："贪引他家男儿，不忆得小江城啼绝矣。"花城既去，惧贻消责；女卒晤对如平时。

居无何，秋老风寒[31]，霜零木脱[32]，女乃收落叶，蓄旨御冬[33]。顾生肃缩[34]，乃持襆掇拾洞口白云为絮复衣，着之温暖如襦，且轻松常如新绵。逾年，生一子，极惠美[35]。日在洞中弄儿为乐。然每念故里，乞与同归。女曰："妾不能从；不然，君自去。"因循二三年[36]，儿渐长，遂与花城订为姻好[37]。生每以叔老为念。女曰："阿叔腊故大高[38]，幸复强健，无劳悬耿[39]。待保儿婚后[40]，去住由君。"女在洞中，辄取叶写书教儿读，儿过目即了。女曰："此儿福相，放教入尘寰[41]，无忧至台阁[42]。"未几，儿年十四。花城亲诣送女。女华妆至，容光照人。夫妻大悦，举家谰集。翩翩扣钗而歌曰[43]："我有佳儿，不羡贵官。我有佳妇，不羡绮纨[44]。今夕聚首，皆当喜欢。为君行酒，劝君加餐[45]。"既而花城去。与儿夫妇对室居。新妇孝，依依膝下，宛如所生。生又言归。女曰："子有俗骨，终非仙品。儿亦富贵中人，可携去，我不误儿生平[46]。"新妇思别其母，花城已至。儿女恋恋，涕各满眶。两母慰之曰："暂去，可复来。"翩翩乃剪叶为驴，令三人跨之以归。大业已老归林下[47]，意侄已死，忽携佳孙美妇归，喜如获宝。入门，各视所衣，悉蕉叶；破之，絮蒸蒸腾去。乃并易之。后生思翩翩，偕儿往探之，则黄叶满径，洞口路迷，零涕而返。

异史氏曰："翩翩、花城，殆仙者耶？餐叶衣云，何其怪也！然帏幄诽谑[48]，狎寝生雏，亦复何殊于人世？山中十五载，虽无'人民城郭'之异[49]；而云迷洞口，无迹可寻，睹其景况，真刘阮返棹时矣[50]。"

据《聊斋志异》手稿本

----

〔1〕 邠：明清州名，治所在今陕西省彬县。
〔2〕 蚤世：早年去世。蚤，通"早"。
〔3〕 国子左厢：明清时国子祭酒的别称。明初设国子监于南京，由于朱元璋"车驾时幸"，所以"监官不得中厅而坐，中门而立"，而以国子监的东厢房（即左厢）为祭酒治事、休息之所。故相沿以"左厢"代称祭酒。参《明史》七十三"国子监"，《天府广记》三"国学"。

〔4〕 匪人:品行不端的人。狭邪游:嫖妓。
〔5〕 床头金尽:唐张籍《行路难》诗:"君不见床头黄金尽,壮士无颜色。"
〔6〕 姊妹行(háng杭):姊妹们。妓女间的互称。齿冷:嘲笑。因笑必开口,笑久则齿冷。
〔7〕 广疮:此从铸雪斋抄本,底本作"广创"。性病,即梅毒。由粤广通商口岸传入,因称广疮。
〔8〕 遂逐而出:此从二十四卷抄本。底本为"恶而出","恶"又涂去。
〔9〕 趑趄(zī jū 姿拘)近邑间:在邻近的县境内,徘徊不前。趑趄,徘徊不进貌。
〔10〕 下榻:谓留客住宿。《后汉书·徐穉传》:"(陈)蕃在郡不接宾客,惟穉来,特设一榻,去则悬之。"后因称留客住宿为下榻。
〔11〕 洞府:传说中的仙人常以山洞为家,故习称仙人或修道者所居为洞府。
〔12〕 石梁:石桥。
〔13〕 悬鹑:喻破衣。
〔14〕 创(chuāng 疮):疮。
〔15〕 剪缀:裁剪,缝纫。缀,连接。
〔16〕 创疡:脓疮。
〔17〕 薛姑子好梦,几时做得:意谓美满姻缘,何时结成。薛姑子,未详。唐蒋防《霍小玉传》有"苏姑子作好梦也未?"的问话,与此情事略同。因疑"×姑子作好梦"可能是旧时歇后语,谓盼嫁如意郎君。姑子,女冠(女道士)的俗称。
〔18〕 "今日西南风紧"二句:此从二十四卷抄本,底本无"来"字。此为翩翩对花城戏谑之词,意谓今日好风作美,送你到意中人身边。曹植《七哀诗》写思妇云:"愿为西南风,长逝入君怀。"后常以西南风喻促成男女欢会的机缘或助力。如李商隐诗:"安知夜夜意,不起西南风。"(《李肱所遗画松诗》)"斑骓只系垂杨岸,何处西南待好风。"(《无题二首》之一)此承其义。
〔19〕 小哥子抱得未:犹言小公子生了吗?小哥子,男孩。抱得,犹云生下。
〔20〕 又一小婢子:又生了个小丫头。小婢子,犹言小丫头,对女儿的

昵称。

〔21〕瓦窑：烧制砖瓦的窑；用以戏称专生女孩的妇女。《诗·小雅·斯干》："乃生男子，……载弄之璋。乃生女子，……载弄之瓦。"瓦，古代纺砖。此为由习称生女为"弄瓦"，进而戏称多生或只生女孩的妇女为瓦窑。

〔22〕那弗将（jiāng 姜）来：何不带来？将，携领。

〔23〕呜：哄拍幼儿睡眠的声音；此处用作"哄"。

〔24〕焚好香：犹言烧了高香；意谓交好运、获好报。

〔25〕怳（huǎng 晃）然神夺：恍恍忽忽，神不守舍；谓生邪念。怳，同恍；恍忽。

〔26〕秋叶：枯叶。

〔27〕突突怔忡（zhēng chōng 征充）：心悸不安。形容惊惧。突突，形容心跳剧烈。

〔28〕醋葫芦娘子：戏谑语。俗称在爱情关系上有嫉妒之心为"捻酸吃醋"。"醋葫芦"，犹今俗语"醋罐子"。

〔29〕跳迹入云霄：犹言腾云驾雾。意思是荡检逾闲，想入非非。

〔30〕薄倖：薄情，负心。

〔31〕秋老：秋深。

〔32〕霜零木脱：霜降叶落。雨露霜雪降落叫零。木，树叶。苏轼《后赤壁赋》："霜露既降，木叶尽脱。"

〔33〕蓄旨御冬：蓄存食物，准备过冬。《诗·邶风·谷风》："我有旨蓄，亦以御冬。"传："旨，美；御，禦也。"

〔34〕肃缩：义同"蹜（sù 素）缩"。因寒冷而缩身战抖。

〔35〕惠：同"慧"，聪明。

〔36〕因循：迁延。指仍留洞中。

〔37〕花城：此从铸雪斋抄本，底本"花"字圈改为"江"。

〔38〕腊：年岁。

〔39〕悬耿：耿耿悬念。

〔40〕保儿：罗子浮与翩翩所生子名。

〔41〕尘寰：人世间；世俗社会。

〔42〕台阁：指宰相、尚书之类的高官。明清称内阁大学士为阁臣，称六

部尚书、都御史为台官。
〔43〕扣钗:用头钗相敲击,作为节拍。
〔44〕绮纨:绮与纨均丝织品,为富贵之家所常用,故以"绮纨"喻富贵。
〔45〕加餐:多多进食,保养身体。《古诗十九首》之一:"弃捐勿复道,努力加餐饭。"
〔46〕生平:终身;指一生前途。
〔47〕老归林下:告老归隐。林下,树林之下,本指幽静之地,引申指归隐之所。
〔48〕帏幄诽谑:指闺房言笑。帏幄,房内帐幕。诽,当作俳(pái 排)。俳谑,戏谑玩笑。
〔49〕"人民城郭"之异:指年代久远的人事变迁。丁令威学道千年,化鹤归辽,徘徊作歌曰:"城郭犹是人民非,何不学仙冢累累。"见《搜神后记》。
〔50〕真刘阮返棹时:真像汉代刘晨、阮肇回船重寻天台仙女时的情形。南朝宋刘义庆《幽明录》载:东汉永平年间,浙江剡县人刘晨、阮肇入天台山采药迷路,遇二仙女,邀至其家,殷勤款留半年。刘、阮思家,二女相送指路;既归,子孙已历七代。后重入天台山访女,则踪杳路迷,不可复往。返棹,回船。

黑　兽

闻李太公敬一言[1]："某公在沈阳[2]，宴集山巅。俯瞰山下，有虎啣物来，以爪穴地，瘗之而去。使人探所瘗，得死鹿。乃取鹿而虚掩其穴。少间，虎导一黑兽至，毛长数寸。虎前驱，若邀尊客。既至穴，兽眈眈蹲伺[3]。虎探穴失鹿，战伏不敢少动[4]。兽怒其诳，以爪击虎额，虎立毙。兽亦径去。"

异史氏曰："兽不知何名。然问其形，殊不大于虎，而何延颈受死，惧之如此其甚哉？凡物各有所制[5]，理不可解。如狓最畏猰[6]；遥见之，则百十成群，罗而跪[7]，无敢遁者。凝睛定息，听猰至，以爪遍揣其肥瘠[8]；肥者则以片石志颠顶[9]。狓戴石而伏，悚若木鸡[10]，惟恐堕落。猰揣志已，乃次第按石取食，馀始哄散[11]。余尝谓贪吏似猰，亦且揣民之肥瘠而志之，而裂食之；而民之戢耳听食[12]，莫敢喘息，蛊蛊之情，亦犹是也[13]。可哀也夫！"

据《聊斋志异》手稿本

---

〔1〕 李太公敬一：见本卷《梦别》注。
〔2〕 沈阳：即今辽宁省沈阳市。明为沈阳中卫，属辽东都指挥使司管辖。清兵入关定都北京后，称为留都。
〔3〕 眈眈（dān dān 单单）蹲伺：目光威猛地蹲踞守候。眈眈，威视貌。

《易·颐》:"虎视眈眈,其欲逐逐。"
〔4〕 战伏:战抖着伏在地上。
〔5〕 凡物各有所制:犹言"一物降一物"。制,制约、相克制。
〔6〕 猕(mí弥)最畏狨(róng戎):猕猴最害怕金丝猴。猕,即"猕",猕猴。狨,金丝猴,又名金丝狨,大小类猿,脊毛最长,长尾作金色。或说即猱(náo挠),语讹作狨。
〔7〕 罗:分布,排列。
〔8〕 揣:揣摸;触摸测定。
〔9〕 志颠顶:谓置石于头顶作为记号。志,作标志。
〔10〕 悚(sǒng耸)若木鸡:害怕得像木鸡;形容不敢稍动。悚,惊恐。木鸡,语出《庄子·达生》。
〔11〕 哄散:一哄而散。
〔12〕 戢耳:犹"帖耳"。耳朵敛帖脑后。形容畏惧、驯顺。
〔13〕 蚩蚩之情,亦犹是也:老百姓畏惧贪吏的情景,也像是猕之畏狨一样。蚩蚩,指群氓,百姓。《诗·卫风·氓》:"氓之蚩蚩。"